董征宇　著

春风文艺出版社
·沈　阳·

一

上午九时许，金鸿雁拎着一个包袱，踏着深秋亮黄的阳光走进省城职业病医院。赵玉明在这里住院三个多月了，白血球依然如故，还在 2000 那个水平线上悬着，不上不下的，这种情况已经持续半年有余了，让人焦虑不已。

赵玉明在职业病医院住院的日子里，金鸿雁基本上每个星期跑一次省城，马上要入冬了，省城冷得早，这次她是给赵玉明来送冬衣的，金鸿雁今天搭的是地质研究院小车队的顺风车。这段时间省城的往来，金鸿雁都尽可能地搭单位的顺风车，顺风车不仅仅经济，主要是方便，只是你得厚着点脸皮跟司机说些小话，尽管她是医生，有一些优势，知道的人都会给她一些薄面的，但最初她的脸还是会热的，可她得赶回来上班和照顾年幼孩子呀！这一来二去的脸皮就磨得有些茧子了。

金鸿雁刚刚踏上住院部二楼的楼梯，就听到一阵急促的脚步声，她紧走了几步，一探头，见一架轮床急急地推进了顶头的急救室，突然，一种莫名的不祥感降临了，她加快脚步奔向216室，赵玉明的病床是空的，地上脸盆积了那么多殷红的鲜血，有些溅在了盆边和地下，她的头嗡的一下子大了，匆匆地奔向了急救室。

赵玉明上了氧气，血压极低，医生指示着护士立刻联系血浆，看到金鸿雁进来立刻说："金大夫，你来得正好！"一纸病危通知书送到面前，金鸿雁没有接，马上脱去棉衣，说："向大夫，我是 O 型，抽我的！"

"这可太好了！"向大夫说。

金鸿雁躺在另一张病床上，侧目看着赵玉明，随着殷红的鲜血流进赵玉明的体内，赵玉明的血压开始上升，脸上的蜡黄也在渐渐消失，向大夫神情有些放松地说："金大夫，幸亏你来得及时呀。"

赵玉明三天前患的感冒，伴随着不断咳嗽，昨天晚上咳嗽演变得惊天动地，且有些连续性，止咳药也没有什么作用，早晨的咳嗽开始带血，刚刚一阵剧烈的咳嗽竟喷出大量的鲜血来。

四百毫升鲜血输入，赵玉明的生命体征趋于平稳，金鸿雁歇息了片刻就出去找个电话亭打了两个电话，一个打给西线医院院长黎青，请黎青帮助协调科里请串休假；一个打给白雪梅，请白雪梅去家里转告母亲金宁氏，自己要在省城住上两天。

赵玉明还在昏睡中，金鸿雁握着赵玉明的手，心里在不断祈求着，赵玉明不要再咳嗽了！向大夫来和金鸿雁交换了意见，关于赵玉明如何用药，金鸿雁说了自己的意见，和向大夫达成了一致，向大夫立刻去下医嘱了。

赵玉明这时候睁开眼睛，十分疲惫地看着金鸿雁，说："鸿雁，你能来真是太好了，我以为再也见不到你了。"

"瞎说什么呀，玉明，你好好休息，有我在没事的。"金鸿雁说。

"刚刚我的感觉真的很不好哇，身体好像一直都在空中飘着。"赵玉明说。

"你不要想得太多，一切都过去了。"

"我怎么会不想，靓初、兴隆都好吧？"

"他们都好，你想吃点什么？"

"我现在什么都不想吃。"

"那好，那就闭上眼睛睡一会儿吧。"

"那好吧。"

傍晚，赵玉明醒来恢复得很不错，坐起来吃了一碗鸡蛋羹，金鸿雁帮助赵玉明洗漱好，护士进来强调说："金大夫，晚八点前你必须离开住院部！"

"好的，一定！"金鸿雁说，这是职业病医院的硬性规定。

金鸿雁看着赵玉明躺下，出了病房，走出住院部大门的便门，省城夜里的风比想象中的还要冷峻、干硬，天幕上的星星在交替闪动着，街灯暗黄，有些暧昧的意味。按照护士的指点，金鸿雁迷迷蒙蒙中寻到了那个邻近医院一个胡同口处的小旅馆。

小旅馆门厅很小，灯盏昏暗，服务员是一个中年白胖女人，一个上衣兜的白工作服有些黏黄，上边还有几块隐渍，有些诧异地看着金鸿雁，金鸿雁说："同志，有住的地方吗？"

"你是要住宿吗？"中年白胖女人怀疑的口吻说。

"是呀。"

"有，你先看看房间吧。"中年白胖女人确定了金鸿雁的要求，便引领她上了二楼，楼道里弥漫着浓重的脚臭等混合的气味，经过一个大屋间，房间的双扇门敞开着，里面人声嘈杂，语言粗秽。来到走廊最末端，中年白胖女人开了门锁，拉亮了白炽灯，说："你看行吗？"

房间灯光昏黄，白灰墙发黄，灯泡上面沾着星星点点的苍蝇屎，屋里有三张木床，床具明显不洁，金鸿雁犹豫一下，还是点点头说："行吧。"

"厕所在一楼。"中年白胖女人说。

"谢谢了。"

中年白胖女人有些好奇，笑着说："姐们儿，看你的穿着，怎么住我们这里呀？我们这里住的全都是力工、脚夫、做小买卖的！"

"我丈夫在职业病医院住院，今天早晨吐了血，刚脱离了生命危险，我住这里离着近，万一有什么事，他们方便找到我。"

　　"我说嘛。"中年白胖女人点头出去了。

　　金鸿雁翻看了一下三张床，有些无奈地铺开里面的一张床，她实在太困乏了，眼皮子直往一块合，还是勉强撑开着，她看了一下床下那个脸盆脏得要命，她就放弃了要洗漱的想法。这时候，中年白胖女人推门进来，送来一套干净的床单、枕巾，说："姐们儿，你自己换一下吧。"

　　"谢谢呀！"

　　"不客气，姐们儿，你是不得已才住我们这里的，记着，晚上睡觉时插好门哪！"中年白胖女人笑着叮嘱着，转身出去了。

　　金鸿雁和衣躺在床上，她闭上了眼睛，大脑却不肯停歇，赵玉明的这个意外来得实在是太突然了，是她始料未及的，如果她今天不来的话将会是什么后果？她不由得打了一个寒战，是老天眷顾我们吗？本来儿子兴隆昨天晚上突然高烧，体温超过三十九摄氏度，她喂药、物理降温折腾了大半宿，今天早晨总算退了烧，她挣扎着起来本想取消这次省城行程的，是母亲金宁氏坚持要她来的，也是她和这个面包车司机约好了，司机到家来接的她，这真是万幸啊！金鸿雁迷蒙中很快睡去了，这是流出的四百毫升血浆强烈要求的补偿……门怎么有些响动呢，是一种被挤迫着反复闷推的那种声响，这是怎么回事啊？她翻了一下身，手摸到的是木床棱，她睡在小旅馆哪，金鸿雁猛然惊醒了，喊叫了一声："谁！"这一声很高亢，接着拉亮了灯，她有些紧张，心在咚咚咚地跳，静静地倾听着，似乎有一阵轻微的脚步缥缈而去了。金鸿雁壮着胆子爬起来，轻轻地走到门前，撩起了那个半截门帘，从一尺来宽的玻璃窗口看出去，微弱光亮的走廊里空无一人。她有些疑惑，看了一下那个简易的门插，插头的螺丝钉似乎拔出了一些，再看了一下手表，凌晨三点，亏得她在浅睡眠状态里。她就近将一张床推到了门口，横在门上，打了个哈欠，抱来那套干净的行李铺上，偎在这张床上眯瞪着，兴隆不知道怎么样了，昨天晚上不会发烧吧？

　　天刚蒙蒙亮，金鸿雁爬起去了医院，恰好便门已经洞开。金鸿雁来到病房，赵玉明安稳地睡着，她放轻的脚步还是惊扰了他，赵玉明看着她笑了笑，说："鸿雁，你来了，你睡得还好吗？"

　　"还好，玉明，你感觉怎么样啊？"金鸿雁说着摸了一下赵玉明的额头，不热。

　　"我很好，一直没有咳，已经没事了。"赵玉明说。

　　"这就好。"金鸿雁说，赵玉明的状态看起来还不错，她立刻去打来热水，帮助赵玉明洗漱。

　　吃过了早饭，赵玉明说："鸿雁，我这里没什么事了，你还是早些回去吧。"

　　"不急，玉明，我和单位已经请假了。"

"鸿雁，你的脸色不太好，是不是昨天晚上没睡好哇？要不你先到床上睡一会儿吧。"赵玉明坐起来说。

"不了，玉明，我一会儿想去一趟中医院。"

"这样啊，那你就去吧。"

"你一个人行吗？"

"没事的，我的感觉很好。"

"那好，那我就快去快回呀。"

金鸿雁一段时间以来一直在研读《千金方》等古方典籍，她想从中医中药中找到有利于赵玉明康复的路径，一段时间的持之以恒，她有了一些认知和收获，也曾找黎青咨询和交流，黎青给她介绍了省城中医院的一位关系很好的中医师，她们在电话里有过一些交流，今天，她想当面请教验方里的几个疑问。

中医师知无不言，给了金鸿雁一些建议，金鸿雁有一种茅塞顿开的感觉，这让她下定决心带赵玉明回家。

赵玉明在省城职业病医院住院三个多月是金鸿雁非常煎熬的日子，而且是看不到希望的日子，这和医院无关，丈夫、孩子、工作，她在顾此失彼中奔忙着，有些焦头烂额的感觉，还没有什么希望。妹妹鸿霞前几天来电话说未婚夫洪峰的父母想和亲家母见个面，商议鸿霞和洪峰的婚姻大事，母亲却一时拔不出脚。金鸿雁这时说了自己的想法，这也契合了赵玉明的想法。

母亲金宁氏这次来西线带来一棵老山参，说是父亲之前珍藏的，金鸿雁回来就将老山参入了药，家里天天弥漫着中草药的味道。

陆鸣这天来看赵玉明，进门后深深吸了一口气，说："真的好味道哇！"

"'诗人'，什么呀就好味道哇？"赵玉明在厨房和弄着药罐子说。

"'领导'，这个你可考不住我呀，你是在补血补气。"陆鸣笑着说，接着还说了几味中草药的名字。

"行啊，'诗人'，久病成医了，勾起你美好的记忆啦？"

"还真有点那个意思。"

赵玉明关了火，将汤药滗到碗中，放在灶台上晾着，他们进屋坐下，赵玉明说："怎么样'诗人'，情报室还忙吗？"

"真的不轻松啊！"

"怎么会？"

"首先是人员增加了，研究院对室里的工作内容也进行了相应的调整，还给了一些研究课题，比如，开展油田后备油气储量的研究；老油田如何稳产、高产，怎么提高油田采收率？还有稠油情报的收集工作，等等！"

"这是领导对你们科室工作的重视，在给你加担子！"

"下辽河都在开足马力，年增产要求一百万吨，说是要把这些年丢掉的损失夺回来！"

"把主要精力转向石油生产建设上，这是好事啊，你说得我心都有些痒了。"

"你还是先养好身体吧，身体是革命的本钱，这可是你那个时候对我说过的话呀。"陆鸣笑着说。

"是呀，哎，对了，'诗人'，古潜山的研究现在进行怎么样啦？"

"'领导'，知道你在家也没闲着，古潜山热了一阵子，现在又有些冷下来了。"

"为什么呀？"

"现在看，下辽河的地质情况实在是太复杂了，目前还没有什么固定规律可循，按照之前认识确定勘探的这批井落空的又稍多一些，勘探局根据上级的指示把油田勘探的重点就转向前进区域了。"

"这样啊。"

"'领导'，你的气色好些了，要不要练习五禽戏，这个我可是获益匪浅哪。"

"我有些长拳的根底，也想捡起来。"

"这个不一样，你这个身体情况还是练习五禽戏要好一些。"

"那好，'诗人'，什么时候要想练习我一定去找你。"

"'领导'，走了。"陆鸣说，赵玉明送到门口，回来去厨房喝了汤药。

按照上级下辽河总部更名石油勘探局的要求，局教育处对发展中的刘玉梅工作的油田第一子弟学校进行调整，这次由小学部和初中部分别成立小学和初中两所学校。刘玉梅被分到了初级中学，这一切首先源于勘探局按照油田教育发展的需求始建了油田的第一所高级中学，一些稍高的师资力量基本抽调过去了；其次是刘玉梅的教学能力在不断增强，且有很好的发展空间。这几年里，刘玉梅除了认真参加学校委派的教师学校教学培训外，还参加了刚刚兴起的电视大学汉语言文学专业的学习，业务水平有了很大的提高。

刘玉梅这次担任的是初一四班班主任，教授语文。班级教授物理课的男老师叫吴亦真，是一位工作三年多的师范专科毕业生，吴亦真身材偏高，剑眉朗目，一表人才。刘玉梅在和吴亦真的交流中知道他来自辽西北偏远的小山村，家庭条件比较差，他是家中的长子，还有读书的弟弟、妹妹，一直需要他的资助，鉴于这个原因，他工作以来一直不太敢谈对象，现在弟弟中专毕业了，家里的条件改善了一些，他终于松了一口气，才敢大胆地考虑个人问题。刘玉梅收获了这个信息，立刻想到了于小玲。于小玲年龄真的不小了，亲戚、朋友相继介绍了好几位男青年，种种原因都没能入于小玲的法眼，很可能是有王志义作为参照。于小玲比吴亦真大一岁，关于这一点吴亦真没有什么异议，这就成功了一半。刘玉梅便来找于小玲沟通情况，于小玲笑着说："刘姐，我主要是看人，人好就行！"

"玲子，我保证你看到人一定会满意的。"刘玉梅非常肯定地笑着说。

"刘姐，既然这样，那就见见吧。"于小玲说。

吴亦真的形象令于小玲很是满意，人家又是师范的大专生，在新倡导大力重视知识分子的当口，这是个加分点。吴亦真对于小玲也是满意的，就使出了浑身解数取悦于小玲，言谈举止令于小玲欢颜，得到于小玲的认同后，吴亦真就经常跑医院去找于小玲交流情感，几次之后，吴亦真便能进入于小玲宿舍里谈情说爱了。那一次，吴亦真给于小玲买了一件桃红色的羊毛衫，于小玲看了非常喜欢，吴亦真就鼓动于小玲穿上试试，于小玲碍于情面穿上了，人立刻增了色，吴亦真就大加赞赏，两个人相谈甚欢。

于小玲就想着尽快带吴亦真回家去见自己的父母，吴亦真正乐于此，他们就兴高采烈地回了一趟蓝河湾。于小玲回到医院的当天晚上，舅舅刘铁柱的电话就追到了于小玲的住院部，刘铁柱告诉于小玲，无论如何休班时一个人马上回一趟蓝河湾。

于小玲有些疑惑，一个人回到了蓝河湾，母亲先是在西屋和于小玲单独谈话，母亲直截了当地问于小玲说："玲子，你和吴亦真的关系到了什么程度啦？"

于小玲的脸微微一红，还是说："我们就是一般的朋友关系。"

"既然这样，我和你爸都觉得你们两个不太合适，你们还是分开吧！"母亲直接说。

于小玲一下子愣住了，上次吴亦真来的时候，父母待客的规格可是不低的，吴亦真都喜形于色了，于小玲说："妈，我们怎么不合适啦？"

"玲子，咱们去东屋，这事你爸说得清楚！"母亲说。

于小玲看着坐在炕头吸着旱烟袋的父亲，父亲说："玲子呀，从面上看，吴亦真这个人还是不错的，人长得也好，又是大学生，可是他真的不适合你。"

"爸，你这到底是为什么呀？"

"玲子，吴亦真是个心底里比较自私的人，把你交到他的手里我们不放心，我们是过来人，你要相信我们哪！"父亲说。

"爸，我怎么没有看出吴亦真有什么不好，他就在咱们家吃了一顿饭，你们怎么看出人家自私来了？你们是不是嫌他的家里穷，找这样一个理由来拒绝他呀？"于小玲看着母亲说。

父亲的脸色立刻沉了下来，还是和蔼地说："玲子，我和你妈是嫌贫爱富那样的人吗？吴亦真在咱家吃饭的时候翻动了所有的菜碗，这是乡俗里的一种认知，也是我们过去教育你们不能那样做的根本原因！"

"怎么会？难道你们就凭这个吗？"于小玲有些冷笑地说。

"玲子，你要相信我们，我们真的希望你生活得幸福、快乐，你回去好好想想吧，我们也不会勉强你的，只是把该说的话和你说清楚是我们的责任，婚姻是你一辈子的大事，最后的主意还是你自己来拿，你明白吗？"父亲最后说。

有些迟疑的于小玲，这时候发现自己怀孕了，她找到了上夜班的金鸿雁，诉说了自己面临的情况，她不知道自己该怎么办好啦。金鸿雁握着于小玲的手，说："玲子，你父母说的乡俗也许是真的，我们那里虽然没有这种说法，可你已经这种情况了，你还是如实地告诉你的父母吧。"

"可是？"于小玲红着脸说。

"玲子，没有什么可是的，人有二不瞒，上不瞒父母，下不瞒大夫，一个做儿女的有什么话不能跟父母说？"

于小玲默默地点点头。

金鸿雁下夜班回来，和在熬药的赵玉明说了于小玲的事情，说："玉明，这件事你怎么看？"

"鸿雁，你说得对，他们应该抓紧时间结婚，不然会留下笑柄的！"赵玉明说。

"是呀，这个吴亦真也真是的，他把生米做成了熟饭，于小玲就没得选择了。"金鸿雁感叹地说。

赵玉明刚喝完汤药，何劲松拉门进来，笑呵呵地说："师兄，挺好呗！"白雪梅的父母是去年秋季投奔白雪梅养老来的，何劲松申请了三代户的住房，他们家已经搬到前边新建的三代户住宅去了。

"还行，进屋坐吧，你什么时候回来的？"赵玉明说着倒了一杯茶给何劲松。

"昨天晚上，师兄，看着你的气色不错呀！"何劲松喝了一口茶说。

"是吗？我没怎么觉着，已经吃了一段时间中药了。"赵玉明摸摸自己的脸说。

"我说的呢。"

"劲松，你现在忙什么呢？"

"还不是稠油？"

"又让戚乐天负责啦？"

"是，戚总只是暂时负责家里这一块，也是好事多磨，稠油蒸汽吞吐实验已经进行了，原理基本也清楚了，目前用的热力发生器（锅炉）不行你是知道的，勘探局根据这一情况请示上级，上级通过国家机械进出口总公司引进国外的热力设备，已经得到批准，开始了引进的工作；随着上边对稠油开采的重视，上边和勘探局结合，组织了一个高规格的考察组去国外考察稠油热力开采技术，考察组回来，汇报研究后，上边决定在下辽河建立稠油开采实验基地，勘探局新近组成一个考察团出去深入学习、考察，为稠油热力开采奠定技术基础。"

何劲松说的这些，赵玉明在《下辽河石油报》上看到了一些相关的报道，便笑着说："改革开放的大门已经打开了，你就没想着跟着出去溜达溜达呀？"

"师兄，谁不想啊，我还积极报了名，最后被刷下来了，包括戚副总戚乐天！"

"为什么呀？"

"这次牵头的是上边派下来的技术专家，年富力强，其他人选也都是专业对口技术人员，以精干为原则，国家外汇多紧张啊，能让我这样的人随便挥霍呀。"

"这么有自知之明啊。"

"那是当然了！"

一段时间以来，围绕稠油热采技术研究温度的持续走高，实验井的选择，实验厂房的建设，输油管线的铺设等各项辅助准备工作都在紧锣密鼓地进行，油田报纸上也大张旗鼓地宣传，什么建设进度飞速，成绩斐然了，赵玉明说："M国的那四台锅炉不是已经进来了吗？"

"是，师兄，锅炉也进行了安装和试验，锅炉的注汽温度升高到N50时，封隔器的密封圈碳化，隔热器液化，井下测试仪表也失了灵，试验就无法进行下去了！"

"那怎么办哪？进口这四台锅炉花了不少钱吧？"

"注汽锅炉目前看没有什么大问题，有问题的是开采技术的一些零部件，外国稠油的井深和咱们的井深不一样，相差一半还多呢！人家也不玩赖，按合同的约定，立刻签字给予赔偿，承诺对达不到咱们稠油开采要求的零部件重新研究、制作，一年内交货。"

"这样说稠油开采的实验研究就告一段落啦？"赵玉明说。

"也没有，上边对稠油这一块十分重视，要求继续两条腿走路，只是对一些工作进行了相应的调整。像稠油技术情报收集工作这一块交给了陆鸣的情报室负责，要求有稠油的二级单位都成立各自的稠油攻关组织机构进行有针对性的技术攻关；像稠油常规开采使用的大抽油机、大泵、强杆制造了都在找相关的合作单位研究开发；稠油开采也在原有经验的基础上继续进行实验，像什么掺稀油开采，井筒伴热降粘了，对热采关键零部件进行自主研究都在上手进行，有具体技术问题找相应的研究所对接。"

"自力更生是咱们工作的一贯方针，群策群力或许能找到新的途径。"

"对，师兄，就是这个意思。"

"劲松，你也不能总是这个样子呀。"

"没办法，先这么着吧，我也在看，这两天跟戚副总跑了一趟前进区域，那里正应用最新的模拟十二次覆盖技术和数字地震二十四次覆盖技术连片采集地质数据，对这一区域进行了地震详探，它是今后下辽河开发的重点区域，因为是超稠油，开采难度更大，上级要求规划高规格整体开发方案，这关系到下辽河今后的上产规模，也是国家石油战略重要一环，上边也非常重视，去那里的人不少。"

"参谋长也跑前进哪?"

"参谋长去的时候还是比较多的，前几天进京了。"

"开会呀?"

何劲松犹豫了一下，笑了，说："说是去开会，实际上是障眼法。"

赵玉明摇摇头，笑着说："没明白你的意思。"

何劲松笑了笑，说："南边有一个新的海上石油合作开发项目开始了筹建工作，要在下辽河等三个油田抽调百名技术人员，上边对主要负责人人选的学历、资历要求相对要高一些，一直都没有确定，只有参谋长等几个人符合硬性条件的要求，有些人已经在重要的岗位上了，有个贵人想到了参谋长，在上边举荐了他，邀他进京走动一下，开始他一直犹豫着，我陪戚总先进京走了一趟，见了那位贵人，他才决定去看看的。"

"这次成算应该很大吧?"

"没有最后敲定就不是百分之百。"

"戚副总会过去吗?"

"戚总当然期待了，那里离他的老家近，他的乡情很浓的。"

"你是怎么想的呀?"

"人挪活、树挪死，就是不知道领导带不带咱玩啊?"何劲松笑着说。

"开玩笑，你还会有问题，那里需要人，你又那么能干!"

"我说的是下辽河，这边抽调干部的事一直没有定，我怕被卡住。"

"怎么会，海上的项目那么重大，下辽河这边也得掂量着，我看不会有什么大问题的。"

"师兄，借你吉言哪。"

"你对下辽河是不是有些失望啦?"

"也不能这么说，我是下辽河最早的建设者，这里有我的青春和汗水，人有时是不得已的，我求的是个顺心，听说老指挥长已经请调去社科院了。"

"是吗，也祝你好运!"

"师兄，彼此，彼此!"

于小玲、吴亦真是一个傍晚来赵玉明家里串门的，金鸿雁当时在厨房里收拾卫生，赵玉明在看兴隆写作业，吴亦真手里拎着一个尼龙绳的网袋，里边装着十来个苹果，吴亦真进屋就将苹果倒到大屋的炕面上，收了网袋，揣进棉上衣的口袋里，苹果滚了半个炕面，站在炕上招呼客人的兴隆马上将苹果圈到了一处，看着赵玉明，赵玉明说："兴隆，你去小屋写作业吧。"

"嗯。"兴隆应了一声，拿着书本下了地。

于小玲笑着亲昵地摸了一下兴隆的头，说："兴隆真乖！"

赵玉明让座，金鸿雁送上了茶水。

吴亦真挺拔、英俊，于小玲赞许过赵玉明，两个人这时候坐在一块，形象上有着一定的可比性，可还是有什么地方差着点，金鸿雁说是气质。

吴亦真、于小玲决定下个周日结婚，他们准备在新房办一桌酒席，邀三五个好友坐一坐，说是响应号召，举行革命化的婚礼。金鸿雁笑着说："先恭喜你们，到时候赵玉明前去祝贺！"

"鸿雁，还是你去吧。"赵玉明说。

"你们都去！"于小玲笑着礼让着。

"金大夫去就行了。"赵玉明说。

"金大夫，你们还是都去吧！"于小玲坚持说。

"说定了，就金大夫去！"赵玉明说。

吴亦真一直没有说话，这时候默默注视着小玲，于小玲看了一眼吴亦真，脸一红，就没有再说话。

赵玉明从西线医院验血回来，见一个穿亮灰色涤卡微型喇叭裤，拎行李，背灰色造革马桶包，鬓发略长的年轻人站在自家门前左顾右盼着，走到近前看清楚是金鸿鹄，说："鸿鹄，你放寒假啦？"

"是，姐夫，你出去走走哇？"

"吃了一段时间的中药了，感觉还不错，今天去医院验一下血，鸿鹄，进屋吧。"赵玉明说着开了门。

"姐夫，看着你的气色真挺不错的！"

"我感觉也可以了。"赵玉明看看金鸿鹄的行李，说，"鸿鹄，你这是？"

"最后这个学期是实习，想找个实习单位，也想听听姐夫的意见。"

"实习单位不是问题，主要你是怎么想的？搞石油勘探开发研究工作可不轻松啊？"

"姐夫，你给说说看。"

赵玉明就将下辽河石油勘探开发以来石油勘探开发情况粗略说了一下，特别强调近期发展情况，稠油开采研究是当前重要的研究课题，古潜山也值得好好研究一下，金鸿鹄说："我听姐夫的，就这两个了，你帮我联系一下呗。"

"联系没问题，二选一，稠油开发研究基地在 GS，古潜山研究在西线就可以，实习期间你可以住在家里。"

"家里我就不住了，哪一个都行，姐夫，你来定吧。"

"马上就春节了，实习的事还是放在节后吧？"

"行啊。"

"你见冷艳啦?"

"还没有,想这一两天过去。"

这时候,金鸿雁下班回来了,把一张化验单递给了赵玉明,面有喜色地说:"玉明,终于有些起色了!"然后和鸿鹄说了几句话,就去厨房做饭了。

赵玉明看着化验单,白血球 3500,这个结果确实令人有些欣喜,虽然没有恢复到正常值(5000—10000)水平,可和生病以来一直在 2000 点这个数值上晃荡着不能不说是个很大的进步,起码减小了向再生障碍性贫血发展的可能啊。

"鸿雁,我想上班了。"吃饭的时候,赵玉明说。

"玉明,我的意见你还是再休养一段时间,恢复得再好一些吧。"

"病了这么长时间,鸿雁,我待得实在是有些腻歪了,现在感觉很不错,我不想总待在家里了。"

"玉明,之前的工作岗位你是肯定不能再做了,你的身体还在恢复中,你要是想上班,我的意见你最好做个闲适些的工作。"金鸿雁强调说。

见金鸿雁松了口,赵玉明立刻笑着说:"鸿雁,我知道,这个结果来之不易,我会好好珍惜的。"

"玉明,你知道最好,现在这个结果只能说是好的开始,到底会怎么样,谁都说不好哇。"

"鸿雁,我明白!"

金鸿雁是在靓初、兴隆上学走了说到冷艳的。冷艳前一段时间去过一次医院,说是来西线看望西线的同学顺路到医院看看她的。金鸿雁感觉到冷艳眼睛里有些东西隐藏着,只是不愿意说出来罢了。

"姐,我们都是成年人,有问题我们会很好地解决的!"金鸿鹄笑着说。

"鸿鹄,我不允许你做对不起人家的事啊。"金鸿雁说,言外之意是不要始乱终弃。

"姐,你放心,你弟弟是什么人你还不知道吗?我们都在反省自己,免得有一天悔之晚矣。"金鸿鹄嬉笑着说。

"金鸿鹄,你能不能好好说话呀?"金鸿雁认真地说。

"姐,我保证!"金鸿鹄举手笑着说。

"人生活在一起是长期的,需要不断磨合!"金鸿雁说。

"姐,我知道哇!"

"鸿霞结婚你回去吗?"

"当然得回去了!"

"冷艳能跟你一起回去吗?"

"我还没跟她说呢。"

"最好你们能一起回去，妈也想看看冷艳。"金鸿雁看来是看好冷艳了。

"知道了，姐。"

"鸿鹄，你这个头发得剪剪哪，特别是去了单位实习，那个喇叭裤就更不要穿了!"

"我这样的穿着很正常，姐夫你说呢?"

"在省城当然正常了，在这里就是奇装异服，单位都在开展这方面的教育。"赵玉明笑着说。

"姐夫，我明白了。"金鸿鹄笑着说。

早晨，赵玉明去了研究院政治处，主任宗林笑着说："玉明，你身体有了好转是件大好事啊，我的建议你还是继续休养一段时间吧。"

"老领导，这么长时间我待得实在是有些腻歪了。"

"玉明，你的心情我能理解，你要是实在想工作去陆鸣他们情报室怎么样?"

"老领导，我服从组织上的安排!"

"玉明，从组织上的角度我不想安排你工作，你身体的恢复来之不易，一定要好好珍惜!"

"我明白，谢谢老领导!我还有一件事要麻烦你。"

"玉明，你说。"

"我内弟金鸿鹄马上就要毕业了，想在咱单位找个地方毕业实习，你看行吗?"

"他是学什么专业的?"

"石油工程。"

"好哇，他想去哪个科室实习?"

"稠油、古潜山研究都行。"

"玉明，你放心，他确定了我来安排。"

"谢谢老领导，走了。"

赵玉明从宗林那里出来去了情报室，陆鸣正在办公室看着资料，见赵玉明进来，笑着说："哟，'领导'来了，快请坐!今天怎么这么闲哪?"立刻起身泡了一杯茶。

"'诗人'，我什么'领导'哇，我是来找领导报到的。"赵玉明笑着说。

"'领导'，你开什么玩笑哇。"

"你给宗主任打个电话问问就知道了。"

"'领导'这样说看来是真的了。"

"那还有假呀，'诗人'你看看安排我干点什么呀?"

"'领导'，你想干什么呀?情报室的岗位你随便挑!"陆鸣拿出一张纸，推给了赵玉明。

"工作都是领导安排的，哪有自己挑的道理呀。"赵玉明推回了那张纸说。

"'领导'，你这身体情况当然是个例外了。"

"你有什么合适的工作岗位，给我点提示。"

陆明挠挠脑袋，说："对了，'领导'，院里想在我们这里搞个技术研究情报交流，想办个内部期刊，你做这个内刊编辑怎么样啊？咱们主要是先上手把它搞起来，关于内刊怎么出，出刊的周期，咱们看来稿情况再定，你看怎么样啊？"

"我干什么工作都行，只是期刊编辑工作我是个门外汉哪。"赵玉明说。

"我不是也一样嘛，技术研究情报交流，顾名思义，懂技术是最关键的要素，这个'领导'你绝对没问题，关于编辑和内刊，不是学而知之嘛，时间要求也没有那么急。"

"行，'诗人'，那就说说领导的要求和你的想法吧。"

陆鸣大致说了一下领导的意见和自己的初步想法，两人便认真探讨了起来，很快就形成了一定的共识。

二

刘忠伟一直冥想着，他和马凤霞的爱情是什么时候开始的？

上高考补习班的第二个夜晚，梳着"柯湘"发型，身材窈窕的马凤霞来了，何劲松把马凤霞交到他的手里，让他下课送马凤霞回驻地。来上课的一些年轻人有的人是认识马凤霞的，有交头接耳的，也有直接打招呼的，马凤霞落落大方地应答着。下课了，刘忠伟站在门口等着，马凤霞出来了，他就在前边开路了。

夜半，天空有些阴沉，通往西线油田一工地的矿渣路被黑暗包裹着，路边沟中的芦苇在寒冷的北风中沙沙作响，旷野里不时传来一两声怪异的叫声，让人有些毛骨悚然，马凤霞这时候便喊了一句，刘忠伟，你走慢一点啊！

刘忠伟便站在路边等待，心里有些忐忑。他参加工作已经三年了，现在是队上的副司钻，在井队这个男人居多的世界里，面对着矗立的钢铁巨物他非常坦然，耳听着师傅、工友们粗俗的话语他习以为常，他接受何劲松要他送马凤霞回住处的事，这是一项任务，他要很好完成，同陌生年轻女性单独走路他还是第一次，何况是马凤霞。马凤霞走近了，说这个夜也太黑了，过去我从来也没走过！刘忠伟有些奇怪地说是吗？油田人没有走过夜路的人应该是不多的。他们一起往前走，沉寂了一会儿，马凤霞说刘忠伟，你是做什么工作的？刘忠伟说井队的老钻！马凤霞说难怪呀。刘忠伟说马凤霞，你不是采油工吗？马凤霞说是倒是，我参加工作先是参加采油工学习培训，还没有上岗就被选送了总部文艺宣传队，直到不久前这个文艺队才解散的。

这个马凤霞可真够幸运的！马凤霞走到了一工地，刘忠伟说再见。看着马凤霞进了驻地，便向自己的住处——西线油田二工地走去。刘忠伟这时记起了马凤霞，是大地震那一次，在SSN7井，震后，他们井队在抢建井架新基础的时候，总部的大领导带领一个慰问分团，带着一支文艺小分队来到他们井场慰问演出，那些演员都化了妆，有红饰白的，穿着演出服，外面套着军大衣。那天的风很大，天气很冷，演员只好穿着军大衣露天演出，马凤霞是独唱，唱的是电影《英雄儿女》里的插曲：风烟滚滚唱英雄，两岸青山侧耳听……有一位井队的老师傅鼓着巴掌说，这小妮子穿着军大衣唱得都这样好！

第二天上课，马凤霞来得挺早，坐下来要看刘忠伟的物理作业，马凤霞微笑着说"书到用时方恨少"，这话说得一点都不假呀，在农村时，我爸就一直说让我好好学习，我就是不爱学，一方面是我喜欢唱歌，一方面是"读书无用"了，谁会想到现在又会有用啦？

刘忠伟刚刚找过了何劲松，解决了疑难，完成了昨天晚上留下的物理作业，这时候拿给了马凤霞，马凤霞给他一个羡慕的眼神。这样的日子走得很快，他们的话也多了起来。马凤霞在乡下时曾经骑着自行车上过两年县城的初中，第三年的时候，做过建筑工程设计工作的父亲被油田抽调了，他们举家就来到了油田，十七岁的马凤霞就直接参加工作了，马凤霞最早认识的油田人是陆鸣，后来又认识了郝学仁、何劲松。

马凤霞的专业课考得很好，宋爽都感到了骄傲，文化课考得一般般。第一次，马凤霞还是落榜了！刘忠伟去看马凤霞时，马凤霞正拿着宋爽的来信抹眼泪！刘忠伟安慰她说我们都要有这样的思想准备，恢复高考，高考的人太多太多了，而那个梯子又太窄了，我们还年轻，只要继续努力，希望一定会属于我们的！马凤霞抹去眼泪，庄重地点点头。

那一次钻井发生井涌抢险受伤，刘忠伟躺在医院病床上。马凤霞赶来了，眼里透着关切的神情和对年轻英雄的崇敬，那是一种什么样的情感呢？打水、买饭、守护、交谈，都说心里爱你口难开？刘忠伟深切地感受到了。他回到二十里养伤时，马凤霞时常会出现在这个农业基地的沙石路上，邻居这姨那婶的就问母亲王桂花说这个妮子是你儿子对象吧？母亲笑着否认着，说就是一起学习的一个朋友。这姨那婶当然不信了，在她们眼里，能经常到小伙子家里来的年轻女性朋友和儿媳妇基本上是没有什么区别的。那一次，马凤霞一进门来就抿着嘴笑个不停，刘忠伟从炕上坐起来，说马凤霞，你笑什么呀？马凤霞说刚刚在门口遇到两个姨，一个姨直接就问我是王桂花家的什么人？刘忠伟说你是怎么回答的？马凤霞说我说我是刘忠伟的朋友。她们摇头说什么朋友哇，你这妮子一点也不实在，就说是她家儿媳妇得了吧！

我说真的不是！她们说谁信哪！刘忠伟看着马凤霞，马凤霞的脸渐渐红了起来，刘忠伟说马凤霞，你是不愿意呀？马凤霞红了脸说你说什么呢？讨厌！刘忠伟大声说马凤霞，我真的喜欢你！你呢？马凤霞咬着嘴唇，认真地点点头，刘忠伟感到幸福和激动，如果不是腿伤不便，他会立刻拥抱马凤霞亲吻的。

那时候，马凤霞常常给他一个人唱歌，"深夜花园里四处时静悄悄，只有风儿在轻轻唱……"那是他心底里一段非常快乐的日子。

强劲的海风撕扯着XBQ这片坚硬的土地，仿佛要把一个严冬的冰封撕裂开来，孤单枯黄的芦苇摇曳单薄的枝条和大风博弈着，一些枯黄卷曲的芦叶在苍茫的空中翻飞着，太阳有些泛黄，注视着挺立在荒野中的钻塔，风的大手抚弄着富有弹性的绷绳，弹奏出大地低沉的回响。

刘忠伟最后是在钻井107队实习，107队这时候在XBQ钻探Q16井。

XBQ在西斜坡的最南端，这里是先民最早发现自燃火的地方。这个冬季，这个区域布属了一批探井，可多数探井的油气显示都不理想，谁都不相信会是这样一个结果，可它偏偏就给了这样一个令人沮丧的答案，总部决定这个春季的勘探重点向前进区域转移，人说是参谋长的坚持和力争，才留下一个井队钻探这口Q16，这个任务就落在107队的头上，谁都知道这口探井意义重大呀！

刘忠伟穿着系紧腰带的道道棉工服，头上顶着老队长肖永利的那个铝盔，脚蹬沾着油渍的翻毛工靴，在钻机的轰鸣声中站立在井台上，紧握着刹把，不时看着指重表，大风呼啸着，天空昏黄得有些厚重。

肖永利这时候拍拍刘忠伟的肩头，示意换他一下，刘忠伟摇头高声喊："不用了，老队长，你还是下去好好歇着吧！"声音立刻被大风带走了。肖永利站在那里看一会儿，刘忠伟再一次高声喊着，肖永利这才步履蹒跚地下了钻台。

人都说"十男九痔"，肖永利的痔疮这次更重了，有人看到他便血了，血量还很大，鲜红鲜红的，难怪他的脸色黑黄黑黄的，精神头一点都不足，有人私下里说看这种情形不是痔疮那么简单！大家伙都劝肖永利早些回西线去医院好好查查，肖永利却说等打完这口井再说，就一直硬撑着。指导员胃出血住院了，一个司钻的父亲病故，回山东老家奔丧了，队里的骨干力量明显不足，刘忠伟主动顶替到司钻的岗位上，肖永利真的走不开。肖永利已经五十出头了，石油的风霜雪雨在他脸上刻下密实的皱纹，看着像一个六十开外的老人。肖永利是头戴铝盔走天涯的人，他是石油师的兵，他石油工作的起点是玉门，之后是克拉玛依、萨尔图、大港、下辽河，按他自己的说法他的大半生都在漂泊中，都在钻探石油，他的家刚刚安稳在西线。

傍晚，刘忠伟交班下了钻台，他先走进肖永利的铁皮房，肖永利歪在床上小憩，见刘忠伟进来，拍拍床边，说："刘儿，你坐。"

"老队长，现在感觉怎么样啊？"刘忠伟坐下了，看看肖永利说。

"老毛病了，还是那个样子。"肖永利故作轻松，神情明显有些苦痛。

"吃饭了吗？"

"吃过了。"

"老队长，你还是抓紧回西线去看看吧。"

"晚几天吧，这口井到了关键时刻，我走不开呀。"

"老队长，你就放心吧，有我们大伙儿。"

"刘儿，知道你是好样的，我要是领导，就让你当这个钻井队长。"刘忠伟笑着摇着头，肖永利说，"怎么，你不乐意呀？"

"不是，老队长，我还年轻，能力还有限。"

"谁都是从干中学的，你年轻又长学问了，井队上最需要的就是你这样的年轻人哪。"

"谢谢老队长的肯定和鼓励！"

"我说的是真话，年龄真的不饶人，我是有些干不动了，年轻真好！我真的喜欢钻井，一想到石油从我钻的井口中咕嘟咕嘟地冒出来，我的心里就有一种荣耀感，刘儿，你有这种感觉吗？"

"有哇，老队长，能钻探到石油是大地对我们最高的奖赏！"

"刘儿，你这话说得太好了，到底是有文化呀，咱们国家的建设需要石油哇，咱们钻井工人首先得拼了命大干哪！"

"老队长，你说得是。"

"刘儿，你还没有吃饭吧？"

"老队长，不急。"

"我没事，刘儿，你快去吃饭吧。"

Q16井的钻探工作完成了，上级决定就地使用107的井架直接试油，许是对下辽河人锲而不舍坚持的一个馈赠，这次他们发现了巨厚的"大凌河"油层，这对XBQ区域，对下辽河石油勘探具有十分重要的意义，也了却了下辽河地质师们有关西斜坡南部石油的构想。

肖永利回到西线就住进了西线医院，一番检查后，立刻转往了省城大医院，他是直肠癌中晚期，立刻做了切除术，再造了肛门。

刘忠伟回到了西线，去见老师何劲松，何劲松这时正在办公室里归拢着东西，指指条椅说："你坐，忠伟。"刘忠伟坐下来，有些疑惑，何劲松笑着说，"忠伟，你实习得不错呀！"

"何老师，还算可以吧。"刘忠伟笑了笑说。

"岂止是可以，是非常好哇！"

"何老师过奖了。"

"我说得再好也没有用，这是单位领导对你的肯定！"

刘忠伟知道何老师一直以来都在关注自己，笑着说："谢谢何老师！"

"忠伟，你对今后是怎么想的呀？"

"我现在来就是想听听何老师的意见。"

"关键还是你自己呀！"

"我想回钻井一线去。"

"这件事你和马凤霞商量了吗！"

"我想决定了再和她说。"

"你这样不太好吧，她会怎么想啊？"

"我不知道，我想她会同意的。"

"你确定吗，你可要有充分的思想准备呀。"何劲松有些告诫的意味。

"何老师，我知道了。"

"忠伟，人有一得也许就会有一失的呀。"

"何老师，你指的是什么呀？"

"忠伟，你还年轻，钻井一线是你能够驰骋的广阔天地！"

"何老师，明白了，您这是干什么呀？"

"啊，我调海上油田工作了。"

"何老师，您这就走吗？家也一块走吗？"刘忠伟有些惊讶。

"我先走，家目前还不能走，什么时候走还不知道。"

"何老师，真的有些舍不得您。"刘忠伟的神色有些黯然。

"怎么了，忠伟？又不是不见面了。"

"何老师，我已经习惯了，有什么疑难就想过来请教您。"

"忠伟，你已经长大了，什么事还是要靠自己，要学着自己拿主意，一直以来，你的表现已经证明你是优秀的，一定要相信自己呀！"何劲松用力拍拍刘忠伟的肩头说，"你要真有什么疑难问题可以找赵玉明你赵叔叔，他也会给你很好的建议的。"

"知道了，何老师。"

刘忠伟毕业回到了钻井公司。

石油中专在毕业前进行了分配志愿摸底调查，鉴于刘忠伟之前和在学校里的优异表现，校领导有意他留校工作，刘忠伟笑着谢绝了，校领导说你要是不愿意做教育工作我们也不勉强，我们可以推荐你去"两院、一机关"（研究院、设计院、总部机关）工作。刘忠伟说谢谢校领导，便填写了回钻井公司的志愿。

刘忠伟回到钻井公司报到，组织科安排他在指挥部团委工作，他找到了政治处代主任李敢，说了要去一线井队工作的想法。李敢笑着说刘忠伟，你小子的想法非常好，我是大力支持呀，只是你的工作安排是公司党委开会研究决定的，这件事我得和康（勇为）书记汇报了再说，你先回去等着吧。

　　刘忠伟实现了去一线井队的愿望，他被安排到107队任技术员。临行前，刘忠伟特意去看望了老队长肖永利，在家休养的肖永利精神状态看着不错，肖永利指指自己的小腹说领导都不同意我再回井队了！说这话时他的眼神里有一种期盼，那是对站在井台上的一种渴望，然后，从铁床下的一个木箱里拿出了那个擦得锃明瓦亮的铝盔送给他说刘儿，这个我用不上了，你拿上用吧。刘忠伟知道这个铝盔对肖永利的意义，它是肖永利钻井生涯和进京参加国庆观礼的见证，那一次，宣传队想借用这个铝盔排演节目用，肖永利硬是没有借，他说这个铝盔是在钻台上的，不是在舞台上的！刘忠伟庄重地接过了铝盔，他的肩头被重重地拍了两下，那是一种无言的期待。

　　马凤霞回信了，她不明白刘忠伟有那么好的机会为什么非要去井队？刘忠伟去信说明了自己的理由，马凤霞就没有回音了，这让刘忠伟茫然了好一阵子，难道说自己的选择错了吗？他回二十里基地的时候，母亲王桂花问他马凤霞这个假期没有回来吗？他摇了摇头，王桂花说忠伟，你和凤霞到底怎么啦？刘忠伟的嗓门有些高，伴着焦躁说没怎么，妈，你别问了好不好！刘铁柱立刻拿木拐杖用力杵杵地面说刘忠伟，你怎么跟你妈说话呢？路是你自己选的，人是你自己找的，你要活得像个男人！什么事要拿得起放得下，看你现在没出息的样子，我都替你臊得慌！刘忠伟不由得低下了头，有些羞愧地看了王桂花一眼说妈，对不起呀！王桂花立刻笑着说算了，算了，咱们不说这个了。刘铁柱继续高声说刘忠伟，这个事你要想清楚了，你们是不是一路的人？以后能不能生活在一起？不行就放下，男子汉大丈夫，何患无妻呀？王桂花立刻说他爸，你就别说了！刘铁柱说事都临头了，有什么不能说，回避问题是没有用的！刘忠伟说爸，我知道！昂起头看着父亲。

　　刘忠伟是在前进前线见到马凤霞的。

　　前进区域的勘探开发对近在咫尺省城的国计民生具有非常重要的现实意义和长远意义。前进区域这一次进行的是第三次石油勘探，是石油地震勘探技术的不断进步，使得这次石油勘探的形势十分看好，前进区域"小而肥"，大力开发已经势在必行！获得这个重大喜讯的省城主要领导亲自带队，带来省城的文工团，对参加前进区域建设的石油工人进行慰问演出。

　　这是一个初夏的夜晚，和风徐徐，一轮明月像一个玉盘高悬在繁星点点的夜空中。前进前线指挥部驻地前的一片临时广场上，六台长厢大卡车的车厢拼成了慰问演出的临时舞台，场地四周彩旗飘动，舞台前红条幅横拉，条件明显有些简陋，但不失荒野石油人的热烈。

副队长兼技术员刘忠伟带领107队休班的工人前来看慰问演出。慰问演出如一缕和煦的春风吹进了前线建设的石油人的心田，赢得全场观众一阵阵热烈的掌声和叫好声，这是文艺的力量。马凤霞是在《看看拉萨的新面貌》的对唱中走上舞台的，这熟悉的歌声让刘忠伟有些心动和意外，对唱一结束，刘忠伟就跑到后台去找马凤霞，马凤霞看到一身钻工装束的刘忠伟愣了一下，立刻披上一件风衣出来，笑着说："刘忠伟，怎么这么巧，你也在这里呀？"

"有石油的地方就有井队，有井队的地方也许就会有我的。"刘忠伟笑着说。

"你说得也是，我把这个给忘记了。"马凤霞说。

他们沉静地对视了一会儿，刘忠伟说："马凤霞，你还好吧？"

"还可以吧。"

"你好像有段时间没有回西线啦？"

"是，我学习还是挺紧张的。"

"马上就毕业了，你是怎么想的呀？"

"我当然是想留在省城留在学院了，现在看着还有些困难。"

"已经定下来了吗？"

"哪那么容易呀，宋老师在帮我，一直在帮着做工作，我也在努力，有时会被选派出来参加一些演出，像今天这样。"

"省城就这么好吗？难怪一直没有你的消息。"

"不知道，我也很迷惘，这里毕竟是省里的政治、文化中心，是西线不能比的，我知道我说服不了你，可我真的不敢面对你现在的生活呀！"

"每个人都有自己的选择，你可以明确地告诉我呀！"

"你会为我改变吗？"马凤霞眉头一挑说。

"省城也没有我钻探石油的地方啊。"刘忠伟笑着说。

"我就知道你是这样想的！"

这时候，一个清亮的男声喊道："马凤霞！"

"我在这儿！"马凤霞回应着，一个高挑的男生寻着声音走过来，看着应该是那个和马凤霞唱对唱的"老汉"，"老汉"说："马凤霞，走了！"

"来了。"马凤霞说，"对不起，刘忠伟，我该走了。"

"好吧，再见。"刘忠伟说，他伸手想和马凤霞有一个握别。

"再见。"马凤霞不知道是没有注意刘忠伟的手，还是故意回避了，她立刻转身离开了，那个"老汉"已经走近了，看了看刘忠伟，笑着说："马凤霞，那个穿得油脂麻花的人谁呀？"

"油田钻井的一个朋友。"马凤霞说。

"你怎么还有这样的朋友哇!""老汉"有些嬉笑地说。

"关你什么事啊!"马凤霞声音变得有些高冷。

"不好意思,我没有别的意思呀。""老汉"解释说。

"讨厌!"马凤霞径直走了。

"刘队,你在这里呀?"队里的见习技术员肖雅这时过来说。

"肖雅,什么事啊?"刘忠伟说,看着远去的马凤霞。

肖雅随着刘忠伟注目的方向,见一些演职员在上一辆大客车,就说:"刘队,值班车等着咱们呢。"

"那好,走吧。"刘忠伟说。

解放卡车的明亮灯光剪开深沉的夜色,卡车在荒野的路上疾驰着,荒野里不时闪过井架、采油站或其他驻地的灯火,微风这会变得有些狂野,刺痛着人的面皮,向后梳理着桀骜的头发,几个年轻钻工不断对着旷野高声呼喊着:我爱你!我爱你!我爱你!不知道他们是在飙声,还是释放着身体里压抑太久的荷尔蒙。刘忠伟凝视着旷野,这时候重重地舒出一口气,他的心一下子轻松了,他和马凤霞见面了,他和马凤霞说话了,这不能怪马凤霞,他们已经分属不同的地域,他们有着不同的追求,他的使命就是在荒野里钻井,奉献石油,这是他自己的选择!有一个石油诗人说得真好,井架是我插在荒原的肋骨!你把肋骨都插在荒原上了,你还能脱身而去吗?他这时也不由得大声喊道:我爱你!

清晨,刘忠伟要去上井了,换了女装的肖雅笑着说:"刘队,我一会儿回西线,你有什么事吗?"

"没有,这就走哇?"刘忠伟笑着说。

"嗯,谢谢你一直以来的帮助。"

"别客气,都是我应该做的。"

肖雅挑了一下美丽的弯眉,有些调皮地笑着说:"临走就不给点希望什么的呀?"

"你大学本科毕业,这么优秀,我看还是算了吧。"

"怎么一点感情都不讲啊!"肖雅低声笑着说。

"你说什么?"刘忠伟没有听清楚,有些探究地问道。

肖雅看着刘忠伟笑了笑,摆摆手,说:"没什么,走了呀!"

"欢迎你再来呀!"

"你说的是真的吗?"

"当然啦!"

"好,那就一言为定啊!"肖雅高兴地说。

肖雅是石油学院新毕业的大学生,分配在公司的地质队,她这一次是专门下来了解和认识前进古潜山油藏钻探的，她跟着井队完成了这口井的钻探任务就回单位复命了。肖雅爬上解放卡车的车厢，卡车开动了，那个挥手的身影渐行渐远了。

队长余德胜这时笑着说："忠伟，肖雅这个丫头还是挺不错的。"

"嗯，是挺好的。"刘忠伟赞同地说道。

"你说的是真的吗？"余德胜马上说。

"当然了，队长，这还有什么问题吗？"

"忠伟。你要是真看好了，我可以给你们俩撮合撮合呀。"

刘忠伟一愣，笑着说："队长，你这是哪儿跟哪儿呀？"

"一个未娶，一个未嫁，这不是挺好的事吗？肖雅我还是比较了解的，人家可是正牌的大学生，人品没得说，长相也不错，家庭没问题，配得上你！"余德胜介绍着。

"队长，你说得没错，关键是我们都还没有这个想法呀。"

"你现在有这个想法也不迟呀。"

"队长，我去井上了。"刘忠伟笑着说。

"忠伟，有时间好好想想，想好了告诉我呀。"余德胜在后面叮嘱着。

肖雅这个女大学生确实挺不错的，这是工作中的印象，许是有着马凤霞的关系，刘忠伟一直没有注意到肖雅在井队这段时间里作为一个异性的存在，是队长余德胜给他开了一扇窗。

三

刘秀儿真的不希望这个明朗秋日的早晨王珏的离去。可面对王珏的义无反顾，刘秀儿佩服得有些五体投地了，不免也替王珏心存一丝丝的忐忑。

王珏是个十分开朗的女孩子，刘秀儿参加工作报到第一天就发现了，许是这样的缘故，她们结缘了。她们报到的时间相近，名字写在前后，她们就分在一个帐篷里，而且床挨着床。许是年长两岁的关系，王珏表现得成熟而有主见，做事干脆利落，她偏高的个头，梳着齐耳短发，一副很干练的样子。王珏的行李铺好了就看向刘秀儿，刘秀儿的床有些不平，王珏马上找到一块硬纸板对折了两折，塞到一个床腿下面，床就平稳了！刘秀儿微笑看着王珏，王珏笑着招招手，她们便一起去水房打开水了。王珏二十岁，她来自医巫闾山下的一个小山村，她在当地县城上的初中，是学校篮球队的队员，说是去过省城参加过校际中学生篮球赛，这次比赛成绩虽然不怎么样，总算是出去见过了一次世面，因为她的脚走过了省城的太原街和中街，见证了省城城市的繁华，这给予刘秀儿许多的新奇。王珏是矿区外子女参加工作的，她的父亲叫王俭，具体在什么单位工作王珏一直没有说得太清楚。

入厂培训很快结束了，刘秀儿和王珏被分配到驻扎在黑鱼沟边的西线北矿采油三队做采油工。她们俩还住在一个宿舍里，只是她们的宿舍这时变身拱形泥顶老旧的砖坯房，采油队的驻地在黑鱼沟边茫茫的荒野里，这栋老砖坯房是这个地方原有的，这时候被后来搭建的几栋木板房和一些旧帐篷环绕着，外边是无边无际的荒野。春风吹拂了一段时间，已经将荒野点染成绿色，花的芬芳在微风中流淌，有些沁人心脾的感觉。旧砖坯房的最东头那间是队部，里边坐着指导员尚玉杰和队长王德彪。

那一天的清早，刘秀儿、王珏在房前的水泥水池子前盥洗刷牙，看见对面那栋帐篷边上有一拨男青年围成了一个圈子，吵吵嚷嚷着，好像在说要好好地惩处它们什么的。王珏有些好奇地看了看，拽了刘秀儿一下，一起走过去看个究竟。那些人围着的是一个有米八高一米见方的水泥池子，水泥池子里有几只老鼠沿着池子边缘不停地窜动奔逃着，有两个男青年拿着树棍不停地捅着，被捅到的老鼠不时地发出"吱吱呀呀"有些凄厉的叫声。刘秀儿只看了一眼，心里立刻麻麻的，有一种要呕吐的感觉，马上退了出来，心想，都说"狗拿耗子——多管闲事"，这人怎么还抓耗子玩起来啦？这时候，一个高个子青年喊道快！快！快！快去把那只小花猫抱来！立刻有个人跑进了帐篷，抱来了一只小花猫，小花猫放进池子里，所有人都屏住了呼吸看着，老鼠这时候缩挤在一处一动不动了，小花猫在池子里环视了一下，然后仰望着期待的脸和天空，"喵，喵，喵"地叫个不停，对老鼠似乎没什么感觉，这令围观的人大失所望，人们七嘴八舌起来，说猫是老鼠的天敌呀，这只猫怎么会不抓老鼠呢？是太小没有断奶？还是它妈没有教给它这个本领？高个子青年马上说快，去把那只大花猫找来试试！有人就说对对对！正在这时，指导员尚玉杰站在队部门口看着这边高声喊叫："你们干什么呢？怎么还不吃饭哪！都不用上班啦？"所有人闻声立刻散了去。

刘秀儿和王珏去了食堂，刘秀儿说："珏姐，你看老鼠什么感觉呀？"

"没什么感觉呀。"王珏看了刘秀儿一眼说。

"珏姐，你真行。"

"秀儿，你怎么啦？"

"我看着心里麻麻的，硌硬得都要吐。"

"真的呀？"

"可不嘛。"

"你可真是个娇小姐呀！"王珏笑着说。

"才不是！"

刘秀儿和王珏被分配到X7采油站，采油站站长叫许艳梅，三十出头的样子，个头稍矮，圆脸短发，说话铿锵有力，做事干净利落的。许艳梅说明了站上的基本情况，就把带徒工刘秀儿、王珏的任务交给了一个叫陈立伟的采油工，陈立伟表现得有些不太情愿的样子，好像又没有办法，就有些无可奈何地接受了。陈立伟站在刘秀儿、王珏面前时，王珏拽拽刘秀儿的衣服，刘秀儿马上认出来，陈立伟就是领头惩处老鼠的那个高个子青年。

X7站在西线西边的一片荒野里，前不着村后不挨店，面对的是满眼的芦苇和蒿草，巡井的小路上还要经过一片坟茔地，这是陈立伟开完站务会时说给刘秀儿、王珏听的。

陈立伟是一个身材挺拔的青年，面孔方正，性情开朗，二十出头的样子，他问清楚刘秀儿、王珏两个人的姓甚名谁就了事了，刘秀儿、王珏感觉很幸运，她们遇到了一个年轻的师傅，她们看到许多人的师傅是些上了些年纪的人，一天也没什么话，常常虎着一张油黑的脸，一副很威严的样子。

下辽河一年两季风，从春刮到冬。今天是个好天气，阳光明媚，微风徐徐，空气里流淌着荒野新绿的芬芳。刘秀儿走在巡井的小路上，不时会在路边采几朵黄灿灿的蒲公英花，举着插到王珏的头上，可惜美丽的花朵每一次都在王珏的短发上滑落了，这让刘秀儿有些遗憾。王珏这时候笑着将花朵捡起来，认真地插到刘秀儿的猴皮筋束着的短辫上，刘秀儿的头上就有了一些黄灿灿的色彩。

陈立伟这时候扛着管钳，迈着大步走在了前面，许是这样的好天气让他的心情格外舒畅，他不禁高声朗诵道：

应该唱千万支歌把我们的人民赞美，赞美他们不懈的勤劳和英勇无畏；
应当作千万幅画把我们的人民描绘，描绘他们外表的庄严和心灵的高贵；
而画家和歌手哇，对人民你们注定要欠债累累，
即使耗尽你们的天才也不能再现他们全部的英雄行为；
我们谦逊的人民哪，好像从来也不需要谁来鼓吹，
如同太阳他们总是忠诚地又默默地散发着光辉！

"好！"王珏用劲地鼓起掌来，刘秀儿也跟着拍了手。陈立伟回头看看她们，站了下来，王珏笑着说："师傅，没有想到你这么有才呀！"

"有什么才呀，这可不是我写的呀。"陈立伟坦诚地说。

"师傅，那是谁写的呀？"王珏问。

"郭小川。"

"郭小川是谁呀？是咱厂的吗？"王珏说。

"不是，郭小川是我们国家当代的一位著名的诗人。"陈立伟笑着说。

"我说怎么写得这么好，师傅，你朗诵得太有感情了，腔音很强。"王珏称赞说。

陈立伟看向刘秀儿，刘秀儿也赞许地点点头，说："师傅，真的很好哇！"

陈立伟笑了，他们一齐向前走去，边走边说着话，陈立伟也是矿区外参加工作的石油子女，工作五个年头了，他之前有个上白班的女搭档，前几天回家待产了。按说X7站带徒弟的工作应该由大班师傅闫家富担纲的，闫家富前几天上井搞一级维修不慎闪了腰，躺在床上起不来了，站长许艳梅只好临时安排陈立伟来带徒工。陈立伟也是初中毕业，上学时比较喜欢语文，特别喜欢诗词，那东西读起来朗朗上口，很显气势的，毛主席诗词他会背诵很多，像山下旌旗在望，山头鼓角相闻，敌军围困万千重，我自岿然不动，等等，实际上陈立伟背诵的有一些诗词刘秀儿、王珏基本上也是有些印象的，那是在初中语文课本里的，而令王珏最感兴趣的是陈立伟他们怎么会玩捉老鼠的游戏呢？

陈立伟说在荒郊野外居住，这些老鼠真的太讨厌了，特别是他们住在帐篷里边，虽然有红砖铺地，可老鼠们不一定从哪儿就钻出来，最讨厌的是它们经常会咬行李、衣物和鞋子，还偷吃食物，让人烦透了。为了恫吓它们，他们往帐篷里专门抱来一只小花猫，花猫的叫声真的让他们的帐篷消停好一阵子，可是驻地里那么多的帐篷，一只猫是根本不起什么作用，那只花猫不知道什么时候被别的帐篷的人给贿赂了，好长时间都不回来了，倒是带回了两只小花猫。他们帐篷里的东西又常常被咬，食物也常常被偷吃，帐篷里的人就商量着怎么惩处一下这些可恶的老鼠，看能不能起到杀一儆百的作用。可怎么抓到这些可恶的家伙呢？大家开始开动脑筋群策群力了，他们从捕鸟的滚笼得到了一些启迪，陈立伟立刻找来一只油漆桶，去掉上盖，埋在帐篷中央的空地上，油漆桶上边用块三合板做一个桶口大小能翻动的盖子，翻盖中间绑了一块烤熟的猪肉皮做诱饵。入夜，帐篷里熄了灯，老鼠一会儿就开始出动了，那块香喷喷的诱饵真的太具诱惑力了，那个晚上，水桶里掉进了三只大老鼠。陈立伟说完，爽朗地大笑了起来，声音在旷野里飘出了好远。王珏的眼中透露出敬佩的神情，她毫不隐讳地表现出对陈立伟的爱慕。

三个人来到了X701井场，陈立伟开始巡回检查抽油机的运行情况，边检查边讲解一些基础知识，刘秀儿有时候就会打断陈立伟，追问师傅刚刚说过的一个问题中的问题。陈立伟就说心急吃不了热豆腐，你们不要太着急了，巡井工作时能记住多少就是多少，一口是吃不成胖子的，咱们每天的工作时间有限，你们工作的日子长着呢，咱们边干边学，记得也牢固，学得也扎实！陈立伟紧固了两个螺丝，查看了一下抽油机的皮带，摸了摸电机，他们就奔下一个井场了。陈立伟说的办法也不错，几个井场下来，刘秀儿确实感觉脑袋里已经满满当当的了。

检查完最后一口井出来，回站抄近道要经过那片坟茔地，三个人并排走着说着话，走在小路边上的刘秀儿一脚踩空，"哎呀"一声，人陷进一个过膝深的坑里，陈立伟闻声，忙回身将刘秀儿拉上来。刘秀儿这时候脸都有些白了，说："这里怎么会有个坑？"

"该不会是塌了的老坟坑吧？"王珏快言快语地说道。

"能是吗？"刘秀儿的脸色更白了。

"不可能，坟地在里面，坟坑怎么会在这个路边上。"陈立伟马上说，还对王珏使了一个眼色。

"师傅说得是，肯定不会的。"王珏连忙改口说。

刘秀儿回头看了一眼，一路上一直有些疑疑惑惑的，好几次问珏姐，我踩进去的到底是不是老坟坑？王珏几次都说绝对不是呀！刘秀儿还是有些不太相信，下班回到了宿舍，躺在炕上，看着暗黄芦苇的棚顶不说话，她一直都在想着这个问题。

早晨，刘秀儿的头有些疼，她想爬起来，觉着身子也有些沉重，饭也不想吃了。王珏摸摸她的额头有些热，就说找站长许艳梅去请假，许艳梅一会儿进来了，摸了摸刘秀儿的额头，说："刘秀儿，你不行今天就休息一天吧。"

刘秀儿睡在炕上，上工的人陆陆续续出去了，驻地一下子静了下来，她似乎睡着了。

"秀儿，你觉得怎么样啊？"王珏回来了，见刘秀儿没有反应，接着说，"秀儿，你睡了吗？"伸手摸了摸刘秀儿的额头，王珏吓了一跳，继续说，"秀儿，你的头怎么这么热呀，你怎么啦？你醒醒啊！"

刘秀儿被摇醒了，勉强睁开眼睛，说："珏姐，什么事啊？"

"秀儿，你高烧了，你觉得怎么样啊？"王珏焦急地说。

"晕乎乎的，头有些痛。"刘秀儿按一下太阳穴说。

"秀儿，咱们赶快去医院吧。"

"用吗？珏姐，你看吧。"刘秀儿有些迷蒙地说。

站长许艳梅已经下班回家了，王珏跑去找师傅陈立伟拿主意，陈立伟立刻跑到队部请示了指导员尚玉杰，陈立伟套上了队上的那架毛驴车，送刘秀儿去了西线医院。

刘秀儿缩在病床上一直昏昏沉沉的，滴了退烧药热度退得也不算太好，擦了酒精也就顶一会儿工夫，不时还会抽搐几下和惊呼，人有些愣愣的，什么东西也不想吃。于小玲找过金鸿雁，金鸿雁看了看，问了一下情况，该检查的都查过了，一时也没有什么太好办法，只能继续观察，于小玲站在病床前急得直搓手，只好给舅舅刘铁柱打了电话。

又过了一天，到了第三天早晨，刘秀儿睁开眼睛，身上感觉轻松了，脑袋也清爽了，她看着王珏说："珏姐，我怎么在医院？"

"秀儿，你都来医院三天了，难道你不记得啦？"

"我一直都迷迷糊糊昏昏沉沉的，多少有些印象。"

"秀儿，你现在看着还不错呀！"

"我觉得也挺好的，就是有些饿了，珏姐，有吃的吗？"刘秀儿坐起身来说。

"饭点已经过了，槽子糕行吗？"

"行啊。"

王珏从床头柜里拿出了槽子糕，刘秀儿抓起一块大口地吃了起来，吃了两口有些噎住了，王珏倒了缸热水，说："秀儿，你慢着点，没有人跟你抢！"

"我真的有些饿了。"刘秀儿有些腼腆笑着说。

"还有呢，你慢慢吃吧。"

许艳梅这时候走进来，说："刘秀儿，怎么样啊？"

"站长，我挺好的！"刘秀儿喝了口水说。

"站长，你坐着，我去打壶开水去。"王珏说。

"王珏，你去吧。"许艳梅看着刘秀儿说，"刘秀儿，你好好养病，工作不用担心。"

站长许艳梅是油田战区红旗手，刘秀儿入厂教育时就听过她的先进事迹报告，许艳梅确实很了不起，最初，单位没有幼儿园，孩子都是自己带着的，为了采油巡井，许艳梅将刚满周岁的孩子拴在值班室的铁床上，有一次，她巡井回来，发现孩子乱爬夹在床的缝隙里，悬挂在那里，如果不是她回来得及时，后果是不堪设想的……许艳梅为此也曾想离开采油岗位，可她是共产党员，采油岗位需要人，她要起模范带头作用，就咬牙坚持下来了！不久，单位成立了幼儿园，她就更安心采油工作了，现在，下辽河每年都在以增产八十万吨以上的原油速度，为国家发展做出更大的贡献，一想到这里，她就感到做一个采油工的无限荣光。

刘秀儿庄重地点点头，同样都是女人，我要向站长学习。

刘秀儿、王珏继续跟着陈立伟上小班学徒，陈立伟班上讲到的技术知识点刘秀儿都认真记下来，晚上，刘秀儿倚在行李上看着那本采油技术小册子，温故而知新，她的收获还是蛮多的。这个时候，王珏还没有回来，刘秀儿撩起窗帘一角看了看，王珏在外边水池子上洗着衣服，陈立伟也在，他们一边洗衣服一边聊天，有说有笑的，他们的感情日渐生长是谁都看得到的。

大班师傅闫家富来站里上班了。闫家富，四十多岁，偏矮的个头，有些烤煳巴的一张脸，不苟言笑，一身洗得发白打了补丁的旧工作服，挎着一个缝了补丁的帆布工具袋，从这一天起，向刘秀儿、王珏传授采油技术的工作就由闫家富师傅接手了。闫家富带着她们去巡井，许是闫家富病休了一个多月，井场里的许多地方都让他看着不那么顺眼。他们最先到了X701井场，闫家富在井场边的一个草丛隐蔽处里拿出一把牛心锹，开始平整井场，刘秀儿、王珏也轮换着照着闫家富的样子干上一阵子，这是前几天的一场急雨把井场上刷出一些沟沟道道，平整过的井场确实很顺眼。之后，闫家富就考核这些日子里她们都学到了什么，刘秀儿的应答还要好一些，王珏的回答就有些不尽人意了，闫家富黑下脸来有些训斥的味道，你们这样可不行啊，做徒工怎么这么不上心，这个样子你们什么时候才能出徒？什么时候才能独立工作呀？许艳梅当初上班跟我学徒时可不是你们这个样子呀！刘秀儿和王珏对视了一眼，王珏还吐了一下舌头。这才工作不到一个多月，按学徒工要求，离独立工作还有很远的时间，怎么就说到独立工作了？这个时候她们什么也没说，虽然刚接触，她们感觉师傅闫家富是很有实干精神的人，就是工作方法有些笨拙，爱认死理，缺少一定的灵活性，工作之外也没有什么话，更不爱好朗诵什么诗歌，一点都没有年轻人的朝气。

这一天，闫家富遇到了陈立伟，问他这一个多月怎么带的徒工，陈立伟就说了自己的做法。闫家富马上就不高兴了，说谁教你的，你怎么可以这样带徒工？难怪她们什么都没有学到！陈立伟就说闫师傅，每个人都有自己的方法，我年轻也是第一次带徒工，没什么经验，你带得好你就好好带着吧！闫家富一听就更不高兴了，说陈立伟，你年纪轻轻的怎么这样不谦虚！陈立伟说闫师傅，我怎么不谦虚了？闫家富说你看你刚才的态度！陈立伟说闫师傅，我什么态度？闫家富说你现在是个什么样子呀？陈立伟说你说我什么样子啦？两人就吵了起来。许艳梅这时候过来说："陈立伟，你少说两句不行啊！"还给陈立伟使了个眼色。

"站长，凭什么呀？我不知道我错哪儿了！"陈立伟有些理直气壮，带徒工是许艳梅安排他的工作，要不他还不想干呢！

"谁大谁小你不知道哇？去，赶紧干活去！"许艳梅有些严肃地说，陈立伟便没有说话，有些气冲冲地走了。

傍晚，队里开每天的工作例会，进行一天的工作总结，指导员尚玉杰在全队大会上对陈立伟进行不点名的批评，大家都听得明明白白的，陈立伟当场就要发作，是旁边的许艳梅拽住了陈立伟的衣袖，耳语说："你有什么话等开完会咱们出去说好吗？"陈立伟算是忍住了气。

开完会，许艳梅将陈立伟带到驻地外的路边谈了心，许艳梅说："陈立伟，闫家富是个老师傅，对错你将就一下就不行吗？"

"站长，你这是什么话呀，对就是对，错就是错，你怎么这样没有原则，和稀泥呀？"

"他不是老师傅嘛。"许艳梅强调说。

陈立伟明白老师傅的特殊概念，闫家富是最早参与北矿这一区块建设的石油人，队上管理的所有油井情况和地下管线的走向全都在他们脑子里装着，他们肯干实干，队里的生产和上产目标也依仗他们去实现，所以，一般的队领导对这些老师傅都是高看一眼的，甚至说是特别宽容的，陈立伟就说："老师傅怎么了，他这不是明摆着欺负人吗?"

"陈立伟，你还年轻，话别说得那么难听，退一步海阔天空，听姐的话没错呀，快回去吃饭吧。"许艳梅笑着说着，还拍了拍陈立伟的肩膀，像个哥们儿似的，陈立伟就默认了，他们站是先进站，许艳梅是个好站长，站上不能出问题。

陈立伟回到了帐篷，床挨床的李铁义抱着吉他，这时拨拉了一个和弦，说："老陈，你跑哪儿去啦?"

"站长找我有一点小事。"陈立伟说。

"还没吃饭吧? 王珏刚才来过了，给你送洗好的衣服。"

"嗯。"陈立伟应了一声，看了一眼放在床上叠得整齐的衣服，拿起来，放进箱子里，拿起饭盒往外走。进了食堂，陈立伟买好饭，扭头看到指导员尚玉杰在一个角落里吃饭，陈立伟犹豫了一下，还是走了过去，说："指导员，我有几句话想跟你说说。"

尚玉杰看了一眼陈立伟，有些沉着脸说："陈立伟，你要说什么呀?"

"指导员，刚才在大会上你批评不尊重老师傅的人是不是说我呢?"

"陈立伟，这么说你是承认自己有这方面的问题了?"

"指导员，我有什么问题啦?"

"陈立伟，没有问题你怎么会对号入座?"

"指导员，闫家富是诬告我!"

"他怎么不诬告别人?"

"我和他吵了一架!"

"陈立伟，你和老师傅吵架是尊重老师傅的行为吗?"

"这哪儿和哪儿啊，指导员，你听我说一下吵架的经过好吗?"

尚玉杰立刻一摆手，说："陈立伟，你什么都不要说了，你和老师傅吵架就是不对的，你还狡辩什么呀! 你有问题你不知道吗? 要不我还想找你说道说道呢!"

陈立伟一愣，说："指导员，我有什么问题呀?"

"陈立伟，你要深刻地反省自己，挖出思想根源，回去写一份检查，明天交上来!"尚玉杰说完，拿起饭盒走了。

陈立伟本想说点什么，见尚玉杰已经走出了食堂，就把吃了一半的饭扣在泔水桶里，有些懊恼地回到帐篷，一声叹息地倒在了床上，李铁义看看说："老陈，怎么啦?"

"真倒霉，本想讨个说法的，却挨了一顿批，还要写检查。"陈立伟说了事情的经过。

"老陈，不是我说你呀，你这不是自己往人家枪口上撞吗? 算了吧，不吃一堑不长一智，你就当个教训吧。"

"什么教训? 检查我是绝对不会写的!"

"老陈,不就一张纸几个字的事嘛,你就别较劲了,不然后果很严重。"

"不,这是原则问题!"

"有那么严重吗?"

"事关我的人格和尊严!"

"老陈,你就别想得那么多,在这儿你还想不想混下去啦?"

李铁义说得没错,和闫家富拌几句嘴算不得什么,如果真得罪了指导员尚玉杰,他在这个队还能待吗? 这一点陈立伟是清清楚楚的,可他感觉自己没有错,他不肯低下这个头,他有些气盛也有些自负地说:"哼,此处不留爷,自有留爷处!"

"嘿,老陈,你这人怎么这么不听劝哪!"李铁义说。

陈立伟没有写检查材料,在采油队的生产例会上时常会被尚玉杰不点名地批评,在站上的工作也被边缘化了,因为工作量小,月度的奖金总是评末等,王珏就跟陈立伟说你就跟闫家富师傅认个错,把那份检查写了吧。陈立伟坚持说我偏不! 王珏说你这人怎么这么犟啊? 陈立伟说人活着就要有点骨气,我又没有错! 王珏说你是死要面子活受罪! 陈立伟说我认了!

陈立伟原本不是采油三队的,他算是被采油一队踢出来的。那次是他和自己的站长杠上了,接着又得罪了队领导,被采油一队开了,是师傅找到了老乡的采油三队队长王德彪接收的他,他这次打了师傅的脸,也无颜和队长王德彪去说明什么,就是说了也没有用,在队里指导员尚玉杰说了算!

XBQ区域大开发,油田范围内抽调人员,广泛动员,自愿报名,陈立伟听到了这个消息立刻向队上递交了申请书。XBQ在茫茫大苇塘的最南端,是人迹罕至的地方,听说夜里还能听到狼的嚎叫,陈立伟一个人看着一口最偏远的油井,每天能见到的就是两辆拉油的罐车,想想就明白这是他的自我放逐。

王珏特意跑了一趟XBQ,去看了陈立伟一次,回来就对刘秀儿说,陈立伟一个人太孤独了,那里是一片茫茫大苇塘,除去一天两辆的拉油车,陈立伟整天就是看着蓝天、白云和茫茫的芦苇,当然,他也读书看报听广播,朗读郭小川的诗歌,还是挺乐观的,可那里就他一个人,形单影只,我要去那里陪他! 刘秀儿听了这话吓了一大跳,她看着王珏,王珏非常肯定地点点头。

王珏申请调往XBQ,她的目的太明确了,指导员尚玉杰坚决不予批准,还要站长许艳梅耐心地做好王珏的思想政治工作,许艳梅每一次耐心都是无功而返的,即使这样,尚玉杰也不松口。王珏是铁了心了,一有时间就到队部去坐着,弄得尚玉杰都有些没有办法了,最后只好说王珏,矿里要求采油队的队伍稳定,矿上如果同意了我就放你走。王珏说指导员,这话可是你说的呀。王珏二话不说,转身就去找北矿的教导员高长发了,高长发看来已经知道王珏的情况了,就和风细雨地说小王,你申请到油田艰苦的地方去的精神是好的，是值得提出表扬的，可是咱们北矿三队也需要你呀，这里也是采油，也是革命工作，你把这个精神放在工作上一定会成为一名好工人的，调动是要层层审批的，你要服从组织，还是回去安心工作吧！王珏也不说话，坐在教导员办公室里不动地方。高长发就有些火了，说王珏，你要是再这个样子，我就给你延期转正半年的处分！王珏坚持说行啊，教导员，延期半年转正处分我认了，只要你批准我调转了就行！高长发有些无奈地说你这个女孩子怎么这样死心眼，我从来没见过，你回去等着去吧。

刘秀儿是和李铁义一起送王珏去的交通车站，看着一天一个班次通往XBQ的交通车开动了，刘秀儿的眼泪流了下来，一年的相处，王珏像个大姐姐一样照顾她，特别是她生病的那段日子里，李铁义看看刘秀儿说："你这是怎么啦？"

"我舍不得珏姐。"刘秀儿抹了一下眼睛说。

"王珏是寻求美好爱情去了，你应该祝福她，咱们回去吧。"李铁义说。

"不，我要回家里去一趟。"刘秀儿说。

刘秀儿回到了二十铺农业基地，吃午饭的时候，她和父母说了陈立伟和王珏的事情，刘铁柱说："秀儿啊，出头的椽子先烂，做人还是要踏踏实实的，在工作岗位上，要服从领导，尊重师傅，团结同志，勤奋工作才行啊。"

刘秀儿点点头，说："爸，我知道了。"

下午，母亲王桂花领着小弟弟忠明，送刘秀儿去公路边交通车停靠点等车时说："秀儿，女孩儿家的，嫁人是一件大事，能找个好男人是最重要的。"

"妈，你怎么说这个话，我才多大呀。"刘秀儿笑着说。

"秀儿，日子不禁过呀，一晃儿就跑得很远了。"王桂花感叹地说。

刘秀儿听出了母亲的感慨，再看看母亲，脸上有了皱纹，头上已经夹杂着些许白发，她的心不由得紧了一下。

师傅闫家富还是闫家富，只是他有些烤煳巴的那张脸有些松动了，许是王珏的走对闫家富心理上产生了一定的冲击，关键是王珏的勇敢和决绝竟成了一则佳话被很多人咀嚼着，谁敢背上延期转正半年的处分离开一个单位？而且是追随陈立伟的自我放逐，这样的爱情真的太伟大了！这在一个队乃至一个矿区造成了一定的震撼效应，而这个震源和他闫家富是有着一点关联性的，幸好刘秀儿是个可心的徒弟，肯干、认学、听话，他能倾囊相授，从中得到些许的慰藉。

不知道是不是闫家富申请的，入冬后不久，李铁义就调到X7站工作，并安排和刘秀儿一起上小班。而不久后那一次寒流袭来，致使X7站管理的一条没有埋到地下的管线被冻结了，难怪人都说"行船怕顶风，采油怕过冬"，全站的人都被动员起来投入到烘烤疏通这条输油管线的战斗中。入夜，那块荒野里可以看到一条长长的火龙，持续地烧到了天明。闫家富这一天的凌晨在紧张忙碌要结束的抢险工作中不慎扭了腰，趴在地上不敢动弹，是大家用担架将闫家富抬上车，送往西线医院的。

李铁义个头中等，有些清瘦，蓄着长发，是个爱唱流行歌曲的青年，他的嗓子有些沙哑，但歌曲唱得全在调上，他闲暇时在帐篷里常常抱着吉他，自弹自唱，外边时常有人驻足，他是矿区内的子女，比刘秀儿早工作两年，年龄也长刘秀儿两岁。

春天，空气里流淌着草和花的芬芳，无风的日子，阳光明媚，白云悠悠，李铁义在巡井的路上会唱着台湾校园歌曲，上午，他会唱：啦啦啦啦……小小的一片云呀，慢慢地走过来，请你们歇歇脚呀，暂时停下来，山上的山花儿开呀，我才到山上来，原来的你也是上山，看那山花开……下午，他会唱：晚风轻拂澎湖湾白浪逐沙滩，没有椰林缀斜阳只是一片海蓝蓝，坐在门前的矮墙上一遍遍幻想，也是黄昏的沙滩上留着脚印两对半……刘秀儿喜欢这些歌曲，听到这些歌曲她有些陶醉，时间一长，也耳熟能详，她也能唱好几首了。

那是一个草长莺飞的日子，李铁义在井场歇息时唱道：阿门阿前有一棵葡萄树，阿嫩阿绿地刚发芽，蜗牛背着沉着的壳呀，一步一步地往上爬……阿黄阿鹂儿不要笑，等我爬上它就成熟了！唱完歌，李铁义看看刘秀儿说："刘秀儿，我马上就要离开这里了。"

刘秀儿听了这话不由得一愣，说："李铁义，你说什么？"李铁义就又说了一遍，刘秀儿感觉有些突然，接着说，"李铁义，好好的，你为什么要离开这里呀？"

"我不喜欢这荒郊野外的工作环境。"

"你要去哪里呀？"

"一个有工厂厂房，风吹不到，雨淋不着的地方。"

"油田有这样的地方吗？"

"当然有了。"

"在哪里？"

"西线哪。"

"你已经定下来啦？"

"是呀，我的关系就要办好了。"刘秀儿看向了别处，李铁义看看刘秀儿说，"你怎么流泪啦？"

刘秀儿忙抹了一下眼睛，说："好像有东西眯到眼睛里了。"

"用我给你翻开眼皮吹吹吗？"

"不用了，那东西好像已经出来了。"刘秀儿抹着眼睛摇头说。

"刘秀儿，你想过去有厂房的地方工作吗？"

"我从来没有想过，我觉得这里挺好的。"

"刘秀儿，你想想吧，想好了告诉我，我会想办法帮你的，咱们还会在一起工作的。"

"好吧，我会想想的。"

刘秀儿不知道李铁义是不是母亲说的那种好男人，他们在一起工作的这个春夏还是很愉快的，她没有想过去有厂房的地方，她想，有厂房的地方有什么好呢？就没有告诉李铁义。那一天，她是一个人上的井，她扛着管钳，拎着样桶，走在巡井的小路上，绿野空旷，白云飘飘，她放开喉咙高声唱着：走在乡间的小路上，暮归的老牛是我同伴，蓝天配朵夕阳在胸膛，缤纷的云彩是晚霞的衣裳……

四

金鸿鹄记得清楚，上个假期见冷艳的时候，他们之间出现了一点点的不愉快。

金鸿鹄入学时就进入了班委，班委里有一个叫林娴芝的南方女同学落落大方，特别爱玩，学校里一有节假日，她就会挎上那架海鸥相机，约上三五男女同学出去游玩，金鸿鹄也常在被邀请之列。几个人手提单卡索尼收录机，里面播放着校园歌曲，青春飞扬的日子，放飞着激情和梦想，名胜、景点都会留下一些定格的青春靓影。

上个假期，金鸿鹄回来去SG见了冷艳，他们拥抱接吻了，诉说着相思，冷艳始终坚守着最后一道防线。金鸿鹄在之前的信里商量着这个假期他们一起回老家去看母亲，冷艳回信时说看看情况再说吧。冷艳这时候看到了金鸿鹄书包里的那个小影集，里边镶着金鸿鹄和同学出游的照片，金鸿鹄身旁的林娴芝引起了冷艳的注意。冷艳指着照片问金鸿鹄。金鸿鹄说了林娴芝的一些情况。冷艳就有一种探究的目光，金鸿鹄感觉到了，轻描淡写地说明着，冷艳应该是不满意金鸿鹄的解释，说是工作太忙没有请下假，就没有跟金鸿鹄一起回他老家。金鸿鹄在这一点上对冷艳是不满意的，他回老家住了些日子就直接回学校了。他们在之后的通信中交流了这个问题，冷艳说到林娴芝是不是你心仪的人哪？金鸿鹄坚决地否认了，冷艳说林娴芝肯定把你当意中人了。金鸿鹄说就凭我们大家一起出去游玩了几次？你也有些太敏感了吧。冷艳说女人最懂女人了，信不信由你，咱们拭目以待吧。

这个假期的前两天，一个偶然的时间，金鸿鹄和林娴芝在去学校图书馆的路上不期而遇了，他们打了个招呼，林娴芝喊住已经走过去的金鸿鹄，说是有话想和他说。他们走进了枯叶满地的林间小径，暖阳照在身上，枯叶在脚下发出轻柔的回响，似乎是在为一个冬季到来而轻声叹惋。林娴芝笑着说金鸿鹄，你去哪儿实习呀？金鸿鹄说当然是回下辽河了。林娴芝说你已经找好实习单位啦？金鸿鹄说不用找，我回去再联系应该没有问题的，你呢？林娴芝说我给舅舅打了电话，他说绝对没问题，只管去就是了，一切都会安排好的。林娴芝舅舅在一个油田政治部当领导，林娴芝这时笑着说要不你也去我舅舅那里吧？一切都没有问题的！金鸿鹄说谢谢，我还是回下辽河吧。林娴芝好看的眼睛看着金鸿鹄，笑着说我真希望你能好好考虑考虑，不要一下子就拒绝我好吗？那意思是不言而喻的。金鸿鹄笑着说那好吧，不管怎么样我都真的非常谢谢你！实际上金鸿鹄有女朋友林娴芝应该是有些耳闻的。

历时两年，经北京城建总公司××公司承建的双向双车道的下辽河大桥开通了，这样去SG的交通车一下子就缩短成了二十分钟的车程，经过新大桥时，东桥头引路北侧的一座坟墓被交通车司机提起了，那是一位为修建这座大桥牺牲的北京青工，坟墓较大，四周种植着乔木，最里层是青松和翠柏，牺牲了还守望着大桥，人们看着那个坟墓很是肃然起敬！

金鸿鹄去了水电厂教育科冷艳的办公室，冷艳对桌的田老师笑着说："金鸿鹄，冷艳调走了你还不知道哇？"

金鸿鹄有些意外地摇摇头，说："不知道，田老师，冷艳调哪儿啦？"

"应该是西线油田高中吧。"

"田老师，冷艳什么时间走的？"

"前天早晨。"

"谢谢，田老师，再见哪！"金鸿鹄出来马上返程，冷艳从来都不曾说过要调西线油田高中的事，这是什么情况啊？

在返程的交通车上，金鸿鹄和隔壁座位的一个干部模样的人闲聊，问起西线油田高中的位置，人家摇头说不清楚，交通车司机应该清楚吧。金鸿鹄就问了交通车司机，司机师傅说好像是在西线北老公路东侧的荒地里，是个挺偏僻的地界，一边教学一边建设呢。金鸿鹄被说得一头雾水，他对西线还是挺陌生的。

西线油田高中开始了初步的建设。

冷艳坐在人字顶的砖瓦房办公室里，从后窗户可以看到那栋建设中的新教学楼，教学楼的主体工程已经全部完成，说是里边已经供暖，最近一直都在抓紧做最后的装修，新学期就可以进驻使用了。

冷艳她们这批教师是为新学期准备的师资力量。西线油田高中是去年秋季开始教学工作的，目前学校只有高一两个班级八十三名学生，据油田教育处调研的数据看，下个学年将会有二百多名新生入学，师资准备是个大前提。当然，想申请来西线油田高中做老师的人员也不在少数，能够来上的毕竟是有限的，除去规定的"条条框框"外，西线外围的教师也是一道很重要"门坎"，有些教师当然是个例外——工作需要，冷艳也进入其中，这得感谢她的大学同学曹珂凡。

曹珂凡个头中等，胖胖的一张笑脸，嘴唇略显肥厚，说话有些大大咧咧的，入学就和同宿舍的男同学关系密切，很快成为班委的一员。曹珂凡是油田子弟，家境比较宽裕，性格开朗，出手大方，很得一些同学的好感。冷艳是大三时同寝室的女同学把她拉入曹珂凡这拨人的圈子的，他们有过一些接触后，曹珂凡毫不掩饰地表现出对冷艳的好感，包括对毕业后的去向问题，冷艳听从了曹珂凡的建议，来下辽河油田就业，可最后被分配到了SG的水电厂。SG是荒凉的，一些单位的驻地都是散落在荒野中的，且以板房和帐篷居多，还不如家乡那个小乡镇，可下辽河油田是发展中的，搞基础建筑就像儿童摆积木，变化是显而易见的，水电厂的新办公楼也在建设中，眼见着拔地而起了。曹珂凡对冷艳分配到SG是有些愧疚感的，有时间就去看她或打电话邀请她来西线和几个一起来的同学聚会，还声言一定要把冷艳尽快弄到西线来！同学聚会时，有同学有意撮合他们，冷艳只是笑笑，并不做回应，她心里对曹珂凡的印象还是不错的，如果是做恋人的话，她的感觉还是有些不自在的，这可能就是人们说的缘分吧。

这一次调高中，是曹珂凡私下里通知她报名的。曹珂凡刚刚调入教育处工作，说是肯定能够帮上她的。曹珂凡能够调入教育处，除去个人表现比较优秀外，主要是有个优秀的大表哥，他大表哥不久前进入局机关一个重要部门担任了主要领导。冷艳当时说我报名也不一定行啊。曹珂凡说你不试试怎么会知道？我会尽全力帮你的！冷艳说你怎么帮啊？曹珂凡打着哈哈说我就说你是我女朋友！冷艳说我可是有男朋友的人哪。曹珂凡说你不是还没有结婚吗？这不是个机会嘛。冷艳从心里感谢曹珂凡，西线各方面条件都要好于SG，是下辽河油田的政治文化中心，这是显而易见的，这会为金鸿鹄毕业选择提供新的空间。

"冷老师，电话。"总务老师敲门说。

冷艳忙起身出去接电话，电话是曹珂凡打来的，问了她一下过来工作、生活安排情况，然后说中午有时间出来一下，老地方，几个同学想要坐一坐，给你接个风！冷艳爽快地答应了，今天是她该好好谢谢曹珂凡的时候了。

老地方是石油勘探局机关一个家属站开办的一处川味饭店，一栋旧木板房里摆着六张圆桌，菜品有家常鲫鱼、水煮肉片、麻辣豆腐什么的，味美价廉。五位同学坐在一起，冷艳首先极认真地敬了曹珂凡一杯酒，情真意切地说："感谢曹珂凡同学这次施以援手，将小女子拯救于水火！"

曹珂凡听了哈哈大笑地说："冷艳同学这么一敬，我算是明白了，咱俩的姻缘一点都没有了，以后就是纯哥们的感情了。"

有人就起哄说那也说不好，山高水长啊。

冷艳笑着说："纯哥们好哇，要不现在咱们就插个香拜个把子誓个盟吧！"

金鸿鹄有些垂头地回到姐姐家，金鸿雁有些诧异地说："鸿鹄，你怎么这么快就回来啦？"

"冷艳不在那边工作了。"

"鸿鹄，怎么回事啊?"

"说是冷艳调西线油田高中了。"

"调西线油田高中好哇。"

"姐，西线油田高中在哪里呀?"

金鸿雁立刻看向赵玉明说:"对了，玉明，你知道西线油田高中吗?"

"没有去过，只听说在北面老公路东边的荒野里，说是已经建起一栋地标性新教学楼了，这应该不难找吧。"赵玉明说。

"鸿鹄，下午有时间你过去转转看。"金鸿雁说。

"那好吧。"金鸿鹄说。

吃过午饭，金鸿鹄便沿着那条老公路向北行走，按照新建教学楼这一地标寻过去，远远就看到了荒野里的那幢新教学楼，新教学楼连接老公路的是一条黑灰色的矿渣路，走在上面有些硌硌棱棱的，新教学楼南边有几栋砖瓦房和一个大操场，这就是已经运行中的油田高中。金鸿鹄去了办公室，又去了宿舍，都没有冷艳的影子，总务老师说冷老师是临近中午接到一个电话请假出去的。冷艳会去哪儿呢? 金鸿鹄在操场上驻足了一会儿，便沿着那条矿渣路向外走，走出去不远，就见对面走来了一男一女，边走边说着什么，女的有些像冷艳。走得且近时，看清楚真的是冷艳，金鸿鹄的牙齿马上有一丝丝酸楚的感觉，招呼一声，冷艳先是愣了一下，见是金鸿鹄，笑着说:"金鸿鹄，你什么时候回来的?"

"昨天晚上。"金鸿鹄看着那个男的，有些似曾相识。

"我同学曹珂凡。"冷艳指指金鸿鹄，说，"我男朋友金鸿鹄。"

金鸿鹄和曹珂凡笑着握握手，说:"久仰! 久仰! 幸会! 幸会!"

"看到你我就放心了，冷艳，我回去了。"曹珂凡笑着说。

"曹珂凡，你还没送到地方，怎么就走了，真不够哥们。"冷艳说。

"不耽搁你们了，再见哪。"曹珂凡笑着摆摆手。

"再见。"冷艳挥挥手。

"怎么，喝酒啦?"金鸿鹄看着冷艳。

"一点点，不行吗?"冷艳挑了挑眉头说。

"那倒不是，很好哇。"

"这话我爱听，学校放假啦?"

"是，我上午去的SG，才知道你调这里了。"

"调转挺急的，刚刚定下来，也没办法通知你，你有什么事情吗?"冷艳说。

"就是想看看你，怎么，不请我去你工作和生活的地方坐一坐呀?"金鸿鹄笑着说。

"都是大房间，人多，不太方便。"

"要不咱们去我姐家吧？"

"不好，我下午还有班，明天吧，明天刚好星期天。"

"也好，冷艳，你去哪儿？我送你。"

"不用了，我回宿舍一下，马上去班上，你回吧。"冷艳说。金鸿鹄上前想要抱抱冷艳，被冷艳抬手拒绝了，说，"这里是学校，教书育人的地方，不好！"

"你是不是还在生我的气？"

"我为什么要生气呀？"

"好，明天早晨我来接你呀。"

"不用，我找得到的，你回去吧。"

"那好吧，我看着你回去。"金鸿鹄说，看着冷艳向宿舍走去，心里竟生起一丝不踏实的感觉来。

金鸿鹄回到姐姐家，情绪明显有些低落，赵玉明坐在写字台前看资料，见金鸿鹄回来了，说："见到冷艳啦？"

"见到了。"

"看着情绪怎么不太高哇？"

"人家有些不太高兴。"

"怎么，你们闹矛盾啦？"

"倒也没有什么大事。"

"能说说吗？"赵玉明坐直了身子。

金鸿鹄就把和林娴芝的照片，不知道冷艳调转，刚刚又巧遇曹珂凡的事情说了一遍，说："姐夫，这算不算问题呀？"

"鸿鹄，出了问题不可怕，怕的是你不积极地面对呀。"

"姐夫，你说冷艳会不会变心啦？"

"怎么，没有信心啦？"

"也不是，只是……"

"你别疑疑惑惑的，有问题就要面对，没有什么问题解决不了的，态度决定一切！"

"姐夫，我知道了。"

"鸿鹄，这些资料有时间你看一看哪。"赵玉明说着，拿起几页纸递给了金鸿鹄。

"这是什么呀，姐夫？"金鸿鹄接在手里说。

"下辽河这些年关于古潜山研究的一些基本情况，你有必要先了解一下。"

"谢谢姐夫。"金鸿鹄坐到炕沿边，拿着资料看了起来。

金鸿鹄一大早就去高中接冷艳了。冷艳吃完早餐刚回宿舍，说你稍等啊。冷艳还没梳洗打扮，金鸿鹄就去前边的操场上散步了。今天的天气不错，有些回暖的气候给荒野上罩上一层白霜，世界变得异常洁净，太阳还躲在薄雾的外边。冷艳能调到西线高中真的很不错，这样他毕业就可以向西线这边积极争取了。昨天看了姐夫给的资料，他对古潜山的情况有了一些了解，那个叫任丘的油田是1975年发现古潜山碳酸岩盐油藏的，而下辽河1973年在西线就发现了太古界变质岩，那时候认定的是沙河街组四段。1976年下辽河成立了古潜山研究组做了花岗岩和火山岩的图册，1978年有科技人员对SG的元古界白云岩进行研究，勘探了SG古二井，试采效果非常好，可进一步勘探时，新勘探的古潜山油井又变得有些微妙起来；与此同时，在勘探研究中，在SG附近又发现了DJT潜山和QJ潜山，这样看来古潜山在下辽河也是广泛存在的，只是由于其地质的复杂性，需要地质工作者不断认识、发现和揭示……金鸿鹄回了头，冷艳已经悄然站在他身边了，一副楚楚动人的模样，金鸿鹄笑着说："不好意思，没有注意到你。"

"想什么呢，这样入神？"

"能想什么呀，想你呗。"金鸿鹄盯着冷艳的眼睛笑着说。

"别这样肉麻好不好！"冷艳推了金鸿鹄一下说。

"你真的不想我呀？"金鸿鹄笑着看着冷艳。

"别贫嘴了，咱们走吧。"冷艳露出了微笑。

他们沿着那条矿渣路往外边走，金鸿鹄说了下学期的实习安排，冷艳说了调转的经过，金鸿鹄说："二姐春节结婚，大姐一家都要回去，咱们也一起回去呗。"

"我还没有想呢。"

"你现在就可以想嘛。"

"你这么急干什么呀？"

"美媳妇早晚要见公婆的。"

"别不要脸哪，谁是你媳妇哇？"

"这不是早晚的事吗？"

"你想得美，我可没有答应你呀。"

"是吗？你说的也是呀。"金鸿鹄看看矿渣路上没有人，立刻揽住了冷艳亲吻，冷艳想推都推不开，弄得腿都有些软了，金鸿鹄说："我看你答不答应？"

"你这是胁迫！"金鸿鹄继续亲吻着，冷艳马上说，"好好好，你无赖！"

"这可是你自己说的呀。"金鸿鹄有些得意地说。

"这事我得先告诉家里一下。"冷艳理了一下头发说。

"当然，哎，你说去了我家以后，回来咱们就去你家怎么样啊？"金鸿鹄突发奇想地说道。

"你什么意思呀?"冷艳看着金鸿鹄说。

"当然是想尽早拜见一下未来老泰山一家人了。"

"你怎么这么急呀?"

"我马上就要毕业了,咱们可都过了晚婚年龄了。"金鸿鹄强调说。

"好吧,我一道问问家里吧。"

"看咱这媳妇,真乖!"金鸿鹄刮了冷艳鼻子一下说。

"我说你怎么这么讨厌哪!"冷艳娇嗔着说。

"媳妇,对不起,弄疼了,我给你揉揉哇。"

"金鸿鹄,你正经点好不好哇?"

"好!我乖点还不行嘛。"

靓初是最为艳羡冷艳的人,这和女性爱美的天性是分不开的。靓初上初一了,已经初现亭亭玉立了,见到冷艳来家里就黏在冷艳身边问这问那的,金鸿雁说了也是白说,冷艳也喜欢靓初的追随,乐于对靓初诲人不倦。

金鸿鹄从冷艳家回来就去古潜山组报到了。

这次勘探室新成立的古潜山组有五个人,组长叫侯明济,人到中年,十几年的磨难,终于等到了人生的春天,人人都珍惜迟来的好时光,都想把丢掉的时间抢回来,侯明济感慨金鸿鹄说,你是赶上好时候了!金鸿鹄认真地点点头,这只能说是相对而然的事情,他的青春扔在广阔天地几年,现在也奔而立之年了,可什么都没有立起来!

侯明济是学地质勘探的,家庭成分高的关系,十几年里,政治上一直得不到信任,工作上一直在被"改造"的行列中,做了很多与地质勘探技术研究不相关的体力劳动,那个时候他的心里急呀,地质勘探工作有那么多的研究要做,可他不能全力投入其中,只能跟着敲个边鼓,谨慎而行,甚至感觉挖一段管沟,出一身臭汗的畅快!现在好了,他聘任了地质师,加入了党组织,工资补上了,他有什么理由不勤奋工作?

侯明济带领古潜山组这次研究的项目课题是SG潜山"震旦亚界"的地层问题,主要是弄清楚SG古潜山地层的层序和内部的构造,为深入认识SG古潜山和下一步的地质勘探创造基础性条件,这是一项相当繁复的工作。

金鸿鹄在实习中最大的收获是几位老师对地质勘探工作严谨的态度和勇于付出的责任精神,这是需要沉下心来和坐得住冷板凳的,那是一种寂寞,是需要耐得住的心性。一个学期时间很快就到了,SG古潜山研究还在进行中,金鸿鹄不得不告别几位老师回学校提交毕业论文,进行论文答辩。

五

何劲松这次是下定决心去海上油田了！

一段时间以来，何劲松一直跟着戚乐天围绕稠油热力开采这一块开展工作，谁会想到进口设备的配件会出现问题，致使稠油热力开采的脚步不得不停滞了。就是这个时候，参谋长突然去了海上油田，戚乐天也紧随其后过去了，何劲松茫然四望，心里升起了几分苍凉感，人临不惑之年，十几年里他在下辽河做了什么呢？单位的研究所、各工作科室又在进行重新组合，根据下辽河当前勘探开发的实际需要组建新研究科室，设立研究岗位，他去找个什么岗位，选择一个什么项目，进行一项技术研究吗？他和赵玉明说过最心底的想法，赵玉明这时的想法很简单，人最质朴的愿望是心安，目前情况下咱们能干点啥就干点啥吧。赵玉明说得没错，他的身体还在恢复中，可他何劲松不同啊，他年富力强，精力充沛，完全不是一回事嘛！赵玉明建议他要不去某个二级单位，当前，有些新立采油单位正在完善构架，也正是用人之际，何劲松何尝不想去呢？之前，戚乐天帮助他谋划过的，参谋长也帮着打过招呼，要他到某二级单位去任职，可是，到了真正要落实的时候，却因种种原因不能落到了实处，人都说"落架的凤凰不如鸡"，一段时间里参谋长的腰杆子虽然没有塌下去，可被边缘化是很明显的事情，这是明眼人都看得很清楚的，有些人唯恐避而不及，他何劲松又能怎么样呢？谁都有个仨亲俩厚的，手下都有一干人等着安排，何况参谋长已经离开了下辽河，何劲松的一切都变得更加无望了，他不禁摇头，还是按既定方针办，去海上油田。这个意思戚乐天走时就帮着他带过去了，而且已经有了明确的回音，虽然海上油田山高水远，何劲松还是有些欢欣鼓舞的。

白雪梅的父母白敬良夫妇是一年前来下辽河的，老两口在老家没有什么事情，难得清净，白敬良毕竟是当过大队书记的人，村里开始分田到户，摸着石头过河，难免会有什么事情有些人看着不甚合理的，就会有人找上门来推举他出来说句公道话，他碍着情面就出了头，没想到有时候也会惹上一些闲气，甚至气得心堵都想上街骂人了！白雪梅知道这些事后，就建议父母尽快来下辽河，远离那些个是是非非，也适应一下下辽河的生活环境。白敬良夫妇就来了，这一住不打紧，用的是清洁能源，自来水进户，外孙绕膝，心情舒畅得不得了，还能帮到女儿，照顾外孙，虽说忙碌了些，心里是甜的，就有心在下辽河长期住下去了。

白敬良夫妇决定在下辽河住下来，就要申请三代户住房，需要回家办一些关系证明，还要安排一下老家房子的看管问题，何劲松就陪岳父白敬良回去了一趟。何劲松回去自然要回家里看看的，看望父母，见见兄弟姊妹。分田到户的农村生活不至于饥馑了，可兄弟姊妹的孩子都在茁壮地成长起来，他们仅有的经济条件还是顾不上父母这边，父母那两间老房子已经千疮百孔了，抹点新泥就是将就着住，房子说不好哪天都会垮掉的。何劲松看着大哥，又当了小学校长的大哥也有些脸红，说是召集弟弟、妹妹商量过几次了，每到这个时候每个人都是闷葫芦——一声不吭，缺少的还是经济基础——钱。何劲松就和大哥说父母的房子是一定要翻盖的，材料花销我出，你负责张罗、大家出些力总可以吧！大哥点头说好！何劲松就将手里的一些钱留给了父亲，作为造房的启动资金，其余的钱他会尽快想办法解决的。岳父都可以住到他家里养老，自己的父母他不该管吗？说到了用钱，是何劲松最难于启齿的事情，这些年里他一直给父母每月十元钱，这是岳父白敬良那次出面干预的结果，现在翻盖房子的款项怎么出？"你的就是我们的，你拿什么还呀？"白雪梅的这句话这些年里就像一根刺一样扎在他的心里边，根本没有办法拔去。所以，他是不可能和白雪梅去讨论给父亲翻盖房子用钱的问题的，况且他们还有三个孩子，也都在成长，家里要用钱的地方也是很多的，比如，何琼上高中了，女孩子穿着要好看一些吧！何聪自从看了新订阅的《爱科学》刊物，不知怎么就迷上了航模，一直都想着要在航模上投入一些，这个钱更大……海上油田好哇，说是"海补"这一块就挺高的，他的眼前开了一扇窗，他是一定要去挣这个钱的！

何劲松接到了去海上油田的通知，他十分欣喜地去院组干科办理相关的手续，组干科让他填了一张表，拿去找领导审批，好去提档什么的。何劲松拿着表格去政治处找主任宗林签字盖章，宗林办公室的门没能敲开，这时，政治处通讯员柳力强出来说宗主任出去学习三个月，政治处的工作目前由副主任武林川代理负责，你可以找他签字盖章。何劲松犹豫了一下，还是敲开了武林川办公室的门。

武林川还是那样清瘦，精神状态还是蛮不错的，这时候像一些老干部一样拿着一枚放大镜看着桌上的报纸，抬头看见进来的何劲松，就把腰身挺了挺，何劲松说："武副主任，麻烦你给签个字吧。"

"这是什么呀？"武林川接过表格抖了一下看看说。

"我的调转关系。"

"怎么要去海上油田哪？"

"没错。"

"我没有接到这方面的通知呀。"

"我接到了，让办理工作关系。"

"要不你先放在这儿吧，我和上级有关部门核实一下。"

"武副主任，你需要多长时间？我可以等一会儿。"

"我还有其他的事要办，你还是先放这里回去等着吧。"武林川说。

何劲松知道武林川是在借机难为自己，本想发作，想想还是算了，别生出不必要的麻烦来。据知情人士透露，为了他们这拨人关系办得顺畅，参谋长特别通过部里、省里与勘探局进行了协商，下辽河主要领导表态全力支持，可是具体人员要按申报的名单办还是有些难度的，为了全部人都走得顺畅，参谋长和油田一些副职私下里打了招呼，这样在开局务会时，干部处在会上提交名单时，一名副局长立刻表态同意，其他一些副职也纷纷表态赞同，事情才顺利通过的。何劲松就说："那好，武副主任，我等你的消息，实在不行的话，你就安排人手办理邮寄吧。"

"也行啊。"武林川说。

"武副主任，那就麻烦你了。"何劲松笑着说，出来便向情报室走去，他想到赵玉明那里坐一坐。

陆鸣敲了敲编辑室的房门，赵玉明正在看稿子，说了声："进！"抬头见进来的是陆鸣，笑着说："领导，有什么指示呀？"

"哪儿来的指示，我还想听'领导'的指示！"陆鸣笑着说。

"你今天怎么这么闲哪？"

"脑袋搞得晕晕的，来你这里换换气。"

赵玉明知道这一次单位里定科室、定岗位、定研究项目工作量很大，情报室的人员增加了，工作内容自然也增加了不少，特别是研究项目的落实是一项比较细致的工作，就说："分工应该差不多了吧？"

"还早，当领导是需要天分的，我是真干不了这个呀。"陆鸣有些感慨地说。

"你这不是干得挺好吗？"

"要说挺好也是大家给面子，我还是有自知之明的。"

"这还谦虚上了，看来还能进步哇。"

"我说的是实话，哎，你这里进行得怎么样啦？"

"要不我还想找你汇报呢！"

"我说'领导'，你就别整没用的，有什么情况你就说吧。"

"这段时间里各类技术论文上来不少，质量高的也挺多的，按院领导和你的意思编辑了一期，首刊，选用的材料都是有些分量的，你拿去看看，可以的话就交院领导审核一下，正好征求一下意见。"

"'领导'，你这工作效率可以呀！"陆鸣拿起编辑好的稿子说。

"这是院领导重视，科技人员积极支持的结果！"

"你也是功不可没呀！"

"我是门外汉，只能说是边干边学，边学边干。"

"你这就可以了，哎，'领导'，'大拿'要去海上油田了，我想张罗给他践个行，怎么样啊？"

"'诗人'，你还是算了吧，这事还是我来吧。"

"'领导'，怎么啦?"

"你和我不一样，这个时候你千万别给自己找麻烦。"

"'领导'，这有什么麻烦的呀?"

"人嘴两层皮，咋说咋有理，这事你就听我的吧。"

"'领导'，有那么严重吗?"

"小心行得万年船。"

"'领导'，还是你想得周到，'大拿'这一步走得可以呀!"

"我看他也是不得已而为之呀!"

"也不能这样说，形势在发展，社会在进步，现在广播里又是专业化、又是年轻化的，这些也不是说着玩的。"

"那还需要一些时间，时间还是很熬人的，哎，你是不是听到什么消息啦?"赵玉明看着陆鸣说。

"霍普来电话了。"陆鸣笑着说。

"霍普? 你们还有联系呀?"

"我们有段时间没联系了，这一次他说他要下到这边的县里来任职。"

"霍普之前在哪里?"

"省委组织部。"

"难怪呀。"

"'领导'，你说什么?"

"霍普的消息肯定可靠哇。"

"'大师'还在市里吗?"

"应该是，我有段时间没见他了。"

"'画家'应该在。"

"你回头联系一下'画家'。"

"好的。"陆鸣说。

这时候，何劲松推门进来，笑着说："这下巧了，都在呀。"

"'大拿'，我们刚刚还说到你了。"陆鸣笑着说。

"你马上走了，我和'领导'商量着给你践个行。"

"践行就算了吧，明天晚上都到我家坐一坐，这样会好一些。"何劲松笑着说。

"这怎么行啊，也不合规矩呀?"赵玉明说。

"规矩是死的，人是活的，'师兄'，你们听我的没错，走了，到时候你们可准时到哇!"

"那好，那我们恭敬就不如从命了。"陆鸣说着看了看赵玉明。

何劲松回到家里，岳母在厨房忙着，岳父白敬良在东屋炕上翻看着报纸，看何劲松进来，问："劲松，你工作的事怎么样啦？"

"爸，正在办关系，过两天就走。"

"海上油田没有危险吗？"

"怎么会，爸，你就放心吧。"

"茫茫大海，怎么也不如陆地安全哪。"白敬良说。

"爸，不会的。"

这时候，白雪梅进来，看着何劲松使了一个眼色，那是要他到西屋去有话要说，何劲松就跟了过去。

白雪梅好长一段时间里心里一直有些不舒服，最初是何劲松在局机关的任职，接着是她职称评定落在助理堆里，百分之十涨工资她也擦肩而过了，院里狼多肉少，她差的是工作业绩和论文，这也难怪，虽然工作十几年了，可生养三个孩子不需要时间吗？看看这三个长大的孩子，这就是你的徽章！何劲松就是这样安慰她的，你不能什么都想要吧？可白雪梅是个心气很高的女人，她要迎头赶上，这次单位设立研究岗，她决定转入最有潜力的复式油气藏研究。白雪梅从心里是不同意何劲松去海上油田的，但是何劲松的理由不能说不充分，你想让他在这里委曲求全，老老实实地选个技术岗位做研究已经是不可能了，这里没有他的天地，你能让他怎么办？父母在这里解决了家里的后勤保障问题，一家人和和美美的谁不说好？谁的日子谁过，谁的家里都有棘手的事情，他们家最大的问题是孩子成长教育的问题，何琼上高中了，修长的身材，模样俊俏可人，开始注重打扮了，好看的衣服非常喜欢往身上套，分数有点下降的苗头，班主任开家长会时说像是有些早恋的倾向，目标并不明确；何聪上初中了，自主能力很强，学习成绩中上等，学校开展第二课堂活动踊跃参加，开始痴迷于航模，用在学习之外的时间要多一些，怎么说都不回头；只有何明最省心，小学到家里一条线，安安静静地学习，成绩始终在年组的前五，没事在家里做一些小实验，时常还会拿姐姐、哥哥用过的课本翻一翻。

"你岗位的事定下来啦？"何劲松看看白雪梅说。

"刚刚敲定。"

"挺好哇！"

"你真的下定决心啦？"

"刚刚都去办理关系了，那个武林川还挺敢端的，要我等等，好像他能怎么着似的！"何劲松说。

"你就不能不去吗？"

"你给个充分些的理由！"

"一家人在一起不好吗?"

"当然好了,可企业在发展,社会在进步,我不想就这个样子生活,正是年富力强的时候,都说'人生能有几回搏',我的人生不可能就这么放弃啦?"

"人生的路也有很多种的。"

"我觉得目前这条路是最适合我的。"

"劲松,说心里话,你是不是对我对我们这个家早就厌倦啦?"

"你怎么说到这个问题上啦?"

"我看你走得很坚决!"

"我是经过反复综合考虑的,咱们还是向前看吧。"

"前面到底有什么呀?"

"我相信是美好和幸福。"何劲松笑着说。

"但愿吧。"白雪梅有些无奈地说道。

张国安参加了何劲松家的告别聚会,郝学仁说是去省里参加什么会演去了,刘辉在西苇采油厂调度室值班脱不开身。这四个人这时候坐在一起心生感慨。张国安说到了林胜平,张国安是上一次带着金奖等画作进京参加石油工业画展时见到的林胜平。林胜平刚刚从国外考察回来休假,应人之约陪同政委、指挥长等几位老领导一起去看石油工业画展。林胜平去国外的那个石油勘探项目已经圆满完成,上级给他安排了新的行政职位被他推掉了,他坚持要做勘探技术研究工作,便进入了石油部的专家组,说是马上要去新疆考察,塔里木盆地又有新的石油发现。

六

刘忠伟调任114队队长了。

钻井政治处主任李敢找刘忠伟谈话时,刘忠伟说自己还年轻,资历又浅,不足以当此重任,他主要是一点思想准备都没有,管理一个井队可不是开玩笑的!李敢就笑着说你小子还年轻什么呀?人家李先念你这个年龄都当军长了,那可是千军万马呀,还是在严酷的战争年代,然后严肃地说公司党委已经研究决定了,你小子马上给我报到去,千万不能让组织上失望啊!刘忠伟便立马去找组干科副科长高晓攀去114队接任去了。

114队原来的队长叫林海,曾是107队的司钻,后调到女子队帮助工作了几年,女子队解散他就到新建的114队工作了。114队这两年在公司是个排名中等的钻井队,林海之前带得还算可以,上级表扬得不多,批评也找不到他们。人都说祸不单行,许是林海这段时间有些"点低",他们井队刚刚打的这口井卡钻报废,受到公司的通报批评，排名一下就"打了狼"，本想振奋精神，恢复旧山河，没想到这次搬家吊装，林海被挤在卡车车厢里，大腿骨骨折，只能躺在医院病床上仰棚长叹！都说伤筋动骨一百天，林海一百天能不能好说不定，最重要的是"人无头不行，鸟无头不飞"，114队需要主管领导。

刘忠伟来到了井场转了转，井队在做钻前的准备工作，工作还是比较有序的，这一切都是司钻黄达组织的。黄达中等身材，略显黑瘦的面庞，目光犀利，不善言辞，穿着一身沾着油污的旧工装，走路带风，转业军人出身，黄达临时组织队上生产是指导员安文海安排的，安文海的妻子有病住院了，这几天井队刚好不太忙，安文海抽时间赶回家里看一看。

"队长，你来得正好，队上的工作还是你来安排吧。"黄达看到刘忠伟就说。

"黄师傅，你安排挺好的，你就继续安排吧。"刘忠伟笑着说。

"算了吧，队长，我安排都是我们班上的弟兄受累！"黄达有些黑着脸说。

"黄师傅，辛苦你了。"刘忠伟笑着说。

"没啥辛苦的，干活又累不死人。"

再下边的话刘忠伟就没法说了，只能笑着送黄达转身离开，这个黄达是有点怪，难怪大伙叫他"黄老怪"。

刘忠伟看了人员名册，发现队上没有副队长，地质技术员姜孝文也画了特别的标记，成本员陈树林说地质技术员之前有的，姜孝文的老家就是附近渤海边上小渔村的，改革开放了，家里养起了船，一下子富了起来，思虑再三，跑回家享受美好生活去了。刘忠伟清楚，这是油田目前面临的窘况，油田人的工资并不高，面临发家致富的浪潮难免会有人心动，要不油田怎么安排大力开展思想教育工作？思想教育对一些人也是不太管用的，可缺员这件事怎么没有人说？指导员安文海明天回来，许是安文海知道一二？按照调度室安排的生产计划，井队后天必须开钻，刘忠伟找到黄达说："黄师傅，你带人做好钻前最后的巡回检查工作。"

"好的，队长。"黄达爽快地说。

安文海是上午十点钟坐送料卡车回来的，回来了就到井台上找了刘忠伟，刘忠伟当时正在和人一起搞一个泥浆泵的维修。

安文海三十三四岁的样子，瘦高个，白净净的一张脸，这时握住刘忠伟的手，笑着说："忠伟，你来真的太好了！"

"指导员，我领着干点活还行，掌舵把方向的就全靠你了！"刘忠伟笑着说。

"忠伟，你就别谦虚了，咱们得紧密配合，井队一定能上水平的！"安文海原来是公司党办的干事，有一定的理论水平和写作能力，下来一年多了，说是来增强基层实际工作经验的。

"指导员，有事你说话，我一定会和你紧密配合的！"刘忠伟态度鲜明。

"忠伟，从现在开始咱们就是一根绳上的两个蚂蚱了。"安文海笑着说。

"指导员，我明白，你一路颠簸，先回去歇着吧，把这里处理完我就过去找你。"

"也好。"

"队长，地质队技术员肖雅前来报到，请指示！"肖雅高声报告。

刘忠伟不由得一愣，肖雅的这个报到让他有些猝不及防，看向安文海，安文海马上说："忠伟，没有跟你说，公司知道咱们队的情况，特意选派肖雅同志到咱们队先做地质技术员工作。"还对刘忠伟眨了一下眼睛，说，"这咱们得热烈欢迎啊！"

刘忠伟对安文海眨眼睛的意思有些模糊，还是马上说："欢迎，欢迎，热烈欢迎！"

"还请刘队一如既往，多多帮助指导哇。"肖雅笑着说。

"井队的地质工作需要你的帮助，你刚到井队，先休息，工作的事之后再说。"

"是，队长。"

看着离去的肖雅，刘忠伟感觉这里边有点什么，又有些说不清楚。肖雅是本科生，毕业一年多了，身材中等，有些微胖，洋溢着笑意的鸭蛋脸白净净的有几颗浅浅的雀斑。上次，107队在前进区域打古潜山井时，肖雅跟了一口井，说是收获很大，两人有过一段接触，刘忠伟对肖雅的工作表现还是积极肯定的。

"队长，钻前检查工作完毕，全部符合开钻要求！"黄达报告着。

"黄师傅，辛苦了。"刘忠伟笑着说。

"队长，还有什么工作，请指示！"

"没有，休息吧。"

"是！"黄达表现着军人的姿态。

刘忠伟摘了手套，洗了手，敲门进了安文海的板房，安文海在桌前看材料，看到刘忠伟，指指说："忠伟，你坐。"起身给刘忠伟倒了水。

刘忠伟接在手里，说："指导员，看文件呢？"

"是关于职工思想政治工作的宣传材料，这改革开放了，靡靡之音，发家致富全都一齐来了，对咱们职工思想上的冲击还是挺大的，不加强教育真的不行啊！"

"可不是嘛，可要是有人真有想法了，你想拦能拦得住吗？"刘忠伟说的是已经跑回家的地质技术员姜孝文那一类的人。

"这就要看咱们的能力了。"安文海笑着说。

"对井队来说，主要的任务还是要拿进尺呀，我刚到队里，对咱队职工的情况不了解，这两天我看黄达黄师傅这个人挺不错的。"

"忠伟，你就没发现点别的？"

"指导员，你是不是说他有点怪呀？"

"岂止是有点啊，开始我以为他的怪无非就是人说的像张飞一样睁着眼睛睡觉，真要说怪他怪得都有点没边了!"安文海笑着说。

"是嘛!"刘忠伟做出愿听其详的姿态。

"小孩儿没娘,说起来话长,那时,我刚刚到114队任职,收到一封政治处转来的信件,信的内容就是控告黄达的,说他是现代的'陈世美',喜新忘旧,我一见'陈世美'这个字眼就有些来气,好你个黄达,你胆子也忒大了,一个石油工人还敢做'陈世美'?我就叫人把黄达给找来了,黄达就现在这个样子,你也看到了,我就想这是什么'陈世美'呀?可既然信里说了,我怎么也得落实一下吧,我就问黄达你怎么回事啊?黄达说指导员我怎么啦?我说你是不是把你媳妇、孩子都给忘记啦?黄达瞪着眼睛说没有哇,我月月都给她们寄钱,除去我的生活费我全都寄给她们啦!我说你给她们写信了吗?黄达说信是写得少一些,我也没那工夫,再说也没什么好写的,咱们打井多忙啊!我说黄达你怎么着都该给家里写封信,起码问候时候她们一下报个平安吧,能写点其他的当然更好了。黄达说指导员,我不像你有文化,写信多麻烦哪!我说你当'陈世美'就不麻烦啦?黄达一下子就明白了,立刻说一定是我那个丈母娘又闹妖了,指导员你给我六天假,我一定会把这件事处理好的!黄达的老家是浙江金华的,说是路上走一个单程就得三天时间,这六天假够干什么的?回家一宿都不住哇?再说处理好事情也需要一段时间哪。我就说黄师傅,现在正好井队搬家,我给你八天假。黄达眼睛一瞪说指导员,我说六天就六天!我说那好,你去吧,快去快回!我就想啊,我看你黄达六天怎么回来的?你回家不见家人吗?见了家人话都不要说吗?可是,让我没有想到的是第六天的下午,这个黄达真的就归队了,还把老婆给接来了,他到我这里销假,都让我有些瞪目了。我就问黄师傅,六天跑个来回你是怎么做到的?黄达说指导员,问题解决了,我没有超假就行啊!可我心里奇怪呀,便让成本员陈树林去了解情况,你说这个黄达,这家伙一到金华火车站就给家里打电话,谎称自己是黄达单位的同事,黄达在下辽河出了点事,要接他老婆去下辽河,他在火车站等着!黄达老婆一听这话,慌忙收拾一下行装,雇了台车立刻赶到金华火车站,见到的是已经买好回程车票的黄达,当时是又惊又喜又气,只好跟着黄达回了下辽河。我后来问黄达你为什么这么干哪?他说我就是想向所有人证明我不是'陈世美'呀!"

"这样说这个黄达可真够怪的!"刘忠伟笑着说。

安文海笑着说:"这才哪儿到哪儿啊,我后来一打听,这个黄达净是故事。黄达转业到井队,干工作一不怕吃苦,二不怕累,学技术也认真,很快就做到了司钻,去年百分之三涨工资他都有份,这绝对可以了吧!之前,我和林海商量让他做副队长,谁想这个黄达就是不从,说就我这熊样的还能当副队长,是单位里没人了,我当了副队长还不让人笑掉大牙吗?我和林海就轮番做他的思想工作,笑不笑掉大牙是别人的事情,副队长这事是你的事情,你就上手干吧,可他就是不从,这事就这样给放下了，可就是刚才他来找我了，很认真地说指导员，我又想当那个副队长了！我说老黄，你为什么呀？他说指导员，这几天你让我主持队里生产我才发现一个问题，一个司钻主持队里的生产有些名不正言不顺！我说老黄啊，怎么的，这个副队长是你家的呀，你想干就干哪？想不干就不干哪，回去等着吧！黄达说指导员，人想明白问题也是需要一个过程的。

"这个黄达还真是有点意思呀。"刘忠伟笑着说。

"这是我知道的，不知道的还不一定有多少怪事，要不大家会叫他'黄老怪'吗？"安文海笑着说。

刘忠伟本来是有话要说的，这时候只能等等再说了。

刘忠伟回到队部，记了工作日志，然后拿出一个笔记本翻开，里边有他关于井队奖金分配的思考，石油企业有奖金分配以来，确实起到了调动职工积极性的作用，可运行几年来，总是按照一二三等的评定等级分发，还有些单位下次就三二一地调庄分配，已经起不到奖金分配应该起到的激励作用，甚至让一些职工有些麻木，这对井队深化管理是相当不利的。他就按照井队岗位责任制的要求，从岗位责任、劳动技能到完成工作任务情况和奖金分配相结合，进行了奖金再分配方案的构想。在107队时，他就把这个想法和队长余德胜汇报过，两个人还进行了一番深入交流，余德胜认为这个方案在107实施尚早，刘忠伟觉得早什么呀，107都和金牌队擦肩而过了，就是这个机制的问题，而余德胜是怕实施不好会造成一定的负面影响，构想就给搁置了。刘忠伟现在到了114队任职，这是一个实施的好机会，只是不知道安文海是怎么想的？他初来乍到的，还是等一等吧。这时有人敲门，进来的是肖雅，刘忠伟说："肖技术员，有事啊？"

"队长，你忙吗？"肖雅看着刘忠伟手里的笔记本。

"肖技术员，有什么事你就说吧。"刘忠伟合上了笔记本说。

"队长，我上次在107跟井实习后写了一个东西，想请你帮忙给看一下。"肖雅说着，拿出一份手稿放在办公桌上。

刘忠伟看了一眼，这是一篇关于古潜山井地质研究的论文，便笑着说："肖技术员，你这个东西有些高端，我怕是看不太懂啊。"

肖雅好看的眼睛看了刘忠伟一眼，笑着说："队长，怎么会，这里边的很多内容可都是你提供给我的呀。"

"我就是一个中专生，我这点水怕会耽误你的事啊。"

"我始终相信从'实践中来，到实践中去'的认识过程，队长，你不会是有意推托吧？"肖雅笑着说。

"怎么会，肖技术员，要不你先放这里，我抽时间一定好好地拜读一下。"

"那就谢谢队长了！"方雅环视了一下板房，说，"队长，有什么需要我帮忙的？"

"谢谢！目前还没有。"

"队长，有你就说话呀，走了。"

"谢谢！"刘忠伟看着肖雅的背影，从107接触以来，这个女技术员为人谦和，工作态度十分认真，给人留下很好的印象，他拿起文稿看了看，字迹工整、娟秀，这让他对肖雅的印象又好了几分。

下午，刘忠伟在井场上走了一遍，正是春风吹起的时候，这里的风有些狂野，他攀上了井台，望着还是苍茫茫的原野，蜿蜒的辽河那条长长的水线在阳光下有些亮眼，一群大雁从空中掠过，嗷嗷嗷的叫声鸣响了春的讯息，这是SS区域的一口勘探井，作为新任职的队长怎么带队伍打出优质高效井呢？人都说"火车跑得快，全靠车头带"，他不是一直期望着带出一支好队伍吗？现在是你一展身手的时候了！

"忠伟，看什么呢？"安文海说。

"指导员，看辽河！"

"看到什么啦？"

"多少年了，它流得还是那样的悠长，是上游源源不断给它注入了活水。"

"你说得好哇！"

"指导员，有事啊？"

"忠伟，明天就要开钻了，我想晚上开一个全队职工大会，进行一轮思想政治工作精神的宣贯！"

"好哇，指导员，要不我还有一件事想和你商量。"

"忠伟，你说。"

"是井队关于奖金分配的事，我想从建设石油行业金牌队的标准出发，通过奖金分配的形式将114队队伍建设引向深入，尽快使咱们队的各项建设都能上一个新台阶！"

"忠伟，建设金牌队绝对是件大好事，可和奖金分配结合这件事我还真的没有考虑过，其他井队也没有这样运行，你觉得可行吗？"

"指导员，我相信一定能行的，一会儿我把方案拿给你，你看看有什么意见，公布后也听听全队职工的意见，咱们先做个试行，不合适的地方可以逐步改进嘛。"

"忠伟，你的想法还是挺细致的。"

晚上，井队召开了职工大会，安文海进行了思想政治工作教育动员，刘忠伟宣读了队奖金分配方案（试行）办法，一石激起千层浪，职工们一下子议论纷纷了，是有些突然，还是大家一时了解得不深，有人质疑，有人提问，刘忠伟进行了一轮认真的解答，这个会就开得有些冗长。既然是试行，就要有个完善的过程，刘忠伟的意见是在试行中逐步完善，推进奖金分配工作的深入开展，他要求成本员陈树林从这口井开始，以班为单位，进行全队新一轮的全员经营核算工作的考核。

刘忠伟上到井台上，这时是二开钻进，司钻黄达正在当班，见到刘忠伟过来，便把刹把交给副司钻，刘忠伟说："黄师傅，对新的奖金分配方案你是怎么看的？"

"我们班是大力支持呀！"黄达有些兴奋地说。

"下边有什么不同意见吗？"

"肯定有哇！"

"能说说吗？"

"有些人感觉没必要搞这些新花样，上级没有要求，认为这件事不会长远的。"

"你怎么看？"

"咱们是找油人，不多拿进尺算什么呀？多劳多得有什么错，队长，你放心，只要你坚持，我就会全力支持的！"

"黄师傅，谢谢呀！"

"队长，你别谢我，我得谢谢你，你让我们看到了工作的希望，干劲的力量，咱们在干什么呀，是为国家找油哇，不上对吗？"

"黄师傅，你说得太好了，你这样说我就更有信心了！"刘忠伟笑着说，他都没有想到黄达是这样认识问题的，之前，他也深入了解了一下黄达，在上个春节里，很多人都回家过年了，队上剩下的人员有限，为了保证进尺，黄达一个人顶了无数个班，一个正月里衣服几乎都没有脱下过，别说上床睡觉了，是那口井出了技术问题，井队被公司通报批评，也就没办法特别表彰黄达的先进了，这是大家都心知肚明的。

114队打的这口井是在SS区域，这是下辽河区域里目前最深的探井，它的完成对SS整个区域的地质情况会有个清晰的了解，对这一区域今后石油勘探意义十分重大，钻探结果得到上级领导和油田专家组的高度赞誉和充分肯定，这让114队一雪前耻，114队在公司的排名一下就靠前了！

苍茫的苇海绿了，风的巨手将滚滚的波涛推向了远方，井场像苇海里的一座方舟，指向苍穹的钻塔就是方舟上坚实的桅杆。

114队搬迁了新的井位，井队在做钻前最后的准备，刘忠伟在这个工作间歇里让成本员陈树林把奖金分配表在职工食堂上了墙，发放上一阶段的奖金。可以看到，黄达这个班组的人都是喜气洋洋的，他们班的工作量完成得最好，收益自然是最高的，陈树林向刘忠伟汇报说："队长，有一个班组的奖金没有领！"

"哪个班组哇？"

"邢永清。"

"不领就放着，有什么问题让他们来找我！"刘忠伟说。邢永清是名老司钻，技术不差，也是前队长林海的同乡，他们个人关系不错，邢永清觉着自己有些资历，不把其他人放在眼里，过去有林海的面子有些放任，习惯于私下里任性张狂，刘忠伟觉得对这样的人还是冷处理为上。

"队长，没什么事我就回去了。"陈树林说。

"好。"刘忠伟说着拿出了稿纸，伏案开始写SS探井的生产总结，安文海这时进来说："忠伟，你忙什么呢?"

"指导员，你坐，我写个生产总结，有事啊?"刘忠伟放下了笔说。

"这一阶段队上的工作有了很大的起色，特别是SS的这口探井，看来咱们队的势头不错呀!"安文海笑着说。

"指导员，咱们队的目标是金牌队呀!"

"是呀，忠伟，可是欲速则不达呀!"

"指导员，有什么问题啦?"

"队里有一部分人对奖金分配认识没有跟上，上边也有人过问了这个事，你说咱们是不是有些操之过急啦?"

"指导员，上级领导怎么说，有什么具体意见吗?"

"具体意见倒是没有，电话里说就是想了解一下奖金分配的具体情况。"

"指导员，我觉得那就不是什么大问题了，咱们的奖金分配方案，陈树林已经上报给大队和公司人事部门了，那边没有反馈意见，应该是默认的，我觉得关键是队里有些职工的思想没有跟上，心里拧着个劲，去找个地方发泄，咱们是办法颁布在先，执行制度在后，允许职工提意见，没有操之过急的问题，要说有什么问题的话，只能说如何更好地完善奖金分配办法和提高职工思想认识的问题，你觉得呢?"

"忠伟，你说得对，我赞同!"安文海说。

"指导员，你辛苦了!"刘忠伟笑着说，一段时间里，安文海不但积极做好队里职工的思想政治工作，还亲自上手写了一些通讯报道，在公司的宣传通讯和下辽河石油报上都有刊载，起到良好的宣传和鼓动作用。

"忠伟，夺得金牌队是咱们的共同目标嘛!"安文海笑着说。

"那好，指导员，咱们携手一起向这个目标努力迈进哪!"刘忠伟笑着握住安文海的手说，这时候有人敲门，刘忠伟说："进。"

进来的是肖雅，肖雅笑着说："指导员在呀，我来得不是时候，你们谈你们的。"说着，就要退出去。

"肖雅，我们没什么事了，你什么时候回来的?"安文海说。

"指导员，我刚刚到。"

"家里都好吧?"

"挺好的，指导员。"

"那好，我走了，肖雅，你们谈吧。"安文海笑着出去了。

肖雅今天穿了一件粉色的衬衫，显得很得体，手里拿了一本刊物，看到办公桌上铺着稿纸，笑着说："队长，你还有工作要忙吗？"

"写个生产工作总结。"

"我来不耽搁你吧？"

"我这个不急，你回家挺好的？"

"挺好的。"肖雅把手里的刊物打开放在桌上，指指说："队长，你有空看看呗。"

刘忠伟看了看，是那篇有关古潜山地质研究论文刊载了，作者是刘忠伟、肖雅，他翻回刊物的扉页，是油田研究院新创办的油田技术情报研究交流内刊，笑着说："肖技术员，这是怎么回事啊？"

"我写的那篇东西，你帮助看了又提了一些宝贵意见，我又做了一些修改，上次回西线送到了这个编辑部，负责编辑工作的赵老师看了觉得还可以，提了一些意见，我又修改了一下，赵老师就给留用了。"

"肖雅，这是你的技术研究成果，和我没什么关系，怎么还署上我的名字啦？"

"队长，这里边有很多你工作实践的积累，我可不能无偿占有哇！"

"无所谓，肖技术员，你别太在意了。"刘忠伟笑着说，一副很洒脱的样子。

"你也是专科毕业，也需要技术成果呀！"

"我就是个中专生，还没那么急。"

"队长，话是这么说，可还有一句话怎么说来着，'逝者如斯夫，不舍昼夜'，时间可不等人！"

"你说得没错，想想可真快，一转眼我都毕业三年多了。"刘忠伟笑着说。

"是吧，所以嘛，你也应该想着提升自己呀。"肖雅得到肯定笑着说。

"我这不是一直都在实践吗？"

"理论，实践，再理论，再实践，你懂的。"肖雅说。

"没办法，我现在的工作太忙了，目前也没有太好的机会。"刘忠伟表现着一种渴望说。

"油田已经开办职工大学了！"肖雅说。

油田开办职工大学的事刘忠伟已经听说了，也有一些同学打电话时告诉过他，他也咨询过了，招生工作在油田已经开始，那是需要脱产学习的，刘忠伟说："我也想着提升自己，可职工大学是脱产学习，现在对我不太合适呀。"

"没关系，职大不行还有电大、夜大和函授，只要你有这个想法肯付出就行！"肖雅强调说。

"我年轻，还是有一定精力的，平时多付出点倒算不了什么。"

"那好，我来看看，一定找个适合你的。"肖雅热心地说。

"真的谢谢你，肖技术员。"

"别叫我技术员，你叫我肖雅就行了。"肖雅好看的眼睛看着刘忠伟说。

刘忠伟心田被点出一圈圈的涟漪，他点头说："好的。"

"对了，队长，内刊的编辑赵老师认识你呀？"

"你说是哪个赵老师呀？"

"他叫赵玉明啊！"肖雅说着翻到刊物的扉页编委栏，指指名字说。

"你说的是赵叔叔呀，我很小就认识他。"刘忠伟笑了，就把个中的关系说了一下。

"这样啊，队长，好了，我不打扰了，你写总结吧。"肖雅笑着说，有些欢快地出去了。

刘忠伟看着那个秀美的背影不由得一笑，他想起了107队队长余德胜说过的话。

七

陈立伟绝对没有想到孤寂会以这样一种形态出现的。

初夏里的一天，也就是陈立伟来到西苇采油厂西矿报到的第二天，采油九队指导员葛前进对陈立伟和王立峰说："你们两个拿上行李，去看管Q16井。"

"指导员，Q16井在哪儿啊？"王立峰问了一句。

"到了你不就知道了嘛。"葛前进说。

"知道我还问什么呀？"王立峰说。

"你哪儿那么多废话呀！"葛前进严肃起来说。

王立峰本来还想说点什么，看到葛前进的神情，就把要说的话咽了回去，看着陈立伟吐了一下舌头。

金杯130剪开绿色的苇海，蓝色的天空下，满眼都是绿色，沐浴在金色的阳光中，让人有些炫目。金杯130在矿渣路上颠簸了好一阵子，终于靠港Q16井场了。Q16井场偏南站着一口采油井，井场西边立着两个高架罐，井场北边一顶褪了色的破帐篷，比陈立伟曾经描写过的破帐篷还要悲摧，一个浑身灰了巴突的人从破帐篷里出来，扛着一个行李卷，扔进了金杯130的车厢里，开了车门，把自己关进驾驶室后排座再也没有出来。指导员葛前进给陈立伟、王立峰说了Q16井的工作流程和工作任务，然后说："你们明白了吗？"

"明白了！"陈立伟说得很肯定。

"明白。"王立峰说得有些有气无力。

"那好，我走了，你们有什么事可以让拉油车司机捎个信。"葛前进说完，就上了金杯130离开了。

看着金杯130刚开出井场口，王立峰仿佛一下子醒悟了似的疾呼着："完了，完了，上当了！上当了！上了大当了！这是什么鬼地方啊！"

陈立伟背着行李，说："王立峰，你说的是什么乱七八糟的！"

"葛指导员净骗人，这里肯定不累，可是是人待的地方吗？"王立峰说。

"刚才上车走的那个不是人吗？"陈立伟笑着调侃着。

"你这不是废话吗，那还用说吗？"

"那你之前干什么来着，我看你是什么都想要哇。"

"我根本就没有想到看井会是这个样子呀。"

"既来之则安之，你会做饭吗？"

"不会，干什么呀？"

"一人做一顿，要不就没得吃呀。"

"不吃就不吃，我还不干了！"

"跟你开玩笑呢。"

"陈立伟，这事和你没关系，我是肯定不干的，你还干哪？"王立峰说得很决绝。

"这是工作呀。"

"你想干你干吧，我反正是不干！"王立峰说着，背起行李就往外走，想到井场的路口去拦车，走出去才发现这里是这条油田矿渣路的尽头，接下去的是一条低洼的土路，已经淹没在涨起的苇塘塘水中，怎么会有车辆经过呢？王立峰有些沮丧地回来了，说："看来我只能委屈一宿了。"

陈立伟这时候好好看了看王立峰，王立峰个头中上，偏瘦，留着偏分头，白净的脸，嘴唇红润，有一点点厚，给人一些油头粉面的感觉，说话时，头不时地会甩动一下，分头的长头发也随着波动一下，显得挺有派。王立峰父母双亡，是随着大哥进矿的，之前分配在作业队当作业工，整天像个"油耗子"的活计让他够够的，这次，是大哥托人费了好大的劲才把他从作业队里捞出来，本想换个轻松点的工作，这是什么鬼地方啊？这不是从屎窝挪到尿窝里吗？王立峰怨声载道地抱怨着，他期待的是一场美好的艳遇，浇在头上的却是一盆冰水。第二天的上午，王立峰搭上拉运原油的油罐车毅然决然地离去了！

葛前进是陈立伟进驻Q16的第四天上午又来的Q16，那会儿，正是油罐车装油的时间，陈立伟站在高架罐上给油罐车放油，两台油罐车驶出了Q16，葛前进站在井场中间等着陈立伟。葛前进中等个头，偏瘦，刀条脸架着一副汽水瓶底样的眼镜，这时看着陈立伟说："陈立伟，我手里实在是没人了，你一个人行不行啊？"

"葛指导，这事你说了算！"

"真的呀？"葛前进显然有些意外。

"君子一言，驷马难追！"

"陈立伟，你有什么要求哇？"

"有人来这里时，有看过的报纸、刊物、旧书什么的给我带来一些。"

"你还喜欢看书？"葛前进显然有些意外。

"起码可以打发一些时间哪。"陈立伟说。

"这个没问题，我记下了，这个给你。"葛前进说着把一个半导体收音机递给陈立伟。

"指导员，这谁的呀？"

"我的。"

"你个人的？我不要。"

"拿着吧，闲着可以解个闷。"葛前进坚持把半导体收音机塞到陈立伟手中，金杯130就驶出了Q16。

芦苇在一天天蓬勃地生长，Q16井场被包裹得有些密不透风了，东方大苇莺总是欢快地叫个不停，天空中时常有鸥鸟盘旋，陈立伟闲暇时会攀上高架罐，天气晴朗的时候，他能够眺望到南边大海的水色，那边总是苍茫茫的一片，海天一色，偶尔会有一两叶白帆漂过，陈立伟很想去海边看看，可惜没有寻到合适的路径。

陈立伟巡视了自己的领地，他在井场边上浇了一泡尿，身体有些轻松地畅快。陈立伟对Q16也不满意，可是他有得选择吗？他现在有的就是时间。他先是清理了帐篷里的环境，他把帐篷里的地砖翻了一遍，露出了另一面红砖的本色；又把两张单人床拼在了一处，这样睡着更宽敞了；他把炉筒子敲了一遍，敲出好多的黑灰，煤炉子的喘息变得十分畅快了；他把做饭的铝锅擦亮了，这样煮出的饭才感觉有了些食欲。帐篷里边收拾完了，陈立伟的眼睛就瞄向了井场的油井，这口油井应该是好长时间没有维护保养了，抽油井上到处都是油渍，他先是把它擦拭得干干净净，所有的部件该润滑的润滑，该紧固的紧固。做好这一切以后，陈立伟要做的工作就是按照自己的想法对油井求产了。过去在X7站时，陈立伟想动油井是要请示的，站上的油井怎么样运行都是许艳梅、闫家富说了算，在这里不用，他是这里的最高长官，Q16真是个听话的孩子，你按照规范要求精心地侍候它，它就给予你很好的回报，油井日出油由原来的7吨上升到日产10吨还多！葛前进再来时就拍着陈立伟的肩膀说："陈立伟，真没看出来，你小子可以呀！"便向矿调度室增报了一台拉油的罐车。

陈立伟之后就开始平整井场，修整好的井场给人的观感是四面见线。陈立伟这会儿有时间了，他一直是劳逸结合的，他有一本郭小川的诗集，还有一套初中的课本，还有葛前进留给他的那台半导体收音机，那里边有天南地北的声音，如果没有这些，陈立伟一个人将会是什么样子呢？一个人固定是孤寂的，他不知道自己在Q16能待多久，这是他自找的，他清楚，可他还是快乐的，这里是他的天地呀！

陈立伟的父亲叫陈宏江，是个学石油搞地质研究的知识分子，母亲是农村家属，在五里铺基地种水田，他还有一个弟弟、一个妹妹，是母亲跟父亲在下辽河生下的，母亲跟着父亲到下辽河就把陈立伟留在了吉林乡下姥姥的家里了，他是跟着小舅舅们一起长大的，是姥姥的劝说他才来下辽河的，这是个机会，要不他就得下大田种庄稼，他不怕下大田种庄稼，舅舅们能做他为什么不能做？可姥姥说这个可不一样！你当了工人，到时候月月都有薪水拿，不像这里的乡下人一年才算一次账，是不是工分倒挂都不知道？姥姥是疼他的，他听从了姥姥的话，这才来下辽河的。下辽河真不错，他真的是按月拿了薪水，他当即就买了一块礼服呢寄给了姥姥，让姥姥做鞋面用。陈立伟在下辽河才又一次见到了父亲，他有些不敢相信自己的眼睛，许是自己长高了的关系，父亲一点也不高大，甚至说有些矮小和猥琐，给人夹着尾巴做人的感觉，父亲是受过高等教育的，在村姑出身有些高大的母亲面前竟不敢造次，他为父亲感到一丝丝的悲哀和怜悯。陈立伟身体的基因是母系的，参加工作以后，他很少回那个家，他不习惯，看到父亲的形态他感到有些窒息，也许就是这种潜在的东西作祟，他在采油一队、三队都没有干明白，以至于跑到荒僻的Q16来？这是很多人都不喜欢的，他这时才感觉有一种自我放逐的意味！他来Q16前去父亲那里说了一嘴，他似乎听到了父亲心底的一声叹息，父亲眼睛看着别处说：立伟呀，自古道"穷不与富斗，民不与官斗"，虽然时代不同了，理还是那个理，人挪活，树挪死，希望你会有一个新的开始！这是父亲与他说过的最长的一个句子。陈立伟说爸，我走了。父亲说立伟，遇事还是要多想想啊！陈立伟说爸，知道了！

这里的芦苇很绿，天空很蓝，云朵很白，陈立伟在东方大苇莺欢快的鸣叫声中高声朗诵着喜欢的诗句：

在风暴中，我也听到一声呼唤："老大，砍柴去吧！"
于是，一个年轻人从小草屋中出来，
背上背棍迈起阔步，向风暴里的山坡上走去；
对，好朋友哇，我向你学习！
我是一个忠诚的战士，人活着，最可怕的事情不过是一个死，
最大的风暴现在已经经历，我没有眼泪，只有呼喊："来呀，英勇的战士！"

陈立伟再一次高声朗诵着：来呀，英勇的战士！他的脸上不由得浮起几分讥讽的表情，许艳梅是对的！闫家富是对的！指导员尚玉杰是对的！我呢？也是对的！只有王珏是不对的，她就不该爱上我，在他们分别的那个晚上王珏流了那么多的眼泪，他感到了心疼，"生命诚可贵，爱情价更高，为了自由故，两者皆可抛！"

王珏是坐队上的金杯130抵达Q16的，陈立伟看到王珏那一刻一下愣住了，金

杯130放下王珏就开走了。

王珏咬着嘴唇，笑着看着陈立伟，良久，扑向他，将他抱得紧紧的。陈立伟的脑子一下子空白了！他们分别时候怎么说的？我会开拓一片新的天地的，到时候我会去找你！这就是你开拓的新天地吗？陈立伟这时候有些羞愧，他挣脱了王珏，说："你怎么跑来啦？"

"怎么，不欢迎啊？"

"怎么会，只是有些太意外了。"

"我不是说过吗，我会很快来看你的！"

"这么远的路，还不好走！"

"我觉得可以呀！"

"你看我的新天地怎么样啊？"

"很好哇！"

"好个屁吧！"陈立伟说得有些粗鲁。

"有什么不好的，天老大，地老二，你老三哪！"王珏说得很轻松。

"你真的这么想的？"

"当然了，有什么问题吗？"

"冲你能这样想，我一定给你做些好吃的！"

"你这里有什么呀？"

"鱼和螃蟹管够！"

"是吗，我刚好给你带来两瓶大米酒。"

"这可真的太好了！"

明净的月亮升起在东方，余晖在碧空中飞扬，夜色呈现出一种幽蓝，微风徐徐，一缕浓重的青草的烟雾在帐篷门前的空地上扶摇直上，此起彼伏是青蛙的鸣叫，王珏说："陈立伟，你的螃蟹豆腐做得真好！"她偎依在陈立伟身边。

"是吗，这是一个油罐车司机教我的。"陈立伟说着，手里握着一把青芦苇不停地摇动着，大群的蚊子还是不断侵扰着他们，王珏在不停地述说着离别后的事情。

"王珏，天晚了，你还是去睡吧。"陈立伟再一次说。

"你呢？"

"你就别管我了。"

"那好吧。"

"水烧好了，在炉子上，你先洗洗吧。"

"好的。"

陈立伟在井场上绕着圈子，他嗅到海风飘过来的腥味，这个王珏可真是死心眼，怎么这个时候跑来了？他刚刚感到有一些孤寂她就跑来了，他还没有想好该怎么对她。

"立伟，我好了。"王珏在帐篷里边喊。

"知道了，你先睡吧!"

"你在外边干什么呢?"

"我还不困。"

"我也是，你进来，咱们接着说话吧。"

"好的，我马上就来。"陈立伟回应着，还是在外边走着，他有些不知道自己该不该进去。

"你快点进来呀!"王珏再一次催促着。

"这就来!"陈立伟进来了，看了一眼蚊帐里的王珏说:"你早点睡吧。"

"你怎么睡呀?"

"我睡那边的条椅上。"

"蚊子还不把你吃了。"

"我在这里看着你。"陈立伟说着拍了一下肩头，很响的一声。

"傻瓜，你快上来吧!"

"不，我怕!"

"我都不怕你怕什么呀?"

"我怕会害了你的!"

"怎么会呢，我一直都有些犹豫，你上来我就会下定决心的!"

"你说什么决心哪?"

"你快上来，我会告诉你的!"

"我不想你犯傻!"

"我不会犯傻的，真的，你相信我!"

"你也不能让我犯傻呀!"

"行，谁犯傻谁是禽兽，你快上来，我们坐在蚊帐里说话。"王珏坐起来说。

"那好吧。"陈立伟钻进了蚊帐，他们静静地对坐着，听着风吹芦苇的沙沙声，却不知道该说点什么。

"咱们还是睡吧。"王珏说。

"你先睡吧。"

"咱们一起睡。"王珏钩住了陈立伟的脖子。

"谁犯傻谁是禽兽哇!"陈立伟抱紧了王珏。

"那也比禽兽不如好吧!"王珏亲吻着陈立伟。

"你说得真好!"陈立伟热烈地回应着。

王珏是第二天上午坐拉油的罐车出去的，她走的时候说她已经下定决心了，很快她就会来Q16的，到时候他们就结婚！陈立伟这时心里生起几分愧疚，这里和西线不能比，他就不该上到床上，可他还是很想王珏的，他真希望王珏会突然出现在他面前，可这个希望似乎变得有些遥远，他的情绪有些沮丧，他这时会站在井场上高声呼喊，喊累了就将自己放倒在床上。他再醒来时感觉嗓子有些疼，他是怎么啦？他朗诵起郭小川的那个诗句，他必须调整自己，他相信王珏会来的，他空余的时间里还可以好好地看书学习呀。

金杯130是深秋的一个上午来Q16的，葛前进带来了两个年轻人，下车后，他们仰脸看着秋日阳光下的陈立伟在给油罐车放油，油罐车开出了Q16，陈立伟走到了葛前进的面前，葛前进看看他说："陈立伟，你怎么想的呀？"

"葛指导，你说什么呀？"

"装傻呀？"葛前进笑着说。

"没有哇。"

"别跟我说你什么都不知道哇？"

"葛指导，你到底要说什么呀？"

"你想一直在这里干下去啦？"

"这里也没什么不好哇。"

"你要是这样说，我就偏不让你在这里了，走吧，跟我回西矿。"葛前进笑着说。

"现在呀？"

"快收拾好你的东西。"

"这里呢？"

"由他们接管了，你和他们交接一下吧。"葛前进指指来的两个年轻人说。

"那好吧。"陈立伟说。

金杯130开出了Q16，陈立伟坐在驾驶室后排座上不时地看着葛前进，葛前进一只胳膊夹在靠背上，回头说："陈立伟，你去矿里管食堂吧。"

"葛指导，你没有弄错吧？"陈立伟有一种错愕的感觉。

"陈立伟，现在准确地说你应该叫葛副教了！"司机谭兴河回了一下头笑着说。

陈立伟明白了，难怪这几天拉油车司机都说西矿的领导班子马上会有些变动的，这样说说变就变了，便说："葛教，我管什么食堂啊？我从来都没管过呀。"

"单井你过去管过吗，你不是管得挺好吗？"葛前进说。

"葛教，这不是一回事，我过去就是干采油工的。"

"怎么不是一回事，学而知之，就是因为难，我才找的你。"葛前进说得有些斩钉截铁。

"我从来就没想过管理食堂！"

"我就是想看看你小子有没有这个能耐！"葛前进使出了激将法。

"葛教，矿里食堂怎么啦？"

"管理上出现了一些问题。"

"葛教，问题解决了我就放下？"

"到时候再说吧。"

"葛教，你说话得算数，要不我不干！"

"你得先把事情做好哇！"

"葛教，既然你相信我了，我去！"陈立伟心里说最可怕的事情不过是一个死，最大的风暴已经经历，我没有眼泪，只有呼喊：来吧，英勇的战士！

"哎，这才是我认识的陈立伟。"葛前进笑着说。

西矿食堂亏损。陈立伟最先找到的是炊事班长江久林单独请教，江久林敞开了嗓门说："管理员和保管员是实在亲戚，不跑冒滴漏才怪，只要你小子没有私心就一定能干好的。"

"谢谢老班长，您得帮我把好炊事班这个关哪。"陈立伟诚恳地说道。

"陈，只要你信得过我，我没说的。"

江久林做了多年的炊事工作，人耿直肯干，就是缺少文化，领导也想让他做管理员来着，被他坚决拒绝了，小账可以，大账他怕弄不明白，年龄大了，也不想操这个心。陈立伟在食堂跟了几天，对食堂的工作有了一些了解，实际上食堂管理没什么复杂的，关键是你得做到心底无私。陈立伟接手食堂也有件难事，难的是他手里接了一笔烂账，这是前任管理员交下的，按说这个烂账他是不该管的，可是前任管理员不管那个，反正人家已经走了，这时候就把烂账本子扔在桌子上，意思很明了你爱接不接，就这玩意儿！陈立伟这时就拿着账本去找葛前进，说："葛教，食堂之前这些欠账怎么办？"然后把欠账本放在葛前进面前。

"必须清理呀！"葛前进推回账本说。

"这事也不是我经手的。"

"立伟，你就别分得那么清楚了，都是西矿的事，你现在是管理员。"

"葛教，这里面可涉及一些矿领导，你得先在矿领导班子会上吹吹风，我要清理首先要得到他们的支持呀。"

"这个好办，你就放心吧。"葛前进说。

陈立伟对清账工作是按两步走设计的，首先，他在职工食堂餐厅公示板上张贴了一张告示，说明了食堂欠账清退的最后日期，希望有欠账的人员在限定时间内及时清账；其次，逾期将张榜公布欠账人名单，这张告示一贴出，起到了一定的警示作用，"人有脸树有皮"，很快有百分之八十以上的人主动交还了欠物欠款。转眼就将进入张榜欠账人名单环节了，陈立伟在和保管员核对清理名单，没有清账的人涉及矿主要领导——教导员姜德银，这事可怎么办？陈立伟考虑一下，还是去找葛前进说了这事，葛前进说："我已经在矿区领导班子会上说得清楚明白了，姜教导员是第一个表态积极支持的！"

"葛教，也许是时间长了，姜教把事忘记了，你就说这事怎么办吧？"

"陈立伟，你想怎么办？"葛前进笑着有些挠头的模样。

"葛教，你要是为难，我可以直接去找姜教导员！"

"你去也行，可你得有点策略。"葛前进笑着说。

"葛教，怎么有策略也就是这么点事！"

陈立伟这是第一次去面见西矿的最高长官，心里难免有些打鼓，他敲开了姜德银办公室的门，姜德银的眼睛离开了红头文件，看到他愣了一下，说："陈立伟，新的管理员是吧？"

陈立伟垂手站立，笑着说："是我，教导员。"

"你有事啊？"

"教导员，我想向您汇报一下清欠账的进度情况。"

"陈立伟，这个事你跟你的主管领导葛副教汇报就行了。"

"知道了教导员，可食堂清欠账到了张榜公布环节了，人员名单就要张榜公布了，我怕……"

"不要怕，有什么可怕的，舍得一身剐，敢把皇帝拉下马，陈立伟，你该张榜就张榜！"

"教导员，我知道了。"陈立伟站在那里一时有些难于启齿。

"陈立伟，你还有事吗？"

"教导员，您在食堂借过半斤豆油，一斤挂面，六个鸡蛋，我想一定是时间太长您忘记了，我来是特意提醒您一下的。"陈立伟终于说出来了，还抹了一下额角上的汗，这话说得可真累呀！

"是吗，还有这个事？"姜德银认真地想了想，一拍脑门，说："忘了！忘了！彻彻底底地给忘记了，那次是我的两个老乡来看我，带了一条大鲤鱼，我在宿舍里做菜招待的他们，在食堂借了些东西，陈立伟，谢谢你的提醒啊，要不我这人可就丢大了！"说着，就把钱款交给了陈立伟。

第二天上午，陈立伟就把欠账人名单贴在大食堂的墙面上，有些欠账人看到自己的名字上了墙，脸上有些挂不住，嘴上有些不干不净的，可还是去找保管员交款还物了。

王珏是芦苇已经有些染黄的时候前往西苇采油厂西矿的，她从客车的窗玻璃上看到好几拨大雁在蓝天上高昂鸣叫振翅南飞了，她喜悦自己的坚持终于有了结果，她和陈立伟终于可以在一起了！

陈立伟、江久林和食堂保管员刚刚对完第二个月食堂的账目，这个月食堂又略有盈余，陈立伟的食堂管理取得阶段性的成果，他想找葛前进说说自己工作的事，这时候，王珏敲开他宿舍的门，这让他有些喜出望外地说："王珏，你怎么来啦？"

"我走投无路了，只好投奔你来了！"王珏笑着说。

"怎么说得跟真事似的？"陈立伟也笑着说。

"我说得可是真的呀，我是背着延期转正半年处分来的！"王珏坐在陈立伟床上说了事情的原委。

"你说你傻不傻呀！"陈立伟说。

"我不就是想着早点和你在一起吗？你还这样说人家！"王珏噘起了嘴巴。

"好了，好了，是我不好，事情都已经过去了，你就别再多想了，高兴一点啊！"陈立伟笑着安抚着。

"别人会怎么看我呀？"

"管他们干什么，你是我心中的大英雄！"

"你说的是真的呀？"

"那是当然了！"陈立伟抱了抱王珏说。

"哎，你怎么管上食堂啦？"

"组织上的安排。"

"你会继续做下去吗？"

"当然不会了。"

"你想我了吗？"

"时时刻刻！"

陈立伟去了葛前进的办公室，门开着，葛前进不在，陈立伟转头要走，葛前进这时从小会议出来喊住了他，他们进了办公室，葛前进笑着说："陈立伟，你什么事啊？"

"向领导汇报上个月的食堂工作情况。"

"你说吧。"

陈立伟做了简要的汇报，说："都在这上边写着呢。"递上一张清单。

"不错，你小子不光就这个事吧？"葛前进放了清单看着陈立伟说。

"还是领导英明啊！"陈立伟笑着说。

"别拍马屁呀，要说你工作的事，你自己找教导员直接去说吧。"

"葛教，不带这样的呀，当初可是你答应我的，咱可不带反悔的呀。"陈立伟有些焦急。

"你看你，我答应你什么啦？"葛前进笑着说。

"食堂管好了我就出来呀！"

"我没有食言哪，现在是西矿一把手直接和你谈工作不好吗？"

"真的呀，葛教，能给透点风吗？"

"这我可不能随便乱说，这是组织原则，但是有一点，教导员是很看重一个人的能力的，你去吧，祝你好运哪！"葛前进笑着说。

到底会怎么样？陈立伟在走廊里一时还是有些踟蹰，一个声音在心里呼喊着"来呀，英勇的战士！"他挺了挺脊梁，敲响了姜德银办公室的门。

姜德银和陈立伟谈话很平常，就是了解了一下陈立伟学习、工作的经历，陈立伟手心里的汗在放松的谈话中渐渐干去了，姜德银希望陈立伟多多学习，不断提高个人的文化和知识水平，同时决定派他去采油八队任队长，这大大出乎了陈立伟的意料，这是一步到位的任命，他还是勇敢地接受了！

八

金鸿雁看完了最后一个患者，然后翻看着《千金方》里的一个验方，这是针对昨天一位患者疑难病症选取的，金鸿雁新调到刚成立的中西医结合科做了主治医生。一段时间以来，金鸿雁在内科坐诊时治愈了一些疑难杂症的病患，收到了一些大红感谢信，得到了患者的一定程度的好评，如果归类的话，那种治疗算什么科的真的不太好说。实际上，她的心里也清楚，因为赵玉明患病，她翻阅了多种医学书籍，受益良多，这时候坐诊，如果遇到一些疑难病症，就会调动自己的所学，便有了一定收获，得到了一些好评。金鸿雁调到这个科室，是老同学黎青的意思，也是发挥她的特长，更是要她离开是非之地。她对这事是无所谓的，医生治病救人是第一位的。当然，也有人对她是有些想法的，上次评定职称，她顺利通过了医师职称的评定，有人就私下里找过院委会，说她一段时间里老跑省城照顾丈夫，工作态度不端正，是有人帮助，她才能评上的。这一次，院里百分之五的人员涨工资，她又评选上了，又有人私下去找院党委书记，把矛头直接指向了黎青，党委书记坚持了正义，主持了公道。金鸿雁调这个科室时，黎青征求了她的意见，主要说这个科的科主任人不错，可以放心在他手下工作，谁不希望一个好的工作环境啊！黎青不久后就向她告别了，回了省城，黎青的老师作为访问学者归来，召他回去读博，同时建立新的医疗项目。就是这一次，他们才进行了一次比较长时间的谈话，黎青的爱人一直在省城，在四院做眼科医生，工作一直都很忙，他又在这边，他们有两个孩子，一直都是岳母帮助照看的，实际上每个人都有自己的不易，别人看到的只是你生活的一面。

医者仁心，金鸿雁工作上想的就是做好自己该做的事情，增长知识是她的需求，也是她为患者服务的根本。这时，一个花白头发的老者推门进来了，金鸿雁看清楚是周大叔，起身说："大叔，您好哇！"

"你好，金大夫。"周大叔脸色红润，身体硬朗，说话中气很足。

"大叔，有些日子没见您了。"

"可不是嘛，现在说来也有小三年了。"周大叔捻了一下手指说。

"大婶挺好的吧？"

"挺好的，想起来了就会念叨你。"

"大叔，看着您老的身体很不错呀！"

"咳！咱就一个庄户人，生活上温饱了，心情就舒畅了，身体自然就好了。"

"大叔，您还种地吗？"

"种啊，咱不就一个农民嘛。"

"您老现在种多少地呀？"

"好大一片，我看怎么也有个二百多亩吧。"周大叔笑着说。

"大叔，您老怎么这么多的地，种得过来吗？"金鸿雁有些疑惑，按说分田到户了，农场下边的村子按人头每人也就分个五七八亩的，周大叔就老两口，能分上个十几亩地也就差不多了，怎么会有这么多的地？

"志国那次阑尾炎病好了以后，就到农场水利站好好上班了，分田到户那阵子，农场进行国有土地大核查，志国见到农场有一片涝洼塘地一直撂荒着，就以我的名义和农场签订了一个土地承包合同，使用期三十年，自己开发、利用，合同是志国和农场弄好的，承包地的钱也是志国掏的，我就是跟着他去了农场一趟，在那个合同书上签了一个大名。我最初对承包土地的事是有意见的，就想着联合高四新做志国的工作，谁想这个高四新坚决站在了志国的一边，还劝我说这么多的土地才花这么几个钱，就跟白捡的一个样！我有些愤愤地说几个钱它也是钱哪，你们有几个钱哪？我最主要的是看那块涝洼塘地坑坑洼洼的，里面长的全是芦苇和蒲草，你说它能干啥用啊？要不农场能放着撂荒这么多年？高四新见我真动气了，就笑着脸劝我说爸，志国您还不相信吗？现在国家的形势发展变化了，上边有了新政策，您儿子心里绝对是有数的，您就等着瞧好吧！我想想也是，儿子大了不由爷，志国之前一直在外边工作，好歹也在省里混了好几年哪，也算是见过一些世面的人，现在的心定下来了，有心要做点事情，你不放心又能怎么样啊？志国做事并不和我商量，我有时候也就是去那块地上去看一看。头一个秋冬里，那块涝洼地里基本就没有闲着过，又是推土机，又是挖沟机的，水田是水田，鱼池是鱼池的，很快就弄得有模有样的了，钱肯定是没少花，这也是我有些担心的事啊，可是一说到钱的事，志国马上就绕过去了，还说爸，您老人家就别操这个心了，您儿子傻吗？等明年盖好房子了，您和我妈看着好就搬过去一起住，您还能帮着照看照看这里。第二年，也就是去年，一栋大房子盖好了，粮食丰收了，鱼也养成了，卖了不少钱，我这个心才稍稍放下些。"周大叔说到这里，有些开怀地笑了起来。

这时候，一个患者进来，周大叔马上起身离开了，患者拿着单子出去，周大叔又进来了，金鸿雁说："大叔，您没走哇，有事吗？"

"可不是嘛，刚才一说话就把话题给扯远了，金大夫，我来就是想向你打听点事的。"

"大叔，您说吧。"

"我那个小孙子小勇常常尿炕，小的时候我们都没有太在意，现在孩子都五六岁了，还是经常尿，我就是想问问这是不是毛病，能不能治呀？"

金鸿雁问了一下孩子的日常生活情况，知道小勇患了"遗尿症"，便说："大叔，您不用担心，什么时候您带小勇过来，我先给他检查一下，您看好不好？"

"好，金大夫，我听你的。"这时候，下班铃声响起，金鸿雁要换衣服，周大叔说："金大夫，那我去楼下等你呀。"

"大叔，您还有什么事啊？"

"有一点小事，金大夫，我在楼下大门口等你呀。"周大叔说着就出去了。

金鸿雁出了门诊大楼大门，看到楼下自行车棚处周大叔推着一辆28自行车在向她招手，金鸿雁走过去，周大叔笑着说："金大夫，我和你一起走。"

"周大叔，您这是干什么呀？"

"金大夫，上一次就说给你拿大米也没拿上，这次我给你带来了。"

金鸿雁这才注意到自行车后车架上搭着个麻袋，就说："周大叔，这怎么行？"

"这有什么不行的，金大夫，咱这是多少年的关系了，你帮我们太多太多了，我和你大婶都记着，这是咱自家地里产的，又不花钱，走吧，金大夫，啥也别说了，我给你送到家里去！"

面对周大叔的真诚，金鸿雁心里热乎乎的，就没有再说什么，她想，什么时候有空了，一定去看看周大婶。

金鸿雁在厨房收拾碗筷，白雪梅敲门进来，金鸿雁忙擦手出来把白雪梅让进了大屋，白雪梅身材一直保持得很好，长得端庄又漂亮，总是把自己收拾得清清爽爽的，给人以赏心悦目的感觉。

赵玉明坐在写字台前看稿子，见是白雪梅，就说："白雪梅来了，劲松怎么样啊？"

"来信说是不错，能不错吗？这个季节，那里的天气早就热起来了，我看他是报喜不报忧!"白雪梅说。

"劲松适应能力强,到哪里都是没有问题的。"赵玉明说。

"这一点我倒是不太担心,他特别喜欢联络人。"

"我正在看你的关于复式油气藏的论文,写得不错,想放到内刊下期里发。"

"谢谢赵编辑,你能看上眼就行啊。"白雪梅笑着说,看向金鸿雁。

"你要是没有什么要改动的,那就这样定了。"赵玉明说。

"行吧。"白雪梅说。

白雪梅一直以来都是很少串门的,他们两家住邻居好几年,白雪梅进金鸿雁家门的次数都是数得过来的,今天来一定是有什么重要的事情,赵玉明看了一眼金鸿雁,金鸿雁就说:"雪梅,有时候能看到大叔大婶,我看着他们的身体都挺好的!"

"是,有他们在家,我是省心又省力了,买菜做饭都是他们,就是这三个孩子让人有些操心哪!"白雪梅有些感叹地说。

"怎么会,你们家这三个孩子我看都挺省心的。"金鸿雁笑着说。

"孩子长多大就得操多大的心哪,何聪学习不是很用心,整天就想着鼓捣那个什么航模,何琼高二了,之前还不错,最近成绩有些下滑了,以为去住校能提高些成绩,结果还是不怎么理想,真的愁死人了!"白雪梅说这话时看了一眼赵玉明。

赵玉明马上明白白雪梅来是要说何琼的事情,而且是想跟金鸿雁说,就说:"白雪梅,你们说话呀,我得去躺一会儿。"说着,就进了小屋。

金鸿雁知道高中新建,条件有限,目前对西线学生没有严格的住校要求,何琼过去一直是骑着自行车上下学的,就说:"雪梅,何琼学习不是一直挺好吗?"

"之前确实还可以,今年的成绩有些下滑,住校一段时间也没有什么改观哪。"白雪梅轻轻叹了一口气。

"什么原因清楚吗?"

"看不出什么来,问她也不说,我考虑她是不是早恋啦?"

"雪梅,真要是这个事情你还真得注意呀!"

"金大夫,所以我才来找你呀,你弟鸿鹄的爱人不是在高中教学吗?"

"是,她叫冷艳,数学老师,雪梅,你有什么想法呀?"

"我想找她一下,麻烦她帮助了解一下何琼的情况。"

"雪梅,需要我做什么呀?"

"你知道这个事就行了,我能直接去找冷老师吗?"

"应该行的,要不我陪你去吧。"

"不用了,金大夫,你工作忙还要请假。"

"也好,雪梅,那我就抽空到班上给冷艳打个电话吧。"

"金大夫,那就谢谢你了。"

"雪梅，咱们就别客气了！"金鸿雁笑着说。

初夏，风和日丽，白雪梅骑上自行车去了油田高中。

亏什么也不能亏教育。勘探局对油田高中的建设还是相当重视的，那条进校的矿渣路已经变身宽敞平整的柏油路，两边的路肩生长着阔叶的白杨树，校园内又有两座教学楼在紧张建设中。白雪梅在办公楼二楼的数学组找到了冷艳，先是说到了金鸿雁，冷艳立刻热情了起来，她是数学老师，没有担负何琼班级的数学教学任务，她说会有办法弄清楚事情原委的。

金鸿雁去科主任办公室给冷艳打了电话，冷艳说白雪梅刚刚来过了，自己会尽力帮这个忙的，金鸿雁叮嘱冷艳注意身体，怀孕初期有一段危险期要特别提高警惕，冷艳说姐，你就放心吧，鸿鹄出去驻点我就住了学校，吃住条件都挺好，不会有问题的。金鸿雁还是多叮嘱了冷艳一些孕妇的注意事项。

金鸿雁在回诊室的走廊里遇到了于小玲，于小玲说："金大夫，你忙什么呢？"

"我去打了个电话。"

"你忙吗？"

"还可以，玲子，你有事啊？"金鸿雁有些关切地问。

"金大夫，我想去你那里坐一会儿。"

"那你就来吧。"金鸿雁看着于小玲说。

于小玲坐在候诊的木条椅上，脸上显得有几分憔悴，看着金鸿雁欲言又止的样子，金鸿雁说："玲子，你上连班吗？"

"没有。"

"怎么看着你有些疲惫的样子，眼圈发暗，没睡好哇？"

"金大夫，我又有了。"于小玲摇头说。

他们头胎生了个女儿，取名妮妮，已经十个月大了。

"玲子，还是早点做了吧。"金鸿雁叮嘱着。

"吴亦真不想，他说要留下来！"于小玲有些无奈地说。

"什么？留下来？现在计划生育的政策这么严，你们怎么留哇？"

"我也是这样说的，可吴亦真说再过几个月让我请病假，躲到他们老家的山沟沟里去生产！"

"简直是糊涂透顶，医院的计划生育宣传教育你没有听到吗？你的工作不要了？吴亦真也会被处理的，现在这样的例子还少吗？"

"吴亦真还说要不就先办个假离婚，妮妮归他，我来生养这个孩子！"

"玲子，你觉得这样可行吗？"

"金大夫，所以我们才吵的架，气得我带着妮妮搬到宿舍来住了！"

"吴亦真到底怎么回事啊？计划生育政策他是真不明白吗？"

"他就是老观念，重男轻女，妮妮生下来，他就一脸的不高兴！"

"这个事能怪到你吗，要不是他把生米做成了熟饭，会是这样的结果吗？"金鸿雁有些气愤。

"我也是这样说的，吴亦真这个时候就认了死理，破着嗓子跟我吵，气得我抱着妮妮就跑出来了！"

"玲子，这样下去也不是办法，你怎么想的呀？"

"我想先在医院住几天再说，大不了和他离婚算了！"

"玲子，说什么昏话，离什么婚哪！要不要让赵玉明去找一下吴亦真，男人之间好沟通。"

"不好，吴亦真这个人脸皮薄，自尊心还是挺强的。"

"什么自尊心哪，你都住到医院来啦？"

"我和同事说吴亦真出差学习去了。"

"可这样总不是办法吧？"

"那也只能看看再说吧。"于小玲有些无奈地说。

这时候有人敲门，金鸿雁说："进来。"

进来的是吴亦真，吴亦真进门就笑着说："金大夫，你好。"然后转向于小玲说，"玲子，我去你宿舍了，见你没在，一想你就来金大夫这里了。"

"你有什么事吗？"于小玲的脸有些沉地说。

"我来接你和妮妮呀。"吴亦真笑着说。

"我不回去！"于小玲有些赌气地说。

"玲子，你怎么还生气？都是我不好还不行嘛。"吴亦真笑着说。

"玲子，吴老师都来接你和妮妮了，有什么事情你们还是回家说去，啊。"金鸿雁拍了于小玲一下肩头说。

"玲子，一切都是我的错，咱们就别耽误金大夫工作了。"吴亦真仍然笑着说。

于小玲一看这情形，便说："金大夫，那我走了呀。"

"玲子，回去好好说话呀。"金鸿雁叮嘱着。

"金大夫，再见！"吴亦真笑着说，马上跟了出去。

金鸿雁不由得摇了摇头。

冷艳时常愣神儿，她会想起母亲说的一句话。

那次，冷艳和金鸿鹄回金鸿鹄老家参加二大姑姐金鸿霞的婚礼，之后回了自己父母的家，一家人一起欢聚自不必说，父亲对金鸿鹄是相当满意的，金鸿鹄人长得精神，有文化，会说话，还能豪爽地喝上几杯。只是母亲和她独处时，说到金鸿鹄时说金鸿鹄哪里都好，就是眼犯桃花。冷艳一时不明白什么意思，当时也没好意思问，母亲也没有再做说明。冷艳后来想起这句话时细细玩味，再认真想了想，不由得笑了，金鸿鹄的眼睛是有一些魅惑力的，自己最初不就是被金鸿鹄那种眼神深深吸引的吗？

今天是星期天，冷艳在学校吃了早饭，便骑着自行车先回到了家里看了看。家是金鸿鹄参加工作的单身宿舍，之前住着两个人，他们要结婚就成为他们的新房。房子是新粉刷过的，空气里隐隐还有些白灰浆的气味，拼起的双人床的一边摆着四铺四盖，这都是大姑姐金鸿雁帮助缝制的。婚后，他们在这里住了两个月，金鸿鹄就随古潜山组去了前进基地。想到他们新婚的生活，冷艳是快乐的，想到新婚的夜晚，她的脸上还会浮现一丝丝羞涩，那是一种怎样的欢愉呀，令人销魂！今天的天气真好，阳光明媚，没有一丝丝的风，冷艳开了房子的门和窗，让房子透透气。有人从门前经过，探头看了看，见她一个人，点点头就过去了。冷艳在屋坐了一会儿，简单地收拾一下东西，再关好了门窗，骑上自行车，去了金鸿雁的家。

赵玉明去编辑室看稿子去了，金鸿雁刚刚洗好衣服，靓初见到冷艳欢快地叫道："舅妈!"立刻拉住冷艳的手坐在炕上，冷艳是靓初的榜样，端庄是看得见的，典雅是在骨子里的，金鸿雁问到靓初时，靓初就是这样回答的。冷艳也喜欢靓初，靓初稳重、谦虚、好学，是个好女孩儿。

"靓初，别老缠着舅妈呀!"金鸿雁说。

"好长时间都没见舅妈了，就想和舅妈多说几句话都不行啊!"靓初有些撒娇地说。

金鸿雁看看冷艳，冷艳点了点头，金鸿雁就说："靓初，你去何琼家一趟，去找一下你白阿姨，就说妈妈找她有点事情。"

"妈，找白阿姨你自己去多方便哪，我在家里陪着舅妈说话。"靓初强调说。

"又不懂事了是吧?"金鸿雁有些严肃地说。

靓初看看冷艳，冷艳微笑着点点头，靓初说："那好吧。"便出了家门。

何琼早恋了，对方是同班里的一个叫乐俊峰的男生，乐俊峰长得高挑、帅气，是班里的体委，在班级里挺活跃，很惹一些女孩子的喜欢，可惜学习就是个中下等的水平，目前的成绩要考上大学都没有太大的可能，家是油建处的，父亲叫乐金城，是个副大队长，常年在外边施工建设，母亲在家属站劳动，是个副站长。

"妈，白阿姨说马上就来。"靓初进来说，马上又腻在冷艳的身旁。

"好，靓初，你白阿姨来了你就去小屋学习呀。"金鸿雁说。

靓初看看冷艳，见冷艳笑着点了头，就说："知道了。"拿了书本说，"舅妈，我去了。"

"咱家靓初真懂事!"冷艳笑着说。

白雪梅进来，三个人说话，冷艳说了何琼的情况。

"冷老师，真的麻烦你了，这种情况一般学校有什么办法吗?"白雪梅问道。

"没有，最好的办法就是家长做好自己孩子的工作，正确引导，不要出太大的问题。"冷艳说。

"冷老师，你说的大的问题是什么？"白雪梅说。

"这个年龄段里的孩子都在青春期，有叛逆心理，很容易逆反的。"冷艳说。

"如果把他们调班行不行啊？"金鸿雁说。

"可以是可以，就怕会适得其反的，什么事情都有个反面，这种事情谁都说不好哇。"冷艳说。

"能找对方学生的家长做些工作吗？"白雪梅说。

"你对他们不了解，怕会弄巧成拙呀。"冷艳说，

"冷老师，你有什么好的建议？"白雪梅说。

"我觉得还是先从引导好自己的孩子入手。"冷艳说。

"谢谢你，冷老师，我先试试，弄不好还得麻烦你。"白雪梅点头说。

"白姐，咱们就不必客气了。"冷艳说。

"雪梅，都是为了孩子。"金鸿雁也说。

"何劲松不在家，一切都要我来管，真的烦死了！"白雪梅叹了一口气说。

"雪梅，有什么事你说话呀！"金鸿雁说。

"谢谢冷老师！谢谢金大夫！"白雪梅说。

金鸿雁和赵玉明说了何琼的事，赵玉明笑着说："你说的这个乐俊峰的父亲或许我和何劲松都认识。"

"怎么会呀？"金鸿雁说。

"这个姓氏的人少，这个乐金城又是油建处的，还是那个职位，当初我建爱情公寓时，那个天然气阀门就是我找他帮忙焊接的，那时候他还是一个焊工班班长，何劲松后来在 GS 搞稠油开采实验时，锅炉焊接就是他带队伍干的，何劲松回来还和我说起这件事。"

"你觉得这事怎么样？"

"不好弄啊，何琼过早遇到她的白马王子了！"

"这就白马王子啦？"

"这种事还真的不好说呀。"

"你怎么这样看呢？"

"许是遗传吧，白雪梅对何劲松就是一见钟情，一发不可收拾的！"

"他们那不是在大学里面吗？"

"青春期萌动，有什么区别？"

"但愿咱们靓初别遇到这样的事情。"

"也不是所有人都会有这样的机缘的。"

"就是，你我当时就没有嘛！"

"你的想象力怎么这样强啊？"

"我是女人嘛！"

"向你致敬啊！"

临近中午，于小玲来到金鸿雁的诊室，脸上有些快慰的神情，金鸿雁笑着说："玲子，没问题了吧？"

"嗯。"于小玲点头。

"就是嘛，有了问题总是要解决的。"

"金大夫，我真的有些不想理他了，可他又是检讨又是认错的，还软硬兼施的，我就没办法了。"于小玲有些幸福地开脱着。

"要不人都说夫妻是'床头吵完床尾和'，很正常啊。"

"金大夫，真羡慕你，你们的感情就一直很好。"

"玲子，谁居家过日子会没有矛盾？只是解决的方式不同罢了。"

白雪梅找何琼谈了话，何琼没有否认，只是默默无语，听凭着白雪梅的忠告，白雪梅的感觉很不好，就找金鸿雁诉说，请冷艳在适当的时候给何琼调班，最好调到冷艳教授数学的班级里，能够帮助适时地监督管理一下。金鸿雁把这话和冷艳说了，冷艳说："姐，这个事情我可以办，可是话又说回来了，何琼的学习成绩有起色当然好了，如果没有，别落了埋怨哪。"

"你的意思我明白，白雪梅应该不会的，该做的你就做吧。"金鸿雁宽慰地说。

"那好吧。"冷艳说。

周大叔这天带着小孙子周勇来到了金鸿雁的门诊，周勇长得很有些周志国的模样，见了人也不怕生，看到金鸿雁就喊姑姑，嘴抹了蜜一样，这让金鸿雁不能不喜欢。周大叔说周勇一直是他们带着多一些，还是挺讨人喜欢的。金鸿雁给周勇做了一个尿常规的化验，又让他们照了骶椎 X 光片，看没有其他问题，就开了一个中药的方子，抓了十副中药让周大叔带回去煎服先试试。周大叔说："金大夫，抓药多少钱？"

"大叔，钱你就不用管了，回去先喝着试试，喝完药回头再说吧。"金鸿雁笑着说。

"金大夫，你们医院还能赊欠哪？"周大叔笑着说。

"别人不行，大叔你行。"

"金大夫，咱们一码是一码呀。"

"大叔，咱们先看好周勇的病啊。"

九

今夜，前进基地的月亮很大很圆。

金鸿鹄躺在前线指挥部驻地的帐篷里，初夏清爽的微风从帐篷的窗口游走进来，夜深了，月亮洒下柔和的清辉，旷野里送来一阵阵蛙鸣，还有远处隆隆的钻机声，困顿的眼睛闭上了，大脑里不时地浮出新的念头，冷艳睡了吗？她在学校还好吧？他们结婚刚刚两个月，他就来前进前线，他想冷艳了……石油工作就是这样，金鸿鹄也不知道他什么时候回去。按正常的规定，他们每月都有月休假，一个月四天，去掉交通车程的两个半天，他能在家里待两天三宿，可这得看组长侯明济，石油人有石油人的规矩和传承，他要服从组长，组长要服从前线指挥部对地质工作的要求。侯明济说下辽河又在争上产，每年都有新突破！这一次是下辽河第三次吹响前进前线勘探开发的集结号，之前的二次都因种种原因而告终，一晃十年过去了，说是现在的条件相对成熟多了，主要是地震勘探采用了数字多次覆盖地震技术和三维地震技术，使这里的古潜山构造、地质分布情况研究进一步深入，数字测井及解释技术应用，为这一区域古潜山复杂性储层研究提供可靠的技术资料。算一算，他们来这里两个月了，这次跟踪的是DSP03井，钻进的是太古界混合岩，已经取得了非常显著的成效。

金鸿鹄上交的毕业论文相当出色，按照评委三个老师的说法，他是真真切切地实习实践了，而且选题是比较前沿的，他的论文得了三个优，这为他毕业分配奠定了非常好的基础性条件，他从心里感谢古潜山，是神秘的古潜山让他留在了西线。宗林把他的关系拿到了单位，又把他放到了古潜山组，他见到师傅侯明济非常高兴，侯明济瘦了，可眼睛更有神采了。古潜山组的研究又有新的进展和发现，他们建立了SG古潜山大红峪组及以上地层层序，并把原本这一区域地层东倾的认识纠正为西倾，这可是一种颠覆性的认识呀！他们还发现了上下均以黑色页岩为隔层的下马岭组底部沙砾岩及铁岭组顶部白云岩含油层位，这是古潜山组一年多的研究成果，这个成果对SG这一区域地质研究意义非常重大。金鸿鹄有幸参加了那次汇报会，侯明济在汇报会上做了主旨发言，根据古潜山组研究成果，侯明济建议应该严格按照地层西倾的新认识，沿地层走向重新调整SG区域探井的井位。这一建议引起极大的反响，在热烈的讨论中，得到了下辽河油田领导和专家组成员的大力支持，重新调整的井位很快部署完成，那一次SG一共部署了十二口探井，有十一口井钻探非常成功。在分析这些井位的油层时，古潜山组得到的结论是SG古潜山是多套储层与隔层相间排列形成的古潜山内幕地层油藏，这个认识使SG区域古潜山的勘探范围进一步扩大，石油地质储量大大增加。之后他们在临近区域又发现和确定了QJ古潜山和

HXL古潜山，特别是QJ古潜山的发现，首次将古潜山岩性定位为区域变质岩及混合岩，纠正了一贯以来花岗岩古潜山的定义。金鸿鹄一直见证着侯明济和古潜山组的奇迹，他被欢欣和感动着，也被深深吸引和荣耀着，他已经是古潜山组的一员了！

金鸿鹄回到姐姐家，常常和姐夫赵玉明说起古潜山的一些发现，赵玉明听着，脸上浮现着赞许的微笑，古潜山油藏的深入研究和不断发现，为下辽河石油勘探开发注入新的活力，古潜山组功不可没，有人说侯明济拟任研究室主任了。

那一天，金鸿鹄又和赵玉明说起古潜山的事，金鸿雁在一边打断他说鸿鹄，你别老古潜山、古潜山的，你该结婚了！金鸿鹄笑了，是呀，男大当婚女大当嫁，他已经工作一年了，是古潜山让他有些遗忘了！

第二天早晨，金鸿鹄就去找冷艳求婚了！冷艳笑着说金鸿鹄，我以为你和古潜山恋爱，把我给忘了！金鸿鹄笑着说怎么会，我爱古潜山是一时一事的，我爱你是一生一世的！冷艳说你说什么？你说得怎么这么动听，你还是把它写下来，我好惠存！

早晨，金鸿鹄去食堂吃过早饭回到了帐篷，见组长侯明济在不停地活动着右手，就说："组长，你的手怎么啦？"

"这只手有些不太灵便，感觉有些麻木。"侯明济说着用左手帮助继续活动着。

"组长，是不是晚上睡觉压到啦？"

"没有，早晨起来的时候还好好的，刚刚才感觉到的。"

"组长，要不去前线医院看看吧？"

"等一会儿再说吧。"侯明济继续活动着。

"组长，还是早点吧，我陪你去。"

前进前线医院之前就是一个卫生所，这次大会战集结号吹响才开始临时扩建的，房子刚刚建设完，购买的一些重要的医疗设施还在路上，中年女院长姓张，新调配过来的，说是医疗经验比较丰富，张院长刚好在门诊，询问了一下情况，说："侯明济，你这是脑血栓的前兆，我建议立即去大医院检查一下，省城近或是回西线？"

侯明济并没有太在意，只是说："可能吗？"

张院长用严肃的口吻告诫说："侯明济，你不要轻视了，你现在活动一定要有人陪着，以防发生不测！"

"好的，张院长。"侯明济这才重视起来，立刻回到前进基地，找"前指"领导请了假，并要金鸿鹄陪同他回西线。

坐在交通车上，侯明济一路上都没有什么异样，便有些怀疑张院长有些夸大其词，还笑着说："这个张院长，好人也让她说出毛病来了。"

"组长，这是人家的专业，宁可信其有，要不您的手怎么会突然麻木，你还是去医院看看的好。"

下了交通车，金鸿鹄陪着侯明济去了西线医院，先找到金鸿雁咨询，金鸿雁听了侯明济的情况，立刻落实了住院的事宜，还进行了部分生化项目的检查，侯明济笑着说："鸿鹄，问问你姐，我到底有多大的事啊？"

"组长，小心没大错，你就先在这里躺个两三天吧，家里我去通知一下。"

"不用了，要是没其他的检查，滴完水，晚上回家，明天早晨我再来。"

金鸿鹄去和姐姐说，金鸿雁说："鸿鹄，跟你们组长说，脑血栓可不是闹着玩的，千万不要忽略，还是住在医院里稳妥。"

金鸿鹄回来跟侯明济说了，侯明济说："今天我回家清理一下个人卫生，明天早晨正式住院。"滴完水，自己就回家了。

金鸿鹄第二天一早去的住院部，看见侯明济在病房里已经挂上点滴了，侯明济的妻子坐在床边打着瞌睡，金鸿鹄这才知道侯明济是凌晨来医院的。昨天夜半时分，侯明济突然醒来发现半边脸有些麻木，口齿也有些不清，便急忙赶往了医院，侯明济的妻子说："现在看，老侯比昨天严重了，这病怎么还越看越重了？"

"师娘，你别急呀！"金鸿鹄说着就忙跑去问了姐姐。

金鸿雁刚刚下完一个医嘱，这时说："侯明济就是不该回家，现在已经用上药了，药效也没有那么快，他发现得早，没什么大碍，要恢复也得十天八天的。"

"姐，知道了，姐夫忙什么呢？"

"在院里编情报交流，今天一早去了五里铺，说是郝学仁的母亲过世了。"

"姐，这两天我陪陪我们组长。"

"应该的，冷艳怎么样啊？"

"挺好的。"

"她现在是双身子，告诉她做事注意点啊。"

"姐，知道了，我走了。"

"好。"金鸿雁说着招呼下一位患者，进来的是周大叔，手里拉着周勇，金鸿雁询问了周勇吃中药后的情况，周大叔说："小勇吃中药后尿床确实有了一定程度的改善，就是不知道这个中药还要喝多久，都说'是药三分毒'，是停些日子再喝，还是继续呢？这孩子也有些厌烦喝这苦药汤子了。"

"大叔，你说的这个情况我知道，中药确实不好喝，特别是小孩子，我也了解了针灸治疗技术，效果也差不多，患儿多动也不太爱接受，综合这些情况，我新研究了一种穴位皮下注射药物治疗的新方法，效果应该会不错的，我在自己身上实验过了，没有出现什么副作用，周勇想不想试一试呀？"金鸿雁笑着说。

"金大夫，我相信你，你说行就行！"周大叔犹豫了一下还是说。

"大叔，您放心，这项技术肯定比喝中药、扎针灸都简便易行，肯定没有什么副作用的。"

"金大夫，那咱们就试吧。"

"大叔，您要不要再考虑一下，和周志国他们商量一下呀？"

"金大夫，你自己都亲身试验了，我还用考虑啥呀！"

"大叔，那咱们今天就开始？"

"行啊，金大夫。"

　　郝学仁母亲过世，赵玉明是听陆鸣说的。

　　陆鸣早晨上班的路上遇到了工会主席田研华，田研华一大早接到单位调度室的报告，说是基地家属站来的电话，郝学仁母亲过世，向单位申报一台值班车办理丧事。陆鸣听说就到班上告诉了赵玉明，两个人一商量，便一起搭乘单位派的值班车直接去了东线医院太平间。

　　太平间在东线医院的西北角上，孤零零一间灰白水泥预制平房，十平方米大小，阴暗潮湿，里边用红砖砌着两个比单人床还窄的水泥台面，一张水泥台上停放着郝学仁母亲的遗体，头顶前放着一盏小白瓷碟做的长明灯，捻出的棉花灯芯浸在豆油里，顶头上亮着花生米大些淡黄的光亮。进门行过礼，赵玉明发现里外张罗事情的是基地那个农技员黄景洪。尹小芸这时介绍说，黄景洪现在是她的表妹夫，郝学仁不在家，说是在赶回来的路上。郝学仁是两年前借调到 YK 市群众艺术馆工作的，这次说是在排演一个重要的大型剧目要去省城汇报演出，有些日子没回五里铺了。郝学仁的母亲是今天凌晨突然发病的，疑似在睡梦中喊叫一声，就咽气了。尹小芸惊醒时发现了这个情况，立刻叫郝三儿跑去喊来了黄景洪，黄景洪启动了基地的手扶拖拉机送的东线医院，到了医院，急诊医生扒开老太太的眼皮看看说人早就走了。尹小芸抹着眼泪悲切地哭泣着，老太太之前有过高血压。急诊医生说疑似心肌梗死。

　　有几年没见了，尹小芸变化有些大，不仅仅是苍老和浮肿的脸庞，最明显的是行动上的不便。黄景洪这时慨叹说尹小芸患了类风湿，骨关节时常酸痛难忍，看医生也没什么效果！说到这里，黄景洪叹息一声，说尹小芸就是太要强了，这些年为了这个家能生活好一点，年年寒冬腊月里都不闲着，常常在路边的深水沟里打冰窟窿掏鱼，拿到东线市场上去卖，谁会想到这会儿毛病找上身了。

　　刘铁柱、王桂花是坐着二十里基地的手扶拖拉机过来的。刘铁柱是听小儿子刘忠明说的，刘忠明和郝三儿是同学，他们都在二十里小学校上学，也是小学生民乐队的成员，两个孩子的关系很好，有个阴天下雨的，刘忠明就会带着郝三儿回家里吃个午饭。

　　大家说了一会儿话，时近中午，刘铁柱力邀赵玉明、陆鸣到二十里基地去，赵玉明看了一下，问明白黄景洪眼前还有什么事情没有？黄景洪说没有，就等郝学仁回来了。赵玉明就和尹小芸打了声招呼，便和陆鸣一起随着刘铁柱一起去了二十里。

刘铁柱家因人口情况分的是三代户住房，在基地最前边一栋房子的最东边，芦苇篱笆院子围得规规矩矩，里边种植着蔬菜，房头圈着饲养的鸡、鸭、鹅。王桂花进门就开始烧饭，刘铁柱和赵玉明、陆鸣说着话，刘铁柱明显胖了些，面色红润。刘铁柱和郝学仁来往并不多，主要是郝学仁在家的时候极少，倒是刘忠明和郝三儿这两个孩子关系极好，刘忠伟当队长了，前不久说是去前进前线打井了，两三个月也回不了一次家，眼看着二十四五的人，对象也没个着落，赵玉明说："大哥，那个马凤霞怎么不行啦？"

"那孩子我看着倒没有什么大毛病，可人家去了省城那样的大城市，眼界高了，怎么还能回来？我看着早就不行了。"刘铁柱说。

"刘大哥，缘分这个东西是不能强求的，是就是，不是就不是！"陆鸣说。

"陆老弟说得是，我也是这么想的，也跟忠伟说过的，也不知道他听进去没有。"刘铁柱说。

"刘大哥，忠伟多优秀哇，找个对象还会难吗？你就放心吧。"陆鸣说。

"实际上我也是这么想的，忠伟优不优秀咱不说，要说找个对象我觉着还不是什么大问题，可你嫂子没事时一叨叨，我这心里也就有些长草了。"刘铁柱笑着说。

"刘大哥，是不是忠伟有了目标没有告诉你们呀？"赵玉明笑着说。

"上次忠伟回来，他妈还问他呢，他还说不急。"刘铁柱见赵玉明笑得有些意味，就说，"玉明老弟，你是知道点什么呀？"

"刘大哥，我也说不好，话说到这里了，我知道有个叫肖雅的女技术员对忠伟应该是挺好的，现在就在忠伟的队上工作，上次她写了篇技术论文，送我那里一起署名发表的。"

"对，'领导'说的这个事我也有些印象，这篇论文我也注意了，当时还真想了一下是怎么回事？之后有点什么事情给岔过去就忘记了。"陆鸣马上接着说。

"是呀，还有这个事呢，忠伟这小子回来从来都没有说过呀。"刘铁柱笑着说。

"或许是忠伟觉着还不太成熟吧。"赵玉明说。

王桂花这时候端着酒菜进来，笑着说："两位兄弟，家里也没有什么准备，你们就将就着吃点吧。"

"嫂子，你辛苦了。"赵玉明马上说。

"辛苦什么呀，一直都盼着你们来你们一直都没来，要不是这个事你们还不能来。"王桂花笑着说。

"这是实话，我们知道你们都很忙，来，咱们喝酒吧。"刘铁柱说。

三个人喝酒说着话，王桂花这时笑着说："他赵叔，刚才你说的那个肖雅什么样啊？"

"大学毕业，地质队技术员，临时安排忠伟他们井队工作的，年龄比忠伟小个一两岁，工作很上进，人长得也不错。"赵玉明说。

"人长得说得过去就行，这女人哪关键是性子得好，她家哪儿的呀?"王桂花笑着说。

"就在西线，她爸我认识，过去也是个井队长，人实在，是个老先进。"赵玉明说。

"我说家里的，怎么一说到这事你就这样上心，这事还不知道怎么样，看你打听得可够细的呀。"刘铁柱笑着说。

"我关心我的儿子有什么错吗?"王桂花笑着说。

"你做得很对!"刘铁柱说。

"他赵叔，你认识肖雅他爸，有空麻烦你去给打听打听啊。"王桂花笑着说。

"嫂子，行，我一定抽空去看看。"赵玉明说。

"嫂子，刘秀儿现在干什么呢?"陆鸣说。

"采油工，现在当了站长，工作干得还可以，也不常回来。"刘铁柱说。

"这站不站长的不打紧，最要紧的是找个好人家呀。"王桂花笑着说。

"你看你，一个想娶进来，一个要嫁出去，不够你忙活的了，年轻人都有自己的事业，工作不干啦?"刘铁柱说。

"事业归事业，男大当婚，女大当嫁，天经地义，我当妈的就该想着这个事!"王桂花坚持说。

"嫂子这话说得没错!"赵玉明说。

"孩子大了，当妈的就得操这个心!"王桂花笑着说。

"行了，事你也打听明白了，看看饭怎么样了。"刘铁柱说。

"好。"

午饭后，在刘铁柱家歇息了一会儿，赵玉明、陆鸣就去了五里铺。郝学仁这会儿已经回来披麻戴孝了!郝学仁泪雨涟涟地说母亲火化后要送回老家去，和父亲葬在一处，这是母亲一直以来的心愿，他已经给姐姐拍了电报，让那边准备着。赵玉明说:"'大师'，你一个人回去呀?"

"我和老郝一起回去。"尹小芸立刻说。

"你行动有些不太方便哪。"赵玉明看着尹小芸说。

"这么大的事就是爬我也得爬回去呀!"尹小芸含着眼泪说。

老太太的事情都安排妥当了，郝学仁就说到了过往。郝学仁是在参加市里会演时遇到了一个亦师亦友的人——秦越，秦越是省城歌舞团下来的编导，先抽调在市里的文艺团体工作，那一次遇上，两个人很说得来，秦越就将郝学仁商调到市里，郝学仁自身悟性好，也想提高，遇到秦越是个机会，有了秦越的指点，艺术能力提升得很快，这次市里排演一个大型剧目去省城会演，彰显了秦越的艺术能力，秦越已经商调省里的一个重要文艺团体了，秦越说一定努力把郝学仁也带进去!说到这里，郝学仁一声叹息，说:"人真是心强大不过命啊!"

"'大师'，你也别那么悲观。"赵玉明说。

"'领导'，事都在这摆着。"郝学仁说。

"车到山前必有路，船到桥头自然直！'大师'，嫂子的病情也许会有好转的，机会会有的。"陆鸣说。

"关于这个我早咨询过了，类风湿就是不死的癌症，这个我很清楚。"郝学仁摇头说。

"'大师'，那怎么办？"陆鸣说。

"我只能回来照顾家，照顾小芸了。"郝学仁说。大家都有些为郝学仁惋惜，可他不放弃还会有什么好办法吗？

张国安这时候进来，看到陆鸣就说："'诗人'，你小子也不地道哇，这么大的事你怎么不告诉我一声啊？"

"'画家'，你都是总部领导了，我敢随便打扰你吗？"陆鸣笑着说。

"说正事，你别整没用的呀！"张国安也笑着说。

"你办公室的电话总是没人接，也不知你成天忙点啥，你让我上哪儿找你呀？"陆鸣说。

"我不在办公室就是在画室，还能去哪儿？"张国安说。

"那谁知道哇，恐怕只有天知道了。"陆鸣说。

"'诗人'，我发现你小子怎么有点学坏了，你这样说话离挨揍可就不远了！"张国安说。

"'画家'，我巴不得到时候去你家住着，让你侍候着也不错！"陆鸣笑着说。

"美得你吧！"张国安说。

赵玉明有时间没有见张国安了，这时说："怎么着'画家'，又有大赛活动啊？"

"可不，这次要得还挺急。"张国安说。

"'画家'，你平时画了那么多的画，随便拿上一幅不就行了嘛。"陆鸣说。

"'诗人'，大赛的事你当是开玩笑？"张国安说。

"知道你自我约束能力强，要求高。"陆鸣说。

"这是真的！"张国安说。

"'画家'，你那个徒弟赵丹现在干什么呢？"赵玉明说。

"赵丹最多算我半个徒弟，学习回来就到报社当美编了，这小子悟性好，进步真的挺快，潜力也很大呀！"张国安笑着说。

"都说'青出于蓝而胜于蓝'嘛！"陆鸣说。

"那是肯定的！"张国安说。

"晏宝霞还在党校吗？"赵玉明说。

"说是今天去县委宣传部报道去了。"张国安说。

"这是又有重用了。"赵玉明说。

"一个女人家用不着!"张国安说。

"妇女能顶半边天,这是能力的体现!"陆鸣说。

"女子无德便是才!"张国安笑着说。

"燕雀安知鸿鹄之志?听你这意思是有危机感了吧。"陆鸣笑着说。

"切,就她!"张国安撇着嘴说。

"'领导',看见没有,'画家'现在挺敢装啊!"陆鸣说。

"'诗人',你说我啥时候软乎过吧?"张国安说。

"你得说晏宝霞通情达理。"赵玉明说。

"'领导'这话在理!"陆鸣说。

晚上,金鸿鹄、冷艳来到姐姐家。金鸿鹄把一篇关于古潜山的论文交给了赵玉明,赵玉明看了一眼,放在写字台上,说:"侯明济这几年带着古潜山组出了不少成果,鸿鹄,你也受益了。"

"可不,姐夫,我在这个组确实学到不少东西,大家伙也真的付出了。"金鸿鹄说。

"目前勘探地震等方面的技术进步为石油勘探创造了非常有利的条件,使过去很多的猜想变为了现实,今天的付出和之前是不能同日而语的!"赵玉明感叹地说。

"这是肯定的,要不说科学技术就是生产力!姐夫,都说单位领导有些调整,我们组长也会有机会,到底怎么样啊?"金鸿鹄说。

"解放思想,重视知识,重视人才,步子也得一步步迈进,我看侯明济这次出任室主任应该没什么问题,至于副总地质师的机会不会太大,他的身体现在怎么样啊?"

"恢复得不错,应该没有太大问题了。"

"人的身体很重要,太拼了总会出问题的。"赵玉明有些感慨地说。

"姐夫,你这次怎么样啊?"

"我没什么想法,就现在的身体状况,能做好这个工作我就很满足了。"赵玉明笑着说。

早晨,赵玉明收拾着办公室的卫生,陈宏江敲门进来了,赵玉明放下拖把,说:"陈工,来,你坐。"

陈宏江坐在条椅上,左顾右盼了一下,说:"赵组长总是这么干净、整洁!"

"陈工,现在你可是组长啊,怎么样,忙吧?"

陈宏江挠了几下鬓角,说:"我是勉为其难,勉为其难,还行,这不就是良心活吗?想干的话有的是活,组长,不,应该叫你赵主编,这你是清楚的,不然你也不会累病的。"

赵玉明笑了笑，说："什么主编哪，充其量就是个编辑，陈工，你有事啊？"

陈宏江站起身，从裤子兜里摸出一沓稿纸展开了，送到赵玉明面前说："有篇拙作，见笑了，请赵主编帮着看看。"

"陈工，你就别谦虚了，你的论文大作在外边发表不少了，还获了大奖，你能拿到这里来是对我们工作的支持，我只能说是先睹为快了。"

"惭愧呀，惭愧！"

赵玉明看了一眼论文的题目，说："陈工，今年又申报什么新项目啦？"

"还不成熟，目前还没有申报，对了，赵主编，你认识王俭哪？"

"王俭？哦，认识呀，你们熟悉呀？"

"我们是儿女亲家，犬子立伟和他家的千金王珏恋爱了，我去他家里拜访，王俭特别说到了你。"

"是呀，陈工，恭喜恭喜呀！孩子什么时候结婚哪？"

"他们已经登记了，酒席不办了，说是旅游一圈就行了。"

"这样啊，王俭还好吧？他现在在哪儿？"

"王俭身体看着还可以，他降职使用了，现在在SG厂，在后勤科当个副科长，基本也没什么事，有些嗜酒，说见到你让我替他带个好。"

"陈工，谢谢！谢谢了！"

"赵主编，不客气！"

陈宏江走了，赵玉明想着王俭，和陈宏江是亲家，便马上想到了肖永利，就去陆鸣的办公室给李敢办公室打了一个电话，李敢说肖永利现在去公司供应站当副站长了，赵玉明就骑上自行车去了钻井供应站。

经供应站大门门卫的指引，见一个人在不远处一栋库房山墙边上清理杂草，赵玉明走了过去，看见汗水浸透了那人工作服的脊背，画了一个巴掌大的印迹，赵玉明咳了一声，肖永利回头看见了赵玉明，有些似曾相识，一时又叫不出名字来，赵玉明马上笑着说："肖站长，我是赵玉明啊。"

"对对对，赵玉明，赵副组长。这可真是有日子没见你了，你现在在哪儿啊？"肖永利瘦弱得有些苍老。

"肖站长，我在研究院情报室情报交流当编辑呢。"

"副的，副站长！"肖永利立刻强调说。

"肖副站长，你怎么一个人干这个活呀？"

"闲着没有什么事，我活动活动身子骨。"

"你的身体不好，应该多多休养才是呀。"

"太闲了我就有些难受，赵编辑，你来有事啊？"

"是，肖副站长，那我就直说了，前几天，我有事去了二十里基地刘铁柱刘大哥家，也就是刘忠伟父母的家，说起了孩子的事，我就说到肖雅了，肖雅我见过两次，知道是你女儿，这不就找你来了解一下情况。"

肖永利听了这话，眼睛马上亮了起来，笑着说："走，赵编辑，咱们屋里说去。"

进屋坐下来，肖永利泡了茶，然后说："赵编辑，咱们实话实说呀，我是早就看好刘忠伟了，肖雅毕业回来，我就跟肖雅多次提起过，还说要找人介绍他们认识，是肖雅坚决反对的，肖雅说婚姻是一种缘分，急不来的，还是自然些好，所谓'瓜熟蒂落，水到渠成'，你不能看好了一个年轻人就想着给你当姑爷子吧！你知道人家什么想法呀？你知道我的想法吗？我一听肖雅说得也对，刘忠伟有过女朋友，是个唱歌的，听说后来分手了，他怎么想的也说不清楚，肖雅之前和刘忠伟有过一次短暂的接触，印象还不错，这不，这次又有了工作的机会，她就申请去刘忠伟井队了，也不知道他们走到哪一步啦？"

"肖副站长，刘忠伟和那个唱歌的分手是肯定的了，据我所知肖雅和刘忠伟工作关系一直挺不错的，我是受刘大哥夫妇所托和你见个面，明确一下这件事情，两个孩子我都熟悉，你要是没什么意见的话，我就找个适当的时候把这层窗户纸帮着他们捅破了，你看怎么样啊？"赵玉明说。

肖永利喜笑颜开地说："赵编辑，谢谢呀，那就有劳你了。"

＋

红旧得有些泛白的大客车在老公路新铺筑的柏油路上行驶着，风从车窗和缝隙处吹进来，在车厢里旋绕着，老公路的路坡上虬枝的老榆树变身枝繁叶茂，绿得有些可人，一串串榆树钱长得正旺，下边翠绿的原野一望无际。

金鸿雁坐在客车上望向窗外，榆树在不停地向后倒去，嫩绿的榆钱在枝头串着，看着榆钱金鸿雁想起了母亲，每到这个时节，母亲都会采摘一些榆钱回来，和上玉米面，蒸出香甜的发糕。金鸿雁是星期三接到廖海涛的电话的，说是他的大儿子廖红军这个周日结婚，请她务必赏光前去，好些人也都想见见她。放了电话，金鸿雁有些小激动，想想，离开垦区职工医院已经八年了，也不知道那些熟悉的人什么样子了？时光荏苒，廖海涛的儿子这就结婚了。离开垦区职工医院后，金鸿雁几乎和任何人都没有了联系，最初是离开的时间短，又没有什么特别的事情，忙碌着工作和年幼的孩子，之后先是赵玉明"学习"，接着就是生病，她当时忙得无暇兼顾其他了。记忆里，赵玉明生病期间刘兰芝曾经给她来过一封信，她在诊室拆开草草看了一遍，刘兰芝说的是她已经随军的消息，金鸿雁随手就将信件塞到卷柜抽屉里什么地方了。她这时想起找了找，在卷柜抽屉的一个本夹子里还真找到了，看了看日期，已经是三年前的事情了！客车行到那个转弯处，金鸿雁立刻想起了那次车祸，和那个穿着一身绿军装给自己让座的年轻人，时间过得可真快呀！

廖海涛穿着一套新藏蓝人民装，精神抖擞喜笑颜开的模样，就是上边门牙下岗了一颗，没有补，一张嘴就露出一个黑洞，他今天还要频频张嘴。他们说了几句话，廖海涛就送金鸿雁去邻家安排的一张酒桌上，环视一圈，桌上的人大多都是熟悉的，大家握手问候就开始畅谈。金鸿雁离开垦区职工医院不久，垦区的建制就被撤销了，医院归属县里管理，蔡院长调了市卫生局任副局长，廖海涛去县卫生局当副局长，李燕君任县防疫站副站长，邱丽君任县医院副院长，徐志强有个台胞的身份，新近出任了县台办的副主任，都说"铁打的营盘流水的兵"，许多单位也是一样的，只是周期不太固定而已，农垦职工医院不仅刘兰芝离开了，还有不少熟悉的人都相继离开，正所谓吐故纳新，说的就是这种情形。金鸿雁想到了高大壮，有人说是回了机械厂，也不好好上班，他就混得有些惨，就破罐子破摔了。金鸿雁说到了周志国，大家肯定周志国的脑袋还是蛮好使的，金鸿雁印证了大家的说法。吃过了喜宴，邱丽君送金鸿雁出来，在金鸿雁耳边悄声说垦区的建制马上就又要恢复了，也许变为地级市，就等着批复，应该不会很久的，这些和下辽河油田的快速发展是不无关系的。

金鸿雁下了客车，径直去了西线医院，在诊室里做了简单的准备工作。周勇皮下穴位注射治疗了七天，周大叔说效果非常显著，已经三天没有尿床了，金鸿雁听了心里非常高兴，她建议周勇今天再做一次治疗，然后观察后续的效果，她也没有想到新疗法效果会这样方便快捷，这和周勇之前吃了十天的中药会有多少关系呢？

周勇蹦蹦跳跳地进来了，笑着喊了声："姑姑！"

"小勇，怎么样啊？"金鸿雁说。

"姑姑，我现在全好了！"

"好了好哇，姑姑真为小勇高兴，咱们再做一次好吗？"

"好！"周勇说。

"我们小勇真勇敢！"

"不勇敢怎么当警察抓坏人哪！"

"小勇长大要当警察呀？"

"嗯哪。"

"好哇，咱们小勇真有志气！"

"金大夫，真不知道该怎么感谢你呀！"周大叔说。

"大叔，要说感谢我也得谢谢你们哪，是给小勇治疗让我有了新发现，也使新发现得到了初步的验证。"金鸿雁说。

"金大夫，你不但是个好人，还是一个特别有心的人哪。"周大叔说。

"大叔，你说得我都不好意思了。"

"金大夫，这是实际情况，我们以后就不用打针啦？"

"是呀，大叔，如果有什么特殊情况你来告诉我。"

"好的，金大夫，小勇，和姑姑再见。"

"姑姑，再见！"

"小勇，再见！"金鸿雁看着他们走了，开始书写这次实验的全过程，做好要点总结，心里不由得生出一丝丝喜悦来。

赵玉明手里的稿子有些多，他已经初步编辑了六期稿子，目前只出了三期的内刊，有些送稿子的技术人员有时候会过来问他，表露些许的不快。赵玉明也没有办法，单位的打字员比较忙，只有闲暇的时间里才会给内刊打字，他去追也没有用，人家工作时间里也没有闲着，他和陆鸣说起过这件事，陆鸣说这件事已经和宗林汇报了，看领导怎么协调解决吧。赵玉明今天在编辑第七期的稿子，有人敲门，他喊了声："进来！"

进来的是刘忠伟，刘忠伟说："赵叔叔好。"

"忠伟呀，怎么这么闲哪？"

"回来开会，很长时间没见赵叔了，抽空过来看看。"刘忠伟明显壮实了一些。

"工作很忙吧？"

"忙，忙得都有些不可开交了。"刘忠伟笑着说。

"你没回家看看哪？"

"回了，我刚从家里回来。"

"井队的工作怎么样啊？"

"还好，工作还算比较顺畅。"

"你倒是挺谦虚呀！"

"实事求是，赵叔，我还年轻！"

"你说得也对，欲速则不达，带队伍还是稳步推进的好。"

"还是赵叔经验丰富。"

"此一时彼一时，你的个人问题怎么样了？上次去你家时你妈可有些着急呀。"

"暂时还没有。"刘忠伟挠头笑着说。

"你们队里不是去了一个女技术员吗，你觉得怎么样啊？"

"赵叔说的是肖雅吧，她挺好的。"

"看好了你还犹豫什么呀，该出手就出手哇！"

"我们了解得还不是很多，我想深入了解一些。"

"那就多多交流，不交流怎么了解？你们现在又有方便条件，对了，肖雅的父亲你应该认识的。"

"赵叔叔，你说的是谁呀？"

"107的老队长肖永利呀！"

"是吗，赵叔，这个我还真不知道。"

"要不说得多交流，前些天我去看了一次肖永利，他一直都挺看好你的，你也得积极主动些呀！"

"知道了，赵叔叔。"

"我可就等着吃你们的喜糖了！"

"谢谢赵叔叔，我走了。"

赵玉明去一楼打字室送校对完的内刊大样出来，刚好看到郝学仁从楼梯上下来，便迎上前说："'大师'，你什么时候回来的？"

"回来几天了，'领导'，你忙什么呢？"

"送个内刊大样，没什么事去我那坐坐呀？"

"好吧。"

来到办公室里落座，赵玉明给郝学仁倒了杯水。郝学仁明显有些憔悴，赵玉明说："老家的事办得顺利吧？"

"顺利，我姐和郝学禄在老家那边都准备好了，有人帮着张罗，有一套乡俗礼仪，我就是听喝。"

"那就好，你今天过来干什么？"

"我老这么待着也不是事，找领导说说我工作的事。"

"你怎么想的呀？"

郝学仁已经离开了市群众艺术馆，回来带着尹小芸看了几家医院，医生都说没有什么太好的治疗办法，孩子们都在上学，他得照顾这个家，郝学仁说："'领导'，我想回五里铺基地工作，干什么都行！"

"领导怎么说的？"

"我的情况比较特殊，让我回去听通知。"

"你去插秧、拔草、割地、放水，就没有其他更好的办法啦？"

"'画家'建议我去局文化宫，那里还有个位置，可西线我没有房子，天天跑通勤，一点也照顾不了家，我想还是算了吧。"

"你就这么放弃啦？"

郝学仁苦笑了一下，说："'领导'，这也是没有办法的事，想到和尹小芸回到老家，那么多亲戚看我异样的目光，我感到十二分惭愧，尹小芸是为了谁呀？是，她曾是母亲强加给我的，可她是我三个孩子的母亲哪，她上养老下养小的，在这个家里辛苦了十几年，现在病成这个样子，这个时候我不能不管哪！仔细想想，音乐就是人的一个爱好和美好梦想，只是展现的方式不同罢了，回到五里铺，我可以好好教教孩子们，把梦想寄托在他们身上。"

"'大师'，你能这样想也很好哇！"

"要不还能怎么样啊，'领导'，我走了呀。"

"干什么这么急，'大师'，时间还早，吃了午饭再回去吧。"

"不了，'领导'，我能回去还是尽早赶回去，尹小芸现在做事很吃力的。"郝学仁坚持说。

"那好吧。"赵玉明送了出来，看着郝学仁远去的背影有些愣神儿，或许每个人的人生都有自己的不如意呀！

"'领导'，你站这里干什么？"陆鸣从外面回来说。

赵玉明醒过神儿来，说："啊，送送'大师'。"

"'大师'过来了，怎么走啦？"

"人家家里不是有病人嘛，说是刚刚推了你的门没有人。"

"我出去办点事，对了，'领导'，宗主任有话了，内刊打字的工作全部交家属站印刷厂一并完成，你编辑的稿件直接和家属站印刷厂接洽就行了。"

"这还不错，领导挺英明啊！"赵玉明笑着说。

"这也一定程度上反映了他们对内刊的重视！"

何劲松到了海上油田才知道他面对的是一个新世界，那座小渔村已经站在改革的潮头上，弄得周边都风急浪高的，和下辽河相比，人家的脚步不知道要快多少个节拍。何劲松安排在物资管理部工作，每一天的工作都是满负荷，一个油田公司从筹建到正常运行要做的事情很多很多，这一晃就一年多过去了，公司也正式运行了，部门里其他人都休过假，只有何劲松一直没有，是事情太多，也是他甘于付出，谁都知道他是下辽河来的，他得给领导长脸，也是给自己增面。白雪梅多次来信，也多次说到何琼的问题，何劲松清楚，这件事不好解决，只能顺势而为，别出大的问题就行，过了这个年龄段就好了，可白雪梅总是有些不依不饶的，非要个具体办法来，说要不你就回来处理吧！他这次可以休假了，是戚乐天找的他，说公司进入正常运行状态了，你也该回家看看了，何劲松就顺坡下了驴。

何劲松先是回老家一趟，看看父母的房子翻盖得怎么样了？一切都如他所愿，看着父母绽开的笑脸，他欣慰了许多，心里少了一份牵挂。

岳父、岳母身体康健，照顾家庭日常生活没有一点问题；何琼的学习成绩起色不大，倒也没有继续跌落下去，和那个叫乐俊峰的小子应该是藕断丝连着，说是在冷艳的眼皮底下还能自律，这也算是相对比较好的结果了；何聪这个臭小子这一年里个头倒长了不少，篮球彻底不打，完全痴迷于航模了。今年，油田教育部门倡导开展第二课堂活动，在西线一个初中、一个小学分别设立示范活动站，初中课外活动的选项里就有航模这项，对航模需要的物资积极投了资，什么制作工作台，各种专业型号的发动机、遥控器和其他辅助材料，非常齐全，还配备了一台两轮摩托车，供室外训练时追踪航模机使用。为了搞好这项活动，教育处特意在油田内部挖掘到一个高水平的专业人员做老师，教授这些爱好者航模制作，老师让航模爱好者自己动手，大力增强他们的动手能力，还为航模爱好者在附近的农用飞机场联系了航模试飞基地，条件可谓是非常之好了。何聪不但制作了航模机，还学会了骑摩托车，他要追踪找回航模飞机，胳膊上有一块瘀青还没有完全消退。何聪的精力投入到航模上多了肯定是影响学习的，可这又不是什么坏事，你是不能坚决制止的，只能说清楚道理。这个何聪倒是聪明，一个劲表态说我明白！我明白！精力就是不能全部回到学习上，不过他也有牛可吹了，上一次他去省里参加了航模竞赛，得了一个竞速类的银奖，这也算是一个不错的回报，说是这个成绩高考时可以加五十分！至于这五十分能不能顶什么用就很难说了！只有老小何明省心，在家里是个好孩子，老师眼里的好学生，成绩排名总在年组的前五里边。白雪梅可以投身复式油藏研究，而且出了一些成果，这一次中级职称也竞聘上了，你白雪梅有什么不满足的？所有的好事不能都让你占尽吧？还有什么你就说吧，我看看怎么处理。白雪梅还真就没有什么要说的。

何劲松西服革履，打着一条暗红银点领带，身材笔挺地敲开赵玉明办公室的门，赵玉明正和陆鸣讨论这期的稿件，看到何劲松不由得一愣，赵玉明笑着说："哎，什么风把你给吹回来了呀？"

"改革的春风呗。"何劲松笑呵呵地说道。

"这人一换了地方就是不一样啊，这也太精神了吧！"陆鸣上下打量着何劲松说。

"还可以呀？我自己都有点骄傲了。"何劲松笑着说。

"太可以了，这身行头得不少银子吧？"陆鸣笑着说。

"没办法，改革窗口的人就认这个呀。"何劲松说。

"你在改革窗口都看到什么啦？"赵玉明笑着说。

"眼界大开呀，人家的建设速度可以说是神速！"何劲松说。

"你们油田这块也是呀？"陆鸣说。

"那是自然了，合作开发，管理方式当然是先进的，一句话，精干、高效！"何劲松说。

"参谋长怎么样啊？"赵玉明说。

"海上油田筹备主要负责人，马上还会有调动的。"何劲松说。

"是呀，这才正局多长时间哪？"陆鸣说。

"人走时气马走膘，我只能说咱们拭目以待吧。"何劲松非常肯定地说。

"下辽河这位也很努力，这几年石油产量也在不断攀升，没听说有什么起色呀？"陆鸣笑着说。

"从年轻化、知识化、专业化的角度来说，参谋长的优势更加明显哪。"何劲松笑着说。

"时代不同，是不能同日而语呀。"陆鸣说。

"你怎么样啊？"赵玉明说。

"就是帮着跑个物资供应，跟你们说真的，这一年多的跑，接触人多了才知道，那里很多人都是白手起家的，现在弄得都不错。"何劲松有些感触地说。

"怎么，你也有些心动啦？"赵玉明说。

"怎么说呢？我这次回家和父亲长谈过，他老人家从小就在大户人家店铺里做伙计，说了不少经商之道，现在对我来说也许是个机会。"何劲松说。

"你不是说参谋长还有调动吗？你就这样放弃啦？"陆鸣说。

"钱不是万能的，可缺了钱是万万不行的，我不能什么都要哇！"何劲松笑着说。

"劲松，这个你可得想好了，机不可失，时不再来呀！"赵玉明说。

"师兄，要不怎么说还有些犹豫。"何劲松笑着说。

"你这次休假多长时间哪？"赵玉明说。

"个把月吧。"

"这几天找个时间一起坐坐，给我们好好说说，让大家也开开眼界。"赵玉明说。

"行啊，这个局我来张罗。"何劲松说。

"给你接风，还是我来吧。"赵玉明说。

"不行，这次还是我来呀。"陆鸣坚持说。

"'诗人'，我已经说过了，我方便，这个问题咱们就不争论了，对了，还有谁呀？"何劲松说。

"西线只有'画家'了。"赵玉明说。

"'大师'还在市里吗？"何劲松说。

"回来一些日子了，在五里铺，尹小芸身体不好，他不方便出来。"赵玉明说了郝学仁的近况，何劲松有些感慨，赵玉明说，"何琼的事你怎么想的呀？"

"冷老师帮助得很不错，离高考的日子越来越近了，我不想大动干戈，等何琼周日回家，我和她谈谈再说吧。"何劲松说。

"你说得也对。"赵玉明说。

陆鸣从宗林办公室回来，坐在那有些愣神儿，宗林刚刚和他谈的话，工会主席田研华年龄到了，马上要离开工作岗位，考虑到陆鸣的情况，组织上考核有意让他接任工会主席的岗位，先征求一下他个人的意见。宗林说得很清楚，陆鸣接受这个职位就得转向政工岗，不再担任副主任地质师的技术岗位，陆鸣对此没有异议，他也相机和宗林探讨了一下赵玉明职位的问题，能不能担任情报室的副职？宗林肯定地说赵玉明是个好同志，这个问题还得看上面，他也说不清楚赵玉明的问题过了敏感期没有？这时候有人敲门，进来的人让陆鸣有些惊喜，他马上起身，握住来人的手说："霍普，怎么是你呀？你好哇！你怎么过来啦？"

"来了就想看看你。"霍普微笑着，看着成熟度高了许多，这时候接着说，"哎，陆鸣，看看这一位你还认识吗？"霍普让开了，后边露出了一位个子偏矮的女人。

"是许点长吧？"陆鸣马上上前握手说，"你好，你好，许点长，来，坐！坐！坐！"

"可以呀，你还记着哇！"霍普说。

"当然了。"陆鸣说。

"看着你的身体还不错呀！"霍普说。

"还可以。"陆鸣送上茶水，笑着说，"你们怎么会在一起？"

"不，陆主任，我一直在油田工作。"许艳梅笑着说。

"许点长，你在哪个单位呀？"陆鸣说。

"西线采油厂。"许艳梅说。

"你来油田几年啦？"陆鸣说。

"就快八年了。"许艳梅说。

"来了这么久了，我一点都不知道。"陆鸣说。

"之前我也不知道哇。"霍普说。

"我知道陆主任，那时候油田的报纸没少登载陆主任的事迹，单位还组织职工认真学习了。"许艳梅说。

"许点长，那都是过去的事情了，霍普，你从哪儿来呀？"陆鸣说。

"市里。"霍普说。

"你不在县里挂职啦？"陆鸣说。

"出来有些时间了。"霍普说。

霍普从省里下来，先在 YK 市南的一个县任了两年的副职，后来到了市委里做了一个副秘书长，跟了一个市委副书记，这次过来是专门协助副书记到下辽河两县工作调研的，为这边地级市筹建工作打前站的。

"建立地级市的事怎么样啦？"陆鸣说。

"肯定没有问题。"霍普说。

"你以后会来这边工作吗？"陆鸣说。

"基本上没有问题。"霍普说。

"这可太好了！中午在我这里吃饭吧。"陆鸣说。

"你有时间吗?"霍普说。

"你来了，肯定有，你们稍坐呀。"陆鸣说着，马上出去找来了赵玉明，过来和霍普、许艳梅见了面，再由赵玉明去找何劲松。

霍普是带着一辆北京吉普过来的，来了就被安排在油田第二招待所。陆鸣本想去油田新开业的实习饭店招待霍普的，霍普说不用了，还是我这儿方便，咱们就在油田招待所吧。霍普的小车司机便去找招待所长联系午餐的事宜，几个人便在小餐厅里坐定说话，大家交流着各自的情况。许艳梅是知青大返城前一年来油田的，最初做采油工，当过战区红旗手，做过采油站站长，现在"以工带干"，任西线采油厂北矿采油三队的副指导员。霍普身份特别，为YK市委副书记（新市委书记没下文）打前站，又有省城那边的关系，知道很多内幕的消息，这时就侃侃而谈，说特区的窗口，说上边的新政，说市地级筹建申请到批准程序和大概的日期，说市、市局干部的配备的一些预想，说市里党政主要领导多数会来自油田，如果西线建区也会以油田干部为主导的，能做地方工作也是一个不错的选择。说到这里时，霍普还看了看陆鸣，陆鸣笑了笑。霍普侃侃而谈，满足了大家的新奇，拓展了大家的眼界，聚会的气氛热烈而愉快。

何劲松和何琼谈了话。何琼有些忧郁的眼神看着何劲松说："爸，我是有些喜欢乐俊峰，喜欢看到他的身影，愿意听到他的声音，看到他时我就想到您，其他的什么都没有，可我妈怎么就不能理解呢，像防贼一样看着我? 还找了冷老师，以为我什么都不知道!"

何劲松想到大学时的白雪梅，心里不由得一声叹息，便好言安抚说："何琼，你妈是关心爱护你的，她希望你能考上大学，平稳地走上工作岗位，你也有这个聪明才智，可怜天下父母心，你也应该明白和理解我们哪!"

何琼看看何劲松说："爸，我明白，请你一定相信我，我会努力的!"

"爸爸当然相信琼儿了，爸爸知道琼儿是个好孩子，不会辜负我们的期望的!"

"爸，您能这样想最好了!"何琼说，眉头有些舒展了。

"爸爸就是这样想的!"

"谢谢爸爸!"

十一

陈立伟第一次去王珏家，王珏的父亲王俭对陈立伟是非常满意的，只是那天王俭在不停地举杯，也在不停地说话，先是知道陈立伟的父亲陈宏江是做地质研究的，就自然说到了赵玉明，陈立伟并不知道赵玉明是哪一个，王俭就有些不太高兴了，这说明陈宏江封闭而保守，怎么会不知道年轻优秀的赵玉明呢？陈立伟有点高兴，赵玉明又不是自家的亲朋好友，可又不能不高兴，王珏一直在旁边示意，希望陈立伟能够理解。实际上也是，一个曾经的副处级干部降为副科级使用，谁的心情会好过呀？这时候只有靠家人的理解了，王珏的母亲一直是安抚王俭的，以保持家庭和谐的氛围。陈立伟在努力倾听也试着说些好听的或是点头，问题就很好地解决了。王俭最后大着舌头说了一句话，王珏我们养了这么大，说给你们家就给你们家了，你爸也不来和我见个面哪？关于这个问题，没有人能说清楚有没有这样的习俗，属于哪个地方哪个民族的风俗，既然王俭说到这儿了，陈立伟觉得并不过分，顺势也就答应了，回家时就和父亲陈宏江说了，陈立伟的母亲在一边说从没听说有这种事情啊！陈宏江头次有些坚挺地说你就别管那么多了，既然亲家公那边说到了，我去一趟又能怎么样？陈宏江就是在这样的情况下，在陈立伟的陪同下，去王珏家拜访王俭的。王俭见到他们时笑着说我都不记得这个事了！这次见面自然又会说到赵玉明，陈宏江也说了赵玉明，肯定了赵玉明的能力和水平，王俭笑了，他又开始不断频频举杯，很快又让自己的舌头大得有些不太听使唤了！

北京的金山上光芒照四方！陈立伟在倦意的敲门声中毫不迟疑地把王珏拉了起来，他们要去看升国旗，去感受那激动人心的时刻。北京的早春还是略有些寒意的，可挡不住他们热望的脚步，不仅仅是他们，还有那么多热望的脚步都在行进着，脚步汇集成人的海洋，饱满的广场，清亮的天空，激动人心的军乐队，人民解放军仪仗队队员挺拔的身姿，铿锵有力的步伐，冉冉升起的五星红旗，起来，不愿做奴隶的人们！让人激情澎湃，热血沸腾，我们万众一心，冒着敌人的炮火前进！前进！前进进！

陈立伟带着北京的果脯、茯苓饼去看望了姥姥，姥姥喜笑颜开，拉着王珏的手说这闺女长得也太俊了！夸得王珏都有些不好意思。舅舅们都很忙，他们在联产承包责任制的大田里抓紧准备春耕，陈立伟走在熟悉的田野上，嗅着黑土地的芳香，看着小时候曾经熟悉的玩伴在大地上耕种，听着联产承包责任制给他们生活带来富足的希望，他们首先是不再饿肚子了！这是美好生活希望的开始。

陈立伟是在回下辽河的火车上遇到那个读《国富论》的人的，那个人比陈立伟大五六岁的样子，陈立伟看着书名觉得有些好奇，就和人家搭讪上了。那是个隋姓的大学讲师，说了《国富论》，那是一个叫亚当·斯密的苏格兰人两百年前写的，是启蒙思想家、翻译家严复在20世纪初翻译进来的，里边说的是一些经济的问题，大学讲师说的很多概念陈立伟觉得新奇，也是一知半解的，好在讲师问了陈立伟的工作和职务，了解了油田采油队的工作情况，有的放矢地解读了一些理论概念，只可惜讲师很快到吉林站就下车了，这让陈立伟有些惋惜。

芦苇开始了又一年茁壮的生长。陈立伟坐着金杯130穿行在绿色荒野中，巡视着队里管理的五个站四十六个井点，他对队上五十七名职工已经基本熟悉了，他开始深入了解他们，他们也开始接受了他，这是陈立伟一直期待的，俗话说得好知己知彼，百战不殆，他知道这里边的要义。他先抓住了五个站长，和他们进行了深入的交流，这是一片荒凉的土地，谁愿意在这样的环境里工作、生活呢？稳定队伍是头一件大事，这需要精神生活的丰富。陈立伟和指导员毕克伦探讨过这个问题，毕克伦不太以为然，采油工就是采油的，不干这个他们干什么去？陈立伟不是完全同意毕克伦的说法的，这里边还有一个人主观能动性的问题，这是需要领导者积极调动的！可他没有马上说出来，说出来就可能挑战毕克伦的权威和底线，很可能制造两个人的工作裂痕，以后的工作就不好配合了！毕克伦和前任队长就是这种情况下出现问题的，以至于长此以往发展成势如水火的关系。实际上，真正细说起来，他们之间还真就没有什么大不了的事，俗语说得好"人争一口气，佛争一炷香"，问题就"杠"在那里了，谁都不肯让一步，怕让一步的后果是示弱。都说人是高级动物，人到底高级在哪里？应该说廉颇是懂蔺相如的！油田之前是党的一元化领导，今年开始刚刚发生了一些变化，开始了党领导下的厂长（经理）负责制，这是需要一定的时间过渡来完成的，变化是些许的，大的原则一时还是不大会变的，就像一列正在飞驰的火车不可能一下子就停下来一样！当然，毕克伦说得很清楚，立伟，你年轻，你就放开手脚干吧！陈立伟当然清楚毕克伦的意思，就把队的原油上产作为工作的重点，让队上工作走在其他队的前列。实际上，陈立伟心里还藏着更多的想法，只是时机还不够成熟，他要等一等。说起来，毕克伦是有一些资历的，他是这块土地上最早的石油建设者之一，也是葛前进晋升副教导员职位最有力的竞争者，因为年轻化、知识化这一块的缘故，毕克伦才落败的，都说下次毕克伦的机会是最大的，这是许多人都公认的事实。

陈立伟下车走进挨近大凌河边的五号站，个头中等有些黑瘦的站长吴昌东看见他马上迎了出来，笑着说："来了，队长。"

陈立伟进了值班室，四下里看了看，说："昌东，怎么样啊？"

"队长，放心吧，没问题！"

"你这里还有多少潜力呀？"陈立伟盯住了吴昌东问。

"还有什么潜力呀？"吴昌东避开陈立伟的目光笑着说。

"你小子就给我打埋伏吧！"陈立伟说。

"怎么会，队长，我们站的这点事你还不是一清二楚的。"吴昌东打着哈哈说。

吴昌东是陈立伟最满意的站长，他技术过硬，站上所有油井情况都在他心里装着，他肯干，在他的面前，工作从来没有困难。陈立伟立刻说："别拍马屁呀，说真格的!"

"哎，队长，队上调度刚才来电话了，姜教导员在队部等你，叫你马上回去，说是有要事。"

"你小子怎么不早说?"

"队长，我这不是先等你的重要指示吗?"

"你就跟我这要滑头吧，是吗?"

"队长，老虎拉车——谁敢(赶)哪!"

"你的话还不少!"

"队长，你一会儿还来不了?"

"怎么你有事啊?"

"没有，我是想去各井点转一转。"

"你去你的吧。"

"好嘞!"

陈立伟乘车急急地回到队上，进门见姜德银一个人坐在队部里吸着烟卷，屋子里烟雾缭绕得有些呛人，陈立伟有些疑惑，指导员毕克伦怎么不在呀? 这样的情况可是少之又少的。

"不好意思，教导员，让你久等了。"陈立伟笑着说。

"坐下说吧。"姜德银表情严肃地指指椅子。姜德银说了两件事，第一件是毕克伦被厂里直接调动了，大队领导班子研究决定八队的指导员工作暂时由陈立伟兼任;第二件是采油厂后天要召开全厂誓师动员大会，进行争上产的工作动员，要陈立伟代表基层队上台做表态发言。

这两件事来得都有些突然，既然是大队领导班子研究决定的事，陈立伟就要坚定不移地执行。姜德银对陈立伟的表态是满意的，姜德银又认真说了一下油田当前的形势和任务目标要求。

陈立伟送走了姜德银，回到办公室里踱着步子，指导员毕克伦怎么会突然被厂里直接调动啦? 之前怎么一点征兆都没有? 再说了，毕克伦走了怎么会连个招呼都不打? 最起码也该有个电话吧? 姜德银没有说毕克伦调到哪里了，这一切都太不正常了，真有些让人费解呀! 关于油田争上产的事还是比较明晰的，今年以来，事情频频，很多传说都在一件件变为现实，先是厂长(经理)负责制已经宣传实施一段时间了，过去油田主要领导一段时间是党政一肩挑的，都说最年轻的副局长康勇为最有希望接任勘探局局长工作，不久前真的就代理了局长的职位，接着是代理局长开会部署油田的工作，还有就是下到钻井、采油单位走访调研。陈立伟在油田报纸上看到了一些时事动态，油气上产应该是今后工作的常态。陈立伟对姜德银让他上台表态发言并不意外，何况下辽河又有新的工作目标了，他要有所准备，他把副队长兼技术员王成相喊过来，要他今天巡视全队的各个井站点，自己要立刻拟定大会的发言纲要，撰写上台表态的决心书。

天擦黑时，陈立伟走进了家门。王珏已经做好了饭，这时坐在平房的炕头上看着只有三个频道的十四英寸三元牌黑白电视机，风摇曳着室外的天线，屏幕上时而就会闪现一阵雪花，让人有些气恼，看到陈立伟回来，王珏笑着说："你回来了。"起身要去厨房拿热在灶台上的饭菜。

"行了，你就别动了，还是我自己来吧。"陈立伟对肚子有些隆起的王珏说。

"孕妇多活动些好。"王珏说着就去了厨房。

陈立伟脱去工作服，先是在厨房里洗了脸，然后才坐在墙边的饭桌上，王珏的目光像追光灯一样追随着陈立伟的身影，陈立伟看了看王珏，笑着说："你有什么事啊？"

"我以为你会跟我说点什么事。"王珏笑着说。

"你什么意思呀？"

"毕克伦直接调动啦？"

"这么快你就知道啦？"

"屁大的地方，这样的事情谁会不知道哇？"王珏笑着说，看见陈立伟盯着自己，吐了下舌头，立刻说，"实在不好意思呀！"

"你说得也是呀。"陈立伟有些感同身受地说，"毕克伦怎么就突然直接调动了？"

"教导员没有跟你说呀？"

"没有哇。"

"许是不太好说吧。"

"有什么事不好说的？"陈立伟看看王珏，说，"你听到什么啦？"

王珏笑了，王珏新调整的工作岗位是大队后勤组保管员，和姜德银的爱人，后勤组会计王素凤对桌办公。

毕克伦这一次惹上了男女作风问题。一个叫林巧玲的采油女工为了调到二线工作，通过一个什么亲戚关系找到毕克伦，毕克伦通过关系还真帮助林巧玲把事情办成了，林巧玲被安排在后勤大队的幼儿园做保育员，林巧玲不知道是感恩还是考虑问题比较长远，他们一直保持着比较好的关系。前几天的一个傍晚，毕克伦一个人在家属区路上遛弯，恰巧遇到了林巧玲，两人在路边说了一会儿话，许是话说得有些长了，说话的地方就在林巧玲家的旁边，林巧玲就邀请毕克伦到家里坐一坐，毕克伦就去了。林巧玲家住一楼又是临街，毕克伦进去先是拉上了人家的窗帘，接着强行搂抱了林巧玲，这时候，林巧玲去上夜班的丈夫临时有事回来了，毕克伦坐了一会儿就走了。第二天早晨，林巧玲为了表示自己的清白，和丈夫一块儿去厂里把毕克伦告了，说毕克伦调戏良家妇女，要求厂里给予严肃处理，不然就告到上面去。厂领导不想将事态扩大，答应林巧玲夫妇，先停止毕克伦的领导职务，之后进行认真深入的调查，日后进行严肃处理！厂领导立刻找来了毕克伦调查，毕克伦辩称说他是去了林巧玲的家，进屋后只是坐着说了会儿话，他坐的地方对着窗子，窗子对着临街的路，明晃晃的，窗帘已经拉上一半了，他就随手拉了一下，也没有完全拉严，他根本就没有搂抱林巧玲，这完全是陷害！由于没有第三方，这就成了说不清楚的事情了。厂领导就说毕克伦，你一个大老爷们说话非要去一个女人家里去说吗？更何况人家的丈夫没在家，你就是没有搂抱林巧玲，也是有那个想法的，不然人家会告到我这里吗？免去你的职务活该，你是咎由自取，滚！给我滚得远远的！毕克伦就这样被免职了。

"我们一起工作这么长的时间，我还真没看出毕克伦有这方面的问题。"陈立伟说。

"也许这就是人常说的知人知面不知心吧。"王珏笑着说。

"我到队里也有段时间了，还真的没有人说毕克伦有这方面的问题，看来这件事真的有点说不太清楚哇！"陈立伟强调说。

"那就只有让时间来验证了。"

"嘿！媳妇，行啊，你这话说得有点水平啊！"

"不都说跟啥人学啥人嘛。"

"这话听着怎么这么舒坦哪。"

　

局长莅临，采油厂在俱乐部里召开百日上产誓师动员大会，大会隆重而热烈，掌声、欢呼声此起彼伏，争上产的数字之前是让人不太敢想的，仔细分析之下，领导眼里有目标，人人肩上有指标，让人感到似乎又符合实际了，有句俗语怎么说来着，行家伸伸手，便知有没有！

姜德银在和西矿各队签订上产目标责任书时，在产量问题上，遭遇了西矿七、九两个队干部默默的抗拒，他们拒绝在责任书上签字。姜德银这时就把目光投向了陈立伟，当然，还有那两个队队干部的目光。陈立伟说："任务在这儿摆着，这是油田争当'油老三'的大事，我们队积极响应，会尽全力完成的！"便在责任书上签上了大名，那两个队的队干部见状，也只好签上了自己的大名。

从矿里出来，拿着责任状的七、九队队干部就有些怪罪陈立伟的意思，陈立伟就说，几位老兄，我只说了尽力，可没有说一定就能完成，现在是什么形势呀！两个队的队干部就没有再说什么。在队里陈立伟目前是一个人主政，一个人有一个人的优势，姜德银最早和他说上产问题时，他就一直在心里谋划着，他在看政策——局、厂的奖金兑现方式，他必须计算清楚，职工的付出和获得，能不能起到调动广大职工生产积极性的作用？谁都想日子过得好一点，这是由经济收入决定的！

八仙过海，各显神通。陈立伟运用的是农村联产承包责任制的方法，这得益于他生长在农村，也得益于这次旅行结婚去看望姥姥，在和舅舅和发小们的交流中得到了一些启示，还有就是火车上遇到的那个大学的隋讲师，他的一些讲解，自己反复咀嚼，开了心里的一扇窗，他又有看管单井的实际工作经验，他把它们有机结合起来，制定了一个详细的油井管理责任制方案和奖金分配挂钩办法。陈立伟和五个站长进行了深入探讨和沟通，使这个责任制方案和奖金分配挂钩办法更趋于合理，这次便适时地在队上公布实施。陈立伟一炮打响了，队上的原油产量超越了签订责任状的任务目标。

厂党委宣传部围绕中心工作，跟踪宣传了陈立伟采油队争上产的先进事迹，油田报纸上有了名，可陈立伟一直忧心的是大队、厂里能不能给予他们奖金的兑现，这可是关系到他在全队职工面前的信誉问题，人无信不立呀！他曾经信誓旦旦地说如果上级不能够兑现，我就拿我们两口子的工资贴给你们！他们的工资才有几个钱哪，这主要宣誓的是一种决心！那个跟着厂党委宣传部一起来采访的叫王慧的油报女记者热心地询问说："陈队长，你们应该兑现多少哇？"陈立伟说出了一个数字，王慧笑着说："陈队长，你放心，我把该兑现的数目写到宣传报道里，让它成为既成事实，就不会有人跟你赖账了！"

"谢谢王记者的好意，这样不太合适吧？"陈立伟说。

"没有什么不合适的，我有尺度的，让它水到渠成！"王慧坚持说。

这一天早晨，陈立伟刚刚在队部坐下，便被急促的电话声招到矿上，姜德银坐在椅子上，脸有些沉着，手指点着《下辽河石油报》，说："陈立伟，你知道你这是干什么吗？你这是'逼宫'，你怎么想的呀？好事都让你办砸了！"

陈立伟看过了报纸，心里有数，还佯作不知地说："教导员，怎么啦？"

"陈立伟，你别说你没有看过报纸呀！"

陈立伟立刻规规矩矩地说："教导员，报纸我看过，我绝对没有您说的意思呀，我就是这么一说，谁想那个王记者就给写上了！"

"陈立伟，你别要滑头，你这点小九九我会看不出来吗？有没有这个意思不是我说了算的，是厂领导说了算的！"

"教导员，不会吧，油田小报字里行间这点事厂领导都能看得到哇？"陈立伟有些嬉皮笑脸地说。

"陈立伟，你以为厂机关那些部门那么多人都是吃干饭的？做人要谦虚谨慎，戒骄戒躁，挺聪明的一个人，怎么连这个道理都不懂？"姜德银瞪大了眼睛说。

"教导员，是我学习不够，认识不高，我一定加强学习，提高认识，下一次我一定注意，一定！"陈立伟连忙进行着自我批评。

"怎么着，陈立伟，你还想有下一次呀？这一次我都不知道该怎么应对！"

"教导员，你看我这人真的不会说话，我是说我一人做事一人当，绝不连累你们矿领导，我这就去厂里找厂领导检讨去！"

"陈立伟，你给我歇着吧，你还不嫌乱！"

"谢谢领导的宽容。"

"去吧，回去把上产工作继续给我抓好了！"

"是，一定！"

陈立伟从矿里出来，多少有些灰头土脸的感觉，他已经很长时间没有这种感觉了，心里就有些埋怨那个叫王慧的女记者有些多事和自作聪明，可是认真想一想，王慧也是为自己为他的队上好哇！自己如果不说王慧会在意吗？这个女记者还是挺有正义感的，事出有因，一切都是自己弄出来的，怨不得别人，既然事情已经出了，就应该向前看！陈立伟心里说着，这时便高声朗诵着："我是一个忠诚的战士，人活着，最可怕的事情不过是一个死，最大的风暴现在已经经历，我没有眼泪，只有高声呼喊：'来呀，英勇的战士！'"

陈立伟回到家里，还在月子里的王珏发现了陈立伟脸上的端倪，就说："立伟，你怎么啦？"

"没有事？"

"什么没事啊，都写在脸上了！"

"真的没事，媳妇，你想吃点什么？"

"你不说明白了我吃得下去吗？"

"媳妇，你也是个操心的命啊！"

"谁让我是你媳妇！"

陈立伟就把事情的原委说了一遍，然后笑着说："哎，媳妇呀，这事你管得了吗？"

"这事我还真管不了，立伟，可有一句话我敢跟你说，当初咱来这里就是奔着顺心来的，实在不行，咱这个队长不干了，老老实实去做个采油工，多省心哪，你放心，我一定陪着你，这一回咱们找个单井一起承包去看井！"王珏笑着说。

"谢谢呀，你真是我的好媳妇，放心吧，我明白了，一切都会过去的。"

这时候，襁褓里的儿子陈晨哭了起来，王珏忙抱起来，一边喂奶一边说："看看，咱儿子多懂事啊，马上就为他爸鸣不平了。"

陈立伟笑了笑，端详着儿子想，这时间过得真快呀，自己都做父亲了。

苍茫茫的芦苇抽出了缨穗，或灰或白或紫红的，风鼓动，飘荡起伏着推出悠远的浪波，天有些灰暗，看不清天际处。早晨，陈立伟来到五号站，吴昌东迎出来，说："队长。"

陈立伟有些日子没到站上来了，一是王珏生产回家了，二是厂里这段时间常常来人开这个座谈会、那个汇报会的，他总被要求参加、发言，这时说："昌东，你这里怎么样啊？"

"平安无事。"吴昌东笑着说。

"奖金没有全兑现，大家没有想法呀？"

"没有，大家信你也佩服你，这一次奖金是咱们最多的一次！"

"还有些差额，我怕是要失信大家啦。"

"不会的，队长，大家一样会信服你的！"

"谢谢，辛苦哇！"陈立伟知道吴昌东会在站上做好职工的思想工作的。

电话铃清脆地响了起来，吴昌东拿起电话："喂，我是五号站。"然后说，"你等一下呀，队长，找你的。"

电话是西矿调度打来的，说是教导员姜德银在找他，让他马上回西矿去，立刻！陈立伟放了电话，说："昌东，我走了。"

"队长，本想和你好好说说话的，看你忙的。"

"我也是，昌东，等有时间吧。"

陈立伟急急赶回了西矿，政工组长在门口候着，见到他立刻引他上楼。西矿会议室坐着厂工会梅主席、宣传部部长、办公室主任等政工精英一干人等，姜德银、葛前进作陪，陈立伟心里有些忐忑，这是什么情况啊，这么大的阵势就候着自己一个人哪？

陈立伟刚刚落座，会议就开始了。梅主席首先讲话，开明宗义，直奔主题：油田开展争上产工作以来，形势大好，陈立伟的采油八队上产责任制的做法非常好，得到了局领导的充分肯定，这次确定为这次油田上产工作总结先进经验材料之一，要求大力宣传，积极推广，局领导要求厂里先行做好经验的总结工作，要求务必深入，抬高工作起点。厂党委对这项工作非常重视，经研究决定，成立专门的先进经验工作小组，在西矿蹲点，切实做好先进经验的总结工作，力求这次经验材料在全局夺魁，推向省里，走向全国！

梅主席说的目标确实有些宏大，这在西矿和西苇厂都具有里程碑的意义。姜德银立刻挺直了腰杆，代表西矿总支表态，坚决支持、积极配合局、厂党委的工作要求，八队首先要做好全面配合工作！陈立伟刚刚放下了一颗心，这时候的头又开始有些大了，这样的配合是很累人的，他的精力也是有限的呀！

陈立伟现有的工作经验总结材料远远不能满足工作组组织先进经验材料的需要，工作组成员以大格局、大目标的视角，坐下来找人开座谈会，群策群力，结合油田争上产形势、任务、认识、目标要求座谈、讨论，深入挖掘，努力做到认识出新，事迹出新，工作出新，行动出新，语言出新，一份鲜活的先进事迹材料就这样出炉了！还好，主要事迹都是陈立伟领着采油八队人干出来的，他认同，这样上台去宣讲，他就没有太脸热的感觉了。

傍晚，在西苇厂部的小会议室里过完最后一遍材料，陈立伟从厂机关楼出来，他重重呼出一口气，如释重负，轻松地在厂区路边走一走。这一段时间里他几头忙，都有些脚不沾地的感觉了，他知道自己在八队的做法非常有实效，就是为了奖金全额兑现，在报纸事件上一时搞得有些被动，谁会想到是局领导的决定拯救了他，不仅仅是拯救，是抬举，而且抬得很高哇！一抬头，陈立伟猛然看到了拎着公文包走来的毕克伦，两个人一照面竟一时无语了，陈立伟一直想着毕克伦，可没有人说毕克伦去哪儿了，销声匿迹了一般，陈立伟立刻握住毕克伦的手，说："老大哥，你怎么无声无息就消失啦？"

"立伟，你以为我愿意呀，这不是没有办法嘛，领导也是爱护咱哪！"毕克伦有些苦笑地说道。

"老大哥，你这些日子去哪儿啦？"

毕克伦四下里看了看，压低声音说："先是在家眯了段时间，立伟，不瞒你说，我调新筹建的西线区机关了，这件事我和谁都没有说过，领导特别叮嘱了不让外传，这也就是你问到了，你可得替我保守秘密呀！"

"老大哥，我明白，放心吧，这是件大好事啊，你这是才回来呀？"

"周末，回来休息。"

"老大哥，家什么时候过去呀？"

"新住宅楼还在建设中，说不太好，最快也得明年开春吧。"

"恭喜呀，老大哥，你是好人有好命啊！"

"也算是歪打正着吧，立伟，听说你这阵子弄得挺不错的，好好努力呀！"毕克伦拍拍陈立伟的肩膀说。

陈立伟真为毕克伦高兴，这算什么，因"祸"得福？便说："老大哥，本想继续跟你好好学习的！"

"这也是没有办法的事，我和西矿就这么大的缘分！"

"听说那个林巧玲已经不在幼儿园工作啦？"

"给她安排幼儿园是我的面子，她这样搞我她能好吗？说真话，林巧玲还是挺会来事的，她特别会说话，说出的话来让人爱听，我就是听她的话听着舒服就多和她说了一会儿，就去了她的家里，她丈夫回来或许是件好事，可这女人也太不是东西了，翻脸无情不说还冤枉我！难怪古人云唯小人与女子难养也！"毕克伦摇头摆手说。

"遇难成祥，老大哥今后肯定会一片光明的！"

"副科的问题基本上解决了，现在看着还不错，立伟，回西线时去找我呀。"毕克伦说着精神抖擞地拎着公文包走了。

"老大哥，一定！一定！"陈立伟看着毕克伦的背影，他也听说了林巧玲是个很会说话的女人，事就坏在她那个脾气暴躁小心眼的采油工丈夫身上了，人们传说这个事是不是有些警示的意味呢？

十二

金鸿雁这段时间借调住院部工作了。

查完房，金鸿雁回到医生办公室坐下。窗外，天空仍然灰蒙蒙的，飒飒飒一阵急雨拍打在窗玻璃上，凄风一直不停地刮着，苦雨一直不断下着，这一刮一下就有一个月光景了，眼见得每个地方都湿漉漉的，空气里仿佛都能捏出水来似的。

昨天，西线城区再一次高调告急了。据天气预报，今年第九号台风从江浙沿岸登陆，降为低气压，向东北方向移动，这几天会从渤海湾掠过，今天凌晨将携风带雨地莅临本市。第五次洪峰也从上游压下来，辽河、大辽河、太子河、饶阳河等河流汹涌澎湃，渤海的辽东湾潮起，和巨大的洪峰对峙挤压着，下辽河水位早已突破了警戒线，创下了历史新高，堤坝岌岌可危，夹在两河之间的西线市区十万火急。全市动员，油地动员，仅油田就有上万的职工上到西线南大堤抗洪救灾了，他们的口号是誓死保卫重要油区，誓死保卫新城区，水涨一寸，堤高一尺，誓与西线共存亡！赵玉明因为身体原因，临时安排在调度室值班，所有的有生力量都投入到辽河南大堤筑堤抗洪抢险工作中了！这时的西线城区里的内涝非常严重，到处都是沟满壕平，西线医院的院子里白茫茫一片。昨天晚上到今天白天，是西线抗洪抢险最为关键的时刻，广播、电视里滚动发布着抗洪防灾的预案，以防空警报为号，做好破堤抗洪防灾的准备，一旦破堤，城区所有人员都要上到二楼以上的高处避险！

啪！啪！啪！三下拍门声，"进。"金鸿雁说。

一个年轻漂亮女人手里拉着一个花朵般的小女孩儿进来了，漂亮女人杏眼里透着探寻的目光，说："您是金大夫吧?"

"是我。"金鸿雁说。

"金大夫，我可找到您了！"漂亮女人如释重负地说。

"您有什么事啊?"

"金大夫，我家这孩子六岁了，还时常尿床，听说您能治疗哇?"

"同志，实在不好意思，现在是抗洪抢险的时期，我从门诊调到住院部值班了，目前没有办法给您的孩子治疗，请您谅解呀。"

"金大夫，我是从东线矿区来的，听说您能治疗遗尿症慕名而来的，我已经带孩子来了，您能不能先给孩子看一看哪?"漂亮女人恳求着说道。

"这样啊，那你先去外科门诊，给孩子拍个骶椎X光片吧。"

"金大夫，尿床和骶椎还有关系呀?"

"关系很大，如果骶椎没有问题，治疗要简单些，如果有轻微问题，治疗时间要长一些，如果骶椎有严重缺陷，就要到专门的医院修复哇。"金鸿雁认真解释着。

"金大夫，我说不太清楚，您给开个拍片不行吗？"

"不行，我这里是住院部，我给你写一下吧。"金鸿雁写了一个便笺。

"金大夫，谢谢呀，拍好片子了我再来找您哪？"漂亮女人接过便笺说。

"可以呀。"

"金大夫，再见！"漂亮女人说着牵着花朵般小女孩儿出去了。

金鸿雁看着漂亮女人牵着花朵般的小女孩儿出去的背影若有所思。金鸿雁运用新疗法治疗"遗尿症"，周勇的治疗取得了成功，金鸿雁感受到莫大的欣喜，可这仅仅是一个病例，不会有太大的说服力，她要找到新的患者，以检验新疗法的实效性。这样的事情是很难实现的，一是没有人知道你这里能治疗"遗尿症"，二是"遗尿症"是一种隐私，许多人是不愿意启齿的。就在这个时候，周大叔带来了一个同村的小男孩儿，就是这个小男孩儿治愈后开始的口口相传，接受新疗法治疗的"遗尿症"的患儿开始增多了。金鸿雁对每个患儿的治疗过程都进行了详细的记录，特别是治疗时间较长的患儿，骶椎基本都有些小问题，而骶椎有严重缺陷的患者根本无法治愈。这样，骶椎拍片成为"遗尿症"治疗前的诊断要件。转眼间已经三年了，金鸿雁治疗的"遗尿症"患儿已经超过了二百例，近段时间里呈不断增多的态势，特别是外地的患者开始增加。科主任万里骅注意到了这一情况，金鸿雁就向万里骅做了详细的汇报，万里骅听完笑着说金大夫，不错，不错，这是一件事关人生幸福的大事，特别是孩子生活幸福的大好事，我是全力支持你呀！金鸿雁说谢谢主任。可这件事情刚过去不久，万里骅找到金鸿雁笑着说金大夫，住院部那边现在急需人手，考虑到你的工作能力比较全面，医院决定借调你过去！金鸿雁面有难色地说主任，我这里还有一些正在治疗中的"遗尿症"患儿。万里骅笑着说我知道，我知道，金大夫，你和患儿家长们先解释一下，我们目前的工作还是要服从抗洪抢险这个大局，让他们先等一等吧。金鸿雁说知道了，主任，我去住院部要多长时间哪？万里骅有些模棱两可地笑着说一个月或两个月？还是看需要吧，医院里的事情我也说不准哪。金鸿雁说那好吧，主任，我知道了。

啪！啪！啪！一个小护士拍门探头进来说："金大夫，421来了一个新患者。"

金鸿雁立刻起身跟了出来。病房里，庄护士长已经到了，指挥安置新患者，有位急诊医生跟着，还有不少人随同，人们浑身上下都散发着浓重的水气，患者是个男性，说是抗洪抢险时呛了水或是劳累过度昏迷了，一些体检项目没有发现什么特别的问题，患者这时还在沉睡中，急诊医生交代完就走了。金鸿雁拿着听诊器听了一下患者的前胸，又把了一下腕脉，确实没什么异常，便拿起住院卡看了一眼，患者叫崔长湖，这个名字似乎有些印象，一时又想不起来在哪里见过。又有一拨人进来看望患者，其中有一位挎照相机的女记者，说着防洪抗洪的险情情况，讲着抢险人的英勇无畏，病房里一时有些喧哗，护士长庄雅娴看看他们，加重了声调说："这里是病房，请你们保持安静好不好，让患者好好休息呀！"喧哗立刻变成了低语，一切安排妥当了，庄雅娴冲金鸿雁点点头，她们一起出来了。

"金大夫，你怎么来住院部啦？"庄雅娴说。

"庄护士长，说是住院部需要吗？"

"金大夫，听说你研究出一种'遗尿症'的新疗法？"

"是，还在实验阶段里。"

"不会有问题吧？"

"不会的，我在自己身上做过多次实验了。"

"金大夫，这样就好哇！"庄雅娴说着，进了护士站。

金鸿雁看了庄雅娴一眼，感觉庄雅娴话里有话，这时见漂亮女人拉着花朵般小女孩儿在医生办公室门口左顾右盼着，看到了金鸿雁，立刻迎过来说："金大夫！"

"你们进来吧。"金鸿雁开了门说，接过 X 光片，对着光亮看了看，说："同志，你孩子的骶椎有一点小问题呀。"

漂亮女人立刻紧张地说："金大夫，外科医生也是这样说的，那可怎么办哪？"

"同志，你不要太紧张了，孩子的骶椎问题不严重，应该不会影响到'遗尿症'治疗的，只是治疗的时间或许要比一般的患儿要长一些。"

漂亮女人重重地呼出了一口气，说："时间长一点倒不要紧，金大夫，我的孩子什么时间能治疗哇？我们住在东线北部的矿区，交通是很不方便的！"

"同志，什么时间能治疗我也说不好，要不你留一个联络方式吧，等到能治疗的时候我联系你。"金鸿雁拿出一个记录本说。

漂亮女人说了单位、姓名和联系电话，说："谢谢您了，金大夫。"

"不客气。"金鸿雁对记录的姓名和电话核实了一遍。

这时候，电话铃响起，是医院工会的盛主席，盛主席特别叮嘱说金大夫，你们要特别关注那个抗洪抢险英雄崔长湖的状况，不能有丝毫懈怠呀！金鸿雁说主席，明白了。放了电话，对漂亮女人说："同志，我这里还有事情要处理。"

"金大夫，再见！"漂亮女人说。

"再见！"金鸿雁说着，立刻去了护士站叮嘱护士按时段对崔长湖进行巡检。崔长湖一直睡着，心跳、脉搏都正常，他应该就是有些劳累过度了。

金鸿雁是下午去病房时看到韩玉香的，韩玉香当时站在崔长湖的病床边，拿着一条白毛巾，蘸着脸盆里的温水，在给崔长湖擦拭身体上的泥水渍。金鸿雁走到了近前，韩玉香蹙着眉头，抬头看了金鸿雁一眼，这一眼催醒金鸿雁心底深处的记忆，金鸿雁猛然想起躺在太平间的王志义，和旁边站着自称食堂保管员泣泪的女人，也想起了这个崔长湖就是另一个触电者，是王志义为之牺牲的那个人。她不由得在心里摇头，想不到若干年之后，她和他们竟会在这样一种情况下又一次相遇了，韩玉香这时说："大夫，他怎么还不醒啊？"

"你不要担心，他就是太过劳累了。"金鸿雁安慰说。

"他不会有其他问题吧？"

"不会的，全部都检查过了，一切都正常，他一直都没有醒吗？"

"刚刚睁了一次眼，话也没有说，马上又睡去了。"

金鸿雁拿起崔长湖的手看了看，那处电击伤还有一些痕迹，便说："他受过电击伤？"

"大夫，您怎么知道的？"韩玉香似乎有些惊讶。

"我记得他受伤的那一天有一个人死了。"

"大夫您贵姓？"韩玉香点头说，眼睛里掠过一丝阴影。

"我姓金。"

"金大夫，崔长湖真的没有其他问题吗？"

"没有，你就放宽心吧！"

"谢谢您，金大夫！"

傍晚，金鸿雁回到了家，赵玉明也刚刚进的门，靓初已经做好了饭，等着他们吃饭。靓初高二毕业，开学就上高三了，因为这次巨大洪峰的到来，学校将返校日期推迟了两天。靓初是他们的骄傲，学习成绩优异，按冷艳的说法，靓初考北大、清华会有那么一些差距，考其他学校问题还是不太大的！

吃过晚饭，靓初要收拾碗筷，金鸿雁说："靓初，放着吧，一会儿妈妈收拾。"靓初就进小屋里看书学习去了。

兴隆这时候坐在炕梢看着一本关于摄影方面的书籍，金鸿雁："兴隆，你要向姐姐学习，要有自觉意识，学习这种事还要别人不断督促吗？"

"妈，我就是抽空看一会儿嘛。"

"你现在的主要任务是学习！"

"妈，我知道了！"兴隆明显有些不耐烦。

"你知道就好！"金鸿雁说。

兴隆有些不情愿地收了书籍，拿出了作业。

兴隆初三毕业，考上了高中。兴隆喜欢摄影，之前金鸿鹄在工作拍摄照片时，相机里的胶卷还剩了几张，当时又急于冲洗，赶上了就会给靓初、兴隆他们照个一两张，然后立刻去暗房里冲洗。兴隆就是这样跟着舅舅去了几次暗房，暗房里的暗红色给人一种神秘感，兴隆觉着挺神奇的，便对摄影和冲洗有了兴趣，刚好学校里开展第二课堂活动，开设了摄影这门课程，学校备有相机、胶卷，也建了暗房，授课的代老师的摄影水平又挺高，他的讲解把学生们引入一个神奇的境地，兴隆就更加乐在其中了！

金鸿雁收拾了碗筷，赵玉明拿起油报，报纸整版字里行间都是围绕上产一千万(吨)，争当"油老三"工作目标的，这是今年油田工作的总基调。为了实现这个工作目标，油田今年制定、规划了详细的上产目标，从日产到月产到季度产量，一步步持续走高，前六个月形势非常喜人。谁会想到天不遂人愿，刚进入七月上旬，阴雨天就开始连绵不断了，九条河流的洪水相继发难，冲破套堤，淹没民堤，直逼国堤，河套里的那么多口井只能关闭停产，洪水一下子持续了一个月有余，今年上产一千万，争当"油老三"的目标应该是无望了，当前重点的工作就是抗洪抢险，保住主城区，保住主力油区！赵玉明也想上国堤来着，不能扛草袋，给草袋装个土总可以吧。书记宗林说赵玉明，你身体不行，还是力所能及地去调度室值班吧。

"玉明，你说我今天看到谁啦？"金鸿雁从厨房出来坐下说。

"谁呀？"赵玉明放下了报纸。

"崔长湖。"

"崔长湖是谁呀？"

"王志义触电时救下的那个人。"

"你说的是他呀，你怎么会见到他的？"

"他抗洪抢险累晕了，送到了住院部，还有那个女的，在王志义队里当食堂保管员叫韩玉香的那个，当时对王志义应该是有点意思的，她下午来的病房，给崔长湖擦洗身体，应该和崔长湖一家吧。"

"事情过去这么多年了，什么情况都可能发生，这没什么可奇怪的。"赵玉明说。

"你说得也是。"金鸿雁说，在她的记忆里，崔长湖那次病愈出院就转到兴城疗养院疗养去了。

韩玉香给崔长湖擦洗干净，坐在病床前，静静看着崔长湖，金鸿雁的话勾起她有些久远的记忆。

王志义的牺牲是她心里永远的痛，当时痛得她都有些体无完肤了，当王志义被埋入那个烈士陵园后，她去王志义家里陪着老人住了好些天，是王志义的母亲说闺女呀，大娘知道你是个有心人，你还是回去吧，你还有班要上，我们的日子还得过下去呀！韩玉香这样才离开蓝河湾的。

一段时间里，韩玉香一直沉浸在一种哀痛之中，指导员孙德田、队长赵有财似乎都懂得韩玉香的痛，时常和她谈心，给她开解，队里有那么多有为的好青年！她摇着头，孙德田、赵有财就回老单位找人给她介绍外单位的男朋友，有钻工、有司机，还有基层干部，她领情，可还是一一回绝了。

春暖花开的时候，他们筑路队完成了这里修建路的使命，从芦苇荡撤出来，驻扎在一个叫东风的基地里。有一天，崔长湖归队了，队里开了欢迎大会，崔长湖被任命为副队长。应该说，韩玉香过去一直是挺讨厌崔长湖的，尽管他后来有了一些转变，成为"一帮一"转化的先进典型，可从某个角度说，是他"害死"的王志义，这次崔长湖归来，韩玉香还是没有正眼看过他一眼。这时候的崔长湖，就是老实本分地工作，带着队伍上路施工，早出晚归的，他刚回来时白白胖胖的，一段时间下来，就有些黑黑瘦瘦了。从孙德田、赵有财开始，大家都说崔长湖完全变成了另外一个人。韩玉香也感觉到了，崔长湖的目光柔和了，崔长湖的语气和蔼了。韩玉香很好奇，谁都说不清楚崔长湖这几个月的治疗和疗养经历了什么？崔长湖也不说，之前那个跟着"崔三爷"身边叫"老狗"的人都感叹，说我们的"崔三爷"真的洗心革面了！

　　崔长湖白天领着队伍上路干活，闲暇时候就坐在王志义坐过的那张办公桌前看书学习，弄得孙德田常常摇头说都说浪子回头金不换，这话真的太有道理了，崔长湖就是非常典型的例子。韩玉香也许就是这时候才开始正眼看了崔长湖的。崔长湖除了略显矮一些，五官排列得很规整，给人的感觉还是相当舒适的。

　　日子过得真快，转眼就临近这一年的春节了，单位的土石方工程任务提前完成，孙德田、赵有财带着部分人员留守东风基地，所有单身职工只要想回家过春节的都可以放假探亲。崔长湖之前有一次问过韩玉香，你回省城过春节吗？韩玉香说回。你在队里过呀？崔长湖说我也回省城。韩玉香有些怀疑地看着崔长湖，崔长湖马上说我叔叔来信叫我回去，我父母落实了政策，我家的房子也归还了，还有一些事情要处理。韩玉香说这样啊。崔长湖说韩玉香，咱们一起走哇？韩玉香想说她和几个人都约好了，还是说那好哇！崔长湖那就明天吧。

　　队上的值班卡车将他们送到了火车站。这时候的火车站人山人海，嘈杂声一浪高过一浪，大家就商量着派两个人去"挤票"，崔长湖拉了韩玉香一下，说："你的票已经买好了。"这时候，那个叫"老狗"的人送来了两张火车票。

　　火车厢里都要爆棚了，人还在蜂拥般地往上挤，幸亏有着崔长湖，他拎着韩玉香的旅行袋，在前面勇猛地开路，他们才挤上火车的。车厢里人贴着人，呼吸都有些困难，不是为了春节和家人团圆，谁会遭这个罪？火车汽笛一声长鸣，车厢猛然晃动了几下，人才有些松动的感觉，呼吸也顺畅了一些。崔长湖转过身来笑着说这人可真够多的！韩玉香说谢谢呀！崔长湖说咱们就别客气了。韩玉香想说点什么，没有找到合适的话语，两张脸面对着面，很近，韩玉香感觉有些尴尬，就将脸转换了方向，遭遇的是一张胡子拉碴有些口臭的中年脸，她马上放弃了，再和崔长湖面对面时，她的感觉舒服了很多。到省城的车程要四五个小时，是崔长湖打破了沉寂，他们从省城家庭的住址到上的小学、中学，下乡插队一路谈下来，很快进入了轻松愉快的调子。说起来，两个人家住的位置并不算太远，一个在皇姑屯，一个在北市场，步行比乘车还要方便一些呢。

省城渐行渐近了，车厢里松动了许多，身边座位上有一个人下车，崔长湖抢下了让韩玉香坐下，韩玉香的脚站得真有些麻木了。韩玉香坐了一会儿要换崔长湖，崔长湖婉拒了，另外一个旅客起了身，崔长湖这才坐了下去。韩玉香这时候想到了一个疑惑很长时间的问题——崔长湖那几个月的疗养到底经历了什么？崔长湖说和他同住的疗养员是一位叫高睿的知识分子，人们都叫他高总，高睿是留过苏的，学问很高，就是家庭背景比较复杂，"文革"十年里一直受排挤，他只能躲避，选择到下辽河二级单位避风头。人家知识丰厚哇，这几年里不断拿出石油勘探开发的真知灼见，新形势下了，锁链打开了，高睿倍受重视，梯子立在面前，他说身体不好，就去疗养了。实际上人家一直在低调地做研究，和这样的人在一起你才发现什么是渺小，可人家并不小看别人，却总是对崔长湖说"亡羊补牢，犹未迟也"，学习是不分早晚的，也是永无止境的，还出了一些考题，测试崔长湖的文化程度、水平、能力，给崔长湖提出了学习的短、中、长规划和建议，还说"不积跬步，无以至千里"！崔长湖的学习就是从疗养院里开始的！韩玉香就想难怪呀，这是崔长湖的造化。实际上，崔长湖小学的文化基础还是很不错的，他是从初中开始走入社会的。

省城的冬天干冷干冷的。韩玉香出了出站口就有人张着手吆喝她，那是妹妹韩玉莹，韩玉莹盯着崔长湖看说姐，你男朋友哇？可以呀！韩玉香急忙说玉莹，不是！不是！你不乱说话不行啊！韩玉莹还是说姐，这有什么不好意思的，是就是呗！韩玉香说这是我们队副队长崔长湖。然后说崔队长，谢谢你，再见呀！崔长湖说你别客气，再见！韩玉莹却热情地说崔队长，有时间来我家玩啊！崔长湖笑着说谢谢，有时间我一定会去拜访的。

韩玉香回到家里后，韩玉莹这几天有事没事的时常会扯起崔长湖的话题，人家怎么说也是你的领导，你们两个人又在一起工作，意在敦促韩玉香抓紧抓住，除去个头，崔长湖还是挺完美的，再说韩玉香的个头也并不怎么样啊！韩玉香笑着说为了有个头的下一代，我才不找他呢！韩玉莹就说姐，过了这个村就没有这个店了，我的傻大姐，你不小了，好好想想吧！韩玉莹是有对象的人，那个叫王洪基的一来，两个人就躲进小屋的角落里卿卿我我，不时还有压抑的调笑声。看到韩玉莹那个样子，韩玉香也有些想法了，这时候她想如果崔长湖真的来家里找她，她或许真的会考虑的。

崔长湖是大年初五那天早晨来韩玉香家的。是韩玉莹上公厕回来先遇到在家门口看门牌的崔长湖，这时就拉开家门大着嗓门嚷嚷说姐！快出来，你看看谁来啦？韩玉香出来说韩玉莹，一大清早的你大呼小叫地干什么？说这话时，看到了门口站着的崔长湖，韩玉香马上说你来了，不好意思呀。急忙转身进了小屋，她的头发才梳了一半。

崔长湖这天穿了一件灰色马裤呢新风衣，拎了两瓶"西凤"酒和两盒清真八件糕点。韩玉香的父亲韩师傅见来了客人，忙让老伴儿烧水沏茶，便和崔长湖说起了工作，两个人相谈甚欢，韩师傅坚持留崔长湖吃午饭，初五是"破五"，老话说"饺子就酒，越喝越有"！崔长湖盛情难却就留了下来。崔长湖喝了二两酒就叫停了，高睿曾经说过"酒要少喝，事要多知"！韩师傅说崔长湖这个小伙子真有深沉哪！

　　回到了省城，崔长湖最初去了二叔的家，二叔对他很好，堂兄弟也不错，可他待得还是有些不自在，过了初三，在他的强烈要求下，回到了家里退还的老房子里。老房子进行了一些修缮，十分敞亮，父母单位给了一些补偿，崔长湖还可以返城，单位会给办理关系安排工作的。崔长湖有一个哥哥、一个姐姐，都在外地成家立业了，生活过得都不错，说好了这处房子就给这个弟弟了。韩玉香送崔长湖出来，崔长湖跟韩玉香说了这些，想听听韩玉香的看法。韩玉香笑着说这是你自己的事情，还是你自己决定吧。崔长湖看看韩玉香说既然和你说就没有拿你当外人，就想请你帮着拿个主意。韩玉香说这种事我真的说不好。崔长湖便拿出一张字条给了韩玉香，说天挺冷的，你就别送了，假期还有好几天，这是我家的住址，有时间你过来坐坐吧。

　　韩玉香回到家里拿着字条有些凝神，韩玉莹看见就说姐，你看什么呢？韩玉香说没什么。韩玉莹拿过字条看看说，这是崔队长崔长湖家的地址吧？韩玉香点点头说是呀。韩玉莹说他这是早有准备的，是邀请你去他家呢。韩玉香点点头说是呀。韩玉莹说那你干什么不去呀？韩玉香说我还没有想好。韩玉莹说我的傻大姐，这个还用想吗？我用脚指头都替你想明白了。走！姐，我陪你买件新衣服去，咱去人家别太寒碜了。

　　韩玉香推开了崔长湖家暗红色有些斑驳的院门，里边是一个青砖砌就的方正院落，西南角落里有一棵老枣树，树干铁质，虬枝苍劲，住宅是青砖黑瓦房，冬日里给人一些苍凉的感觉。韩玉香敲敲房门，崔长湖开了门笑着说你来了，进来吧。

　　韩玉香进了东屋，北炕，炕梢有个炕琴柜，地上有大衣柜和五斗橱，一对单人沙发在窗户下的阳光里，屋里收拾得干干净净，韩玉香说你家收拾得真不错呀！崔长湖说是吗？都是叔叔帮着收拾的。然后，认真打量着韩玉香。韩玉香今天穿了一件红格呢短大衣，围着一条红色羊毛围巾，脸色粉嫩，半高跟皮鞋增加了身高，亭亭玉立的模样，韩玉香这时说怎么啦？崔长湖说真好看！韩玉香没有听清楚，问你说什么？崔长湖笑着说你坐呀，我去弄点喝的。崔长湖去了外屋，一会儿端着两个白瓷杯子，捧着一个方糖盘进来，一个杯子和方糖盘放在韩玉香旁边的茶几上，杯子里有一个小白钢羹匙，杯口的热气浮出淡淡的异香。韩玉香看了崔长湖一眼，崔长湖微笑着搅动手里杯子说咖啡，喝喝看，可能有点苦，不行就多加块糖。韩玉香学着崔长湖的样子，端起搅动了几下，轻轻抿了一口，味道有些焦苦。崔长湖笑着说感觉怎么样啊？韩玉香说喝着还行。崔长湖说最初我是喝不惯的，品味几次以后，就有些放不下了，再喝就有些喜欢了。

韩玉香在电影里看过有人喝咖啡这种东西，身边的人喝还是第一次，就说你什么时候开始喝咖啡的？崔长湖说在疗养院的时候，高睿喜欢，带着我一块儿喝，对了，昨天我说的事情你怎么想的呀？韩玉香愣了一下，说你昨天说什么啦？崔长湖说就是我回不回省城那个事啊。韩玉香说这件事我真的说不好。崔长湖说你应该明白呀！眼睛直视着韩玉香。韩玉香想说我明白什么呀，马上被崔长湖目光看得有些慌乱，心跳有些加快，有些不知所措了，忙站起身说我……我该回去了。崔长湖笑着说韩玉香，你急什么呀？在这吃饭吧，我都准备了，就我们两个人！韩玉香有些慌张地说不了，我没有告诉家里。就要往外走，崔长湖拦住去路说韩玉香，我不太会做饭，你帮帮我行吗？就看着她，韩玉香的脸热了也红了，忙避开崔长湖的目光。崔长湖便将她轻轻揽进怀里，她的耳际有一丝轻语，温暖的风吹过她的耳畔，痒痒的，她的脸颊被亲吻了，她被这新奇的感觉吸引着……

"嗯——"长长的一声，崔长湖瞪大眼睛看着白色屋顶。

"长湖，你终于醒了！"韩玉香宽慰地说。

"香儿，我这是在哪儿啊？"崔长湖四下看看说。

"西线医院住院部。"

"我怎么啦？"崔长湖说着动了动手和脚。

"抗洪抢险，你堵暗流时呛了水，劳累过度晕过去了，大家把你拽上来的，这些你都不记得了吗？"韩玉香提示说。

"是吗？"崔长湖想了想，说，"好像有一点印象，我睡多久啦？"

"十几个小时了，长湖，你饿吗？要不要吃点东西？"

"现在什么时间啦？"

"夜里十一点。"韩玉香看看手表说。

"香儿，有什么吃的？"崔长湖向上欠起身子说。

"麦乳精、咖啡、蛋糕，你想吃点什么？喝咖啡吗？"

"还是给我来杯麦乳精吧。"

"好，你等会儿，马上就好哇。"韩玉香立刻拿起一个杯子冲泡，用汤匙搅得可口了。

崔长湖坐起来，喝了一杯麦乳精，吃了一块槽子糕，说："雪儿呢？"

"在指导员家。"韩玉香说，雪儿是他们的女儿。

"洪水现在怎么样啦？"

"第五次洪峰已经过去，你就别操这个心了，还是好好休息吧。"

"你什么时候来的？"

"今天中午。"

"香儿，你也累了一天了，也早点睡吧。"

"我没事，你先睡吧。"韩玉香说着，去冲洗麦乳精的杯子。

崔长湖拉上被子，闭上了眼睛。

这一次的洪水真的太过凶猛了，有些让人始料未及，这在这个九河下梢之地是百年不遇的。从下辽河石油勘探开发以后，油田之前经历了一九七五、一九七七和一九八四也就是去年三次大的洪水，可没有一次像今年这次一起发力的，而且持续时间这样长。今年是下辽河上产一千万，争当"油老三"的起始年，油田上下都在为之努力着，这一下油田今年的奋斗目标是很难实现了！

去年初，赵有财去大队做了后勤组组长，崔长湖接任了施工队队长，实际上工作还是那些，就是身份变化了。新任命的副队长李宝民，技术员出身，学问行，有些年轻拿不起事来，急、难、险、重的活还得要他亲力亲为。今年，进入主汛期，下辽河的降雨持续了一个多月，受三次强台风的影响，下辽河地区的平均降水已经高达五百四十毫米还要多，辽河流域已经经历上游下来的四次洪峰的考验，矿建处的队伍不断接到油田总调度室的调令。崔长湖的施工队最早是在大辽河的尖台子国堤段查险排险的，刚完成任务就奔赴辽河这边陆家乡国堤段打桩加固的任务，五天前又星夜驰援西线辽河南国堤段。西线辽河南国堤是本市西线防汛的重中之重，是未来一周的天气预报和第五次巨大洪峰将来到本市把他们调动来的。天气预报说今年第九号台风已经生成，从江浙登陆，转为低气压，以每小时三十千米的速度向东北方向移动，将带来大风和强降雨，将严重影响到下辽河流域。西线是新城市建设的第二年，是这个新兴城市的根基，是石油生产的主产区，是首当其冲的保卫对象，这是石油勘探局长的命令，也是新市长的命令。政令一出，油、地两边的人员都动起来了。接到命令，崔长湖就带着队伍上来了，他的队伍人员构成虽然年轻力壮，可他们毕竟经过一个多月的连续鏖战，也都有些人困马乏了，可抗洪抢险就是命令啊！

崔长湖穿着雨衣站在西线辽河国堤的南大堤上，天空一直阴沉着，淅淅沥沥地一直飘着雨，时不时还拍过一阵急雨，洪水已经淹过套堤，没过了民堤，民堤外那个叫河南村的一片民房立刻淹没在洪水中，只露出一个个黑色沥青的拱顶，仅仅一会儿就沉没在昏黄的水波中，一直是线形走向的辽河一下子波澜壮阔起来！

崔长湖带领队伍到达南大堤的第一天是配合工程机械封堵了国堤上那条南北主要公路的通道口，之后开始南大堤的寻险情，堵鼠洞，钉木桩，扛草袋，加固加高高危险段工程。短短的几天里，辽河水便汹涌澎湃地涨起来了，洪水的波涛就拍打在他们的脚下，这时曾经巍峨的南大堤在这样的洪水面前有些险象环生了。石油勘探局局长在一群人的簇拥下，上南大堤巡视水情了，经过他的队伍时局长还笑着和他握了一下手，问候他们说你们辛苦了！他不知道会有这样的高光时刻，他只说了一句不辛苦，局长辛苦！他没有想过自己的队伍这个时刻应该像人民子弟兵那样高声回答：为人民服务！

洪水在不断涨起，已经超越了历史最高水位，南大堤危急！时时都有新的洪水危情，水长一寸，堤高一尺！守护国堤的人员在不断增加，油田总调度的人在南大堤段上行走着，重新划定油田各二级单位守护的区域，矿建处守护的是一段最重要堤防，崔长湖的施工队布防在一处最险要的地段上，他将队员们分成了三个班次，全体人员都在轮番值守，他们随时都将迎接新的任务！

阳光明媚，蓝天飘着悠悠的白云，文化公园的桃花开得正旺，空气里流淌醉人的芬芳，一阵微风袭来，桃花雨一样地落英缤纷，崔长湖徜徉在公园的幽径上，张开了手臂，眼里满满的春光，手上是粉嫩的花瓣，心胸有些陶醉，迎面走了高睿，崔长湖高兴地说您好，高总。高睿笑着拉住他的手说小崔呀，好长时间没见了，怎么这么巧哇，走，到家坐坐去。高睿的家里洁净雅致，他们坐在宝石蓝天鹅绒的沙发上，贤淑的高夫人送上了咖啡，咖啡杯里浮出了异香，崔长湖说谢谢。高睿说小崔，手工的，你品品。崔长湖端起咖啡嗅了嗅，真的好香啊！他将杯子送到了唇边……

"队长！"一阵儿急促的呼喊声，崔长湖一轱辘坐了起来，揉了一下眼睛，面前站着副队长李宝民，李宝民带的是昨天晚上的夜班，这时气喘吁吁地说："队长，有情况！"

"宝民，怎么啦？"崔长湖说。

"队长，有一处堤背发现了渗水。"李宝民喘息未定地说。

"在哪儿？"崔长湖"噌"地从地铺上跃起，冲出了帐篷。天已经有些亮色了，雨还在飘着，崔长湖和李宝民沿着国堤脚下的小路快速奔跑着，两个巡视的工人守在渗水处，渗水在大堤背面腰间的位置上，一个拳头大的空隙处流水潺潺，那句话怎么说的，"千里长堤，毁于蚁穴"。崔长湖立刻攀上了南大堤顶，这里是辽河的一道折转处，是一直以来的一处最重要的险段之一，是冬季防洪新修复的地段，也是之前他们刚刚打过木桩加固过的地方。雨滴落在苍茫昏黄的水面上，洪水在脚下汹涌澎湃，涌动的波浪不停地拍打着草袋加高加固的堤岸，水面上不时出现一两个急促滚动的旋涡，一会儿又隐没了，一会又浮现了！崔长湖回视渗水的位置，找寻对应水域的位置，水面上看不出有什么异样，许是渗水少的缘故。崔长湖立刻说："宝民，你马上去召集所有人员立刻上堤扛草袋，再派一个人去找张指挥，报告咱们这里的情况！"

"明白！"李宝民说着，立刻跑去了。张指挥是矿建处副处长，是单位在西线南大堤防洪抢险的总指挥。

第一批装满泥土的草袋很快运到南大堤顶，崔长湖和几个穿好救生衣的骨干抢险队员开始向选定的十余米宽的洪水里投放装满泥土的草袋，草袋源源不断地投进洪水中。

守候在堤背渗水处的人传话上来，渗水的地方开始喷水了！崔长湖心里就是一惊，立刻高声喊叫着："快！快！快！加快速度哇！"人们加快了草袋投放的速度，可草袋运送的速度有些不及时，他们队的人员有限，运送草袋的距离少说也有一百五十米远。

张指挥赶到了，带来一大批扛草袋的队伍。张指挥看到这严重的情况，立刻高声喊叫起来，人群开始鼎沸，扛草袋的队伍跑动起来了！草袋要往深水处投放，崔长湖感觉救生衣穿在身上有些碍事，他脱去了救生衣，张指挥看到了，立刻高声制止了他。崔长湖就拿起一条麻绳，绳子一头系在自己的腰上，留出一截系住了救生衣，另一端的绳头系在堤岸上的一根露头的木桩上。草袋在向深水区不断投放着，崔长湖在深水区最前面指示着投放的位置，不时还潜到水下摸一摸情况。水开始变凉了，崔长湖的牙齿不停地打战，他有些疲了倦了，他咬牙坚持着，扛草袋的人高昂的号子声不断激励着现场的人们，一个个草袋不断投放着，投放着……有胜利的欢呼声传来，投放草袋的抢险队员们已经停止了投放，在向他不停地招手示意，他听不清他们在喊什么，他觉得那些声音有些缥缈，他的大脑有些空白，一个滚动的旋涡过来了，有一股旋转的力量要把他拽到水底下，他不由得一惊，立刻警醒了，马上抓紧了那条绳子，努力地挣脱着，两股力量在较量着，他呛了一大口水，鼻子里辛辣，头有些晕，他没有了力气，却将那条绳子挽在了胳膊上……

"崔长湖怎么样啊？"金鸿雁进来问。

"早哇，金大夫，半夜里醒来了一次，喝了杯麦乳精，吃了些东西，又睡了，护士量了血压、体温，都正常。"韩玉香说。

"好，那就让他好好休息吧。"

"金大夫，他吃东西有什么禁忌吗？"

"没有，只要他想吃，吃什么都行。"

"谢谢金大夫！"

"不客气，有什么事你叫我呀！"

"好的，金大夫。"

韩玉香握着崔长湖的手，崔长湖睁开了眼睛，韩玉香说："长湖，你睡好了吗？"崔长湖点点头，韩玉香说，"我先给你擦擦脸吧，然后再吃东西。"

"好。"崔长湖坐起来，说，"香儿，还是我自己来吧。"接过了毛巾，自己擦了起来。

"长湖，你想吃点什么？"

"香儿，你看吧，什么都行。"

"我这就去买。"韩玉香说着，拿起保温饭盒去了医院餐厅。

韩玉香刚刚出去，胸前挎着照相机的王慧匆匆地进来了，看到崔长湖醒着非常高兴，王慧做了自我介绍，说："崔长湖，我是报社记者王慧，你的抗洪抢险事迹非常震撼人心，上级领导非常重视，指示要大力宣传，我已经采访了你们单位的领导和同志，基本情况已经清楚了，有一些重要情况得和你本人核实一下才行，报社还等着我这篇抗洪救灾专稿呢。"

"辛苦您了，王记者。"崔长湖笑着说。

"不辛苦，和你们抗洪抢险相比，我这点工作算得了什么!"王慧笑着说，按照采访本上的提纲开始提了一些问题。

崔长湖认真回答了王慧的问题，然后说："王记者，现在洪水怎么样啦?"

"第五次洪峰已经安全通过了，第六次洪峰就要到来了，谢谢你，崔长湖，你好好休养，我得去交稿了，再见哪!"王慧笑着摆手说。

这时，刚好韩玉香买饭回来了，对着王慧点点头，崔长湖立刻说："王记者，这位是我爱人韩玉香。"

"韩玉香，你好，我是报社记者王慧，是过来采访崔队长的，你有崔长湖什么特别的事迹要补充的吗?"

"没有。"韩玉香笑着说。

"韩玉香，再见哪!"王慧说着匆匆地走了。

"王记者，再见!"韩玉香说。

吃过饭，护士过来点水了，崔长湖笑着问："护士，这是什么药哇?"

"补充营养的。"护士微笑着说。

"我还要补充营养吗?"崔长湖说。

"肯定需要哇，我们是遵从医嘱的。"护士微笑着说，调好了滴速，走了。

外边的雨水还在飘零着，随着风飒飒飒飒地不时拍打在窗玻璃上，崔长湖躺在病床上有些愣神儿，韩玉香说："长湖，你想什么呢?"

"香儿，我想回到队上去。"

"你还在住院打点滴呀!"

"我已经没事了，这打的是营养针，我这个身体还需要营养吗?"

"医生说需要就需要哇。"

"也不知道洪水现在什么样子啦?"

"第五次洪峰已经平稳通过了。"

"刚才王记者说新的洪峰马上就要到了，我真有些放心不下呀。"

"你还是好好休息吧，大堤上有那么多人，不差你一个呀。"

"我还是想出院，多一个人就能多一份力，你去帮我问问金大夫吧。"

"不行，你还是好好休养吧，这一次你都吓死我了!"

"香儿，我求你了!"崔长湖有些乞求的眼神说。

"那好吧。"韩玉香抗拒不了崔长湖的眼神，马上起身去了金鸿雁的办公室。

"小韩，不行，让崔长湖在医院再休养两天吧，上级领导有指示的。"金鸿雁强调说。

"那好吧。"韩玉香心中有些窃喜地回到了病房，见病床上空着，以为崔长湖去厕所了，韩玉香就在床上坐了一会儿，可一直不见崔长湖回来，她就先去了厕所，里面出来的人说里面没有人。韩玉香就开始在走廊里挨个病房看，也没有。崔长湖这是干什么去啦？韩玉香把查找的范围扩大到医院的院区里，她到处找了一阵，还是不见崔长湖的影子，这个崔长湖可真是的，韩玉香的脑子里猛然闪过了一个念头，崔长湖难道说穿着病号服回到抗洪的南大堤去啦？

十三

赵玉明在油田大礼堂，听了一场壮怀激烈的抗洪复产先进事迹报告会，他的心灵受到了强烈的震撼，每个人的事迹都那样激动人心！

吃过晚饭，赵玉明拿起那份分发的先进事迹材料翻看着，他印象最深的是那个叫崔长湖的施工队队长，一是名字有些熟悉，还有就是崔长湖面对巨大洪峰，在滚滚洪流的旋涡中勇于拼搏，那种不怕牺牲的精神绝对是可歌的，身体稍有恢复，骗过了妻子，隐瞒着医生，拔掉点滴，穿着病号服从医院跑出来，重返抗洪抢险第一线，去迎接马上就要到来的第六次洪峰，绝对是可泣的；还有那个刘秀儿，刘铁柱的女儿，一个过去不起眼的小丫头，现在一个普通的女采油工，会在雨衣的掩盖下，悄然混在第一抢险队男人的队伍里到国堤上去抗洪抢险，这是一种什么样的精神境界呀？

"玉明，你看什么呢？"金鸿雁从厨房出来说。

"抗洪抢险先进事迹材料。"赵玉明放下材料说。

"这么感人哪。"金鸿雁说，她看到赵玉明的眼睛有些潮红了。

"可不是嘛，在你们那里住院的那个崔长湖不畏生死地抢险，累得昏迷住院了，刚刚苏醒，还在点水就又重返抗洪抢险的第一线了！刘秀儿，一个年轻的女孩子竟悄悄混在男同志的队伍里去了抗洪第一线抢险，这些真的很了不得呀！"赵玉明说得有些激动。

"确实，我们年轻时不也是这个样子，想把一切献给党，时刻听从党的召唤！"金鸿雁笑着说。

"是呀，可惜我的身体不行啊！"赵玉明有些感叹。

"此一时彼一时，一个人的能力有大小，只要有这种精神，能做好力所能及的工作也不差呀。"金鸿雁开解着说。

"你说得很对，鸿雁，一个人能尽心尽力是最重要的。"

"是呀，玉明，你说洪灾和险情已经解除一段时间了，医院怎么还让我留在住院部工作呀？"

"怎么，你有想法啦？"

"不是我有想法，是那些患儿的家长总是来找我，我都不知道怎么答复他们好了。"

"这是医院组织上的人事安排，你得无条件地服从，你是什么意思呀？"

"我总感觉这里边好像有点什么事似的，最初说的是抗洪抢险借调一段时间哪！"

"鸿雁，你别疑神疑鬼的，也别自寻烦恼，重要的是干好自己手上的工作。"

"我知道，哎，玉明，有时间你得和兴隆谈谈哪。"

"兴隆有什么问题呀？"

"没有，未雨绸缪，冷艳说兴隆还是有一定潜力的，男孩子高中期间进步会好于女生，关键是努力程度的问题。"

"这事冷艳说说不就行了吗？"

"人家是舅妈，又不是家长！"

"好，我知道了。"

孩子的教育确实是个大问题，历史的经验值得注意！远的不说，就说何琼吧，和那个乐俊峰的早恋，确实影响到了学习，摸底的成绩总是不尽人意，何劲松不在家，白雪梅有些忍无可忍，和何琼狠狠地吵了一架，何琼就有点破罐子破摔了，幸亏冷艳从中做了一些工作，何琼才回心转意参加了高考，幸好之前何琼的基础不错，考上了一个石油大专。据说，那个叫乐俊峰的什么也没考上，去父亲的油建处报到，去做了一名电焊工；许是人都要经历这个青春期，靓初也经历了一次初恋的威胁，说是来自一个叫周闯的借读生，是靓初有所警醒，发现了问题，有些迷惘，和最信任最崇拜的舅妈冷艳说了，冷艳及时做好了开释工作，及时消除了周闯的影响，靓初才平稳过渡的；金鸿雁说得不是没有道理的，现在说的是兴隆，眼前现成的例子是何聪，何聪和靓初一样都是高三，要说有何劲松、白雪梅的基因肯定是错不了的，可何聪痴迷上了航模，又有很好的比赛成绩，怎么拉扯就是不肯回头，白雪梅也找过冷艳，可对何聪一点效用都没有，学习最重要的是一个人的自觉意识，冷艳也有些无奈，只能对白雪梅实言相告了。按照冷艳的推测，何聪即使有航模特长的加分，高考也不会有太好结果的，何聪的摸底成绩摆在那里！倒是何明稳稳当当的，文静得像个女孩子，学习成绩一直都不错，和何聪形成鲜明对比，何劲松不在家，白雪梅的科研工作又比较忙，这种时候也只能认命了。

赵玉明敲门进了小屋，兴隆在做数学作业，抬头看看说："爸，有事啊？"

"没有，就是看看，作业多吗？"赵玉明说。

"还可以。"

"高中是学习的关键时期，不轻松啊！"

"爸，我知道，你们就放心吧！"

赵玉明笑了笑，说："好，你做作业吧。"就出来了，兴隆还是懂事的，每个人的智力是有些差异的，精力的投入也是不同的，结果当然不同，教育在日常，学习是日积月累，这可不光是说说的事。

早晨，赵玉明将最新一期校对好的内刊大样送到了印刷厂，回到办公室坐下，拿出一篇新稿子认真看着。这时，有人猛地推门进来，赵玉明的心里忽悠一下，刚想说点什么，见进来的是刘辉，有些诧异地说："我说'疙瘩'，什么风把你给吹来的呀？"

"还会是什么风，闹人的风呗！"刘辉有些气恼地说。

七八年没见了，刘辉还是高高瘦瘦的，脸上的疙瘩倒是不鼓不亮了，残留的坑坑洼洼里埋伏着不少黑头，有些不堪入目，赵玉明笑了说："新鲜，你这咋还整出了闹人的风啦？"

"还不是刘成乐这个小兔崽子没事作妖，真是气死我了！"刘辉有些咬牙切齿地说。

"坐，怎么回事啊？"赵玉明送上了一杯茶水。

刘辉一屁股坐在条椅上，喝了一大口水，说："刘成乐在技校和同学打架，把人打伤住院了，学校保卫科说东线派出所都介入了，说刘成乐是故意伤害，手段极其残忍，且认罪态度不好，不行就送马三家子劳动教养！'领导'，你说这妖闹得还小吗？贺桂文一听这话就有些毛了，想和我一块来，我让她在家照顾好成功，我就先跑到你这里来了。"

"'疙瘩'，我这儿一不是技校，二不是东线派出所的，你跑我这来有什么用啊？"赵玉明笑着说。

"'领导'，你之前不是在厂人保组干过吗，还认识那个郝建军，你的办事能力又强，贺桂文说过来就让我先找你，你就别推托了，求你了，你就帮帮我们帮帮成乐吧！"刘辉说着抱着拳点了又点。

刘辉的话让赵玉明心里一热，人都说"生的不如养的"，过去刘辉在一定层面上对刘成乐真的不怎么样，没有想到这个时候会真心相待，赵玉明说："好好好，我陪你去就是了。"说着先给金鸿雁打了个电话，就从单位里出来了。

"'领导'，要不要先去找一下那个郝建军哪？"刘辉提示说。

"找他干什么？事情还不清楚，咱们还是先去技校看看吧。"赵玉明说，他们一起去了交通车站坐了交通车。

油田技工学校在东线，是油田新建的二级单位，教学规模也越来越大，是油田

114

新型技术工人的重要来源地。从心里说，赵玉明对于技校学生的构成并不了解，赵玉明身边许多熟悉人的孩子基本上都是读油田高中的，油田高中生考不上大学也可以在油田直接就业。刘辉说技校里也有不少能上高中的好学生，是学生家长和家庭经济状况等因素的制约，很多学生就上了技校，为的是在油田早就业，经济上独立，减轻家庭的负担。刘成乐这些年在西苇学校一直有些调皮捣蛋的，学习有些差，一些初中老师说刘成乐的脑子不是不好使，就是叛逆性太强，你说东他偏往西，你让他打狗他偏去撵鸡，就是不往学习上好好用劲，照这个样子下去连个技校都不一定能考上！我和贺桂文一直担着心，谁想成乐没费劲就考上了技校，这把贺桂文给乐的，这也让我们重重地松了一口气，成乐上了技校，毕业能有个工作就行啊！谁想还有一年就毕业了，他会弄出这种事来！刘辉叹了一口气，说这个成乐可不像他弟成功让我们省心哪！说到刘成功，刘辉的自豪感油然而生了，刘成功在他们西苇学校里，学习成绩一直都在前五，从来没有掉下来过！

技工学校正是课间操时间，操场上在做广播体操，广播体操鲜明有力的节奏被许多技校生做得松松垮垮的。

学校保卫科在校园东南一座独立小楼里，赵玉明、刘辉进了一楼的值班室，一个年轻的值班员带他们去了科长办公室，科长姓唐，四十出头的样子，脸圆圆胖胖的，从眉眼上看，赵玉明感觉有些似曾相识，唐科长也多看了赵玉明一眼。因刘辉是家长，唐科长就跟刘辉说明情况，那个被打住院的学生叫闫小虎，闫小虎的头被刘成乐砸破了，脑震荡，躺在东线医院住院，需要住院费用。刘辉忙掏钱交给唐科长，唐科长喊那个值班员过来把钱收了，接着说受害者家长如果松点口事情还好说，都是孩子，学校还是以教育为主的，可那边孩子的家长一直不松口，现在又是"严打"期间，要求从重从快，这事情就有点难办了。赵玉明立刻插嘴说："唐科长，我们见见刘成乐可以吧？"

唐科长看看刘辉，刘辉说："是，唐科长，我得见一下我的儿子呀！"

"可以。"唐科长说着，对值班员摆了一下手。

"你们跟我来吧。"值班员说。

刘成乐被隔离在值班室的里间，窗户上有栅栏，里边一张单人床，床上有行李，刘成乐之前应该是歪在床上的，见有人开门才急忙起身的，看清了刘辉，马上站到地上叫了声："爸。"便低下头不再说话。刘成乐长得矮壮矮壮的。

刘辉有些恨恨地说："刘成乐，你这祸闯得真是越来越没边了！"

刘成乐低着头不说话，赵玉明说："成乐，到底怎么回事啊？"

刘成乐看了赵玉明一眼，翻了一下眼睛，没有说话，刘辉很生气，声音一下高了八度，说："刘成乐！你赵大大跟你说话你没有听到吗？是我找你赵大大来帮你的！"

赵玉明拽了刘辉一下，说"刘辉，你小点声！成乐，跟大大说，事情怎么发生的？"

刘成乐看了赵玉明一眼，说："我打他活该！"

刘辉的火大了，说："刘成乐，你当你是谁呀，打人能白打吗？"

刘成乐恨恨地说："打他就是活该！"

刘辉马上扬起了大巴掌，赵玉明拉了刘辉一下，说："刘辉，你省着点吧！"

刘辉说："成乐，你赵大大问你话呢！"

赵玉明说："成乐，跟大大说，到底怎么回事啊，凡事都有个理字，你得说清楚哇，要不天王老子也帮不了你，如果是咱的错，咱就得认，如果不是咱的错，大大绝不会让你受委屈的！"

刘成乐听赵玉明这样说，有些委屈地抹了一下眼睛，说了事情的原委。

闫小虎的家是西线采油的，他有个表哥是东线运输的，是东线这边的一个"棍棒"，有了这个依仗，闫小虎在技校里就有些专横，常常做些欺负人的事。有一天，闫小虎在校园偶遇刘成乐初中同学江艳菊，看着有些顺眼，就追着要和江艳菊谈朋友，江艳菊吓坏了，急忙找到了刘成乐，刘成乐觉得他们是一起从西苇来的，保护江艳菊责无旁贷，就找到闫小虎说江艳菊是我朋友，你别找她的麻烦哪！闫小虎说你当你是谁呀，敢管小爷的事？刘成乐说我管的是江艳菊的事，人家不愿意，你不能逼着人家呀！闫小虎说我的事你最好少管！刘成乐说这个事我管定了！闫小虎当时一个人，就说刘成乐，好小子，你给我等着哇！第二天中午，闫小虎找来了他表哥坐镇，还带来几个人在去食堂的路上堵住了刘成乐，闫小虎上来就揪住刘成乐的脖领子，先是一记耳光，说刘成乐，你服不服？刘成乐梗着脖子说不服！闫小虎就又扇了刘成乐一记耳光，刘成乐还是说不服！闫小虎就扇了刘成乐第三记耳光，刘成乐猛地从闫小虎手里挣脱了，在地上抓起了半块砖头，用力砸在闫小虎的头上，闫小虎一下子就栽倒在地了！

赵玉明说："成乐，你说的都是实话吗？"

"赵大大，我说半句假话我不得好死！"刘成乐说。

"好了，成乐，大大知道了。"

赵玉明和刘辉回到唐科长的办公室，赵玉明说："唐科长，刘成乐伤人是不假，可也是事出有因。"

"你是？"唐科长说。

"我姓赵，是孩子家长刘辉的老同事。"赵玉明说。

"郝建军当人保组组长时，赵大哥是人保组副组长！"刘辉马上接上说。

唐科长一听就笑了，说："是赵副组长啊，我说嘛，你进来时我看着就有些眼熟，咱们有过一面之缘，我刚到厂人保组报到时，你是刚离开的人保组！"

"是呀，唐科长，没想到咱们会在这种情况下相见，你看刘成乐这事怎么办好哇？"赵玉明笑着说。

"赵副组长，情况我们也是了解的，跟你说句心里话，闫小虎的姑父在东线派出所工作，大家都是熟人，这个事你们还是和闫小虎家长沟通好，这样会省去很多不必要的麻烦。"

"唐科长，闫小虎家长是哪个单位的？"赵玉明说。

"应该是西线采油的，现在在东线医院。"唐科长说。

"麻烦唐科长了，那我们就先去东线医院看一看，看看受伤的孩子，也和孩子家长碰碰情况。"赵玉明笑着说。

"赵副组长，这样最好了，一会儿我和东线派出所那边再沟通一下情况，凡事好商量。"唐科长说着，冲着值班室喊，"小王，你过来一下，那个医药费的钱就让刘成乐家长自己带过去吧。"

"好，知道了。"值班员回应着。

从技工学校出来，赵玉明让刘辉买了四瓶罐头拎上，他们去了东线医院。

闫小虎脑袋缠着白纱布缩在病床上，一个矮个黑瘦的男人坐在旁边的病床上，说是闫小虎的爹闫家富，闫家富看到了刘辉，气哼哼地说："你家的孩子手也忒黑了，下手也忒狠了点吧，他这是想要我们老闫家断后哇，你家要是不给个说法，咱们谁都别想好！"刘辉想要发作，看到赵玉明缓缓地摇着头，就把话咽了回去。闫家富见状就有些起劲，狠话说了一大堆，说得有些口干舌燥了，抓起床头柜上的大搪瓷茶缸灌了一通茶水才停了下来，这时候，看看他们，说："你们怎么不说话呀，你们干什么来的？"

"我们来看看闫小虎，也给你道个歉。"赵玉明说。

"你们说得也太简单了吧。"闫家富说。

"闫师傅，本来事情就不复杂，事情的经过咱们都清清楚楚的，技校保卫科也是记录在案的，孩子小，有时候不明事理，难免犯错，咱们做家长可不能犯糊涂哇！话该往好处说，事该往好处办，是，现在是'严打'期间，如果认真说起来，你家闫小虎就没有过错吗？"赵玉明说。

闫家富立刻梗起脖子，瞪起眼睛说："我儿子是受害人，都脑震荡了，你说他有什么错呀！"赵玉明刚要说话，一个三十出头的男人快步走进来，闫家富见了马上说，"青松，你来得正好，刘成乐家里来人了，你来和他们说说这个理吧。"

被叫作青松的人看了赵玉明一眼，点了一下头，说："二哥，你跟我出来一下。"捅了闫家富的胳膊一下，闫家富有些不太情愿地跟着那个人出去了。

赵玉明这时踱着步子走到病房门口，向走廊里瞄了一眼，那个叫青松的人在走廊尽头和闫家富边比量边低语着什么，闫家富不时地点着头。赵玉明想，这个青松也许就是闫小虎在东线派出所那个姑父吧。

闫家富这时候一个人回来了，姿态放低了一些，表示不想追究刘成乐的责任，事情到此为止，赵玉明给刘辉使了一个眼色，刘辉给闫家富留下了医疗费，两人还握了一下手，理解万岁！

赵玉明、刘辉回到了技工学校，见到唐科长，说明了去医院的情况，唐科长笑着说："这样事情就好办多了。"

"唐科长，那就拜托你了，国有国法，家有家规，刘成乐按学校的规定该怎么教育处理就怎么教育处理，千万不能让他再出问题了！"赵玉明说。

"赵副组长请放心，刘成乐我会亲自监管的！"唐科长说。

"谢谢唐科长，给你添麻烦了。"赵玉明笑着说。

刘辉说想再看看刘成乐，唐科长点点头。

看看已经中午了，赵玉明借唐科长办公室的电话打给了张志远，张志远还在办公室里处理事情，盛情邀请赵玉明过去吃饭，赵玉明说："唐科长，来了就给你添了不少麻烦，一起吃个饭吧。"

"赵副组长，谢谢，我中午还有事，就不留你们了。"唐科长笑着说。

张志远新任运输处副处长，这时候还是司机的本色，一套工作服洗得干干净净，见到赵玉明笑着说："'领导'一向可好？"

"见到你好我能不好吗？"赵玉明笑着说。

"要不怎么说，'领导'就是领导哇！"

"都是老朋友，真为你高兴，一直想着过来看看你，今天算是个机会。"赵玉明笑着说。

"这个机会该不会是'疙瘩'帮助创造的吧？"张志远看了刘辉一眼说。

"不怪你能当大领导，还真让你说着了，是我家成乐在技校捅了个娄子，我找'领导'过来帮的忙。"刘辉有些不好意思地说。

"我就说嘛，事情解决啦？"张志远说。

"解决了，这事和你的属下还有一定关系，说起来你也有管教不严的责任哪！"赵玉明笑着说。

"'领导'，这怎么还和我拉扯上关系啦？"张志远笑着说。

"那个挨打学生的表哥是东线的一个'棍棒'，说是你们单位的，当时还去助阵了，如果没有他，这事还真不一定会发生！"赵玉明笑着说。

"技校的学生参差不齐，'领导'是有些少见多怪呀！"张志远笑着说，这时有人敲门进来，说了声张副处长，张志远做了个知道了的手势，便说，"'领导'，咱们走吧。"

吃饭的地方是单位家属站新开办的一处饭店，在东线主街的路边，油田淘汰下来的木板房建筑，新刷的蓝油漆挺鲜亮的，门厅里的几张桌子都有人用餐，看着就挺红火。他们穿过了门厅，进到后院板房的一个单间，菜已经摆上了，两荤两素，张志远开了一瓶"大米酒"，刘辉不喝，推托说一直戒着，张志远说："'疙瘩'，戒什么戒呀，这都多少年了，今天到我这里就得开荤。"

刘辉就看赵玉明，赵玉明微笑不语，刘辉说："既然张处长说了，那我就开个荤，陪着两位领导喝点。"

"'疙瘩'，你这就对了嘛！"张志远笑着说。

张志远的媳妇孙秀英在钢都工作，老岳母一个人了，有些离不开这个老闺女，加上最初油田这边的生活环境不太好，就一直没有过来。说到了孩子，张志远也有些困扰，两个孩子让姥姥惯得有些不太像话，他回家的次数也有限，看到的只是说说而已，还得避开老岳母的耳目，根本不解决实质性问题。他上次回去还和孙秀英商量，孩子马上就上初中了，你就牺牲那个小商店经理的职位，过油田来吧，孩子的前途更为重要。孙秀英这次算是答应了，钢都企业改革风起云涌，如火如荼的，眼见得城市就业形势很不乐观，孙秀英也是清楚的，加之油田的形势持续向好，张志远又在上台阶。

"这样最好，你还可以上台阶。"赵玉明笑着说。

"我这算什么呀，参谋长都当部长了，还有康勇为，人家那才叫真正的上台阶！"张志远笑着说。

"是，和他们确实没个比，可人比人还得活着哇！"赵玉明笑着说。

"听说康勇为马上要去省里了。"刘辉这时候冒出了一句。

"你哪儿听的消息呀？"赵玉明看了一眼刘辉说。

"康勇为司机的父母和我家住邻居呀。"刘辉说。

"刘辉说得差不多，说是接班人基本都确定了，不出意外的话应该是'博士'回来吧。"张志远说。

"'博士'会回来吗？他可不太喜欢行政工作呀。"赵玉明有些质疑地说。

"此一时彼一时嘛，'博士'在外油田已经担任行政副职一段时间了。"张志远说。

"这可让人没想到哇！"赵玉明说。

"要不说山不转水转呢，'领导'的老搭档回来了，好哇！"张志远有些意味地说。

"这样说'领导'这回又该有机会了。"刘辉说。

"还机会呢，就我这身体能干什么呀！"赵玉明说。

"'领导'，这事'博士'说了算，要想给你找个位置还不容易呀！"张志远笑着说。

"我可不想强人所难哪！"赵玉明说。

"'领导'，'博士'是一人之下，这事对他还算事吗？"刘辉说。

"'一人'如果真别着，'博士'又能怎么样？"赵玉明笑着说。

"会吗？"张志远说。

"难说呀。"

这个还属于"小道"的消息让赵玉明多少有些惊讶，陆鸣参加工会主席学习班学习培训了，他一直在编辑内刊，平时交流的人都是搞技术研究的书呆子，他们大多都不太关心这类事情，他就难免孤陋寡闻了，这个康勇为也真是了得，这不是在上台阶，这是在撑竿跳，这在正局的位子也就刚刚坐了不到两年时间就又迈步了，你不得不承认人家的能力！如果林胜平回来，对下辽河应该也是一件好事，他毕竟是搞地质出身，对下辽河的情况是比较了解的。"一人"说的是现任的书记，书记在这里任职七八年了，局长、书记一肩挑过，资历有，年龄也不算太大，竟然没有干过年轻的康勇为，难道康勇为仅仅沾了"知识化、年轻化"的光吗？

赵玉明坐在办公室里有些愣神儿。

早晨刚上班，宗林就找他谈了话，他编辑的这个内刊马上变身公开刊物，刊物归油田科委直接管理，考虑到他身体的原因，组织上决定把他留在原单位，牵头做副科级档案室管理工作，他没有意见，已经过了"不惑之年"，马上就"知天命"了，身体条件又不算太好，你想不认命都不行啊！

三下敲门声，何劲松推门进来，笑呵呵的一张脸，有些探究的眼神，说："师兄，又在考虑什么重大问题？"

"就我，能把身体养好了就不错了。"

"师兄，你身体又怎么啦？"

"没怎么，还是老样子。"

"咳！你刚才一说吓了我一大跳！"

"你什么时候回来的？"

"昨天晚上。"

"休假呀？"

"公干。"

"公干？干什么呀？"

"只跟你说呀，想弄点计划外原油。"

"给谁呀，海上油田用得着吗？"

"自己弄啊。"

"自己？"赵玉明一头雾水。

何劲松上一次回去就在深圳注册了一家油田附属企业公司，海上油田支持、鼓励，又有扶持政策，他带上几个人开始先为单位服务，近水楼台，公司一下子就红火起来。随着业务的开展和理顺，接触面日宽，他看到这个高速发展的窗口，石油、钢材等都是非常紧俏的重要物资，那是要计划指标的，他就开始琢磨怎么搞到石油指标的渠道，石油这个东西简直太抢手了，只要指标到了手，马上就有下家找你，这一进一出，这个钱挣得真是太轻松了！何劲松有些喜笑于行色地说："师兄，你干脆去我那里得了，别在这里挣这点死工资了。"

"我是强活过来的人，有些折腾不动了。"赵玉明摇头笑着说。

"师兄，不要你受什么累，去我那里你坐个阵看个堆就行啊。"

"谢了，白雪梅他们什么时候过去呀？"

"师兄，跟你说吧，房子我都预定完了，可白雪梅说暂时不想过去。"

"为什么呀？"

"她说我那就是个皮包公司，没什么准头，万一政策一有变动，没三年五载的一家人别露宿街头，你说这是什么观念哪，我哥家的老二都跑到我那里站脚了。"

"何琼马上就毕业了，要不让她先过去也行啊。"

"师兄，我也是这么想的，可白雪梅坚决不同意呀！"

"那就没办法了，你要办的事情怎么样啦？"

"师兄，你想呢？"何劲松笑着反问道。

赵玉明知道多此一问了，这时候的何劲松身上有着一些浓厚的神秘色彩了，他既然回来想办这个事情，肯定是有备而来，绝不会空手而归的，便转移话题说："哎，你说'博士'真的会回下辽河吗？"

"当然了，师兄，'博士'现在已经在回京的列车上了。"

"难怪，真是无风不起浪啊！"

"他回来好哇，你们可是老搭档啊。"

"我可不想给人家添麻烦！"

"师兄，你这是什么话，咱们可是一起摸爬滚打过来的，还能说到麻烦吗？不就是一句话的事吗？我现在是不用想了，到时候你可要找找他呀。"

"你在家能待多长时间？有空一起吃个饭吧。"赵玉明笑了笑，转移了话题。

"好哇，师兄，我安排好了就喊你。"

"你回来是客人，用你安排什么呀？"

"师兄，这事你就听我的，我回来先看看你，我还有一些紧要的事情要办，等办完了就找你呀。"何劲松坚持说。

"那好吧。"赵玉明说。

十四

刘秀儿这个秋天开始倒班了。

老油区的二次开发成为下辽河上产的一项重要内容，西线采油厂也概莫能外，在X7站管理范围内新增加了一个新井点。还在兼任X7站站长的许艳梅和刘秀儿谈的话，让她负责管理这个新井点——X7-1-1，这也是对她的锻炼和培养，刘秀儿在这一年的"五四"荣获了油田新长征突击手荣誉称号。

刘秀儿上班的 X7-1-1 是老区二次开发新交的一口调整井，井场离 X7 站有三里路的样子，坐落在芦苇荡的深处，抬头就能看见辽河南那道高大的围堤，井场上有一个铁皮板房，在值班室和刘秀儿一起值班的男工叫任志成，是一个刚参加工作的新工人。

又是秋风吹起的时节，芦苇不经意间就被风霜染黄了，张开纤细羽翼的白色芦花开始在空中弥漫，从人的脸上掠过时，会拉出一丝丝刺痒，还会挂在睫毛上不想离去，长空上开始响彻一声声大雁有些苍凉的鸣叫，像是对这块土地无限眷恋的一种告别。

刘秀儿来到 X7-1-1 井就对抽油机井进行了巡回检查，检验采油树的各个阀门是否灵活，记录油压、套压值，检查抽油井盘根，检查"四点一线"，检查……

"师傅，我来吧。"任志成说。

刘秀儿发现曲柄销子上的润滑点润滑油有些少，拿起黄油枪打了几下，这时抬头说："这就好了。"

刘秀儿巡回检查了一遍抽油机，任志成一直跟在旁边看着，稍显松动的几处螺丝都紧固了，新井设备运行良好，各个部位符合技术规范要求。刘秀儿收拾好工具，回到了值班房工具台上放好，然后坐在木条椅上，任志成看着她，刘秀儿被看得有些不太自然，说："任志成，没什么事了，歇着吧。"

"师傅，有事你招呼我呀。"任志成收回了目光，从书包里拿出一本书，看着。

任志成身材偏高偏瘦，头发黑而浓密，略显消瘦的面孔有些苍白，眼神会不时地停留在某一处地方，表现着一种凝思的神情。许艳梅说任志成是个高中毕业生，复课一年也没有考上大学，才来油田参加工作的，已经二十一岁了。刘秀儿想想自己参加工作六年了，二十一岁的时候自己已经参加工作四年了。刘秀儿看看任志成手里的书，是一本高考作文选，刘秀儿说："任志成，你是采油工了，该好好学习采油工技术哇！"

"是呀，师傅，我会跟着你学的。"

"你怎么学呀？"

"你教我什么我就学什么呀。"

"你今天学到什么啦？"

"新井巡回检查呀。"

"你要把书本知识和实际工作结合起来，这样才能及早独立的工作，这个你有时间的时候看看吧。"刘秀儿把一本有些破旧的采油工应知应会的小册子递给任志成说，这是刘秀儿已经翻烂的。

"师傅，好吧。"任志成接过看看说，有些勉强的意思。

上第三个班时，刘秀儿对新抽油井按照一级保养的要求进行了一次全面的检查，任志成配合工作做得很到位，刘秀儿心里说到底是高中生，眼力好，学东西也快。

"师傅，这个我看完了。"回到板房休息时，任志成把应知应会的小册子还给了刘秀儿。

刘秀儿接在手里，她看到任志成手里又拿着一本书，是一本高中代数，刘秀儿说："任志成，你怎么还看高中课本哪？"

"师傅，闲着也没什么事，我就是想随便看看。"

"任志成，队上有个图书箱，关于采油的技术书不少，你借一些看不是更好吗？"

"啊。"任志成回应着，低着头继续看着高中代数。

"任志成，你是不是还想着考大学？"这是刘秀儿突然意识到的，话就脱口而出了。

任志成愣了一下，抬起头，说："师傅，有什么不好吗？"

"好，当然好了，能考上就更好了！"刘秀儿肯定地说。

"我会努力的！"任志成说。

"那你就好好看吧。"刘秀儿说，她心里还是挺敬佩读书好的人的，像哥哥刘忠伟从小就爱学习，上班还考了中专，毕业就是技术员，现在都当钻井队长了，虽然和马凤霞的关系不行了，说是被一个叫肖雅的正牌女大学生给看上了。

"秀儿，那个任志成怎么样啊？"一天下班回到队里汇报完工作时，许艳梅问。

"副指导员，挺好的。"

"说说，怎么个好法呀？"

"他文化高，脑子好，学技术快，人也肯干，还稳重！"刘秀儿做了个基本的鉴定。

"这个评价可以呀，这我就放心了。"

"我这个当师傅的都快教不了他了。"

"这有什么，你们可以相互学习嘛。"许艳梅眨了一下眼睛笑着说。

"副指导员什么意思呀？"

"任志成可是我特意给你选的呀。"许艳梅说笑中有几分暧昧的意味。

刘秀儿似乎明白了许艳梅的意思，脸不由得红了，说："副指导员，这怎么可能？"

"这有什么不可能的？"许艳梅笑着说。

"我可一点都没往那个方面想啊。"

"现在你可以想了，感情是需要培养的，你要珍惜这样的机会呀。"许艳梅叮嘱着，有些像布置工作任务似的。

刘秀儿没有感觉自己有多大，是一次次的回家，母亲王桂花把自己唠叨大了，二十三岁的时候王桂花已经生下哥哥刘忠伟了，难怪都说日子不禁过，哥哥已经谈婚论嫁了，王桂花能不操心她的事情吗？任志成挺不错的，身材、长相都说得过去，脑子又好，大学漏子，人很稳重，就是年龄小她两岁。徐艳梅说得对，感情是需要培养的，许艳梅的丈夫也小许艳梅两岁，她是经验之谈？阿门阿前一棵葡萄树，阿嫩阿嫩绿地刚发芽，蜗牛背着那重重的壳呀，一步一步地往上爬……刘秀儿这时候想起了那个去有厂房地方的李铁义，她早就没有了李铁义的消息了。

刘秀儿接到了母亲王桂花的电话，这个星期天要她回家，哥哥刘忠伟的对象肖雅要到家里串门认亲，这个时候她是必须要回去的！

肖雅身材适中，长相恬美，性情温和，很有些知书达理的样子。王桂花一看见很是喜欢，说肖雅和刘忠伟连相。送走了肖雅和刘忠伟，王桂花就说老刘家祖上积什么德啦？能娶到肖雅这样的媳妇！然后，看看刘秀儿说闺女，你怎么回事啊？你可让妈省省心吧！刘秀儿就笑着说我尽快！尽快！尽快！王桂花就说你说的尽快还得多长时间哪？你倒是把人给我领回来先让我们看看哪！刘秀儿本来想第二天早晨起早回单位的，一听到王桂花的唠叨就有些受不了了，马上说妈，我单位还有事啊！便赶着最后一班交通车走了。坐在交通车上她就想，自己是不应该叫王桂花继续唠叨下去了！

刘秀儿在值班房和任志成说到了家常，两个人一起上了这么长时间的班了，任志成对师傅当然得有些知无不言了。

任志成的父亲任毅之前是辽南一个小山村的小学校长，一次，任毅去省里开一个教育工作会议坐火车回家，同油田教育处的一个叫曹珂凡的领导坐在了一起，两个人一搭讪，都是做教育工作的，谈起话来非常投机。曹珂凡就说任校长，油田现在正在大办基础教育，需要你这样的教育人才，你爱人和孩子又都是农村户口，你来油田可以解决子女就业问题，何乐而不为？这事过了这个村可就没有那个店了！任毅有儿女四个，任志成是老大，弟弟、妹妹也马上面临就业问题，任毅听了这个话有些大喜过望，这是天上掉下来的好事啊，是冥冥之中上天让他遇到了贵人，他当即就答应了，还和曹珂凡留了联络方式。很快，一家六口人就来下辽河了，父亲任毅去了西线南矿新建的五小当了校长，虽说学校规模不太大，地处也有些偏僻，任毅还是很满足的，个人的工资涨了一截不说，关键是子女就业肯定无忧了，人得知足哇！

任志成之前在老家县城高中复课，上个学年，他以二分之差和一所大学失之交臂，本想复读一年，一定能考上这所大学，今年说是这所大学突然火爆了，报考人数增多，结果愿望又化为乌有，他有些倔强，我就不信了！本来还想着复课，却遭到任校长的坚决反对，主要原因是全家户口已经迁往油田了，任毅在油田已经给他报名参加了工作，任校长和风细雨地说志成啊，你向往学习我是积极支持的，咱们家的经济条件你是清楚的，你也老大不小了，已经高考两年了，你是老大，也该为家里考虑考虑吧？现在时候好了，学习的方式多种多样，什么电大、夜大、职大、自学高考都可以圆你的大学梦，是不是？你先把工作干上，先端上个铁饭碗吧！任志成脸热了，默默地点点头，就来西线上班了。他在采油厂入厂培训时去了教育科咨询过，职工工作年满两年后，可以报考油田的职工大学，那也是脱产学习的，任志成就明确了这个人生的目标。

中午在班上吃饭，刘秀儿将一个咸鸭蛋磕在任志成的面前，任志成推托，刘秀儿笑着说："任志成，你看书用脑，都说蛋黄能补脑，你吃了正好！"

"谢谢师傅！"任志成说。

"别一口一个师傅的，你都把我叫老了。"刘秀儿笑着说。

任志成看着刘秀儿说："你本来就是我师傅哇。"

刘秀儿看着任志成很认真的样子，笑着说："咱们年龄都差不多，你文化程度又高，以后我也教不了你什么，有些东西还要向你学习，要不你就叫我姐吧。"

"刘姐。"

"哎！"刘秀儿爽快地应答着。

又是秋风吹起的时候，这一天晚上，刘秀儿他们值夜班。这是一个宁静的夜晚，一轮明月高悬在夜空中，四野是密密的芦苇林，黑黢黢地铺向了远方。任志成出去方便，走到井场边缘处，见到地上一个黑色的影子快速爬动着，他最初以为是老鼠，就戏谑般地跺脚紧赶了几步，可那个影子竟顺着身子快速爬动着，任志成这时看清楚是一只河蟹，马上伸手去抓，他抓到了，手却被狠狠夹到了，痛得他一龇牙，马上松了手，河蟹在他手上吊了好一会儿，他一甩手，河蟹晃落到地上，翻了个身，快速地爬向井场边芦苇丛的水中了。

任志成回到板房，举着手在灯光下看了看，大拇指上有一小块儿皮破掉了，泅出一个米粒大的血迹来，难怪有些疼，他在嘴里用劲咽了一下，吐掉了。刘秀儿关切地问："任志成，你的手怎么啦？"

"破了一小块皮。"

"怎么弄的，没事吧？"

"河蟹咬的吧。"

"哈哈哈！"刘秀儿笑着说，"我来看看，从没有听说过河蟹会咬人哪！"

"我说的是真的！"任志成很认真地说。

"河蟹是不会咬人的，只能是河蟹夹子夹的。"刘秀儿说明着。

"刘姐，河蟹夹子这么厉害，好痛，都出血了！"

"你以为呢！"刘秀儿在办公桌的抽屉里找出一卷纱布给任志成缠上，说，"你在哪里看到的河蟹呀？"

"井场上啊。"

"'七上八下'，该是时候了。"刘秀儿说。

"刘姐，什么'七上八下'呀，老鼠哇？"任志成一头雾水地说。

"老鼠？还耗子！'七上八下'是这里的民间谚语，意思是说河蟹七月之前在河的上边生长，进入八月就开始向河里游走了。"刘秀儿解释说。

"刘姐，你是说河蟹也是迁徙的生物哇？"

"应该是吧，都说它们深秋里还要游进大海里，等到第二年春天再游回来繁衍生息。"

"是呀？"任志成才知道河蟹还有这样的习性。

"我也是听人家说的，对了，任志成，咱们去照河蟹吧。"

"照河蟹，刘姐，怎么照哇？"

"你跟我来。"刘秀儿拿起手电筒按了一下，对了一下光圈，看了一下亮度，就开门出去，任志成立刻跟在了后面。

月光更加地皎洁，刘秀儿走在前边，有些蹑手蹑脚的，他们沿着井场边缘巡视，一从苣荬菜下有一个黑影快速爬动着，明亮的手电光柱一下笼罩了那个影子，影子一下子停下了，刘秀儿伸脚踏上去，许是踏得有些轻了，那个黑影从脚下立刻逃脱了，刘秀儿紧跟着一个蹉步一脚踏上了，手电光照着脚下，河蟹的肢节末端暴露着，刘秀儿一手拿着手电，一只手跟定移开的鞋掌，手指一下子捏住了河蟹肢节上的壳体，河蟹的肢节在不停地乱舞，特别是那两个大夹子并没有夹到刘秀儿的手。任志成很是好奇，刘秀儿的手怎么没有被夹到？就凑到近前去看，刘秀儿"嗷"的一声，将河蟹送到任志成的面前，任志成吓了一跳，急忙往后躲了一下，刘秀儿哈哈地笑了起来，说："任志成，你没有抓过河蟹吧，去，快把屋里的水桶拿来！"

"好！"任志成有些兴奋和好奇，立刻跑回去拎来一只铁皮水桶，河蟹放在水桶里，爬出有些烦心的声响。河蟹怎么会夹不到刘秀儿呢？任志成拎着水桶跟在刘秀儿后边认真看着，他们在井场巡视了一遍又到井场路上巡视了一圈儿，还是小有收获的，水桶里有了五只河蟹。任志成不时地去触碰那些河蟹的壳体，河蟹会立刻扬起鳌钳想钳住侵犯它的东西，任志成就学着刘秀儿的样子不停地试抓着，一会儿，他抓河蟹也有些自如了，任志成拿起一只河蟹有些骄傲地说："看你们还能夹到我吗？"

"任志成，咱们今天晚上烧河蟹吃吧。"刘秀儿这时说。

"烧河蟹？刘姐，怎么烧哇？"任志成有些好奇地说。

"你跟我来。"刘秀儿说着，拿起一把牛心锹就出去了。

他们来到井场外的井场路上，刘秀儿用牛心锹在路肩上挖了一个脸盆大小的土坑，然后说："任志成，你去弄些干草来。"

"好!"任志成立刻去了他们清理井场时扔杂草的地方划拉了一捆干枯茅草来。

刘秀儿将一部分茅草置入土坑里,用半张旧报纸引燃了,一缕青烟缓缓升腾起来了,刘秀儿抓起河蟹,用茅草一只只地缠绕起来,捆绑得像一个个粽子,然后,一起放置在那个火塘的火中,又不断盖上了一些茅草,茅草在火焰中噼噼啪啪地燃烧着,映红了两张年轻的脸。茅草的火焰慢慢地烧出了一种暗红,暗红渐渐地陷入了暗黑之中……刘秀儿用木棍扒拉一下草木灰,里边只有少许的火星,便扒出河蟹,捡到水桶里,拎回了值班板房。刘秀儿将河蟹摆在三屉桌上,河蟹还有些烫手,她掂起来挨个地磕了磕,磕掉了河蟹身上的草木灰屑,拿起一只河蟹掰去脐,揭开了蟹壳,一股香气立刻散发出来,刘秀儿看看说:"还不错,任志成,给你。"

"刘姐,你吃吧。"任志成没有接,推辞着。

"你是不会吃还是不敢吃呀?"刘秀儿笑着说。

"刘姐,河蟹我还真的没有吃过。"任志成实话实说了。

"这好办,我来教你。"刘秀儿说着又揭开一只河蟹,开始示范着河蟹的吃法,怎么去掉河蟹的壳,壳里有荷叶头(河蟹的胃),还有河蟹的肺。

"真好吃!"任志成一边吃一边赞叹着。

"好吃你就都吃了吧。"刘秀儿笑着说。

"刘姐,你也吃吧。"任志成立刻说。

"任志成,以后咱们有得是吃!"

"是吗,刘姐?"

"当然了!"刘秀儿说,现在的河蟹刚刚长大,一边向下游走一边采食,不断强壮自己,等到高粱穗泛红的时候,才是河蟹最肥美的时候。河蟹在下辽河有好多种的吃法,最常见的是煮着吃,还有蒸着吃,卤着吃,炒着吃,炸酱吃,要说最好吃的就是做河蟹豆腐了,那才叫一个鲜美!刚才的烧河蟹是这里孩子们的吃法,哥哥小时候带我玩时,抓到了河蟹就常常给我烧着吃!刘秀儿说这话时似乎陷入了一种非常美好的回味中。

"刘姐,河蟹豆腐是怎么做的呀?"任志成有些好奇地问道。

"先是把河蟹清洗干净了,然后掰开,去掉胃、肺部等一些脏的东西,然后把它们捣得碎碎的,用纱布滤出河蟹的汁液装在盆子里,放到锅里蒸,像蒸鸡蛋羹那样,大概就是这个意思吧。"刘秀儿笑着说。

"我以为还要用到黄豆呢!"任志成说。

"用什么黄豆哇,又不是磨豆腐!"

"刘姐,那得不少河蟹吧?"

"那倒是,只是做河蟹豆腐就不太挑剔河蟹的大小、肥瘦、圆脐或沙脐了。"

"刘姐,什么是沙脐和圆脐呀?"任志成有些奇怪。

"就是河蟹的性别，沙脐就是公的，圆脐就是母的。"刘秀儿拿起河蟹的脐示意一下说。

"刘姐，想一想河蟹豆腐就一定好吃。"任志成这时说。

"你说得太对了，我妈做的河蟹豆腐是我们村的一绝，鲜嫩可口，等什么时候你去我家，让我妈做给你吃。"刘秀儿说到这里时脸不由得有些热了。

"如果有机会的话，我真想尝一尝啊！"任志成说得有些陶醉。

"那好哇！"刘秀儿说。

这个秋天该着就是多事之秋，先是B班的值班人员睡岗，水套炉烧干了；接着是C班的人疏于检查，电动机过热，线圈烧了，这些都影响了先进站的评比，刘秀儿一直沉溺于自责中，任志成劝解说你也不能三个班次都跟着上啊，干工作靠的是人的自觉意识。任志成的话对刘秀儿不太管用。

井点开始维修保养和冬防保温，先是对抽油机清洁、防腐，刘秀儿那些天一直闷头苦干，蘸着轻质油擦油污，拿着钢刷除锈斑，抓起刷子刷油漆，一刻也不愿停下来，任志成就跟着一起干，任志成知道刘秀儿心里一直憋着一口气，也许多干些活就能把这口气顺过来？刘秀儿这时候停下来，蹲在了地下，头要夹在两腿间了，任志成过来说："刘姐，怎么啦？"

"我蹲一会儿。"刘秀儿闷声说。

"刘姐，不舒服你就回板房里歇着去，外边风大！"任志成关切地说。

"你先让我蹲一会儿吧。"

过了好一会儿，刘秀儿还蹲在那里，任志成说："刘姐，好点了吗？你到底怎么啦？"

"我没事。"刘秀儿声音微弱地抬起头，脸色有些惨白，额头渗出密密的汗珠。

"还说没事，脸都不是色了，快进屋里歇着吧。"任志成不由分说地抱起了刘秀儿，进了板房，本想把刘秀儿放在条椅上，刘秀儿还是蹲到了地上，双手抵住腹部，任志成说："刘姐，要不我去叫车送你去医院吧？"

"不要，挺一会儿就过去了。"刘秀儿说得很勉强。

"要不你喝点热水吧。"任志成倒了缸开水递过去。

刘秀儿喝了口热水，才勉强坐到条椅上，哈着腰，手还是抵在小腹上，这时候说："任志成，你去干活吧，我一会儿就会好的。"

"刘姐，你确定？"

"嗯，你还是去干活吧。"

"那好吧。"

任志成骑在"驴头"上刷着油漆，远远地看见许艳梅骑着自行车过来了，许艳梅站在下边仰头说："任志成，刘秀儿呢？"

"她有些不舒服，在板房里歇着。"

许艳梅进了板房，一会儿，搀扶着刘秀儿出来，去了井场东南角的那个简易厕所。

任志成回到了板房，许艳梅看看他，说："刘秀儿，大家都是成年人，女人每月都有几天不舒服的时候，该休息就得休息，逞什么强啊，落下毛病可是一辈子的事啊！"刘秀儿脸上有些红，冲着许艳梅直摆手，许艳梅对着任志成说："任志成，你是个男同志，要多关心点刘秀儿啊！"

"知道了，副指导员。"任志成点点头说，他上学时学过生理课，这时候才想到刘秀儿应该是来月经了，可他没有想到痛经会是这个样子的。

"上产一千万，争当油老三"。

这一年一开年，各单位都在下指标，定目标，指标分解到队到站，采油一线生产十分火热和繁忙。六月中旬，任志成参加了油田职工大学的入学考试，他感觉自己考得还不错。

刚进七月，下辽河的天空就变得有些毛躁，雨一直淅淅沥沥下个不停，河水涨起了，洪峰下来了，河套里的油井开始关停，电动机全部拆除运了出来。洪峰一个接着一个，仿佛高调地宣示着水情，国堤上的人多了起来，开始巡堤，开始打木桩，穿梭扛着装满泥土的草袋，在不断加高加固着国堤的险工险段。广播电台里不停地播放着水情预报，前四次洪峰已经把辽河的水位推上了风口浪尖，百年一遇，超越了历史最高水平。刚刚说完这话不久，第五次洪峰又要来了，说是浩浩汤汤，气势恢宏的，说是午夜到凌晨将莅临西线境内，市广播电台发布最高级别的洪峰预警，动员全体力量，誓死保卫油区，誓死保卫西线新城区，西线下游的某个地段的大堤上说是解放军工兵已经预埋了炸药，充分做好了分洪泄洪的准备。

傍晚时分，指导员尚玉杰穿着雨衣站在队部门前高声喊叫："第一抢险队的人员注意了，国堤出现重大险情，请大家做好准备，穿好雨具，立刻乘车上国堤！立刻乘车上国堤！"

一辆解放卡车急速驶进了驻地的院子，车大灯划破了沉沉的雨夜，第一抢险队的队员们踏着泥水奔向了卡车，任志成敏捷地跨上了卡车车厢。指导员对着车厢里喊道：大家都站稳扶好哇！然后坐进了驾驶室。

满载第一抢险队人员的卡车在雨夜中行进着，车灯剪开沉沉的雨夜，任志成握住车厢的高栏板，车转弯时，一阵急雨扑到了脸上，他急忙扭头避开，哎，身旁这个矮的人是谁呀？在他的记忆里队上没有这样矮的男工啊，他低下头凑近了雨衣的头帽，不由得愣住了，说："刘姐！"

"嘘！"刘秀儿的手指放在嘴边示意着。

"这是我们男工的事！"任志成对刘秀儿说。

"别瞧不起女人哪!"刘秀儿回应着。

"我喊指导员叫车停下来!"任志成想叫人传话过去拍响驾驶室的棚顶。

"你敢!"刘秀儿使劲拉住任志成的雨衣说,声音低沉,显出少有的威严,任志成犹豫了一下,还是放弃了。

任志成到了现场就让刘秀儿运草袋和撑草袋子,他在不停地往草袋子里装土,他不时看刘秀儿一眼,他们白天刚刚上完小班,他很怕刘秀儿什么时候又会蹲在地上。

刘秀儿雨夜里混在男工队伍里上前线抗洪抢险成为一个重磅新闻,一个柔弱的小女子在这种危急时刻表现出的是一种什么精神哪?那个叫王慧的女记者特意跑到站上追着刘秀儿采访,还紧紧地揪住任志成不放,不断挖掘着刘秀儿工作中闪光的东西。

芦苇又到了扬穗的时候,那紫色、白色、灰色盔缨推出一叠叠的浪波。一段时间以来,任志成的心情一直很复杂,他收到了油田职工大学的入学通知书,他想和刘秀儿告别,一时又没有想好怎么说。他们一起工作了两年,如果仅以每天八个小时来计算,他们在一起的时间有多长?今天是他要上的最后一个班了!

刘秀儿对这件事情好像也思虑很久了,她笑着说:"任志成,你还记着两年前的这个时候吗?"

"刘姐,当然记得了。"

"你都记得什么呀?"

"我们第一次烧河蟹,还有你说到了河蟹豆腐哇!"

"亏你还记得呀,咱们的工作太忙了,时间过得也真快,我一直都没有跟我妈说。"

"刘姐,你想什么时候说呀?"

"任志成,我也不知道你什么时候有空啊?"

"我不知道开学以后的学习紧不紧?"

"任志成,你毕业还能回来吗?"

"刘姐,我没有想过。"

"你怎么会没有想呢?"刘秀儿这时看向了窗外。

"不知道组织上会怎么安排。"

"这样啊!"刘秀儿说,心里不由得一声轻轻的叹息。

新任指导员许艳梅这个时候来了,她找刘秀儿是让她接任X7站站长的工作,还要刘秀儿去参加抗洪复产先进事迹报告团的巡回演讲,任志成目送着刘秀儿和许艳梅一起走向了X7站,这注定了他和刘秀儿没有一次正式的告别!

十五

刘忠伟从赵玉明那里出来，去了钻井供应站，他和成本员陈树林约好了在这里会合。最初，他是想去看看肖永利的，可又有些犹豫，主要是他和肖雅目前尚不明了的关系。来到了供应站的大门前，刘忠伟看见队上的值班车已经停在供应站大门外了，陈树林和司机站在地下抽着卷烟，司机看见他过来狠狠咽了一口，扔了烟蒂，上去启动了值班卡车，刘忠伟便放弃了去看肖永利的想法。

井队现在在浑河的河套里打井，陈树林笑着说这口井已经二开钻进了，"黄老怪"指挥生产，井队运行一切正常，你想不正常都不行，这"黄老怪"几乎长在钻井平台上。这是今年队上打的第六口井，进尺一直走在其他井队的前列，公司开会还在加担子，要快马加鞭，这一切都和"上产一千万"紧密相关，采油出产量，钻井备储量，这是油田上产的两大要件，很正常。

七月流火，草长莺飞，河套的地力好，绿油油的高粱、玉米已经过人高，有些已经顶出一点嫩穗。钻塔挺立，像绿海里一叶方舟的桅杆，多云遮蔽着太阳，消减了盛夏的暑热。

刘忠伟上了钻台，黄达一身油油腻腻的工装握着刹把，额头沁出汗滴，当班的司钻一定是又从"尿道"跑了，在什么地方躲清静扯闲篇呢，许是看到刘忠伟回来了，这时快步跑上来，接过了刹把，还对刘忠伟笑了笑。刘忠伟转了一圈，黄达跟着，回到队部，刘忠伟指指桌上切好的西瓜，黄达拿起一块就吃，刘忠伟说："老黄，你可不能太惯着他们哪！"

"刚好我也没有什么事。"黄达宽厚地笑着说。

"没有事你就看书学习，你要转变身份，你的职责是管理井队的生产！"

"队长，我是有点贱皮子，一时不摸刹把我的手心就有些痒痒。"

"老黄，你要适应，还有要劳逸结合，你的身体不是铁打的。"

"队长，没事的！对了，指导员有事早晨回公司了，让我跟你说一声。"

"知道了。"刘忠伟点头说。

"走了。"黄达又拿起一块西瓜咬了一口往外走，刚推开门"哎"的一声，忙侧身说："肖技术员！"开大了门，让肖雅进来，才出去关了门。

"队长，会开完啦？"肖雅手里拿着一个纸卷笑着说。

"嗯，坐，吃块儿西瓜吧。"

"刚刚吃过了，你回家了吗？"

"回了。"

"家里好吧?"

"挺好的,我还去看了赵叔叔。"刘忠伟看着肖雅说。

"是吗,赵老师好吧?"肖雅脸有些红,咬了一下嘴唇。

"挺好的,他还说到了你。"

"是呀,说我什么啦?"

"说你聪明、漂亮,是个好女孩儿!"

"我才不信哪!"肖雅脸色绯红,连忙展开了手里的纸卷,说,"你看一下,这是函授大学的课程安排,也不知道合不合适你?"就将函授课程的学习安排、考试时间等主要情况说了一下。

"函授好,对我挺合适的。"

"函授主要靠自学,学习也不轻松啊!"

"没关系,太轻松就没什么意义了,再说还有你这个老师!"

"这么相信我呀!"

"你的水平、层次在这儿呢!"

"那我就给你报名了。"

"行,谢谢呀!"

"咱们就别说谢了吧。"肖雅的眼睛闪出一道光亮,看着刘忠伟笑着说。

"好,那就辛苦你了。"

"我愿意,走了呀。"

安文海是第二天上午回来的,带回一个叫谢力思的年轻男技术员,谢力思是来接替肖雅的,就他们两个人时,安文海面带春风地说:"忠伟,我可要先走一步了!"

"老大哥,恭喜你呀!"刘忠伟笑着说,上次公司开大生产会时刘忠伟已经耳闻了,公司领导班子已经上会,安文海拟任公司办公室副主任。

"同喜!同喜!听说你也快了。"安文海说。

"没有的事,老大哥,我怎么能和你比?"

"忠伟,好饭不怕晚,你这么优秀,早晚的事!"安文海笑着说,"对了,肖雅要走了,咱们该好好欢送一下呀!"

"老大哥,欢迎和欢送,这事你定吧。"

"那好,那就今天晚上吧。"

"好哇。"

安文海把欢迎、欢送会主持得极富号召力和感染力,年轻人纷纷上场展示自己的才艺,欢声笑语一波又一波,不断将晚会推向高潮,刘忠伟从箱子底拿出一支小唢呐,吹奏了一曲《百鸟朝凤》,肖雅被深深感动了,主动奉献了一首《兰花草》,

赢得全场热烈的掌声。

一轮明月镶嵌在黛色的夜空中，给人以洁净空灵的静谧，刘忠伟、肖雅漫步在井场路上，钻机热烈轰响着。肖雅就要离队了，刘忠伟心里一时感觉有些空落，有些话他们是该说一说了，许是不谋而合或是心有灵犀，他们对视一下就出来了。肖雅的手这时悄然地挽住了刘忠伟的胳膊，头随之贴到他的肩头上，刘忠伟嗅到了茉莉花的味道，他停下了脚步，挽住肖雅的肩膀，肖雅微微扬着头，眼睛看着他，里面映射着明月的光辉，他不由自主地吻了肖雅光洁的额头一下，肖雅一下子抱紧了他，送上了火热的嘴唇，欲望燃烧着两颗激情澎湃的心，他们享受着青春久久的甜蜜，直到感到有些窒息时才停了下来。

"忠伟，真的没有想到你的唢呐吹得这样好！"肖雅赞赏着。

"谢谢，实事求是地说我的唢呐只能算初级阶段，肖雅，你的歌唱得很不错嘛！"

"谢谢，忠伟，这首歌我练了好长时间。"

"看来你是用心了。"

"我喜欢兰花的质朴。"

"那你喜欢我什么?"

"真正喜爱一个人是不需要理由的，况且你又这样优秀。"

"我就是个中专生啊！"

"你太谦虚了！"

"都说钻井苦、作业累呀！"

"我知道，我就出生在这样的家庭里，我父亲一直都在井队，从小我就感受过了，这也是很多石油子女都经历过的。"

肖雅的母亲是初中老师，肖雅有一个弟弟，一个妹妹，在她的记忆里她的家一直都在漂泊，从青海到萨尔图到大港，她的家住过羊圈、地窖子、四户人家一个的帐篷，她母亲是最伟大的母亲，毅然离开了乡镇教师的岗位，跟定了父亲，一切的苦累都压不垮她，最初肖雅的学习都是母亲教授的，只有到了下辽河，他们的家才真正安定下来了。

"我见过你的母亲，只是之前不知道她的伟大。"刘忠伟笑着说。

"现在你知道也不晚哪。"

"是呀，你想见我的父母吗?"

"当然了，只要你想！"

"太好了！"刘忠伟说着又吻了肖雅一阵，说，"我们什么时候结婚哪?"

"我还没有见过你的父母你怎么就想到结婚啦?"

"我现在特别特别地想和你结婚！"

"真没羞！"

"怎么，你不想吗？"

"不想！"

"你说的是真的？"

"哈哈哈，逗你玩！"

"看我怎么收拾你！"

"不要哇，我想还不行嘛！"

"那好，我尽快找时间带你去我家。"

"好，我等着你呀。"

　　刘忠伟和肖雅从二十里铺出来，等候着交通车，刘忠伟回头，远远地看到母亲王桂花还站在基地路口看着他们，刘忠伟用力扬了扬手，肖雅也举手摆了摆，刘忠伟说："肖雅，你还满意吗？"

　　"当然，特别是你妈妈！"

　　"我爸是含而不露，他还要我问你喜欢什么家具，他好找图纸，再找木工师傅早些制作。"

　　"谢谢你爸爸。"

　　"雅儿，我们什么时候结婚哪？"

　　"你觉得呢？"

　　"你说国庆节怎么样啊？"

　　"你问问我爸妈吧。"

　　"你先和他们说一下好吗？"

　　"好吧，滑头！"

　　"我怎么这形象啦？"

　　"逗你玩呗！"

　　"小心我收拾你呀！"

　　"你敢，不怕我告诉你妈呀？"

　　"刚进家门就有后台了？"

　　"当然了，这是你妈特意跟我说的。"肖雅有些自得地笑着说。

　　"我真怕了你了。"

　　"你知道就好。"

　　天又有些阴沉了，空中聚起一大块的乌云，他们刚刚上了交通车，雨就追着赶着急促地拍打着车窗玻璃，飒飒作响着。车上有人说这六月的天真像孩子的脸——说变就变哪！又有人说这几天北部山区连降大暴雨，大伙房水库水位一下涨到了临界点，这次要加大泄洪量了！刘忠伟听了这话心里就是一惊，大伙房水库加大泄洪量，首先受灾的就是浑河流域，河套里的井队会怎么样？他说："雅儿，一会儿下车你自己回家吧。"

"忠伟，你干什么呀？"

"大伙房水库泄洪就会影响到浑河流域，我到公司调度室去一下，了解一下水情，如果有值班车，我就直接回队上了。"

"那好，我和你一起去调度室。"

调度室的电话铃声此起彼伏着，接打电话声像在马蜂窝里，人在不断进进出出，浑河流域水情已经开始恶化了，又一次的洪峰已经在路上，很快就会抵达他们打井的那个区域，去浑河的几台值班车马上就要出发了，刘忠伟说："雅儿，实在对不起呀，回去和你爸妈解释一下呀。"

"知道了，忠伟，你可一定要注意安全哪！"肖雅拉着刘忠伟的手叮嘱着。

"我知道，你就放心吧！"刘忠伟拍拍肖雅的手说。

傍晚，灰暗的天空飘着一阵阵急雨，浑河的洪水已经漫过了民堤，河套里井场路上的洪水没膝深，在急速流着。刘忠伟望着洪水，在国堤上撅了一根杨树棍子做探杆，蹚着洪水向井场里走去，井架上的灯光亮着，钻机在高亢地轰鸣，他加快了脚步。

井队的其他人已经撤离，只有一个班组的人在起钻具，刘忠伟上了平台，黄达在跟班作业，看到了他喊道："队长，你怎么来了，你先出去吧，有我在这里就行了。"

"快抓紧干吧，干完我们一起出去，记着把井里注满钻井液呀！"刘忠伟喊道。

"放心吧，想着呢！"黄达回应着。

接近子时，洪水已经齐腰深了，刘忠伟在队伍前边探路，黄达断后，大家手拉手相互招呼着走出了河套地，上了国堤，清点了人数，大家奔向驻地。黄达赶上来，笑着说："队长，回家怎么样啊？"

"挺好的。"

"我以为你们会在家里住下。"

"老黄，你什么意思呀？"

"在我们老家，要是见过了父母，就是一家人了。"黄达说得挺含蓄，然后，嘿嘿嘿地笑了起来。

"我们想国庆节结婚，现在看来不行了。"

"没什么不行的，事在人为呀！"

"开玩笑，抗洪救灾，恢复生产，咱们肯定老忙了。"

"队长，你说得也是呀。"

秋日的阳光携着金色因子镀在窗子下的桌面上，让人的目光有些迷离，赵玉明看着光波里飘浮的尘埃颗粒有些愣神儿，就眼前看，这档案室的工作并不轻松，说轻松只是相对而言的。

　　国家要颁布档案法，接下来各部委便下发了一系列有关学习落实档案法的文件要求，关于档案管理这一块要坚持高标准、严要求，怎么做到高标准呢？那就是对照标准化的要求找差距，定目标，制定措施，进行积极的整改工作，这是语言文字的表述，还有具体措施，油田、部里、省里相关部门对档案工作都有一些规范，文件摆在那里呢！赵玉明认真翻阅了，首先要明晰档案管理的内容和基本要求；其次，按照"历史再现性"的属性，明确自己的工作范围，眼前他就有好几项工作要做，一是对馆藏档案、资料进行科学分类，各项专题研究成果报告按大类、属类、小类分类管理，各单井档案资料按油田、区、排、井号进行登记，编目存放，建立卡片检索和目录检索，实现查找档案工具化；二是按照石油系统的要求，对下辽河勘探开始到去年年底前十几年具有永久保存价值的档案材料组织成卷，分装若干个箱子，安排押送到石油部档案处做永久保存，以作战备之需；三是铅印若干卷科研成果报告，胶印若干张完井综合图，以备单位永久保存和人们查阅之用；四是交清近几年应该向省地质局汇交的下辽河地质资料。这是赵玉明在学习档案管理基础知识定义的工作，实际上，关于档案还没有确切统一的定义。

　　赵玉明刚刚给档案室人员开过会，明确各项工作的人员分工情况，接下来干就完了！人都散去了，他在想着还有什么要做的，这时候有人敲门，赵玉明喊了声："进。"进来的是陆鸣，便笑着说，"陆主席好！"

　　"我说'领导'，咱不闹不行啊？"陆鸣提出了口头抗议。

　　"这怎么是闹呢，那说让我怎么称呼你呀？"赵玉明笑着说。

　　"你叫什么都比这个顺耳！"

　　"好，那我就还叫你'诗人'，正式场合除外呀！"

　　"'领导'，这还差不多。"

　　"你什么时候回来的？"

　　"回来三天了。"

　　"是呀，那怎么一直没见你呀？"

　　"回来就是一通瞎忙。"陆鸣说，陆鸣当工会主席就搬了家，享受处级住房待遇了。

　　"这样忙怎么还有空到我这里来呀？"

　　"知道你走马上任了，怎么也得过来看看吧。"

　　"谢谢关心，我这挺好的，你看也看完了，可以走了。"赵玉明笑着说。

　　"哎，我说'领导'，你这也太不讲究了吧，我进了门连口水都不给喝呀？"

　　"我不是怕影响你的工作嘛。"赵玉明泡了一杯茶送上说。

"'领导'，你少来呀！"

"'诗人'，你是不是有什么事啊？"

"'领导'，还真让你说着了，我真有个事要和你商量。"陆鸣喝了一口水说。

"'诗人'，你说。"

陆鸣说的是郝学仁的家事。郝学仁回到五里铺农业基地工作，照顾上了尹小芸也照顾到了家，可他们有三个孩子，都在上学，尹小芸看病吃药，靠郝学仁一个人的工资，家庭生活困难是可想而知的。郝学仁被列为单位的特困户，按照规定，工会每年几个法定节日都有点困难补助，可这是杯水车薪，解决不了困难户的实质问题。为此，郝盼盼想着要考技工学校，想尽早参加工作，减轻家庭负担，是郝学仁坚决反对，郝盼盼才去上的高中，按现在的家庭情况看，高中读完了，郝盼盼会不会去考大学都未可知，下边还有两个小的，说是学习也都可以，可家庭经济基础不行该怎么办？这是个大问题呀！

"'大师'现在怎么样啊？"赵玉明说，他有段时间没见郝学仁了，对郝学仁的家庭情况了解得不多，陆鸣是这次下去走访慰问时见过的郝学仁，和他有了一些交流。

"'大师'的精神状态还可以，也是为了撑起这个家。"

"'大师'的事你是怎么想的？"

"我想让他过西线来。"

"为什么呀？"赵玉明知道郝学仁家在农业基地有菜园，家里还养了一些鸡、鸭、鹅，起码家里吃菜吃蛋是不用花钱的。

"我看郝学仁的家在基地的意义并不太大，尹小芸不能参加家属站水田劳动就没有收入，盼盼在这边上高中要住校，两个小的还要跑东线去上学，各种花销都不小哇！"

"你说得有道理，具体你是怎么想的？"

"我想在单位给郝学仁找个合适的岗位，在家属站办工厂给尹小芸安排个适当的工作。"

"郝学仁的岗位不是什么大问题，他来我这里都可以，可尹小芸不行，她没有文化，身体又不好，家属站有些家属的说头又多，家属站领导到时候就不太好说话了。"赵玉明提示说。

"'领导'，你说得也是，那可怎么办哪？"陆鸣有些挠头，他同意赵玉明的说法，现在主管家属站工作的武林川在院办公会上没少说家属站有些家属实在'刺头'，油盐不进，搞得他的头都有些大，这样看想照顾尹小芸是有些难度的，尹小芸没有经济收入，郝学仁家过来就没有什么意义了。

"'诗人'，你这次出去学习怎么样啊？"赵玉明换了个话题。

"眼界大开，专家、学者、教授、精英讲得头头是道的，让你热血沸腾，想不解放思想都不行啊！"陆鸣有些情绪激昂地说。

"这么有感召力呀？"

"那可不！"

"现在热血还沸腾着呢？"

"还沸腾啥呀，再沸腾就脑出血了！"

"见到霍普了吗？"

"看到了，还请我吃的饭，这家伙弄得真不错，春风得意，都副局了！"

"龙生龙，凤生凤，老子英雄儿好汉哪！"

"现在看还真是那么回事。"

"哎，'诗人'，我突然想到了一个办法，不过这事你得操点心了！"赵玉明突然说。

"'领导'，什么叫操心哪，你就说什么办法吧？"

"'诗人'，你说让郝学仁家开一个小卖店怎么样啊？"赵玉明说。

陆鸣的眼睛一下子亮了，说："这个办法不错呀，尹小芸日常可以看管，郝学仁和孩子们有时间都可以伸手帮忙，哎，怪不得大家管你叫'领导'，你是怎么想出来的？"

"这有什么呀，现在街边上不是开了一些小卖店嘛，尹小芸这个卖店不过是开在咱们家属区里，这里还有个重要的事，要不说要你操心哪，你得给郝学仁找个位置好一点的房子，最好选个把房山头的，在家属区中央一些的。"

"'领导'，你说得是，如果能一步到位的话，在新楼房给他要个一楼是不是更好哇？"

"那当然最好了！"

"好，我明天就去五里铺找郝学仁落实这个事，'领导'，你不一起去呀？"

"'诗人'，你是公干，我还是算了吧。"

"也好，'领导'，走了呀。"陆鸣说。

赵玉明看着陆鸣的背影消失在门外，有些凝神，还有什么地方能帮到郝学仁呢？

"金大夫，欢迎你归队呀！"万里骅说。

"谢谢主任！"金鸿雁笑着说。

"金大夫，这事你千万不要谢我，和我一点关系都没有。"万里骅诚恳地说。

"主任，不会吧？"

"金大夫，你没有向上级反映情况吗？"

"上级？反映什么情况？主任，我向谁反映情况啊？"金鸿雁一头雾水地说。

"那就应该是患儿家长的要求了，好了，金大夫，咱们不说这个，既然你回来了，就好好开展工作吧。"万里骅笑着说。

"是，主任！"金鸿雁说，心中不免有些疑惑，从科主任的办公室出来，回到从前的诊室，把桌面仔细收拾一下，从卷柜里拿出了记录本，坐下查看之前患儿的治疗情况，真有一种久违的感觉。这一次，两个多月的调离，把一些治疗的"遗尿症"患儿撂在了半路上，金鸿雁不忍可又没有办法，一段时间以来，患儿的家长总是找她询问，她就说等等，等等，再等等吧。现在终于有了结果，她该通知他（她）们了，还有那个带着花朵一样小女孩儿的漂亮女人。关于回归科室从事"遗尿症"治疗，金鸿雁的内心还是十分迫切的，这是"遗尿症"患儿的需要，也是检验她新疗法效果的需要，这件事她不想半途而废，这是她一贯的做事风格，为了这个事她找过万里骅两次，万里骅说一定反映！一定积极争取！可一直没有结果。在她失望至极的时候，突然就峰回路转了，可万里骅怎么会这般说？也许这个事真的与他无关？那这件事和谁有关系呢？

　　一天上午，金鸿雁在住院部办公室里查阅着病历，了解新住院病患的情况，一个略显健硕的中年男人敲门进来说您是金鸿雁金大夫吗？金鸿雁说我是，您有什么事啊？中年男人说我想向您了解一个情况。金鸿雁说您说。中年男人说我听说您用一种新疗法为病患儿治疗了一段时间的"遗尿症"，效果挺不错的，有这个事吗？金鸿雁说是有这个事，怎么啦？中年男人说那你为什么又停止治疗啦？金鸿雁说院领导说是抗洪抢险的需要，先调我到住院部工作了。中年男人说就这个原因吗？金鸿雁看看中年男人说您想还会有什么原因哪？中年男人立刻笑着说金大夫，您千万别误会，我就是想了解一下真实的情况。金鸿雁说同志，您是哪个单位的？中年男人笑着说油田局机关的，谢谢您。说完便走了。金鸿雁当时就有些疑惑，局机关的人怎么会想到来问她治疗"遗尿症"新疗法的事情？管他呢，还是抓紧通知那些患儿过来治疗吧。

　　漂亮女人带着那个花朵般的小女孩儿来了，漂亮女人主动说起局机关的那个略显健硕的中年男人是她哥哥，她哥哥是局机关里的一个科长，漂亮女人一直为女儿的病不能尽快治疗而焦虑，母亲便和哥哥说了这个事情，难道说是她哥哥和医院领导沟通的这件事？漂亮女人说她不太清楚，她哥哥没有和她说起过这件事。

　　于小玲有一天经过金鸿雁的诊室，进来驻留了一会儿，说："金大夫，看你挺忙道的，有这个必要吗？还是在住院部好哇！"

　　"玲子，这不是有这些患儿需要嘛！"

　　"金大夫，这也就是你吧，要我才不管哪，背上个'不务正业'的名声都犯不上啊！"

　　"不务正业？玲子，有人在背后嚼我的舌头啦？"

　　"可不是嘛，说你的新疗法是假的，说你是在沽名钓誉，听着就让人生气！"

　　"新疗法是不是假的我自己清楚，沽名钓誉的事我从来没有想过，为患儿祛除病患不是救死，起码可以叫扶伤，看到患儿们一个个的康复，我是从心里高兴啊！"金鸿雁笑着说。

"金大夫，话是这么说，可你在这里干事，有的人却在背后说你风凉话呀！"

"玲子，你还听到什么啦？"

"说你这个不是什么新发明，是剽窃，是贪前人之功，是显示自己能耐，是……"

"玲子，嘴长在他们身上，事实胜于雄辩，能够治疗'遗尿症'的患儿是我最大的欣慰，其他的我才不去管他！"

"金大夫，你想得可真开呀！"

"玲子，你说要不怎么办哪？"

"不干了，让他们爱找谁就找谁去！"

"玲子，我从做医生那天起就没有过这样的念头！"

"金大夫，医者仁心，我知道你是对的！"

十六

"鸿鹄，是不是有些放不下你的古潜山哪？"冷艳的头在枕头上侧了一下说。

"怎么会？"金鸿鹄坐在床前笑着说。

"别口不对心，你我还会看不出来吗？"

"是，我媳妇长着火眼金睛呢！"金鸿鹄笑着说。

"别拍马屁呀！"

"我是实事求是，就是拍得不算太好。"

"看看，承认了吧。"

"来，艳儿，把汤喝了。"金宁氏端着一个蓝花瓷碗进来说。

冷艳看着碗里奶白色的猪蹄汤汁有些皱眉说："妈，求您给我放一点点盐好吗？"

"放了，放了，已经放好了呀！"金宁氏笑着连声说。

冷艳皱着眉头，看了看金鸿鹄，接过汤碗，屏住呼吸，闭着眼睛，一口气把汤汁喝了下去，金宁氏看着开心地笑了，接过汤碗，去了厨房，金鸿鹄马上递水过去，说："我媳妇真是好样的！"

"别甜言蜜语的，还不是为了咱儿子嘛！"

"媳妇，你这么想就对了嘛！"金鸿鹄竖起大拇指。

"哎，你跟妈说说，不喝这个就不行吗？"

"我能说动她吗，她做的事都是老理儿的，是上一辈传下来的，你就将就几天吧，想想咱儿子今后长得比我还高大威猛你就心甘情愿了。"

"这汤儿真难喝，一点咸盐都没有，说着我都想吐！"冷艳压低声音说，一脸痛苦。

"我知道，我知道，媳妇，辛苦你了呀！"

"你就会甜言蜜语的！"

"不甜言蜜语能把你哄到手吗？"

"看看，现在暴露出你的狼子野心了吧！"

"这不一不小心地就把实话全说出来了嘛！"

"别自作聪明啊，你以为别人看不出来！"

"这么说我道高一尺，冷老师魔高一丈了！"

"你以为呢！"

"老天，你讲点道理呀！"金鸿鹄笑着举起双手有些夸张地说道。

冷艳就捂着嘴笑。这时候，身边的孩子响亮地哭了起来，金宁氏立刻颠着小脚过来说："是不是尿了呀？"用手摸摸，说，"没有，那就是饿了。"

冷艳马上坐起来，接过孩子，捉到乳头的孩子立刻安静了。

"鸿鹄，你刚才说谁不讲道理呀？"金宁氏有些严肃地说。

"妈，我还能说谁呀，说我自己。"金鸿鹄假装苦着脸说。

"啊，这就对了！"金宁氏说，冷艳在一边抿着嘴笑。

金鸿鹄做了个鬼脸，起身走到窗前，看着窗外。滚筒搅拌机轰隆隆地滚动着搅拌着灰砂浆，前边又有几栋住宅楼在紧张施工建设中。金鸿鹄住的新住宅楼是冷艳高中前不久统分的，这是冷艳享受的比较优厚的倾斜待遇，说是油田二级单位领导的子女都在高中读书，要充分调动广大教职员工的积极性，使油田高中教育尽快上一个新台阶，培养更多的优秀毕业生，为油田建设服务。如果要金鸿鹄分到新楼房那还得等，金鸿鹄的工龄短，研究院的老同志又多，姐夫赵玉明还没有排上调新楼的资格，金鸿鹄如果想要住房，只能分配别人腾空出来的旧平房，他这边提出了申请，冷艳这边高中新楼就分配了。

金鸿鹄回来一周了，冷艳临产前一个月，母亲金宁氏就从老家过来了，悉心陪护着冷艳，姐姐每天也过来看一看。冷艳是一周前"觉病"住院的，住进医院当天晚上就生下了一个七斤六两的大胖小子，这把母亲金宁氏乐得嘴都有些合不拢了。金鸿鹄有些不明白，身为女人的母亲怎么也会表现重男轻女的倾向？金宁氏说谁重男轻女了，你大姐金鸿雁没有上大学吗？我就你这一个儿子，现在又有了孙子，这说明你们老金家积大德了，我去见你爸时就有个交代了。

刚刚冷艳说的是对的，金鸿鹄是想前进古潜山了，前进前线自从发现元古界花岗岩潜山油藏后，接着又发现了中——新元古界碳酸岩潜山油藏，相续打出了好些口日产超千吨的油井，前进潜山的勘探和研究一下子成为油田的热点，最近发现的RSP洼陷油气层多为透明镜状砂体，从北往南呈叠瓦状抬高，是下辽河发现的第一个油气负向构造，具有较高的研究价值。侯明济说得对，金鸿鹄是赶上好时候了，他要趁着年轻多做些地质研究工作，多出些技术成果，那些老同志都在不懈地努力！如果说到休假，按理说他可以在家里再待一周的时间，家里边有母亲，什么也不用他做，他把手里积累的一些研究课题资料整理得也差不多了，心就有些野了，想象着那一片神奇的地质天地。侯明济已经做上了主任，空出了一个组长的位子，侯明济征求大家意见时，组里的几个老同志谁都没有什么兴趣，大家都推荐金鸿鹄做，说他年轻，给他发展进步的空间，金鸿鹄当然也想好好表现一把了。

"鸿鹄，想回前进前线你就回去吧。"冷艳放下熟睡的儿子说。

"谢谢老婆，我想想还有什么事需要我做的，对了，走之前得把咱儿子的户口给报上吧，你说咱儿子叫什么名字好?"

"你问问妈吧。"冷艳说。

"妈没有文化，还是你们商量着定吧。"金宁氏笑着说。

"你说叫金鑫怎么样啊? 三个金的那个鑫。"金鸿鹄说。

"全是金哪，金光闪闪哪!"冷艳说。

"你说不好吗?"

"挺好的呀!"

"那就这么定了!"

"行啊!"

"妈，你看行吗?"金鸿鹄说。

"你们商量好了就行。"金宁氏笑着说。

这时候，门铃响起了，金鸿鹄忙去开门，门口站着金鸿雁和靓初，金鸿鹄说："姐。"

金鸿雁把一袋尿褥子递给了金鸿鹄，来到床前关切地说："艳儿，感觉怎么样啊?"

"姐，挺好的。"冷艳笑着说。

"奶水怎么样?"

"挺足的，妈总让我喝那个汤!"冷艳做出痛苦状说。

"那时候我想喝，妈还不来给我熬呢!"金鸿雁笑着说。

"大丫头，这个可不能怪我，那会儿哪里都不能去。"金宁氏笑着说。

金鸿雁笑了笑，俯身看了看金鑫，把小毯子往下撤下一截，说："冷艳，被子别盖得太严实了，孩子脸有些红，容易伤热呀!"

"知道了，姐。"冷艳说。

"姐，姐夫又去班上啦?"金鸿鹄说。

"没有，说是郝学仁今天过来收拾房子，他过去看一看。"

"姐，你坐着哇，我给孩子上户口去。"

"鸿鹄，你去吧。"

142

靓初这时看着金鑫，用手指摸摸孩子的小脸蛋，笑着说："真好玩!"

"靓初，学习怎么样啊?"冷艳说。

"还可以吧，舅妈。"

"进入总复习了，自己要抓紧，有问题早些问老师呀。"

"知道了，舅妈。"

"还说呢，一听说我要来这里，在家就有些坐不住了，非说要看看舅妈和小弟弟不可!"金鸿雁说。

"妈，我也不能老坐在家里学习呀，这不就当做课间操了吗?"靓初强调说。

"就是，学习和干活是一个理，也是有时有晌的，一直都用力还不把人累坏了!"金宁氏说。

"姥姥说得真有道理!"靓初立刻说。

"这下可找到支持者了。"金鸿雁笑着说。

"本来就是嘛。"靓初说。

"靓初，这次摸底怎么样啊?"冷艳说。

"舅妈，就进步了一点点，才上了两个名次。"

"不错嘛，有进步就好，学习上就是逆水行舟——不进则退呀!"冷艳说。

"靓初，听到舅妈怎么说的!"

"妈，我知道了。"

"靓初，咱们走吧，让舅妈好好休息吧。"

"舅妈再见! 姥姥再见哪!"

"靓初再见!"冷艳说。

郝学仁这次给的是一套三代户平房，临着路边，在平房区比较居中。

陆鸣本来在领导班子会议上说到要给郝学仁要一楼楼房来着，可是楼房是新建的，僧多粥少，那么多有职级、高职称和有贡献的科技人员都在争取，张榜排号，郝学仁的家庭困难就不是什么硬杠杠了，在平房也可以开小卖店，最后形成了决议，平房区郝学仁优先考虑，就有了这个比较好的结果。关于郝学仁工作岗位问题，陆鸣了解有几个位置，郝学仁选择去了化验室，他有他的想法。

郝学仁选中的平房很不错，是一个处级领导的原住房，房屋保持得很好，简单清扫一下就可以入住，那个门房也足够大，开个小卖店刚好合适，需要的是在临街山墙上开一个便门，方便购货人直接出入。为了这事，黄景洪开着农场的手扶拖拉机特意过来，带来一个新改制的铁皮木门，还带了砸墙、抹灰的工具，捎带了一车斗家居的东西。

黄景洪干活真是把好手，一会儿工夫就把那道门口给砸开了，镶上铁皮木门，和了水泥沙灰抹严了门口，活干得就是地道。

"'大师'，开小卖店是不是还要办理相关手续呀?"赵玉明这时说。

"工商、税务登记，'诗人'已经帮忙问过了。"郝学仁说。

"说是办得差不多了，一两天就能送过来了。"陆鸣说。

"哎，'大师'，我看街边店里都有电话业务，你不装一部哇?"赵玉明提示说。

"'领导'，我还没有想好，装电话听说要不少钱，也不知道用的人多不多呀?"郝学仁说。

"应该能行吧，街边的小卖店都有电话，你这离着住户这么近，大家用着会觉得方便，特别是长途电话。"赵玉明强调说。

"'大师'，你要是想装电话跟我说一声，我找通信公司的工会主席打个招呼，让他给一些优惠。"陆鸣说。

"那好哇!"郝学仁说。

"'大师'，这都收拾好了，还是抓紧搬过来吧。"赵玉明说。

"'领导'，我也是这样想的! 对了，我们家三儿说刘铁柱家在制作家具呢，是不是刘忠伟要结婚啦?"郝学仁说。

"有这个可能，什么时间我打个电话问问吧。"赵玉明说。

"问清楚了别忘记告诉我呀。"陆鸣说。

"好的。"赵玉明说。

"'领导'、'诗人'，没什么事我就回去了。"

"'大师'，在这吃了午饭再走吧。"陆鸣说。

"'大师'，这就中午了，就在这里吃饭吧。"赵玉明说。

"不了，家里都准备了，我和老黄到家刚好吃饭。"郝学仁笑着说，上了手扶拖拉机，手扶拖拉机突突突地开走了。

赵玉明看着手扶拖拉机远去了，轻轻叹了一口气，说："贫困真的太可怕了，它拉远了人的距离。"

"'领导'，我们心的距离是不会远的!"

"不愧是'诗人'哪，你说得真好!"

刘秀儿是傍晚回到二十里铺的。

秋夜里秋风吹出了些许的寒意，家的院落里扯出一盏水银灯来，通明的灯光下，院子里一些人忙碌着明天酒席的菜肴，院子边一个新搭的简易棚子下垒了一个临时灶台，灶膛里烧着劈柴，大锅里煮着东西，上面升腾出浓重的蒸汽。

"我的姑奶奶，你怎么才回来呀?"母亲王桂花看到刘秀儿说。

"事多呗!"刘秀儿说着做了个鬼脸。

"你比国家总理还忙啊?"

"那倒不至于。"

"还没吃饭吧?"

"嗯哪。"

"厨房里有,你自己弄着吃吧。"

"知道了,妈。"

"多大的人了,怎么也不知道急?"王桂花有些抱怨,转身去忙自己的事。

刘秀儿伸了一下舌头,进了东屋,喊了声:"爸!哥!"

"秀儿回来了,还没吃饭吧?"刘铁柱应了一声,笑着说。

"我先看看哥的新房吧。"刘秀儿笑着说,便去了西屋,刘忠伟跟了过去。

新房布置好了,彩色拉花、大红喜字充满喜庆的色彩,刘秀儿说:"哥,真不错,要我做点什么呀?"

"秀儿,没什么要做的了。"

"不好意思呀,哥,一点都没帮上你。"

"我也什么都没做,都是爸妈操持的,你怎么回事啊?爸妈刚刚还说你呢!"

"没啥,就是没遇上。"刘秀儿笑着说。

"秀儿,先吃饭吧。"刘忠伟说。

"嗯哪。"刘秀儿说着去了厨房,拿了饭菜,回到中间自己的小屋里吃。这时候,她坐在那里对着一面镜子,摸了摸脸颊有些愣神儿,她的脸是端庄的,只是脸的粉嫩不知道什么时候丢失了,甚至变得有些粗糙。爸妈的忧虑是正常的,按照晚婚晚育的号召她也到了谈婚论嫁的年龄了,可是那个叫什么丘比特的神箭总是在她前面变换方向!先是李铁义邀她去有厂房的地方去工作,她根本就没有回应,之后是任志成考上职工大学读书,他们就没有了联系。应该说,她还是非常看重和任志成这两年的工作联系的,他们彼此已经比较了解了,情感上也有了一些交流,她一直在想任志成什么时间能回单位来看她,更期待任志成跟她说去她家吃母亲王桂花做的河蟹豆腐,这个期待已经被那些河蟹在这个秋天默默地驼进大海去了吧?抗洪抢险使她成为更高一层的先进模范人物,许艳梅陪同厂宣传部的人给她整理了先进事迹材料,她曾和许艳梅说了自己内心的情感,她还没有婚嫁,她的先进事迹里就有了"不爱采油工作的人不嫁,不支持自己工作的人不嫁"的铮铮誓言,她的讲用得到了雷鸣般的掌声,她捧回了红彤彤的奖状,她要更加努力地工作,以无愧于组织给予她这样崇高的荣誉。她这时的身体里、性情里多了更多硬铮铮的因子,是它帮助她抵御荒野里冷硬的风!许艳梅也是最关心刘秀儿婚姻问题的人之一,还有于小玲,她们选择、介绍的人看过刘秀儿后就泥牛入海了。每次之后,刘秀儿也认真想了想,她每一次的谈话似乎都缺少女性应有的柔情,还有就是她的先进事迹里的铮铮誓言,她站在一个高台上，是她的光环吓到他们啦？许艳梅也是关心刘秀儿进步的人，刘秀儿之前就做了副队长，这次许艳梅去组织科任副科长，是许艳梅的推荐，刘秀儿刚刚接任采油队队长工作了。

"秀儿，你吃好了吗？"母亲王桂花进来说。

"妈，吃好了。"刘秀儿说着端起了饭碗要去洗。

"秀儿，你放着吧，一会儿我拿出去洗。"母亲说着，从衣兜里掏出一张二寸照片，递过来说，"秀儿，这人是你大表哥的同事，县化工厂的技术员，叫费立新，中专生，和你同岁，中等个头，人挺老实的，我们看着还行，你看看怎么样？行的话，我就叫你大表哥带他过来，你们见个面。"

刘秀儿接过照片看了看，费立新梳着小分头，眉清目秀，看着倒挺顺眼的，只是费立新在县城工作让她有些犹豫，他们要是结婚了，首先面对的是小两地的生活问题，他们的家安在哪里？有了孩子怎么带呀？她这时遇到了母亲有些焦虑的目光，便说："妈，行，那就看看吧。"

"那好，我一会儿给你大表哥打电话，看看这个费立新明天能不能过来。"

"妈，明天哪？"

"怎么啦？"

"明天我哥结婚，不是有不少事要做吗？"

"你哥的婚事我和你爸全都安排妥当了，不是非用你不可，你把自己的事处理好就行了。"王桂花说着，拿起碗就出去了。

看着母亲花白头发的背影，刘秀儿心里有些不太好受，可怜天下父母心哪！她的事都成了母亲的一个心病了，要不也不至于发展到发掘地方亲戚的行列中啊！这时候，她拿起费立新的照片又端详了一下，她觉得这个费立新还不错。

今天是个好天气，早晨杨树梢都不动了，太阳很大，天空格外明亮。良辰吉时一到，大知宾就放开嗓子喊叫着，刘忠伟一行人等带上"四彩礼"，登上广州大客车，一挂鞭炮声声，去西线接亲的队伍启程了。刘忠明和郝三放完送接亲的鞭炮，这时开始摆弄着迎亲的鞭炮。造厨的师傅开始招呼，一干人等开始忙乎喜宴的菜肴，刘秀儿东张西望着，没有找到她插手的地方。

一辆手扶拖拉机突突突地开进来了，车厢里下来的是大姨姥家的一拨人，刘秀儿见了马上迎了上去，叫了一声大姨姥，大姨姥一时还有点不太敢认，刘秀儿自我介绍，扶着大姨姥进屋上座，倒水奉茶，马上去喊母亲王桂花。王桂花过来和大姨姥说着话，又没刘秀儿什么事了，刘秀儿在旁边站了一会儿就出来了，在门前看到父亲和两个人说话，父亲扭头时看到了她，向她招招手，刘秀儿马上走过去，两个人都面熟，一时叫不上姓甚名谁，就笑着叫叔叔。刘铁柱看出了端倪，马上介绍说：

"秀儿，这是你赵叔，这个是你陆叔。"

刘秀儿知道了一个是赵玉明，一个是陆鸣，便说："赵叔、陆叔好！"

"刘秀儿的工作干得真出色呀！"赵玉明立刻说。

"工作得干好，婚姻大事也不能丢哇！"刘铁柱说。

"刘秀儿对象还不容易呀！"陆鸣说。

刘秀儿感觉有些脸热，只是笑了笑。这时，看到化工厂的大表哥柳立春来了，忙说："赵叔、陆叔，我过去一下。"就过去和大表哥柳立春打了招呼，柳立春回应着，回头看了一下，那个叫费立新的技术员跟了上来，费立新看着比照片上还成熟顺眼些。大表哥喊了刘铁柱一声舅舅，刘铁柱就让刘秀儿领着他们进了上屋，王桂花见了，就让他们去刘秀儿的小屋，大表哥柳立春给刘秀儿、费立新做了介绍，和他们说了几句话，说："你们谈谈吧，有些亲戚我得见一见。"说完，就出去了。

刘秀儿看着费立新，费立新笑了笑，刘秀儿就说："费立新你要不说我就先说吧。"费立新微笑着点点头，刘秀儿开始说自己的工作，说这些年成长的历程，费立新是一个很好的倾听者，总是微笑着倾听，还不时地点着头，表现了他的注意和尊重，刘秀儿说："你现在了解我工作了吧？"

"基本上了解了。"费立新笑着说。

"你喜欢采油工的工作吗？"

"是工作我都挺喜欢的。"

"采油工工作是在野外的！"

"野外好哇，我从小就喜欢野外的生活。"

"你干什么呀？"

"捕鸟、摸鱼、钓河蟹、挖野菜、打柴草！"

"你愿意到油田工作吗？"

"愿意。"

"你还有什么想知道的吗？"

"不着急，咱们慢慢了解吧。"

外边的鞭炮一下子响得十分热烈，刘秀儿说："我哥接亲回来了，咱们出去看看吧。"

"好哇！"费立新笑着说，跟着刘秀儿出来了。

王桂花接了大红的喜盆，给了开口红包，新娘子送入洞房，喜宴就开始了，大表哥过来带着费立新去吃饭了。

"你觉得这个费立新怎么样啊？"王桂花抓空问了刘秀儿一嘴。

"还可以吧。"刘秀儿说，她是觉得费立新的语言有些过于珍稀了，总是问一句说一句。

"什么叫还可以，到底行还是不行啊？"

"行吧。"

"那我跟你大表哥说了呀？"王桂花听出了一些勉强的意味，继续深入地落实。

"那就说吧。"刘秀儿是有些咬着牙说出的，费立新对她来说就是一张白纸。

刘秀儿在很短的一段时间里接到过费立新三次电话，每次电话里费立新都是在听她说话，昨天晚上是第四次，费立新说他今天是夜班，他想明天早晨下班过去看看刘秀儿的工作环境，刘秀儿说你想来就来吧。

油田那座新建的公园中，花红柳翠，绿草茵茵，刘秀儿和费立新徜徉在林荫的小径上，享受着美好的时光。他们转到了猴山，几只猴子在欢快攀爬跳跃，几个孩子在投食，猴子拿到食物非常快乐。刘秀儿第一次见到猴子，她也想和猴子亲密接触一下，费立新给了她一颗水果糖，她从网笼的缝隙塞了进去，一只小猴子发现了，一个跳跃，蹿过来就拿走了，跳到一块大石头上，一边四下环视着，一边剥去水果糖纸，小猴子这样聪明啊！刘秀儿感叹着，眼前突然出现一个阴影，猛然拍打着网笼，是一只愤怒的大猴子，刘秀儿吓了一跳，一下子扑到费立新的怀里，费立新抱住她说不怕，不怕，没事！她和费立新已经脸挨脸了，费立新凝神看着她，她急忙从费立新的怀里挣脱了出来……

"当当当"，食堂开饭的敲钟声，刘秀儿定睛看了看，这里是队部，她昨天晚上值班，凌晨迷迷糊糊睡去了，怎么会做这样一个梦？她的脸热了一下，先去水房洗漱，然后去食堂吃了早饭，这时坐在队部里看看时间，按照约定，她等一会儿就该骑上自行车，去主干公路通往队部的路口去迎一下费立新的。费立新说为了方便，他决定骑自行车过来，二十几里路不算远，一个多小时就能到，来去还方便。只是主干公路来油田矿区的大小路口很多，又没有明显的标志，走岔了就不太好办了，这时候，值班调度闫家富进来，说："刘秀儿，X4-3井出现异常停井了，维修工已经派出干活了，上午肯定不行了，你看这事怎么办哪？"

"闫师傅，知道了，我去看看吧。"刘秀儿说。

"刘秀儿，你刚下夜班，能行啊？"闫家富有些关切地说。

"没事，闫师傅。"刘秀儿说着，拿出工具袋挎在自行车的后座上。

"你这一天天的净做义务献工了！"闫家富说。

"干点活又累不着！"刘秀儿说着骑上自行车就走了。抗洪复产，四季度是最后的冲刺阶段，没有特殊情况油井绝对是不能停的，X4-3井在下辽河的河套里，是一口重要的复产井，刘秀儿的自行车沿着井场路奔向了X4-3井。已经是入冬时节，大地有些苍黄，北风开始刺脸，河套里的芦苇、野草、沟边沿，到处都残留着洪水驻留过的印迹。刘秀儿一阵猛骑，很快赶到了X4-3井场，两个巡井的年轻采油工正在井场里翘首等待。见来的人是刘秀儿，采油工高天才说："队长，你怎么来啦？"

刘秀儿并不搭话，马上按下了启动开关，抽油机转动了起来，刘秀儿仔细查看了一阵，知道油井受砂蜡的影响，油泵发卡了，刘秀儿说："你们仔细看着哇！"就按程序操作了起来，给两个年轻采油工讲解着如何碰泵……

抽油机欢快地运行了，另一个采油工李强说："队长，你的技术真棒啊！"

"我也是在不断学习中学来的，你们只要努力也一样行的！"刘秀儿说。

"知道了，队长，我们走了。"高天才、李强说。

"好，注意安全哪！"刘秀儿说着，目送着他们远去，这时候一回头，看到井场路口骑自行车的费立新，费立新微笑来到她的面前，刘秀儿心里有些感动，看看天空中的太阳，想到早晨的梦，心里说就是他了，便说："费立新，你怎么找到这里的？"

"到你们队部一问就知道了。"费立新抹了一下头上的汗说。

"时候不早了，走，咱们去吃饭吧。"刘秀儿说。

"咱们去哪里呀？"

"你跟着我走吧。"刘秀儿说着，跨上自行车骑在前面，费立新立刻跟了上来，他们一起骑车去了西线边的采油北区家属区前的一个抻面馆，每人要了一碗抻面。吃饭时，费立新说："刘秀儿，没有想到你的技术这样好！"

"好什么呀，工作这么多年就学到这么点东西。"刘秀儿笑着说。

"这么谦虚，你还能进步！"

"进步什么呀，我没什么文化，就会实打实地干点活。"

"实打实地好哇，做人就应该这样！"

"费立新，都说你不太爱说话，我发现你挺会说话的呀！"

"许是遇到对的人了吧。"

"是吗？"刘秀儿不禁笑了起来，埋头吃着抻面。

"刘秀儿，你笑什么呀？"

"我发现你越来越会说话了。"

"我说的都是实话呀！"

吃过饭，费立新坚持要送刘秀儿回队，刘秀儿也没有推辞，两人推着自行车向队部方向走去，这次是费立新说自己工作的情况多一些，主要是化工厂里的技术工作，费立新说得有些滔滔不绝。离着队部不远的地方，刘秀儿坚持不让费立新再往前送了，费立新就支上自行车在路边和刘秀儿说话，费立新笑着说："刘秀儿，咱们的情况都说得比较清楚了，你觉得我怎么样啊？"

"挺好的，你是个老实可靠的人。"刘秀儿说。

"你说的是真的吗？"

"当然真的了，我不会看错的。"

"这么说你同意和我好啦?"

"我从来也没说反对呀!"刘秀儿脸有些红了,点头说。

"这可太好了!"费立新一下抓住刘秀儿的手,刘秀儿想抽没能抽回去,脸还被亲了一下。

费立新看看刘秀儿,说:"刘秀儿,你没有不高兴吧?"

刘秀儿咬着嘴唇,说:"没有,费立新,你快点走吧,一会儿天就黑了。"

"那好吧。"费立新本想再亲刘秀儿一下的,犹豫着还是骑上了自行车。

"到家给我打个电话呀!"刘秀儿说。

"好嘞!"费立新说着高兴地挥了挥手。

十七

新年要有新气象。"七五"计划的第一年,是下辽河具有重大意义的一年,要确立高指标,实现历史新跨越,努力开创各项工作新局面,今年的工作目标是探明石油储量一亿吨,天然气储量五十亿立方米,生产石油一千万吨,生产天然气十三亿立方米,全年实现工作总量十二点一亿元……

赵玉明放下报纸,给茶杯里添了水,这个康勇为下定决心一定要争当"油老三"了!

敲门声,陆鸣进来,报纸里包着一本书,放到桌面上。

"坐。"赵玉明看了一眼,泡了杯茶送上,说,"局里的职代会开完啦?"

"开完了。"

"这次会议开得可够长的呀!"

"可不,两周,比往年多出一倍!"

"局里这次的决心不小哇!"

"可不,势在必行!"

"早就听说康要走了,怎么又没动静啦?"

"没动静就是快了。"陆鸣笑着说,用的是电影里的一句经典台词。

赵玉明笑了笑,指指报纸包说:"'诗人',这什么宝贝呀?"

陆鸣打开报纸,将一本略厚些的小册子递给赵玉明,笑着说:"敬请'领导'雅正。"

《油海芦笛》,陆鸣著,印制简洁质朴,赵玉明说:"行啊,这回可是真正的诗人了!"

"开玩笑,就是凑个热闹!"

"怎么从没有听你说起过呀?"

"说什么呀,怕人家说不务正业!"

"这有什么呀!"赵玉明说着,翻看了作者简介,这才发现陆鸣一直以来都在写诗,也在发表,只是发表时用的是不同的笔名。

"我可不想引来不必要的麻烦。"陆鸣笑着说,看来他对工作环境有着自己独到的认识。

"喜欢就去宣传部或报社工作,不就名正言顺了嘛!"

"'领导',像你说得这么简单就好了,这是市里文联那边一个诗社搞的。"

"很不错,我一定认认真真地拜读哇!"

"主要是请'领导'批评指正的。"

"这个真的不敢,对诗我是个门外汉。"

"'领导',你怎么还谦虚上了,你很多讲稿里时常就有几句经典的诗句,很提神的。"

"我那个只能算作顺口溜。"

"谦虚过度可就是骄傲哇!"

"我是实事求是,哎,'大师'家的小卖店开得挺红火呀!"

"是呀,'大师'也有笑模样了,兴致来了还在小店门口拉上一段曲子,有几个喜欢的票友跟着唱上几段京剧或评戏,引来不少人的驻足围观。"

"好事,开店要的就是个人气呀!"

"油田这次想搞个大型文艺演出。"

"文艺队解散几年了,这种活动也有几年没搞了,这是什么情况啊?"

"上产一千万,适时开个大会造造势,提振一下士气。"

"也对,是想邀请'大师'参与策划呀?"

"可不是嘛,也不知道他行不行?"

"'诗人',你就直接问呗,反正他有特殊情况。"

"也是,'领导',走了。"陆鸣说。

"谢谢你的书哇!"

赵玉明的话音刚落地,康勇为就走了,不是去的省城,说是去了京城。也不知道什么原因林胜平一时还没有到位,油田报纸上说下辽河夺得了首季开门红,按平均数字说还是有一点点欠产的,实现一千万没有拿到工作的主动权,二季度是石油上产的黄金季,康勇为立刻跑回来指导工作了!这是油田报纸上说的。

赵玉明闲暇时,会从抽屉里拿出陆鸣的诗集读一读,里边有一首叫《钻塔》的诗歌：茁壮的钢铁植物／四季常青／永不凋谢的花期里／枝干／开满了缤纷的生命和青春／开满了美丽的星星和歌声／太阳与月亮的果实／使白昼与夜晚充满温馨／茁壮的钢铁植物是高大的乔木／笔直得难以折断／它显示着勇敢与深入土地的赤诚／如我们因国家强盛而昂起的头颅／不为风向改变而偏移／这种努力的姿势／令人激动。

赵玉明觉得陆鸣的诗歌达到一种新的境界，他是有些一知半解的，这种诗和李瑛、郭小川的诗歌是完全不同的。

敲门声，进来的是金鸿鹄，金鸿鹄显得有些黑瘦，声音有些沙哑地说："姐夫。"

"鸿鹄，什么时候回来的？"赵玉明将诗集放进了抽屉。

"昨天下午。"

"你的嗓子怎么啦？"

"没怎么呀。"金鸿鹄清理了一下嗓子说。

"休假呀？"赵玉明给金鸿鹄泡了杯绿茶。

"不是，是侯明济调我回来参与重点区块稠油项目的开发研究。"

"这是好事啊！"关于重点区域稠油开发项目赵玉明是知道的，院里开干部大会时，主要领导曾大讲特讲过，这是围绕下辽河石油上产，争当"油老三"的重要举措之一，油田领导特别关注，需要立刻积极落实，重点区域稠油开发项目一共有三个，分别是GS3-2块、SG1-4块、HJ45块，要各项目组尽快拿出实施方案来，便说："鸿鹄你们在哪里呀？"

"HJ45，我是来借阅资料的。"金鸿鹄说着，拿出了申请单。

"事是挺好，就是累人哪！"赵玉明在单子上签了字，说："鸿鹄，你今年可以晋升中级职称了吧？"

"是，姐夫。"

"怎么样啊？"

"应该没有什么大问题吧。"

"人才济济，你可要有充分的思想准备呀！"

"嗯，姐夫，我走了呀。"

"注意劳逸结合呀！"

"知道了！"

金鸿鹄拖着有些疲惫的身体回到家里，他先钻进卫生间里洗漱，出来时见冷艳起来了，便说："艳儿，你怎么又起来啦？"

"饭在蒸锅里，可能已经凉了，我给你热热去。"

"你别弄了，我不想吃了。"金鸿鹄看看石英钟，已经子时了。

"那就喝杯麦乳精吧。"冷艳打了个哈欠，冲了一杯麦乳精放在餐桌上。

"谢谢，你去睡吧。"金鸿鹄握着杯子说。

"喝了你也早点睡呀！"

"好的。"金鸿鹄说，杯子有些热，握着很温馨。这一段时间真的太忙了，这个重点稠油开发研究项目侯明济要他来做是看他年轻，精力充沛，也是着力培养他，他心里十分清楚，也知道火候，这是出大力的时候，他不能退缩，只能勇往直前。目前的资料研究工作基本完成，还有就是绘图，跑现场，要在二十多平方千米里切多少条构造剖线，几条油藏剖线，在地层对比的基础上分别做出N个底层组的解释油层、有效油层图，经过对资料的综合对比分析，提出N口外甩探井的建议，这里带着风险和挑战！世界是我们的，也是你们的，归根结底还是属于你们的！侯明济有些玩笑着对他说。他明白老师、领导的意思，他的工作就更要细致认真，绝不允许出现些许差错！冷艳这时说了声："鸿鹄，早点睡吧。"

"好。"他回应了一声，马上上了床。他回来的这段时间里一点都没有帮上冷艳，倒是有些打乱了冷艳的正常生活。冷艳已经上班了，因为孩子小，在做科任老师，她要备课、上课、批改作业，还要带孩子，这时又要关心他的生活，刚刚不知道才睡多长时间就又起来了，这样的日子不好过。母亲金宁氏是冷艳上班后回老家去的，二姐家有事情是个借口，老人家还是不习惯这里的生活。冷艳摸索了一下，委到他的身边，金鸿鹄抚摸一下冷艳，说："睡吧。"他想明天早晨和冷艳谈谈，他还是先住办公室，等这个紧要的项目完成了再回家里吧。

海风狂劲地刮着，将沉睡了一个冬季的大苇荡唤醒了，白色的鸥鸟在空中迎风高傲地飞翔着，不时地画出优美的弧线，大地苍黄，坑塘里些许的冰刚刚融化，死水微澜，芦苇钻出了湿润的地面，仰起紫红的头望着明亮的天空，有一种努力向上的渴望。刘忠伟坐着"金杯130"，行进在有些颠簸的灰白矿渣井场路上，他是去HJ45块，去看114队钻探新部署的一口外甩探井情况，这是争当"油老三"上产增储的需要，事关重大。

年初工作调整，刘忠伟就任了副大队长，接任114队队长的是黄达，客观上讲，由黄达接任队长刘忠伟也不是十分有底气的，114毕竟是个银牌队呀，行业考核，银牌会不会在黄达手里丢掉？可是仅从队里人员选拔队长的角度说，黄达比其他人都合适，他技术好，积极肯干，勇于吃苦，有一定的群众基础，只是文化水平偏低，还有那个"怪"是他的短板。新接任指导员的张力群是安文海举荐过来的，政工员出身，文字能力比较强，他们一文一武可以互补，带好一个井队问题应该不是很大的。黄达担任队长后，建议邢永清担任副队长，大队尊重了黄达的意见。黄达担任队长后打了两口井，每口井都提前完成了任务，这是个不错的成绩，刘忠伟听说了很欣喜。刘忠伟上任后就去另外一个井队蹲点了，去改变那个队的精神面貌，一去就是三个月，前几天刚刚交出了公司领导都满意的答卷。

钢蓝的钻塔矗立着，机声隆隆，在旷野里显示着生机和活力。刘忠伟走进了熟悉的队部，里面没有人，行李卷在床头，上面苫了块塑料布，塑料布和床板上有些油渍，像是穿着工装直接睡过的样子，他有些疑惑，退身出来，看到技术员谢力思开门出来。

谢力思看到他愣了一下，笑着说："队长！不，刘大来了！"

"黄队在哪儿？"

"应该在井上吧。"谢力思向钻台上看了看，说："我去找他呀？"

"不用。"刘忠伟说着，便向井场走去。刘忠伟攀上了钻台，黄达正握着刹把操作着，看到刘忠伟只是龇牙一笑。刘忠伟有些不敢相信自己的眼睛，曾经的黄达已经有些改变了，可这时黄达的道道服上沾满泥浆和油腻，内衣领口磨得又黑又亮，脸庞黑瘦，眼睛红得像只小白兔，怎么造成这个样子？刘忠伟向黄达招招手，旁边的司钻马上接了刹把，黄达走时还叮嘱说："别急呀，慢慢来。"

黄达跟刘忠伟回到了队部，刘忠伟坐在椅子上，指指床上说："老黄，这怎么回事啊？"

"刘大，怎么啦？"黄达有些不解。

"你这身衣服穿了多长时间啦？"

"没多长时间哪。"

"没多长时间是多长时间哪？"

"记不得了。"

"你没照镜子看看自己呀？"

"我照镜子干什么呀，我又不出门。"

"这身衣服你就这么一直穿着，是怎么睡觉的呀？"

"躺下就睡呗。"

"行李都不放啊？"

"那多麻烦哪。"

"你这都什么样子啦？怎么想的呀？"

"银牌绝不能在我手里丢了呀！"

"保银牌不是你这个保法的！"

"我就这个保法！"黄达倔劲有些上来地说。

"马上去洗个澡，把这身衣服换了！"黄达没有动，刘忠伟眼睛有些瞪起来说，"老黄，我说你怎么回事啊？"

"穿着这身干活方便！"黄达有些不情愿地往外走，出去还嘟囔了一句。

"整得像个乞丐似的好看哪！"刘忠伟说，难怪大家都叫他"黄老怪"。

陈树林推门进来了，说："刘大。"

"陈师傅，张力群没在呀？"

"昨天下午回了西线，说是回去开政工会了。"

"邢永清呢？"

"休假了。"

"114现在什么情况啊？"

陈树林摇摇头有些苦笑，犹豫一下，说："这不就累'老怪'这个傻子嘛！"

"陈师傅，你在我面前还有什么不好说的呀？"

"哪能！"陈树林这才在刘忠伟面前收起事不关己，高高挂起的态度。

张力群是白帽子，生产上的事根本插不上手，实际上他也不想插手，那一身泥一身油的活谁乐意干哪！邢永清心里一直是看不起黄达"黄老怪"的，都当司钻时就想着压"黄老怪"一头，现在想取而代之，私下里就不免有些个小动作，还想联手张力群来着，倒是张力群看得明白，不蹚他的这趟浑水，邢永清没办法得逞，便骑驴看唱本——走着瞧！"黄老怪"走得正行得正，也有人给"黄老怪"透话，"黄老怪"明白了，"没有你张屠夫，我就吃带毛的猪"？他们就这样暗暗杠着！"黄老怪"这身衣服穿着少说也有两个多月了，他是睁开眼睛就上井，困得不行就在光板铺上眯一觉，看着都让人心疼，他老婆见他一直住在井上没回家，好心好意地跑过来关心他，可没有一会儿就让他给骂跑了，陈树林劝说"黄老怪"，"黄老怪"说陈树林，你把自己的事情管好就行了，队长的家事还轮到你来管吗？真是狗咬吕洞宾，不识好人心哪！

"谢力思怎么样啊？"

"小伙儿挺不错的，工作也有积极性，就是魄力差了点。"

这时候，黄达拎着脏道道服开门跑进来，嘴唇有些瑟瑟发抖，刘忠伟便把行李给放下来，指指说："上去睡觉。"

黄达愣了一下说："大白天的睡什么觉哇，我还有活！"

"我今天不走了，有什么活你跟我说，我来干！"刘忠伟扯过一条干毛巾扔给黄达，说："你快把头发擦干了，别感冒！"

"队里的事不用你管！"黄达擦着头发说。

"你把觉先睡了，才有资格跟我说这个话！"刘忠伟说完出来，把门拉紧了。

"刘大，没事了吧？"陈树林跟出来说。

"没有，陈师傅，忙你的吧。"刘忠伟说，去敲谢力思的房门。

谢力思见是刘忠伟进来马上站起来，恭恭敬敬地说："刘大。"

"谢力思，坐吧，现在进尺多少哇？"

"三千三，已经进入目的层，项目组来人看测井资料呢。"

"这么快，怎么样啊？"

"应该不错!"

刘忠伟点点头,难怪黄达这样看着,他就是要看到这个不错,刘忠伟说:"小谢,你怎么样啊?"

"还好。"

"还好是几个意思呀?"

"一个,完成领导交给的工作任务!"

"说得不错。"刘忠伟点点头,问,"队上的管理怎么样啊?"

"还行吧。"

"是吗?黄队怎么这样累呀,队上又不是他一个领导?"

"这里有个特殊情况。"

"你说说看。"

谢力思说的特殊情况是公司科技科为井队新引进了一款下水眼钻头,这是一款新型高效钻头,价格不菲,可是在钻井队使用过程中有些推广不开,原因是钻头的牙轮和水眼很容易被胶泥糊死,影响了钻井进度,一些人就不太喜欢这种钻头,可黄达不这样看,他说既然是新型高效钻头肯定有它的优势,出问题应该是使用人怎么使用的问题,黄达就在队上坚持使用这种钻头,他一直盯在井台上,观察、摸索这款钻头的使用规律,实践出真知,他现在已经熟练掌握了这种钻头的使用方法,并把使用方法悉心传授给队上的司钻,钻井收到明显的效果,这次指导员回西线,他还特别叮嘱指导员去维修队看一看,如果有别人家不要的这种钻头全都给队里拿回来,一只这样的钻头能打出千八百米的进尺,这是黄达最高兴的事,至于说和邢永清的关系,和这种钻头使用也有一定的关系,邢永清也不喜欢这种钻头,道不同,不相为谋,不过也无关紧要,井队的生产在正常进行,这口井又能提前完成任务是最好的证明。

进尺是硬道理,黄达是胜利者,这是不言而喻的,每个人都有自己看问题的视角和处理问题的方式,黄达亦是,刘忠伟清楚也明白了,想想自己还是打马回山吧,别影响黄达的正常工作。

金鸿鹄抑制不住心中的喜悦,他从两口外甩探井带回了令人振奋的好消息,两口探井都钻探到了60—110米解释油层,这样HJ45区块的含油面积一下扩大很大的一片,就是保守推测,那个区块最少也可以再部署四十口以上的生产井,这是一个不小的胜利呀!侯明济手握红蓝铅笔在图纸上仔细圈定着,喜笑颜开地说:"好哇!好哇!好哇!金鸿鹄,你可以放大假好好休息了,我要为你们大家请上大功一件哪!"

陆鸣刚从油田大礼堂回来,那里刚刚开完处级以上领导干部大会,省委、石油部全都来了领导，宣布对林胜平新局长的任命。陆鸣敲开了赵玉明办公室的门。

"'诗人'，什么事春风满面的?"赵玉明放下了钢笔。

"'领导'，'博士'走马上任了。"

"什么时候哇?"

"刚刚，省里、部里都来了领导，大会开得非常隆重!"

"好事啊，下辽河还会有新发展的!"

"那是自然的，我主要是考虑你的问题。"

"我的什么问题呀?"

"咱们在一起摸爬滚打这么多年，你和他还搭过班子，他应该算是非常了解你的人，这时候该拉你一把了吧?"

"'诗人'，打住哇，这事没那么简单，有些事还在敏感期，别让人家为难，毁人政治前程的事我是不会做的，你绝对没有问题的，我不行，我现在也挺好的。"赵玉明强调说。

"'领导'，知道你心思缜密，高风亮节!"陆鸣笑着说。

"你这是诗人思维!"赵玉明笑着说，"说真的，'诗人'，你那个诗集我看过了，上了新层次了!"

"谢谢'领导'的肯定!"

有人敲门，进来的是金鸿鹄，金鸿鹄是还借阅资料的，见到陆鸣在，马上笑着说："陆哥好。"

"鸿鹄啊，稠油项目研究怎么样啦?"陆鸣问。

"陆哥，刚刚完成，效果非常好。"

"好哇，你坐吧，我走了。"陆鸣说。

"陆哥，再见!"

"再见!"

"鸿鹄，喝水。"赵玉明给金鸿鹄泡了杯茶。

"谢谢姐夫。"金鸿鹄喝了一口茶。

"项目效果很不错?"

"是呀，姐夫，应该说是非常成功!"金鸿鹄说了测得的油层和储量的情况。

"这么好，真是可喜可贺呀，林胜平的命真不错呀!"

"姐夫，林胜平怎么啦?"

"刚上任新局长了!"

"是呀，姐夫，我印象里你们应该很熟哇。"

"是，当年一起下的辽河，在一起摸爬滚打十几年。"

"这个人怎么样啊?"

"学问好，肯钻研，有能力，有魄力，那个时候我们都叫他'博士'。"

"这么厉害，难怪呀！"

"他是一步一个脚印干上来的！"

"他的机会也不错呀！"

"是呀！"

"姐夫，你的问题他会帮忙吗？"

"从个人的角度说他会努力的，从组织上的角度他或许有心无力呀。"

"姐夫，你可以找找他呀。"

"我不会去找他的，也不想他为难，有些话说白了，到时候两个人都尴尬。"

"姐夫，你说得也是，没什么事我回去了。"

"去吧，好好休息休息，记着把这个项目的研究工作认真地总结一下呀！"

"知道了，姐夫！"

金鸿鹄出去了，赵玉明坐在那里有些愣神儿，关于他个人的问题，之前他心里还是窝着一口气的，康勇为作为政治部副主任和他谈"技术归队"时，曾说过这种安排是不合理的，他如果有能力一定会把这个事纠正过来，谁想康勇为真的当局长了，有一次到研究院看望和慰问科技人员，到了内刊编辑部，看到赵玉明，他们还握了手，康勇为笑着说赵工，你的事我还记着！赵玉明没有想到康勇为的记忆这样好，心里有些感动，可话说过了，事还是无声无息，有灵通人士说康勇为和书记大人确实沟通过这类事情，书记大人说放放再说吧，这事就一直放到了现在，放得赵玉明的气也一点点舒缓了出去，心境也就平复多了。

林胜平上任了，二季度末油田日产量已经上到两万八千吨，应该说下辽河基本掌握了石油上产的主动权，上产的潜力还有，这绝对是个好势头，只是马上进入七月，汛期又要来临了，也不知道今年的水情会怎么样？有了去年防洪抗灾的经验，下辽河一定会提前部署抗洪抢险工作，保证安全度汛的。

十八

一堆一块的乌云低垂着，织成了或密或疏雨的网，雨刷在快节奏中刮刷着，风挡玻璃一下明亮一下迷蒙着。陈立伟坐在金杯130上，看着阴沉的天空，车行进在矿渣井场路上，他在巡查全队油井生产和关停情况，不远处一道金蛇狂舞的闪电撕裂了一块乌黑的天幕，一声震人心魄的雷声炸响了，传来久远的回声，一阵骤雨暴怒地狂泻下来。

上产一千万，采油挑重担！在采油厂，他们西矿是挑重担的，在西矿，他们八队是挑重担的。二季度是石油生产的黄金季节，他们队圆满完成了矿区交给的产量指标。三季度他们面临着考验，最主要的是洪水的考验，他们的油井有半数都在河套中，根据历史水情一般的经验，他们的油井和采油站都悬在河套地面一米以上的位置，一般的水情对他们油井生产的影响不大，有些洪水或一泻而过，或暂时驻留几天，水位有限，给了他们正常生产的空间。可这次不同，第二次洪峰驻留了，第三次洪峰正以前所未有的气势又压了下来，天降连天雨造成内涝，海潮涨起又托举着，洪水聚积在河套里，水位在不断上涨，水文站预报会达到历史最高水位，临近国堤的那个张家屯已经开进了一队大客车，开始疏散撤离村里所有人员，有一部分去西苇厂礼堂进行集中安置。

陈立伟最后到达的巡查点是五号站。金杯130停在国堤下，接送五号站人员的解放篷布棚卡车停在国堤下。陈立伟下了金杯130，系好雨衣，俯身向国堤顶攀去。

曾经空荡荡的河套此时烟雨蒙蒙，汪洋一片，波涛滚滚，五号站的列车房像几叶小舟在波谷浪间漂浮着，国堤边几个采油工屈成喇叭状在向水面高声呼喊着，陈立伟见状立刻奔了过去，滚动的波浪中，一个弱小的身影在水中搏击，向岸边游动着。陈立伟急忙问："那个是谁呀？"

"队长，那是我们站长啊！"一个采油工看到他有些焦急地说。

吴昌东！陈立伟早晨在电话里已经下达了河套里油井全部关闭，五号井站人员全部撤离的命令了。

吴昌东接到陈立伟的撤离命令，立刻安排站上的人员关闭距离采油站远的油井，然后让值班人员全部撤离采油站，到国堤上待命，吴昌东一个人坚守在井站上。井站边有一口高产井，不到万不得已吴昌东不想早早关闭它，这是一口日产百余吨的油井，一个小时就可以出四吨多油哇！吴昌东穿好救生衣，握着管钳在油井前守候着，一个小时过去了，洪水没过了膝盖，吴昌东坚守着，两个小时过去了，洪水涨到了腰间，吴昌东还在坚守着，三个小时过去了，洪水已经没到了胸口，马上就要淹没油井闸门了，吴昌东才有些无奈地关闭最后一个抽油机。吴昌东抓住那条从站上连接到岸边的绳索向岸上游去，看似平缓的水面下竟有着汹涌的暗流。吴昌东从小在辽河边上长大，自觉着水性不差的他抓紧绳索奋力地前行着，他看着工友们在向他招手，他隐隐听到工友们的呼喊，五十米，四十米，三十米，二十米，突然，岸上绳索那头的钢筋桩一下子拔起了，汹涌洪流的大手把他一下子推向了下游，钢筋桩怎么会拔起呢？那是他亲自钉好的，一定是河套里的沙土被水浸泡松软了。吴昌东向岸边发起了冲锋，他努力了几下，立刻感受到洪流强大的力量，绳索还在他的手里，那一头拴在采油站扶梯的铁栏杆上，他试了一下，想逆流游向采油站的屋顶，暗流汹涌，迎流而上，他试了试，权衡了一下，最终放开了手中的绳索，开始顺水漂流了……

"站长!"几个采油工高声呼叫着,陈立伟心头不由得一震,吴昌东浮在水面上,在向下漂流,陈立伟顺着国堤追赶着,一边呼喊一边打着手势,他在告诉吴昌东斜着向岸边游,不然就会漂进大海的!

　　吴昌东试过了,这里河道有些狭窄,洪流十分湍急,那样会很耗费力气,还不敢保证能够成功,他要保持一定的体力,争取在适当的时候一次成功,他在漂流中积蓄着力量,寻找着机会。

　　陈立伟立刻开大对讲机的音量,呼叫着西矿调度室,他要汇报这里出现的紧急情况。大生产会上厂领导说过,西苇厂附近有支援抗洪抢险的人民子弟兵,他们有能力处置这类突发事件。调度室那边没有回应,许是他的对讲机超过了通话的半径。真的急死人了!吴昌东是好样的,他不能出问题,谁都不能出问题!前几天,陈立伟还和吴昌东探讨过站里增产的可行性。今年以来,上边一直在向下边压担子,一级压一级,陈立伟却一直在挑担子,站里就得帮着分担,吴昌东已经很努力了,这个时候也没有说过不行,他要想一想,怎么还能增加产量?产量,都是这产量闹的!对讲机里在呼唤陈立伟,是葛前进,问他在哪里,遇到什么情况啦?陈立伟急促地说明着。葛前进说他负责联系人民子弟兵。陈立伟在国堤上奔跑着,吴昌东还在波涛中漂流,总是离岸边不远不近的,陈立伟十二分担心,天有些冷,雨有些凉,吴昌东长时间泡在水里肯定会吃不消的,万一出现手脚抽筋的情况那就糟糕了!葛前进在呼叫他,人民子弟兵联系上了,他们已经派出冲锋舟前来救援!陈立伟听了十分欣喜,他盼望冲锋舟立刻出现,眼前的河面有些宽阔了,水面上凸现一棵柳树的树冠,吴昌东应该是早就发现了,他在有意识地迎着柳树的方向漂游,他抓住了树枝,攀上了树冠的一个侧枝,陈立伟这时候轻轻舒出一口气。陈立伟这一阵儿跑出少说也有六七里了,他这时喘息着,站在岸边打着手势呼喊着,告诉吴昌东坚持一会儿,等待人民子弟兵冲锋舟的救援!吴昌东在雨雾中举起了手臂,回应着明白的手势。

　　河滩的这个柳树冠很大,在水流的冲击下有些倾斜了,河套里的河滩土含沙量很大,柳树的根系扎得并不深,这在水的浸泡下早就已经松动了,现在又上去了一个人,这棵柳树更加歪斜了,能坚持多久都不好说。有这棵柳树比没有要好一些,柳树就是连根拔起了,吴昌东也可以凭借着这棵树求生。陈立伟不时地看向雨雾中河的上游,他希望冲锋舟快些出现。葛前进的声音在对讲机里急促地响起了,冲锋舟已经到达5号站的水域,没有发现要救援的目标!陈立伟高声回应着,沿着河右岸向下游继续搜寻,救援目标在一棵大柳树上!正说话间,柳树冠颤抖了一下,猛然连根拔起,横在了水面上,陈立伟心里当时就是一颤,哎呀一声,葛前进问你怎么啦?陈立伟说柳树连根拔起了!沉没了的吴昌东好一会儿才浮出了水面,双手扒住了柳树的根干,探头挥挥手,随水漂流着,前面不远就是广袤的入海口了,冲锋舟这时候出现了,陈立伟兴奋地指着水面。

"'领导'，快，快，快，'博士'过来看你了!"陆鸣跑进来说。

"'博士'?"

林胜平来研究院看望和慰问科技人员是顺理成章的事，也是历届新领导上任的一项举措。上产一千万，科技要先行，还有后续的持续增产哪! 稠油区块的扩展，隐藏油藏的研究，高凝油的开发，古潜山油藏的深入探寻，这么多重大科研课题都是要研究和推进的，知识分子是很敏感的也是容易满足的，他们需要关心和关注。林胜平的时间有些紧张，上午他只有两小时的时间安排，他和院领导见过面了，又去了几个重要的部门看了看，临时说要看一下岩心室的，从岩心室出来，他看了一下表，问陆鸣，赵玉明在哪里办公? 陆鸣指指走廊的尽头，林胜平说了声:"你们稍等啊。"就一个人过去了，林胜平进门笑着说:"'领导'，你好哇!"

林胜平有些发福了，赵玉明看见他愣了一下，他知道林胜平要来院里，院里之前开了会，要求各部门做好相应的准备工作，办公室早晨的通知也是这样要求的，林胜平能到他们部门来的可能性极小，他是心知肚明的，这时和林胜平握着手，笑着说:"局长好，欢迎光临!"

"咱们就不必这样了，怎么样，'领导'，看着身体还可以呀。"

"马马虎虎，就是一个维持吧。"

"身体是第一位的，还是得好好休养，不要太劳累了。"

"是，所以才做这个工作呀。"

"跟'诗人'说一声，找个好地方好好疗养一段时间。"

"'诗人'有安排。"

"'领导'，家里都好吧?"

"都好。"

"我没什么事，就是想看看你，时间有点紧，我得走了，有什么需要直接找我呀!"林胜平和赵玉明握了一下手说。

"谢谢，你慢走哇!"

"'领导'，留步吧!"林胜平摆摆手说。

陆鸣说林胜平从进到出来统共也就五六分钟的时间，却引发很多关注和猜忌的目光，这时说:"'领导'，说真的，'博士'和你都说什么啦?"

"就是日常，问了一下我的身体和家庭情况，还说让'诗人'多关心我点呢。"赵玉明笑着说。

"就说这些吗?"

"可不是嘛。"

"打死都没有人信哪。"

"为什么呀?"

"武林川还弄了个副处!"

"我和人家能比嘛,人家什么资历呀?"

"怎么不能比,一个天上,一个地下?"

"这个我可说不好,也就不去想它了。"

"'领导',你真的放下啦?"

"真的,差点死了的人,有什么放不下的?"

"真的佩服你呀!"

今天的风有点大,刮得窗玻璃飒飒作响,刘秀儿看着窗外有些凝神,天上大块的白云在风中漫步,一只鸟隼展开翅膀侧着身子在空中盘旋,画出一个极优美的弧线,接着又侧过身子去画下一个弧线,青翠的绿野铺展到天际,黄的,白的小花开得灿烂,时间的脚步真快,又是一年的暮春。费立新现在干什么呢?想到费立新,刘秀儿就有些脸红,刘秀儿想到了结婚,可今年一开年,上产的冲锋号就嘟嘟嘟地吹响了,她就跟着冲锋号声忙碌了起来,还有职代会、表彰会、上产座谈会,一个接一个的,她就说等等,再等等吧。费立新就点头说好,可你让我等到什么时候哇?是呀,两家的老人都见过面了,也要他们早点定下日子,母亲王桂花催得最紧,嫂子肖雅的肚子已经大了,马上就要生了,刘秀儿说妈,我嫂子生了就有你忙的了!王桂花说你也早点生,忙着我也高兴啊!

"秀儿,想什么呢?"许艳梅推门进来笑着说。

"还能想什么呀!"刘秀儿说这话时脸有些热。

"费立新进矿调转批下来了,你们还是抓紧办个婚礼吧。"

"是吗,感谢组织,我妈也一直在催我。"刘秀儿是新一年表彰的省级劳动模范,关于配偶调转、住房分配,油田都是有着相应规定的。

"你就不想啊?"许艳梅笑着说。

"指导员,你看现在咱们多忙啊。"刘秀儿还是老称呼。

"你什么时候能不忙啊,那就简简单单的,不是更好吗?"许艳梅说。

"我就怕费立新家里不同意呀。"

"凡事都是可以商量的嘛。"

有人敲了敲门,立刻推开进来了,是胸前挎着相机的油报要闻部副主任王慧,大家都是熟人,许艳梅说:"王大记者,坐呀,今天来有何贵干?"

刘秀儿忙着去倒水,王慧喝了一口,笑着说:"来看看咱们的女劳模有什么新作为?"

"嘿,你还别说,你来得真是时候,我刚刚说完刘秀儿的婚事,她一直都在推迟着婚礼，我说还是办个简易婚礼吧。"许艳梅笑着说。

"是吗？刘秀儿，你坐下，仔细说说怎么回事啊？"王慧有了兴趣。

许艳梅对刘秀儿的事清楚，快言快语地全给倒了出来，王慧说："刘秀儿这个事真的挺不错，如果新房设在队里，在队里再举行一个简单的婚礼那就更好了！"

"刘秀儿，这样可以吧。"许艳梅马上说。

刘秀儿点点头，王慧说："这样可太好了，到时候我一定来贺喜呀！"

刘秀儿和费立新已经拿证了，说到结婚，费立新高兴得像个孩子，可说到简易婚礼，费立新就有些不太好说了，他怕说服不了父母，刘秀儿只好肩负起说服两家老人的工作，她还算是挺有面子的。

刘秀儿曾经的宿舍变成新房，新婚晏尔，夜晚是那样的甜蜜和美好。

新婚的第二个夜晚，刘秀儿抚摸着费立新的脸庞说："立新，你累了，早点睡吧。"费立新"嗯"了一声，手还钩在刘秀儿的身上，刘秀儿拿下了那只手，已经听到了轻轻的鼾声了，刘秀儿躺下来，看着屋顶，她结婚了，她有归宿了，母亲王桂花的脸上终于露出满意的笑容了。

蒙蒙眬眬中，似有轻轻的敲门声，刘秀儿说："谁呀？"

"我，闫家富！"

"闫师傅哇，你等会儿啊！"刘秀儿急忙穿好了衣服，开门出去说："闫师傅，有事啊？"

"刘秀儿，X7站的两个毛头小子在X3-3-10井巡回检查时，一个人的手砸伤了，另一个人陪着去了医院，油井一直那么停着，这可是影响产量的，你说安排谁去吧，我这就去找！"

"不用了，闫师傅，我去吧。"刘秀儿想想说。

"刘秀儿，这大半夜的，你一个人去干活也不安全哪。"闫家富提示说。

"没事，闫师傅，我叫费立新陪我去。"

"你让新姑爷去呀，这样不好吧！"

"没什么不好的，他也是单位的人，让他也见识一下咱们采油工的工作，闫师傅，你回去歇着吧。"

"刘秀儿，你看这事让我弄的！"闫家富嘀咕着。

"没事的，闫师傅。"刘秀儿说着回到了屋子，轻轻地摇着费立新的肩膀，说："亲爱的，天亮了，该起床了。"

费立新揉了揉眼睛，看看刘秀儿，笑着说："秀儿，这才几点哪？"费立新钩住了刘秀儿的脖子说。

"别闹，快起来，我有工作任务了，你得陪着我去呀！"刘秀儿说。

"净骗人！"费立新说着倒身睡去了。

"乖，快起来，穿上工作服哇！"刘秀儿把费立新拉起来，拍了拍费立新的脸，亲了一下说，扔了一套工作服给他。

"秀儿，你说的是真的呀，我还以为你在开玩笑！"费立新睁开迷蒙的眼睛说着，拿着工作服看了看，麻利地穿上了。

子夜时分，今夜风儿静，芦苇在隐藏荒野的暗影，一只弯弯的月牙西斜在幽远的夜空上，远处送来一两声猫头鹰的叫声，自行车在矿渣路上颠簸，刘秀儿坐在后座上，一手搂紧了费立新的腰身，一手拿着手电筒照明，指示着费立新前进的方向。

抽油机井巡回检查，这是刘秀儿工作的世界，她指挥着费立新协助自己。费立新在化工厂是技术员，也有机修工作经验，动手能力并不差。他们从检查采油树各个阀门开关是否灵活，井口流程是否导通，有无渗漏开始，按照程序记录油、套压值，检查了盘根、测光杆、悬绳器钢丝绳、曲柄销子、中轴承、尾轴承、连杆、横梁、支架、底盘、皮带轮、减速箱、电动机……一切都妥当后，按下了启动按钮，抽油机开始欢快地歌唱了！

一个明亮的黎明到来了，起初是一线微亮，接着是一丝微红，再接着一轮红红的朝阳猛地跳出了地平线，新的一天就这样开始了。费立新有些疲惫地打了一个大大的哈欠，刘秀儿擦去费立新脸上的一点污渍，笑着说："新姑爷，辛苦你了。"

"秀儿，我不累。"

"瞎说，都忙了一个晚上了，能不累呀。"

"真的，我在厂子里常值夜班，也有紧急抢修的活。"费立新笑着说。

"去你的，快走吧，我都有些饿了！"刘秀儿笑着杵了一下费立新的肩膀说。

"好，咱们回去吃饭了。"费立新骑上了自行车，自行车迎着明亮的太阳奔向队部，刘秀儿这时唱了起来：青春啊青春，美丽的时光，比那彩霞还要鲜艳……

下辽河今年顺利度汛了，油田的原油日产量还没有恢复到争得主动权的标准，这成为下辽河十分紧迫的任务。

夺取一千万，采油是关键，采油人怎么办？刘秀儿被这个问题困扰着，采油厂领导在抗洪复产动员会上讲话时慷慨激昂，不时就会瞄她这边一眼，还特别提到了王慧写的劳模新风采的大通讯，表扬刘秀儿三次推迟婚期，简易办婚礼，蜜月里月夜带新郎抢修抽油机的先进事迹，这让她备感压力，采油人怎么办就是在问她刘秀儿该怎么办吧？刘秀儿开完会已经走出会议礼堂，推上了自行车，这时候，想了想，又放下自行车，转身上了办公楼，去女工办公室去找许艳梅，许艳梅新改岗位去了工会，做了工会副主席兼女工办主任，许艳梅或许能帮她解开心中的疑惑。

"来了，秀儿，坐吧。"许艳梅放下手里的钢笔去倒水，回过头说，"秀儿，怎么了看着你不太高兴呢?"

"老指导员,我觉得我的工作真是越来越难干了。"

"秀儿,出什么事情啦?"

"夺取一千万,采油是关键,我该怎么办哪?"刘秀儿眉头有些微锁地说。

"咳!我还以为出了什么大事,秀儿,你不要压力太大了,劳模也是人,工作上尽心尽力就行了,你已经做得很不错了。"许艳梅笑着安慰说。

"我总觉着厂领导开大会都看着我,希望我做点什么,大家也看着我,看我还能做点什么?"刘秀儿有些无奈地说。

"这样啊!"许艳梅说,"秀儿,我这里正在起草一份倡议书,号召厂里的全体女工,特别是采油一线女工在采油生产上做贡献,哪怕是每天每人多采一斤油,从你们队的情况看,如果完成任务指标以外再努力增产挖潜,每天还能增产多少油?"

"老指导员,这个我还真没有认真计算过。"

"秀儿,那你就算算吧!"

刘秀儿掐着手指算了算,说:"我们队往大了说也就十吨八吨的。"

"好家伙,秀儿,这可不是一个小数目。"许艳梅笑着说。

"老指导员,你怎么这么说呀?"

"刘秀儿,你想啊,咱们厂就有二十一个采油队,每个队要是都日增产十吨,那可就是二百多吨哪,咱们整个下辽河怎么也有百八十个采油队吧,那可就是日增产一千吨,如果有了这一千吨,那一千万吨的主动权是不是就胜券在握啦?"许艳梅说到这里有些兴奋地握了一下拳头。

"老指导员,你说的还真是呀!"刘秀儿也高兴地说。

"所以呀,秀儿,你来提个倡议,提出所有采油队日增十吨油的工作目标!"

"我?"

"是呀。"

"老指导员,不行!不行!不行!"刘秀儿立刻摆手说。

"秀儿,怎么不行啊?"

"老指导员,一般提倡议都是单位和上级领导的事,我就是一个小队长怎么行?"

"秀儿,先进个人提倡议很正常也很多呀。"许艳梅接着就列举了知识青年优秀代表邢燕子、柴春泽等人,许艳梅没有说自己,实际上在县知青"先代会"上,她也参与过扎根农村干一辈子革命的倡议活动,还在倡议书上签过名的。

"老指导员,你让我想想啊。"见许艳梅这样说,刘秀儿还是有些犹豫。

"这有什么好想的,秀儿,你别有顾虑。"许艳梅立刻劝说道。

"老指导员,那我先回去了。"刘秀儿逃出了许艳梅的办公室,骑上自行车猛蹬,她是有些私心了,她不怕吃苦耐劳,可她怕别人的非议。

"刘队，你又忙什么去了？"王慧坐在队部的木条椅上，放下手里的书本说。

"去厂里开个会，王记者，你什么时候来的呀？"刘秀儿笑着说。

"刚刚到，厂里开大生产会呀？"

"是，王记者，你来有事啊？"

"没有，刚刚在前面那个井队拍了几张生产上的照片，看着离你这里不远，想看看你，就走到你这里来了。"

"谢谢，王记者，你喝水。"刘秀儿说，自己也喝了一大口。

"刘队，你们队的生产指标完成得不错呀！"王慧指指墙上黑板进度表说。

"还算可以吧。"刘秀儿表现得有些漫不经心。

"你遇到什么事了，刘队？"王慧似乎洞悉到了什么说。

"没有，许是刚刚骑车有点急了。"

"哎，刘队，你丈夫分配到哪里啦？"

"南矿维修队。"

"挺好的。"

"他是学化工的，到咱们这里得从头再来。"

"刘队，你是有了吧？"王慧看着刘秀儿的肚子。

"两个多月了。"刘秀儿有些羞涩地说。

"没什么反应啊？"

"嗯，反应不太明显。"

"这可挺好的，那你也得注意点啊！"王慧关切地说。

刘秀儿有些感动，点点头说："王记者，有个事想和你说，你帮助我参考一下吧。"

"刘队，你说吧。"

刘秀儿说了许艳梅说的提倡议的事，然后说："王记者，我心里顾虑挺大的，这是我该做的事吗？"

"刘秀儿，这是个大好事啊，你是油田先进模范的优秀代表，该有这样责任和担当啊！你还可以以你们队全体职工的名义提出倡议呀！"王慧笑着说。

"我也写不好倡议书。"

"这不是什么大问题，这个事我们还得去找你们的许主任，看看具体怎么操作才好，我觉得倡议书登载在油田报纸上是最好也是最快捷的号召方式。"

这时候，许艳梅推门进来，看到王慧立刻笑着说："真巧了，王大记者也在呀。"

"许主任，你来得正好，要不我还想找你去。"王慧说。

"王大记者，什么事啊？"

"刘秀儿倡议书的事啊。"王慧说。

"这样说咱们要说的是一个事了，秀儿，提倡议的事我跟厂工会吴主席汇报了，他肯定了这个做法，也向厂党委书记和油田工会领导分别做了汇报，得到了他们的积极肯定和大力支持，要我来找你马上落实！"许艳梅笑着说。

"这事可太好了，许主任，我的意见是把倡议书直接发在咱们油田的报纸上，简单快捷，号召力强。"王慧抢先说。

"这个办法是不错，咱们还得请示领导，马上落实！"许艳梅高兴地说。

"好是好，报纸归局党委宣传部主管，恐怕还得请示局领导哇。"王慧说。

"王记者，那咱们就分头请示吧。"许艳梅说。

"我这就回报社，咱们保持联系呀。"王慧说。

"好。"许艳梅说。

西线新建的石油广场上，热烈庆祝祖国三十七华诞，日产两万九千五百吨，紧握"油老三"主动权的大幅标语高悬，万人聚集，彩旗招展，锣鼓喧天，上级领导的贺信，兄弟单位的贺电，下辽河开创了一个伟大的新纪元。

"师傅，你好。"胸前佩戴大红花，身披红绶带的刘秀儿，在英模前排座位握住旁边座位陈立伟的手笑着说。

"刘秀儿，真看不出哇，几年不见，巾帼不让须眉了！"陈立伟笑着说。

"我就是傻干，不像师傅你。"

"这话说得受听，刘秀儿真是大有长进哪！"

"珏姐好吧。"

"挺好的。"

"好久没见了，真的有些想她了。"

"欢迎你到我们西苇西矿去呀！"

"刘秀儿，你好哇！"刚到后排座位的崔长湖说了话，他们是去年在抗洪复产先进事迹报告团里认识和熟悉的。

"你好，崔大哥。"刘秀儿笑着说，还将陈立伟介绍给了崔长湖，崔长湖和陈立伟热情地握着手，三个人笑着交谈着。

这时，主持人敲了两下麦克风，便以激昂的声音高声宣布下辽河上产"油老三"庆祝大会现在开始！全体起立，唱《国际歌》。

十九

初冬的太阳暖暖的，赵玉明在清凉的北风中向肖永利家走去。

昨天，赵玉明接到了肖永利的电话，说是他亲家公刘铁柱今天要到家里串门，挺想见赵玉明的，肖永利就说那就请赵玉明过来，一起吃个饭说说话，刘铁柱说那敢情好哇！

肖永利住西线二工地红砖红瓦的平房里，赵玉明推门进去，刘铁柱已经到了，两个人一见如故，拉着手说话，气氛融融。

"亲家公，赵主任，菜已经好了，咱们上桌边吃边谈吧。"肖永利笑着说。

"好哇！"刘铁柱说。

话说起来就多，先围绕的是油田一片大好形势，上产一千万，争当"油老三"胜券已经在握了，庆祝大会也开过了，重要的是稳产增产，推进油田持续稳定发展。由单位到家，话题自然转到孩子的身上，上学的说学习的好坏，出路和方向的设想，最后聚焦在工作中的刘忠伟。刘忠伟新安排去了公司调度室，还是副职，配合工作，刘忠伟开始并不太想去，是主要领导找去谈话才去的，心里边还是有个结的，他喜欢在基层，刘铁柱说："他赵叔，你说这样是不是不太好哇？"

赵玉明看向肖永利，肖永利摇头笑着说："现在这种事情我也说不清楚，也就没有发言权了，如果在过去那就是一切行动听指挥，没有为什么，就是一个坚决执行！"

"刘大哥，你是怎么看哪？"赵玉明说。

"老话说得好'人挪活，树挪死'，换个地方工作也不是什么坏事，起码能更多地了解单位的一些人和事啊。"刘铁柱说。

"刘大哥说的是，安排忠伟去调度室，公司领导肯定是有一些想法的，再说了，调度室是单位重要生产管理部门，就是配合工作也不是谁都可以安排进去的。"赵玉明说。

"忠伟说那里有一堆的副职，有些还是正科级。"刘铁柱笑着说。

"刘大哥，这是两回事，忠伟年轻，和那些年纪大的不一样，那些年纪大的放在那里是等着到站下车，忠伟是刚上车的，是看风景有一定发展前途的，不要只看一时一事，这可不能同日而语，或许就是公司领导的锻炼和考验哪！"赵玉明笑着说。

"还是他赵叔看得清楚，说得明白呀！"刘铁柱笑着说。

"我就是信口胡说的，谈一点自己的看法，也不能全当真哪。"赵玉明笑着说。

"他赵叔可不一般，做事一直是有板有眼的，这是大家都公认的，就说那时候和'博士'一起工作吧，配合得多好哇！对了，他赵叔，'博士'回来你见到了吗？"刘铁柱笑着说。

"算是见过一面吧，'博士'去院里看望和慰问，抽空去我办公室站了一小会儿，说了几句话就走了。"

"'博士'还是个念旧的人，官当的大了，操的心也就多了，想想真快呀，这一转眼就二十年了。"刘铁柱有些感慨地说。

"可不是嘛，忠伟那个时候才这么高，转眼都成家立业了。"赵玉明用手比量着说。

168

“我对你们记得最清楚的是井队叫直升机那次，玉明、林胜平、康勇为都跟着忙乎，你们给我的印象非常深刻！”肖永利笑着说。

赵玉明笑了笑，他对过去的回忆太多太多了，病重的那段日子里，他躺在病床上，脑子里全是回忆，从儿时开始，非常详尽，只是没有动笔记录下来，最初是没有能力抑或觉得为时尚早？后来又工作了也就略过了，赵玉明笑了笑，转移话题说：“对了，刘大哥，刘秀儿的工作也非常出色呀！”

“一个女孩子，要紧的是嫁给一个好人家，这一积极工作把什么都给耽搁了，还真亏了她大表哥给介绍个地方的，算是把家给成了，组织上把人也帮助调进来了，我们也就放心了！”刘铁柱笑着说。

“刘大哥，你说刘秀儿已经结婚啦？”赵玉明有些惊讶地说。

“是呀。”

“刘大哥，你怎么没通知我们哪？”赵玉明说。

“不是我不想通知你们，是刘秀儿说她的工作太忙了，在队上举行了一个简易的婚礼仪式就完事了，我和你嫂子都没能参加呀！”刘铁柱笑着说。

“刘秀儿的爱人是哪儿的？”赵玉明说。

“县城化工厂的，中专生，叫费立新，人老实厚道，我看着还不错！”刘铁柱说。

“刘大哥，恭喜你呀！”赵玉明说。

“同喜！同喜！”刘铁柱说。

古老的辽河口，潮起潮落，仰望着月的阴晴与圆缺。

SS-4-6井默默地守候在古老的河口中，守望着四季，守望着古河的潮起潮落。曾经在河东岸上的油井，在连续三年大洪水的冲击下，发生了巨大的位移，现在的SS-4-6井已经站在距河岸二十多米的河床中。

隆冬时节，下辽河是个冰封的世界，而下辽河口这段河床在海潮中不甘寂寞，随着大海潮汐的变化，海水不断涌进流出，每一次海水的涌进托举，厚重的冰层奓翅般地裂开，切割出无数的大小冰排，冰排在潮水上浮起，在海潮的鼓荡下，如一支浩浩荡荡的队伍开始向上游游弋，挤压着，冲撞着，不时地发出咔嚓嚓、咔嚓嚓的轰响，海潮退去时，这支队伍又开始向大海进发，潮水退尽了，大多的冰排平落或叠落在河床中，又冻结成一个过往的梦，接着，会在下一次的海潮中醒来，重续它们的历程和过往。

俗话说，初一、十五是大潮。

这个初一的子夜，汹涌澎湃的潮水从入海口向下辽河里浩浩荡荡地进发了，它们奋力托举起冰排，冰排炸翅般裂开，一路地向前！向前！向前！河面宽阔了起来，海潮的推力在不断增强着，冰排开始肆无忌惮地游弋，它们舒展着身躯，有些随心所欲，开始极具破坏力的挤压和冲撞，碰撞的冰排不时发出咔嚓嚓咔嚓嚓的轰响，开始着一段浩浩荡荡的旅程。一块冰排遭遇了河床中的SS-4-6井采油树竖立的外输管线，像是在一试身手，采油树管线岿然不动，冰排斜歪了一下身子，随着潮水旋转一下身躯，侧身绕过去了。又一块冰排肩头碰到了采油树上外输的管线，旋转一下，也绕过去了……潮水生长着，冰水淹没了采油树，从采油树上连接到陆地的那条输油气管线在冰河平面上，这时，生长的冰面第一次淹没了这条外输管线。一块冰排漂来了，冲撞在采油树的输油管线上，输油管线大幅度颤动着，奋力反弹出一声咔嚓嚓巨大轰响，这一声轰响还没有完全消散，一块更大的冰排马上冲撞上来，发出一声更大的轰响，后边半个河面被阻的冰排在巨大的潮水鼓荡下，一波波连续不断冲撞上来，这一处河面连续不断发出巨大的轰响，像一块被炮击的阵地，轰响此起彼伏着，这次是一波巨大的冲击……突然，采油树上输油气管线弯头焊口处一下子断开了，一百四十多个大气压的油气流喷薄而出，发出了撕心裂肺的呼啸，没有多久，一声爆响，许是井筒里带出的小石子撞击到了井壁或井口的弯头，擦出的火星引燃了强大的油气流？冰河中的采油树上呼啸中燃起了熊熊的烈焰，烈焰夹着浓烟在瑟瑟寒风中抖动着，火光耀映着汹涌澎湃的冰河的黎明，红彤彤的太阳从苍茫的芦苇毛毛尖上跃起了，俯视着这一刻的冰河。

清晨，费立新骑着自行车来到了南矿维修队，他刚刚在自行车棚里支好自行车，脸色黧黑有些冷峻的队长张景宽从队部疾步出来，看到他就说："费立新，抓紧换好工作服，马上上车，跟我去现场。"

"好的，队长。"费立新说。

解放卡车在荒野的矿渣路上颠簸，几个戴着羊剪绒棉帽子勒着护鼻的焊工师傅抓着一侧的高厢板背风站立着，车厢里装着一台4135柴油发电机，几只氧气瓶和乙炔瓶随着车厢的颠簸不时地滚动碰撞着，一个焊工师傅拿了一截三角铁，将瓶子们推到一处，挤住了。这时，一个焊工师傅说："哎，咱们这是干什么去呀？"

"说是抢险，辽河河床里有口自喷气井井口管线被冰排撞断了，发生井喷着火了！"另一个焊工说。

"这气井怎么会跑到河床上？"又一个焊工说。

"还不是这几年大洪水冲刷改变河道整的嘛！"又一个焊工说。

"气井在河床上，河里有水，这个险怎么抢啊？"另一个焊工说。

"河水冻住了。"又一个焊工说。

"冻住怎么会撞断管线呢？"又一个焊工说。

"就是，一想肯定就很难弄啊！"又一个焊工说。

"难弄也得弄，不然损失就大了！"又一个焊工说。

通往SS-4-6井河滩的矿渣路上塞满了各式的车辆，大多都轧进两边冻结的芦苇地里，陆续赶到的一些农民模样的人在挥动大镰刀，割除这一区域的芦苇，打出了很宽的防火道，停车的场地一下子变得宽阔起来。

卡车停在路边，队长张景宽从驾驶室里跳下来，朝着车上喊："其他人车上待命，费立新，跟我来！"便径直向河边疾步走去。

"来了！"费立新回应着，立刻跳下了车厢，紧跑了几步，跟上张景宽的脚步。

河滩岸上挤满了人，以一辆中型面包车为中心，停着好多的大小车辆，张景宽喊着："借光！借光！"有人迟疑一下，他就顺势挤了过去，把费立新甩在了外边。费立新想挤也挤不进去，就是挤进去了也不一定能跟得上张景宽，便踮脚伸头看了看，只看到张景宽戴着棉帽子的半个脑壳，同样的羊剪绒棉工帽，说混淆就混淆了。费立新见旁边有一辆"五十铃"客货车，立刻爬上了车厢，张景宽的一切就尽在眼里了。张景宽这时候进入核心区，举步维艰地东张西望找寻着他要找的人，人太多了，转个身都有些费劲，看来一时半会儿不一定找得到哇，费立新的眼睛开始溜号了。距离河岸大约二十米的河床上立着那棵采油树，采油树呼啸斜上喷发着强烈的油气流，油气流猛烈燃烧着，一缕浓重的黑烟在飘飞中不断消散着，火焰映照着河面，河面上布满了浮动着的冰排。几台消防车已经停在河岸边待命，又有几台消防车在呜哇呜哇地鸣着笛声开进来，挤占了通往河边的唯一通道，一个戴大盖帽的消防部门指挥员在对讲机里下达着命令，后续的消防车开始向一处空旷的芦苇地里集结。张景宽看样子是找到他要找的人了，这时候和几个人一起说着什么，还不时地向起火的河床上张望着。

一辆稍大的消防炮车开到河岸边，消防队员在紧急准备着，一切都准备就绪，一个消防指挥员握着对讲机说着什么，有几个人从面包车里出来，一群人簇拥到河岸前的一个稍高处，这边有人下达了指令，那个消防指挥员挥动旗子发出了命令，消防炮车开始发射，水流激昂地喷射而出，还没有够到着火点，激昂的水流就分崩离析了，消防车距离目标有些远，发射的水炮根本无法接近目标，效力尽失，让人心急。

指挥区域的几个中心人物指点着火井说着什么，井口呼啸着强大的火焰，冰河这时候开始落潮，退去的水流挟着冰排不时撞到采油树上，发出咔嚓嚓的轰响，让人心头不由得一阵阵发紧，有些心惊肉跳的。

大火在炙烤石油人的心肺，那呼啸的火焰就是在烧钱哪！冰河在冻结石油人的心，那汹涌的冰排一旦撞断了采油树下的管线，井喷将无法控制，地下油气资源将受到毁灭性的破坏，造成的经济损失将是无法估量的，这在石油安全教育案例上写得清清楚楚明明白白！

张景宽这时在环视，费立新立刻扬起手臂呼喊着："张队，我在这里！"

张景宽看到了，双手屈成喇叭状，呼喊着："马上叫维修车开到现场来！"手臂挥动着画出了手势。

"明白!"费立新回了个手势,跳下"五十铃",去带那辆维修车。

费立新在前面引导,张景宽在路口处接应,引导维修车开到河滩的指定位置驻扎,焊工们开始启动4135柴油发电机,连接着导线和焊把,同时,给氧气瓶和乙炔瓶安装着压力表和输气带,原地待命。

稍后,几个人在通往河滩的路口处大声喊叫着,清空着围观的人,一辆大型拖板车徐徐开进,拖板车上装载着几具修井架子,一台大吊车跟进来,在拖板车旁放开支腿,稳住了车身,大吊车的吊臂伸展开来,扬手将修井架子放到了河边;一队人员赶过来,喊着号子,人抬肩扛的将修井架子又向河里摆正推进了五六米。张景宽指挥着焊工开始了焊接,将几具修井架子连成一体;一辆卡车开进了,木制的、竹制的跳板源源不断扛过来,铺在修井架子上固定了,很快形成一块平稳的台面。这时,三台消防车开上去,水龙在台面最前沿架起,一齐对准了井口的火焰。一切准备就绪,消防指挥员挥动着旗帜,下达了进攻的命令,水枪同时射向熊熊的烈焰,烈焰被压住了,一时没了气息,人们刚欢呼雀跃的时候,呼啸着的井口似乎猛地抖擞一下身子,立刻又烈焰冲天了!距离,还是距离,水枪不能发挥有效的作用,真的让人沮丧!

这时,两台外援的大型干粉灭火车驶进现场,让人们看到了希望,那浓烈的干粉曾一度压制了凶猛的火焰,可只一会儿,呼啸的井口又爆燃了起来,距离,还是距离,未能达到灭火的目的。

现场灭火指挥部决定,暂时停止灭火,保护好现场,研究新的灭火方案。

傍晚,费立新有些疲惫地回到"八五一"新二楼的家里,刘秀儿关切地问:"立新,你们也去抢险啦?"

"嗯哪。"费立新点头说。

"怎么样啊?"

"一点进展都没有,白费力气了。"

"你还没吃饭吧?饭在锅里热着。"

"我吃过了,抢险发的面包,秀儿,你吃了吗?"

"吃过了,我得爱护我们的孩子。"刘秀儿摸着有些隆起的肚子说。

"秀儿,辛苦你了。"

"这有什么可辛苦的,我妈说哪个女人不生儿育女呀!"

"秀儿,你真是个好女人!"

"立新,明天你们还要抢险吗?"

"不知道,现场封闭了,队长说听通知。"

"这火扑灭很难哪?"

"要说难也不是太难,想办法把井口闸门关上就完了。"

"像你说得这么简单哪，油井不是在河床上吗？"

"是不简单，闸门在水下，得潜水下去，能请到潜水员下去关闭闸门是最好的办法，当然，河面还有冰排，肯定会有一定危险的，咱们可以想办法帮助排除冰排的干扰哇！"

"哎，我说你这蔫巴的人脑袋里还真琢磨事了，不简单哪，不过你能想到的人家领导肯定也早就想得到了。"

"那可不一定，就说今天这一天的抢险吧，明知道消防车有效灭火距离不够，还是又喷水又撒干粉的，很多人都说是在瞎指挥！"

"领导肯定有领导的想法，有些事情是需要实践认识的，要不怎么会知道结果呢？谁有好的想法可以提建议嘛。"

"我的建议只能跟我们队长说。"

"那就行，好的建议一定会反映上去的，好了，立新，你也累了一大天了，洗洗早点睡吧，明天听从组织的召唤！"

"是，谨记老婆大人的教导！"费立新在刘秀儿脸吻了一下。

"又贫嘴！"刘秀儿笑着说。

那一支呼啸着的烈焰一直在费立新眼前晃动着，今天是油井起火第三天的下午，也不知道火情怎么样啦？这是一口高产自喷气井，据人估算说一天里少说要烧掉五六万块钱，这是很让石油人心疼的事情啊！办事员老丛敲门说："费技术员，队长召集开会了。"

"知道了。"费立新起身去了队部。

队部里坐着六个人，是维修队党员、干部骨干力量。队长张景宽脸色有些严峻地说："同志们，SS-4-6井还在井喷燃烧着，抢险工作还在进行中，为了关井，局领导派人去外市请了潜水员，设想能够从水下关闭油井阀门，请到的潜水员是早晨到的，到了现场一看，河面上是呼啸的烈焰和滚动的冰排，最关键的是关闭闸门时，井口关闭的过程中或许会有憋压爆炸的风险，潜水员知道后，立刻说这样的活，你们给多少钱我们都不会干的，这是有命挣没命花的钱哪！"

那可怎么办哪？一时间大家开始交头接耳，议论纷纷。

张景宽适时地敲敲桌子说："鉴于这种情况，灭火指挥部确定了新的灭火方案，第一套方案是某军的舟桥部队来现场帮助架设舟桥，使桥面尽量向采油树靠近一些，再请省里调配几台干粉消防车过来帮助灭火，灭火成功，由船队的一艘救生船运送人员上去关闭油井闸门；第二套方案是如果消防车不能成功灭火的话，就直接出动救生船，载上咱们单位党员干部组成的抢险队，在河水水位最低，采油树闸门露出水面的时候，强行关闭闸门，要求所有的抢险队员要有较好的水性，生死攸关，愿

173

意参加抢险队的党员干部在我这里报名，散会！"

"我回来了，哎，立新，你今天回来得怎么这么早哇？"刘秀儿进门时说。

"今天单位里没什么事了，明天起早去SS-4-6井抢险！"费立新在厨房里回应着。

"立新，你们怎么还要去抢险哪？"刘秀儿走到厨房说。

"是呀，××军的舟桥部队凌晨四点在河上开始架桥，省里又协调了几台大型干粉消防车来协助灭火。"

"准备得这么充分，这下应该没什么问题了吧？"

"舟桥架上，距离问题解决了，应该没有问题吧。"

"赶快把火灭了吧，这样烧下去损失真的太大了！"

"谁说不是！"费立新端着菜到饭桌上说，"来，老婆，吃饭吧。"

"好哇。"

"秀儿，我走了呀！"凌晨三点，费立新吻了刘秀儿额头一下说。

"你吃饭了吗？"刘秀儿蒙蒙眬眬地从床上坐起来说。

"吃过了，你的饭热在锅里。"

"立新，你可一定要注意安全哪！"刘秀儿叮嘱着要下床。

"放心吧，老婆，我有数的，时间还早，你还是多睡一会儿吧。"费立新阻止刘秀儿说，至于他报名参加了抢险队的事他不能说，他怕刘秀儿会担心的。

舟桥部队架设的舟桥向河中又延伸了有五六米，油气的烈焰就在灭火炮灭火覆盖的有效范围内。天这时有些阴沉，北风呼啸着，进入河道里显得更加强劲，将井口的烈焰吹向舟桥的方向，强逆风，这样肯定会影响干粉灭火的效果的，他们在等待风力的减弱和海水的落潮……天色渐渐暗淡了，风力稍显减弱，这是下午五点钟，消防指挥员挥动着旗帜，六只干粉炮射向了火点，大团的粉尘覆盖包裹了烈焰，烈焰消失了，让人们感受到巨大的希望，人们在翘首以盼。一阵儿强劲呼啸的北风吹过，灭火炮变得有些力不从心，强劲的北风消减了干粉炮的力道，水急浪高的河面使得舟桥有些晃动，刚刚消隐了一阵儿的火焰，猛地又一次复燃了，火焰继续映照着金红色冰河的河面。干粉灭火炮又在一同发力，火焰又一次隐去了，一会儿，又一次猛地复燃了。瞪大眼睛看着这一切的费立新猛然想到一个问题，他看了看队长张景宽，他觉得自己要说的问题好像有些幼稚，就使劲咽了回去。所有的干粉都喷洒完了，气井的烈焰还是又一次熊熊燃烧起来，闪耀在冰河之上。

傍晚七时，应该是辽河水最低位的时候，机不可失，灭火抢险指挥部下达命令，立即执行第二套抢险方案，抢险队紧急集合！

174

十八名抢险队员穿上救生衣站成了一排，指挥员开始点名，第一波抢险队选定了五名队员，其中有维修队长张景宽，费立新一把拉住张景宽的手说："队长，我年轻，我身体好，还是我上吧！"

"费立新，你是好样的，你还年轻，听从组织上的安排。"张景宽拍拍费立新的肩膀，说着，跑步站到了第一抢险队的队列里。

几台救护车闪起了蓝灯，七组担架在河边排成了一列。

五名抢险队员来到了那艘救生船前，和船上的两名船员站成了一排，脸色有些凝重的抢险指挥部总指挥前来为他们壮行，他亲手给每个抢险队员点燃了一支"中华"香烟，香烟的点点烟火忽明忽暗着，烟雾在风中快速飘散着，握手是保重的嘱托，叮咛是祝福的凯旋！

风萧萧兮辽水寒，勇士赴险兮凯歌还！七点三十分，七名抢险队员披挂整齐上了船，其余的抢险队员守候在河边待命。

救生船开动了，向呼啸着烈焰的采油树缓缓驶去了，深沉沉的夜空，冷峭峭的北风，强大的天然气烈焰在咆哮，强烈的声浪不时地搅动着暗红的冰河，冰排在冰冷的河水中不断涌动着。近了，更近了，手握长杆铁钩的救生船员站立在船头，盯着目标，不时用钩杆撑开靠近船体的冰排，近了，钢钩搭住了采油树管线的根部，救生船员双膝跪在甲板上，死死地握住了钩杆，奋力将救生船稳住，上！船上的指挥员下达了冲锋的命令，一个抢险队员跃入了冰河，奋力向采油树游去，他抓住了闸门，拼命扭动着，一圈，二圈，三圈……闸门丝扣有些冻结或是有些锈死？这时的阀门太过于沉重了，上有熊熊烈焰的烘烤，下面是冰冷刺骨的河水，那位抢险队员明显有些力衰了，船上的抢险队员立刻将他拖回到船上，这位抢险队员在船上只歇息一会儿，又起身下水了，刚刚游到采油树边，身体就出现了异常，船上的抢险队员立刻将他拉回到船上；第二位抢险队员下了水，快速游到采油树前，他刚刚抓到了闸门轮，一个巨大的波浪猛然涌起，他的身体被冰水一下托了起来，推离了采油树，撞到一块大冰排上，抢险队员"啊"的一声，船上的抢险队员见状，紧紧拉住安全绳，将他拖到了船上，抢险队员有些痛苦地扶住了右肩。救生船立刻退回到岸边，对第二位抢险队员进行救治。抢险总指挥等一些领导来到救生船前，询问着抢险的一些细节，几个抢险队员在汇报刚刚抢险的过程，仔细分析这一轮抢险的得与失。

负责观测水情的负责人前来报告，潮水马上开始上涨，潮水和冰排开始向上涌来了，风向有改变的迹象，采油树闸门半个小时内就要淹没在冰水中，再这样下去，这一次抱井关闭闸门的机会就要丧失。前指总指挥和抢险队员们紧张交流着，费立新过去拉了一下队长张景宽，意思很明了，张景宽则握着费立新的手说："小费，你先安心待命吧。"

"这一次我先上！"戴着近视眼镜，身材瘦小的抢险队队长这时候异常坚定地说道。

"好，祝你马到成功！"抢险总指挥握着抢险队队长的手说。

救生船昂首再一次向冰河里驶去了，十米，五米，三米，二米，船头的救生船员的钩杆牢牢地钩住了采油树的根部，他死死握紧了钩杆，尽量向采油树靠近些。抢险队队长这时候甩掉了沉重的消防帽，脱去了救生衣，抱住了救生员的钩杆，猛地滑向了采油树，他裸身盘在了采油树上，双手抓住闸门轮，奋力地旋转着，1、2、3、4、5……采油树在闸门轮的旋转中似乎颤动了几下，一直呼啸的烈焰开始萎缩着，渐渐变成一束小小的火炬了，在凛冽的寒风中闪动着……顷刻间，辽河岸边传来震耳欲聋的欢呼声！

费立新的眼睛湿润了，船一靠岸，他就跑了上去，紧紧抱住了队长张景宽。

夜半时分，费立新刚一进家门，刘秀儿一下子扑了过来，紧紧抱住费立新哭泣着，费立新莫名其妙，有些焦急地说："秀儿，你怎么啦？"刘秀儿还是不停地大哭，费立新安抚地抚摸着刘秀儿的头发说："秀儿，别哭！别哭！到底怎么了，你倒是说话呀！"

"你报名参加抢险队为什么不告诉我呀？"刘秀儿哭泣着说。

"你说的是这个事啊，这又不是什么大不了的事。"费立新有些轻松笑着说。

"这不是大事还什么是大事啊！你知道我有多担心吗？你个蔫巴人就是有个蔫巴主意，你要是有个一差二错的，我和孩子怎么办？"刘秀儿继续哭泣着说。

"不会的，好了，好了，我不是怕你担心吗？"费立新给刘秀儿擦着眼泪说。

"你这样的话，以后我会更加担心的！"刘秀儿泣声说。

"好，我发誓，以后绝对不会了，啊！"费立新笑嘻嘻地说。

"你就会哄人，破瓶子——嘴好！"

"秀儿，我还有优点呢？"

"你还想骄傲自满哪？"

"绝对不会的，我一定戒骄戒躁，时间不早了，秀儿，你还是早点休息吧！"

"我不急。"刘秀儿帮费立新脱去棉衣，说，"水壶里有热水，你好好洗洗烫烫脚，饭在锅里。"

"好的，我知道了，秀儿，你还是去歇息吧。"

"不，我等着你！"

一切都收拾好了，费立新上了床，刘秀儿偎依过来，抱着他说："立新，你报名时怎么想的呀？"

"有什么想的呀，我是党员，组织上这个时候需要，我就该报名啊！"

"你就没想想我和没有出生的孩子吗？"

"当然想了，可这种时候我不能退缩呀，不然的话多丢人哪！"

"那你怎么不和我商量一下？"

"没有时间哪，再说你也是党员干部，又是先进模范人物，你的觉悟比我还高，肯定会支持我的！"

"我听说你参加了抢险队，一直坐立不安的，听说有的人连名都没有敢报？"

"是，有的人说自己不懂水性，这个时候谁能逼他呀！"

"路遥知马力，日久见人心，关键的时候才能看清一个人哪！"

"老婆，行啊，你这话说得挺有哲理呀！"

"你可别捧我说，我没有什么文化。"

"那好，老婆，咱们不说文化，就探讨一个技术性问题吧。"

"什么技术的问题，你说吧？"

"老婆，你说那么多的消防车前来灭火怎么会不成功？"

"不是说火大距离远吗？"

"部队舟桥都给架上了。"

"那就是消防车不行！"

"我不是这样看的。"

"那你说是怎么回事啊？"

"老婆，你说这口气井的大火是怎么引燃的呀？"

"是外边的火源或是高压气体从井底带出石子打在井口擦出的火花引燃的呀！"

"就是嘛，火灾发生后，外部的火源肯定已经控制了！"

"那就是井底带出的石子！"

"是呀，何况这个气井的井口上有个弯头，只要带出来了石子，一定会打在弯头的钢管上，擦出火花的概率就更大了！"

"立新，你说得很有道理，这就是消防车灭火不行的原因，这个事你没有跟你们张队长说呀！"

"我想说来着，当时觉得有些幼稚，就没好意思说出口哇！"

"人还得多读书啊，你从这次灭火中能发现问题，让我看到知识的重要哇！"

"谢谢老婆的夸奖！"

"别哄人了，累了一大天了，你还是早点睡吧。"

"好吧。"

二十

夜渐深了，陆鸣开着床头台灯看着新一期的《香稻诗报》，刘玉梅洗漱完进来，擦抹了晚霜，上了床，轻轻地叹了一口气，陆鸣看看笑着说："刘主任怎么还叹上气了，工作上有什么不如意吗?"

刘玉梅现在是西线油田第一初中教导处副主任（主持工作），学校的事务纷杂，上有校领导，下有教职员工，难免会有不如意的地方，这时却摇头说："不是，是淼淼!"

"淼淼怎么啦?"

"老陆，她没有跟你说呀? 她说她会跟你说的!"

"你说的是什么事啊?"

"淼淼说她要学幼师，你说一个孩子王，有什么出息呀!"刘玉梅表现得有些气恼。

"淼淼真是这样说的?"

"可不，这事我是不同意的，淼淼初中成绩中上等，考高中一点问题都没有，再努力三年，完全可以考上一个差不多的大学，就是稍差一点上个大专也行啊，她怎么就认准这个幼师了?"

"好了，刘主任，你也别太着急了。"陆鸣劝解着。

陆鸣从来没有为陆淼的学习操过心，家里的一切都是刘玉梅在掌控着，陆淼是个懂事的孩子，中规中矩，学习不用要求，有一定的自觉意识，就是眼睛里多少能见到几分忧郁，许是童年的心灵上留下些许创伤一直不能泯灭? 从这一点来说，陆鸣是有些内疚的，对于陆淼和陆岩也都比较宽容，特别是陆淼。陆淼有些聪慧也有些敏感，她喜欢诗文，特别是李清照的词，这两年又在看舒婷等人的朦胧诗，陆淼小学时就在油田报纸上发表小学生习作，这是挺令人骄傲的事。陆淼不上高中不仅刘玉梅不能接受，陆鸣从心里也有些不能接受，他周围是一个知识分子的大圈子，里边的人像是约定俗成似的，只要有可能，身边绝大多数人的孩子都是要读高中，走考大学的路子的，就是真的考不上大学，还可以走直接参加油田工作的路，工作两年以后还有考油田电大、职大的机会。前有车后有辙，问题摆在面前，脸面当然也很重要的，如果不是万不得已，刘玉梅是不会跟他说这个事情的。幼师是小中专，四年制，回油田幼儿园教孩子，参加工作是没有问题的，身份就是一个孩子王，绝对影响到了他们两个大人的脸面，特别是身为教导处主任的刘玉梅，陆鸣说："我知道了，淼淼也许有自己的想法，我会和她好好谈谈的!"

"老陆，我跟你说这个真是万不得已。"刘玉梅强调说。

"我知道了，你早点睡吧，啊。"陆鸣说着，息了台灯。关于家和孩子一直是刘玉梅在操持，这是他入狱和后来患病形成的一种习惯定式，加之他后来走上了领导岗位，也真的有些忙碌，刘玉梅一直是心疼他，一直在牺牲自己，陆鸣明白。

吃过晚饭，陆鸣和陆淼来到了书房。陆鸣审视着陆淼，陆淼已经初长成，皮肤白皙，眸子清亮，细眉弯弯，身材中等苗条，束着浓密乌黑的长发，显露着少女特有的韵味，陆鸣笑着说："淼淼，最近在看什么书？"

"什么也没看，在抓紧总复习！"陆淼言语显然是有些忐忑的。

"淼淼的目标是什么呀？"

陆淼犹豫了一下，看看陆鸣摇摇头，说："爸，还没有最后确定。"

"淼淼，爸爸先检讨哇，爸爸做得很不称职，一直都没有认真过问你的学习情况。"陆鸣真诚地说道。

"爸，是不是妈妈跟你说了什么啦？"陆淼看了陆鸣一眼说。

"淼淼，这个不重要，重要的是你自己怎么想的，爸爸也想知道你的真实想法呀。"陆鸣说得很恳切，他要努力打消陆淼心中的顾虑。

"爸爸对我有什么要求吗？"陆淼试探地说。

"没有，爸爸就是希望淼淼健康、快乐地成长！"

"爸，还有吗？"

"淼淼有什么问题可以跟爸爸、妈妈讲，咱们知无不言，一起探讨解决问题的办法。"

"我的想法你们会认真考虑吗？"

"当然了，淼淼已经长大了，应该有自己的思想啊。"

"爸，你知道，妈妈也肯定和你说了，你不会同意的！"陆淼肯定地说。

"淼淼，你说什么呀？你怎么这么肯定啊？"

"妈妈在学校是教导处领导，爸爸在单位还是个处级领导，你们都是有脸面的人，领导都注重自己的脸面，特别是妈妈！"

"淼淼，你怎么会这样想啊？"

"妈妈一直是这样表现的！"

"淼淼，爸爸和你谈话就是想知道你真实的想法，你首先要明白一点，妈妈要求你也是为了你好，面子只是一种幻象，是一时的，像一阵风刮过去，你明白我说的意思吗？"

"明白，爸，既然您说到这里了，我就说出我真实的想法了，我就是想去学幼师！"陆淼说得有些解脱。

"淼淼，为什么呀？"

"我喜欢！"

"仅仅就是喜欢吗？"

陆淼迟疑了一下，似乎在鼓足勇气地说："爸，这些年我感觉太累了，特别是初中这三年，我一直都在不懈地努力，才保持着这样一种成绩，就是为了妈妈，一想到读高中我从心里有些害怕，三年，我都不敢说我能不能坚持下来，真的，爸爸！"

陆淼从上学开始就一直参加学校的一些课外活动，陆淼不仅喜欢诗歌和演讲，还参加学校的一些节目主持和会演，她的电子琴弹得也很棒，刘玉梅一直在积极培养和塑造着陆淼，希望她能够全面发展，刘玉梅也收获了一些满足，那是陆淼在学校里的高光时刻，谁会想到现在是这样一种结果呀！陆鸣心里有些感叹，便说："淼淼，是爸爸对你关心得不够哇！"

"不，爸爸，幸好您没有太多地关注，如果那样的话，也许我早就崩溃了！"

"淼淼，有这么严重吗？"

"您女儿并不是你们想象的那样聪明啊！"陆淼说着眼泪不由自主地滴下来，伏在桌子上抽动着身子哭泣着。

"好了，淼淼，爸爸知道了，爸爸一定会尊重你的选择的。"陆淼的哭触碰到陆鸣最柔软的部位，他一下想起自己出狱时在赵玉明家陆淼的哭声，他轻轻地拍拍陆淼的肩头说。

"妈妈那里行吗？"陆淼抬起头说。

"淼淼，放心吧，爸爸会和妈妈好好谈的，我们都希望自己的孩子健康快乐的！"

"谢谢爸爸！"陆淼云开雾散，擦去了泪滴，露出灿烂的笑容。

"爸爸希望淼淼永远是现在这个样子呀！"陆鸣笑着抚摸着陆淼的头顶说。

靓初高考成绩比较理想，选择面比较宽，是去北京、上海还是杭州？上海、杭州有点远，气候、饮食都会有些不适，还是北京好，北京是祖国的首都，是政治、文化的中心，历史名城，文化积淀深厚，气候四季分明，距下辽河又近，这是金鸿雁的想法。金鸿雁生在东北，一直生活、工作在下辽河，对炎热和潮湿是有些敏感的，对首都北京一直是十分向往的。靓初倒是无所谓，她们年轻人朝气蓬勃，正在兴旺时期，适应能力强，眼界宽阔，能广览祖国大好山河何乐而不为？上海、杭州也都不错嘛！倒是赵玉明在北京的表哥柳青松很适时地来信了，问询了靓初的高考情况，想报考的院校云云。柳青松是赵玉明二舅家的二儿子，先是入伍参军，在部队上的军校，之后就留在了北京，现在是正师职教授。赵玉明和表哥是从小玩到大的，感情深厚，一直都有着书信的往来，靓初上高中时，学校组织学生去北京参观旅游，表哥专程去住宿的旅馆看望了靓初。表哥希望靓初能到北京就读，有什么事情他也能照应一些，这正好吻合了金鸿雁的想法，金鸿雁笑着说："赵主任，这不是挺好吗，省去了我们的担心了。"靓初就看向了赵玉明，想听赵玉明的意见，金鸿雁接着又说，"靓初，这次就去北京了，等读研究生的时候，你自己再做决定吧。"

赵玉明这时候就不好再说什么了，笑着说："靓初，你要没有什么特殊的意见，这一次就听金大夫的吧。"

"那好吧。"靓初笑着点头，便开始选定院校和专业。

早晨，赵玉明在办公室继续深化着档案管理方面的知识，融入着一些自己对档案管理的思考，陆鸣敲门进来，神情有些郁闷，赵玉明说："'诗人'，看着怎么像有什么心事似的？"

"还不是为了陆淼的事，刘玉梅一直都有些沉着脸哪。"

"陆淼怎么啦？"

"陆淼坚持要报考小幼师，刘玉梅一直不太同意。"

"你站在陆淼一边啦？"

"陆淼说读书得很累，我不能眼看着她出什么问题吧！"

"你说的也是，这件事你要和刘玉梅讲清楚哇！"

"我跟她讲过了，可她心里就是不能理解，她拿自己对比陆淼现身说法，说自己带着两个孩子，又上班又做家务，还能参加函授高等教育学习，不然能坐在现在的岗位上吗？搞得家里冷风飕飕的，我只能让淼淼忍耐，让时间慢慢地化解这一切。"

"你说得也是。"

"'领导'还是你好哇，靓初考得天遂人愿！"

"各家都有各家的难处，我们为靓初去哪儿上学也纠结来着，靓初也有自己的想法，最后还是金大夫一锤定的音！"

"'领导'，你们家是个小问题。"

"是问题就得解决呀！"赵玉明笑着说。

"'领导'，你这业务学习抓得可真够紧的呀！"陆鸣看着赵玉明摊在桌上的档案管理材料说。

"干什么吆喝什么，本来就是门外汉，标准本来就不一样，又有新要求，不学习不行啊！"赵玉明有些感慨地说。

"'领导'，还是你自我要求的高哇！"

"你可拉倒吧！哎，'诗人'，'大拿'什么情况啊，上次回来露了个面，说是公干，怎么一下子无声无息啦？"

"谁知道了，白雪梅有次见我还抱怨，按说他也该回来了。"

"是，何琼毕业安排工作，何聪高考后的走向，这可都是家里的大事啊！"

"许是公司忙得脱不开身吧？"

"有这个可能。哎，'诗人'，最近你又写点什么呀？"

"工作有些忙，心也不净，有时间还是学习和研究。"

"'诗人'，你集子里的有些诗我可读得不太懂啊！"

"朦胧诗，仿的，说真的，'领导'，我说的研究就是这个问题，有很多我也不太懂。"

"能大众化吗？"

"现在有些潮流化，很多有些都看不懂，我也有些怀疑。"陆鸣笑着说。

赵玉明刚要说话，门被推开了，何劲松笑呵呵地进来说："哟！怎么陆主席也在呀！"

"嘿，我说'大拿'，你见面不砢碜我两句你难受是吧?"陆鸣笑着说。

"'诗人'，我这可是实事求是呀！"何劲松说。

"你可拉倒吧！咱们不带这样的呀！人都说'说曹操，曹操就到'，'大拿'，你这速度都超过运动健将了！"陆鸣说。

"是吗，我说刚才我的耳朵怎么会有点热呢。"何劲松说。

"劲松，你怎么才回来，是不是买卖做大了，有些乐不思蜀啦?"

"师兄，还真让你说着了，真就是让几笔大买卖给绊住了。"

"劲松，差不多少就行了，买卖不是你个人的，孩子可是你亲生的呀！"

"错，师兄，现在和个人差不多，我是法人，我全权，孩子要管，钱也不能不挣啊，没有钱怎么过美好的生活呀！"

"劲松，你们那里走得可真够快的呀！"

"师兄，你想不快不行啊，人家捧着推着你往前走，要你缴利纳税呀！"

"这么说你已经成为大户了！"赵玉明说。

"师兄，不大也不算小，按照副厅局待遇。"何劲松笑着说。

"'大拿'，你可够快的，说你砢碜我你还不承认！"

"快什么呀，就那么回事吧。"

"劲松，你可以了。"

"师兄，你说可以就可以了。"

"'大拿'，那你也不能家都不管哪，白雪梅对你可有意见哪！"陆鸣说。

"实在是没办法，我又没有分身术，这不事刚一忙完，我不就急忙飞回来了嘛。"

"劲松，孩子的事怎么样啦?"

"何琼毕业，油田同意接收了，剩下就是分配工作单位了，基本上也落实了，何聪高考失败，报名参加工作，今年又出新规——公开分配，有没有我都是这个办法呀。"

"劲松，何聪怎么回事？特长生不是说有加分吗?"

"都不好意思和人说呀，何聪的加分应该说不算少了，可他的考试成绩不理想也是没办法的事，我想要何聪去我那里历练一下，白雪梅就第一个不同意！"何劲松有些无奈地说。

"'大拿'，白雪梅是怕你那里的花花世界、靡靡之音把我们油田的花朵给污染了。"陆鸣笑着说。

"扯淡，'诗人'，你这才搞几天政工啊，倒是挺有政治敏锐性的，没听人说嘛'酒不醉人人自醉'，何来的污染哪?"何劲松有些不屑地说道。

"'大拿'那你说孟母为什么要择邻哪?"陆鸣反问道。

"你那都是老皇历,现在什么年代了,有钱才是硬道理呀!"何劲松说得理直气壮的。

"劲松,何聪确定参加工作啦?"赵玉明说。

"嗯,已经报名了,我问了何聪一下,他还有去当兵的想法。"

"部队倒是个锻炼人的好地方,回来分配工作也会灵活一些。"赵玉明说。

"师兄说得是,武装部那边就麻烦陆主席帮着听着点啊!"

"没问题,何总的指示我一定照办!"陆鸣笑着说。

"'诗人',你少扯呀!哎,师兄,晚上一起坐坐呗?"

"行啊,去我家吧。"赵玉明说。

"师兄,去你家多麻烦哪,咱们还是去实习饭店吧。"

"这个想法我举双手赞成,'领导','大拿'都当大老板了,去实习饭店好,给他一个表现的机会,咱们也去开开眼哪。"陆鸣笑着说。

"'诗人',你这话我爱听啊。"何劲松笑着说。

"劲松,还找谁呀?"赵玉明说。

"原班人马老朋友,能找到的都找来,好长时间没在一起了,坐下来好好叙叙旧。"何劲松非常敞亮地说道。

"刘铁柱在二十里铺应该能来,刘辉在西斜坡不知道是不是有班。"赵玉明说。

"'诗人',召集人的事还是你来负责吧,对了,别忘记'博士'呀。"何劲松提醒说。

"'大拿',其他人我都能通知,'博士'那里我可没有那么大的面子呀,这事还得你亲自出马呀。"陆鸣强调说。

"怎么着,'博士'回来了,你们都没在一起坐坐呀?"何劲松有些奇怪地说。

"别说坐坐了,就是见个面都难哪。"陆鸣笑着说。

"人家多忙啊,先是上产一千万,接着还要稳步快速发展哪。"赵玉明说。

"那好,下午我去局机关看看,看能不能见到他。"何劲松说。

刘铁柱接到电话立刻爽快地答应了;郝学仁最初是有些犹豫的,主要是考虑刘辉到底会不会来?陆鸣就在电话里说"大师",事情都过去多少年了,你怎么还小心眼了呢?又不是刘辉请客,人家早就屁事没有了,你想那么多干什么呀?郝学仁这才下定了决心;刘辉今天在班上,他说没事,我找个副班替我会儿班,我带台车过来;张国安没有问题,就是放下画笔的事;一切妥妥的,就差"博士"了。陆鸣过来和赵玉明说明了情况,赵玉明猛然想起了张志远,就说:"'诗人',咱们是不是忘了一个人哪?"

"'领导'，你是说张志远吧?"陆鸣笑着说。

"可不是嘛。"

"我想起来了，已经通知到了。"

"这可太好了，'诗人'，你这领导当的，想问题真是越来越全面了。"

"谢谢'领导'的夸奖啊。"

实习饭店是油田为基层单位培训餐饮人员新建的一处培训基地，是西线对外最高规格的饭店，从省城请来的大厨和高级面点师，一边教学一边经营，饭店环境建设比照省城大饭店的格局，比油田招待所还要豪华一些，是本地很多就餐者比较向往的地方，只是许多人苦于囊中羞涩望而却步罢了。

就餐的房间在二〇三，穿着紫红色镶边礼服的年轻、漂亮、高挑的女迎宾，笑容可掬地引导着客人进入。何劲松进来说他下午去了林胜平办公室，报了姓甚名谁身份职务，秘书才肯联系的林胜平，林胜平去了前进前线高凝油开发基地，在那里住了两天，说是晚上回来的可能性很大，回来有时间的话一定会莅临的，但绝对不要等，你们进行你们的。

人陆续到场了，何劲松看看赵玉明，张罗开席。大家开始交流各自的家庭情况。刘铁柱年龄最长，先行说话，刘忠伟的调度长出去学习了，刘忠伟在公司调度室主持工作，刘秀儿生个男孩儿，刚刚六个月，就去了给先进模范学习机会的党校干部大专班学习深造了，刘忠明今年上初一，学习一般般；张志远参加了油田党校干部大专班第一期学习，马上毕业了，老婆孙秀英和孩子都来了西线，孙秀英在油田客运站工作，一个孩子读高一，一个孩子读初二；郝盼盼读高三，成绩中等，有音乐特长，获过多次竞赛大奖，郝可可和郝三上初中，都有些音乐特长；张国安画作又上一层楼，多次获得大奖，晏宝霞新调市委宣传部工作，做了副部长，女儿张玉洁上高一，儿子张玉衡上初一；贺桂文正比量着承包家属站服装厂，刘成乐这批技校生赶上了技校改革"二加一"模式，最后一年的学习改为在用工单位实习，回到了西苇，这下让人放心了，刘成功读高二，是年组里的好学生，和何明比肩；陆淼读幼师，陆岩读初一，学习成绩还都不错。

一圈下来，人人发言，酒过三巡，菜过五味，大家便进入单独交流环节。

刘铁柱对何劲松说兄弟，你要是不走该多好哇！何劲松说事情发展到今天这样我也没有想到哇，我现在走得还不错。刘铁柱说那是，兄弟，你到哪里都错不了，可忠伟对你一直有个依赖性，有了事就想请教你这个老师。何劲松笑着点头说大哥，有什么事让忠伟给我打电话呀。两个人碰了下杯，一切尽在不言中。

刘辉起身来敬赵玉明和张志远，说两位领导，多谢你们的多次相助，我刘辉一辈子铭记在心！赵玉明说你家成功真是了不得，兴隆回家都说老师说成功很有希望成为北大、清华的苗子。刘辉笑着说我家成功小伙儿长得也贼精神，个头随我，长相像桂文，现在就有女孩子钉着不放呢，说是李敢的闺女。赵玉明说那好哇，这下你可省心了。刘辉笑着说我就这样了，希望寄托在成功的身上。赵玉明在报纸上看到李敢已经调西苇厂任职书记了。

郝学仁和陆鸣、张国安举杯说话，陆鸣说"大师"也该走出家门了。郝学仁说我在家里挺好的，算是一种蛰伏，有时间琢磨点小曲，挺安逸的。张国安说也好，这也是一种修炼，况且你每个孩子培养得都不错呀！陆鸣说"大师"，你还是从家里出来好，年富力强就该做点事。郝学仁说再说吧。陆鸣说"画家"，你帮着瞄着点，看哪里有地方啊。张国安说这得"大师"点头才行啊，上次的庆祝大会会演排练他就没有参加。

这时候，一个穿西服很精干的年轻人敲门进来，笑着说："请问哪一位是何总经理呀？"

何劲松起身说："我是，你有什么事？"

年轻人笑着说："何总，我是局办的，请借一步说话好吗？"

"好。"何劲松起身出去，一会儿回来说，"'博士'又有临时接待任务，来不了了，来，咱们喝咱们的，大家都尽兴啊！"

刘秀儿去油田党校大专班报到，签到时见到了陈立伟、崔长湖，有些欢喜，能在党校成为一种同学关系是一件非常高兴的事。崔长湖家在东风基地，陈立伟家在西苇，必须住校，刘秀儿家在西线，孩子小，享受着人文关怀，晚上可以回家。

党校大专班是百人建制，最初建立时非常高调，美其名油田干部的"第三梯队"，局、处干部的红色摇篮，第一期学员都是正科级以上的干部，非常整齐划一；刘秀儿他们这一届是第三批，有些参差，除去部分的科级干部，还有许多股级劳动模范、先进人物等。

党校干部大专班的学习最初是从三个月的文化补习开始的，以便拉近学员文化程度参差不齐的差距，刘秀儿文化课补得有些吃力，就发挥了干好工作的劳模精神，不停地啃，啃得头昏脑涨的，可时间还是显得十分紧张，不久，给孩子忌了奶，自觉地住校学习了。

这天下午下了大课，崔长湖叫住了刘秀儿，悄声说："一会儿一起出去活动活动啊？"

"崔兄，干什么呀？"

"喝酒。"

"有好多作业要做，我就不去了。"

"磨刀不误砍柴工，这样的活动你得参加，学习班的学习应该是丰富多彩的。"

"到时候再说吧。"刘秀儿见推托不过，便这样说。

"就在门口的雨润饭店，到时候我找你呀。"

党校下课的铃声响了，这也是学校晚饭开饭的时间，刘秀儿放下作业，赶着去食堂吃晚饭。刚出了女生宿舍楼的大门，就见崔长湖在楼门外的一根灯柱下靠着，刘秀儿想起了邀请，就随着崔长湖去了。到了饭店，刘秀儿看到陈立伟也在，还有班里的几个中坚力量。大家嬉笑着说食堂的晚饭实在是有些难以下咽。实际也是，食堂的晚餐比较简单，多数时候就是中午剩饭剩菜回个锅，应付一下住宿吃饭不多的学员。

酒足饭饱，崔长湖带着几分酒意说："各位同学，学校今天晚上有舞会，咱们也去凑个热闹呗？"其他人都说好哇！

"你们去吧，我不会跳舞，我的作业还没有完成。"刘秀儿说。

"写作业急什么，跳舞不会可以学嘛，你师傅今晚专门负责教你了。"崔长湖说着看向陈立伟。

"这个我责无旁贷。"陈立伟笑着说。

"那好吧。"刘秀儿勉强说。

党校的舞厅实际就是一间大教室，两边靠墙是黄色木条椅，参加活动的基本都是学校的教职员工，也欢迎住宿的学员参加，一个双卡收录机放在角落的课桌上，音量放到最大，里面播放着慢四，一对对男女勾肩搭背，在场地上悠闲地曼舞着。

陈立伟舞步轻盈地教授刘秀儿，刘秀儿不是踩不到点上，就是慌乱中踩在陈立伟的脚上，陈立伟一直笑着说："没事，没事，放松，放松，继续，继续，我和王珏初学时也是一样的。"

"珏姐也会跳舞啦？"

"我们那里偏僻，名叫锦绣村，实际一点也不锦绣，电视机接收不了几个台，还总是飘着雪花，大家闲暇时干什么呀，工会就在大食堂组织，大家就去学，熟能生巧嘛。"

说是说，刘秀儿还是弄得满脑门子汗，曲子停了下了场子就走，还说："这怎么比写作业还累呀，还不如回去写作业。"

崔长湖马上挽留说："刘秀儿，写作业你急什么，这是选修课，也是必修课，我也不怎么会，咱们一起学，我就不信了，工作都能干得好，一个跳舞还能学不会，咱们死都不怕，还怕困难吗？"崔长湖说着拉住刘秀儿，在场地边上先踩点，嘴里念叨着1—2—3—4，1—2—3—4，一个舞盲一个半舞盲，刘秀儿的脚步开始有些自如了。

舞曲变成快三，崔长湖和刘秀儿坐下歇息，崔长湖看看刘秀儿，说："妹子，你不能老是学习呀写作业呀，你得和大家多多交流哇！"

刘秀儿有些不解，看着崔长湖，说："崔兄，我哪里做得不好啦？"

"没有，刘秀儿，你不能老当这个队长和劳模吧？组织上安排咱们来学习是对咱们的重视，是提高咱们的能力和水平的，也是解决咱们的文凭问题的，以后或许会给咱们承担更重要工作的机会，来学习的这些人很多都不简单，这里边藏龙卧虎，分布在油田的各个单位，以后你知道哪块云彩有雨呀。"

刘秀儿过去还真没有想过这方面的问题，这时候认真想一想，不由得深深点点头，说："谢谢崔兄提醒。"

崔长湖说："彼此彼此。"

二十一

刘辉近来有些莫名，感觉却十分惬意，他有些不明白，也根本不太想去弄明白。

刘辉来了西苇就在采油厂调度室当了值班调度，一晃十年了，调度室是个铁打的营盘，里边的人也是流水的兵，除去调度长老陶，他是老二武松。他和调度长不能比，老陶带着"长"呢，可他还是个大头兵！不知从哪一天起，人们渐渐地对他有些客气了，刘辉感觉这是从调度长老陶开始的，人还是需要得到一定的尊重的，他也乐于接受。有一天，他值班，没有其他人的时候，老陶说老刘，你和李书记早就认识呀？刘辉说哪个李书记呀？老陶说就是新来的李敢李书记呀！刘辉说就算是吧，可没有"博士"林胜平那样熟。刘辉依稀记着李敢的名字，最早下辽河时，李敢是个井队长，和他们技术队有些业务上的往来，电话联系中他们倒是时常说话，倒是赵玉明、何劲松和李敢要熟悉得多，他们时常驻井队工作，联系得更多更广泛。老陶笑着说老刘，你可以呀！就出去了。刘辉没明白也没有问什么可以呀，实际上，林胜平回来当局长，刘辉的嘴里倒是没有闲着，他和林胜平是真的熟悉呀，一个宿舍住了不少年，不吹牛也能够说到很多日常的点滴。比如说，那次林胜平妻子难产的消息就是他想尽办法转达给赵玉明，林胜平才能很快地登上回北京的列车，还比如他们隔三岔五就在一起打牙祭，在刘铁柱、何劲松家或单位改善生活——喝酒，这是什么样的关系呀！是令很多人羡慕的一件事啊！

上一次，刘辉接到在老家村里住的二姐的电话，说是父亲病了，一直念叨着他。刘辉下了班立刻找到调度长老陶请假，要回老家看看老父亲，老陶不但准了他的假，还让刘辉坐上调度室专用值班车——北京吉普回的老家。刘辉坐着吉普车进了那个小山村，惹得村子里的老少爷们都来看风景，有见过些世面的人就说这个吉普车是现在县太爷的坐骑，父亲也从炕上爬起来，看上去病一下子好了一大半，这是件很有面子的事情啊！父亲的病是父亲心头新压着一块石头，那个远房堂兄弟刘广厚，带着两个儿子，这几年承包了村子前山的一大片丘陵地，又是果树又是庄稼的。父亲心有不甘哪，很希望刘辉能常回家看看，更希望刘辉、刘成功能够光宗耀祖哇！

贺桂文在西苇家属站服装厂做了三年的技术指导。最初贺桂文是不想去的，维修队保管员的岗位轻松自在的，她没有必要去受那个累，是指导员做了她的思想工作。服装厂厂长是家属站站长的亲妹子，家属站站长的爷们是采油厂的副指挥，服装厂用她也不白用，会给她一些补贴的，补贴是个硬道理，保管员的岗位还给她保留，她就是这样才去的。最近，服装厂内部发生了些变故，做缝纫工的二十几个家属不太听从服装厂厂长的指挥了。究其原因，是服装厂厂长的姐夫离休退出了厂副指挥的岗位，服装厂的工作服等业务结算进度变得有些滞后，服装厂的经济效益出现不如从前的状况，搞不好年底会影响到这些家属工的收益，家属工就有些意见，免不了说三道四的。服装厂厂长心里明镜似的，她现在是王八钻灶坑——两头窝火，干脆甩耙子不干了！服装厂一时处于停产状态，年终结算也扔在半路上，其他家属工都没有能力接手这个盘子，想请回服装厂厂长，但谁都不想出头舍面，服装厂就这样半死不活的。这时候，一个叫刘红英的领班就对贺桂文说贺姐，要不你领着我们大伙儿干吧！贺桂文笑着说我干它干什么，服装厂没活我就回单位上班了。刘红英说贺姐，这个厂长只有你能干，你就承包了吧，多挣些钱有什么不好？说到挣钱让贺桂文倒是有些心动，她有两个大小子也都老大不小了，他们读书、成家能不需要钱吗？贺桂文说我干得了吗？刘红英说贺姐，就你能干！贺桂文说妹子，你怎么这么说呀？刘红英笑着说你上面有认识的大领导又有李书记的面子肯定行啊！上面的大领导说的是林胜平了，刘辉和林胜平在一个队工作还住一个宿舍里是很多人都知道的事，刘辉更是没少熏，熏得接触的人都知道。贺桂文就说李书记，你说哪个李书记？刘红英说就是厂里新来的李敢李书记呀！贺桂文有些疑惑，李敢的名字她从没听刘辉提起过，她只是笑了笑，说我再看看吧。刘红英说贺姐，你还看什么呀，这是个好机会，这个厂长过去可没少赚哪！贺桂文说人家有那个本事，我怕我没那个本事啊！刘红英说啥本事啊，上面有人是最重要的，谁都会给你面子，你有自主权，一切都好办！贺桂文说我和李书记并不熟，也许我家刘辉认识，我得回家问问他。刘红英笑着说贺姐，人都说李书记闺女追你们家成功追得可紧了。贺桂文就是一愣，说我家成功还在上高中，怎么会呀？刘红英笑着说贺姐，你还不知道哇？贺桂文摇摇头，刘红英笑着说很多高中的学生都知道这个事，刘红英的闺女也在油田高中上学。贺桂文说孩子的事还能当真呀！刘红英说人家都说李书记可宠着他这个闺女了。

贺桂文在家和刘辉说起了这件事，刘辉说不知道，我从没听说过这个事。刘成乐在一边说这事我听说了，还问过成功，成功对这事没什么想法，倒是那个叫什么李慧琳的女孩儿紧追着成功不放，还当着很多同学的面信誓旦旦地告诉成功就是喜欢他，这辈子非成功不嫁，这个女孩她爸好像就叫李敢，是个官，说是这次来了西苇厂。刘辉原来一直以为仅仅是林胜平的关系，这时候才解开了一些疑惑。贺桂文就说了有人要她承包服装厂的事，刘辉说你要想操这个心你就干！贺桂文看看刘成乐说要是不挣钱，我才不操这个心哪！刘成乐马上说妈，你别看我，你挣的钱我也不花！贺桂文说你个小兔崽子，不为了你们我会想挣这个钱吗？

　　贺桂文接手了服装厂这个摊子，她对服装厂的运转程序很快就清楚了，实际上也很简单，就是厂长出去采购布匹等制衣材料，在厂里制作各式工作服，主要是夏装和棉服两大类，制作好了送单位供应部门接收入库。一年里光厂子就要近万八千套的，内部结算，单位扶持，效益是绝对没有问题的，如果油田其他单位有些关系那就更好了，重要的是接收的供应部门不能挑事，一般来说单位主管供应部门的头头都不是一般的人物，里边的物资员也都是有些来头的，没有些斤两的人是压不住他们的，所以，才有前任服装厂长后来出现的窘况。李敢这一块到底行不行？高中生，小孩子的事能当真吗？可刘红英她们是当了真的，调度长老陶也许是当了真的，看来当真的人还是大有人在的。这种事也就难怪了，服装厂里的一个缝纫工的女儿上技工学校谈了一个男同学，没想到两家人竟像亲家一样走动开了，两个孩子也就成功这般大小，这事就有点糊涂庙糊涂神了；一段时间以来，单位一开会就会发号召，积极鼓励有志之士、富余人员和家属工厂开就业渠道，开拓"第三产业"，贺桂文这样做也是积极响应组织上的号召哇！想到这里，她下定了决心，干！再说她这两个儿子都大了，马上都要用钱了，特别是老大刘成乐，实习完就正式参加工作了，参加工作就该谈女朋友了，谈了女朋友离结婚还会远吗？结婚就得有个窝，贺桂文捏捏自己的口袋，感觉有些羞涩。

　　何琼被分配到了西线采油厂的南矿地质组工作，这完全在白雪梅的意料之外，也和何劲松最初说定的结果相去甚远。白雪梅自然要去找陆鸣询问清楚，何劲松之前已经落实的事情怎么会发生变故呢？陆鸣说这也是没办法的事情，油田刚发了新条文，今年接受所有大中专毕业生一律下放到生产一线单位锻炼，了解和熟悉基层工作情况，锻炼基层工作能力，有上级单位需要的，也要年满两年以上的工作经历才可以调动。这是今年年初油田职代会上职工代表的一项特别提案，谁想被油田组织部门积极采纳了，也让何琼这批毕业生给赶上了，没有例外，这是没有办法的事情。

　　西线采油厂南矿在西线南端的田野里，办公、住宅是一个小基地，距离西线油田总部大约六七公里的路程。在南矿工作，何琼可以住宿，工作不忙时也可以回家，这里日常有西线开通的固定班次的交通车，周末单位还有送班车，何琼读高中时的"梅花26"自行车还是好用的，这时候也派上了用场。

　　何琼身材婷婷，容貌可人，衣着得体，走到哪里都是一道靓丽的风景，引来无数艳羡的目光，有好事的年轻人有事没事就会光顾一下地质组，去一览秀色。

南矿地质组一共有四个成员，组长叫郭兰，三十出头，中等身材，一个孩子的妈妈，中专学历，单位里的先进模范人物。另外两个是工人出身，是协助郭兰跑现场等工作的。

　　南矿说起来也算个老油区，十几年的开采，油层大部分已经水淹，进入高含水期采油，这时候地质组的主要任务是配合上级地质部门研究油层的水淹规律，搞清剩余油的分布及其影响因素，提高水淹区内水驱油效率，提高油藏开发效果，这里要综合运用小层沉积相理论油层非均质特点、油水井动态资料、检查井和调整井等相关资料进行相关的研究。按照组长郭兰的工作布置，何琼一直陷在动态油水井、检查井、调整井的资料堆里不能自拔，脑袋搞得浑浑噩噩的，感觉都有些大。

　　何琼回到家里就和姥姥诉苦，白雪梅在一边说何琼，你说干什么不辛苦吧，梅花香自苦寒来？学到的东西就是你自己的！何琼伸了一下舌头，无言以对，她要对话就会遭受更加严厉的斥责，这是她读大专的积怨。白雪梅正在向高级职称努力，不是你们三个我至于这么晚吗？白雪梅之前就对何琼提出要求，趁着年轻尽快把本科文凭补上，一个大专生调转起来都不那么硬气，还会影响今后的职称评定！何琼默默无语，相当于竖起了白旗。

　　何琼认识王天伟是参加工作两个月之后的事情。那天，她去十一队取油水井资料回来，进门看见一个梳着小分头，唇薄齿白的男青年正和组长郭兰认真交谈着，男青年听到有人进来很自然地转动一下头，本来已经转回去的头立刻又转了回来，明亮的眼睛有些诧异地定格在何琼的脸上，回头看向了郭兰，郭兰清理了一下嗓子介绍说："何琼，这位是咱矿政工组的宣传干事王天伟，王干事，这是我们组新分来的大学生何琼。"

　　王天伟立刻起身，手伸向何琼微笑着说："何琼，您好哇。"

　　"你好。"何琼回应着，手指蜻蜓点水地沾了王天伟的手一下，便回到自己座位上整理资料了。

　　王天伟身材偏高，浓密的头发有些自来卷大波纹，面部骨感突出，脸色略显苍白，声音充满磁性，有些播音员的特质，王天伟来地质组是了解近期地质工作情况的，郭兰侃侃而谈，王天伟不时地记录，不时地地提问，采访行云流水。何琼看向王天伟时，王天伟也正好看向了她，露出一丝微笑，何琼无意识避开了那个关注的目光。王天伟了解完情况就走了，走时没忘和何琼打了声招呼，何琼也礼貌地回应着。

　　看着王天伟离去，郭兰有些赞赏的口吻说："王天伟年纪轻轻，就一个初中毕业，却是个很有才气和天赋的青年，他不光文字材料写得好，诗歌也常常在报刊上发表，参加工作没几年，就从采油工的队伍中脱颖而出，调到南矿政工组工作了，又因为文字好，组织材料能力比较强，厂办、党委宣传部的头头全都看好他了，争着想要调用他，只是他一没有文凭，二不是干部，只能等着主要领导拍板了，他刚刚出去参加一个什么青春诗会和一个文学创作学习班，去了三个多月刚回来，真是个人才呀！"

这些年里，最先是校园歌曲，接着是港台流行歌曲，还有朦胧诗都在各个校园大行其道，何琼是有些感知的，她在读大专时一个叫徐莹的室友就参加学校组织的一个什么新萌芽诗社，还常常吟诵着"卑鄙是卑鄙者的通行证，高尚是高尚者的墓志铭！""黑夜给了我黑色的眼睛，我却用它来寻找光明！"等诗句。

何琼一直陷落在南矿那些油水井资料中，郭兰是想让她尽快全面了解南矿油水井的基本情况，也是为她能参与矿区的地质研究工作奠定基础条件，郭兰已经表现出积极培养她的意愿了，组里的那两个人都不是科班，做些辅助性的工作还可以。王天伟这个时候进来了，何琼抬头看到了王天伟，王天伟笑着说："您好，郭组长不在呀？"

"不在，应该是开会去了吧。"何琼说着埋头继续做自己的事情，她没有听到离去的脚步声，不由得抬起了头，王天伟站在那里正看着自己，何琼说："王干事，你有事吗？"

"啊，看您忙着，有些不好意思打扰您。"王天伟笑着说道。

这个"您"略带着京腔，有着一定的感染力，何琼也改变称谓说："王干事，有事您说吧。"

"郭组长那天介绍情况时说了几个技术术语我搞不太清楚，您能帮着解释一下吗？"

"我也不一定能解释清楚，看看吧。"何琼说，王天伟立刻走过来，递过一张稿纸，上边写着几个词条，王天伟的字迹是钢笔行书，遒劲有力，极具美感，何琼有些感叹地画定着词条，一个个解释着。

"谢谢您，我在二楼，有时间欢迎您上来坐呀。"王天伟走时笑着说。

"您不必客气。"何琼说。

郭兰回来，何琼和组长说了王天伟找郭兰的事，郭兰听了有些意味深长地笑了笑。

周末，何琼坐南矿的交通车回西线，忙碌出来晚了一会儿，大客车的座位上已经坐满了人，何琼上车站在过道里，这时候车厢里边有人招呼她，是王天伟，王天伟在不停地招手，她就串了过去，王天伟起身把座位让给她，她没好意思坐，王天伟坚持让她坐，她只好坐下了。周围就有人哄笑着甚至发出有些怪异的声音，何琼感觉有些不太自在，王天伟立刻大声说："女士优先你们懂不懂，还像个男人吗？"

周围一下子静穆了，仿佛所有人真的都在审视自己的性别了。两个人开始轻声交谈，王天伟是随二叔来油田工作的，他很小的时候母亲就不在了，他"过继"到二叔的名下，是爷爷、奶奶把他抚养大的，他初中毕业就来油田参加工作，他不想给农村的爷爷、奶奶继续增加负担。昨天爷爷、奶奶来了二叔家，他是过去看望两位老人家的。到西线下车时，王天伟笑着说："何琼，你什么时间回单位呀？"

"周一早晨，坐早班的交通客车。"何琼疑惑自己怎么说得这样清楚明白。

"好，周一咱们交通总站见！"王天伟说。

秋天的早晨清新凉爽，何琼快步走进新建成的西线交通总站大厅，大厅里熙熙攘攘，人声嘈杂，六个洞开的闸口都在检票，人在不断流动着。何琼寻向售票处，王天伟这时从人群里闪出来，晃动一下手里的票说："何琼，票我买好了！"

"谢谢呀！"何琼说。

看看检票还有些时间，他们便坐在近处的条椅上候车。何琼拿出车票钱给王天伟，王天伟笑着说："何琼，就两毛钱的事，你这不是砢碜我嘛。"

何琼只好把钱收起来，说："王干事，你爷爷、奶奶还好吧？"

"挺好的，他们的身子骨都很硬朗，就是有些想我了，特意跑来的。"王天伟说。

"你多长时间没见他们啦？"

"半年多。"

"也难怪，你一直没回去呀？"

"回去很不方便，也没有假呀。"

何琼想起王天伟之前出去学习的事，就说："王干事，你前一段时间出去学习啦？"

王天伟有些洒脱地笑着说："什么学习呀，就是给一帮人找个理由出去玩乐去了，还美其名读万卷书，行万里路！"王天伟的话把何琼吓了一跳，这个理由可不是谁都能有的，王天伟看出了何琼的想法，接着说，"当然了，去学习的人也得有大红印泥的官方邀请函，单位才会认可，才能公费报销的，邀请函不是随便寄给什么人的。"

"就京城参加了一个文学创作学习班，我是石油系统选送的，在学习班里我算是中规中矩的，我们班和我一个宿舍的一个家伙，开了班没几天，就从京城的八达岭长城起步，独自沿着长城徒步走了一个月，回来的时候像个野人，站在走廊里拼命号叫，听着都瘆人，还说参透了诗的精髓，我们同屋的几个人强行把他拖回房间，用酒灌醉他睡下了才算了事。"王天伟这时候说话像是还在学习班里。

检票口开始检票了，按照票号他们只有一个座位，王天伟让何琼坐下了，何琼说："我在学校时，我的一个室友总是朗诵'黑夜给了我黑色的眼睛，我却用它寻找光明'！"

王天伟笑了，说："这是顾城的诗，顾城是朦胧诗代表诗人之一，还有舒婷、北岛，最早的朦胧诗人是食指，真名叫郭路生，也被称作'地下诗歌第一人'，他的代表作是1968年写的《这是四点零八分的北京》：我的心骤然一阵疼痛，一定是妈妈缀扣子的针穿透我的心胸，这时，我的心变成一只风筝……"交通车到达南矿站，他们一齐下了车，王天伟摆手笑了笑，上二楼去了。

何琼坐在办公室里有些愣神儿，王天伟的世界有些广阔还略带神奇，王天伟的声音富有磁性，"我的心变成一只风筝"下面会是什么？何琼有些向往，郭兰敲敲桌子，说："何琼，那个资料你准备得怎么样啦？"

"组长，全好了。"何琼说着忙把准备好的资料给了郭兰。

郭兰看了看，安排何琼做下一个材料，还说："何琼，这个材料你得抓紧点啊，过两天上边来人要用的，我看你这几天做事怎么有些走神，有什么事情吗？"

"组长，没有。"何琼肯定地说。

忙碌了整整一天半的时间，材料可算弄完了，何琼的头都有些晕乎乎的，中午吃饭，她将饭盒放在餐厅的条桌上，有些没有食欲，一块玉米面发糕、一饭勺红白相间的胡萝卜片炒白菜片，她有些皱眉地勉强吃了几口，王天伟这时候坐在了她的对面，放下饭盒，笑着说："何琼，怎么了，没食欲呀？"

"这一天到晚忙的，简直累死人了！"何琼有些抱怨说。

"饭要一口一口地吃，事要一点一滴地做，人是铁饭是钢，一顿不吃饿得慌。"王天伟说着，舀了一大口泛红的高粱米籽咀嚼着，表现一副很惬意的样子。

何琼微微地笑了，开始扯着玉米面发糕细细地吃着，说："'我的心变成一只风筝'之后呢？"

王天伟似乎愣了一下，马上笑着说："啊，'风筝的线绳就在母亲的手中，终于抓住什么东西，管他是谁的手，不能松，因为这是我的北京，这是我最后的北京！'"

何琼听完摇了摇头，似懂非懂的。

他们一起出了食堂，何琼原本是想回宿舍躺着歇一会儿的，王天伟说："何琼，去我办公室坐一会儿啊？"

何琼不由自主地点了下头。

王天伟和政工组长李福吉一个办公室，里边的东西有些多，那个木条椅的一半还摆着各种旧报纸。王天伟把木条椅另一头擦了擦，何琼坐下来，她来王天伟这里就想放松一下，听王天伟说些北京的事，比如诗会或学习班里的趣事，王天伟有着独特的叙述能力，让人愉悦。他说何琼似懂非懂是对的，他也一样，朦胧诗的诗境就是模糊朦胧的，主题多义莫一。接着，便从食指说到顾城、北岛、舒婷、海子，海子是个少年天才……王天伟最后说到了汪国真，虽然汪国真初露头角，可已经有手抄诗在广大的爱好者中传抄了，是一位很被看好的诗人。王天伟找出了几本诗刊和几张诗报给了何琼，说："如果喜欢，有时间就看一看吧。"

何琼接在手里看了一下，这时候，政工组长李福吉上班来了，这是一个四十几岁，面色苍白的中年男人，目光有些犀利，何琼报到时见过一面，这时点点头，马上起身告辞了。

何琼翻了诗刊和诗报，她都读了，她喜欢汪国真的诗，像《我微笑着走向生活》：我微笑着走向生活，无论生活以什么方式回敬我。报我以平坦吗？我是一条欢乐奔流的小河……多简单明了哇，干吗非要猜谜？王天伟给她的有几份《香稻诗报》，是当地一个诗社出刊的，作者倒是天南地北的，名字前面标注了省份，边角处有陆淼的一首小诗，是自己认识的那个读幼师的陆淼吗？陆鸣叔叔倒是写诗的。

郭兰匆匆进来了，要那份资料，何琼递了过去，郭兰坐下认真审读着，然后抬起头说："不错，何琼，很有进步哇！"

何琼舒了一口气。

郭兰看看何琼笑着说："何琼，谈恋爱啦？"

"组长，没有。"

"真的没有吗？"

"组长，真的没有！"

"大家都在说，我以为是真的。"

"组长，大家说什么啦？"

"王天伟，挺不错的。"

"组长，真的没有！"何琼肯定地说，郭兰笑了笑。何琼感觉郭兰说的大家有些太无聊了，青年男女接触得多一些就是谈恋爱吗？关于恋爱，白雪梅是有些要求的，因工作安排的临时变故，何琼的年龄还不算太大，最好是她调转回去了再做考虑，何琼是明白白雪梅的用心的。

周六中午，在食堂吃饭，王天伟说："何琼，周日休息回家吗？"

"组长没有安排工作我就回去。"

"周日中午西线有个聚会你能参加吗？"王天伟看着何琼说，有些期待。

"是什么聚会呀？"

"本地的一些诗友搞个见面会，做交流。"

"我又不写诗，去了多尴尬呀。"

"没关系的，大家就是在一起坐坐，说说话，又不现场答题，再说去的人我也不是都认识，去吧。"何琼新奇中有些犹豫，王天伟盯着何琼说，"你在家闷着干什么呀，就当出来开开心。"

"不太好吧。"

"没什么不好的，相信我！"

"有什么情况你可帮我兜着点啊！"

"那是一定的！"

"那好吧。"何琼这才点头答应了。

"明早八点，咱们局机关大楼前见哪？"

"行吧。"

何琼是在局机关大楼前路边看到了提前到的王天伟，王天伟看看何琼笑着说："怎么穿得这么正式呀。"

"怕去了给你丢人嘛。"何琼笑着说，他们向聚会地点走去。

聚会在市招待所的一个小会议室里，王天伟签了到，和召集人握了手，和几个熟人打了招呼，看了看，便在口字形的一处桌子拣个位置坐下来，然后，把认识的人说给了何琼。会议很快就开始了，三十多人的规模，召集人重点介绍了一些来宾，什么本地某诗刊的主编，本地某报副刊的主任、编辑，某文学社长、诗社社长、著名诗人，等等，油田、地方的都有，王天伟名在其列，属于诗坛著名新秀，大家就目前诗歌的现状进行了研讨，话题很快就归结在关于朦胧诗的讨论或是论战上，何琼读过了王天伟给的诗刊、诗报，听着就不那么陌生了，大多的对话就是鹦鹉学舌。王天伟发言时说到了汪国真，也说些在学习班里听到的一些消息，引起一定的关注度，那是来自北京的。时近中午，话题未完，研讨话题转移到餐桌上，话借酒力，酒推话风，研讨进入了新的高潮。王天伟看样子不太胜酒力，中间去了几次卫生间，回来时脸色有些惨白，何琼有些担心地注视着，王天伟笑着说："放心吧，我没事，真的。"

何琼跟着郭兰连着跑了几天的井站现场，这天回来看到桌子上有一个信封，打开一看，是王天伟留下的，王天伟成功调动了，去西线厂办做了秘书，何琼心里生长了些许的惆怅，她最近胡乱写了几首叫诗的东西，还想着找个时间请王天伟指正哪。她把那几首诗重新抄写了一遍，装在信封里，投到南矿门前站着的那个草绿邮筒中。

白雪梅周六晚上敲开何琼的房门，看到何琼手里捧一本《唐诗三百首》，这是何劲松的藏书，便说："何琼，你什么时候开始喜欢唐诗啦？"

"谈不上喜欢，随便看看。"

"诗歌是很美好的东西，也是一个很危险的东西。"

"那陆淼怎么还喜欢哪？"

"可以喜欢，但不要痴迷。"

"妈，我只是喜欢。"

"何琼，你也工作一段时间了，我一直都没问你，你这段时间都做了些什么呀？"何琼做了简要的汇报，白雪梅点头说："不错，何琼，你的本科选定了吗？"

"妈，正在选。"

"何琼，你可得抓紧哪，两年转眼就过去了，你本科不能毕业也要在读，最好是毕业了。"

"妈，我知道了。"

"我和你爸爸谁让父母操过这样的心哪！"白雪梅有些感叹地说。

那一天，地质组的人都在忙着查油井资料，政工组长李福吉进来说："郭组长，上边来个通知，要何琼去油田报社去学习。"

郭兰看了一眼何琼，说："李组长，什么内容啊？"

"油田党委宣传部在油田报社组织一个文学创作学习班。"李福吉说。

"李组长，我们组里还有不少工作要做！"郭兰强调说。

"通知是厂宣传部转来的，我就是传达到，能不能去你和何琼商量吧。"李福吉扔下一纸通知书就上楼去了。

郭兰看了一眼通知书，递给何琼说："何琼，你还喜欢文学创作呀？"

"闲暇的时候看看书。"何琼说得轻描淡写的。

"何琼，这个事你自己定吧。"郭兰说着，把通知书给了何琼。

何琼最初听到这个消息是有些错愕的，她立刻想到了王天伟，便拿起通知书看了看，学习是在本周周末的三天，时间安排很紧凑，晚上都有活动安排，何琼说："组长，等组里的活干完再说吧。"

郭兰马上笑着说："何琼识大体，顾大局，是个好青年！"

何琼是周六晚上去报社学习班报到的，何琼进教室时一位老师正在讲评学员的作品，有四五十位学员在认真倾听着，何琼放轻脚步在稍后的一个空位子坐下来，这时有人轻声叫着她的名字，是陆淼。陆淼挪了几个座位串过来说："姐，你怎么才来呀？"

"工作忙离不开。"何琼笑笑说。

"姐，真不知道你也喜欢诗歌，开班就听到点名册上有你的名字。"

"我就是来凑热闹的。"

"姐，你写得真不错呀！"陆淼说着，翻开一本内刊指了指。

何琼看到的是自己之前寄给王天伟的那几首诗，里边有一些改动，切中要害，她有些脸热，笑了笑说："我写着玩的，让你见笑了。"

"姐，你也太谦虚了。"陆淼真诚地说。

这时，在前排就座的王天伟出去时看到了何琼，回来就坐到了何琼的旁边，陆淼看到轻声叫了声："王老师。"

王天伟点点头，对何琼说："何琼，你这两天不来有些可惜了，外边请的老师课都讲完了，明天采风，大家一起出去走走也挺好的，回来写些东西，参加石油系统组织的职工文化大赛。"

"谢谢呀！"何琼点点内刊上的诗作笑着说。

"别客气，我手里有个领导急用的材料，明天采风恐怕是去不了了。"王天伟说。

"是呀。"何琼感觉有些遗憾。

老师的讲评结束了，学习班长宣布舞会开始，一些学员立马忙着挪桌搬凳，在教室里开疆扩土。

"能坐一会儿吗？"王天伟看看何琼说。

"可以呀。"何琼点头说。

收录机敲打出欢快的舞曲，一些学员有些急不可耐，王天伟微微躬身笑着邀请了何琼，何琼搭上王天伟的手，两个人舞步轻盈，翩翩起舞在教室中旋转，引来众多赞叹的目光，何琼从王天伟的脸上看到了惬意，王天伟说："何琼，你跳得真好！"

"是王老师带得好。"何琼笑着说。

"我就是上次在北京学习时新学的。"

"都说王老师天资聪慧，果然实至名归呀！"

"谢谢夸奖，不胜荣幸！"

深秋的夜晚，晶莹的星星时隐时现，天空显得高远而深邃。王天伟送何琼回家，夜深了，天气有些清凉，王天伟脱下风衣，披在了何琼的身上，一股暖流在心头荡漾，何琼说："谢谢。"

"何琼，你别总这样客气。"

"你一直在帮助我。"

"我喜欢！"

何琼想说你喜欢什么？还是说："我到家了。"

王天伟接过风衣，握住了何琼的手，轻轻地将何琼揽进怀里，何琼昂起了头，遇了甜蜜的热吻，这是青春勃发的生机。

"何琼！何琼！"是姥姥的声音。何琼说："是姥姥，再见哪！"便欢快地走了。

"再见！"王天伟说。

何琼采风后写了一个组诗，感觉一般般，她想了想，还是寄给了王天伟。何琼一直在品味着那个热吻，她回味着那种甜蜜和神奇，接下来还会发生什么？王天伟算不上美男，可他有一种吸引人的魅力，他们算是发生爱情了吗？王天伟在忙什么？她有一种想见到他的冲动，她是女孩子，她得矜持点。可王天伟一直都没有联系她，何琼心里有一种淡淡的失落。

石油职工文化大赛尘埃落定，王天伟的诗歌获得一等奖，何琼的诗歌获得了三等奖，这里边有着王天伟很大的功劳，一些简单的诗句在王天伟笔下变得神奇，何琼细细品味改过发表的诗稿，感知了其中的些许魅力。油田宣传部组织颁奖那天，何琼期待王天伟的出现，可她的希望落空了。陆淼拉着何琼的手，说："姐，恭喜你，你进步得可真快呀！"

"谢谢。"何琼笑着说，陆淼是优秀奖。

周末，何琼回到了家，见到姥姥坐在炕边上抹眼泪，便拉住姥姥的手关切地说：

"姥姥，怎么啦？"

"何聪要去当兵了，瞧她这点出息吧！"姥爷白敬良在旁边有些嘲笑地说。

"我是有些担心。"姥姥说。

"现在是和平年代，有什么好担心的！"白敬良说。

"前些年南边不是打了好几年吗？那个坐在轮椅上老出来唱《血染的风采》。"姥姥说。

"就是真的打仗，何聪也不会上前线的。"白敬良说。

"姥爷，何聪什么兵种啊？"何琼说。

"空军地勤。"白敬良说。

何聪这一批高中毕业生的工作一直没有分配，说是弄不好要等到次年的一月份，油田就有了这次秋季的征兵，何聪检查身体回来，何琼说："何聪，你喜欢哪？"

"当然，这次是空军地勤，那里会有各式各样飞机的。"何聪笑着说，人有一种内心的喜欢，就会造就一种梦想，何聪也许就是这个样子的。

入冬后的一个落雪的日子，何琼看着窗外的飘雪若有所思，她想象着"北国风光，千里冰封，万里雪飘"的那种情致，郭兰进来了，解下枣红的围巾拍打着身上的落雪，郭兰是去厂里送地质资料的，这时搓搓手，坐下说："何琼，你和王天伟还有联系吗？"

"没有，组长，我有段时间没见他了。"何琼说。

"这样说王天伟出去上学你不知道啦？"

"上学？不知道。"何琼有些惊讶地摇头说。

"王天伟去北京的一个大学的作家班学习了，四年，本科。"

"是吗？这样的机会不错呀！"

"最初单位领导是不同意他去的，王天伟打通了领导千金的关节，领导千金说服了领导，领导才勉强同意的。"何琼有些疑惑，郭兰继续笑着说，"王天伟和领导的千金处对象了，说是毕业回来就结婚，就是厂打字室的那个，是她自己到处说的，要不谁会知道哇！"

何琼没有去过西线采油厂的打字室，不知道领导千金是哪一个，不过何琼的心还是被啃食了一下，这种事情说出来让她有种很不好的感觉，按说王天伟应该不会做这种事情的？何琼抿了一下嘴唇，还是他另有隐情？

二十二

医院门诊的走廊里，一阵急促的跑步声，一串清脆的嬉笑，跟随着是几声大人严厉的呵斥，跑步和嬉笑声便戛然而止了。孩子就是孩子，除去尿床，他（她）们其他方面都是健康的，聚到一起很快便熟悉了，然后就会建立友谊，难免会在一起玩耍和嬉戏，更会制造出一些噪声。

金鸿雁出来，看着门外排队的患者和陪同的家长们，心中不由得有些焦虑。

金鸿雁治疗"遗尿症"的项目恢复以后，患者在不断增多，这引起科室新分配的一位实习医生艾欣欣的注意，一有闲暇时间了，艾欣欣就会来金鸿雁这边帮忙，帮助做一些案头的工作。有一天，艾欣欣被科主任万里骅派去参加医院党委宣传部组织的院业余通讯员培训班学习，油田报社的主任编辑、记者老师授完课，留了作业，艾欣欣即兴把金鸿雁发明"遗尿症"新疗法为病患儿治病写就了一则简讯，交给了授课的主任编辑老师。第二天，一个"咸菜条"大小的简讯在油田报纸的边角处刊登了，没想到"咸菜条"会在油区和周边社会引发一定的反响，一些读者先是给油田报社打电话咨询"咸菜条"的真假，接着要西线医院医生金鸿雁的联络方式，由于咨询的人数较多，油田报纸立刻刊登了西线医院中西医科金鸿雁的联系电话和通信方式。从这个时候开始，金鸿雁不断接到外地患者的电话和来信，信件大多是以青少年为主，信件里述说自己患"遗尿症"的痛苦和对生活的绝望，"遗尿症"严重影响到他（她）们的成长，影响到他（她）们的学习、工作、谈婚论嫁，他（她）们希望得到救治、帮助，询问治疗方法，治疗周期，治疗费用多少？有些患者家庭生活非常困难，有些患者在其他地方治疗未能痊愈……信中饱含着对正常人生活的强烈渴望，那是一种发自心灵深处的呼唤，也是一种对良知的呼唤。读过每一封来信金鸿雁都会泪眼蒙眬，她对发明的新疗法感到欣慰，为能更多地治疗患者感到高兴。艾欣欣还是经常过来，帮助金鸿雁看来信、回信或做案头工作。

一天，门诊来了一对风尘仆仆的父子，从口音上，听得出他们是来自北部山区的，从穿着看，他们是乡下的。那个清秀的男孩子叫严思礼，是个初三的学生，学习优异，可是要就读高中就要去县城住校，他的"遗尿症"就不再是什么隐私了。父亲这一次卖掉了五只羊，凑足了三百元钱，想带严思礼去省城里看病，他们是在开往省城的客车上听说西线医院金鸿雁发明治疗"遗尿症"新疗法的，便转车慕名而来了。骶椎X光片显示严思礼患有先天性骶椎骨裂，且比较严重，只有对骶椎进行修复才有利于"遗尿症"的治疗，这种手术只有滨海城市的207医院可以做，花费肯定也是不菲的。严思礼家里没有这个钱，他们仅有的就这三百元钱，在去省城的车费已经花去了三分之一，严思礼只想在这个假期用仅有的这点钱在这里治疗一下，能有效果当然好了，没有他也只能认命，等以后自己有能力的时候再去滨海城市的207医院去治疗。金鸿雁看着这个和兴隆同龄的男孩儿，心潮久久难以平复，她建议严思礼父子先在一个最便宜的小旅社住下，她利用中午或晚上的时间给严思礼做免费治疗（医院门诊开始定价收费了），严思礼的父亲安顿好严思礼就先行回家了，他没有多余的钱在这里吃饭住宿，十五天后，严思礼"遗尿症"的症状明显减轻，治愈是不可能的。这个中午，金鸿雁做了最后一次治疗，说："思礼，阿姨只能给你治疗到这种程度了。"

严思礼给金鸿雁深深鞠了一个躬，说："金姨，谢谢你，我知道，我回去就跟着舅舅学木工，出去打工，挣到钱就把骶椎修复做了，到时候我一定会来看您的！"

"思礼，这个钱你拿着买车票，这些东西你带着路上吃。"金鸿雁说。

"金姨，我不要，这些天你免费给我治疗，没少给我拿吃食，我怎么还能拿你的钱哪！"

"思礼，拿着吧，你不是一时难在这里了吗，我相信以后你会好起来的！"

"金姨，能遇到你这样的好人是我的福气，借你的吉言，我一定会好起来的，到时候我一定来看你的！"

"思礼，姨相信你。"金鸿雁目送着严思礼的背影。

"遗尿症"的患者在不断增多，外地的患者住在旅馆里，进行着一至二周的治疗，人多为患，金鸿雁常常不能正常地下班。

六月里的一个清凉的早晨，那个身材略显健硕的油田机关中年男人来到了门诊，笑着说："金大夫，你好，忙着呢？"

金鸿雁立刻记起了他就是那个给女儿治疗"遗尿症"漂亮女人的哥哥，便笑着说："领导您好，有事啊？"

"金大夫，我是油田科技处专利科的，我叫景佑，你发明的这个'遗尿症'新疗法治疗效果非常不错，没想到治疗的患者会这么多呀！"

"是，患者是越来越多了。"金鸿雁给一个患者埋针说。

"金大夫，我来就是想了解一下你新疗法发明的过程和实验情况，看符不符合上报专利发明技术的要求，如果符合，你就申报一下专利发明新技术吧。"景佑说。

"景领导，我这个还能申报专利发明新技术吗？"

"当然了，只要你符合专利发明新技术的条件就行。"

金鸿雁并不了解什么专利发明新技术的要求，就更不知道申报了，景佑的话让她的心情有些激动，她讲述了"遗尿症"新疗法萌发的缘由和发明、实验的过程，说："景领导，基本情况就是这些。"

"金大夫，你留有文字资料吗？"

"有哇。"金鸿雁从圈柜里拿出自身实验过程记录和三百多名患者的治疗记录，说，"景科长，都在这里，您给看看吧。"

景佑仔细翻阅一会儿，说："金大夫，很不错呀，我认为你的这个新疗法符合申报专利发明新技术的要求，你要尽快将这些资料整理完善，通过西线医院科技科报送油田科技处来。"

"谢谢您，景领导。"

"金大夫，我不是什么领导，就是主管这项具体工作的，知道你有这个发明，特意过来看一看，你申报的工作可要抓点紧哪！"景佑笑着说。

"谢谢您，景领导。"

"别客气，金大夫，是你工作做得好哇！"

傍晚，下班的铃声已经响过了，金鸿雁在门诊认真整理着申报材料，万里骅推门进来说："金大夫，你怎么还没有走哇！"

"主任，有些资料我需要好好整理一下。"

"金大夫，我看你这里的患者越来越多，你是越来越忙了，又没有人能够替换你，要不你就确定个收治人数吧。"

"不用了，主任，目前治疗的患者我还能应付过来，再说有些患者是从外地过来的，我也不好让他（她）们再跑第二趟啊，现在我有一个比较大的困难是这些资料的整理工作。"

"金大夫，这些资料怎么啦？"

"主任，前几天局科技处有位领导来了门诊，了解了'遗尿症'新疗法的情况，说是可以申报专利发明新技术，需要把这些研究记录资料整理一下报上去，我怕一时没办法完成会影响到申报工作，就抓紧时间整理。"

"金大夫，这是个大好事啊，你每天工作这样忙，再整理这些资料实在是太辛苦了，明天我让安排艾欣欣过来专门帮助你，还有什么困难你可提早说话呀。"

"那可太好了，谢谢主任哪！"

"别客气，金大夫，你和黎青还联系吗？"

"主任，我们有好长时间没有联系了。"

"前几天我去省城见到了黎青，黎青回去对了，跟着老师又上了几个台阶呀！"

"他回省城就是这个目标。"

"主任的水平提高得也很快呀！"

"和黎青比我是望尘莫及呀！"

"主任，你也太谦虚了。"

"我说的是真的，金大夫，你也早点回吧，别太辛苦了。"

"好的，主任。"

早晨，天空清亮，微风习习，金鸿雁走在上班的路上。"金大夫！"有人在后面招呼着，金鸿雁回头，是那个叫安然的女青年，便说："是小安哪。"

安然来自前进油田边上的农村，她刚刚恋爱了，男方不知道她有这个病，有人说她这个病结婚后就会自愈的，可谁能保证？如果不能，男方会接受她吗？她在犹豫中听说西线医院的金鸿雁能治疗"遗尿症"，就匆匆赶过来了，安然说："金大夫，我一直很担心，我一宿都没有睡好。"

"小安，别担心，以你的病情，只要治疗一周，基本就会康复的，你放心好了。"

"真的呀，那可太好了，谢谢金大夫！"安然说。

金鸿雁来到了门诊，一些患者已经到了，艾欣欣在门口招呼患者排好队，患者自觉地站成一排，安然站在了队尾。金鸿雁换好衣服，对艾欣欣说："开始吧。"

"好的，金大夫。"艾欣欣对治疗的患者开始登记。

这时候，景佑走了进来，金鸿雁笑着说："景领导，您好！有事啊？"

"金大夫，你这可真忙啊，我是上班路过，也是看看你的申报材料准备得怎么样啦？"景佑说。

"景领导，谢谢您的关心，材料全都准备好了，已经送医院科技科几天了。"金鸿雁笑着说。

"那就好，金大夫，抽空你去科技科看一下，让科技科盖上公章，尽快送到我那里，他们要是没时间，你就自己送上来，千万别耽误了呀！"景佑说完就往外走去。

"好的，景领导，您慢走，我这就去办。"金鸿雁送出来说。

"金大夫，留步吧，你忙你的。"

艾欣欣这时候刚好进来，金鸿雁说："小艾，我这里忙走不开，你去一趟医院科技科，看看那个申报材料公章盖了没有？局科技处刚才来人问了，医院科技科要是没有时间送材料，你就拿回来，我们自己送上去。"

"知道了，金大夫。"

艾欣欣去了好一阵子才回来，手里抱着那些材料，说："金大夫，材料拿回来了。"

"小艾，辛苦你了，公章盖上啦？"

"盖上了。"

"你怎么去这么长时间哪？"

"等柯副院长来着。"

"小艾，我看你怎么不太高兴？"

"没有，金大夫，材料放在卷柜里呀？"艾欣欣挤出笑脸说。

"行啊。"

"金大夫，没什么事我出去一下呀。"

"好。"金鸿雁看着匆匆离去的艾欣欣的背影，不禁有些疑惑。

七月流火，这个暑热推出了一个好兆头，金鸿雁的心情别样地激动，她的"遗尿症"新疗法经过市专家组半数以上的筛选脱颖而出，说是已经选送到省里参加省首届发明创造展览会新技术展出了。展览会开展前，金鸿雁接到了医院科技科的通知，单位派专车送她去省城展览会的现场，参加规模宏大的首届省新技术阀门展览会。这是一个很大的场面，令金鸿雁耳目一新，她站在精心布置的展牌下面悉心解答着专家、领导、来宾和众多参观者的咨询，林副省长还专门到她的展台前了解情况，给予她热情的鼓励……她的"遗尿症"新疗法获得了省专利新技术发明的三等奖，她的心潮有些澎湃，这个收获是有些意外的，许是对她五年来默默耕耘的一种馈赠？

淡蓝的晴空上橘黄的暖阳在渐渐升起着，金鸿雁兴冲冲地走进了西线医院的大门，恰巧遇到了已经是医院副院长的柯明，金鸿雁笑着说："您好，柯副院长。"

经过十几年的努力，跃身于医院副院长的柯明这时候却紧绷着脸，看看金鸿雁，说："怎么着，听说你去省里参加专利技术发明展览会啦？"

"是，柯副院长！"金鸿雁笑着说。

"你那也叫发明，能比得上'四大发明'吗？"柯明冷冰冰地说道。

金鸿雁当即愣了一下，看着柯明有些冰冷的面孔，说："当然比不上了，不过院长，发明也有大小之分，我这个只能算是非常小的一个发明！"

"要我看哪，你那个什么都不是，就是扯淡！"柯明说完，鼻子哼了一声，一甩手，转身走了。

金鸿雁一下愣在了那里，看着远去的柯明，心里有些堵得慌，这位柯副院长什么意思呀？怎么这样说话？我又没有得罪过你呀？

"金大夫，你站在这儿干什么？"庄雅娴走过来说。

"啊，庄护士长，没事。"金鸿雁醒过神儿来说。

"金大夫，你的脸色可不太好看哪，都获得省级新技术发明大奖了，还有什么不高兴的？"

"庄护士长，真的没事。"金鸿雁挤出一个笑脸说。

"金大夫，你可想着请客呀！"庄雅娴笑着说。

"没问题呀！"金鸿雁笑着说，忙从手里的布兜里抓了一把奶糖送给庄雅娴。

"金大夫，你还真准备了，我是开玩笑的，谢谢呀！"庄雅娴笑着说，只拿了一颗奶糖攥在手里，他们一起走进医院门诊楼的大门。

金鸿雁在门诊室里收拾了一下卫生，"遗尿症"患者的治疗工作明天又要开始了，她看着患者的治疗记录有些走神儿，柯明冷冰冰的话语在她心间回响着，她不明白柯明怎么会对她这个态度呢，她没有任何得罪到柯明的地方啊。这时候，万里骓走进来，笑着说："金大夫，恭喜你获得省级大奖啊！"

"主任，什么大奖，就一个区区的三等奖。"金鸿雁有些不好意思地说道。

"金大夫，这可是省级的发明奖，全市医疗系统就一份，你已经可以了！"万里骓说。

"谢谢主任，来，吃块糖，这个成绩的取得是主任和科里同志们大力支持的结果。"

"金大夫，你是扛大旗的，我们只是尽点微薄之力罢了。"

"没有你和大家的帮助，材料都弄不完，申报都不可能的。"

"金大夫，我们都是为了患者。"

"主任，我有个疑问想向你讨教一下？"金鸿雁看看门外低声说。

"金大夫，你这话说到哪儿去了？有什么事你就直说吧。"万里骅笑着说。

"主任，刚刚我在门口遇到柯副院长了。"金鸿雁就把早晨遇到柯明的事情说了。

"是吗？还有这样的事情，人哪，可能都有三不顺的时候，我估计柯副院长今天早晨的心情一定不太好，金大夫，你就别太在意呀。"万里骅笑着说，然后出去了。

金鸿雁看着万里骅的背影，心里解不开柯明这个结，过去大家都说柯明一直都想上位医院副院长的，一直都未果，这一次如果不是他老婆那边有个什么亲戚上位了油田的副局长，这个位子也许就是万里骅的。

"金大夫，你怎么回来就上班啦？"艾欣欣进来笑着说。

"来呀，小艾，患者都等着治疗呢，我也没有什么事，就过来做一些准备工作。"

"金大夫，恭喜你获得大奖啊！"

"小艾，非常感谢你为我做的一切，来，吃糖啊！"金鸿雁给艾欣欣抓了一大把奶糖，两人说着话，金鸿雁猛然想起那次艾欣欣去医院科技科拿申报材料去了好长时间，说是等柯副院长来着，回来脸色就不太好，便说："对了，小艾，上一次你去院科技科给我取材料，是在哪里给我取回的申报材料哇？"

"在柯副院长的办公室。"

"怎么，当时柯副院长不在呀？"

"在呀。"

"我记得那一次你好像去了好长时间哪。"

"是，柯副院长一直打电话落实一些事情。"

"是关于咱们这个新疗法申报材料的事情吗？"

"金大夫，你就别问这么多了。"

"小艾，柯副院长批评你啦？"

"金大夫，事情已经过去了，还是算了吧，我还有点事，我先走了。"艾欣欣说。

金鸿雁想说柯副院长可没有算了，早晨还和我说三道四！想想艾欣欣年轻，许是受了自己的连累，话就没有说出口。

"算了吧，鸿雁，你就别太较这个真了，你是问心无愧的，你说是柯副院长大，还是林副省长大呀，林副省长都和你握手了，还代表全省人民感谢你的贡献，这不是对你发明的新疗法最大的肯定吗？说心里话，你这次获奖我都感到非常荣光！"赵玉明笑着说，把一块湿毛巾递给了金鸿雁。

金鸿雁擦了一把脸，一场痛哭流涕宣泄出内心的不快，她的心境平复了很多，这时候说："玉明，我就是想不明白，一直以来我都是与人为善的，况且他还是个领导，是个副院长，怎么能那样说话？"

"鸿雁，俗话说'人过百形形色色'，这个事是不以你的意志为转移的，咱们做人主要的是先做好自己，你不是说还要继续完善你的新疗法吗？新疗法或许有希望在长春举办的第三届全国发明展览会上展出，这才是大事，你要做好准备，不要因小失大呀！"赵玉明继续劝解说。

"玉明，你说得是，对了，你说我这个项目在省里才得一个三等奖，有可能推荐去国家级的展会上参展吗？"金鸿雁有些疑虑地说。

"这个我也说不清楚，但是我感觉全国展览会参展的项目也是分门别类的，各个类别也是有一定比例的，或许你这个项目刚好在医学类发明需要的比例中，就进去了也说不定啊。"赵玉明笑着说。

"玉明，你说得也有一定的道理，医学类的发明在咱们省里确实不多，我还真得好好准备一下，别到时候措手不及呀！"金鸿雁说着，从布袋里拿出一沓材料开始认真审读。

夏日傍晚，夕阳还在天边悬浮着，殷红的晚霞初现，开始染红半个天空。赵玉明走向郝学仁家的小卖店，小卖店外的街筒子上站了不少人，一个中年女人正在演唱评剧《花为媒》选段，字正腔圆，赢得围观人阵阵热烈的掌声，有人在高声喊叫着：再来一个！再来一个！胡琴拉响，梆子敲起，唱腔又起了。

赵玉明拉门进了小卖店，郝学仁笑着说："'领导'来了，今天怎么这么闲着哇？"

"'大师'，你这里赶上职工娱乐活动中心了，真是越来越热闹了！"

"人们喜欢，就凑到一起玩玩呗。"

"不是你召集的？"

"自发的，'领导'，有文艺爱好的人是藏不住的，这样的人一听到乐器家什响起来，心里就痒痒得不行不行的。"

"看来人们对文化娱乐生活还是很渴求的。"

"稀里糊涂就那么回事吧，不然还能怎么样啊？"

"'大师'，你什么意思呀？"

"'领导'，你没有听到现在人们都在感叹吗，现在的社会形势是'发了海边的，富了摆摊的，美了当官的，穷了上班的'，老实人也就是给自己找个乐吧。"郝学仁笑着说。

"你这里是中心，信息听到得肯定要多一点。"

"谁都不想受穷，既然改革开放的形势变化了，人们就开始找出路了，有的在职职工开了早点小吃部，起早卖早点，有的职工买了摩托车，起大早去倒腾草虾、泥鳅之类的水产海鲜，卖给商贩，收入也都很不错的。"

"这样他们还有精力工作吗？"

"那还有啥精力呀，上班就打盹补觉呗。"

这时候，一个人进来买了盒香烟又出去了。

关于这方面的议论，赵玉明也听到了一些，最重要的一个新信息，由于石油价格因素影响，下辽河今年大约要亏损近两个亿人民币，这可是史无前例的。亏损是一记炸雷，在下辽河的上空久久地回响着。赵玉明心里也是不能接受的，怎么会？石油企业生产怎么还会亏损？石油是在地底下埋藏着的，咱们把它开发出来，这是国家经济建设重要物资呀！可职代会开过了，党政彻底分开，全面实行厂长（经理）负责制，石油价格标得清清楚楚，文件上也写得明明白白，计划内产量，计划外价格，社会上其他物资都涨了价，用于生产石油的物资亦是，计划内的石油价格还是那个价，为什么会这样？市场经济的大环境变得不可捉摸，社会上很多行业都在涨工资，唯有油田没有一丁点的迹象；日用品的价格也变得有些无情，人们开始囤积，很多人都蠢蠢欲动，都试着想搞点什么，也有大刀阔斧的，直接就下手了，得到了一定收益；一时间"攀比风攀得人心里失衡，涨价风涨得人心里发慌，抢购风抢得人心里没底，经商风刮得人心里长草"，偌大个石油企业的人有些没了方寸，采油日产量在急剧下滑，这样下去，亏损就不是两个亿的事情了！油田领导看到了危机，开始做工作，倡导稳定、稳定、再稳定！要全体员工识大体，顾大局，这样的工作很难做，一切都不是空穴来风，有些有一技之长的人真就不顾一切地放下工作去挣钱了。现实摆在眼前是日用品涨价，就说食盐吧，人们都在囤积，仿佛要把一辈子用的都备下来，还有米、面、油，只要认为应该储的能够储备的，都储！赵玉明起初还不太相信，可他的耳朵灌满了这样的信息，弄得你不信都不行的程度，他今天来郝学仁这里就是看看听听情况的，他看看货架，说："'大师'，食盐真的断货啦？"

"什么东西还能架住这样的抢购哇，人简直都疯了一样，没事，'领导'，你用肯定有！"郝学仁笑着说。

"我能用多少哇，吃多了还不变'燕别咕'（蝙蝠）了？"

"'领导'，要是都你这样想就没有这个问题了。"郝学仁有些苦笑着说。

盲目的跟风也加剧了日用品抢购的风潮，有些物价的上涨也具有一定的推手作用，造成了恶性循环，许是这些年人的经历积累了强烈的危机意识，特别是对饥饿记忆深刻的人，赵玉明说："可以理解呀！"

"'领导'，你不是来做社会调查的吧？"郝学仁笑着说。

"金鸿雁听到的多嘀咕也多，我才跑到你这里来看一看的。"

"'领导'，说真的，现在有些人家家里囤的东西都够开一个小卖店的！"

"这么严重啊？"

"有备无患嘛，人家就这样想啊。"

"你这里除去食盐也不缺什么呀。"

"食盐我后边也有，一会儿给你拿呀。"

"我有两袋够用就行，尹小芸怎么样啊？"

"还不错，维持现状吧，累了一天了，在大屋里歇着呢。"

尹小芸的风湿症是种很难治愈的病，金鸿雁一直试图找到某种合适的药方，帮助去除些痛苦，《千金方》里有几个验方，金鸿雁给尹小芸选用了两个，效果一点也不明显，考虑到用药的安全性，金鸿雁还是比较审慎的，赵玉明说："盼盼摸底成绩怎么样啊？"

"还不错，不出什么意外，去省城上大学没什么大问题。"

"这样就好啊。"

"'领导'，不是我硬掐着也走不到今天。"

"'大师'，你是对的，对孩子一定要负起责任来！"

"话是不错，可经济是基础，'领导'，这要感谢你和'诗人'。"

"'大师'，你又说这话，太没意思了。"

"'领导'，我说得可是心里话呀。"

郝三这时进来了，看见赵玉明，喊了声："赵大大。"郝学仁说："三儿，去给你赵大大拿几袋精盐过来。"郝三答应一声就出去了。

"拿两袋就够了。"赵玉明的声音追上去。

"什么两袋呀，多拿几袋备着，盐又坏不了。"郝学仁说。

周日上午九时整，金鸿雁寻到了步行街的"红月亮咖啡厅"，进了门，紫衣侍者立刻引导她到庄雅娴的桌前，金鸿雁笑着说："护士长早。"

庄雅娴总是那样高洁、冷艳，今天有些更甚，脸色白皙、圆润、光洁，红润的嘴唇露出有些神秘的微笑，说："金大夫，你请坐，喝点什么？茶还是咖啡？"

"我来白水。"金鸿雁坐下来说。

服务员送上一杯咖啡、一杯水，布下一盘果脯，一盘小点心。庄雅娴伸手示意金鸿雁随意，翘起兰花指捏着羹匙轻轻搅动着加糖的咖啡，手腕上一只金色精致的新坤表引人注目。庄雅娴休假走了一个多月，说是出去休假旅游，超假半个月，刚刚回来，上班就约金鸿雁见面，金鸿雁有些不解，什么话非得到这样的地方来说呢？庄雅娴说："金大夫，我遇到了一个大难题，想听听你的意见。"

"护士长，这么相信我呀？"金鸿雁笑着说。

"那是自然，你稳重啊。"

"那我就洗耳恭听了。"

"我的前夫回来了，你说我该怎么办哪？"庄雅娴蹙起眉头说。

"前夫，是吗？"金鸿雁还是有些惊讶，之前，私下里就有人说过庄雅娴的前夫是个国民党年轻军官。

庄雅娴认真地点点头。

庄雅娴的前夫叫李学楷，他们在舞会上一见钟情，庄雅娴一下子坠入爱河不能自拔，那时候庄雅娴不到十八岁。李学楷在外边租了房子，他们就生活在一起了。不久，庄雅娴怀孕了，正在他们欢天喜地等待着一个新生命降生的时候，李学楷却不知所终，庄雅娴该怎么办哪？大姐家当时有两个女儿，大姐提议由她来抚养小楷，庄雅娴思虑再三，只好答应了。庄雅娴还年轻，她得学习、生活和工作。之后她考取了护士学校，参加了盛京医院的工作。这期间，大姐、家人和同事都要她考虑个人问题，她一直拒绝，李学楷在她心中的形象太完美了！庄雅娴是在护理抗美援朝伤病员时认识现在丈夫王守起的，王守起是个重伤员，也是一位战斗英雄，他看上了庄雅娴，一心一意地追求她，庄雅娴最初是不同意的，她还在等待着心中的白马王子。王守起长得一般，就算有个个头，没有什么文化，人很实在，可王守起对庄雅娴一直是紧追不舍的。王守起伤愈后留在了省城机床厂工作，这为他追求庄雅娴创造了有利的条件，他一有闲暇就会跑到医院来找庄雅娴，满医院的人都知道他是来找庄雅娴的。庄雅娴当时年龄已经比较大了，又是那样一种情况，大姐一直劝说她，她也没有松口。后来，庄雅娴把她的情况如实地告诉了王守起，她以为这样会吓跑王守起的，王守起无所谓，他说他就是喜欢现在的她，他们在一起生活一天他都觉得是幸福的！庄雅娴看到了王守起的坚持，也看到他能够给她安全，她和王守起做了约定，如果李学楷回来咱们就得分开，没想到王守起居然很爽快地答应了，他们就是这样生活在一起的。他们养育了一双儿女，他们一起下放到"五七"干校，又一起来到了下辽河油田，共同走过了三十年的光阴，这些年里留给他们更多的是血缘般亲情的关系。谁会想到李学楷这时候突然回来了！李学楷是从美国辗转落脚在青岛的，之后开始寻找庄雅娴和孩子，他先是找到了省城的大姐。李学楷一直没有结婚，这种情况下她不能不见他，那个海誓山盟还在，她和大姐、小楷一行去了青岛。李学楷是名台商，他在青岛投资建的厂，他说这么多年所做的一切都是为了她和孩子。李学楷六十岁了，腰杆挺直，身体保养得很好，仍然意气风发，他们在一起生活了十几天，大姐回省城了，那里有一家人，小楷决定留在生父的身边，要不小楷在省城铁西的那个工厂也要倒闭马上面临下岗了，小楷劝母亲也留在青岛和他们一起生活，回到酒店房间里，她一个人默默地流泪，天意真的弄人哪！她和王守起之前是有约定的，可王守起是个好伴侣，他们有了两个孩子，这三十年里，王守起一直非常迁就她，他们是亲人，水乳交融的那种，她真的有些放不下他呀！庄雅娴回来就把事情如实地跟王守起说了，王守起说让她自己选择，他绝对不会横加干涉的！话是这样说呀，第二天早晨，庄雅娴就发现王守起一下子憔悴了很多，庄雅娴说："金大夫，你说我该怎么办哪？"她掏出手帕，擦去了盈起的满眼的泪滴。

金鸿雁心里一声长长的叹息，人生就是这样难料哇！庄雅娴和王守起的一双儿女都很优秀，他们都上了不错的大学，儿子留在北京工作，女儿生活在滨海城市，王守起的老家在山东威海，他还有一个老父亲健在，王守起去年已经离休了，他一直都想着落叶归根，陪陪自己的老父亲，就等着庄雅娴退休后再做最后的定夺，金鸿雁便说："护士长，你什么时候退休哇？"

"还有两个月。"

"护士长，你就没有考虑和老王一起回到威海生活吗？"

"你还别说呀，金大夫，你这个建议很值得我们考虑呀！"庄雅娴眼前一亮说。

二十三

"钻井苦，作业累，采油就是一个破鞋队！"这是任志成上职工大学第一天，住在同一宿舍的汪士伟晚上闲聊时说的一句话。任志成听了这话有些扎耳朵，就说："老汪，你没事可别糟践我们采油工了，我在采油队干了整整两年哪。"

汪士伟立刻瞪大眼睛说："任志成，我和我老婆都是采油工，我老婆叫我抓了现行你信吗？"

见汪士伟这样说任志成就不好再说什么了。

任志成入学最初有时候会想起刘秀儿，许是汪士伟的那句话断了他的念头？任志成知道实际上也不是，应该是他上学后，母亲经久不息的唠叨。任志成家住西线南矿家属区，母亲看惯了采油工家庭的生活，而父亲任毅毕竟是南矿小学校的校长，他们家庭生活的节奏和采油工的家庭是有所不同的。任志成从采油工成为职大的学生，母亲当然不希望他过那样的生活了。还有，父亲的小学校里就有几名年轻的女教师，和任志成的年龄相仿，只是任志成暂时还没有这个想法，且又在学业中，母亲的想法也只能束之高阁了。

三年时间说快真的很快的，一晃任志成就毕业了，"哪里来回哪去！"这是校方坚实的回答。汪士伟有些沮丧，之前，他一直都在为进入"两院一机关"不懈地努力着。

任志成拿着西线厂组织科的介绍信去南矿报到了，矿长要政工组长李福吉把任志成交到地质组长郭兰的手里，郭兰当时不在班上，任志成就先被何琼给接收了。

任志成实际上是不太喜欢回南矿工作的，他的家在南矿，组织上安排或是考虑到了这层因素，他就不能说什么了，他的身份刚刚转变，要懂得珍惜，哪容得你挑肥拣瘦？

看到何琼的第一眼，任志成深切地感觉到什么叫赏心悦目的女生了，尽管何琼只是对李福吉说："李组长，知道了。"然后继续埋头做自己的事情。

任志成坐下来，屋子里有三张桌子，迎面这张桌子是空的，也许就是为他准备的？任志成四下看看，说："师姐，需要我做些什么呀？"

何琼抬起头，看看任志成说："你是在和我说话吗？"

"是呀，这屋又没有别人。"

"你还是等组长回来吧。"

"那好吧。"

"还有哇，我叫何琼，你多大了，别叫我师姐。"

"师哥、师姐不分年龄，只是从事工作时间的先后，师姐是尊敬你，不会把你叫老的。"任志成笑着解释道。

何琼没有再说什么，继续做手里的事情。W16井裸眼中途测试获得高产工业油气流，这是西线中南部地区滚动勘探开发的一个好兆头，油田立刻调集十个井队在这一区域对各个小区块开展预探和评价性钻探，通过钻探井和开发井，摸清了这一区域构造形态和断层、断块组合关系及油气藏形成条件和控制因素，找到了较为理想的储量，形成一定的生产规模，成为南矿今后上产的重要接替储备资源。南矿按照上级要求在组建采油生产队伍，做好接手生产井管理的准备工作。何琼刚负责接手和掌握这一区块的基本情况。

郭兰这时匆匆回来了，见到了任志成，有些绷着的脸立刻舒展了，笑着说："任志成，你来得可太是时候了，我正愁组里工作忙不过来。"

"组长，有什么工作你安排就是。"任志成说得很干脆。

"好哇！"郭兰说，她刚刚从HWH区块回来。今年年初的时候，研究院的一位地质专家去海边踏勘巡视时发现曾经钻探的一口油井的井口有少量的油气析出，经过对过去的地质资料认真研究、对比和分析，认为HWH这一区域很有继续钻探的价值，便立刻打了一份可行性报告，得到了油田专家组的充分肯定，也受到油田领导的高度重视，油田立刻调集力量，先是冬季的三维地震勘探，接着是井场路井场很快修建完成，井队立刻进场钻探，真的有非常可喜的发现，马上规划大规模的钻探和开发，HWH区块生产管理是归属南矿的，任志成到来刚好接手这一块的地质情况，有什么不明白的地方先问何琼。说完，交了一些资料，又出去忙了。

任志成心急，拿了资料就看，有不明白的地方就问何琼，他们开始知无不言了。

任志成傍晚下班进了家门，父亲任毅在门房厨房里造厨，南矿这个小学校长因为学校规模比较小，工作并不太忙，正常下班便下厨房，这时看到任志成回来，便在厨房里说："大成，你的工作分了吗？"

"爸，分了，就在南矿的地质组。"

"南矿好，离家近，方便。"任校长透着满意的语调。

这时候，做家属工的母亲那丽蓉扛着牛心锹进来，牛心锹杵在墙角处，摘下头巾抖落几下，拍打了几下壮实身材上的灰尘，说："大成，你回南矿啦？"

"是，妈。"

"挺好哇。"那丽蓉说着就去洗脸。

任志成的大妹任志梅在东矿采油队上班，一弟一妹都在东线读技校，都不在家住。任毅端上了饭菜，三个人开始吃饭。那丽蓉撕了几片葱叶放进拌茄子里拌了几下，说："大成，你这工作也有了一定了，婚事也该考虑了吧？"

任志成明白那丽蓉的意思，就说："妈，不着急。"

"大成，你都多大了，怎么还不急？"那丽蓉不满地说。

"妈，怎么也让我找个合适的吧。"任志成笑着说。

"啥是合适的，我看戴晓丽就挺合适，是不是，他爸？"那丽蓉在寻找同盟军。

"婚姻大事得大成乐意才行，你也不能赶鸭子上架呀！"任校长说。

"还校长呢，就会和稀泥！大成，你说说，戴晓丽哪里不好哇？"那丽蓉问。

戴晓丽是南矿小学的年轻教师，家也是南矿的，父亲是矿里的材料组长，有点小物资权，那丽蓉和戴晓丽的母亲柳琴同在矿家属站劳动，两个人很对脾气，又有适龄的儿女，那丽蓉很想结这个儿女亲家。任志成做采油工时，那丽蓉就有过这个想法，借故还让戴晓丽到家里来过，这会儿这个想法更强烈了！都在一个家属区住着，任志成见过戴晓丽几次，从脸庞上看，戴晓丽模样还说得过去，之前的身材还顺眼，可这两年不知道怎么的一直在横向发展，彻底吹散了任志成仅有的一点希望的火苗，任志成笑着说："妈，她现在发展得有点太快了，我真怕她倒地了不知道扶她哪一头哇！"

"胖点怎么啦，那是老任家的福气！她的工作不比采油工强吗？我就胖，生了你们四个，还和你爸来了油田，没有我，会有你们的今天吗？"那丽蓉说得很是理直气壮的。

"妈，谁说我必须找采油工啊，我就没有其他选择啦？"任志成说。

"你是不听老人言，吃亏在眼前，我看戴晓丽就挺好的。"那丽蓉继续强调着。

"这是大成找媳妇，他觉得好才行。"任校长出面强调。

"我说你怎么老和我唱反调，戴晓丽哪里不好哇？"那丽蓉说。

"我没说戴晓丽不好哇，我只是说大成同意才行。"

"我们也要把好舵呀，我看戴晓丽就不错！"那丽蓉斩钉截铁地说。

"你来把舵，凭什么呀？"任校长笑着说。

"就凭我是他妈，不行啊！"

任毅看看任志成，没说话。

何琼有一天收到了一封来信，她打开信封，里边竟然是空的，她看了看信封，邮票上的邮戳来自北京，她明白这是王天伟寄来的，王天伟是什么情况下寄出这样一封信？是当一首朦胧诗吗？她把信封装进另一个信封寄了回去，过了一些日子，两个信封又一同寄了回来，何琼拿着信封愣了一会神儿，便将信封放在抽屉底下了。

一个初秋的早晨，金灿灿的太阳不时躲进大块的云朵后面，何琼、任志成去W16区块接井，井刚刚交接完，盘桓在头顶的那一大块浓重的乌云便开始撒了野，雨有倾盆之势，地上击出水泡，四野迷迷蒙蒙，大约一个小时的光景，雨过天晴，金杯130驶出了井场，在井场路上行驶，一段低洼的路面有些泥泞，金杯130的车轮在不断"纺线"，最后终于爬不动了。年轻司机骂骂咧咧换上雨靴下去查看，拿着牛心锹清了一会儿淤泥，上来后加大油门想冲出去，未果，骂声更甚，又下了车。何琼看了任志成一眼，撇了下嘴。任志成踩着泥泞下了车，看看挖泥的司机说："师傅，你别挖了，没有太大用的。"

师傅没好气地跺了一下牛心锹，说："你说怎么才有用啊？"

任志成四下里看了看，跳过一道水渠，走过埝埂，一会儿，扛来一捆芦苇铺在后车轮下，司机先倒了一下车，轰了一下油门，金杯130就爬了出去。

何琼美丽的杏眼看看任志成说："你还懂这个呀？"

"师姐，我高中寒暑假常常跟舅舅出车去拉脚，遇到过这样的事情。"任志成笑着说。

"难怪，还是实践出真知呀！"何琼说。

一天晚上吃饭时，那丽蓉说："大成，你是不是看上你们组那个叫什么何琼的了？我告诉你不行啊！"

"妈，怎么不行啊？"任志成看着那丽蓉说。

"那个何琼和一个叫王天伟的干事都搞得臭不够乱的了，这样的货色咱家可不能要哇！"

"妈，你这是哪儿听来的，没事你别糟践人哪！"

"我糟践她干啥呀，满南矿的人谁不知道哇，那个王天伟后来是调到厂里了，看上了领导的千金，现在去外边读大学才把她给甩了的，不然哪，现在说不定孩子都抱出来了！"那丽蓉快言快语地说。

"妈，好好的一个人，到了你的嘴里怎么就污秽不堪了？"任志成皱着眉头说。

"他爸，你说是不是有这个事啊？"那丽蓉又开始找同盟军。

"你说的这个事我可从来没听人说起过呀。"任校长坚持了个人的立场。

那丽蓉手指点了点任毅校长，咬了一下后槽牙，然后说："大成，这样的女人是绝不能做任家的媳妇的！"

"妈，你以为谁都想做你任家的媳妇？"

"她想做我也不要哇！"

"妈，这个事你说了不算！"

"大成，不信你就试试看！"那丽蓉有些咬牙切齿地说。

"算了，算了，吃饭吧，说的都是没用的话。"任校长说，还给任志成使了个眼色，任志成就没有再说什么。可任志成有些搞不明白，作为家属工的母亲，怎么会知道任校长都不知道的事情？这些话是怎么来的？他并没有看到何琼有什么污秽不堪的地方啊。

雪，细细地下着，粉屑般落在头上、脸上，温温润润清清凉凉的，似乎在让人品味刚刚进入冬天的味道，金鸿雁仰望亮灰色的天空，迎接着这个冬天的第一场雪，这场雪的感觉真好！

金鸿雁进了门诊，抖了抖棉猴，挂在诊室墙上的衣帽钩上，将一个布袋放进了抽屉，抖了一下抹布，擦去桌上的浮尘。门开了，万里骍进来，笑着说："金大夫，你怎么这样快就回来啦？"

"主任，我都出去两个星期啦。"金鸿雁笑着说。

"出去了刚好有机会，就多转几天呗。"

"没有，主任，展会一结束我就回来了。"

"金大夫，参展的情况怎么样啊？"

"主任，看来我是和三结缘了，这次改了名字叫铜奖。"

"铜奖，了不得呀，金大夫，你这次参加的可是国际专利技术展览会呀！"万里骍有些惊讶地说。

"或许是我幸运，我都没有想到哇，主任。来，吃糖！吃糖！"金鸿雁笑着从抽屉里拿出布袋，抓出各式的糖果。

"金大夫，恭喜你呀！"

"谢谢主任和大家一直以来的帮助！"

这时候，艾欣欣进来了，笑着说："金大夫，你可回来啦？"

"回来了，小艾，来吃糖啊。"

"金大夫，有个患者找你。"艾欣欣说。

"那就让他（她）过来吧。"金鸿雁说。

"好的，金大夫，我还不知道你回来了。"艾欣欣说着，出去招呼患者了。

"金大夫，一会儿有空了到我办公室来一下，拿你的高级职称申报表哇。"万里骅说。

"哟！还有这样的好事啊，谢谢主任哪！"

艾欣欣引进来的是一个叫高芳的妙龄少女，眉清目秀，脸颊印着鲜艳的苹果红，一眼就看出她来自北部的山区。高芳是在省电视台播送的广州国际专利技术设备展览会的报道中看到金鸿雁治疗"遗尿症"的获奖信息慕名而来的，高芳"遗尿症"的症状属于一般情况，金鸿雁开了单子让她先去做了例行的检查。

"金大夫，广州现在暖和吧？"艾欣欣笑着说。

"当然了。"

"展览会规模很大吧？"

"大，国际性的，有好几十个国家的项目入选参展呢。"

"参观的人多吗？"

"多，用络绎不绝形容最为合适，还有多位国家领导人莅临参观呢。"

"金大夫，你忙得过来吗？"

"还可以吧。"金鸿雁愉快地说着，走廊里有人在喊艾欣欣，艾欣欣说："金大夫，我先过去一下呀。"

"好，你去吧，把糖拿着！"

金鸿雁确实没想到，也没有敢想，她的"遗尿症"新疗法会入选在广州举办的首届国际专利新技术发明设备展览会，入选参展项目和人员来自世界上几十个国家，仅我们国家参展项目就有几百个，但属于医疗技术方面的项目只有六项，这也许真应了赵玉明的判断，是医疗发明技术项目少的缘故，她才有这样机会的。小小的展台，引得过往人们的驻足，许多人饶有兴趣，他们先是抢资料，然后开始详细咨询治疗的方法、过程，苏联及台湾、香港的一些人士还有洽谈项目技术的学习和合作的意向，那一天，国家科委主任来到展台前，详细询问了项目的情况，还握住她的手热情鼓励说金大夫，希望你再创新成绩，再做新贡献，为人民服务！金鸿雁觉得自己之前的努力真的太值得了！

高芳拿着检查结果回来，骶椎没有问题，金鸿雁说："高芳，咱们明天一起开始治疗。"

高芳看着金鸿雁犹豫了一下，有些乞求地说："金大夫，我能不能今天就治疗哇？"

"高芳，为什么呀？"

"我怕我住宿的钱不够用。"高芳有些犹豫地说。

"那好，我准备一下呀。"金鸿雁非常理解高芳，晚一天治疗就要多一天的食宿和花销。

"谢谢金大夫!"高芳十分感激地说。

"高芳,你别客气呀。"

金鸿雁取来高级职称的申报表,她这次申报的是副主任医师,她认真填写着,这次"遗尿症"新疗法获得国际专利技术的铜奖,让她对这次职称晋升的信心更足了。

有人敲门,金鸿雁说:"进。"

进来的是一位穿着深蓝牛仔,梳短发,胸前挎着照相机的干练女人,金鸿雁有点眼熟,是油田报社那个叫王慧的资深女记者,王慧见面就快言快语地说:"您好,您就是金鸿雁金大夫吧?"

"您好,是我。"

"金大夫,我是油田报社记者王慧。"

"您好,王记者。"

"金大夫,获悉您参加广州首届国际专利及新技术发明设备展览会,并摘得铜奖,就此,我首先对您表示热烈祝贺呀!"

"谢谢您,王记者。"

"金大夫,任何成果的取得都是来之不易的,更别说您能获得国际新技术大奖,金大夫,您能详细谈谈您是如何取得这个成果的?"

"实在对不起,王记者,我不能接受您的采访。"金鸿雁笑着说。

"金大夫,为什么呀?"王慧有些惊讶地说。

"不能就是不能,没有为什么。"

"金大夫,难道说您有什么不好说的事情吗?"

"王记者,什么都没有,我就是不想接受采访,我还有很多的工作要做,没有其他的事情,您就请回吧。"金鸿雁笑着礼送着。

王慧还想坚持,看到金鸿雁的态度非常坚定,有些遗憾地说:"金大夫,那好吧,再见哪。"

"再见。"

"木秀于林,风必摧之",连续出去参加展览和获奖,金鸿雁明显感觉到了什么,她要把姿态放得低一些才好。最早她参加省首届发明技术展览会,获得了省里的三等奖,回来就遭遇了副院长柯明的恶语相向,金鸿雁心理上是很受伤的,是赵玉明的开释让她舒展了心怀。一天,金鸿雁在下班路上恰巧遇到了科技处的技术科长景佑,景佑说金大夫,你们那个柯副院长怎么回事呀?怎么还派医院科技科的人去省城搞外调,调查你这个奖项来源和真实性,外调人员拿到了省发明协会开具的"遗尿症"新疗法项目参加省发明协会主办的首届发明创造展览会并获得省发明协会三等奖,省发明协会由省科委牵头,省科协、省总工会负责科技工作的领导及部分有学术水平的专家组成,这次奖项也是由专家评定的这样的证明材料才算了事?金鸿雁说景科长，我也不明白到底是怎么回事，我真的没有得罪过柯副院长啊。景佑有些疑惑地说那是怎么回事，不应该呀。

金色的秋天，稻浪滚滚，广袤的大地承载着收获的喜悦。金鸿雁又接到景佑的通知，她受邀去吉林长春，她的"遗尿症"新技术发明疗法被推荐、批准在那里举行的全国第三届发明展览会上展出。

那天，金鸿雁站在展台前，沉浸在刚刚为几位国家领导人介绍"遗尿症"新疗法的激动中，西服革履的黎青这时候风度翩翩地站在了金鸿雁的面前，黎青笑着说："老同学，恭喜你呀！"

"老同学，我这点成果根本就微不足道哇！"金鸿雁笑着说。

"老同学，这样谦虚，你还能进步哇！"黎青笑着说，黎青陪同老师出国做学术访问刚刚回来，他们住在同一个饭店里，很久没见了，他们约定晚餐后在咖啡厅见面。

黎青轻轻地搅动着咖啡，金鸿雁要了杯白水，他们说着分别以后的一些事情，金鸿雁说到了和柯明发生不愉快的疑惑，黎青想想说："老同学，这事情或许和我有着一定的关系，我在后来工作中发现柯明的品行不是太好，他不太钻研业务，把心思都用在投机钻营上，因为这个我没有推荐他做院领导的培养选拔对象，或许他对我怀恨在心了，在老同学你这里找个发泄口吧。"

金鸿雁这时候才如梦方醒地点了点头，也只有这个理由能解释通啊。

从长春展览会回来的第二天上午，金鸿雁又开始给"遗尿症"患者治疗，医务科科长林威来到了诊室，笑着说："金大夫，你忙着呢？"

"林科长，你有事啊？"金鸿雁看了一眼林威说。

"有句话想跟你说一下。"

"好的，林科长，你稍等啊。"金鸿雁完成了这个患者的治疗，说："林科长，你说吧。"

"金大夫，你准备一下呀，明天去医务科检查整理病志吧。"

金鸿雁当时就是一愣，说："林科长，那这些'遗尿症'患者怎么办哪？"

林科长立刻有些颐指气使地说："金大夫，这是医院的工作需要，关于他们我就考虑不了那么多了。"

"林科长，为什么选我去医务科做这项工作？"

"以后全院的医生都轮流来做这项工作，只是第一个是从你这里开始。"林科长口气有些强硬地说。

金鸿雁听了这话觉得有些不太对劲，心里有气，还是极力稳定了一下心神，说："林科长，关于安排我去医务科帮助整理、检查病志的事我们主任知道吗？"

"我肯定会通知他的。"

"林科长，调我去医务科做这项工作是医院组织上的决定吗？"

"目前是我个人的意见，院领导是知道的。"林科长说。

金鸿雁看看林威，林威说的院领导一定是柯明了，林威跟柯明跟得还是挺紧的，医务科也是柯明主管的科室，也不知道怎么个关系，林威管柯明是叫姐夫的，金鸿雁有些明白了，立刻笑着说："林科长，你说的这个事我不能接受，如果是医院组织上的决定，就按组织程序安排吧。"

"医院组织上很快就会做出决定的，到时候你也得去。"

"那好哇，林科长，我肯定服从组织上的安排。"

这时候，万里骅进来了，说："哎，林科长大驾光临了，今天怎么这么闲哪？"

"啊，我和金大夫说点事情，万主任，走了呀。"林科长笑着说。

"金大夫，这条哈巴狗来干什么呀？"万里骅看着出去的林科长说。

金鸿雁就把刚才的事情说了一下，说："万主任，这件事你不知道吧？"

万里骅冷笑了一声，说："这条哈巴狗，真的不知道怎么拍柯明的马屁好了。"

金鸿雁感觉到吃到了一个苍蝇，还是说："主任，有事啊？"

"医院党委书记的电话。"

"书记找我呀？"金鸿雁说着，立刻去了万里骅办公室拿起了电话，说书记您好，我是金鸿雁。党委书记声音洪亮，话语有些高屋建瓴，金鸿雁同志，你的"遗尿症"技术发明新疗法不仅仅属于你一个人，也是咱们医院的重大科研成果，你不能拒绝报社记者的采访和报道哇，报道新疗法对广大"遗尿症"患者是个福音，它会成为一种重要的信息渠道，为更多的患者所了解，使更多的患者得到救治，你发明新疗法的目的是什么呀？不就是为广大的"遗尿症"患者解除痛苦吗？你是一名老党员了，我相信这个道理你是懂得的，不要有为难情绪，要正确面对一些问题嘛。金鸿雁立刻说书记，我懂了，是我思想认识不高，我一定认真改正！

第二天下午，不仅报社记者王慧来了，电视台还派来一组记者，他们把摄像机支在门诊室里，对金鸿雁进行了一轮实地采访。

上午，金鸿雁给高芳做了最后一次治疗时，万里骅推门进来看了一眼，拉上门又走了。

一年一度的职称评定工作开始了，医院"高评委"通过筛选评定，将医院二十五位符合副主任医师条件的人员全部上报了，油田"高评委"审查时发现医院上报的人员过多，没有按照上级差额原则评审，要求医院"高评委"复审，按照差额百分之八十的评比原则，复审要求去掉多余的人选。由于评比时间有些紧迫，医院不能召开参评人员述职报告评审会了，由医院的"高评委"根据申报材料评选决定。万里骅是医院"高评委"成员之一，早晨一到班上就被通知参加医院的"高评委"会，显然，"高评委"评定工作已经结束了。

送走了高芳，金鸿雁去了万里骅办公室，万里骅正在接电话，哼哼啊啊嬉笑着打着哈哈，金鸿雁立刻要退出去，万里骋示意金鸿雁坐下等着。万里骋寒暄两句放了电话，看看金鸿雁说："金大夫，告诉你一个不好的消息，刚刚的高职称评选你被淘汰出局了。"

金鸿雁有些不敢相信，她对所有参评人选的基本情况还是有一定了解的，从基本情况看，她的打分排名该在中间靠前的位置上，排名不会出前十的，她看着万里骋，说："主任，为什么呀？"

"还不是柯明在作祟呀！"万里骋有些愤愤地说。

"高评委"的评委们坐定后，医院党委组织科送上参评人员的全部资料，说明完情况就出去了，柯明开始主持评选工作，评委们翻看参评人员评分一览表，金鸿雁的排序这时在第十名。这时候，柯明开始翻动了一下获奖证书，拿出金鸿雁省新技术发明获奖证书举起扬了扬，高声说金鸿雁这个发明什么也不是！"啪"的一下就扔到了地上，评委们相互看了看，谁也没有说话，结果就可想而知了。

"金大夫，这是评委会的集体决定，少数服从多数，我也没办法了。"

"主任，我明白，那算了吧。"

"金大夫，你真的就这么算了呀？"

"既然是评委会的决定，我还能怎么样啊？"

"我是觉得这也太不公平了！"

"没有办法，我遇到这样的人了，我认了！"

"金大夫，那你就想开点吧。"

"谢谢主任哪。"

金鸿雁对这样的职称评定结果有过激烈的思想斗争，她一直都在努力地安抚着自己，职称评定一般是一年一次，这一次不行还有下一次，就像乘客乘车一样，客车满了总有上不去车的人，那就等到下一趟车好了，只不过职称评定的班车是一年一次的，那又怎么样呢？你得到的还少吗？什么时候工作都是第一位的！金鸿雁把自己的想法和赵玉明说了，赵玉明笑着说："鸿雁，我没有看错，你这样是对的，人就是要大度一些，更要能看开些。"

"玉明，我们都是受过党教育多年的人，我还是知荣辱的。"

"鸿雁，你能这样想真的太好了，我都为你高兴啊！"

梅花欢喜漫天雪，冻死苍蝇未足奇。这是这个冬天里的最大的一场雪，辞旧迎新，就应该是这样的态势。

金鸿雁披着熙熙攘攘的雪花走进了医院会堂，医院今天召开一年一度盛大的总结表彰大会。会议上有一项重要的议程，就是宣读医院上一年度晋升各项职称人员的红头文件，副主任医师的名单里竟然有金鸿雁的名字，这让她吃惊的同时也格外地激动，怎么会是这样？党委书记在最后的讲话中揭开了谜底，是油田科技处处长向油田职称评定委员会反映的问题，油田医疗系统有几千名的医务人员，目前只有一个专业技术获得了省、国家、国际级奖励的技术新发明的项目，你们不给这样的同志晋升高级职称，这样能算公平、公正吗？这样谁还会积极去搞发明搞创造搞创新？这也反映出一个问题，就是作为医院党委书记的我工作责任的缺失，这样的问题竟会没有发现，是上级领导给我们纠偏的，这个教训很深刻呀！党委书记说这话的时候，目光有些犀利地瞄了右边坐着的柯明一眼，柯明木着脸，有些呆呆的神情。

金鸿雁想了想，自己根本不认识什么科技处长，也许又是景佑帮助了自己？这样的话，柯明对自己的怨恨肯定是越来越深了，这个怨恨肯定是结下了，可这又有什么办法？

二十四

阳光明丽，斜落在办公桌上，有些晃眼。赵玉明靠在椅背上，拔了一下腰身，舒展一下身体，环视着办公室，该收拾的东西都收拾好了，过了新春佳节，他就到油田档案馆上班了。人都是有些恋旧的，已经适应了这里的工作环境就不太想动地方了。不说最好，只求更好，他在这里做档案管理工作四年了，上次部里的一个检查组来单位进行石油工业档案管理试点验收工作，单位档案管理顺利通过了国家二级标准的验收工作，这让许多人瞠目，这是一种荣光，哪个单位的领导能不高兴？况且档案管理升级工作在油田系统马上就要大面积铺开了，他是提高、普及的重要人选之一。实际上，这些年里，赵玉明在档案管理上默默做了很多的功课，俗话说得好，干什么吃喝什么。他从档案学的学习、管理、研究到提出新的认识，特别是针对石油系统的档案管理工作，他有自己管理方法的开拓，他的有关档案管理研究专业性论文在《档案学研究》等各类国家专门刊物上就发表了十几篇，有些篇目还收入到档案管理的一些文集中。他看了一眼桌子上那个捆扎好的纸壳箱，那里边有他这些年的学习笔记、论文初稿，还有两部著作的文稿，其中的一部已经受到档案管理的有关专家的肯定和好评，新北方大学拟作为新开设档案管理专业班的教材出版使用和发行，并邀请他作为大学专科班的客座教授讲学授课。人生就是这样，只要你积极努力了，或许就会开拓出一片新天地，如人所说上帝给你"关了一扇门，就会开出一扇窗"。油田档案馆这次调他过去，首先是油田晋升国家二级档案管理人员业务培训的需要，然后是油田二级单位档案管理升级的规范、检查和提高的需要。

门开了，何劲松进来了，带进来一股寒气，赵玉明笑着说："劲松，你这家伙，什么时候回来的？"

"昨天，师兄。"

"回来过春节呀？"

"就算是吧。"

"这话叫你说的，像谁勉强你似的。"

"师兄，要不我该怎么说呀，离春节还有一个多星期呢。"

"你这不是情况特殊嘛，千里迢迢的，早回来也正常啊。"

"师兄，实际上这个时候那边的事情更多，我是咬着牙，干脆今年躲个清净罢了。"

"这话听着就不太对劲啊。"

何劲松笑了笑，看了看桌子上堆的东西，说："师兄，你这是干什么呀？"

"准备着挪窝。"

"你往哪里挪呀？"

"油田档案馆。"

"师兄，我是真佩服你呀，在平凡中总有不平凡的事发生。"

"什么不平凡哪，只是尽心尽力而已罢了。"

"你一直都这样，着实让人佩服唯，师兄，中午有事吗？"

"没有，你干什么呀？"

"还能干什么，一起坐坐呗。"

"好！走，去我家，我家还真有两瓶好酒。"

"师兄，你家就不去了。"

"那你要去哪儿？还有别人哪？"

"没有，师兄，就咱们俩，我就想找个肃静点的地方和你说会儿话。"

"那好，你怎么神神秘秘的，走吧，我有个地方。"

赵玉明和何劲松去了"独一处"。"独一处"是院"三产"两个人合资新开的一个中餐厅，干净、卫生，厨师是实习饭店新学成的年轻人，手艺还不错，赵玉明找个里边的单间坐定。

何劲松这些年生意上顺风顺水，囊中充盈了起来，一有时间了就近就会回老家看望一下父母，小汽车坐着，有些衣锦还乡的味道，父母喜，生活温饱，身体一日好于一日。入秋时节，天高气爽，白雪梅的大舅家里有喜事，白敬良夫妇回了趟老家，抽空去看了亲家，见亲家身体好、用物足，知道皆是何劲松供给，白雪梅的母亲回来和白雪梅说话时没有管住嘴巴，白雪梅听后很不高兴，和何劲松通话时就夹杂着兴师问罪的味道，要他春节尽早回下辽河。何劲松明白问题所在，下定决心回来应对，昨天晚上，两个人的话就越说越多，陈年旧事，统统拎了出来，一下子又聚焦何劲松父母赡养这一敏感话题上，很快升腾到硝烟弥漫的境地，就有些无法收拾。

"怎么，你们非要弄到不可收拾的地步吗？打个哈哈就过去了，何必呢？"赵玉明看定何劲松劝解着。

"师兄，不是我想，这些年我的事情你清楚的，实际上白雪梅骨子里一点都没有变，人说'江山易改本性难移'，这话一点都不假，还是你好哇。"

"站在祖国的窗口前，是不是花花世界让你有些眼花缭乱啦?"

"师兄，绝对没有，我主要是适应了社会的发展，可有一点我是不变的，那就是做人的根本——孝敬之心，我对父母没有错!"

"是，可二十几年的夫妻，说分就这么分开啦?"

"这也是没办法的事! 该说的都说清楚了，还得瞒着老岳父他们，我做人是有底线的!"

"真的就无法挽回啦?"

"师兄，我是不想再退缩了!"

"你们是针尖对麦芒!"

"不是，师兄，我心里一直有着一根刺，这一次我是彻底把它拔出来了!"

"这样啊。"赵玉明说，心里也有些无奈。

服务员敲门进来，布上四道菜肴，酒瓶启开，退了出去，何劲松把酒倒上，两个人端杯碰了一下。

白雪梅坐在房里有些愣神儿。难道说曾经钟爱的男人就这样离她而去了吗? 想想曾经的热恋，想想这些年的磕磕绊绊，到底为了什么? 又是他的父母，这是个老话题了，自己为什么就不能宽容一点呢? 自己的父母在这里一切安好，何琼工作了，也选定了本科的课程，何聪当兵去了，回来肯定会安排工作的，何明今年高考，摸底成绩一直比较靠前，北京、上海一些知名院校没有什么大问题的，自己刚刚晋聘上了"副高"，虽然有些末班车的意味，总算追上同龄人，脸面上也算说得过去了，去年还做了区政协的委员，一切的一切，你还有什么不满足的? 何劲松为父母翻盖了房子，赡养费用主要靠他，他大哥的孩子也投奔了何劲松，何劲松没少为老何家做事! 何琼从南矿什么时候能调回来? 何聪回来能安排一个什么样的工作? 何明马上要上大学了，之后三个孩子成家立业都需要钱，可他们几乎没有什么积蓄……她并不明确何劲松目前全部的收入情况，他有多少"私房"钱? 他在那边会不会有其他的女人? 这是令人十分懊恼的问题，一直搅动着她的心，让她有些无法控制自己。何劲松父母问题就是一个导火索，实际上，他们有过多次婚姻危机了，最大的那次是何劲松要把何聪送到父母处，怀了何明，拯救了他们婚姻的最大的一场危机，这一点她心里是十分清楚的。时至今日，这个危机还是出现了! 难道说他们注定就要有这个结果吗? 白敬良进来了，看看说:"雪梅，你和劲松吵架啦?"

"爸，没有。"白雪梅笑着说。

"雪梅，劲松在外边工作不容易，他有能力多孝敬父母一些也是应该的，实际上他父母的日常生活还是要靠其他兄弟姊妹照顾的。"

"爸，我知道。"

"你知道就好，你也是有儿有女的人，他们都在长大，榜样的力量很重要哇。"

"爸，我知道。"

"你知道我就不多说了。"白敬良说完就出去了。

父亲没有说出的话她明白，可开弓没有回头箭！话已经说到这种地步了，白雪梅不想退，这是她免除烦恼的最好办法吗？

DW区块和HWH区块成为南矿目前最为重要的两个上产区块。矿区一开会就说到新一年的上产目标，新一年的目标又长了一截，年初这个月的日产指标天天都在欠账，矿长拿着报表在生产会上拍桌子。郭兰回到班上就带领组里的人找上产的目标，定挖潜的方略。任志成就说："组长，上产主要还是采油队的事，咱们的工作基本上已经到位了。"

"不能这样说，咱们的工作还是要细之再细呀。"郭兰强调说。

"组长，咱们再怎么也细不到每个采油工头上去，油得靠他们采出来呀。"任志成笑着说。

"我就管做好咱们组里的工作。"郭兰说。

"组长，咱们组的工作已经可以了。"任志成说。

"学习的敌人是自己的满足！"郭兰说。

这时，桌上电话铃响起，任志成拿起电话，说："你好。"然后把听筒送过去，说，"师姐，找你的。"

何琼放下笔，接过电话听筒说了一声喂，立刻有些兴奋地说："爸！你回来了，好，我晚上一定回去呀！"

何琼穿着新大衣，对着穿大衣柜镜子转着照了照，笑着说："爸，正合适呀！"

"我们何琼穿什么都好看！"何劲松笑着说。

"谢谢爸爸。"

何明走过来，笑着说："我姐就会臭美！"

"我乐意，一边玩去呀！"

"我还没工夫搭理你。"何明笑着说，拿了本书出去了。

"何琼，你现在工作怎么样啊？"

"还好。"何琼说了南矿两个新区块的开发和上产的事。

"这个任志成说得对，他做过采油工啊？"

"做了两年，之后考的职大，新毕业的。"

222

"难怪呀，人的工作实践很重要哇！"

"是吗？"

"必修课呀，我们最初去萨尔图时，先是去农业基地进行了三个月的生产劳动，先苦其心志，之后才分到井队、作业队实习的，井队里每个工种岗位的工作我都做得很熟练，之后才回研究院的。"

"爸爸好厉害呀！"

"萨尔图当时就是这样规定的，大家都是一样的。"

"爸爸这次怎么回来得这样早哇？"

"想你们就早些回来了，对了，你喜欢诗词啦？"

何琼脸红了一下，看了一眼桌上的《唐诗三百首》，说："没事的时候翻着看看。"

"读些唐诗宋词还是挺好的，有助于提高一定的素养。"

"我感觉也不错呀。"

"对谈男朋友的事怎么想的？"

"我还没有想。"

"已经工作了，应该想了。"

"妈的意思等工作调回来再说。"

"婚姻也是讲姻缘的，真有合适的也不要错过呀。"

"知道了，爸爸。"

赵玉明校对完最后一遍关于石油档案教程的书稿，用档案袋装上封好，写清邮寄的地址，准备下班顺路到邮局寄出去。新北方大学新学期开设石油档案管理专业课已经确定，这门课程的教材要抓紧时间出版印刷，然后，学校和他还要商定具体的授课时间。

"'领导'，你在呀。"陆鸣敲门进来说。

"'诗人'，你怎么这么闲着哇？"

"闲什么，刚开完上产促进会。"

"差距很大吗？"

"报纸、电视上都建有排行榜，每一天都有公示，今天只有一个采油厂的两个矿算是勉强完成既定的任务目标了。"

赵玉明这些天一直专注石油档案教程的事，有一段时间没有翻阅油田报纸了。

"一起走吧。"赵玉明拿起书稿邮件说。

"好哇。"

赵玉明去馆长办公室回来，见自己办公室门口站着一个身材高大的人，走廊里有些暗淡，来到近前才看清楚，说："'疙瘩'，你什么时候来的？"

"'领导'，我刚到，敲门没有人，以为你不在呢。"

"去馆长那里有点事，来，进屋哇。"赵玉明开了门说。

刘辉脸上明显长肉了，肚子看着也有些凸起，赵玉明倒杯水给刘辉，说："'疙瘩'，你富态了，今天怎么这么闲着哇？"

"闲什么呀，马上就要高考了，过来看看我家成功，给送些东西过来。"

"你家成功学习不错呀！"

"还算可以吧。"

"'疙瘩'，你怎么还谦虚上了，过去来看成功不都是贺桂文的事吗？"

"桂文现在不是忙着嘛？"

"贺桂文忙什么呢？"

"她承包了家属站的服装厂，又是采购，又是送货，又是结算的，忙得都有点脚不沾地了。"

"贺桂文还真挺能撵形势的，收益肯定不错吧。"

"托李敢书记的福，还真的不错。"

"贺桂文承包服装厂和李敢有什么关系呀？"

"不都说李敢闺女上赶着追我们家成功吗？也是大家伙儿给面子。"

"这小孩子的事还作数哇？"

"大家都这么说，我们还能说什么呀，我是巴不得的呀！"

"你说得也是，你怎么样？还值班哪？"

"没有，年初不干的，管土地这块事了。"

"'疙瘩'，你行啊，成'土地佬'了，人都说这可是个肥差呀！"

"马马虎虎吧，肚子肯定是亏不着的。"刘辉笑着说，还拍了拍有些隆起的肚子。

"'疙瘩'，你这回整得真不错呀！"

"嘻，给机会我就干呗！'领导'，'诗人'、'画家'他们干什么呢？"

"不知道哇，你找他们吗？"

"'领导'，你打个电话问问呗？"

"行。"赵玉明抄起电话，张国安的电话没有人接，陆鸣在班上，刘辉拿了电话和陆鸣寒暄了几句，让陆鸣立马过来，中午找个地方一起坐一坐！赵玉明说："咱们就去'独一处'吧。"

"行啊。"刘辉说，刘辉是带着吉普车过来的，上了车，司机孙松就喊刘辉调度长。赵玉明、陆鸣听了立刻恭喜刘辉的进步，刘辉说："你们哥俩可别砢碜我了，我这些年才混个副科，和你们能比嘛。"

吃完饭出来，刘辉迈着方步咬着牙签，赵玉明去柜台上结账，服务员指指刘辉

224

的司机说："那位先生已经把账结完了。"

"'疙瘩'，来西线怎么能让你破费呢？"赵玉明说。

"'领导'，谁花不一样啊，咱们还分你我呀，我现在有这个能力了，什么时候你们去西苇，我一定带你们吃点好的！"

赵兴隆拿到的是省城工学院的录取通知书，赵玉明对这个结果不太满意，可也不能说什么，自己生病的那段日子里，金鸿雁一直里外忙碌着，对兴隆的监管肯定有不到位的地方，兴隆不像靓初自律能力强，又热心于摄影，学习上难免有些分心，这也是没有办法的事。刘成功考取了北京石油大学，何明考取了上海交通大学，郝可可执意要读石油中专，郝学仁怎么劝也不听，有些郁闷。金鸿雁显得挺满足，她说她喜欢这个结果，她就想兴隆能回到自己身边来，赵玉明想想也是。赵玉明接到了新北方大学的电话，他著述的石油档案管理教材已经付印，出来以后会第一时间给他寄来样本，他说自己这边要预订五百册，馆长说了系统内部要使用一部分，赵玉明还要送亲朋好友一些，或许还有其他的用处。至于去新北方大学授课时间明确为一个学期集中一个月，由他提前确定时间，尽早回复，便于系里做统筹教学安排，他想在十月里授课，再晚天气就凉了，也怕和十一月以后的油田岗位责任制大检查有冲突。

陆鸣站在办公室窗前，默默看着楼下的花圃，几个工人在修剪着榆树墙，修剪过的榆树墙棱角分明，煞是规整。郝学仁从旁边的路上走过来，四平八稳的步态，好生从容，郝学仁是陆鸣打电话叫来的。

昨天，油田工会开了一个主席团会议，重点是落实下辽河油田建设二十年大庆事宜。上了"油老三"，又临建设二十年，必须得庆祝！怎么搞？群策群力拿方案，党委已经以文件形式下发了，各个口以什么样的形式落实？之前，报社发布了庆祝油田开发建设二十周年有奖征文启事，第一期征文作品已经在副刊《辽东湾》上登载了，工会主席团会议要研究更大的，在庆祝日期间的活动内容，要有二十年成就展，要有一台文艺演出，要有些规模有一定层次的！其他的好说，这台文艺演出可不是好弄的，组织领导，创作人员，演职人员都得提前准备，围绕文艺演出内容就议了好一阵子了，最后还是大主席拍的板，光说不练是假把式，先把架子搭起来再说！这个搭起架子的组织机构里就有陆鸣，还有郝学仁，郝学仁家庭有一定的困难，能不能出来？有什么困难都要想办法克服！要给油田二十年大庆活动让路！会后，陆鸣去了大主席办公室，他要说说主要负责人和主创人员的事，大主席最后笑着说："陆鸣，要不你就到油田工会来，做个副主席不好吗？"

这当然是好事了，那是正处级的岗位，只是陆鸣一直没有这个机缘，陆鸣笑着说："我是时刻听从主席您的召唤哪！"

"我这里没问题！"主席笑着说，还向上指了指。

陆鸣懂，这是要林胜平说话，陆鸣没有想过去找林胜平。

郝学仁喝了口茶，看着陆鸣说："'诗人'，你又不是不知道，我哪有时间哪？"

"我知道，我还不想管哪，领导点将了，要动员全油田的力量，一定要把这次活动搞得有声有色，谁能脱得了干系呀？有什么困难你就说，如果就是你家里那点事，我和团委那边说一声，给你家派一个'学雷锋小组'行了吧？"

"'诗人'，我还有享受这种待遇的时候哇？"郝学仁笑着说。

"有什么不能的，'大师'，这叫各尽所能啊！"

二十五

生活中总会有让人出乎意料的时候。

那一天上午，何琼在办公室研究DW区域资料，一个女青年敲了敲开着的门说："你是何琼吧？"

"是，你是？"

"我是戴晓丽，南矿小学的老师。"

"你好，戴老师！你有事啊？"

"我想和你谈谈。"戴晓丽说这话时有些局促。

"你坐，有什么事你说吧。"何琼有些疑惑地指了指任志成的椅子说。

"在这里说话不太方便，你能去我家吗？"戴晓丽回头看了一眼门口说。

"这有什么不方便的？这里就我们两个人，我这儿还有工作。"何琼强调说，起身把房门关上了。

"我家很近的，就在你们办公楼的后边，几步路，求你了！"戴晓丽恳求着，指了指相邻的平房住宅区。

"戴老师，你到底有什么事情啊？"何琼还是不太情愿。

"这件事对我非常重要！"

"和我有什么关系吗？"

"关系很大！"

"那好吧。"

"那麻烦你了。"戴晓丽似乎松了一口气，

这是一户统一标准的油田二代户平房住宅，新修建的红砖墙院子和门房，何琼跟随戴晓丽进了正房，房子里收拾得很整洁，一对自制的单人沙发套着天蓝色的涤卡布套，扶手和靠背上都蒙着白色针织的蕾丝方巾。戴晓丽指指沙发说："何琼，你请坐。"便去倒水。

"戴老师，你不要忙了，有什么事你就说吧，我工作很忙的。"何琼坐在炕边上说。

"何琼，你千万别叫我戴老师，咱们年龄相仿，你就叫我晓丽吧。"

"那好吧，晓丽，你找我到底什么事？"

"我想跟你说说任志成。"

"任志成？任志成怎么啦？"

"怎么跟你说呢？"戴晓丽顿了一下，想想说，"何琼，这么跟你说吧，我们两家的关系一直很好，两家的家长也都希望我和任志成能够生活在一起。"

"你说的这是好事啊。"

"何琼，是你使我们的关系变得有些不可能了。"

"我？"何琼有些惊讶地说，"怎么会？晓丽，我和任志成是在一个组里工作，我们就是一般的工作关系，影响不到你们的关系呀。"

"可自从任志成回到南矿，在地质组工作后，看都不愿意看我一眼。"戴晓丽叹息一声说。

"晓丽，请你相信我，我和任志成除去工作，一点其他的关系都没有！"何琼说得很认真。

"何琼，我相信，可以前不是这样的。"戴晓丽说着便哭了起来。

"晓丽，你别哭哇！"看着戴晓丽哭得很伤心，何琼说，"晓丽，我看得出来你是很喜欢任志成的，我不知道怎么才能帮上你。"

"何琼，我求你和任志成说清楚。"

"晓丽，你说我怎么样和任志成说清楚哇？"

"就说你们之间是根本不可能的。"

"当然可以了，晓丽，我和任志成本来就什么都没有哇。"

"何琼，真的谢谢你，给你添麻烦了。"

"晓丽，这没什么，你放心吧。"

面对着戴晓丽的眼泪，何琼当时有些豪情万丈，可是回来一想，感觉又有些不是那么回事了，她和任志成本来什么都没有，可怎么和任志成来说这个话题？说戴晓丽来找的自己显然是不合适的，不说吧，别弄出"此地无银三百两"来？面对任志成，她好几次想开口都不知道怎么开这个口，况且办公室里他们两个人的时候也不是很多的，好几次的机会就这样错过了，何琼不想失信于戴晓丽，这件事她必须要做，她一直在寻找适当的机会。

这天下午，郭兰有事先走了一会儿，何琼看了一眼埋头做事的任志成，说："任志成，你有时间吗？"

"师姐，你有事啊？"任志成抬起头笑着说。

"我见到戴晓丽了。"

"戴晓丽？戴晓丽怎么啦？"

"戴晓丽是个挺不错的女孩子。"

"师姐，你就想告诉我这个吗？"

"是呀。"

"师姐，你为什么要告诉我这个？"

"听说你们两家关系一直挺好的，也希望你们两个在一起。"

"是吗，谁说的，戴晓丽？开玩笑吧！"

"没有哇！"何琼说得很认真。

"师姐，我有一句话想说给你，你不会介意吧？"任志成这时也认真起来，看着何琼笑着说。

"任志成，你要说什么呀？"

"师姐，我说了你得保证不生气呀！"任志成笑着强调说。

"好，我保证。"

"师姐，有人说咱们俩挺合适的。"任志成笑着说。

"任志成，你这个玩笑开得太无聊了！"何琼一愣，脸当时有些沉下来说。

"师姐！师姐！你千万别生气，他们也是开玩笑的。"任志成笑着说。

"有随便拿这种事情开玩笑的嘛！"何琼还是有些生气地说。

"师姐，我就是怕你听了会生气，之前才和你说过了嘛。"

何琼想想也是，自己是有些小气了，就说："算了，算了，任志成，咱们不说这个了。"

"师姐，你真的不生气啦？"

"一句玩笑有什么好生气的。"

"这就对了，师姐，你有男朋友吗？"

"任志成，你问这个干什么？"

"关心关心师姐呗。"

"谢谢，没有。"

"师姐，那人家说的那个话就没什么过错了。"

"任志成，你说的什么话呀？"何琼一时没有明白。

"就是刚才我说的大家说的那句玩笑话呀。"

"任志成，你说什么呢？"何琼这时明白了，脸有些红着说。

"我没说什么，师姐，下班时间到了，你也该去吃饭了，再见哪！"任志成说着，笑着起了身，哼着"你是我心中的一把火"出去了。

何琼有些愣神儿地看着门口，这个任志成，我说他和戴晓丽的事，他转个弯把我给绕进去了，心中不由得有些气恼，好你个任志成啊！

庆祝晚会到底以什么形式呈现？文体专员廖靖远领着筹备小组十几个人聚在一起开会，大家畅所欲言，各抒己见，一时间把话题熬得很烂很稠，就是不能九九归一，这已经是第二次专题会议了，这样下去怎么行。"家有千口，主事一人"，该拍板就得拍板，时间不等人，再这样拖延下去什么都做不成！文体专员廖靖远年轻，摄影、书法是专长，没有参与和组织过这类大型的节目编排工作，所以，一直都在听意见，谁发表了意见都说好，意见记了好几页，还是停留在纸面上。陆鸣看得明白，抓住适当的时机说："各位，这样大型的文艺节目我们没有搞过，郝学仁在YK市里参与搞过，有一些经验，还是请郝学仁谈谈具体意见吧。"

认识郝学仁不认识郝学仁的人送上稀稀落落的掌声。一直沉默不语的郝学仁这才从节目的选择审定，演员的挑选，整个节目的编排，组织排练等环节一一予以说明。听了这些内容，马上显示出时间的紧迫性了，要想高水平地搞好活动就得两手准备，一是整台节目的编排要请高人指点；二是节目想要上水平，还要在社会上聘请一些专职演职人员，这涉及经费问题，这些事情必须马上确定，时间真的很紧迫呀！郝学仁最后强调。很多人这才如梦初醒，方才掌声雷动。廖靖远把事情的要点记录清楚，立刻行文，马上向相关的主要领导请示汇报。

这一次会议变成三人组，廖靖远说了油田领导的批示，主要领导同意请人，费用几何？先初步做个预算，看着陆鸣、郝学仁求解，陆鸣看向郝学仁，郝学仁说："总策划请谁？他（她）对社会情况清楚，包括费用，意见得由这个人拿！"

廖靖远还是一脸迷惑，陆鸣说："市里有一个歌舞团，有一群俊男靓女莺歌燕舞地在排演节目，新中国成立四十年大庆在市新建剧场汇报演出过，效果还是不错的，如果找市歌舞团联系怎么样啊？"

"市四十年大庆的那台节目也是请高人导的，请了名演员的，总策划是秦越！秦越我熟悉，如果领导没有安排，我可以联系他，人熟为宝，价格肯定合理，关键是用心，这很重要！"郝学仁说。

"郝老师，那你就联系秦越吧。"廖靖远马上说。

郝学仁立刻打电话联系，电话打了好多个，才落到实处，这时笑着说："秦越就在本市，为了一个大型化工项目建成剪彩来的，住在新建成的天鹅湖宾馆。"

"事不宜迟，咱们这就去看看吧，还不知道人家有没有时间哪。"

"好。"廖靖远说，三个人急忙去宾馆见秦越。

秦越身材偏高，身板挺直，两鬓有些霜白，长发在脑后梳成一个小辫子，见到郝学仁先是一个热烈的拥抱，四个人在宾馆大厅休息区的一组沙发处入座。秦越听了郝学仁的请求，就说："学仁，咱们是老朋友了，我就实话实说了，我手里有一台节目邀请，也是熟人联系的，如果你参与油田这台的节目总策划，我同意加入，日常工作由你组织实施，我跟踪指导，费用问题你们放心，我会尽力节省的，你们看怎么样啊？"

郝学仁看陆鸣，陆鸣看向了廖靖远，廖靖远立刻点头说："没问题。"

"真的很难得，咱们和秦越老师一起共进午餐，有些事情边吃边谈吧。"陆鸣立刻说。

"这样最好了，要不下午我还真有些事情要办哪。"秦越说。

席间，秦越讲了一些重要细节问题，廖靖远这时明晰了不少。午餐结束，秦越回房间拿了一份打印的大型节目策划书作为参考文本给了郝学仁，郝学仁转给了廖靖远，廖靖远没有接，要郝学仁留存。秦越笑着说："各位领导，之前说的一些事项你们要尽快落实，两天后我去西线，咱们正式开始编排工作。"

"秦老师放心，我们这就回去落实。"廖靖远立刻说。

下午，何琼在办公室填写一份情况报表，听到有人推门进来，抬头见是一位衣着简朴，有些肥胖的中年妇女，便说："你找谁呀？"

"你就是何琼吧？"中年妇女沉着脸说。

"是，你有什么事啊？"

中年妇女立刻回手推上门，沉着脸说："何琼，你长得确实挺漂亮的，可我们家不欢迎你呀！"

"你说什么？你是谁呀？"何琼有些莫名其妙。

"我是任志成他妈。"

"任志成出现场了，我不知道他什么时候回来。"

"我不找任志成，是来找你的，何琼，我告诉你，你离我儿子远点！"

"阿姨，你说什么呢？"

"你别叫我姨，谁是你姨呀？你和那个叫什么王天伟搞得乱七八糟的，南矿的人谁不知道哇？你还想进我们家，门都没有哇！"任志成妈说完猛地一摔门，走了。

何琼愣在那里好一会儿，等醒过神儿来，伏在桌子上呜呜呜地痛哭了起来，任志成母亲的话如针般扎在她的心上，让她痛苦不已，她招谁惹谁啦？

任志成这时候哼着"你是我心中的一把火"推门进来了，何琼抬头看了看，胡乱抹了一下脸，急忙跑去卫生间洗了一把脸，回来时，猛地把门给摔上，声音响亮，任志成愣了一下，看看何琼笑着说："师姐，你哪里不舒服哇？"

"你妈来过了，你说我能舒服吗？"

"我妈，她来干什么呀？"

"这事你该问你妈去!"何琼气哼哼地说道。

"师姐，实在不好意思呀。"任志成一时囧在了那里。

"你妈很好意思呀!"

"师姐，我妈怎么你啦?"

这时候，郭兰进来说："什么事你们大声小气的，走廊里都听得到?"

"组长，你回来得正好，我有些不舒服，请个假回西线了。"何琼站起来说。

"何琼，你怎么啦? 这么急着回西线干什么呀?"郭兰说。

"你问任志成吧!"何琼说完，头也不回地出去了。

"任志成，怎么回事啊?"郭兰看着何琼匆匆出去，回过头来问任志成。

"组长，我不知道，我也是刚刚进的门。"任志成有些无辜地摇头说，他立刻想到何琼说的母亲那丽蓉来过了，便说，"组长，我有点急事先出去一下呀!"

"你们搞什么呀，我还有紧急工作要和你们交代。"郭兰沉着脸说。

"组长，就一会儿啊，我很快就会回来的。"任志成勉强笑着说，匆匆地跑出去了。

任志成有些气恼地疾步赶回了家，见院门被铁将军把守着，他在门前稳定了一下心神，转身向戴晓丽家跑去。一进院门，任志成就听到正屋里传出一阵母亲开怀的大笑声。任志成拍了拍房门，戴晓丽的母亲柳琴开了门，这是一个一向仰脸看天走路精干的女人，这时却喜笑颜开地说："哟! 是大成啊，来，快进屋哇!"

"姨，我妈在你家吧。"

"在，进来吧，大成。"柳琴仍然热情地邀请说。

"妈，我有事找你，你快回家一趟吧!"任志成探头高声说道。

"大成，有什么事在你姨家不能说呀。"那丽蓉说话的声音明显心情大好。

"妈，你快点啊!"任志成说着，快步往外走。

"嘿，有你这样和老娘说话的吗?"那丽蓉在屋里笑着说。

"大成，有空你来玩啊。"柳琴的声音追上来。

任志成没有回应，匆匆地回到家，坐在屋里有些气闷。那丽蓉有些自得地进了家门，说："大成，有什么事你非得回到家里说呀。"

"妈，你刚才去我班上啦?"

"是呀。"

"你干什么去啦?"

"我找何琼啊。"

"你找何琼干什么?"

"我让她离你远一点。"

"谁让你去的?"

"我自己呀。"

"你去都说什么啦?"

"我说何琼,你和王天伟搞得乱七八糟的,南矿的人谁不知道哇,你别想进我家的门哪。"那丽蓉有些自得地说道。

"妈,你可真够可以的,这样的话你都说得出口,你不嫌丢人哪?"任志成脸色有些铁青地说。

"我丢什么人哪?我又没养汉做贼,抵粮盗米,丢人的是她何琼!"那丽蓉拿出了自己做人的底线标准。

"妈,你可真行,何琼跟你说过要进你的家门了吗?何琼和王天伟搞得乱七八糟你看见啦?"

"大家都这么说,这样的女人咱家就是不能要,我还不是为你好吗?"那丽蓉义正词严地说。

"你这是为我好哇?你不知道你乱说什么呀?我的脸都让你给丢尽了!"任志成气得吼了起来。

那丽蓉"嗷"的一嗓子,拍着大腿开始呼天抢地地说:"哎呀我的妈呀!我一把屎一把尿拉扯大的儿子嫌弃他妈了,现在倒过来数落起他妈来了,这书是怎么念的呀?这是什么天理呀?我这是作了什么孽了呀?"

"干什么?这么大的嗓门,不嫌丢人哪!"任校长快步进来厉声说道。

"任校长,你看看你教育出来的好儿子吧,为了一个外人,教训起他妈来了,这不是伤天害理是什么呀!"那丽蓉继续哭号着。

"大成,你怎么回事啊?"任校长说。

任志成就把事情的原委说了一遍,然后说:"妈,你这是侮辱、诽谤,你知道吗?何琼要是去告你,你是要吃官司的!"

那丽蓉这时候看了看任校长,任校长说:"你呀你,你就等着吧!"那丽蓉明显有些紧张了,求助的目光看向任校长,任校长说,"你现在看我有什么用啊,一天天嘴大舌敝的,人家装枪你就放,成事不足,败事有余!是戴晓丽她妈鼓动你去的吧?"

"嗯。"那丽蓉点头说。

"就知道你们俩老在一块儿就不会有什么好事的,果不其然哪,这下你闯祸了吧!大成,这事可怎么办哪?"任校长有些焦急地说。

"爸,何琼一生气请假回了西线,组里还有很多工作要做,你说该怎么办哪?"

"大成,别夜长梦多,起码得先给人家赔个礼道个歉,让人家消消气呀。"任校长立刻说。

"爸,我连何琼家住在哪里都不知道,怎么找到她呀。"

"老太婆,你看这事让你给弄的,你是一时痛快了,大成还得给你去擦屁股,你还有脸哭号!"

"有什么大不了的，天塌下来有地接着!"那丽蓉这时候眼睛一瞪说。

"老太婆，你要是这样说，这事大成不用管了，有什么事你来接着哇!"任校长说。

那丽蓉立刻看向了任志成，任志成说："爸，我得走了，组长还有工作要安排。"

"那你快去吧，顺便打听一下何琼家住哪里呀。"任校长说。

"爸，我知道了。"任志成说着急急地回到了办公室，看到郭兰在办公室里忙着，立刻说："组长，时间不早了，你快去接孩子吧，有什么事情交给我吧。"

"任志成，事情不少，我的事我拿回家里做，这些事辛苦你了。"郭兰说着把要做的事情交代一下，就匆匆地出去了。

任志成忙了好一阵子，总算把事情做完，这时候他有些凝神，何琼现在怎么样啦? 这次是母亲，上次是戴晓丽，戴晓丽和她妈柳琴这是干什么呀? 这事我得找戴晓丽好好说道说道!

南矿小学是一座三层的小楼，学校的院子也就半个足球场大小，红砖围墙边顽强生长的杂草有些枯黄。任志成在院子东侧有些斑驳的篮球架子底下站着，脚下碾着一撮枯萎的野草，戴晓丽这时候走过来，笑着说："大成哥，你吃饭了吗?"

"还没有。"任志成有些沉着脸说。

"大成哥，你这么急着找我有什么事啊?"

"你去我们班上找过何琼啊?"

"大成哥，你说的是什么时候的事啊?"戴晓丽明显有些闪烁其词。

"戴晓丽，你不会说你没有找过吧?"

"大成哥，那一次我就是和何琼谈谈心，没有别的意思呀。"

"我妈下午去找何琼的事你知道了吧?"

"我不知道哇。"

"你妈没有跟你说?"

"没有哇。"

"戴晓丽，那你就回去问问你妈吧，你是一名小学老师，老师是教书育人的，思想品德很重要，想到你妈的所作所为让我感到害怕和厌恶，我现在把话和你说清楚了，我们俩一点可能都没有!"任志成说完，快步走了，他听到戴晓丽喊着大成哥，你等等! 可他没有停下脚步。

"大成，你怎么才回来呀?"任校长说。

"我找了一下戴晓丽，把话跟她说清楚了。"

"何琼的事你准备怎么办哇?"

"我明早就去西线一趟。"

"这样最好了，别夜长梦多呀。"

"爸，你就放心吧。"

"好，你快吃饭吧。"

深秋的清晨，微微有些落霜，任志成坐上最早那趟客车去了西线。昨天晚上，他完成工作后找组长郭兰请的假，他要尽早地把何琼的事情处理好，何琼肯定是受到伤害了，她会怎么样？任志成一个晚上都没怎么睡好，这个伤害是母亲那丽蓉亲手制造的，制造得有些残忍。西线的早晨编织着上班的人流，商店刚刚开门，任志成买了四瓶罐头拎上，向科研家属区走去，他遇到两个年轻人，他们都不认识何琼，他有些失望，开始怀疑自己的判断力，前边有一个小卖店，任志成走进去，一个坐在折叠椅上的中年妇女给他指明了前进的方向。

任志成拍拍那个院门，听到有个男人的声音，他推开了院门，院子里站着活动身体的白敬良，白敬良笑着说："小伙子，你找谁呀？"

"您好，我是何琼的同事，何琼是在这里住吧。"任志成笑着说。

"是，小伙子，进来吧。"白敬良说着，对着屋里喊道，"何琼，有个同事找你呀！"

"姥爷，谁呀？"何琼从屋里出来了，看到了任志成，有些沉着脸说，"你怎么来啦？"

"师姐，听说你不太舒服，我是特意过来看你。"任志成马上笑着说。

何琼沉着脸，走到近前压低声音，说："任志成，你是闲得没事了？"

白敬良却笑着说："何琼，同事来看你，怎么不请到屋里坐呀！"

何琼对着姥爷笑了一下，有些无奈地说："你进屋吧。"

任志成坐在沙发上，四下打量着屋子笑着说："师姐，你家真够宽敞整洁的呀。"

姥姥这时送上茶壶，打量着任志成，说："小伙子，你喝水呀。"

"谢谢姥姥。"任志成笑着说。

姥姥出去了，何琼看看外面，压低声音说："任志成，你来干什么？"

"替我妈给你赔礼道歉的。"

"打个巴掌给个甜枣，我不稀罕哪！"

"师姐，千不对万不对都是我妈的不对，你大人不计小人过，就别生气了呀。"

"任志成，你看我像生气的样子吗？"何琼有些冷笑着说。

"师姐，你不生气就好。"

"任志成，歉你也道过了，没什么事你回去吧。"

"师姐，你真的不生气啦？"

"走你的吧，怎么，还等着我们家留你吃午饭哪？"

"师姐，那敢情好哇！"任志成笑着说。

"任志成，我说你这人的脸皮可够厚的呀！"

"这也是没办法呀，师姐，在你面前脸皮不厚不行啊！"任志成站起身笑着说。

"快走你的吧。"何琼推了任志成一下说。

来到了门口，姥姥说："小伙子，吃了饭再走吧。"

"不了，姥姥，单位里还有事。"任志成笑着说。

"有空来串门啊。"姥姥说。

"好的，姥姥。"任志成笑着说。

出了院门，何琼说："任志成，你倒是不外道哇，姥姥姥姥的，叫得倒挺亲热的。"

"师姐，这说明咱能联系群众啊。"

"走吧。"

"不送送啊？"

"任志成，别蹬鼻子上脸哪！"

"师姐，你什么时候上班啊？"

"你管哪！"

"班上可有不少事。"

"有你怕什么，你就做呗。"

"多做点工作我倒是没问题，只是你不在呀，总感觉有点空落落的。"任志成笑着说。

何琼"哼"了一声，说："无聊！"转身就回去了。

何琼最初心里一直挺别扭的，赌气坐车回西线那些气就放出去了不少，见到任志成来了这气就没了。回到屋里，姥姥说："琼儿，这个小伙子挺不错，你同事啊？叫什么名字呀？"

"姥姥，干什么，查户口哇？"

"你可不小了！"

"姥姥，我知道，你恨不得明天就把我嫁出去吧。"

"姥姥可不想，可闺女大不中留哇。"

"那我就偏要留着！"

"你说这样的话，人家会说我这孙女是不是有点傻呀。"

"傻好哇，没人要就陪着姥姥了。"何琼笑着说。

"你这个傻孩子呀，净说傻话。"姥姥也笑着说。

冬日里阳光灿烂，斜照在门诊的白墙上。金鸿雁到班上换好了白大褂，正要洗手，万里骋疾步推门进来说："金大夫，快！下楼坐面包车去抢险现场！"

"主任，出什么事啦？"

"军分区办公大楼发生爆炸，有重大伤亡，需要紧急支援！"

"知道了。"金鸿雁说着，立刻收拾了一下医药箱，挎上，快步下了楼。

救护车呜里哇啦在前面开着路，面包车紧随其后，很快进入了军分区大院，发生爆炸的是一幢七层的主楼，沙砾堆积，残垣断壁，只有孤零零的步梯一柱冲天仍然矗立着，似乎是在做天问？很多人在不断涌入，救援的，寻找亲人的呼喊，军分区家属楼就在大院的后面。金鸿雁随着抢救的人进入废墟处，有个人在哭叫寻求帮助，金鸿雁立刻奔了过去，是一个中年妇女在呼唤着一个穿绿军装的人，那个穿绿军装的人满脸是血。金鸿雁上前摸了一下脉搏，然后查看伤情，军人前额被什么东西砸了一个大口子，鲜血直流，昏迷着，金鸿雁立刻进行了紧急包扎，挥手呼喊着担架，一副担架立刻过来了，抬起了伤者，妇女说了声："大夫，谢谢！"跟着担架跑去了，金鸿雁看了妇女一眼，觉得有些眼熟，她来不及多想，继续寻找需要帮助的伤者。

人员、车辆、挖掘机、铲车在不断开进，有人在指挥开挖残垣的渣土，不时有罹难者的遗体被发现，不时有哀号声传出，现场显得异常惨烈。

下午，金鸿雁回到了医院，她的眼前又闪现着那个中年妇女有些熟悉的面孔，可就是想不起这个人是谁。万里骍这时进来说："辛苦了，金大夫，救援工作怎么样啊？"

"还有些善后工作，真是太惨了，罹难的人员超过二十人，受伤的还有十几个！"

"这么严重啊？"

"主任，这已经十分万幸了，爆炸刚好发生在上班前的一刻钟，很多人还没有进办公大楼。"

"你说得也是，是什么东西爆炸呀？"

"初步判断是一楼食堂天然气泄漏。"

"天然气的威力这么大呀！"

"可不是嘛。"

"金大夫，你忙了一天了，早些回去休息吧。"

"好。"金鸿雁换了衣服，想了想，便去了外科病房护士站问询了一下，去了病房，见一个年轻女子在给那个头部受伤的患者喂水，金鸿雁来到近前，说："他怎么样啊？"

"皮外伤和脑震荡！你是？"年轻女子说。

"爆炸现场是我给他包扎的伤口。"

"谢谢你，大夫！"

"不客气，他是你什么人哪？"

"我爸爸。"

"早晨和你爸爸在一起的妇女是谁呀？"

"我妈妈，她去给我爸爸取换洗衣服去了。"

"你妈妈贵姓啊?"

"姓蔡。"

金鸿雁立刻醒悟过来,说:"你是婷婷吧?"

年轻女子马上点头说:"是,大夫,你是怎么知道的?"

"你小时候,我租住过你们家的那间小房子,你应该五岁。"金鸿雁笑着说。

"我太小了,已经不大记得了。"婷婷摇头说。

这时候,蔡大姐拎着旅行袋进来,看到金鸿雁一愣,说:"是金大夫吧?"

"蔡大姐,你没怎么变,我说看着你眼熟。"金鸿雁笑着说,两双手紧紧地握在了一起。

"金大夫,你也是呀。"蔡大姐看了一眼丈夫,眼泪流了下来,说,"这次可真是万幸啊!"

金鸿雁点点头,说:"是呀,俗话说'大难不死,必有后福'哇!"

蔡大姐的丈夫田宝财那一年调防了一处秘密军事基地,执行了五年的保卫任务,之后才调防回来的,市里军分区成立,田宝财调转进来,做了几年的副团职,刚刚办理了转业手续,今天早晨是专门去取档案和工作关系的,进了军分区大院,刚好遇到了一位好友,看办公时间还早,两个人在门前多说了几句话,就把他给救了!这让人不禁感叹时间的拐点。

戴晓丽生病是任志成万万没有想到的。这件事是母亲那丽蓉在饭桌上吃饭的时候说的,也得到了父亲任校长的进一步印证。任校长说最近一段时间里,学校的同事有人就发现戴晓丽有些不太对头了,她的话语变少了,眼睛时常直勾勾的,开始离群索居了,今天早晨,柳琴带着戴晓丽去东线医院看的精神科,立刻就被留院观察了!那丽蓉这时感叹说:"还是咱家大成有眼光啊,这要是真的有关系了,咱们还能退亲不成吗?"

"妈,我对戴晓丽从来就没有过想法,是你和戴晓丽她妈硬要把我们往一起拉的。"任志成说。

"这事能怪我吗?之前我一直觉得戴晓丽挺好的,你那时是采油工,找个小学老师不是挺好嘛!实际上柳琴对这件事并不太热心,你上学以后,柳琴才热心起来的,这一次是戴晓丽有一天晚上和他妈大吵了一架,之后就不爱说话了,柳琴很后悔,说不该跟戴晓丽吵这一架,更不该使劲怼戴晓丽!"那丽蓉说。

"现在说这种话,老话说得好'仰脸的老婆低头的汉',柳琴什么时候说过下句呀!"任校长说。

任志成心里也有些后悔,那天他是不是不该找戴晓丽说那些话呀?

大礼堂，灯光全部打开，所有演职员全部到场，开始做最后一遍实地彩排。陆鸣坐在下面的座位上不免有些紧张，好几个月的努力就在演出这两个小时了！可秦越站在帷幕边气定神闲，看着郝学仁调度指挥，大幕徐徐拉开，布景、灯光，场面气势恢宏，一对金童玉女款款走到台前，声情并茂地朗诵开场白，大合唱指挥优雅地站定，手势一起，乐曲流动，激昂的大合唱随之唱响，饱含深情的歌声在大礼堂里久久地回荡……

赵玉明在办公室里看着印制精美的大红纪念请柬，转眼二十年，时间过得真快呀！如果算上前面的三年应该是二十三年，他摸了一下鬓边，那里已经生出好多白发，人生能有几个二十三年哪？门开了，何劲松和一个穿着时尚的女人走进来，何劲松笑着说："师兄。"

"劲松，你什么时候回来的？"

"昨天晚上。"

"是王慧王记者吧？"赵玉明看了一眼时尚女人说。

"'领导'，你好哇。"王慧笑着说，伸出了手。

"你好，请坐，请坐。"赵玉明看了看何劲松，对王慧说。

何劲松也是受邀参加下辽河二十年庆典的，说是过去的军代表、政委、指挥长等众多的老领导、老模范都受到了邀请，能成行的只有一部分。王慧坐了一会儿便起身告辞，说是有些事情要办，中午和报社曾经的几个老同事一起坐坐。

"劲松，你这是什么情况啊？"送走了王慧，赵玉明笑着说。

"师兄，什么什么情况啊？"何劲松笑着说。

"别装傻呀，王慧刚才可叫我'领导'来着。"

"王慧去深圳了。"

"这么快呀，你们原来是不是真的有故事呀？"

"师兄，天地良心，你想哪儿去了！王慧是离职去深圳的，我们遇到不过才一个多月。"

"你们在一起啦？"

"我们是偶然遇上的，在一个活动现场，她租住的房子很不好，暂时住在我那里了。"

"有情人终成眷属？"

"真的算不上。"

"回家了吗？"

"我回来还住在家里。"

"能多住几天哪？"

"看情况再说吧。"

初春的上午，阳光静好，大礼堂前彩旗飘飘，八面大鼓摆在大礼堂门前的两侧，一时间通道上鼓乐齐鸣，欢迎各界来宾步入庆祝大会的现场。

大礼堂里灯火辉煌，赵玉明在中排位置找到了座位，刚刚坐定，后边有人用劲地拍了他一下，说："老赵，你好哇！"

赵玉明回头看看，是瘦了许多的王俭，忙拉手握住说："老王，你好！你好！"

"老赵，听说你现在弄得又不错呀？"王俭笑着说。

"马马虎虎，老王，你挺好吧？"赵玉明低调地说。

"好什么呀，大病了一场，现在就是稀里糊涂混日子，那个人不是马上也要退了吗？老赵，想一想有什么意思呀？"

"老王，你说的谁呀？"

"还会有谁呀？第一书记呗，他一直都想着往上爬，可就是上不去，就他那样的人谁能用他呀！"王俭说得有些解气。

赵玉明想想也是，他从工作组下来，接管下辽河十几年，下辽河一直都在大踏步地前进，他做了第一书记，市委书记和市长上任不久全都进步了，按说他更应该有所作为的，却偏偏一直放在这里熬到了离休，想着一定也是别有滋味在心头哇，便笑着说："他也算行了。"

"不行他还想咋样啊，那时候很多人被搞成我们这个样子，他没有责任吗？"王俭有些恨恨地说。

"他有多大能量，他也不傻。"赵玉明有些感叹地说。

主持人这时高声宣布庆祝大会开始，全体起立，奏《国歌》！

庆祝活动结束，赵玉明去了"二招"中餐厅，里边人头攒动，这里专门为演职等人员共进晚餐的场所。陆鸣是在庆祝大会和节目演出的间歇找到的赵玉明，邀他到此处就餐。赵玉明笑着说"诗人"，你还是算了吧，我去那里干什么呀？陆鸣说我们都在这边，"领导"你好意思缺席呀？赵玉明说"诗人"，我去那边算哪根葱，有些不知道深浅啦？陆鸣说放心吧，"领导"，大领导都去辽河宾馆陪同尊贵的客人去了，没有时间光顾咱们这里的。赵玉明这样才应允。赵玉明一露面，张国安就跑过来接他，来到餐桌上，看到何劲松、王慧都在，心里有了安放之处。郝学仁介绍了秦越，秦越气质独特，别具一格；张国安介绍了赵丹，赵玉明这些年一直没有见过赵丹，赵丹有些老成了，蓄上了长发，加上有些自来卷，很有些搞艺术人的风范，赵丹在油田报社做美编，已经获得过两次国家级的大奖，说是很有发展潜质，这次是和张国安一起做布景的。张国安预言赵丹绝对会青出于蓝而胜于蓝的。

二十六

赵玉明看着新闻联播，脑子里却在想着怎么编撰下辽河二十年厂志的事宜。

今天下午，馆长召开馆务会议，一项很重要的工作就是落实勘探局领导的指示精神，编撰一部下辽河建厂二十年的厂志。这件事说是在庆祝大会那天的晚宴上，一些来宾老领导忆往昔峥嵘岁月稠即兴提出的，得到现任领导认同和拍板，其共识是旨在为广大油田职工、家属开展国情、油情、厂情教育提供系统"乡土教材"。经油田局务会研究商定，这项工作具体落实到档案馆，档案馆长拍板说这件事就由赵玉明牵头来做，赵玉明只能接着。

说是二十年，怎么会？赵玉明亲身就多经历了"673"的三年，再加上之前地质部的地质调查、勘探和钻探的十几口探井，这样算来至少也有三十年了，即是厂志就不能不溯源，除了油田各二级单位正在编撰的厂志可以作为一些参考，还应该查查地方志对本地石油有什么样的记载，这是一项比较庞大繁杂的工作，按照人们惯常的说法，这个活是"好人不愿意干，孬人干不来"的！赵玉明有些冷笑，不经意间自己竟处在这个地带上了，不管怎么样他的原则是工作就得干，要干就尽力干好！厂志规划一定要周全些，他想到了一些重点内容，立刻坐到写字台前，认真记录在记事本上，免得过后遗忘。

有人敲门，金鸿雁从厨房出去开门，进来的是金鸿鹄一家，金鑫叫了姑姑就蹿到屋里叫姑父，赵玉明摸着金鑫的头说："金鑫又长高了！"

"姐夫，你近来忙什么？"金鸿鹄说。

"准备编撰这二十年的厂志。"赵玉明把事情说了说。

"姐夫，这些老干部这是给你找事啊。"金鸿鹄笑着说。

"事情本身还算是件好事，单位的厂志工作一直没入手，鸿鹄，你现在做什么呀？"

"参与HWH井位部署和浅海的前期研究工作。"

"鸿鹄，都说HWH这次勘探结果挺理想啊。"

"是不错，今年是油田勘探开发的重头戏，这是之一，准备按项目发包建设，还有浅海的勘探工作。"金鸿鹄说。

"金鑫，你去小屋吧。"冷艳说，金鑫一步三跳地就过去了。

"姐夫，陆鸣去油田工会的事怎么样啦？"金鸿鹄说。

"应该差不多了。"赵玉明说，陆鸣去油田工会的事是这次庆祝活动后得到落实的。

"我说的呢。"

"鸿鹄，怎么啦?"

"这两天我去他的办公室，两次都没见到人。"

"鸿鹄，你找陆鸣有事啊?"赵玉明说。

"想问他一些事情，侯明济这次坐到副总师的位置了，院里的部门、岗位都有些调整，空出几个副科的岗位，我想争取，就是不知道有希望没有。"金鸿鹄说。

"侯明济是什么意思呀?"赵玉明说。

"师傅是大力支持我的，他位卑言轻，认为我有一些希望，五五分，关键是怎么做好上层的工作。"

赵玉明知道金鸿鹄这些年的努力，组长做了三年了，中级职称也聘上了，参与了一些重要项目的研究工作，成果也算可以，群众的口碑还不错，做个科室的副职应该没什么问题。只是现在要坐个什么职位开始变得有些微妙了，厂长（经理）负责制，行政一把手是关键，有些单位的行政一把手便开始大行其道，仿佛挣脱了"牢笼"，金鸿鹄他们单位倒是不太明显，不过，金鸿鹄没有到这个层面上，不能太急，赵玉明便说："鸿鹄，不要把这件事看得太重了，要顺其自然，有了当然好，没有也别太当回事，我感觉趁着年轻能多出些科研成果是最重要的，这是硬实力，你说呢?"

"姐夫，我知道了。"金鸿鹄点头说。

"鸿鹄，我的观念也许有些老了，对单位的情况了解得也不太多，说得也不一定对，你自己再考量一下吧。"赵玉明笑着说。

"姐夫的思想一直与时俱进，我是完全相信的。"金鸿鹄说。

"鸿鹄，能尽力的时候我会尽力的。"

"谢谢姐夫!"

"冷艳现在带班了?"

"是，金鑫大些了，学生的班级也在增多，学校领导希望她挑担子。"

"这是好事，金鑫的管理也不能忽略呀。"

"姐夫说得是。"

"家里有什么事跟你姐说。"

"知道了，姐夫。"

实际上，研究院行政一把手赵玉明还是能说上话的，都是一起下辽河的老同事，又没有什么利害冲突，还曾经惺惺相惜，又有书记宗林，只是今天不同了，这话该不该说赵玉明并没有太想好，万一人家心里早有谋划了，你说的话会让人家为难的，赵玉明想把这话放在顺其自然的情形中，说不定侯明济早就把这层意思和金鸿鹄说了?

何劲松一回到家里，白雪梅就开始叨叨何琼和何聪的事情你看怎么办吧? 何劲松说："我知道，我有数。"

"你别老是知道有数的，转身走了，就把事情都甩到我这里了！"白雪梅继续抱怨着。

"好了，好了，你就别说了，事情都在我身上，不然我回来干什么呀。"何劲松从心里厌恶白雪梅这种磨叽的语言方式，都是参加政协的人了，还是这样的思维和语言，谁愿意听啊？实际上，何琼的事情何劲松之前已经和宗林说过了，宗林也承诺何琼的事就放在他身上，除按政策规定办，有十二分力不会用十分的，只是何琼在基层工作还没有满两年，现在就让人家办是为难人家！还有一点最重要的，也是别人都不知道的，宗林的小女儿在广州读研考博，宗林去了一次，何劲松陪了个全程，了却了宗林的一切烦恼，宗林就更加信誓旦旦了。何劲松目前最关心的是何琼的婚姻，这转眼就到年龄了，怎么还不抓紧哪？何琼说得很简洁，爸，不急。倒是白敬良说有个看着不错的小伙子来家里看过何琼，人长得挺精神，年龄也相当，说是何琼的同事，不知道是个什么情况。何劲松就说何琼啊，爸爸可有些着急了，要不要爸爸帮忙啊？何琼笑着说谢谢爸爸，还是按我妈的意思办，等我调回来再说吧。何劲松就不好再说什么了。还有就是何聪退伍后的工作问题，按理说都是正常的安排，一般都是钻井或采油，白雪梅说不好，问何聪的意见，何聪有些喜欢和机械相关的工作，最直接的就是机械总厂，可机械总厂远离西线在红村，白雪梅还说不好。西线倒是有几个三级的机修单位，归钻井、采油等几个二级单位管理，全都是人满为患，不太可能一下子就进得去。何劲松这时就想不行力争人先分在西线，工作调整的事以后再作打算。白雪梅想一步到位，何劲松问询了一下，这样的可能一点都没有。

何劲松开庆祝大会那天遇到了肖永利，他们前后座，肖永利说咱们好长时间没见了，要不明天中午去我家吧，忠伟也一直念叨你。何劲松说看情况吧。肖永利悄声说忠伟这段时间的心情有些扭巴，年初单位干部调整，去学习的调度长回来就升格了，从别处调来了一个副科接替了调度长的职位，忠伟继续做副职，这是许多人都没有想到的，感觉像被人放了的鸽子，所以有些郁闷。肖永利就劝解说工作是人做的，别想别人怎么看，关键是你自己怎么想的？刘忠伟说我知道。实际大家都知道这个副职是有些来头的，领导也是给"来头"的面子。何劲松就答应了肖永利，第二天去肖永利的家。

刘忠伟成熟了，眼睛里已经没有了犹疑，完成三年函授本科的学业，何劲松拍拍刘忠伟的肩膀说："忠伟，你还年轻，机会多多，有机会还是回基层吧。"

"谢谢何老师。"刘忠伟笑着说。

吃饭的时候，何劲松说到了何聪退伍后工作安排的困扰，刘忠伟说到有一次同学聚会，人事处的一个同学说矿建处正在筹建一个什么奔驰维修中心，那是德国的技术，工作又在厂房里，不是挺好的吗？听说很多人都想办法往里边调动。何劲松对矿建处的认知就是建站接管线焊大罐什么的。刘忠伟说他们新增了筑路工程机械、道路运输车辆等一些内容，何聪要是有兴趣，我可以帮着了解一下。何劲松说："行啊，忠伟，那你就费点心吧。"

金鸿雁收拾好诊室里的东西，坐在那里有些愣神儿，明天她要去北京参加一个高级理疗培训班，这个培训班主要是通过高级针灸技术和一些进口仪器设备治疗一些疑难杂症，能够掌握这样的技术，为广大患者解除病痛是她一直期望的。科主任万里骍说这次让她去参加学习是医院党委书记一锤定的音。

门开了，于小玲走进来，眼皮有些浮肿，脸上满是倦容，坐在那里欲言又止，金鸿雁看看说："玲子，怎么不太开心哪？"

"金大夫，这日子真的没法过了！"于小玲开始不停地抹眼泪。

"玲子，这又是怎么啦？"

"我和吴亦真实在是过不下去了！"

"玲子，好好的，怎么说这种话呀？"

"金大夫，每个家庭关上门看着都挺好的，真的好不好只有自己才知道哇！"于小玲一声重重的叹息。

一个月前，吴亦真的父母从老家过来了，吴亦真母亲有心口疼的老毛病，这次有些严重了，于小玲就带着婆婆在医院进行了一系列的检查，最后诊断为萎缩性胃炎，对症下药，慢慢养着吧。关于这个事金鸿雁是知道的，还给出了几个食用小偏方，如多吃些胶质食物如猪蹄、皮冻或每天生嚼几颗花生米等。于小玲他们住的是"851"的楼房，两代户，这时候住五口人有些局促，加之人生地不熟的，老两口下楼后非常陌生，病已经看完了，两位老人早就张罗着回老家，是吴亦真一直极力挽留，想尽儿子的一片孝心，于小玲支持，也尽自己的所能照顾好公婆。前些天的一个晚上，一家人看着电视剧，吴亦真父亲拉着孙女吴妮儿的手说妮儿啊，爷爷、奶奶回老家了，你想不想我们哪？吴妮儿说想啊！吴亦真父亲说那我们走好不好哇？吴妮儿说好！吴亦真父亲说为什么呀？吴妮儿说我和爸爸、妈妈在一个床上睡太挤了！吴亦真父亲说好，爷爷、奶奶走了妮儿就不挤了。吴亦真这时候过来就给吴妮儿一巴掌，说你这孩子，怎么这样没有教养啊！吴妮儿委屈得号啕大哭起来，吴亦真父亲挥手就给了吴亦真一巴掌，说妮儿就是个小孩子，童言无忌，你这是打谁呀？是打孩子还是打我？狠狠训斥了吴亦真一顿，第二天早晨收拾东西就回了老家，吴亦真怎么挽留也没有留下。吴亦真父母走了以后，吴亦真的脸上一直沉沉着，于小玲知道吴亦真心里别扭，就叮嘱吴妮儿别去招惹吴亦真，可事情还是爆发了，吴亦真在教吴妮儿速算，吴妮儿一时有些走神儿，吴亦真上去就是一巴掌，吴妮儿大哭了起来，于小玲过来问怎么回事？吴亦真说这孩子简直笨死了，和你一个样，长大了也不会有什么出息的！于小玲知道这是吴亦真父亲给他一巴掌的延续，就说每个人聪明程度都是不一样的，要是都一样聪明就都是陈景润了！吴亦真被怼就说一切的一切都是于小玲纵容的，才会有那天晚上的结果！于小玲说天地良心，我文化程度是没有你高，可我知道廉耻和忠孝！吴亦真说你是说我不知道啦？于小玲就说你拍拍你的良心问问你自己吧！

这年春节前，于小玲父亲家里杀了年猪，于小玲父亲照例提前告知于小玲回家拿猪肉和血肠，于小玲回去了，想想这些年父母的辛劳，看看农村的生活环境，就和父母亲说要不你们这个春节去我那里过个年吧！父母和儿子生活在一起，大过年的本来不想过去的，可儿媳妇正想着回娘家过年，就积极力主这件事情，说过个年也就五七八天的，油田的楼房暖和还有热闹看，你们二老就过去享享闺女的福呗。父亲当时喝了些"小烧"，心里一活泛就答应了。

腊月二十九，于小玲的父母来到于小玲的家，于小玲很高兴，筹划着怎么让父母过个幸福年。晚上，关上卧室门休息时，吴亦真有些狐疑地说玲子，你爸妈明天回去呀？于小玲就是一愣，说他们在这里过年哪！吴亦真说在这儿过年？他们在这儿过年跟谁说了，这可是我的家呀？于小玲说吴亦真你小点声，我家杀年猪我取肉回来时不是跟你说了吗？吴亦真想想我以为你就是随便说说。于小玲说说说变成现实又有什么呀？吴亦真马上提高嗓门说那可不行，他们有家有儿子的，干吗非到我家里来过年哪？于小玲说你的家不是我家呀？我是他们的女儿，他们在女儿家过个年又怎么啦？吴亦真说他们没有跟我商量我就不同意，你要是不好说的话，明天我和他们说！于小玲说吴亦真你还是人不是人哪？吴亦真说我怎么不是人啦？最初我们在一起的时候他们根本瞧不上我，嫌我是个穷小子，别以为我看不出来！于小玲说吴亦真，你什么都别说了，看在这些年咱们夫妻一场的分儿上，咱们先把这个年过去行不行啊？吴亦真立刻斩钉截铁地说我说不行就不行！于小玲说我爸妈肯定是听到我和吴亦真争吵了，大年三十一大早，饭都没有吃，下楼打个车就回蓝河湾了。

"这个吴亦真也太不像话了，他现在怎么这个样子啦？"金鸿雁听了也有些气愤地说。

"还不是让人给恭敬的！"

"恭敬，谁恭敬他呀？吴亦真升官当领导啦？"

"升官，他想都别想啊，他是茅房里的石头——又臭又硬，领导谁会稀罕他呀！要说物理教学，他还是可以的，学生家长也认同，课余时间被邀去给一些学生补补课，学生的成绩上去了，家长自然高兴，能不恭敬他吗？"

金鸿雁听说了，现在小学、初中、高中都开始开办各种形式的补习班，特别是高中，更为火热，便说："是有偿的吗？"

"吴亦真不说我也懒得问他，应该有吧，他现在出手阔绰多了，他父母这次来他表现得特别明显。"

"玲子，我还是不同意你们走到那一步，就算是为了妮儿吧。"

"金大夫，可我这过的是什么日子呀！"

"玲子，为了妮儿，你要是能忍还是忍忍吧。"金鸿雁劝解说。

按照厂志编撰的时间计划要求，赵玉明开始了解和掌握二级单位的厂志编撰进度和质量情况，他把第一站安排在了西线采油厂。赵玉明这天早晨来到西线采油厂厂志办，厂志副主编武镇林送上了厂志的初稿。赵玉明在首页编委会栏目中看到了吴卫东的名字，不由得愣了一下，说："武副主编，这个吴卫东是过去勘探总部机关的那个吴卫东吗？"

"应该是吧，赵副馆长，你们认识呀？"

"认识，他是什么时候到你们西线厂的？"

"这个我也说不清楚，之前好像一直都在西线厂里，这次搞厂志才请他出来的，主要是让他提供之前的一些重要信息，他的记忆力还是蛮不错的。"

赵玉明清楚地知道吴卫东有记日记的习惯，俗话说得好"好记性不如烂笔头"，便说："他家住这边吗？"

"是，就在后边家属区的平房区，赵副馆长和他很熟哇？"

"下辽河之初他就是我的老领导，清查'三种人'以后就没有了他的消息，基本都把他忘记了。"赵玉明有些感慨地说。

"我知道他平时就在家里，看看书，写写字，养养花，生活还是很惬意的，赵副馆长，你要是想见他，我可以带你去。"

"那好哇，武副主编。"

赵玉明随着武镇林来到平房住宅区后面的一栋平房，敲响了最西边住户的门，开镀锌铁皮院门的正是吴卫东，吴卫东看到了赵玉明那一刻愣了一下，赵玉明笑着说："老领导，你好哇！"

"玉明啊，来，来，来，屋里坐。"吴卫东笑着说，引他们进了书房，紫砂壶倒掉了残羹换了新茶，香气渺渺。赵玉明环视一下，这是一个油田标准的二代户平房，书房是在院子里加建的，遮住了正房的阳光，虽然加了窗子，整座房子还是显得有些暗淡。书房小，显得有些拥挤，一个书柜，一个写字台，一对简易沙发，书柜里挤满了书；写字台上摆着文房四宝，台面上印床上有一方印章，旁边一把刻刀，有些许石粉，应该是刚刚放下的；茶几上放着一本《资治通鉴》，插着书签，为着备读；墙上挂着一对隶书条幅：山不在高，有仙则名，水不在深，有龙则灵。看印章是吴卫东的手迹；窗台板上有两盆葱郁的君子兰，叶片对称绿油油的，中间挺着一蓬葡萄粒大小的果实，很是喜人，中间一盆茉莉开着数朵小白花，送来清丽的幽香，赵玉明笑着说："老领导，你可真的好雅性啊。"

"闲着没事，就是给自己找个乐子，玉明，听说你病了一阵子，现在没事啦？"

"谢谢老领导的关心，还好。"赵玉明就把这些年的情况简要地说了一下。

"赵玉明就是赵玉明，总能找到工作的方向和人生的目标，真的让人钦佩呀！"吴卫东笑着说。

"谢谢老领导的肯定！"赵玉明笑着说，他本想问吴卫东这些年过往的，想想还是打消了这个念头，那是一个伤疤，还是不去揭开的好，特别是吴卫东，便说："老领导，庆祝建厂二十年，怎么没见你去呀？"

吴卫东从抽屉里拿出了请柬，说："我没想去凑这个热闹！头一天下午，指挥长他们到了，说话的时候想起了我，派车来接的我，我去宾馆坐了一会儿。"

"老领导的身体不错呀。"

"无欲则刚嘛。"

"怎么没见嫂夫人哪？"

"她母亲身体不太好，回家看望、照顾老母亲去了。"

"老领导怎么想起学篆刻啦？"

"和一个朋友交流书法时受到的触动，感觉也挺好的，就上手试试了。"

赵玉明凑近印床上的那方印章看了看，印章刻了一半，见些功力，便说："老领导，真不错呀！"

"玉明，你要是能看得上眼，什么时候给你刻一方。"

"谢谢，那就有劳老领导了。"

"玉明，你就别客气了，就是举手之劳的事。"

之后，他们说起了编撰厂志的事，赵玉明向吴卫东请教了一些记忆有些模糊的问题，吴卫东找出了收藏的日记本，做了确切的答复。

赵玉明晚上接到了金鸿雁的电话，金鸿雁在北京一切安好。

金鸿雁北京的针灸学习班安排得非常紧凑，金鸿雁学习上又不是一个敷衍了事的人，她的学习就显得非常紧张忙碌，好容易有一天休息时间，一起学习的学员或去观光或去东单逛街，金鸿雁马上约了靓初，要靓初带她去看望赵玉明的二表哥柳青松。二表哥是位将军，住在干休所里，由于近段时间事情比较多，金鸿雁又是临时拜访，只在一起吃了顿便饭，二表哥下午还要参加一个重要的活动。

金鸿雁从地铁站出来，顺路走进离住处不远的一个小公园，找一个木条椅坐下来，金鸿雁要和靓初单独好好说说话。夏日炎热，周遭的树冠上传来一阵阵蝉鸣，像开足马力的锯木机。靓初长大了，一颦一笑都有动人之处，一个同是学生会干部叫郑和平的男孩子看好了靓初，金鸿雁刚到北京那天，郑和平就陪着靓初一起来看望了金鸿雁。郑和平是个挺不错的小伙子，稳重、质朴，靓初说他们并没有确立关系，他们离真正的恋爱关系还有那么一点点的距离，郑和平最多算个护花使者！现在，金鸿雁和靓初要说的就是恋爱、学业、就业、婚姻的问题。靓初大三了，学业优异，按照社会发展的要求，她应该考研，她有这个能力，还有就是就业，郑和平家是北京近郊的，没有什么过硬的社会背景关系，靓初如果想留在北京，从军也是一条可选择的路，二表哥可以指给明确的学业方向。靓初说："妈，我不太想考研，家里经济条件一般，弟弟也在读大学，我不想继续劳累你们了。"

金鸿雁抚摸着靓初的头，说："靓初，我们都希望你向上考，经济不是你考虑的问题，学业是最重要的，不要给自己留下什么遗憾，以咱们家的经济条件基本生活供给能力我们还是有的，我们会全力支持你的，最重要的是你一定要有这个思想和能力准备呀！"

"谢谢妈，我明白了。"

"你明白就好，郑和平我看着挺不错的。"

"妈，我们现在挺谈得来的，重要的还要深入了解，这需要一些时间。"

"我们靓初真的长大了，这事还是你自己决定吧。"

"妈，你和爸爸都放心吧！"

何聪对奔驰维修中心还是有些兴趣的，都说德国汽车制造技术一流，何聪在给父亲的信中表达了这个意愿，这在他回到西线后便成为就业的现实。

矿建处在东线，奔驰维修中心在北区，何聪工作在一座很大的维修车间里，车间顶上有行走的天车，地上顺次摆放着车、钳、铆、电、焊等工种的设备。何聪的工种是柴修，在车间最东侧有地沟的三个车位上，风吹不着，雨淋不着，太阳晒不着，只是工作时间一长了，人就会失去了兴趣。特别对何聪而然，汽车维修技术就是那点事，机械原理大同小异，过去他都有所了解，什么吸、压、爆、排的，而刺激嗅觉的柴油味总是在鼻孔里游弋，有些挥之不去，时间一长，仿佛长进人的身体里，跟随着你游走。最早发现这个问题的当然是母亲白雪梅，白雪梅是在洗何聪的一件外套时发现的，虽然多浣洗了两遍，也无法去除那个味道。何聪在部队后期给首长做过一段时间的勤务工作，养成了比较洁净的生活习惯，母亲提到衣服上的味道何聪之前也注意到了，他最早就把工作服和日常衣物分开的，试图隔断这种联系，效果还是不甚理想，这显然是这种工作环境导致的，是完全没有办法避免的。

何聪的师傅叫宋光，宋光之前是柴修班班长，前不久，刚刚荣升了车间副主任。宋光个头能有一百九十厘米，身材匀称，站在一般人群中，有鹤立鸡群之感，何聪站在宋光面前稍显逊色。宋光喜欢打篮球，是矿建处篮球队主力中锋，时常代表单位出去打比赛，回来就说篮球比赛的一些趣事，饶有兴趣，滔滔不绝；宋光还爱喝酒，一有机会就拉上几个人在一起小酌，宋光的酒量不错，从来就没有看到他喝醉过。宋光一看到何聪就有些喜欢，上下打量一番，就问何聪会不会打篮球？何聪说会那么一点点。宋光说会点就行。何聪聪明，维修技术讲过了就会，何聪有眼力，宋光要做的事情，何聪马上会捕捉到的。宋光喝酒时就对其他人说我这个徒弟（何聪）行，学技术没说的，做事也有眼力，和何聪熟悉了的人也认同这一点，宋光就着力培养何聪，包括打篮球。关于篮球，何聪小时候是被何劲松培训过的，无奈对航模的爱好把何聪给夺走了，参军到了部队，篮球是一项重要的活动，何聪没少摸，也参加一些比赛，体能、技术都有一些提高，对篮球当然就不那么生疏了，他说的会一点点是缩了水的，做人最重要一点是谦虚谨慎，不然就会尴尬的。何聪不久前当上了柴修班的副班长，还跟宋光进入了矿建处的篮球队，当然，重要的比赛何聪还只能做替补，这主要是何聪和其他队员不太熟悉，缺少配合就没有默契，但何聪年轻，精力充沛，有时间就在篮球场上投篮，进步还是挺快的，这得到了宋光的高度认同。何聪认为师傅宋光许多方面都是不错的，就是文化程度有些偏低，想是文化补习时也没有好好补，现在是讲文凭的时代，宋光这样肯定会有碍个人的发展进步的。

何聪周六接到了最亲密战友郝国印的电话，说是有些日子没见了，周日在一起坐坐呗。何聪当即就答应了，他也有些想郝国印了。郝国印还特别强调说你可别忘了把女朋友带上啊！这是上一次五个一起回来的战友聚会时说定的事情，再聚会谁不带女朋友谁就请客！何聪说我目前还没捉到哇！郝国印说没关系，请客是你的，我到时候想办法找一个给你！郝国印没有上大学说是和早恋得一塌糊涂有着绝对的关系，后来去当了兵。郝国印回来就到西线幸福派出所做了一名治安警，有点牛哄哄的劲头。

何聪去了中餐馆"雅园"，其他三个战友真都带了女朋友，这是让何聪万万没有想到的，这多少让他有些尴尬，这帮人下手也太快了点吧！郝国印笑着说："没关系，我告诉吴梅莉了，她会给你约一个的，这回就看你小子的造化了。"

"不必了，我一个人挺好的，咱也不差请客这点事。"何聪笑着说。

"不知道好歹了不是，看完你别放不下就行啊！"郝国印笑着说。

大家一起哄笑了起来。吴梅莉是郝国印的女友，说是影响了郝国印上大学的"重要元凶"，他们这一恋也有五六年了。

吴梅莉带来的女孩儿叫徐岚，身材高挑，长得清清爽爽的，那双眼睛特漂亮，睫毛浓密，眼睛深邃，吴梅莉介绍了，徐岚就坐在何聪的旁边，很端庄的样子。徐岚中专毕业，学的是财务，在局机关一个处室做财务，工作挺轻闲的，两人交流了一阵子，沟通得很不错，有些意犹未尽。

何聪对徐岚的印象很好，他说徐岚绝对是个淑女，符合他的择偶标准。郝国印笑着说："好的谁不喜欢哪，人家对你还有疑义呢？"

"老郝，有什么你就直接说吧。"何聪说。

"老兄你不会老是一身柴油味吧？"郝国印笑着说。

"你说的这个算什么呀，都说知识改变命运，从明天开始你看哥们的！"何聪有些豪迈地说。

"算你小子有本事，吴梅莉在徐岚面前可没少夸你，你别让我背锅就行啊！"郝国印说。

"人无信则不立，哥们是那种人吗？"何聪有些壮怀激烈地说道。

二十七

刘成乐毕业分配在西苇五号站做了一名采油工。

刘成乐上班是"四班三倒"制。除去上班，刘成乐还有一拨小哥们，以刘成乐的性格来说，他不需要太多的朋友，狼是成群结队的，虎才是独往独来的。自从大江南北"昏睡百年，国人渐已醒"唱响以后，刘成乐就对"徐小明"有了很大的兴趣，还找来了《武林》拜读，稍有闲暇时就强壮体魄，什么"鲤鱼打挺""白猿蹬马""犀牛望月"也悟出些道道来。刘成乐虽然个头将将算个中等，可臂也强健，腰也强健，腿也强健，看刘辉早就有些不太放在眼里，只是上一次刘辉去技校伸手捞了他，他还是心存感激的。

姜彬是刘成乐的朋友，家也在西苇。这个朋友是在东线上技校时，刘成乐砖拍闫小虎之后才开始熟悉的。姜彬在西苇厂上初中时也算是个挺牛的主儿，可去了东线技校的汽修班学习，还是被闫小虎等一些"地头蛇"压着，不太敢造次，闻听刘成乐的壮举后，便主动邀请刘成乐喝酒，信誓旦旦地做了朋友，在技校里也有些敢于挺直腰杆子了。姜彬毕业实习是在西苇厂的小车队，毕业后就留在小车队里学了驾驶员。按照姜彬父亲姜德银的想法，姜彬学习不行，只要好好表现，能给大领导开上车，把大领导侍候好了，也还是有进步机会的。可姜彬偏不，经常和一拨人混在一起，喝酒、打牌，玩乐，刘成乐是他邀请的主要对象之一。刘成乐喝酒参加，打扑克只玩"掐一"，还得看参与者的牌品，刘成乐打扑克牌张记得十分清楚，基本上是赢大输小，赢多输少。

姜彬找刘成乐有些时候是和人约架。刘成乐对打架斗殴并不惧怕，他和闫小虎动手充分认识到打架没什么可怕的，只要敢下手就行，况且他现在的身手还算矫捷，只是他不太想惹出麻烦，历史的经验值得注意！进保卫科、派出所是他最忌讳的，过去惊动的是家长，这时惊动的就是单位领导，弄不好还要送"马三家子"，这又是何必？姜彬每一次约架，刘成乐都会勇往直前，又能全身而退，这让很多见识过的人心生敬畏！

西苇五号站是个很平常的站，站长是老侯师傅，人肯干，老实，话语很少，全站人的精神状态不是太好，究其原因是刘成乐工作态度比较消极，影响了全站的人。谁要真说刘成乐有什么具体问题，你还拿真不出什么真凭实据来，他一不迟到二不早退三不旷工，上班填写工作记录，油井也去巡，你说他有什么问题呀？他的问题是他在那里"梗"着，别人就不敢迈步。这是站长老侯师傅的一家之言。

贺桂文承包了服装厂，最初忙得一塌糊涂，一段时间后，路子熟络了，运营就走上了正轨，长长地舒出一口气，眉宇间多了些笑意。服装厂全是妇女，女人们在一起话多，刘成功在高中都有女生追了，刘成乐已经上班了，年龄一年大一年了，也该有女朋友了吧？贺桂文被问到了，就开始想这个问题，就和刘辉说了，刘辉说你是他妈还是你问他吧。贺桂文想说你还是他爹，话到嘴边没有说出口。还有就是刘成乐现在翅膀有些硬了，和刘辉基本上没话，有些形同陌路的感觉。贺桂文有一天抓了个时间说："成乐，你弟都有人追了，你都上班好几年了，也该交女朋友了。"

刘成乐看了母亲一眼说："妈，不急。"

"成乐，你也老大不小了，你同学都有结婚的了，不行我找人给你介绍一个吧。"

刘成乐有些不屑地说："妈，你还是省省吧，管好你的厂子得了，你儿子还用人介绍女朋友吗，这话要是传出去还不让人笑死，我可丢不起这个人哪！"

贺桂文立刻笑着说："成乐，你能自己找当然好了，像你弟上赶着有人追，我这当妈的还省大心了。"

"妈，好了，好了，我的事你老人家就不要操心了。"

"成乐，你领回一个来，妈看见也就踏实了。"

"好，那你就等着吧。"

刘成乐被母亲提了醒，这才正经地想了这个事情。实际上，刘成乐来西苇五号站的时候，站上就有两个年龄相当的女工，是刘成乐整天玩，没有一点想法，人家才移情别恋的。还有就是姜彬是有女朋友的，女朋友也有几个闺蜜，说是想给刘成乐介绍来着，许是刘成乐当时不太热心，也就一说一过了，事情就这样过去的。

油田要上产，油井要挖潜，井站管理是关键！西苇五号站是矿里最有挖潜潜力的站之一，可这个站的潜挖得一直不是太好。老侯师傅这一次退休了，领导就将油田标杆站——西苇八号站站长江艳菊调西苇五号站当站长了。

江艳菊来到五号站就开了站务会，对站上的人员重新分了班，江艳菊重申了站务管理的规章制度，江艳菊跟班工作，江艳菊和刘成乐在一个班值班。

刘成乐技校毕业后很少见到江艳菊，对江艳菊这些年一直努力工作倒有些耳闻，印象里江艳菊工作不到一年就当上采油站长，后来还换了两个站，一年多的时间就把西苇八号站打造成油田的标杆站。江艳菊就成了西苇厂较为知名的先进人物了。江艳菊成熟了，工作服裹不住青春的气息，一双大眼睛明亮纯净，一对小酒窝有些调皮地透着笑意。刘成乐这时候才发现自己对江艳菊是有些感觉的，只是有些说不清楚，他在技校时为什么会为她出手呢？只因为江艳菊是西苇和他一起去东线的同学吗？

上第一个班时，江艳菊看看刘成乐笑着说："刘成乐，你要是不想巡井可以不去呀！"

"江大站长，你这是什么意思呀？"刘成乐打着哈哈说。

"我是说巡井工作有些辛苦。"

"江大站长，这个还用说吗，咱们是一年参加工作的，我在站上干了好几年了。"

"这样说刘成乐同学能去巡井啦？"

"我会听从江大站长的调遣的。"

"刘成乐同学这样说我感到非常荣幸啊。"

"你不是江大站长吗？"

"刘成乐同学，那咱们就出发吧。"

"好哇。"

春光旖旎，春风和煦，东方大苇莺欢快鸣叫着在前面引路，一路歌唱着，苇海的小路上，芦苇叶不时地牵挂着他们的衣衫，江艳菊和刘成乐说着话，先是说了毕业后的情况，接着说站上的工作，江艳菊问到站上每口井的出油情况，刘成乐说不清楚，江艳菊转头看了刘成乐一眼，水汪汪的大眼睛跳出了大大的问号，刘成乐有些不太好意思了，还采油工，对自己管理的油井情况都不知道？江艳菊说出了每口油井的基本情况和产出的产量，刘成乐就更尴尬了，他确实没有关注过这些问题，班上报表的数字是给领导看的，油井出多少油是油井的事情，该我什么事啊？江艳菊说油井是人管的，要不要人干什么？

这一天，他们到的是西苇5-3-1井，江艳菊巡视了一圈，立刻把油井关停了，开始对油井进行了一级保养。江艳菊对油井保养的程序非常娴熟，她引领着刘成乐，刘成乐有些不敢相信，一直以来觉得混得很开的刘成乐默然了，他这时候才明白，这几年的工作他一直都是在混日子！

一天中午，刘成乐休班，姜彬找他喝酒，刘成乐去了，席间，姜彬说晚上有一场约架，刘成乐说："哥们，这是最后一次呀！"

姜彬点头笑着看看刘成乐说："行。"

刘成乐又一次全身而退了，可对方有人受伤住进了医院，刘成乐被人咬了出来，他被叫到厂保卫科核实情况，刘成乐铁嘴钢牙，一问三不知，顽强抗拒，是江艳菊来保卫科保的他。从保卫科出来，江艳菊看着他说："刘成乐，我真没想到你还会这个样子呀？"

"江大站长，谢谢你，这样不好我知道，以后肯定不会了。"

"刘成乐，你是我心目中曾经的英雄，我一直都相信你说的话。"

刘成乐心里一震，说："那好，以后咱们就拭目以待吧！"

江艳菊明亮的大眼睛看了刘成乐一眼，说："那好哇！"

刘成乐看了一眼江艳菊，欲言又止。

西苇五号站接了一口新井——西苇5-1-1侧。那一天，江艳菊和刘成乐去开这口新井。新井开井是抽油机管理的一项重要操作技能，高质量完成新井开井工作，可以为油井后期管理奠定良好基础，有利于提高油井管理水平和生产时效，新井开井是对所有设备、流程工作性能的一次全面检验，这是上井路上江艳菊对刘成乐讲的新井开井的重要性，刘成乐当时就想抽自己一个嘴巴。关于接收新井，刘成乐根本没有什么概念，前站长老侯师傅也没带他接收过新井，这是刘成乐的盲区，本来他想好好表现自己的，这次又砸锅了，幸好江艳菊没有伤他的自尊，把掌握的油井技能应用在新井开井过程中，为刘成乐保留了一份尊严，这使得他们这次开井工作很愉快也很顺畅，新井在红彤彤落日的余晖中唱响了优美的旋律，刘成乐和江艳菊在铺满余晖的小路上走向了井站。离得井站且近了，江艳菊"哎哟"一声，刘成乐立刻回头说："江艳菊，你怎么啦？"

"脚脖子崴了一下。"江艳菊蹲在了地下，蹙起眉头说。

"你怎么样啊？"刘成乐马上回来说。

"痛！"

"要不我背你回去吧。"刘成乐扶起了江艳菊说。

"不要，我试试吧。"江艳菊试了试，她只能跳行，还没有跳几下，额头就有些细汗透出了。

"江大站长，算了吧，还是我来背你吧。"刘成乐不容分说，一把将江艳菊拉到了背上。

江艳菊坐在站值班室的条椅上，刘成乐帮着江艳菊把翻毛工鞋脱下来，说："你脚脖子已经有些红肿了，这脚崴得挺厉害，要不我报台车送你去医院吧？"

"不用，送班的值班车马上就来了，谢谢呀，看你这汗出的。"江艳菊说这话时，还在刘成乐的额头上擦了一下。

"我没事！"刘成乐脸有些热，他的汗和脸热有一定关系，他这是第一次背了女孩子，还是有些心仪的女孩子，刚刚江艳菊的气息一直呼在他的脖颈上，他刺痒得热血都有些沸腾了，他这时不敢直视江艳菊，甚至有些茫然，急忙跑到外边去看值班车来了没有。

刘成乐陪着江艳菊去的医院。正是晚饭的时间，他们等了好一会儿，那个拍X

光的医生才吹着口哨，骑着自行车进了院。拍完了X光，他们又等了一会儿，片子才出来的，骨头没有问题，外科医生说只是韧带拉伤了，开了些红药，刘成乐就送江艳菊回了家。江艳菊的父亲江久林这天刚好在家里休假，见此情形一定要留刘成乐在家里吃饭，并拉开了下厨的架势，刘成乐见状立刻推托说家里有事，有些慌慌张张地跑掉了。

江艳菊是挂着一根紫色藤条拐杖上班的，拐杖是她爸参加油田健康旅游买的纪念品，到了站上，刘成乐说："江大站长，你的脚伤着，你还来上什么班哪？"

"现在油田都在夺油争上产，我在家待得不安心。"

"那好，江大站长，你坐着，有什么工作你说话吧。"

"刘成乐，你别一口一个江大站长江大站长的行吗？"江艳菊很认真地说道。

"本来你就是站长嘛，我这是尊重你，不然叫你什么呀？"

"咱们是老同学，你叫我江艳菊就行。"

"那怎么行，怎么你也是站长啊！"

"站长是个工作职务，我还是希望你叫我江艳菊。"

"那好吧，江艳菊，有什么工作，请你指示！"

"我要去西苇5-1-1侧，看看新井的运行情况。"

"你的脚有伤，行动不便，今天就别去了，我去看完了回来向你汇报就行了。"

"不，这是新井，我自己看了才放心。"

"江艳菊，你这是不相信群众啊。"

"刘成乐，真的不是，这是我工作上的习惯。"

"那好吧。"

他们一起去了西苇5-1-1侧，江艳菊走路还是有些吃力，刘成乐说服了江艳菊背了她一程。新井运行良好，他们巡视了一遍，江艳菊指点了一些重点部位，刘成乐检查时进行紧固和润滑。油井检查完，他们坐在井场的短墙上歇息，江艳菊把水壶递给了刘成乐，看着刘成乐抿着嘴笑，刘成乐喝了一口水，说："江艳菊，有什么话你就说，你笑什么呀！"

"我爸有那么吓人吗？看把你吓的，一溜烟就跑没影了！"

"我真的有事，江艳菊，你什么意思呀？我非得在你家吃饭你就满意啦？"

"吃不吃饭无所谓，主要是你跑得太快了，慌慌张张的样子，像后面有老虎撵着似的，这也不像你刘成乐呀。"

"江艳菊，你别埋汰我，我怕过什么呀！"

"是，刘成乐，你是挺有些英雄气概的。"江艳菊的话应该是说了一半。

刘成乐一时无语，默默地看着江艳菊，江艳菊渐渐不笑了，抿着嘴唇，眼睛里生出一些羞涩，想说什么又不知道该说些什么，刘成乐的脸慢慢贴了过去，江艳菊没有躲避，她闭上了眼睛，他们的唇贴到了一块，那是一种滚烫的火热，刘成乐展开有力的臂膀紧紧地拥抱着江艳菊。

"嘤嘤嘤……"江艳菊轻声地哭了起来，刘成乐看了一眼，有些慌乱地说："江艳菊，实在对不起，刚才都是我不好哇！"

"不是，刘成乐，和你没有关系。"

"那你哭什么呀？"

"我是在气我自己，明明心里是喜欢，又想得太多，一时间不知道该怎么处理我们的关系了。"

"江艳菊，你说的是真的吗？"

"我为什么要骗你？"

"可是，我真的觉得我配不上你呀。"

"我就是一个普通工人家庭的孩子。"

"可你很努力也很优秀哇。"

"喜欢就是喜欢，我之前就是有些想多了，你别不高兴啊！"江艳菊抓住刘成乐的手，有些深情地看着刘成乐的眼睛，她要点亮里面的火焰。

"江艳菊，请你告诉我，你说想得太多是什么呀？"

"刘成乐，咱们不说这个了，啊！"江艳菊笑着说，还吻了一下刘成乐。

刘成乐回应了一下，扳住江艳菊的肩头，说："江艳菊，你告诉我吧，我真的很想知道你真实的想法呀！"

"刘成乐，我知道你是个好男儿，是值得我信赖的人，我一直也喜欢你，我就是希望你能出色一些，给我更大的安全感！"

"江艳菊，你说的出色和更大安全感是什么呀？我能够做得到吗？"

"刘成乐，你很聪明，怎么会做不到？"

"我聪明？江艳菊，我这是第一次听你说，我知道我没有你说的那么好，你说的具体是什么呀？"

"我就是希望你能做一个名副其实的好工人！"

"江艳菊，你说的这个我有些模糊，什么样才算是你说的好工人？你能不能说得再具体一些呀？"

"好工人除了上班，遵守劳动纪律以外，我感觉最重要的要技术好，这样才能干好工作，比如说，你要争取做个工人技师，你觉得这个事很难吗？"江艳菊期待地说。

刘成乐记得去年厂里开始搞了职工技术表演赛，他们站里是站长老侯师傅带着另一个采油工参加的，他们没有取得好名次。之后，采油厂聘任了一批工人技师，发了证书，还增加了岗位津贴，那些都是一些普普通通的采油工，有些人他还认识。当时，刘成乐有些好奇，还真悄悄地看了工人技师的条件和要求，那些条件和要求是有些高，刘成乐觉得他要是使劲"蹦一蹦"，还是能够摸得到的，只是这个念头一闪就过去了，刘成乐这个时候笑着说："江艳菊，这个我会努力的，就是不知道行不行。"

"刘成乐，我知道你很聪明，你只要用心了，一定能行的。"

"江艳菊，你真的这样对我有信心吗？"

"'滴水石穿'，我相信我不会看错人的！"

刘成乐站在井场上，举起双手，对着天空高声呼喊着："江艳菊，你等着，我一定不会让你失望的！"那声音传得很远很远。

江艳菊笑着看着刘成乐，不由自主地抹了一下眼睛。

何琼去研究院的调令来了，她去西线采油厂机关跑了个遍，调令盖满了公章，回到南矿拿了工资表等一切工作关系，然后和地质组的人告别，组长郭兰没有让她立刻就走，说是晚上在家为何琼践个行，这让何琼有些盛情难却了。

郭兰的丈夫张队长在队里值班，聚会就地质组五个人，任志成和王师傅喝"大米酒"，郭兰、吴秀丽、何琼喝的是汽酒"雷司令"，任志成一直在活跃聚会的气氛，空气里流动着热闹，酒就喝得多了些，话就说得也越来越大胆了，任志成特别强调了对何琼的一见钟情，刚刚看到希望人就走了，不知道以后有没有机会了？大家就看向何琼，何琼有些窘，郭兰就说："小任，任志成，你还是歇会儿吧。"

"组长，怎么了，我说错什么啦？"任志成笑着说。

"任志成，这个场合你总说这种话不合适呀！"郭兰看了一眼何琼强调说。

"这有什么不合适的，你们都是我发自内心爱的见证人哪！"任志成继续笑着说。

"谢谢组长，谢谢大家两年的深情厚谊，我敬大家，如果来西线你们找我，我请大家，再见！"何琼起身举杯说道，喝下最后一口"雷司令"。

"何琼，这个大家也包括我吧？"任志成笑着说。

"不包括！"何琼看了任志成一眼，说完就向外走。

"我这嘴咋这么欠哪，这也有点太没面子了，何琼，我送你呀！"任志成笑着说，还打了一下自己的嘴巴。

"谢谢，不用了！"何琼说着，独自匆匆地走了。

星星还是那些星星，深邃的天穹中朦胧而神秘，在南矿工作了两年，还是有几分不舍的，何琼回到宿舍，铺开已经捆上的行李，躺在床上回味着……轻轻几下敲门声，何琼最初没有太理会。

"何琼！是我，任志成，你在吗？你开开门，我有话想对你说，我知道你在里面！"

"任志成，我已经睡下了，有什么话明天再说吧。"

"何琼，我就几句话，说完我就走，你开开门！"

"任志成，时间太晚了，我有些累了，你还是回去吧。"

"何琼，明天早晨你几点走哇？"

"我坐早班车。"

"那好，何琼，你休息吧，明天早晨我来送你呀！"

"谢谢，你也早点回去休息吧。"

"好，何琼，说定了，明早你可等着我呀！"

深秋的清晨，空气的湿气很大，周围一片白色的浓雾，早班的交通车嘀的一声开动了，再见！何琼坐在后排的座位上心里说，她听到急切的呼喊声，一个身影从白色雾气中撞了出来，在向交通车拼命地招手呼喊追赶着，交通车在均匀加速行进着，任志成的身影一会儿就留在白色雾气中了。

何琼分在西部勘探室南部组工作，这和她在南矿曾经工作的环境是有一定关联性的，这里是一个新的世界，她在忙碌中熟悉着。

那天中午，何琼从办公楼出来，深秋的阳光十分明亮，她不由得眯缝起眼睛，迎面走来一个人，微笑着看向她，何琼不由得一愣，脱口而出："王天伟！"

王天伟穿着一身亮蓝色的牛仔，头发梳理得很整齐，这时笑着说："你好哇，何琼，正想去找你，还不知道能不能见到就遇上了。"

"好久不见，你什么时候回来的？"

"回来几天了，你还好吧？"

"挺好的，你还在学习吧？"

"对呀。"

"你有什么事吗？"

"见你非得有什么事吗？"王天伟眨了一下眼睛，笑着说，"好久没见了，就是过来看看你，一起吃个午饭怎么样啊？"

"好哇，我请你！"何琼犹豫一下说。

"怎么好让你破费。"

"你远道归来，就当给你接风洗尘了。"

"谢谢，风有人接过了，尘也有人洗完了，就差和一位佳人交流了。"

何琼好看的眼睛撩了王天伟一眼，说："不愧是作家班，培养的都是高级人才呀！"

"谢谢，没你说得那么高，那就请吧。"王天伟潇洒地做了个手势说。

王天伟、何琼就近去了"独一处"，拣了屋子角落的一张桌子坐下，服务员送上了大麦茶，王天伟喝了一口，说："何琼，你这两年的诗怎么样啊？"

"说起来惭愧呀，已经好长时间没有动笔了，只是偶尔读读，知道一点点动态。"

"何琼，你还是有些灵性的，应该坚持呀。"

"技术工作忙，工作一忙就有些放弃了，许是缺少一定的激情吧。"

"人生活的环境确实也很重要，这还是次要的。"

"是，主要还是我主观的问题，你的学习很好吧？"

王天伟这次学习上了一个较高的层次，学校为他们邀请了许多全国知名的作家、教授、学者给学员们上课，王天伟在学校又读了大量的书籍，茅塞顿开，创作已经发生了质的变化，他开始转向小说创作，有几篇短篇小说已经发表，有了一些反响。王天伟压低声音说："我这次回来是想把工作关系拿到油田机关里，厂领导坚决不同意，说是当时说好就是带工资进修培训的，学成必须回来，想走没有一点的可能！我目前不可能放弃这的工作关系，只好另辟蹊径了。"

这时，服务员送菜上来，何琼说："你喝什么酒哇？"

"来两瓶啤酒吧。"王天伟说。

服务员送来啤酒，何琼想着刚才的话题，一时没有明白王天伟为什么急着将工作关系转换单位，他学习还有两年时间，又不是马上毕业了，就说："有眉目啦？"

"我正在努力想办法，看来有些难哪！"王天伟似乎有一丝丝叹息。

"关键问题在哪里呀？"

"没有一个硬人帮着说话呀！"

"你不是还没有毕业吗？"

"我想先筹划着，这是第一步，迈不出这一步就进行不下去了。"

"这样啊。"

"何琼，你这一步不错呀！"

"还行吧。"

"是你爸的关系吗？"

"我不知道，他早就不在下辽河了。"

"你爸这拨人现在在下辽河挺好使呀！"

"我不知道也不太清楚。"何琼说，她想说你可以找你女朋友的父亲哪，想想这话说出有些多余。

"你现在跳舞吗？"

"好久都没跳了。"

"我知道一个新开的舞厅，非常好，咱们一会儿去呀？"

"我下午还要上班哪。"

"你请个假呗。"

"不好，我新到单位，手里还有工作。"

"那就以后吧。"王天伟有些遗憾地说。

下午，何琼准时到组里上班了，她不想刚到新单位就给人不守纪律的印象，更何况组长金鸿鹄交给她的工作也有一定时间要求的，她要按时完成。这会儿，她看着资料，竟有些愣神儿，人的生活真的有太多的偶然性和随意性吗？王天伟的出现说明了什么？是一种牵挂还是一份爱？他一直闪动着小火苗的眼睛在暗示着什么？他们都没有说邮寄空信封的事情，那是一种随意想象的美好神秘，还是一种刻意保留？有人敲着半开着的门，这时推开了，一个女生甜美的声音说："请问，哪位是何琼啊？"

同事的目光聚焦在何琼的身上，何琼举了一下手示意，说："我是。"

一个鸭蛋脸，身材中等匀称，系着两个长辫子的女青年说："你好，何琼，你能出来一下吗？"

"你有事啊？"何琼出来说，有些疑惑地来到走廊里。

"何琼，你好！我叫高美娟，有点事想和你单独谈一谈。"女青年压低声音说。

"我们认识吗？"何琼看着高美娟说。

"我们都认识王天伟呀！"高美娟两只手摆弄着胸前的一条长辫梢，一语中的地笑着说。

"王天伟？王天伟怎么啦？"何琼更加疑惑了。

"没怎么，何琼，实在不好意思，我就是想和你说说他，咱们还是出去说吧。"高美娟说。

"那好吧。"何琼看了看高美娟，她们走出了办公楼。

西线油田区域的主干公路正在进行大规模地柏油路扩建工程，筑路工程机械在修建的路面上隆隆作响，风扬起很大的烟尘，走到路边的高美娟这时皱了一下眉头，转身向何琼示意，她们走回不远处的一条支线路旁的一座小楼的下面，一排白杨树有些发黄的树叶在微风中哗啦啦哗啦啦地拍着手，不时有黄叶飘零着，高美娟在一棵白杨树下站定，微笑说："何琼，来打扰你真的不好意思呀。"

"没什么，有什么事你就说吧，我还有工作。"

"何琼，那我就直来直去了。"

"你说。"

"王天伟是我未婚夫，我在西线厂打字室工作。"

打字室三个字让何琼猛然想起组长郭兰说过的话，难道说就是这个高美娟吗？便点点头说："你好，高美娟。"

"何琼，王天伟中午见过你吧？"

"见过。"何琼惊讶了。

"我求你以后不要再见他了。"

"高美娟，我和王天伟只是普通的朋友，中午碰巧遇上了，我没有理由拒绝呀！"

"这是王天伟心里有你，他是有些放不下你，你们在南矿一起工作过，这我知道，可我们已经订婚了，他早就承诺和我结婚的，可就是一直拖着不登记，这一次回来还要把工作关系拿走，这不是明显想要离开我嘛！"高美娟说着抹起了眼泪。

"高美娟，你别哭哇，我最看不了别人的眼泪的。"何琼立刻说。

"何琼，如果不是订婚了，我是不会找你的。"高美娟抹了一下眼泪说。

"高美娟，我能帮你做些什么?"

"何琼，你能听我说完我们的事情，我就很感激你了。"

高美娟的父亲叫高睿，是西线厂的总工，主管厂里的技术和教育工作。王天伟到办公室做秘书，常到打字室来走动，打印和校正领导的文字材料，和打字室的人都非常熟悉。王天伟有才华，为人谦和，语言沟通能力强，很得一些人的好评，许多女孩子都对王天伟萌动了芳心，高美娟是这些女孩子中的一个。高美娟很希望王天伟出现在打字室，听他讲故事、说笑话，听他爽朗的笑声，王天伟的诗稿大多都是高美娟打印的，校正时，王天伟会挨近她，青春的气息在她的鬓边缭绕，告诉她诗稿的格式和错别字，她的心这时不断躁动着，享受着这样美妙的时刻，也乐于做出这样的贡献。

一个下午，王天伟来到打字室，把一沓手稿交到高美娟的手里，说这份诗稿很急，无论如何今天一定要打印出来，晚上我请你吃饭哪! 高美娟当时正在打其他的材料，立刻笑着点点头。

下班的铃声已经响过了，高美娟看着打完的诗稿，她在等待王天伟的校对。王天伟终于出现了，他将诗稿看了一遍，指点了几处地方的修改，立刻打印出来，装进了一个大信封，写好邮寄地址，提在手里笑着说美娟，辛苦你了，走，咱们吃饭去! 高美娟笑着推托说王秘书，不用了，你别这样客气呀! 王天伟说那怎么行，美娟，我一直都在麻烦你，今天一定请你! 一声声美娟叫得高美娟心花怒放了，她咬着嘴唇矜持地点点头。他们一起出了办公楼，路过那个邮政所时，王天伟把大信封轻松地投进邮政所门前站立的绿邮筒中。

他们来到了一个中餐馆，王天伟要了一个锅包肉，一个宫保鸡丁，两个人喝着啤酒，高美娟心里非常高兴，两个人能这样独处一直是她梦想的，这会儿竟变成活生生的现实，王天伟这时候笑着说美娟，想什么呢? 高美娟脸一红，说没想什么。王天伟说美娟，上次我让你问你爸的那个事情怎么样啦? 高美娟想想说王秘书，你是说你上学那个事吧? 王天伟说对头。高美娟有些失望地摇头说我爸说这个事没有先例要我不要管! 王天伟叹了一口气，说可有些单位只要领导同意就可以呀，你爸还说什么啦? 高美娟说我爸爸说又不是你自己的事，我和领导争取一下还值得! 王天伟默默地点点头，他们继续喝着啤酒，王天伟这时候给高美娟讲了两个小笑话，高美娟笑得花枝乱颤的。他们出了中餐厅，华灯初上，心境美好的高美娟出来就向厂区里走去，王天伟笑着说美娟，去我宿舍坐一会儿吧? 高美娟笑着说时候不早了，我怕我爸妈会着急的。王天伟说美娟，我有个礼物一直想送给你。高美娟高兴地说是吗，那可太好了! 明天吧，明天你拿到打字室给我吧。王天伟拉住高美娟的手说美娟，我一直想象着你扎上它好看的样子，就想着现在给你，我能成为第一个看见你漂亮样子的人。高美娟的心旌一下子荡漾起来了，她点点头说那好吧。他们就一起去了王天伟的宿舍。这是一条耀眼的红纱巾，高美娟扎在了脖颈上，对着墙上的小圆镜子仔细端详着，王天伟说美娟，你真的太漂亮了，我爱你！就在后面抱紧了她，高美娟有些羞涩地转过身来，立刻遇到强烈的热吻，高美娟被这种美好神奇的感觉强烈吸引着，心神紧紧追随着那个美妙的感觉，王天伟在不断撩起她新奇的欲望，她被安放在那张木床上。之后，她感觉自己有些轻率了，可后悔又有什么用？她和父亲说明了和王天伟的关系，父亲就帮助了王天伟。高美娟用手帕揩拭着眼泪。

"高美娟，我懂了，我这里你就放心吧。"何琼脸色有些凝重地说。

"何琼，真的非常感谢你的理解呀！"高美娟非常真诚地说。

二十八

刘忠伟去钻井公司五大队接任大队长的职务。

秋日，悠远高蓝的天空上有几朵白云飘逸着，秋阳开始了白昼的炽热，消融着秋夜流淌空气的清凉。北京吉普在通往 HWH 在建公路上疾驰着，路面上新灌注的沥青油在轮胎上制造了黏滞的声响，刘忠伟坐在副驾驶座位上，看着闪过的郁郁葱葱的芦苇和芦苇荡里露头的采油树和井架，这里是西部凹陷的最南端，是这两年油田新开垦的一片石油处女地，它孕育着一份下辽河石油上产新的梦想。五大队有十个井队，在这里集结一年多了，有的井队进尺一直不算太理想，原大队长蒋兴平因工作需要调离，刘忠伟过来继任了。刘忠伟很清楚继任的意味，他的工作要上水平、上台阶。刘忠伟在105队实习时，蒋兴平是副队长，一直以实干著称，转眼十几年过去了，这么多年的工作历练，蒋兴平表现出一定的工作能力，他这次的调离实质是领导班子团结上出现了一些问题，蒋兴平生产上是把好手，只是太过于独大了，表现出明显山头的倾向，十个指头没有捏捏好，这段时间井队的进尺又不如意，大队生产排名就靠了后，公司派人下来民主测评，他便折戟沉沙了。

大队部在一片新垫起来的芦苇地里，四周是密密匝匝的芦苇，昨天晚上的一场秋雨在沙石场地的坑洼处留下些许的水洼，十几辆皮卡、五十铃客货车停在上面，三三两两的队领导、司机们难得一聚地在一起抽着烟、谈笑风生。刘忠伟的吉普车驶进场地刚刚停稳，安文海就从办公室出来了，绵软的大手温温地握住刘忠伟的手，笑着说："忠伟，一路辛苦了！"

"安书记太客气了！"刘忠伟笑着说。

"忠伟，要不要休息一会儿？"

刘忠伟看看周围投来的目光，说："不用了，安书记，生产都挺忙的。"

安文海看了旁边的政工组长田恩才一眼，田恩才立刻大声吆喝着："大家进屋吧，开会了呀！"

见面会就是一种形式，刘忠伟本身就是生产调度口的人，常出现场，和井队长、指导员都是比较熟悉的，只能说对每个井队的深入了解还是有些差距的，就说了一些工作上的基本要求，人就都散去了。

安文海下来做总支书记两年了，这次本来是有机会做公司常委、宣传部部长的，因和蒋兴平关系的不和谐，表现了政治上的不成熟，便被搁置了。刘忠伟先跟安文海去了安文海的办公室，安文海沏了一杯茶，笑着说："忠伟，你能来可真是太好了！"

"老大哥，你可要继续把好大队的这个舵呀！"刘忠伟笑着说。

"合着干，前途无限，对着干，全都完蛋！"安文海深有感触地说，这话是公司党委书记徐天亮开干部大会对基层领导班子正职提要求时候说过的话。

"老大哥，你有什么想法呀？"

"有一些干部我看真得动一动了。"

"老大哥，没有调查就没有发言权，我想先熟悉一下情况，你看怎么样啊？"

"这样也好。"安文海说，现在是经理负责制。

刘忠伟来到了大队长办公室，里面收拾得干干净净，桌面上摆放着一些资料。刘忠伟在公司领导谈话时和蒋兴平已经见过面了，该交接的事情已经交接清楚了，蒋兴平出来时说忠伟，我有什么错我知道，我谁都不怪。刘忠伟看着蒋兴平说老领导，我明白，有什么话你就说吧。蒋兴平说什么都不说了，工作是你做，我不会给你添乱的！刘忠伟没有想到蒋兴平这样有觉悟，这是难能可贵的，都说人可怕的是不能觉悟，人最可怕的是能够觉悟！刘忠伟和蒋兴平握了握手，笑着说老领导！一切都尽在不言中了。

桌面的资料上边是大队机构平面图，十个井队赫然在目，从刘忠伟掌握的情况看，五大队自有建制时起，井队单兵或小集团作战时候非常多，这对井队干部的要求相对要高一些，独立管理能力较强，大队整体队伍管理相对要弱一些，井队分散战线长，队伍管理的好坏主要看的是进尺和安全责任，这次井队集中到了HWH，对队伍整体管理上水平是一次绝好的机会，刘忠伟是很需要这样的机会的。刘忠伟昨天晚上在岳父家里吃的饭，他想听听岳父的意见，岳父肖永利说稳定是第一位的，千万别一上手就弄得鸡飞狗跳的！刘忠伟也是这个想法。回到家里，肖雅拿出一个大红毕业证书放在他面前说忠伟，你的本科函授毕业了，还有新的想法吗？刘忠伟说想法我倒有，就是不知道新工作给不给我这样的机会呀！肖雅说那我就先给你看看吧？刘忠伟说也好。

有人敲门，进来的是郭振东，刘忠伟说："来呀，振东，坐。"

郭振东径直走过来，递上一页稿纸，说："刘大，麻烦你给我签个字呗。"

刘忠伟将稿纸拿在手里看了看，是一份请调报告，字写得不太规整，便笑着说："振东，你这写的什么呀？"

"刘大，请调报告，字写得有点乱，没办法，我就这个水平啊。"

"振东，你这什么意思呀？"刘忠伟放下稿纸，直视着郭振东说。

"家里有实际困难，想回二线，多照顾点家。"郭振东直言理由说。

"振东，不是吧，我今天刚来你就要走，是对我有想法呀？"刘忠伟笑着说。

"不是，刘大，早就有这个想法了，这不是赶上了吗，我也是没办法呀。"

"振东，你先等等不行吗？"

"刘大，我真的不想等了，你就高抬贵手吧。"郭振东勾着头说。

"振东，你给我点时间，怎么着你也不差一两个月吧？"刘忠伟盯住郭振东说。

面对刘忠伟的目光，郭振东有些不太情愿地说："刘大，我真的不想等了。"

"振东，一个月怎么样？你不差这一个月吧？"

"那好吧。"郭振东有些勉强，便往外走去。

"哎，振东，把你的报告先拿走，下午陪我去各井队转转哪。"

"行，刘大，就一个月，报告先放你这里吧。"

郭振东是大队调度长，蒋兴平生产管理的得力助手，刘忠伟在105队实习时，郭振东刚参加工作不久，先干的是外钳工，很快做了副司钻、司钻、副队长、队长，蒋兴平很看好他，一直带着，后来做的调度长。半年前，郭振东有一次晋升副大队长的机会，说是公司领导平衡关系把位置给外单位的一个人了，这和安文海有没有关系说不清楚，人们都说只要有蒋兴平在，郭振东还是会有机会的。

下午，刘忠伟和安文海说了一声，出来上了吉普车，一台皮卡车在旁边启动了，郭振东过来说："刘大，咱们先去哪儿？"

"振东，你坐我车，井队能转全都转一下。"

"好吧。"郭振东说。

刘忠伟最后到的是114队。114队之前不在五大队的建制里，总部要求十个井队在HWH区域打井临时并入的。看到吉普车进来，浑身油脂麻花的黄达从井台上跑下来，龇牙笑着说："领导来了呀。"看了郭振东一眼没说话。

刘忠伟看在眼里，说："老黄，怎么样啊？"

"好得很！"黄达的强调明显是一语双关的。

"进屋说说情况吧，来呀，振东。"刘忠伟说。

开了门，黄达的屋里依旧表现着典型的脏、乱、差，刘忠伟看看说："老黄，我们还是换个地方吧。"

黄达笑了笑，有些不好意思地说："我又忘记收拾了。"

他们去了会议室，支部书记张力群不在，说是岳父病危在西线医院陪护。114

队这些年的进尺还是可以的，一直都在公司井队居中上的水平，可这两年先进称号没有得到，主要是软件资料不到位，大检查时一评分一下子就拉下去了，这事和张力群有关也无关，无关是问题出在生产管理的资料上，有关是一个井队一盘棋，你做支部书记有责任助力生产管理呀，这事说穿了和安文海还是有一定干系的，大队党总支和行政领导一人一把号，各吹各的调，下面会有好的结果吗？说了一会儿情况，郭振东借故出去了，黄达立刻说："领导，就这货你还带着他干啥呀？"

"老黄，那按你的意思呢？"

"安文海最看不上他了！"

"老黄，你说说他有啥问题呀？"

黄达睁大眼睛，说："要说问题还真没什么，就是跟蒋兴平跟得太紧了。"

"这也是问题吗？他有什么优点哪？"

"工作认真负责，生产内行，积极肯干还挺能吃苦的。"

"他要求调走，我也不好硬留着人家呀，我让他给我点时间，哎，老黄，要不你来当这个调度长怎么样啊？"

黄达一愣，马上摆手笑着说："哎，领导，你可饶了我吧，这个我可不行啊！"

"你要是实在不行，你看谁行，你给我推荐一个也行啊。"

黄达极认真地想了一会儿，说："领导，要说咱大队我认识的人里还真就找不出这样一个人来。"

"老黄，就这个货就这么难找吗？"刘忠伟笑着说。

黄达挠了挠脑袋瓜，有些不好意思地说："领导，是我不对，我自我批评还不行嘛！"

刘忠伟笑了笑，说："老黄，走了呀，有时间把你那个窝好好收拾一下，下次来了你还这个样子，我可让全大队的领导都来参观学习呀！"

"领导，我一定改正！一定改正！你不在这儿吃饭哪？"

"等有时间的吧。"刘忠伟上了吉普车，黄达扒着车窗说，"郭调，欢迎你过来呀！"

郭振东愣了一下，马上咧嘴笑着说："好，黄队，一定！"还看了刘忠伟一眼。

刘忠伟清楚，他的到来有些井队干部是有些惶恐的，特别是曾经坚定不移地站在蒋兴平一边的人，很多人都知道他和安文海在一个井队搭过班子，两个人的关系又相当不错，郭振东要求调走是最明显的例子。实际上，让手下的干部选边站队是谁也不愿意看到的事情，责任在上级，油田之前一直实行的是党委负责制，说白了就是书记说了算，现在实施了行政负责制，局长、经理、大队长、队长负责，在这种改变中围绕一个中心就是权力归属问题。为了这个问题，曾经有些书记特意变更成了行政职位，继续行使"至高"的权力，而没能改变的难免心理上会有些失衡，失衡就导致矛盾的产生，这不仅仅是企业管理过渡过程中的问题，实际上也是对每个领导者有关权力使用问题的一种考量。蒋兴平有些急于求成了，有些过于较真了，在这方面付出了一定的代价。安文海的想法刘忠伟还是清楚的，每一种转变都需要一个过程，他刘忠伟要淡化这种想法，没有特殊问题他不想去动那些井队领导，这些井队领导能够走上来都是经过一番努力和考量的，也是具备一定工作能力的。刘忠伟这时想做的是整个队伍上台阶、上水平的大事情，上级不是号召开展"做主人"活动，和基层队规范化管理试点工作，这是一个非常好的契机，他要继续完善井队管理的实践工程，他相信安文海一定会赞成的。

晚上，大队领导班子开了一个碰头会，领导班子里还有三个副职，五个人围绕如何落实上级"做主人"活动文件精神各抒己见。"做主人"活动已经开展一段时间了，安文海规划了措施，只是之前一直没有研究、落实，行动明显滞后了。为了把上级活动精神落到实处，安文海率先发言，五大队不能落在其他大队的后边，还要奋起直追呀！为了加快赶、超的速度，刘忠伟提议每位大队领导承包两个井队，务求时效，你们先选，剩下是我的。这是每个领导者领导力的体现！各位大队领导相互看了看，每个人思考的重点立刻发生了转移，谁希望自己承包的队伍落后哇！这是刘忠伟希望看到的局面。

白雪梅近来一直感觉周围有一些异样的目光，那是什么呢？

虽然白雪梅和何劲松协议离婚了，离婚也不是什么大不了的事情，况且他们有过约定，何劲松上次回来是在家里居住的，外人是并不太知晓的，也包括自己的父母和孩子。何琼调回来了，何聪工作也安排了，何明读书去了上海，一切都按着预定的轨道运行着，还会有什么事情？

白雪梅上午去情报室查了一份参考资料，完成得稍微早一会儿，出来便直接回了家。路过郝学仁家的小卖店时，白雪梅想起母亲昨晚说了一嘴味精没有了，就转身进了小卖店。小卖店里，一个年轻男人买了一包香烟，打开衔了一支往外走，尹小芸看到白雪梅进来，立刻笑着说："姐，你可很少见哪，用点什么呀？"

"味精。"白雪梅笑着说。

"姐，你不忙啊。"尹小芸挪步拿来一袋"红梅"味精。

"还行，小芸，你的身体现在怎么样啊？"

"还是老样子，你家何琼调回来可真好哇！"

"是呀，这下我也可省了一份心。"

"何琼什么时候结婚哪？"

"结婚？何琼男朋友都没有呢。"白雪梅笑着说。

"是吗？"尹小芸感觉有些语失。

"小芸，你听到什么啦？"

"姐，没有，何琼不小了，我想也该结婚了。"

"小芸，咱们什么关系呀，你要是听到了什么，可一定要告诉姐呀！"白雪梅强调说。

尹小芸立刻有些不好意思了，她顿了一下，轻声说："姐，我是听来这里人说的，何琼交了男朋友，好像是一个姓王的，要不就是姓任的，也不知道是真是假呀。"

白雪梅知道小卖店是个舆论场，很多事情在这里都会飞短流长，不断发酵的，便说："小芸，你还听到什么啦？"

"姐，没了，真的！"尹小芸立刻说。

白雪梅有些不太相信，可她又不能继续深问，怕听到什么不好听的话，便拿着味精回家了，她这时猛然醒悟，难道说那一种异样的目光是和何琼有着某种关联吗？她下定决心要和何琼谈谈了！

晚上，何琼在自己的小屋看一份资料，白雪梅推门进去，何琼说："妈。"白雪梅看了看何琼手里的资料，问了这一阶段工作情况，然后叮嘱了些工作中要谦虚谨慎，要向前辈多多学习，要有工作目标，要有成果意识的话，何琼点头说："妈，我知道了。"

"何琼，你现在工作也稳定了，该是考虑个人问题的时候了。"

"妈，没那么急吧？"

"你别说不急，你的年龄不小了，我就是你这么大结的婚，第二年就有了你的。"

"你和我爸是在大学自由恋爱的，那会儿也没号召晚婚晚育，现在不同了，'一对夫妻一个孩儿'了！"

"何琼，你现在谈恋爱一年半载的再结婚，不是正好合适吗？"

"妈，你说恋爱是说谈就能谈的吗？没人，我跟谁谈？"

"你说得也是，看来我得抓紧找人给你联系联系了。"

"妈，辛苦你了。"

"没事了，何琼，你忙你的，记着早点休息呀！"

"妈，知道了。"

白雪梅出来有些迷惑了，何琼表现得太正常了，一个姓王或姓任难道说都是空穴来风吗？白雪梅努力回忆着，记忆里有一次母亲说过南矿有一个姓任的年轻男同事来家里看望过何琼，可这又能说明什么呀？她就是带着这种疑问去找金鸿雁的，她信服金鸿雁，这个时候这种话也只能跟金鸿雁说。

金鸿雁去北京进修学成归来，医院决定在理疗科成立疑难门诊，"遗尿症"和疑难杂症得到了重视，她是门诊的牵头人，有些忙碌，这几天晚上在家里忙着写门诊的工作规划，这时有人敲门，金鸿雁开了，见是白雪梅，忙让进屋，倒了杯白水。

白雪梅捏着水杯说："金大夫，赵馆长不在家呀？"

"吃过饭说是有事出去了，雪梅，你找玉明啊？"

"不是，金大夫，很长时间没见你了，就想过来看看你，说说话。"

"可不嘛，我也很长时间没见你了，有一天在路上遇到大叔大婶，他们说何琼已经调回来啦？"

"是，可算回来了。"

"这可真是太好了！"

"好是好，这孩子大了就有操不完的心哪！"金鸿雁一时没明白白雪梅的指向，有些探究的目光，白雪梅笑着说："靓初在大学挺好的？"

"还不错。"

"谈男朋友了吗？"

"新近交往了一个，刚来信说是正式确定了恋爱关系。"

"就是嘛，我们家何琼比靓初还大三岁。"

"何琼没有谈男朋友吗？"

"可不是嘛，我最初的想法是她工作稳定了再说，没想到何琼这孩子还真挺听话的。"

"是应该给何琼张罗这个事了。"

"金大夫，我今天来也有这个意思，何劲松我是指望不上了，你和赵馆长认识的人多，看到有合适的，帮帮这个忙吧。"

"雪梅，义不容辞，有什么具体的条件，医生行吗？"

"行，主要是人得好，家庭条件也得说得过去呀。"

"好，等赵玉明回来我告诉他，让他也帮着留心一下。"

"金大夫，那就有劳你们了。"

"雪梅，看你说的，咱们可都是自己人哪。"

"是，可这也是操心费力的事啊。"

"没关系的。"

这时候，赵玉明刚好回来了，和白雪梅说了几句话，白雪梅便起身告辞，她刚刚一直纠结着，有一半的话没有说，也是不好意思，刚好赵玉明回来她就放弃了。

赵玉明刚刚有事去找郝学仁，刚从郝学仁家的小卖店回来。傍晚时分，卖店那里人群聚集，有些火热，郝学仁悄然中说到了何琼，说这些天有人专门说到了何琼，说何琼在南矿先是和一个姓王的干事打得火热，姓王的调走后又和一个姓任的同事来往甚密，把姓任的女友都搞到精神病院去了，这会儿又和前边姓王的干事有了勾搭。金鸿雁说："何琼看着也不是这样的孩子呀！"

"我也不相信，可这样的名声传扬了出去，这个对象可怎么介绍哇？"赵玉明说。

266

"何琼我们还是了解的，她不是那样的孩子，我从医院里看看，你从馆里那边也帮着看看哪。"

"那好，咱们都尽力吧。"

金鸿雁通过于小玲在医院外科寻到了一个叫万阳的青年大夫，家是油田的，人长得也挺精神的，和何琼见了面，彼此都挺满意，见过几次面，相处了一个月，万阳这边有些莫名地就叫停了，只说感觉不太合适。之后，赵玉明在机关办公室又给介绍个叫尹浩的英气勃发的青年，初次见面相互都认同了，下一次见面深入地了解一些，再下次尹浩传话过来说感觉性格上有些合不来。接二连三这样的情形让白雪梅一下子无法淡定了，何琼难道真有什么问题吗？她这个当妈的得知道哇！白雪梅那天想到了尹小芸说过的话，只能在这里找寻突破口。这天的上班时间里，她悄然离开了办公室，来到郝学仁家的小卖部。这个时间段里，小卖部人少，这会儿只有尹小芸，尹小芸看见白雪梅到来显然有些惊讶，马上笑着说："姐，你用点什么呀？"

"小芸，我什么都不用，就是找你问点事情。"

"姐，你说。"

"小芸，上次你说何琼有对象的事到底是谁说的，怎么说的呀？"

尹小芸一时有些窘迫，立刻推诿说："姐，具体谁说我真记不得了，这里人多，三三两两地聚在一块，七嘴八舌的，有人就是那么一说，我也就是一听一过呀！"

"小芸，咱们是什么关系呀，这个事对姐很重要，那话到底是怎么说的呀？"

"姐，我明白你的意思，人嘴两层皮，有很多话是听不得的。"

"小芸，你听到了什么就如实地告诉姐。"

"姐，我知道有些人就是胡说八道的，你非知道这些干什么呀？"

"不管他是胡说八道还是什么，我就是想知道到底是怎么回事。"

"那好吧。"尹小芸有些无奈地说。

白雪梅的脸像被人狠狠扇了两个大巴掌，有些面无血色地走出了小卖店，尹小芸叫她她也没有回应，她感到一种莫大的羞辱，阳光非常刺眼，她走得有些跌跌撞撞，摸进了家门，母亲看见说："雪梅，你怎么回来得这样早哇？"

"嗯。"她应了一声，径直进了自己房间里躺下了。

母亲跟了进来，关切地说："雪梅，你怎么啦？哪里不舒服吗？"

"妈，我有点累，就想静静地躺一会儿。"

"雪梅，你真的没事吗，要不要去医院看看哪？"

"妈，我真的没有事，就想一个人静一静，你先出去吧！"白雪梅有些烦躁地说道，母亲皱了一下眉头，犹豫了一下退了出去，拉紧了门。白雪梅内心里剧烈翻腾着，尹小芸的话应该是有所保留的，可里面却透露了何琼的一些不堪，关于这些白雪梅是不能相信的，何琼怎么会是这个样子？可人言可畏，不然好端端的两次相亲，怎么就会无疾而终了？这个风是怎么吹起来的？

何琼也有些无语。新环境走向了新生活，这是一个新的开始。王天伟来看她在她的心里确实掀起一些波澜，她回想起曾经有过的美好，可高美娟的来访擦暗了她的图板，当母亲说到给她介绍男朋友时她就同意了，王天伟就是个曾经！万阳、尹浩两个年轻人都是不错的，他们也都挺有眼缘的，话谈得也还可以，尹浩还借机大着胆子牵了她的手，怎么就突然叫停了？她当时也是一头雾水。母亲给出了答案，而且是责备的答案，她们几乎吵了起来，何琼不能给白雪梅一个合理的解释，可她确实没有做错什么呀？一切都事出有因，她怎么解释。

白雪梅这时候也醒悟了，她开始安抚何琼，何琼理解母亲，谁会做个不要脸面的人哪？何琼和母亲说清楚这两年在南矿的经历，和何琼有着直接利害关系的只有戴晓丽家人和高美娟了，至于风起何处真的有必要去澄清吗？你怎么澄清啊？

傍晚，一抹绚烂的晚霞变得越来越多姿多彩了，走出办公大楼的何琼不禁驻足看着变幻的晚霞，有一群鸟在前方掠过，她想到了那个著名的诗句，不由得吟咏：落霞与孤鹜齐飞，秋水共长天一色。

"何琼，一个人看什么呀？"有人说话。

何琼侧目，看到了人行道边上站着满面春风的任志成，下班时间，来往的人从他们身边不断走过，目光肯定有所驻的，何琼有些奇怪地说："任志成，你怎么在这里呀？"

"想着过来看看你，没想到还真遇上了。"任志成笑着说。

"是挺巧的，你有什么事吗？"

"没饭吃了，就等着你请了！"

"现在呀？"

"怎么，有问题呀？"

"没有，不过我得先回去告诉家里一声。"何琼犹豫了一下说。

"那好，何琼，我等着你呀！"任志成非常高兴地说。

"那你就去'独一处'等我吧，我马上就来。"何琼指着不远处的一个餐厅说。

"那好，咱们不见不散哪。"任志成说着，向"独一处"走去。

何琼刚走出去不远，就遇到了母亲白雪梅，她跟母亲告了假，就去了"独一处"。

任志成坐在厅角的一张桌子，在那里喝着大麦茶，见何琼这样快过来，很是高兴，快活地喊着服务员过来。

"任志成，你今天怎么这么闲哪？"

"闲什么，我借调到地质处帮忙公干了，安排完想起你走时说的话就来找你了。"

"我记得当时我说过不算你的呀！"何琼笑着说。

"我知道你是开玩笑的，就下定决心来找你，也不知道对不对。"任志成打着哈哈说。

"任志成，你可以呀，帮忙都帮到局机关来了。"何琼转移话题说。

"碰巧有一个机会，也许很快就回去了也说不定啊！"

"组长还好吧？"

"不太好哇！"

"任志成，你怎么这样说呀？"

"组长查出乳腺癌，中晚期，在省城刚做的手术，还在化疗中，说是得挺过五年才会没问题，五年哪，谁能说得好哇？"

何琼吃了一惊，她回来以后和谁也没有什么联系了，任志成的到来是一个喜悦，说出的却是个不太好的消息，组长的孩子还小，要真有个一差二错的孩子怎么办哪？何琼立刻说："什么时候我得去看看组长去！"

"不看也罢，她不在家，在省城化疗呢，你看到会受不了的，头上光光的，脸色苍白！"何琼的脸色变得有些凝重，任志成立刻说，"不说了，不说了，何琼，你回来还好吧？"

"你看哪？"

"看着很不错，西线的人嘛。"

"西线的人贴标签啦？"

"那是，肯定和我们不一样啊。"

"我怎么没有看出来？"

"何琼，你要是这样说我们就好沟通了。"

"任志成，你什么意思呀？"

服务员上了菜，任志成说："何琼，你喝点什么呀？"

"这个大麦茶就挺好的。"

"我还是挺喜欢'大米酒'的，要不你来瓶'雷司令'吧？"

"也好。"

餐厅里只剩他们两个人了，任志成还是有些不想离座，服务员过来看了好几次了，那意思很明显的，何琼都有些不好意思了，任志成才笑着起了身，何琼忙去结账，服务员说那位先生之前就埋单了。何琼问了多少钱，就把钱给任志成，任志成笑着说："何琼，你开什么玩笑哇？"

"我说过我请客的！"

"我可在局机关工作了！"

出了餐厅，华灯明亮，人流如织，任志成有些感慨地说："西线就是西线哪！"

"这么有感慨呀！"

"当然了，这里的夜色多美呀！何琼，我住招待所，咱们一起走走吧？"

"任志成，实在不好意思呀，时间不早了，我回家太晚了不太合适。"

"也好，何琼，那我送你回去。"

"不用，任志成，路灯大亮的。"

"何琼，有句话我一直想对你说。"

"你说。"

"何琼，我到了南矿地质组报到的那天，一见到你就喜欢上你了。"

"任志成，你开什么玩笑哇！"

"何琼，你知道我说的是真的。"

"你母亲非常不喜欢我呀！"

"爱情是自私的，今后是我们两个一起生活呀！"

"一个人怎么切割和母亲的关系呢？到时候儿媳妇怎么面对婆婆？她们怎么相处哇？"

"这样的问题我一定会解决的！"

"任志成，我是个比喻，你怎么解决是你的问题！"

"何琼，这个你就放心吧！"任志成过来要拉何琼的手。

"任志成，我该回去了。"何琼立刻避开笑着说。

"再见哪！"任志成有些不舍地说。

"任志成，你回吧。"何琼说着转身向家走，她想，任志成这个人还是可以的，只是她从心里厌恶任志成的母亲。

"姐。"回家的路口处，何聪和一个清纯的女孩子站在了何琼的面前。

"何聪。"何琼说着看了看那个女孩子。

"这个是徐岚。"何聪把女孩儿介绍给了何琼，何琼和徐岚礼貌地说着话，何聪看着不远处向这边注目的任志成，就说，"姐，那个人谁呀？可一直在看着你呀！"

"南矿曾经的同事。"何琼看了一眼说。

"看着也一表人才的，和我比起来还不算逊色。"何聪笑着说，何琼笑了笑，没有说话，徐岚立刻捂着嘴笑了起来，看着何聪，何聪立刻说，"当然了，我姐认识的人的文化程度肯定比我要高哇！"

"何聪，你还有点自知之明啊！"何琼笑着说。

"谢谢，姐，走了。"何聪说。

"姐，再见！"徐岚摆手笑着说。

"徐岚，再见，有时间到家呀！"何琼摆手笑着说。

二十九

赵玉明今天接受了一项外部接待任务，他接待的是 W 县一行三人组，领队的是邱少山，县级巡视员，县志编纂委员会副主任。邱少山此行的目的，是了解下辽河石油勘探、开发在 W 县域内发展的历程，为本县新修撰的县志补上浓重的一笔。

跟随邱少山来的吴迪、黄岗两位编辑翻阅着调出的档案资料，赵玉明陪同邱少山说着话。邱少山十分健谈，一谈就能谈出亲近感来，这也是人的能力。邱少山先说石油开发给地方经济带来的发展和支持，就拿公路建设来说吧，市里过去除去那条日伪时期建设的南北主干道路外，很多柏油路、沙石路都是油田下辽河后修建扩建的，方便了地方生产，也方便了百姓生活。说着说着就说到人了，金鸿雁，对，金鸿雁是农垦局职工医院的一名医生，"文革"期间曾经救过邱少山一命，金鸿雁就是嫁给石油人了。不搞县志不知道，搞了县志才知道，金鸿雁是位很优秀的医生，特别是在本县"脑流"防治期间多次下乡防疫，在防疫工作上是立过大功的人，在县志上就有过多次的记载，最著名的一次是经过一夜的努力把一个患者从死亡线上拉了回来，这是什么精神哪？赵玉明这时候才从记忆里打捞出了邱少山，这就是金鸿雁说过那个农场的党委书记，两个人再一次亲切地握了手。

赵玉明这时候想起了胡老伯，便说起真名叫陶钧的人。邱少山就招呼对地域历史有些研究的编辑吴迪。吴迪说，像陶钧这类人本地应该还是有的，是社会环境动荡变化使他们的历史秘不示人的，又没有人证也就无从考证了，关于那一段的历史，有一些学者和爱好者都在研究和考证中。和胡老伯（陶钧）同时代这里曾出现了大批的抗日义勇军，现在能站得住脚的 W 县有一个叫项青山的，他的原名叫项国学，1895 年生人，是驾掌寺乡大马家房屯人。项青山幼年读过几年私塾，说是因忍受不了当地官府和土豪的欺压，先去盘山驿的巡警大队当了一名巡警，有说是号兵，因为什么事"打抱不平"蹲了几年监狱，出狱后不久便投身绿林，入了绺子，做了"炮手"，报号"青山"，后来，自己"攒局"，另立了山头。项青山胆大异常，桀骜不驯，骁勇善战，干过许多绑大户、杀人越货的事，逐渐成为这一区域最大的土匪，他偶尔也和周边的土匪诸如老北风、盖中华等发生一些冲突，但基本上还是井水不犯河水的。九一八事变后，本地的许多人举起保境安民的大旗，项青山也不例外，"枪口一致对外"！他联络了老北风、盖中华、蔡宝山等人，积极配合，有力地打击了进犯河西境内的日伪军和日伪政权，声势浩大。1933 年，项青山奉命撤进关里，火车行驶到长辛店站待命时，有说项青山在闷罐车厢车门处向外张望，火车突然启动了，闷罐车的车门猛然滑动，项青山被撞不幸身亡，时年三十八岁；还有说是铁路边路牌撞击的，差距不是很大。说到这里大家都唏嘘不已。赵玉明坐过闷罐火车，火车毫无知觉就开动了，大门动得很突然，或许会突然刹车，没有什么预告，那个车门黑漆漆的，非常沉重，有一种惯力推动，肯定是让人不寒而栗的。

中午，邱少山宴请了赵玉明等人，感谢油田档案馆对他们工作的大力支持。赵玉明对他们需要的内容了如指掌，这让他们少走了很多弯路。赵玉明还是第一次听说项青山等人抗日义勇军的事情，当然有些新奇，谈话中很快就进入了这个话题。赵玉明说那个什么老北风、盖中华、蔡宝山后来怎么样啦？吴迪说根据我所掌握的资料，老北风在转战中患病，经人帮助去了北平治病，1939年病故在北平；后来，日本关东军对下辽河地区进行疯狂围剿，盖中华带着队伍退到了医巫间山一带，遭到了日伪军的伏击，队伍被打散了，盖中华受伤被寺庙里的一位老和尚救了，他躲在寺庙养的伤，伤好后辗转到省城等多处，最后潜回下辽河准备继续拉起队伍，在去羊圈子姐姐家里取一支短枪时，让叛徒发现出卖了，日本宪兵队派人埋伏将他射杀了；蔡宝山的队伍被打散后，就和一些人逃到了阜新，一直隐藏在一个煤矿里挖煤，不想被人认出出卖了，被日本人抓获，百般折磨，最后押解回下辽河杀害的。

"现在该怎么评价项青山、老北风、盖中华这些人哪？"赵玉明一声叹息说。

"正视历史，他们拉开了东北民众武装抗战的序幕，这是非常值得肯定的，有人已经整理了资料，向上级政府为他们申报革命烈士称号了，能不能批准还不知道。"吴迪说。

疑难杂症门诊开始接待患者了，金鸿雁既兴奋也辛苦，治疗和咨询的人都很多，多数都是慢性病患者，金鸿雁一边治疗一边耐着性子解答一些康复的问题，幸亏艾欣欣跟着她了，这丫头伶牙俐齿又聪明，帮助她解决了不少的实际问题。

这天上午，周大叔过来了，周大叔是专程过来给金鸿雁送咸鹅蛋的，金鸿雁送周大叔下楼发现了异样——周大叔走路有些闪脚，金鸿雁说："大叔，您的腿怎么啦？"

"没怎么呀。"周大叔踢踢腿说。

"大叔，我看您走路怎么有些不太利落？"金鸿雁提醒说。

"金大夫，没事，许是来的时候骑自行车有些急了吧。"

"大叔，您没感觉不舒服吗？要不还是上楼，我给您开单子检查一下吧。"

"金大夫，咱就是个土命人，没那么金贵呀！"周大叔笑着说。

"大叔，您这个年龄段得注意了，血压、血脂检查过没有，有时间过来查一查吧。"金鸿雁说的是在北京学习的收获。

"金大夫，放心吧，我真的没事。"周大叔说着骑上自行车就走了。

第二天的早晨，周勇有些慌忙地跑到门诊，金鸿雁说："小勇，爷爷怎么啦？"

"姑，爷爷有病住院了！"

"小勇，你别急，等我一会儿啊。"金鸿雁立刻安排了一下，就随周勇去了住院部。

周大叔躺在病床上点水，口齿有些不清，周大婶坐在一旁抹眼泪，金鸿雁马上上前安抚，她拿起片子看了看，情况还算好，溶了栓很快会康复的，金鸿雁说："大叔，您安心住院治疗吧。过些天再到我那里做些辅助性治疗，以后你还能骑自行车呀！"

周大叔歪着嘴笑了，一只手竖起大拇指，周大婶拉住金鸿雁的手说："闺女，志国没在家，你大叔就信你的！"

"大婶，您就放心吧，大叔不会有事的！"

这时候，穿着十分整齐的高四新跛着脚进来了，给金鸿雁鞠了一个躬说："他姑，志国没在家，老爷子这块你就帮着拿主意吧。"

"高四新，你别客气，我有数，没事的，你们就放心吧。"金鸿雁说。

金鸿雁是周大叔来做理疗时见到周志国的。周志国西服革履，腋下里夹个鳄鱼皮包，偏分头梳得很齐整，看到金鸿雁笑着说："金大夫，真是日久见人心哪！"一句话抚平了岁月里的凸痕，金鸿雁笑了笑，每个人都经历过岁月的磨砺，周志国经历的或许更多。高四新说过，周志国刚刚回来的时候萎靡不振，整天沉醉在酒精的麻痹中，已经自暴自弃了，是那次阑尾炎穿孔的死亡威胁唤醒了他，是白发苍苍老父亲的亲情唤醒了他，是你金大夫爱心感染了他，他才开始振作，开始做事的！他们承包的那片地经营得很好，特别是开辟了那片钓鱼场以后，不仅收益上可观，上上下下还结交了一些好朋友。周志国这次出去是专门购买大型油罐车的，他又发现了新的商机，他要从事原油运输，这次他以高四新的名义注册一个公司，高四新是个残疾人，能享受一定的政策优惠，这是号召大力发家致富的年代，周志国在这个年代里找到了自我。周志国笑着说："金大夫，有事你说话呀！"亲切的语气里更多的是满满的自信！社会是给所有人机会的，就看你怎么抓住了。

任志成抽调到地质处是职大同学汪士伟帮的忙。

汪士伟上学时已经回归光棍一枚，经过一段时间的寻寻觅觅，寻到一位叫刘冰的女青年，便以迅雷不及掩耳之势喜结了良缘。刘冰在辽北偏僻山乡的一所小学校做老师，很希望能够来油田工作，以求生活上质的变化，汪士伟刚好能满足她的要求。两个人欢天喜地领了证。汪士伟这次婚姻也是有选择的，刘冰的姨夫在油田人事处工作，还是一个领导，汪士伟结婚不久就进了地质处，刘冰不久也顺利地调入了油田小学。

进地质处两年多一点，汪士伟也挂上了副科衔。油田部署向海上进军，地质处人员有些紧张，特别是汪士伟的科室，急需寻找一位外援，需要的人最好对相邻的HWH区域地质情况有相当程度的了解，还要年轻的男性，便于跑现场，任志成恰好吻合这些条件，在汪士伟的举荐下，他成功入选了！汪士伟这天说："任志成，你个人的问题怎么样啦？要不要我帮忙啊？我有个小姨子，你们结合了，肯定对你没坏处的。"

"汪哥，谢了呀！"任志成笑着说。

"别光说谢，到底行不行啊？"

"汪哥，我已经有目标了。"

任志成的心里一直放不下何琼，这次能成功地到油田机关来使他和何琼的距离拉近了许多，这是一个良好的开始。他要和何琼联络，庆祝这个美好的开始，何琼对他的示爱没有坚决拒绝，这又是一个好的开始。周日早晨，任志成醒来躺在床上想了想，他决定回南矿，他要告诉家里，主要是母亲那丽蓉，他要追求何琼！

任志成下了交通车，向南矿家属区走去，迎面看到了有些呆呆行走的戴晓丽，戴晓丽瘦了很多，感觉有些金鱼眼，好像看到了他，脸木木地看了他好一会儿，直到他们错过了，有些呆滞的目光才转向了别处。任志成这时候是有些愧疚的，戴晓丽一直都在休病假，她每天都在南矿家属区路上默默游走着，有一个心碎的母亲在不远处看着她！

任志成和父母的谈话是在午饭后正式展开的，任校长说："志成，婚姻是一个人的人生大事，关乎着一辈子的幸福，这件事还是你自己决定吧。"

母亲那丽蓉有些不满地看了任校长一眼，说："大成，我不同意呀！那个何琼有什么好的，她就是一个狐狸精，她和那个王天伟搞得不清不白的，南矿人谁不知道哇？把这样的女人娶回来当媳妇，我们家还不得让南矿人笑掉大牙呀？"

"妈，我回南矿这么长时间了，从来没有听人说过何琼怎么样的，都是你和戴晓丽她妈几个没事干的人在造谣生是非！"

"大成，怎么跟你妈说话，何琼要是没有事谁会造她的谣，用什么造她的谣哇？"那丽蓉义正词严地说。

"我看何琼是清白的，就是真的谈过恋爱那又怎么啦？谁规定了谈过恋爱的人就不能再谈恋爱结婚啦？我是找定她了！"任志成坚持说。

"我说不行就不行！你要找她就别认我这个妈，你们也别进我们这个门！"那丽蓉有些斩钉截铁地说。

"妈，你讲点道理好不好哇？"任志成说。

"这事没什么好讲的，我说不行就不行！"那丽蓉说。

"你说不回就不回！"任志成说。

"有什么话好好说，你们吵什么呀！"任校长这时说。

任志成看了小学校长一眼，起身说："爸，我走了。"

秋天的天空蔚蓝而高远，几朵棉花般蓬松的云在远处飘浮着，交通车还没有来，任校长这时赶过来，说："大成，你妈就是那个脾气，说过她就过去了，什么问题都是可以商量和解决的。"

"爸，我知道了。"

"大成，你就看好这个何琼了？"

"是呀，爸，这还只是我的想法，人家还没答应我。"

"这样啊，那就等你们有了结果再说吧。"

"爸，你回吧。"任志成看着驶来的交通车说，任校长欲言又止，点点头，走了。看着父亲的背影，任志成想，母亲的偏执应该是自幼养成的，二十多年一起的生活，父亲的好脾气、好修养怎么会一点都没有改变母亲哪，难道说真的是"江山易改，禀性难移"吗？

星期天上午，何琼应约去石油公园去见一个叫江晓平的男青年，按照约定，见面在公园门前的华灯柱下，江晓平手里拿一本《大众电影》，封面是最亮眼喜笑颜开的"小花"。江晓平个头中等，苍白的脸有些虚胖，一双眼睛开着两道缝，给人有些头重脚轻的感觉，何琼出于礼貌简单地和江晓平交谈了几句就想结束了，江晓平却饶有兴趣想继续交流下去，还有意和何琼共进午餐，何琼没有给他这个机会，江晓平是设计院的。

回到家里，白雪梅说："何琼，怎么这样快就回来啦？"

"没缘分呗！"何琼有些没好气地说。

"我都不知道你的缘分在哪儿？"白雪梅说。

这个江晓平是白雪梅科室里的一个同事给介绍的，好像"萝卜快了不洗泥"了，母亲白雪梅怎么连起码的初审都没有，还是太相信自己的同事啦？就像自己闺女嫁不出去了，剩到筐里就是菜了！何琼心里边抵触，就没有再说话。

"何琼，你怎么不说话呀？"白雪梅也有些没好气地说。

"妈，你让我说什么呀？"

"那就是不行了？"

"是！"

"真不知道你是怎么想的！"

"妈，你看到人你就不会这样说了！"

"我真的搞不明白了，也不知道这到底怎么啦？"白雪梅有些莫名其妙地说着出去了。

这时候，何聪进来了，看看说："姐，怎么啦？"

"没怎么。"

"没怎么看着怎么有些不太高兴？"

何琼想说点什么，看看何聪还是算了，这是弟弟，有些话是羞于启齿的。何聪倒是心有灵犀，马上说："姐，我那天看到你南矿的那个同事挺不错呀！"

何琼不知可否地"喊"了一声。

何聪笑着说："姐，下午有场电影，要不要一起去看？"

"徐岚不去呀？"

"当然去了，票是人家弄到的，想到你了。"

"谢了，那我还是算了吧。"何琼有些烦闷，回到自己房中，深深地呼出一口气，拿出论文初稿，稳下心神开始修改，可还是不由得有些走神，王天伟是绝对不可能了，任志成这个人实际上还是可以的，就是他那个母亲太让人厌恶了，那就是一个悍妇，口中全无遮拦，和这样的人怎么生活在一个屋檐下，谁受得了哇？姥姥敲了一下门，推开门笑着说："琼儿，南矿那个姓任的小伙子来了。"

"姥姥，你说谁？"何琼有些惊讶。

"你以前的同事，就是上一次拿罐头来看过你的那个小伙子呀！"

何琼知道是任志成了，便笑着说："姥姥，我知道了，先让他在外边等着吧。"

"你这个丫头，这样不好吧？"姥姥说。

"没事的，姥姥，我一会儿就出去。"何琼笑着说，在屋里收拾了一下自己。

任志成这时候在门前的空地上饶有兴趣地两脚拨弄着一块小青白石子，他敲门时，姥姥请他进去来着，是他自己坚持没有进去的。

何琼好一会儿才出来，看了看任志成的脚下，说："哎，任志成，你来干什么？"

"就想看看你，不行啊？"任志成笑着说。

"我有什么好看的，咱们不是见过面了吗？你今天不会又没饭吃了吧？没什么事你就回吧。"

"别呀，何琼，一日不见如隔三秋，吃饭是物质的，这次是精神的。"

"还精神的，你神经吧！"

"何琼，我说的是真的，给个机会吧。"

"任志成，你要干什么呀？"

"何琼，去了你就知道了。"

"你不说清楚我就去，你怎么想的呀？"

"电影《菊豆》，巩俐主演的，票我都买好了，给个面子吧？"任志成恳求地说。

"看在巩俐的面子上，那好吧。"

"那就请吧！"任志成喜笑颜开地说。

放映的光柱在头顶的黑暗中不时闪烁着，银屏的情节推进着人们的情感，何琼的手被任志成捉到了，何琼挣脱了一下，任志成抓着不放，何琼没有再坚持，她的脸又被啄了一下，她立刻警告说："任志成，你再这样我就走了！"

276

"对不起，我保证！"任志成笑着说。

从电影院出来，天还亮着，任志成很有兴致讲着电影里人物命运和观感，说巩俐的演技，滔滔不绝，经过石油公园，任志成说："何琼，咱们进公园里走走吧？"

何琼点点头，他们在公园里走了一会儿，在一处僻静的木条椅上坐下，绿树掩映，青草萋萋，清风徐徐，任志成拉住何琼的手，何琼要抽回手，说："任志成，你今天算是向我求爱吗？"

"何琼，我是真心爱你的，从咱们第一次见面时起！"任志成真诚地说。

"我可是一点都没有哇。"

"你现在开始也不晚，希望你能接受我的爱。"

"任志成，我们虽然在一起工作一年，彼此还是不是很了解。"

"我们可以增进了解呀，我有什么问题你可以提出来，我保证改正！"

"我们如果没有问题了，你母亲那里怎么办？"

"我已经和家里说了。"

"你母亲怎么说？"

"何琼，我不能骗你，她还是有些偏执，但我父亲是绝对支持我们的！"

"任志成，我不想让你为难，真的！就从这一点来说，我们就不应该在一起。"

"何琼，我是真心爱你的，你放心，所有问题我都会圆满解决的。"任志成信誓旦旦地说道。

"任志成，你应该明白，这个问题不是那么好解决的。"

"何琼，我爱你，我的心里只有你，什么都不能阻挡我对你的爱！"

"任志成，你要想清楚，她可是生你养你的母亲哪，不然你会后悔的。"

"何琼，我发誓，这是我见到你以后就一直期待的，我在梦里都想，我这辈子都要和你在一起，永不分离！"任志成信誓旦旦地说。

"任志成，你可要想清楚了，特别是你的母亲，如果你真的想好了，你告诉我。"

"何琼，我现在就想好了。"

"那好，下个周日你来我家，见见我的家人吧。"何琼说。

"何琼，你说的是真的吗？这可太好了，我真的太幸福了！"任志成有些意外地抱住何琼，异常欣喜地喊道。

何聪和徐岚第一次见面就一见钟情了，仿佛是老天安排好的，没有过多的言语，眼里满是情愫。只是过后何聪有些不太好意思，他就是一个柴修工，怎么敢高攀在总部机关里工作的女孩子？这好像有点开玩笑的感觉。吴梅莉可不这么看，吴梅莉有一天有些急不可耐地给何聪打电话说："何聪，这个星期天你回来呀。"

"吴梅莉，你不要乱打电话呀，你打电话郝国印知道吗？"

"当然知道了，何聪，你想什么呀？我就是个秘书，是他指示我做的。"

"这还差不多，吴秘书，有什么指示呀？"

"周日中午一起吃饭哪。"

"吴秘书，这有点太密集了吧？"

"这次没有别人，就咱们四个。"

"那一位是谁呀？"

"还会有谁，佳人徐岚，你就说你来不来吧？"

"谢谢吴秘书哇，有这么好的机会我怎么会放过？"

"想你就会这样说，记着你自己可主动点啊！"

"谢谢，明白！"

午餐在轻松友好的气氛中进行的，何聪和郝国印喝了一瓶"西凤"，吴梅莉这时笑着说："酒足饭饱了，换个趣味，咱们去徐岚那里品品茶吧。"

"好哇。"何聪说着看向徐岚，徐岚微笑着点点头。

四人移步去了"岚月"茶楼。这是一个二楼的门市房，一楼吧台后边有一个房间，窗下一个写字台，沙发、茶桌一应俱全，显然是徐岚的房间。进了门，大家坐下，徐岚净手泡茶。吴梅莉笑着说："徐老板亲自上手了，味道肯定不一般！"

徐岚微笑也不说话，洗茶，泡茶，送茶，何聪接到一盏茶一饮而尽了，徐岚捂嘴就笑，吴梅莉马上说："何聪，有时间的话你该好好听听徐岚说说茶道，你刚才那是牛饮！"

"何为牛饮哪？"何聪看向吴梅莉。

"徐岚说得明白，你还是请教她吧。"吴梅莉笑着说。

"是吗？学生不吝赐教哇！"何聪看向了徐岚。

"你别听梅莉乱说，我也是初学，也是一知半解的。"徐岚微笑着说。

"一知半解也好，总比我无知强多了，我说你怎么笑呢。"何聪笑着说。

"那好，那我就献丑了。"徐岚微笑着说，便开始茶道的讲解。

"有句话怎么说来着，对，叫孺子可教也，何聪，你好好学习吧，我可受不了这样的折磨。"郝国印笑着说着，起身出去外面吸烟了。

"徐岚，继续呀，我们都愿意做你的好学生。"吴梅莉笑着说，徐岚便继续讲下去了。

吴梅莉听完述，说是去一趟洗手间，出去就再也没有回来。何聪明白他们的意思，便一边品茶一边和徐岚说话。

茶楼门市是徐岚母亲首付买的，产权在徐岚的名下，贷款是徐岚还的。茶楼的日常营业请人打理，每月还了房贷，开了人员工资，还有一点盈余，茶楼大块的收入主要靠卖保健茶和单位团购，还是不错。徐岚母亲的老家在杭州余杭茶区，有一些亲戚经营茶叶生意，货源不是问题，何聪这才猛然醒悟了，这是优势。何聪说了自己目前的工作情况，何聪说过去自己有个想法，想一步步上台阶，他已经上了第一阶——班长，这会儿突然有了新的想法，不过不太成熟。徐岚微微点头，笑了笑，何聪就说："徐岚，你有什么想法，请指教一二啊。"

"你那么聪明，还用我说吗？"徐岚看了何聪一眼，微笑着说道。

"承蒙夸奖，你在机关里工作，见多识广啊。"何聪说。

"你可真会说话，我才工作几年哪。"

"我说的可是真话呀。"何聪看着徐岚说。

"每个人都是有些机会的。"徐岚回避了何聪的目光说。

"你说得非常对，关键是得抓得住哇！"何聪说。

"要不说你聪明！"

"谢谢！"

任志成、何琼坐上了去南矿的交通车，这时的何琼心里还是有些忐忑的，望着窗外，阳光下，田野里的稻谷一片金黄，风推出微澜，何琼的眼前老是晃动着那丽蓉那张凶巴巴的胖脸，耳边回响着那丽蓉恶毒的话语，任志成握着何琼的手，说："何琼，你放松啊。"

"我怎么放松啊，我真的不想去你的家呀！"

"咱们不是说好了吗？何琼，你就放心吧，啊！"任志成抚摸着何琼的手极力安抚着。

实际上任志成心里也不轻松。任志成上个周日去了何琼家，受到了白雪梅极高规格的款待，白雪梅问他们想什么时候结婚？任志成看向了何琼，何琼说还不急。白雪梅马上说什么不急呀，你们可都老大不小了，小任，回家和你父母商量一下，尽快把结婚的日子定下来呀！任志成立刻说好的，姨，一定！一定！任志成之前回了一趟家，和父母说了何琼来家认门的事情，母亲这一次没有公然反对，可脸色沉得能滴下水来，就这样的脸色，何琼怎么进这个家门哪？倒是任校长说得清楚，大成，你们到时候就回来，婚姻大事，该怎么办就怎么办！任校长一锤定了音，那丽蓉没有再说什么，想是任校长给了母亲什么样的压力了。

任志成的小弟任志民在前进前线采油上班，路远不能回来，任志成的两个妹妹任志梅、任志莉这时候在南矿交通车站迎候着他们，两姐妹见到何琼很是热情洋溢，说笑着拥着未来的嫂子回的家，这多少消弭了那丽蓉没有笑容的尴尬。任校长唱着主角，结婚日子由他们自己定，婚礼形式也由他们自己定，家里准备好了"四铺四盖"，任校长给了何琼二百元的"见面礼"。

看着何琼强作欢愉，吃过了饭一会儿，任志成就张罗回西线了，他的班上还有紧要的工作，任校长也没有挽留。下了交通车，任志成笑着说："何琼，咱们去公园坐坐吧？"

"不去，我有些累了！"何琼有些不悦地说道。

"何琼，咱们这样早就回去，你妈问起来你怎么说呀？"任志成拉住了何琼的手说。

"该怎么说就怎么说！"何琼有些任性地说。

"何琼，这样不太好吧？"

"有什么不好的，不行这个婚就不结了！"何琼有些赌气说。

"好了，何琼，你别气了，结婚以后的生活主要是咱们两个人，咱们首先得统一思想，你有什么想法就说，我肯定会听你的！"任志成有些低声下气地说。

话说到这里，何琼想想也是，心里就缓解了。他们一起进了公园，找了个条椅坐下来，任志成调整着情绪，拉起何琼的手，说："何琼，我有个想法，十一国庆，总部共青团和工会要联合举办一个大型的集体婚礼活动，号召广大青年积极参加，初步策划得很隆重很有规模，要不咱们也报名参加吧，婚礼结束，咱们出去旅游一趟，你看怎么样啊？"

"算你聪明，好，到时候咱们去南方去，到我爸爸那里看一看！"何琼脸上有了些笑意。任志成说的油田的集体婚礼介绍在油田电视台一直滚动播出着，何琼看见了，策划得确实很不错的，有了这个集体婚礼就很好地解除家庭婚礼的尴尬。

"亲爱的，就按你说的办哪！"任志成说着适时地亲吻了何琼。

"我们的新房安在哪里呀？"何琼透了一口气说。

"何琼，这个你放心吧，我申请一间单身宿舍，一切都会安排妥当的，还有什么需要你就说？我一定会全力做，保证让你满意的！"任志成吻着何琼说。

"我只要你对我好！"

"亲爱的，那是必须的呀！"

"你说话可得算数哇！"何琼说着，她的心情愉悦了起来。

"我保证！"任志成举起拳头宣誓着。

三十

崔长湖、陈立伟、刘秀儿坐在"雨润"的一个雅间里，这是他们离校前的最后一次聚会。若干次的聚会，仿佛须臾间，三年就这样过去了，"第三梯队"的荣誉感渐渐地淡去，生活总是要归于平淡的，想要说什么又不太好说，前方的路远且长！

水晶吊灯璀璨的灯光下，刘秀儿先敬了两位兄长一杯，三年里她学到了很多东西，书本上和社会的，还有很多是他们帮助的结果，她丢掉了一些茫然，建立了更多的自信。陈立伟也敬了一杯，友情万岁！他学到了新知识，他要凭高望远，把知识、聪明和才智完美地结合起来，在采油管理上更上一层楼。崔长湖这时透露了一个信息，他的副科已经研究通过了，他将会有新的任命，不出意外的话，他马上会奔赴到科尔沁大草原，那里是下辽河石油的一块新天地，他也有了一方新天地，他这时有些豪迈地举起酒杯说："朋友，海阔凭鱼跃，天高任鸟飞。"

天苍苍，野茫茫，风吹草低见牛羊。

能在油田新的重点工程项目给主管道路建设的矿建公司主管生产副经理唐星国当助手，崔长湖还是知道轻重的，他竭尽全力积极配合唐星国的工作，项目生产的成效非常地显著，得到前来巡视工程建设的局相关领导的高度评价。唐星国就常常拍着崔长湖的肩膀说："长湖，真有你的，好好干，会有更重的担子等着你挑的呀！"崔长湖笑了。风传唐星国是公司下一任经理不二的人选，崔长湖立刻说："感谢领导的信任和栽培，能在您的鞍前马后效力我已经十分荣幸了！"

高娃是项目部租住住房房东的女儿，一个年轻的寡妇。高娃的父母将一座大院子租给了科尔沁矿建公司项目部，还在项目部里帮忙做些帮厨、保洁之类的杂役，高娃时常回来看望父母，就帮助父母做一些事情。高娃性情随和，性格豪爽，且能歌善舞，和项目部上上下下都相处得非常融洽，崔长湖几次在外边酒醉回来，都是高娃帮助照料和打理，很是无微不至的。

崔长湖来到这个项目就开始学习开车了。在下辽河，油田企业安全管理上有一条明确规定，非驾驶人员不允许动用单位的机动车辆。项目部的出现或是"将在外，君命有所不受"，这条规定在实践中开始松动了。实际上也是，一个项目部车辆是有限的，而项目工作却有些无限，领导和施工人员经常要去施工现场或做些其他工作，项目部配备车辆的司机每天工作都在十几个小时，司机们也有些受不了，一是工作时间长，二是兼有爱好，司机大多都爱喝几口，特别是晚餐，喝了酒就不能出车了。个中因素，一些项目人员就开始动车了，司机是喜欢和支持的，还鼓励和积极培训。大草原天高地阔，一马平川，想肇事都不那么容易呀！

崔长湖聪明好学，很快就能独立驾驶了。许是人的习性，新奇感往往要人不断地实践，以求不断地精进，崔长湖就会常常沿着施工便道跑车练手，主要是还能随时掌握整个工程的进度情况，可以一举两得！

这天晚饭，项目部有人探亲归来，带回了下辽河盛产的中华绒螯蟹，许多人就张罗着喝酒。崔长湖只喝了一口酒，心里不知怎么有些烦闷了，放了酒杯，拿起车钥匙往外走，司机杜立山马上跟出来说："经理，我跟你去吧？"

"不用，喝你的吧！"杜立山有些踌躇地跟到车前，崔长湖说，"我去工地转一圈就回来！"

杜立山便转身回去了。崔长湖起动了吉普车，踩下离合，刚挂上挡位，高娃拉开了车门，坐在副驾驶的位置上，崔长湖看看说："高娃，你干什么呀？"

"知道崔哥学车了，看看崔哥的车开得怎么样？"高娃笑着说。

"你下去，我新学的，没有什么把握！"

"不，人家已经上车了，干吗撵人家呀？"高娃瞟了崔长湖一眼，有些撒娇地说。

崔长湖看了高娃一眼，想到高娃的好处，便说："你可当心点啊！"

"哎，没事的！"

吉普车在便道上颠簸，崔长湖走走停停，看完几处挖方段和填方段的情况，掉头往回走。天渐渐暗了下来，崔长湖打开了车大灯，明亮的灯光剪开了夜幕，蚊虫在光影中飞舞着，高娃说："崔哥，我看你怎么有些不太高兴？"

"没有，就是有点烦！"

"崔哥，你是不是想家啦？"

"也许有那么一点点吧！"

"你们都恋家，不时就回去探个亲，不像我们这里的人四海为家惯了！"

"家不就是让人想的！"

"那崔哥你怎么一直都没回去呀？"

"没办法，我是走不开呀！"崔长湖轻轻地叹息说。

"你可以让嫂子来这里呀？"

"她有工作，单位上也离不开！"

"嫂子做啥工作呀？"

"出纳！"

"嫂子一定很漂亮吧？"

"还说得过去吧！"

"一想就是呀！"

崔长湖在一处小土丘旁停了车，下车向小土丘上攀去。他站在小丘顶上，脚下绿草茵茵，微风送来了草原浓郁的芬芳，夜色静谧，繁星点点，夜色透着悠远和神秘，崔长湖深深地呼出一口气，仿佛所有的烦闷都吐了出去。他坐了下来，这时候想起了韩玉香，想起了女儿崔雪儿，崔雪儿今年到了上学的年龄，已经送省城姥姥家了，崔雪儿在干什么？是在写作业还是已经睡了？

唐星国接到公司的通知回东线去了。矿建公司领导班子有新的调整，有人说唐副经理很有可能会接任公司经理，崔长湖也一直期待着。唐星国信心满满的，临行时要崔长湖尽快做好项目路基的验收工作，将验收完的路基工程转交给公司路面工程的队伍，崔长湖连连保证说请唐经理放心！

不久，崔长湖在项目部就得到了消息，唐星国还是副经理，只是增加常务和括号正处的字样，新经理是空降来的，这多少有些出乎很多人的意料。上级领导用谁？怎么用？用得着和你们商量吗？懂不懂政治呀？唐星国对晋升半格还是比较满意的，他又回到了草原上，继续着道路项目的管理工作，这里还有许多油田建设工程需要他主导践行！

交出了路基工程后，崔长湖回到了整合后的矿建公司路基工程处任副职。新任处长景誉是个白帽子，团干出身，年纪轻轻，这让崔长湖有些失落，有些郁郁寡欢。韩玉香劝解说："要正确对待公司领导的安排，你现在进步得可以了，人要向前看，人生的路还长着！"韩玉香在学习财务管理时也加强了理论学习，她还是挺有大局观的，崔长湖当然笑纳了！

工程处目前有两个工程项目被其他两个副职主管着，剩下的就是一些更小的零星工程，崔长湖闲着无事就坐上那台"金杯130"走走看看，顺路也看了一次刘秀儿。刘秀儿还在采油队做队长，工作服上沾着油污，笑呵呵的一张脸，工作上风风火火的。崔长湖以为刘秀儿的岗位早就已经变动了，刘秀儿却笑着说领导认为她的最大价值在采油队，就留在采油队上，干什么不是干，还就干这个心里有底气！崔长湖去看了一次陈立伟，陈立伟不在单位，说是出去宣讲了，他的承包责任制很适合油田采油队发展的需要，按照上级领导要求企业发展的两个轮子——科技进步和管理进步，他的责任制又有了新的发展，形成一个较完整的管理体系，是被认定经验性的东西——管理进步，是急需在国企中全面实施和广泛推广的，陈立伟就跟随着上级的一个宣讲团走出去了！

何聪的眼前出现了一个新契机。

油田电视台一段时间以来，连续报道着油田附属企业大力发展的实况。油田主要领导先是在职代会上着力部署油田附属企业和对外经营发展规划，要求油田坚持以油气生产为主体，多种经营，多元开发的方针，形成以油气生产为主体，以综合利用和集体经济为两翼的油田矿区发展新格局；接着，油田的主要领导亲自去为一个大型机械化养鸡厂投产隆重剪彩，之后还有什么大板厂、养猪厂的，紧随其后是山鸡、水貂、牛蛙、珍珠鸡、甲鱼、毛丝鼠等养殖业如繁星般蓬勃兴起，打入国际市场创汇的诸多报道；随即，油田许多二级单位和外国或外部企业合作建立合资合作企业公司，什么石油器材生产、石油化工产品、石油机械制造、VPC、制鞋、制衣、制帽，还修建了一座大型商贸市场，召开了一次大型产品交易会，高调以油为主，多项并举，声势浩大。

矿建公司新任经理辛茂当然不甘人后，主业内外兼修，内部把握油田市场的基本盘，外部大力开辟省内市场，积极创立高速公路建设为主体的联合体企业化经营集团，附属企业要求大力建设新兴产业，一批市场开发人员纷纷走出去，踏千山、走万水地去寻求新的建设项目。一组人员不负期望，引进了一个地毯合作项目，送设备，送技术，落地就能开花，完全符合投资少、见效快，发展劳动密集型产业为主的原则要求，做到了资源、原料、销路三落实，说得听了都说好。经理辛茂非常欣喜，逢会必讲，可这么好的项目就是没有管理者愿意接盘子，都说做生意是"做熟不做生"，做企业也是一样的，矿建公司的人多年来都是和路桥、土石方建设打交道的，有谁愿意把自己的好名声砸在这种未知数上？可这么好的项目也不能不上啊，形势有些逼人，时不我待，辛茂带领公司领导一班子经研究决定，在公司内公开招聘地毯厂厂长，不拘一格求人才！

何聪这会儿是维修中心修保车间柴修班班长，兼任车间团支部书记，是积极参加车间政治学习的重要骨干力量之一。修车休息时，何聪喝着茶水也会拿起油田报纸浏览一番，对油田的一大片形势是有一些认知的。公司地毯厂公开招聘厂长的消息风一样地刮来，何聪的心为之一动，抽空跑到张榜处认真看了一回，大红榜单在公司门前张着，围拢不少观瞧和议论的人，可就是没人上去揭榜。何聪回来认真思考了一番，他有航模制作的经验，又有奔驰车维修技术，弄明白一个小小地毯编织机应该是不在话下的，合作单位送设备，给员工传授地毯编织技术，厂方协助建厂，头一年产品全部回收，还有什么呀？这个时间段里什么样的业务能弄不明白呀？地毯厂厂长，一就任人的身份立刻转变了，虽然只是个正股级，还有一年的试用期，可那是干部唯，还是独立法人代表！公司经理辛茂才是个模拟法人代表！难道说他何聪的人生注定就是要从这里开启吗？何聪想到这里又去张榜处看了看，那张大红榜单还牢牢地贴在那里，何聪一咬牙，上去一把就把榜单揭了下来，去了公司的"招聘办"。

新做了车间主任的师傅宋光一点都没有看好何聪的选择，谁人都是"做熟不做生"，他何聪何许人，年纪轻轻的这种事情都敢做，真是"初生牛犊不畏虎"，万一失败了怎么办哪？回来了连班长都没得做了，灰溜溜地再做回修理工不成？再说了，宋光这次曾举荐何聪做车间副主任来着，有多个理由没能够如愿，可他还年轻，以后还有机会的呀？何聪笑着说："谢谢师傅！我不怕失败，我还年轻，大不了从头再来！"听到何聪坚定的声音，宋光就没什么话好说了，只有举起酒杯，祝高徒勇敢的选择能够收获成功！何聪看看师傅，宋光做到车间主任用了十几年的时间，自己两年多就拿到这个职级，还有法人资格，既有资金管理权，还有人事管理权，这不是一次华丽的转身又是什么？人的思想不能太僵化了，发展附属企业是油田当前的头等大事，眼见得改革春风吹得风生水起的，这是石油企业发展的需要，也是政治形势的需要，看这个势头没有几年时间是不会停歇的，这是实现自我价值绝好的机会，机不可失，更待何时？何聪进行了较为深入的思考，高考落榜，当兵三年，修理二年，任何事情都是靠做的，自己在制作航模飞机时还不是一样吗？那个新制作出来的模型机支在支杆顶上，还处于失衡的状态，为了航模机的平衡，头低下你得打磨机头，机尾沉了你得打磨机尾，机身斜了你得摩擦两翼，那个过程是很磨人心性的，那是一种意志品质的较量，你那个时候不是坚持走过来了吗？没有制作好航模机的第一步，你用什么参加竞赛，怎么能在省里的竞赛中拿到竞速赛的银牌？还有就是和徐岚的关系，我们还是普通朋友，我一直不好意思向前迈步，是缺少必要的资本，我就该在这里起步哇！

微醺的何聪跑到了"岚月"茶楼去喝茶，吧台女服务员立刻给徐岚打了电话，徐岚匆匆地赶过来了，看到何聪笑着说："何聪，你今天是什么情况啊？"

"过来看看你不行啊？"

"看我？"

"啊，你的微笑特别迷人！"

"乱说，何聪，你没什么事吧？"

"有哇，徐岚，我跟你说呀，我今天迈出了人生中非常重要的一步！"何聪高调地宣布着。

"是呀，要不郝国印还说要找你商量着看怎么调换个工作？"徐岚说。

"不必了，徐岚，跟你说吧，我工作的事情我能解决，这是一次绝好的机会，公司经理辛茂要不认识我是谁呀？他老人家都用宽厚的大手拍着我的肩膀说年轻人，有气魄，好好干哪！徐岚，你说我做得对不对？"

"何聪，你做什么啦？"徐岚一头雾水地问。

"噢，忘记告诉你了，我应聘了我们公司地毯厂厂长啦！"

"什么地毯厂，在哪里呀？"

"地毯厂你都不知道吗？就是编织地毯的工厂，我们公司引进的新项目，没有人愿意接手，公司公开招聘厂长，那个红榜让我给揭下来了，你说我做得对不对？反正我觉得我没有做错！"

"既然你看好了，当然就对了！"徐岚说。

"既然你都肯定了，怎么不给点奖励？"何聪迷蒙着眼睛笑着说。

"奖励？你要什么奖励呀？"徐岚笑着说。

"随便什么，当然能给这个更好了！"何聪说着，指了指自己面颊。

徐岚的脸有些红了，立刻说："何聪，你瞎闹什么呀！"

"我这怎么是瞎闹？徐岚，你怎么这样不够朋友，我做了这么英明的决定，就这点要求你都不能满足我呀！"

徐岚看了看何聪，何聪笑着盯着徐岚，指着面颊有些坚持的意味，徐岚咬了一下嘴唇，犹豫了一下，急速在何聪腮上嘬了一下，捂着脸从手指缝里看着何聪，何聪笑着说："徐岚，你这是干什么，就这样点了一下，你对我就这么吝啬呀？"

"你还要怎么样啊？"徐岚有些娇嗔说。

"这一下不算哪，你得重来，来，重来！"何聪看着徐岚。

徐岚咬着嘴唇犹豫着，下定决心想再吻过去，立刻大笑着缩了回来。

"我要点奖励怎么就这么难哪！"何聪说着，一下拉过了徐岚，热烈地亲吻了起来，徐岚捶打着何聪说："何聪，你怎么这样赖皮呀！"

这时候有人敲门，徐岚急忙挣脱了，有些慌乱地整理一下头发和衣服，红着脸说："进来！"

"经理，你的电话！"

"知道了！"徐岚说着走了出去。

看着徐岚出去，何聪有些自得地哼着"我从山中来，带着兰花草"的曲子。

"何聪，单位有个急事，我得过去一下呀！"徐岚进来说。

"怎么的，就这样走了，一点表示都没有？"何聪笑着说。

"我今天才发现，你怎么这么赖皮！"徐岚吻了一下说。

"是吗？这可是你自愿的，我可没有强迫你呀！"

"那也是被你诱骗的，走了，你先睡会儿吧！"

"晚上一起吃饭哪？"

"好哇！"

看着徐岚消失在门外的窈窕背影，何聪握紧拳头顿了一下。

郝国印和吴梅莉来了"岚月"。

郝国印一进门就敞开嗓门说："恭喜何大厂长！贺喜何大厂长啊！"

何聪在沙发上蒙眬醒来，揉了一下眼睛，说："郝警长，你少来呀！连讽刺带挖苦的，当谁听不出来？"

"行啊，这刚要当领导就有一定敏感性了，可以呀！"郝国印笑着说。

"有话就说，别弯着拐着的呀！"

"一直想着给你找个单位，让你先回西线来！"

"你这不废话吗，现在好操作吗？"

"不好操作也得做呀，咱们不是哥们嘛！"

"你怎么做的呀？"

郝国印挠了一下鬓角，说："我想先在派出所给你找个帮办的地方或是徐岚和她爸说说找个单位先落脚？人家徐岚可是答应了呀！"

"哥们，你还是打住吧，帮办，帮到什么时候是个头哇？让徐岚她爸给我找单位，首先是我丢不起那个人；再就是你说我从哪里做起吧？"何聪说。

"何聪，你这是什么路数哇？附企单位，看着风生水起的，实际上能有多大的'辣气'呀？人员很多都是单位分流出去不要的，说不好听点非傻即呆，要不就是一些待业的子女，技校都考不上的，你说你能看到多大的光亮吧？"郝国印很是鄙夷地说道。

"得，得，得，这话让你说的，红军不怕远征难，万水千山只等闲，这是我万里长征的第一步，我一定要走出去！"何聪坚持说。

"那以后呢？"郝国印说。

"天机不可泄露！"何聪说。

"狗屁吧，还天机！"郝国印盯着何聪，何聪微微一笑。实际上何聪也就是这样一说，这会儿说以后有些子虚乌有，何聪这时不能说郝国印是乌鸦嘴，他现在满怀信心就是要先把这个地毯厂搞起来，搞得红红火火的，起码说在油田范围也弄个报纸上有影，电视上有声啊！至于以后嘛，车到山前必有路，船到桥头自然直，稍后规划也不迟，人生能有几回搏？谁能一竿子就支到头哇？

"郝警长，哥们，给点鼓励行不行啊！"何聪说。

"好，既然何大厂长决心已定了，那我今晚就先备点薄酒素菜祝你马到成功了！"郝国印拱手笑着说。

"这才像话，谢谢郝警长了！"何聪也立刻拱手笑着说。

白雪梅又去门口看了看，还是不见何聪的人影，就说："不等了，咱们吃饭吧！"

何琼、任志成旅行结婚回来，本来是件高兴的事，想一家人晚上一起吃顿饭，何琼中午就给何聪单位打了电话，没有找到人，还托人留了言，可等到了晚上，还是不见人影，你说气人不？何琼结婚，了却了白雪梅心中的一桩大事，女婿任志成看着挺不错的，话语得当，脾气柔和，何琼这一块儿白雪梅的心算是安定了。何聪工作在东线，离家稍微远一点，虽说有个稳定的工作，从心里说，白雪梅并不算太如意，可事事都能如你的意吗？油田这些年还有成千甚至上万的待业子女等着分配工作，子女的父母都是老石油，时不时成群结队去总部机关大楼门前去上访，那是一种什么样的心境啊？局领导压力也很大，积极号召各单位发展第三产业，广开就业门路，安置待业子女，稳定石油队伍，和这些都是有着密切关系的！何明在上海读大学，假期去了何劲松那里，眼界开阔了很多，写信、电话的内容都不一样了，就业肯定不用家里操心，家里基本达到比较理想的境况。想法刚刚清空，白雪梅就多了一件烦心事，这来自父亲白敬良。白敬良许是年龄真的大了，平时和老家家族亲戚常有一些书信往来，这是很平常的事情，改革开放了，近些年里家乡发生了一些变化，读了信件，看了照片，思乡之情油然而生，前几天突然就说想回到老家去，落叶要归根！这下可真打了白雪梅一个措手不及，家乡的老房子空置也有些年头了，现在能不能住人都未可知？白敬良却说："这个不要你管，我告诉劲松回去看看就是了，真有什么事情我让劲松去落实！"白雪梅心里叫苦不迭，嘴里还得说好好好，私下里忙着和何劲松联络沟通，看看何劲松怎么化解。何劲松却轻松地说："这个你就放心吧，他们还是孩子的姥爷、姥姥，孩子的爷爷、奶奶我能安排好，他们我一样会照顾的，你就不要管了！"白雪梅这时候心里有些感动，更多的是愧疚和后悔，可那又能怎么样？

一家人吃了饭，何琼、任志成要回新房，白雪梅立刻叮嘱说："何琼，你们有时间回南矿看看哪！"

"妈，好的！"任志成笑着说。

"何琼，我是跟你说呀！"白雪梅说。

"妈，知道了！"何琼说。

这时候，何聪走了进来，带着一身的酒气，白雪梅有些沉着脸说："何聪，你跑哪儿去啦？怎么回事啊？找你一天都找不到哇？"

"妈，实在对不起，我这不是忙着嘛！姐、姐夫，新婚快乐呀！不知道你们回来，实在是不好意思呀！"何聪迷蒙着眼睛笑着说。

"何聪，你怎么喝了这么多酒哇？"何琼关切地说。

"姐，我今儿个高兴，太高兴了！"何聪有些眉飞色舞地说。

"高兴也没有你这样的，这是什么样子呀？"白雪梅说。

"嘿嘿，是喝得多了点啊！"何聪笑着做了个鬼脸。

"何聪，你到底怎么回事啊？"何琼说。

"我在单位揭榜了，我要去地毯厂当厂长了！"

"什么地毯厂？你说的到底是什么呀？"白雪梅说着，看了看何琼、任志成。

"何聪说的应该是他们单位附属企业厂点吧？"任志成说。

"姐夫，还是你聪明啊，不愧能当上我的姐夫！"何聪笑着说，伸出了大拇指。

"何聪，谁让你去的？这件事你和谁商量啦？"白雪梅有些气急地说道。

"我自己呀！妈！这种事还用商量吗？这是事关我前途命运的大事情，还会让别人决定吗？"何聪说。

"何聪，你是翅膀硬了呀，什么事都敢自己做主哇！"白雪梅的脸变了颜色。

"妈，你别急呀，我这不是告诉你们了嘛！"何聪说。

"你这是告诉我们吗？何聪，你这是先斩后奏，真的气死我了！"

"妈，就这点事有什么气可生的呀？"何聪说。

"这还是小事吗？为了你的这个工作你爸也是费了一番心思的！"白雪梅说。

"妈，我知道，可我的路还得我自己走哇！这就是我人生的第一步，你们恭喜我才对呀！"何聪说。

"妈，您先别着急，何聪这样做肯定是有他的道理的，他现在喝了酒了，先让他休息，事情明天早晨起来再细谈也不迟呀！"任志成连忙说。

"姐夫，你怎么这么明白呀！"何聪说。

白雪梅觉得任志成说得有些道理，便说："何聪，你还是早点睡下吧！"

三十一

赵玉明的眼睛离开了那部厂志的初稿，头靠在椅背上，转动了一下脖颈，脖颈有股酸唧唧的味道，他不由得上手捏了捏。窗外的阳光静好，那棵高大白杨树上仅存的六片枯叶又有一片飘零了，这时在空中轻盈地翻着跟头，徐徐地向下滑落着。入冬以来，飘过几次小雪，都是轻描淡写的，难怪市里电视台报道说为了确保今年的墒情，辽河下游的西河沿处又开始拦河筑堤蓄水了！

赵玉明感觉脖颈好了一些，随手翻开报纸，拿起一张油报，这是办事员刚刚送来的，报纸一版头条标题非常地显赫，积极落实十四大精神，油田深化改革，颁布内部承包经营责任制配套政策，第四版还配发内部承包经营责任制办法的全文。赵玉明想，这个速度也够快的！

半个月前，总部突然召开机关干部大会，总公司来人宣布油田主要领导工作调整，这个速度有些史无前例，按照来油田宣布调整的上级领导的话说，油田新、老领导交替接到通知都在两天之内，老领导有新担当，去新的岗位，新领导就任是加快油田改革的步伐。新领导就任伊始就开始在油区调研、走访，什么基层座谈会、劳模座谈会、老干部座谈会，油报上全是类似的报道。

林胜平这一次去了北京，说是去一个新组建的国际化石油公司担任总经理，担子挺沉重的。想想最初年轻在一起的日子，朝夕相处，青春放歌，满怀豪情，这次回来了五六年，他们拢共也没有见过几次面，林胜平忙是肯定的，赵玉明也是不想去见他，怕引起不必要的误解，特别是自己的原职别问题，很多人都说既然事情早就清清楚楚了，放在谁面前都要给个明确的说法呀！最初，康勇为就任时，他曾找过一次，康勇为说了一嘴，说是尽快落实！当时第一书记在，肯定是遭遇了难处，所以没了声息！林胜平来了，第一书记还在，去年才走下了舞台，想来可以了，还是无果，是阴魂不散吗？让他来档案馆应该是设计中的一步吗？那一天，赵玉明赶完一个材料，从楼里出来比正常下班时间晚了一会儿，刚巧看到从楼上下来的林胜平，好像刻意似的，赵玉明都有些尴尬了，本想退回去，林胜平却看见了，还主动打了招呼，驻足和他说话，问他现在身体怎么样。他说挺好，身体休养得差不多了！林胜平笑着说好哇，身体很重要，只有好的身体才有好的工作！一位副职下来，和林胜平说话，两个人一起赴会，便一起走了。赵玉明望着林胜平的背影，林胜平说的机会或许是老馆长退休，由他来接替？那倒是个副处级的岗位。谁想，老馆长还在位子上，林胜平却突然离开了，这种情况赵玉明或许是独一份，可类似的情况还有多少谁又说得清楚？赵玉明心里不由得哂笑，自己也许就是这个命，强求无益！

金鸿雁也是这个意思，两个孩子学业有成是他们最大的欣慰，都已经"知天命"了，身体又有恙，还求什么？当然，金鸿雁不是这样说的，她总是说她见识赵玉明在省城职业病医院吐血那一刻灵魂出窍的感受，整个人都木木的，如果那时候命都没了，你还求什么呀？这就是退而求其次吧？

陆鸣敲门进来，穿着藏蓝马裤呢大衣，有些精神抖擞的样子，笑着从衣兜里掏出一个书本大小的东西，外边用报纸包着，放在桌子上。赵玉明泡了一杯茶，送给陆鸣，这才打开了报纸，这是一本新诗集，封面竖版字《等待春季》，装帧挺质朴庄重的，是香港一家叫中华文化出版社出版的图书，赵玉明说："'诗人'，这个诗集弄得不错呀！"

"朋友帮忙弄的，我都没想到这么快就出来了！"

"好事，这是第二部了！"

"嗯，就是个玩！"

"你这玩得挺高雅呀！"

"有一帮爱好者，凑个热闹！"

"挺好的，你最近忙什么？"

"开会，一个接一个，有点应接不暇了！"

"至于吗？"

"这里弄得混酱酱的，新领导说了不换脑筋就换人！"陆鸣指指脑壳说。

赵玉明笑了，这是新上任领导常说的一句话，已经传为经典，就说："新领导挺有魄力呀！"

"应该是带着尚方宝剑来的吧！"

"怎么见得？"

"这才上任半个多月，又是调研又是座谈的，《内部承包经营责任制》和配套政策就出台了，还有《内部承包办法》《试采油项目承包试行办法》，这是快马加鞭，再看看里边的内容，接续还有很多工作要做，怎么会这样快呀？"陆鸣指指报纸说。

陆鸣的话让赵玉明一下醒悟了，回味里面的诸多要点，便说："'诗人'你是说这是整个石油系统向市场经济转变的开始？"

"'领导'就是'领导'哇，把你放在这里真是大材小用了！"陆鸣笑着说。

"这个步子迈得可够大的，能进行下去吗？"

"这也许就是两个主要领导都换的原因吧，在下辽河开辟一块试验田，看怎么才能适合上边的指示精神和油田实际，稳步推进！"

"'诗人'，行啊，你这个分析得够透彻的！"

"这可不是我说的，是大家议出来的！"

"难怪都说群众是真正的英雄啊！"

"这次'博士'走得太急了，好多事都没有办！"

"有些事是不以人的意志为转移的，天命难违呀！"

"你说得也是！哎，'领导'，何琼结婚了，听说何聪的女朋友也上门了，你家靓初怎么样啦？"

"靓初的男朋友倒是确定了，可人家去了部队，靓初读完硕士也想去，问我们的意见，我同意，此一时彼一时，去不了部队，就地就业也行啊！"

"靓初去部队可行吗？"

"我咨询了一下表哥，部队对高学历的人需求挺大的，靓初要去应该没什么大问题！"

"这样也挺好的！"

"陆淼今年毕业吧？"

"是，幸亏这就毕业了，工作单位也落实了，不然这就业还不知道有什么样的变化！"

"你说得也是，这计划就是没有变化快呀！"

"是呀，走了！"

"坐会呗，还有什么事啊？"

"新建设的青少年文化宫竣工了，要各个部门出人去现场验收！"陆鸣看了一下手表说。

"是吗，这可是件大好事啊！"

"是呀，规模大，内容全，很受欢迎啊！"

渐近雨水，南风开始增多，今天的南风有些强劲，将窗玻璃摸出了燥人的声响。

任志成坐在办公室有些凝神。旅游结婚他在深圳见过岳父何劲松，何劲松了解到他的工作情况，不知跟这边谁联系的，他回来上班没几天，工作关系就正式进入油田机关编制了。现在，油田主要领导易了主，立刻就有三个改革文件出了台，这就像一场风暴，市场化经营势在必行，试采油项目招标先行进行，历时三天刚刚结束，一百四十二口油井，二十四个项目名花有主。这次招投标工作是极其严肃和认真的，新就任的党政两位主要领导亲临现场坐镇，十八家单位，七十多人报名参与招投标，有十二人七家单位中标，标的高于标底很多，成本低于预算，这标志着这次招投标工作圆满成功，也预示着油田今后会按照新出台的文件规范往下走。怎么走？走到什么程度？说不好！面对这样的新形势，很多人开始焦虑了，当然也包括他任志成，油田机关的改革迫在眉睫，两位主要新领导已经在各种会议上讲过好多次了，吹风也好，敲山震虎也好，任志成在油田机关的时间短，资历太浅，根须刚刚长出点新芽，都没有来得及扎根，就赶上了非常变革，别说局机关裁减人员三分之一，就是裁去六分之一，你任志成也是在劫难逃哇！任志成回家和何琼说了局机关目前的现状，何琼给父亲何劲松打了电话，何劲松回话说让他们先静观其变，这说明了何劲松目前也没有什么太好的办法。

早晨上班，油田机关楼大厅的墙上显赫张贴着大红的机关工委试采油项目组公开招聘项目经理的启事，项目组经理行政职级定为副科级，有原职级的人员如果竞聘上岗，原职级保留不变，报名时间两天。这是一个十分紧迫的时间信号，任志成在思考。

汪士伟这时候进来了，一屁股坐在椅子上，刀条脸上一脸的苦相。任志成探头看看说："汪哥，怎么啦？"

"真难哪！"汪士伟身子往椅背上一靠，仰脸挠着脑袋说。

"汪哥，你听到什么啦？"

"这还用听啊？不是都明摆着吗？"任志成摇头表示着不明白，汪士伟立刻挺直身子说，"机关这次都参与试采油项目组招标了，这不马上公开招聘项目经理了吗？"

"是呀，汪哥，那又怎么样啊？"

"就是说机关的改革也要同步进行了！"

任志成清楚汪士伟肯定是得到什么可靠的消息了，这是故弄玄虚，就笑着说："汪哥，你还会有问题呀？"

"这个可不好说呀！"

"那怎么办哪？"

"还得抓紧时间找出路哇！"

"汪哥，有什么出路？指指呗！"

"眼前能看到就是试采油这两个项目组招聘经理了，两个项目组可以容纳一些人；还有一些机关职能处室可能要变成经营性公司，和总部机关分离，自主经营，能进去也是不错的选择，最后没有位置的，也只能等着分流，或统一安排或哪来哪去了！"

任志成点点头，这个最后是谁都不想的，主要是丢不起那个人，便说："汪哥，竞聘项目经理你参加吗？"

"不参加！"

"汪哥，项目经理不是挺好的吗，也是副科级，你完全具备这些条件，这也是一个机会呀！"

"我哪有这样的机会呀，只有给人家跑腿的命！"汪士伟有些叹息地说。

"汪哥，你竞聘，我去给你跑腿！"任志成笑着说。

"我要是能有那样的机会就好喽，哎，志成，你要真想去项目组可以报名，先参与项目经理的竞聘，竞聘不上，竞聘的项目经理应该会考虑把你组合进去的！"汪士伟建议说。

"汪哥，有这种可能吗？"

"志成，你是内行啊，你有采油工的实践工作经验，我要是经理，肯定优先选择你！"

"能去项目组也行啊，能在汪哥手下干最好了，就怕去不上啊！"

"项目经理我是没有机会了，也就不想了，志成，你要是真的想去，就先报名竞聘，也是给自己创造个机会，走了，不跟你说了！"汪士伟说完，匆匆出去了。

"汪士伟看来对试采油项目组的竞聘情况先行进行一定的研究了，难道说项目经理的人选已经确定了？我报名吗？这也许真是一个机会，不管怎样这事还是和何琼商量一下吧！"任志成想。

何琼挺着有些隆起的肚子说："志成，这件事你还是自己决定吧！"

"我还是有些犹豫，怕选择错了！"

"现在是非常时期，你还年轻，做什么工作不是做呀，你自己觉得合适就行！"

"夫人所言极是呀！"任志成点点头笑着说，他下定了决心。

人是必须得经历的！任志成参与这次项目经理竞聘才知道，从他决定报名那一刻起自己就是一枚分母，难怪汪士伟不参加，他是心里揣着明白装糊涂；从另一个方面说，竞聘是一个很好的平台，给任志成一个展现自我的极好机会，他经过充分的准备，又有着两年采油工实际工作经验，在竞聘项目经理的综合打分位列老三。那第一位就不要说了，是人家代表机关参与油田项目的招投标，是为局机关夺得两个项目的主将；任志成和第二名的王天伟分差很微弱，明眼人一看就清楚这里面有个倾向性的问题。任志成收获的是肯定和自信，这是他竞聘演讲完在几个评委的目光里充分感受到的，那一刻他觉得这一次的上台真的太值得了！

前来恭喜的同事都散去了，王天伟这时候重重地呼出了一口气，他真的险些翻船哪！

王天伟暑期毕业回来和高美娟完了婚。这主要是准岳父高睿当时已经调入油田机关做副总师兼设备处处长了，王天伟早就不想做这个厂办秘书了，高睿就想办法将他调入机关党委办公室。王天伟本想可以大展宏图的时候，油田的形势却发生了这次巨大的变化，两位主要领导空降而来就说明这不是简单的事情，紧接着就是一系列改革措施文件的出台，高睿一直参加着会议，王天伟一直接触到文件，掌握着一些前沿的信息，下辽河就是一块新形势下改革的试验田哪！

王天伟在学校的四年已经初步被市场经济洗礼了。他和一些同学曾多次接手书商的地摊快刊稿件的撰写工作，还有一些同学已经在商海里大胆地畅游并有所收获，新中国现在的作家还没有一个靠稿费吃饭的，大家取得了共识，挣到钱是第一位的！他有一个"铁饭碗"打不破，他也没有舍得打破，他和一些同学是不一样的，有些人本来就没有"铁饭碗"，还有一些人的"饭碗"刚刚被打破了，有些叫苦不迭。王天伟想找个比较稳妥的机会，一些同学就笑他，他们不太知道什么是特大国企的"铁饭碗"，只要坚守它就特别坚固耐用。这一次也出现了危机，他在办公室也是新人，如果有什么风吹草动，他是逃不脱的。机关试采油项目组竞聘给了他一个机会，还有副科级待遇，高睿赞同他可以一试，他有采油工的工作经验，何乐而不为？拿笔杆子的都参与采油项目组经理的竞聘，这无异于抗战时期的投笔从戎，是有些激动人心，新党委书记不但大加赞赏，还承诺大力支持，这表明这次的改革是多么深入人心哪！

试采油项目组的人员构成机关工委刚刚要他尽快呈报上去。王天伟报名参与经理竞聘时，和一帮人在一起坐过谈过，有几个年轻人说过想跟他一起干来着。对于那些年轻人来说他是个内行，而在实际的项目运行中，离真正的内行他还是有些距离的。他聪明，有着采油工的基础，一些东西可以边干边学，那也没有找个真正的内行好，拿来就用，简单易行还省心。他看好了那个差点让他翻船的任志成了，任志成是南矿出来的，南矿可以拉近他们的距离，任志成也是新进机关的，资历浅，根基浅，精兵简政肯定是被分流那伙儿的。他这时候有些笑自己，同样是转变身份，当时自己怎么就没有想着去读职大？这样不也更内行了吗？以至于非得和高美娟勾连在一起吗？还不是文凭和作家班那个光环给闹的？可最初看着确实挺拉风的，现在转了一圈又回来了，人哪，真是的！他有些感慨。

为了表现诚恳和重视，王天伟特意从楼上下来，礼遇了任志成，两人紧紧地握了手，王天伟开诚布公地邀请任志成加盟项目二组的工作，任志成笑着说："非常感谢王经理的信任和盛情，有人之前跟我打过招呼，我也答应了人家，不知道那边什么情况，你能给我点时间吗？"

"当然可以了，只是你得尽快，你也知道机关工委已经要项目人员名单了，你也得给我一些时间，你什么时间能给我确切的答复？"

"明天早晨行吧？"任志成笑着说。

"那好，任志成，咱们一言为定啊！"王天伟笃定地说。

"王经理，谢谢呀！"

"别客气，我静候佳音哪！"王天伟笑说完没有马上就走，他和任志成又闲聊了一会儿。年轻人都是有理想的，读过作家班的王天伟就开始说理想，说人生，说朋友，说友谊，最后表现出对任志成的欣赏和青睐，落实到行动上就是任志成在这个项目组里能够享有和项目经理一样的权利和经济收益。任志成有些喜欢王天伟了，他暗暗下定了决心！王天伟洞悉到了这一切，目的达到，他便鸣金收兵了！

任志成知道这个王天伟就是母亲那丽蓉口里那个和何琼有一些不堪的前男友，事实证明何琼没有什么不堪的，何琼的不堪是有人蓄意制造的，这个人很可能就是戴晓丽的母亲或是相关的一些好事者。任志成会和何琼说去机关试采油项目组工作的事，何琼并没有细问，任志成也没想说王天伟是他的项目经理的事。

一起招投标废标事件让钻井公司经理的脸上很不好看，说起来还是计划经济体制下人的惯性思维在作祟。这一次废标事件参与投标的一、三大队，是按照以往的工作模式制作投标书的，参与的都是自家人，窃以为喜，不能损害公司的整体利益，出问题就在所难免了！今日非昨，投资方明确，一周后重新进行招标，公司经理为了万无一失，特别要求五大队的刘忠伟也加入进去，三家鼎立，真枪实弹，谁拿到就是谁家的！刘忠伟心里明白，他的出现就是要挟一、三大队，这不是他的问题，他要副大队长郭振东牵头组织参与这一次招投标工作，一切按实战要求办！郭振东做这项工作还是有一定基础的，大队内部井队对井位的成本审核都是经过多次操演的，好与不好心里自知，这次是对他这两年工作的检验，要不HWH区块的钻探工作也接近尾声了，大队也需要新的产能工作量，如果能拿到何乐而不为？

安文海刚刚去公司党委任宣传部部长，进入了公司党委常委的行列，公司没有再派总支书记过来，刘忠伟目前是一肩挑，郭振东才有了这个升迁的机会。从队伍集结HWH区块以来，刘忠伟就开始有目的地提高井队的经营核算意识，他要在大队这个圈子里形成一种共识，"大锅饭"是不会长久的，这种危机意识推进了井队管理上水平，当然，也面临一个实际问题——效益兑现！公司的体制还是计划经济下的，受公司和勘探局制约，公司领导还要照顾公司的基本盘，一、二、三线的方方面面，五大队去年的效益兑现就有些缩水，黄达就曾坐在他的办公室里说全额兑现的事，刘忠伟只能赔着笑脸说眼前只有这么多，欠你们的你先记下，我会想办法补给你们！黄达笑着说我只能先信了你，我也不能带着弟兄们去你家过年哪，我这是对我的弟兄负责呀！这话让黄达说的，好像他刘忠伟就不对工人负责似的！那他刘忠伟成什么人啦？他还是告诫黄达说："你要多在'各尽所能'上下功夫，不能只在'按劳分配'上兜圈子呀！"黄达笑着说："'按劳分配'还是很好用的嘛！"

人有时候有一种要逃离的感觉。刘忠伟亦是，年纪轻轻坐到这个职位上，四周一看还挺鲜亮的，实际上也有难受的时候，起码说在黄达面前，人家是想到哪儿就说到哪儿的，你能吗？这就是问题，层面越高问题就越复杂，你得想着抚平！

去年夏季，HWH区域成了风暴眼，油田的大小领导都向这一区域跑，大车小辆的。那一次林胜平来了，跟着大队人马，对这的钻探工作赞赏有加，刘忠伟和林胜平在井场碰了面，那次陆鸣陆叔叔也过来了，跟林胜平说了什么，林胜平回头看了刘忠伟一眼，那是一种赏识的目光！刘忠伟的级别和人家还有很大距离！

郭振东敲门进来说："刘大，一、三大队来人了，想知道咱们投标的标底！"

"那就透给他们吧！"刘忠伟说。

郭振东看看刘忠伟，说："刘大，真的给他们哪？"

"给!"

"可是……"

"我知道!"刘忠伟笑着说,郭振东便出去了。

刘忠伟心里有数,标底就是一组数字,他们的这组数字要比一、三大队低得多,要他们接受也不是那么容易的,这只是其一;其二是他刚刚接到勘探开发公司的电话,勘探又有二十几口勘探井要加速完成,这是他过去信誉的结果,他组织一组人在完成第一批井的核算工作,这一块比上一块还重要,关系到今后。关于招投标,郭振东跟着陪练就是了,这个时候他不便跟郭振东说得太清楚了!

金鸿雁刚刚给一位面部神经麻痹患者完成了针灸治疗,艾欣欣进来说:"主任,来了一个'遗尿症'的患者,你给看看吧!"金鸿雁抹了一把额角的汗,从理疗室出来,来到了门诊,看了一下X光片,患者的骶椎没有什么大问题,这是一个十岁的男童,病史比较长。金鸿雁要艾欣欣正常下医嘱,做相应时间的治疗,艾欣欣爽快地答应了。

金鸿雁门诊室自从挂上"疑难病"牌子以来,她的出发点还是以"遗尿症"新疗法为主的,可患者却不是这样想的,既然你门牌上挂着"疑难病",有疑难病患者前来就诊,金鸿雁就得接诊。看到患者的病痛,金鸿雁就想着尽一个医生的所能,她调动自己的所学,真有疑难问题或查找资料,或长途电话咨询北京的老师,治疗上取得了一定的成效,口口相传,来就诊的患者开始不断增多,有面神经麻痹、面肌痉挛、脑血管痉挛性头疼、脑血栓及脑出血偏瘫后遗症,坐骨神经痛等各类的患者。实际上,这些患者中很大一部分都是老慢病患者,有很多人全国各地都去过,大小医院都跑过,许多偏方也试过,无果,到她这里来就是抱着一线希望的。金鸿雁很想给予他们希望,她也确实给予一些患者希望了,还有她的工作态度,她总是微笑,和蔼可亲,给人春风化雨的感觉,这就累了她自己。疑难杂症患者的康复时间都比较长,这样的患者又多,她有些忙不过来,就是艾欣欣和她一起工作她还是有些忙不过来,只好采取排队预约的方式,那个队伍排得有些长。

年初,医院领导班子调整,新领导上任,医院的科室也做了一些相应的调整,"疑难病"门诊被纳入了理疗科,老主任退休,她被任命为新主任,这是她没有想到的,她不想接任。老主任退休了,理疗科是有接班人的,那是柯副院长的表妹——杨柳医师,谁都知道人家一直等着上位,等着前途似锦,你金鸿雁这不是堵人家的道吗?这个"梁子"就有些越结越深了,金鸿雁不希望这样,她就想做好这个门诊的好医生。可新上任的吕书记找她谈了话:"这是医院党委的决定,你是一名老党员了,应该懂得组织原则。你还是一名资深的医生,这样的安排,组织是随随便便就能做出来的吗?"金鸿雁的脸当时就有些热了,有些羞愧难当的感觉,可有些话又是不能明白地说出的,那个医师杨柳再见面时就黑着脸,对面走过去时还会用力清理一下嗓子吐上一口口水，金鸿雁只能忍耐，那心里也是不好受的。理疗科工作开创了新局面，她率先垂范了，她的付出大家是看在眼里的。

改革的新春风劲吹到下辽河的各个角落。从勘探局两位新领导上任伊始，各种各样的风就在不停地传递着，病患也是关注改革的，这涉及他们的切身利益，打破"大锅饭"，走向市场经济，试采油招标，机关召开动员大会，机关要转变工作职能，减员增效。勘探局最新××号文件刚刚传达，适龄的干部、工人可以提前退休，退休年龄在前五年内的，每年给涨半级职工工资，这是很优厚的福利待遇。金鸿雁还有两年退休，她要是提前退休可以享受增加一级工资的待遇。金鸿雁觉得不错，她和赵玉明探讨了这个问题，赵玉明是赞同的。赵玉明还说："你当这个主任，我们家的生活都有些不正常了，你有好几次被锁在门诊楼里，这段时间里你消瘦了许多，你在医院里上班，怎么不抽时间检查一下自己的身体？"金鸿雁说："你放心吧，我的身体我知道！"赵玉明说："能放得下心我就不说你了！"金鸿雁说："那好吧，我尽快抽时间检查一下！"金鸿雁的检查结果不太理想，她的血糖有些异常，这和她这几年工作状态是有一定关系的，时常要见到黑着脸的杨柳，如果说不生气那是假的。

医院又一次召开干部大会，落实油田改革文件精神，宣布医院机构改革的具体措施。医院的两位主要领导再一次强调在这个非常的时期里，每个党员、干部都要发挥先锋模范作用，争做企业改革开放的主力军，内退是有时限要求的，希望大家珍惜这一次的机会！他们讲话时常看向金鸿雁这个方向，金鸿雁感觉就是看自己，自己是符合内退条件的人，又是党员干部，应该响应党组织的号召。

金鸿雁晚上回到家里提笔写了内退申请书，第二天早晨上班就交给了医院党委组织部。

电话，是党委的吕书记，要她去院部的办公室。

金鸿雁第一次来医院书记办公室，吕书记给她倒了茶，笑着拿起一张纸示意了一下，金鸿雁看清楚是自己的内退申请书。吕书记笑着说："咱们医院的人员构成不太平衡，油田医院具有高级职称的医生不足百分之四，这个比例太小了，西线医院要发展，主要靠高技术人才做好'传、帮、带'，你在理疗科是挑大梁的，首先考虑的是做好医疗技术的'传、帮、带'工作！"

"吕书记，实在不好意思，我一个人只能带好一个方面的头，既然写了申请，我就不能拿回去，做人不能出尔反尔啊！"金鸿雁笑着说。

"金大夫，那么多的疑难杂症患者以后谁来治疗？"

"吕书记，你放心，科里其他医生的工作一直做得都很不错的！"

"金大夫，看来你是下定决心了，我也不好代表医院再深度挽留你了！"

"谢谢，非常感谢吕书记的一片盛情！"

三十二

又是大地蓬勃生命开始的季节，柳树婀娜着翠绿的枝条，飘出万般柔情。

赵玉明坐在"广州"客车上，任其颠簸，紧紧抓牢手里的口袋，免得里面的玻璃瓶子倾倒或碰撞——这是四瓶烧锅"大米酒"的酒头，酒精度不低于七十度，那酒倒入玻璃杯里蓝汪汪的，有些迷惑人的色泽。酒是邱少山那一次在一起吃饭时说到烧锅酒时允诺的，说是从烧锅口接的酒头，特意让小车司机给他送来一大塑料桶。这个酒十分浓烈，进了喉咙后火辣辣一条线下去，令人记忆深刻。

赵玉明听说了下辽河地区义勇军故事，颇感兴趣，这主要源于之前他接触过胡老伯（陶钧），这里面似乎有一种神秘的东西，和时代的表象相左，一直在深处蛰伏着，陶钧存在的真实性到底有多少？实际上，按照 W 县志编辑吴迪的说法，本地义勇军活动的区域主要在东线那一带，向北到台安高力房一带一段时间里还有过一个根据地，那里建立过兵工厂，还发放过纸币。沙岗子是离着比较近的区域，刘铁柱家就是这一片的老户，应该听说过一些情况的。赵玉明为此专程跑了一趟二十里铺。说到了这个事情，刘铁柱看着王桂花不由得笑了，说："你嫂子家还真有这么一个亲戚，知道的应该不少，只是他一直都守口如瓶，要不他也活不到现在，现在的形势变化了，听说有知情人找过他，了解过去的一些事情，也不知道他到底知道多少？"赵玉明说："大哥，我想见见这个人行吗？"刘铁柱说："那就让你嫂子试试吧！"刘铁柱前几天打来电话，说是和那边已经联系妥了，还说那个人好酒，特别喜欢高度酒！赵玉明说明白了！他们约定了今天去趟沙岗子。

客车到了沙岗子，赵玉明轻车熟路，曾经的驻地已经破败得不成样子了，有些房子还在，里面好像有几户人家居住着。赵玉明想过去看看，犹豫一下，还是放弃了这个想法，他走向刘铁柱家的老房子。刘铁柱和王桂花收拾着老房子前的园子，赵玉明不知道刘铁柱家的老房子还一直保留着，实际上二十里铺和这里的直线距离不过十里路，沿着农田的机耕路行走，也就个把小时的时间。见到赵玉明到来，王桂花便起身出来，引着赵玉明向大辽河河套里走去。

宽阔的河套地绿野茵茵，国堤下不远处有几棵老柳树，树冠极大，遮住了好大一片的阴凉，一棵老柳树下有一间草屋，周围是一片菜地，菠菜、韭菜、小葱长得正旺，有一个人在地里挥锄劳作，王桂花招呼了一声"大姨夫"！

那人停了手里的锄头，看着王桂花走过来，说："来了！"

这是一个精神矍铄的老者，高个，腰杆略有些弓，国字脸，眉毛浓长，岁月掩饰不住曾经英武的面孔。王桂花给赵玉明做了引荐，赵玉明和大姨夫握了手，大姨夫带着赵玉明到草屋里坐下，王桂花就先行回去了！

这是一间简易的草屋，应该是春起时新修缮的，里面有一铺双人大床的土炕，土炕上铺着一张旧芦席，上面摆着一张旧炕桌，炕桌上有一只暖壶、几只白瓷碗，炕头下是一个锅灶，里面烧着柴草。赵玉明坐在炕沿上，将酒瓶放在炕桌上。大姨夫倒了一碗热水，放在赵玉明的面前，也坐了下来，用一只锃亮的黄铜烟袋锅在黑布烟口袋里挖了一锅子旱烟，划着火柴点燃了，一缕青烟从大姨夫嘴里飘逸开来，散发着"蛤蟆赖"辛辣的气味。大姨夫看看赵玉明说："听说赵同志也在沙岗子住过呀？"

"大姨夫，住了好长一段时间哪！"

"难怪铁柱说！"

"大姨夫贵姓？"

"一介草民不值一提！"

"那我就随刘大哥和刘大嫂称呼您了！"

"你随便，叫我老头也行！"

"大姨夫，听人说咱们这一带活跃过抗日义勇军？声势搞得挺大的？"

"什么抗日义勇军哪，那是以后的叫法，这里打鬼子的声势确实很大，最初是一些民众自发的，当时的叫法是'讨日扶民救国军'！"

"大姨夫，那您给我说说呗？"

大姨夫这时候眯起了眼睛说："这个事从哪儿说起？那我就想到哪儿说到哪儿吧！"

下辽河这一带自古民风彪悍，绿林绺子还是比较多的，他们各自立山头，报要号，一般的绿林绺子都在十五人左右，大一些的也就二十至三十人，他们大多数的人平时为民，种地务农，把自己隐藏起来，只有行动时才聚集起来去做活，绿林帮伙（绺子）有着自己的暗语和规矩。

绿林帮伙（绺子）的暗语：立帮伙（攒局）、诨号（山头或耍名）、首领（拦把）、一把手（大拦把）、二把手（二拦把）、先锋（炮头）、财会（水柜）、财会员（水柜当家的）、人质处（秧子房儿）、人质负责人（秧子房当家的）、人质（秧子或票儿）、绑架人质（绑秧子或绑票儿）、拷打人质（叫秧儿）、枪毙人质（撕票）、收入钱物（篇子）、分钱物（劈篇子）、入伙（挂注儿）、刚参加（新耍儿）、出伙（撂拐儿）、住下（压下）、住人家（压窑儿）、走或出发（挑）、匍匐前进（摸）、迂回（抹）、枪法好（管儿直）、负伤（挂彩）、死人（横梁子）、战死（贪横梁子）、高粱窠（毛儿）、进高粱窠（钻毛儿）、蹲高粱窠（蹲毛儿）、缴别帮伙的枪械（捆绺子）、站岗（下卡子）、放哨（瞭高儿）、与敌人遭遇（顶水儿）、交火（响了）、打仗（开磕儿）、白要（串）、强要（粘）、智取枪支（掰枪）、枪毙人（扣了）、河（水线）、帆船（鸭子）、截帆船（打鸭子）、铁路（铁线）、探子（眼线）、走露风声（跑线了）、有枪户（响窑儿）、打大户（磕窑儿）、兵（跳子）、正规军（老跳子）、放火烧（海着）、枪（炮儿）、子弹（吃的）、匣子枪（捏一炮儿）、撸子（手花子）、炮（大嗓儿）、牵线人（线头子）、说和人（花蛇子）、捐款通知（条子）、赎人质钱（项儿）、送赎人质钱（交项儿）、小礼品（小项儿）、送小礼品（上小项儿）、饭（富儿）、做饭（办富儿）、饺子（漂羊子）、饼（翻张子）、面条（挑龙子）、吃（啃）、吃饭（啃富儿）、水（海儿）、烧水（燎海儿）、睡觉（抻桥）、睡着了（桥乱了）、点灯（上亮子）、火柴（迸星子）、火炕（台儿）、请坐（拐着）、请炕上坐（台上拐）、长衫（大叶）、帽子（顶天儿）、鞋（踢土子）、粳米（马牙子）、肥猪（姜子）、杀猪（扳姜子）、猪肉（姜撮儿）、鸡（跷脚子）、马（廉子）、快马（飞廉子）、骡子（圈子）、驴（鬼子）……应该还有，只记下这些。

绿林绺子就是胡匪，内部也是有着较严格的规矩，这八条是传承下来的：一、不许走漏风声；二、不许里勾外联；三、不许压花窑（强奸、嫖娼）；四、不许私出抢劫；（犯上四条者，枪毙）五、不许私存钱物；六、不许贪杯饮酒；七、不许参与赌博；八、不许强要吃喝。（犯下四条者，开除）

"大姨夫，这胡匪的规矩还是挺严格的嘛！"赵玉明笑着说。

"这是从古到今总结出来的，主要还是为了保护绺子的安全！"大姨夫笑着说。

"大姨夫，您继续！"赵玉明说。

大姨夫想了想说，咱们这一片的绺子有些名气的，有老北风、项青山、盖中华、蔡宝山、北霸天、东来好、德胜、常胜、九胜、老来好、西来好等好几十个，要说名声大的要属老北风、项青山、盖中华、蔡宝山这几个了，他们既有勾连也有冲突，当然是利益上的，每个绺子都有自己的活动（势力）范围，基本上是井水不犯河水，也有冲突的时候，解决得好相安无事，解决不好也会拔刀相向的，有的还会结下永久的"梁子"！

这时候，王桂花提着一个柳条篮子进来，将饭菜摆到炕桌上说："大姨夫，他赵叔，你们先吃饭吧！"

"好了，吃饭，辛苦外女了！"大姨夫笑着说。

赵玉明启开了一个酒瓶，将酒倒进一个白瓷碗里，一股浓烈的酒香飘出来，大姨夫抽抽鼻子说："真是好酒，赵，你怎么不喝呀？"

"我有些不胜酒力！"赵玉明笑着说。

"咱们不攀酒，你意思意思就行！"大姨夫说。

"那好吧！"赵玉明说着，就给自己倒了一点。

"你们慢用啊！"王桂花说着就出去了。

大姨夫喝了一口酒，品味一下，有些陶醉地眯着眼睛说："赵，咱们说到哪啦？"

"主要的绺子有老北风、项青山、盖中华、蔡宝山！"

"好，那就先说说这几个人吧！"大姨夫说。

老北风绺子的大拦把号称老北风，原名叫张海天又叫张贺年，说是1880年的生人，家就是这北边北九台子人，说是读过两个冬天的私塾，识些字，十几岁给地主家扛活，成年以后给地主家当过"炮手"，因无法忍受欺压，先是投奔北边蒙边一个报号"老头票"的绺子当"炮头"，多次打击日本奸商，后来回到盘山河南的一个叫"西胜"的绺子当"炮头"，报要号"老北风"，后来回到北九台子，自己"攒局"，成立了老北风绺子，张海天精于骑射，英勇善战，为人仗义，侠肝义胆，多谋略，在江湖中声势不断壮大，和很多绺子的头目都是结拜的兄弟，人们评价他"少有大志，赋性勇敢，尝于民间办民团，地方治安赖以维持"。

项青山绺子，大拦把叫项青山，原名项国学，也叫过项忠义，大约生于1895年，是驾掌寺大马家房屯人，农家出身，读过几年私塾，忍受不了官府和土豪的欺压，跑去盘山巡警大队当了一名号兵，因"打抱不平"进了监狱，出狱后便投身了绿林，报要号"青山"，项青山胆大心细，敢作敢当，很快壮大，名声鹊起。

盖中华，原名盖凌香，1901年生人，是离这里不远的三台子人，他出身农家，家境比较富裕，从小读过私塾，练过武术，为了保家买的枪支，平日里苦练枪法。他广交朋友，和老北风、项青山、蔡宝山都有些往来。

蔡宝山，人称老疙瘩，原名蔡金义，是驾掌寺印家店人，应该是1898年生人，他少小因家境贫困走上的绿林，加入他表姐夫于大川的绺子，后来当上了"二拦把"。蔡宝山因身材矮小，在家排行最小，人称"蔡小疙"，于大川死后，蔡宝山因仗义、勇敢、胆识过人而被推举为"大拦把"，他的绺子一般活动在驾掌寺一带，专门杀富济贫，为民除害，从不骚扰百姓。

大姨夫这时端了一下酒碗，酒碗里已经空了，赵玉明马上给倒上了，大姨夫喝了一口，继续说。

说到了抗日，这一地区是老北风张海天和项青山最早建立了抗日武装，打响老百姓武装抗日的枪声。九一八事变，日本关东军一夜之间占领了沈阳城，之后，又相继占领了长春、四平、本溪、鞍山、海城、营口、安东等重要城镇，消息很快就传到下辽河这一带，广大民众和许多绿林好汉极为愤慨，家国情怀让他们不能等待，张海天和项青山商议，立刻联络了盖中华、蔡宝山等一些绿林好汉，组织成立了"讨日扶民救国军"，旨在联合抗击日本人的侵略，保境安民，扯起本地民众抗日的大旗。

抗日大旗已经举起，不闹出点动静怎么行？九一八事变后的第五天，也就是9月23日那天，张海天、项青山、盖中华、蔡宝山等人率领四百多人的队伍秘密出发，他们奔向了田庄台，袭击了日军驻地田庄台的发电所和立科水源地，正式打响了民众抗击日军的枪声。这一次的袭击致使营口地区大面积停水、停电，造成城市一片混乱。这个消息很快传到了沈阳城，当时的《盛京时报》都有相关的报道。这一枪打得好，很有影响，之后的一段时间里，有很多的民间武装开始袭击当地日本关东军和日伪政权的驻地。

牛庄是一个古老的镇子，自古在大辽河东岸有着比较重要的战略地位，它是海城通往河西的前沿阵地，当时日本关东军已经派一部分日伪警人员在这里驻扎，他们从这里窥视着下辽河西部地区，只因他们的兵力有限而不能西进。为了打击日伪警势力，张海天、项青山他们商议决定出其不意攻打牛庄。为了打有准备之仗，经过商议，他们决定由很少有人认识的盖中华带人前去牛庄镇里侦察，摸清敌情。

1931年10月1日黎明，乔装成赶集农民的讨日扶民救国军的队员们早早就向牛庄镇出发了，他们先是出其不意地拿下了哨卡，然后高声呼喊着，群情激昂地冲进了牛庄镇。当时，蔡宝山带领了七百多人的队伍打前锋，由于队伍人多势众，呼喊着制造声势，日伪警们见势不妙，立刻龟缩到牛庄镇里"中马当铺"和"海兴隆烧锅"两座高大的院落里进行抵抗。由于这两个院落修建时都有比较好的防护功能，院落墙高门固，四角都有炮台，炮台上不时射出日伪警的枪弹，讨日扶民救国军和日伪警就这样相峙着，有几个队员在战斗中还受了轻伤。这样相持不下不是办法，经过商议，大家认为火攻为上。于是，讨日扶民救国军组织队员们运来了大量的柴草，堆在院落的四周点燃了，一时间，院落四周火光冲天，浓烟滚滚，院落里边的人呛得不停地大声咳嗽着。这时候，一队讨日扶民救国军扛起巨大的木桩开始撞击着院落的大门，咚！咚！咚！院落的大门被撞得山响，里边的日伪警见情况有些不妙，立刻组织人员向外边投掷手榴弹，轰隆隆的几声巨响，有几个抬木桩撞击大门的队员被炸伤了，队员们立刻撤了下来。大家还在商议如何攻破这座院落的时候，派出去的眼线急急来报，说是有一大队日伪警援军从海城方向这边开拔。得知了这一情况，张海天、项青山立刻组织队伍带上战利品，有序地撤出了牛庄镇的战斗，他们渡过了三岔河口，回到大辽河西岸，继续寻找打击日本关东军和日伪政权的机会。

"'讨日扶民救国军'闹出最大的动静当数智歼了日伪大汉奸凌印清了！"大姨夫有些激动地说。

大汉奸凌印清，是海城那边高坨子镇人，早年曾进入辽阳警务学堂学习，后又进入沈阳奉天警务学堂学习，因为反清被开除，后在新民巡警训练所担任教官。辛亥革命时，凌印清秘密参加奉天革命党人的活动，曾被逮捕过，后被亲戚营救出狱，便在日本租界藏身，与日本浪人多有交往；凌印清在"讨袁运动"时参加过民军，担任过团长，因民军被改编，对革命失望，便和友人东渡日本，后回到广州，因生活困窘，又回到沈阳的日本租界居住，这期间，他时常勾结日本特务，收买土匪，干一些绑架案件，从中坐收渔利；后来又想出人头地，多次到处寻找机会，都没有成功；凌印清很有野心，一直觊觎东三省的权力，他之前和郭松龄、杨宇霆等人早有联系；后被日本人收买，为日本人提供情报，东北时局动乱，他开始联系国民党，蒋介石曾委任他为东北招抚使，他有些踌躇满志，想有一番作为，不想杨宇霆、郭松龄被处决，凌印清孤掌难鸣，只好另寻出路，等待时机。九一八事变爆发，让凌印清看到了希望，他立刻投靠了日本关东军，并接受日本关东军的授意，开始收编东北各地的胡匪武装，组织成立了"东北民众自卫军"，并自任总司令。

1931年10月下旬，凌印清在鞍山日本关东军司令部领取手枪二十四支，长枪三百支，机关枪六挺，子弹七万八千发，动用大车十二辆，拉着大量的军用物资奔向了腾鳌镇，在腾鳌设立了"东北民众自卫军"司令部。随同他一起来的还有日本关东军司令部顾问陆军大佐仓冈繁太郎，特务员道源之助、松本德松等十几名日军，手下有两百多名伪军。凌印清此时对外号称已拥有十八个旅，八万余的人马。

凌印清这一次的目标就是张海天、项青山在下辽河西岸一带的民间武装。凌印清是搞警务出身，对东北地区地方民间武装和绺子情况非常熟悉，对这一块武装也非常垂涎。为了抓住这一块武装，凌印清首先采取的是以高官厚禄诱降的方式。于是，他就派遣了心腹亲信，一个叫战中原的惯匪，通过可靠人的沟通联系，找到了张海天、项青山、盖中华、蔡宝山，进行了劝降。战中原这次带着凌印清的四张旅长委任状，拿出"东北民众自卫军"的布告进行了游说，张海天、项青山他们当时对局势一时不明，战中原又是"绺子"中人，张海天、项青山先是顺势答应，观看时局的变化。

凌印清得到惯匪战中原的报告，有些大喜过望，听说老北风张海天还邀请他进驻沙岭镇，非常高兴，立刻带着队伍，浩浩荡荡地开到了下辽河西岸。不过，狡猾的凌印清没有进驻沙岭镇，而是进驻了距离沙岭镇不远处的三道沟村，在地主王汇顺家设立了"东北民众自卫军"司令部，并通知张海天、项青山、盖中华、蔡宝山四人到司令部开会，一起商议军国大事！

惯匪战中原再次到沙岭镇联络张海天、项青山他们的时候，张海天、项青山已经秘密派人去驻守在锦州的辽宁警务处长黄显声那里报告，说明了这边的情况。黄显声得到报告后，立刻派出警务督察长熊飞带领骑兵总队的一部分人马前来消灭凌印清。熊飞和张海天、项青山等人见了面，立刻揭露了凌印清大汉奸的真实面目，大家同仇敌忾，一起商议消灭凌印清的作战事宜，经过充分商议，大家感觉这次行动完全可以智取，于是，他们详细制定了智取的战斗方案，并立刻付诸行动，以免夜长梦多。

1931年11月3日早晨，初冬温润的天气里弥漫着大雾，对面不见人影，蔡宝山这时候带领着两千多人的队伍对三道沟的日伪军进行秘密的包围。

张海天、项青山、盖中华三个人佯做赴约开会，来到了凌印清的司令部，主动和凌印清等人周旋了一番。凌印清这时候毫无戒备，还躺在炕上抽着大烟，正在这个时候，外面突然枪声大作，一队戴着"讨日扶民救国军"袖标的队员们冲了进来，高声喊叫着，缴枪不杀！外边的日伪军已经被全部缴械了！见此情形，凌印清等人只好乖乖地缴械投降。张海天、项青山他们先是把日本关东军司令部顾问陆军大佐仓冈繁太郎手下的十二个日本兵拉出去枪毙。之后，发布了公告，11月18日在当地召开公判大会，公审了仓冈繁太郎等三名日本军官和凌印清及参谋长王槐三、旅长冯仙洲、惯匪战中原等人，然后就地枪决，这一事件极大地鼓舞了当地民众抗日的热情，很多民众都自愿加入到讨日扶民救国军的队伍中，下辽河一带抗日的气势空前高涨。

从这个时候开始，下辽河两岸抗日义勇军声势更加浩大，在此后的两年多的时间里，他们不畏强敌，血战营盘铁路、三打营口、袭击日军飞机场、智做震惊世界的营口绑架英国人质事件、四袭海城、数次攻克盘山县城、夜袭三十二孔桥、进行沙岭保卫战，之后又有部分精英队伍在张海天、项青山带领下转战热河，血染古北口，狠狠打击了日伪军和日伪政权，很多战例通过报刊、影片得以广泛的传播。

1933年，义勇军精锐骑兵跟随张海天、项青山开赴热河前线，参与了东北军的抗战战役，在本地坚持抗击日伪军的抗日义勇军遭受了日伪军重兵的"扫荡"和"围剿"，他们在撤往医巫闾山的途中陷入日伪军的重围而被击溃，下辽河抗日义勇军的抗日活动至此陷入了低潮。

老北风张海天在战斗中身患了重疾，由"东北救国会"的王化一等人护送到北平城治疗，1939年时亡故，有人说是被人下毒暗害的，也有人说是病重不治身亡的，只是死的时候已经非常困顿了！

项青山和张海天一起带领队伍参加了古北口战役。张海天病重回北平后，项青山带领队伍随东北军一起撤离。他带队伍乘火车在长辛店暂停的时候，说是正站在火车闷罐车皮门口扒门向外察看队伍行动时，火车突然开动了，沉重的闷罐车车门突然甩向了项青山，项青山猝不及防，不幸被挤压身亡了。

盖中华参加热河会战后，带着队伍回到了下辽河，回来不久就赶上了日伪军的大"扫荡"，他和蔡宝山一起退往医巫闾山，途中遭遇日伪军的"围剿"受伤，在山中被一位老和尚救治，躲在一个寺庙里休养，伤愈后，辗转从沈阳回老家想招集旧部，东山再起，在去羊圈子姐姐家取一支藏匿的短枪时，被叛徒告密出卖，遭日伪警设伏射杀身亡！

蔡宝山带领队伍转移医巫闾山时，陷入了日伪军的重围，经过了拼死突围后，他和一些人躲到阜新的一个煤矿里挖煤藏身，本想伺机东山再起，没想到被汉奸认出出卖。日伪威胁利诱，他坚贞不屈，日伪将他押回盘山西门外杀害，享年三十八岁。

说到这里，大姨夫不禁一声慨叹。

"大姨夫，你知道这么多，陶钧这个人你听说过没有哇？"赵玉明这时候说。

"他是哪个绺子的？"

"不知道，人说之前他在县城是个什么督察，后来有一支百八十人的队伍，曾经活动在三岔沟一带!"

"当时绺子里基本上都不报真名实姓,这就很难对上号了!"大姨夫说。

"大姨夫,您当时做什么?"

"我在项青山绺子里,后来叫'青山'司令部,在下面做一个棚长!"

"什么是棚长啊?"

"相当于现在的班排长之间,管着十几二十个人!"

"大姨夫,您怎么没有跟项青山去热河?"

"没去成,我那时候已经不在队伍里了!"

"为什么呀?"

"我坏了绺子的规矩,也算是因祸得福了!"大姨夫笑了笑。赵玉明看着大姨夫,大姨夫说:"赵哇,时候不早了,你也该回了!"

"时间还早,大姨夫,您就说说呗!"赵玉明有些好奇地说。

大姨夫看看赵玉明,喝下最后一口酒,说:"好吧,那就说说!"

大姨夫是那一次攻打营口回来整休,带着棚里的弟兄住在王桂花姥姥隔壁家的院落里。当时,王桂花大姨十七岁,长得如花似玉的模样,他们两个人第一次碰面就对上眼了,谁也放不下谁。特别是大姨,常常借故给他缝洗个衣服什么的来找他,这样情感在不断生长,时间一长,他们的事情被王桂花的姥姥发现了,因为大姨的肚子大了起来。这还了得?当时,大姨夫他们已经驻防到其他村子去了,王桂花的姥爷就一路寻访过来,找到了项青山,要人要说法。发生这种事那还了得,大姨夫立刻被五花大绑关了禁闭!那时,大姨夫在队伍里管直(枪法好),打仗勇敢,是立过一些功劳的,和很多棚长又是结拜的兄弟。这时候就有很多人去项青山面前给大姨夫求情,项青山一概不允,绺子有绺子规矩,更何况现在的抗日义勇军队伍更要严明军纪军法。农民出身的姥爷没有想到会是这样一个结果,也跟着求了情,他只想着大姨夫跟着他回去和大姨完个婚正个名就行了,项青山还是坚持不准,她姥爷这时候面如土灰。大姑娘大着肚子就成寡妇,这可如何是好哇!

大姨夫被决定执行枪决!执行枪决的是项青山的卫队长,是大姨夫的结拜大哥,卫队长让姥爷为大姨夫备下了一口棺材。那一天,大姨夫还跟卫队长说:"大哥,你给我个痛快呀!"卫队长说:"兄弟,你相信我就行!"大姨夫笑了:"行!"卫队长的那支德国"大镜面"就顶在大姨夫的胸口上,枪声一响,大姨夫倒在地上什么都不知道了,姥爷将大姨夫装进棺材拉起来就走!许是项青山手下留了情,卫队长的手偏了偏,或许真是大姨跪拜了仙家三天三夜,仙家显了灵,大姨夫才得以死里逃生的。大姨夫说到这里眼里现出一些泪花。

"大姨夫,你怎么啦?"赵玉明有些奇怪地说。

大姨夫抹了一下眼睛,说:"卫队长大哥后来是被人活活打死的,可他一直都保守着我的秘密呀！"

赵玉明点点头，说："大姨夫，真的非常感谢你呀！"

"要不是铁柱他们介绍，有些事我是不会说的，祸从口出哇！"大姨夫说。

"大姨夫，时代不同了，听说当地政府已经在为抗日义勇军将领老北风他们申报革命烈士了！"赵玉明笑着说。

"是呀？世事难料哇！"大姨夫摇头说。

三十三

天近午时，油井开井运行一切正常，王天伟热情邀请项目组及剪彩的相关人员去饭店用餐。任志成告假，王天伟挽留一下，只好作罢，任志成乘车匆匆赶往了医院。

今天是机关试采油项目组开工剪彩的日子，党委书记非常重视，亲自到场剪彩，电视台、报社记者云集，银亮的剪刀张开，红绸花捧起，人群一阵欢呼雀跃，党委书记登上丰田中巴荣耀离场，留下环绕身边的宣传、新闻记者等人，王天伟招待，自在倾心。

任志成去试采油项目组工作以来，何琼就一直住在娘家，昨天晚上有些"觉病"，任志成立刻陪同去了医院，医生查看了一下，有些见惯不惯地说了声"还早"，只有护士巡视病房时问询了两次。

早晨，白雪梅过来，何琼立刻说："志成，你们项目组不是今天开工剪彩吗？"任志成点头看向了白雪梅，白雪梅："志成，有事你就忙你的去吧！"任志成还是有些迟疑，何琼生产毕竟是大事，他真的不太好意思。一直以来，他都在忙试采油项目组的事，王天伟和他分工，他全权负责项目组的现场管理，他就一直盯在井场，早出晚归是常态，虽然何琼理解他，可岳母的脸色总不那么欢喜。何琼这时又说："今天不是党委书记剪彩？你去晚了不好，没事早点回来呀！"任志成答应一声，这才离开病房，疾步向机关小车队大门口赶去。

王天伟这时候正在机关小车队门前的一辆吉普车旁边看表，不时左顾右盼，这时见任志成来了，立刻上了副驾驶座位，吉普车急速向井场方向驶去。任志成看看王天伟说："不好意思呀！"王天伟说："没事！"任志成知道王天伟的包容，这是他们融洽的基础，任志成项目现场做得不错，王天伟的项目生活保障工作做得也不错。项目有独立的财权真好，项目现场工作一旦晚归了，王天伟就会安排晚餐，时常还有王天伟的原同事参加，大家其乐融融，直到今天剪彩圆满成功。

任志成回到了医院，何琼在病房床上躺着，白雪梅坐在床边有些困顿的样子，任志成舒了口气，立刻说："妈，辛苦您了，您回去休息吧！"

"志成回来了，你没事啦？"白雪梅睁大了眼睛说。

"妈，没事了！"任志成说。

"何琼，你晚上吃点什么呀？"白雪梅说。

"妈，什么都行！"何琼说。

"好，何琼，我走了呀！"白雪梅说着，拎着饭盒出去了。

"妈，你慢走哇！"任志成送出门口，回来握住何琼的手，笑着说："琼儿，你感觉怎么样啊？"

"还好，又没有什么反应了，你吃饭了吗？"

"还没有！"

"你怎么不吃饭哪？"

"我惦记你，剪彩完就跑回来了！"

"我这里有妈，你吃了饭过来就行啊！"

"我都出去一个上午了！"

"好了，你还是快去吃饭吧！"

"算了吧，这个时候我不能留下你一个人！"

"柜子里还有两个包子，要不你吃了吧！"

"行！"任志成倒了杯热水，喝了一口，说，"你吃的什么呀？"

"馄饨，妈刚才说爸今天能回来！"

"什么时间哪？"任志成吃着包子说。

"应该是傍晚的火车吧！"

"休假呀？"

"说不好，可能都有吧，和徐岚家人见面肯定是最主要的事情！"何琼说着，打了一个哈欠。

"困了你就睡会儿吧，你要养足精神哪！"

"嗯，好的！"何琼说着，侧了一下身子睡去了。

任志成对岳父何劲松的印象极好。这是一个很有气质的男人，从形象到言谈举止都是他的榜样，只是岳父的运气之前那一次差了那么一点点，偏离了该有的仕途。何劲松那一次酒后讲了一些事情，有一些慨叹，或是心有不甘或是对任志成的忠告。何劲松还是满足或者说是得意的，毕竟他已经率先进入小康生活，还有相当于副局级的职级。

任志成和何琼是在招待晚宴上见到王慧的，晚宴结束，王慧就消失了，但何琼还是对任志成说在爸爸的房子里隐隐嗅到了王慧的味道。女人会有这样的敏感吗？任志成有些怀疑地笑着说："真的假的呀？"何琼瞪大眼睛说："我骗你干吗？"任志成就想，也许女人在这个方面有些特异功能？那天参加晚宴的又不止王慧一个女性，何琼为什么会单单会指向王慧？只因为她来自下辽河吗？这让任志成非常诧异。任志成也有些困顿了，他伏在床尾，闭上眼睛养神。

"哎哟！"何琼骤然迸出一声呼喊。

"何琼，你怎么啦？"任志成急忙起身说。

"啊！痛！"何琼喊叫着，脸上盛满了痛苦，紧紧抓住任志成的手。任志成急忙呼喊着护士。

医生、护士赶过来了，医生看了看，立刻吩咐护士将何琼推进分娩室，来到分娩室门口，任志成被"男士止步"的提示牌拦在了门外，他安抚着握着何琼的手，说："何琼，我就在门外等着你呀！"

走廊里相对着有两个长条木椅，一个有些自来卷发的男青年独自坐在一个条椅上，眼睛盯着分娩室的门，眼神里透着一种祈盼和焦急；另一个长条木椅上或坐或站着几个青年男女在交流着当前单位的形势和工作，情绪热烈。任志成坐在了自来卷发男青年的旁边，男青年转头看了他一眼，任志成笑了笑说："你家的进去多长时间啦？"

"有三个小时了！"卷发男青年看看手表说。

"这么长时间一点动静都没有哇？"任志成有些奇怪地说。

"谁说不是？本想去打个电话都不敢动地方，就怕这个时候有什么事！"男青年有些抱怨地说。

"你说得是，你贵姓？"

"免贵姓刁，刁修毅！"

"刁师傅，你在哪个单位工作呀？"

"我在矿建公司，做车工！"

"刁师傅，矿建公司怎么样啊？"

"现在来说应该还算是不错的，当然了，和'两院一机关'不能比！"刁修毅明显有些自豪地说。

"刁师傅，你说的情况我还真的不知道！"

"矿建公司有工程机械，油田的工作量不少，外边市场又能拿到一些工作量，效益可观，奖金自然不会少的，现在有很多人都在想方设法调入，特别是做机械设备操作手！"

"机械设备操作手不是要上生产一线吗？"

"生产一线是辛苦一点，可有小费呀。"

"小费？什么小费呀？"

"是外部劳务工程上的，我最初就是驾驶挖掘机的，剜门盗洞。好容易回二线学的车工，刚刚走不久就有了外部劳务工程了，我后老悔了，看来我是和小费没缘哪！"刁修毅有些感叹地说。

这时候，白雪梅匆匆地过来了，任志成马上叫了一声："妈！"

白雪梅点头说："何琼进去多长时间啦，还没动静啊？"

"妈，何琼刚进去一会儿，这位刁师傅的爱人都进去三个小时了！"任志成说。

"每个人的情况都不太一样的！"白雪梅说。

"妈，爸晚上回来呀？"

"何聪已经去接站了！"白雪梅有些淡淡地说道。

"妈，您先看一会儿啊，我出去给南矿打个电话去！"

"行，志成，你快去吧！"

任志成疾步来到医院大门口的小卖店，拿起电话就拨，幸好任校长还在办公室，任校长听清情况马上说："大成，我这就回家告诉你妈，让她尽快赶到医院去！"

"爸，好的！"任志成舒了一口气，疾步回到分娩室门前，刁修毅已经不见了，白雪梅坐在条椅上，对面那个条椅上的男女仍然在热议着单位的话题。

旅游结婚回来，任志成和何琼回了一趟南矿，何琼给任家的每个人都带了份礼物，给那丽蓉买的是一件的确良浅蓝小花衬衫，大小合适，颜色也好，那丽蓉试完脱下衬衫抖了抖，叨叨咕咕地说这衣服薄得像蒜皮似的！任校长马上说："衬衫嘛，夏天穿着多凉快！"那丽蓉将衬衫往被摞上一扔，撇了一下嘴。大妹任志梅说："这衬衫花色多好哇，我嫂子真会买东西！"何琼明显有些不高兴了，当时什么也没有说。离开家里，何琼就跟任志成说："你妈什么意思呀，鸡蛋里挑骨头哇？"任志成立刻赔上笑脸说："老婆，算了，算了，我在这里给你赔不是了，她是我妈，你让我说什么呀？"何琼就说："你妈总这个样子，你爸妈这个家我还怎么回呀？"任志成说："我知道，我知道，老婆，真的委屈你了！"不久，何琼怀孕了，行动有些不便，任志成的工作也挺忙的，任志成就抓时间一个人回南矿一趟，来去也是匆匆的。

哇的一声婴儿啼哭，那个条椅上热议的人们反转过来，目光看向分娩室的大门，一扇门开处，一个护士出来说："王兰香的家属，男孩儿！"

热议的人们拥向了门口，分列两旁，等待着出迎，那是一个较为隆重的场面。

"又是男孩儿，这男孩儿也扎堆来呀！"白雪梅说。任志成看看白雪梅，目光有些疑惑，白雪梅说："志成，你别不信，之前出去的那个也是男孩儿！"

任志成当然也希望了，他的骨子里还是喜欢男孩儿的，这一点和何琼不同，只是他没有说出来，他跟何琼说的是都喜欢，何琼说他虚伪。他也就笑纳了！

何劲松到了，没有风尘仆仆的模样，这就是坐卧铺的效果，身边跟着何聪和徐岚，任志成喊了声："爸！"

"小任，还没有生啊？"何劲松说。

"是，爸，您吃饭了吗？"任志成说。

"简单吃过了！"何劲松说。

"姐夫，你还没有吃饭吧，给你带的'八一'饭店的饺子！"何聪拎着方便袋示意说。

"谢谢何聪！"任志成说。

这时，分娩室里传出一阵响亮的啼哭声，一个护士开门说："何琼家属，男孩儿！"任志成心中十分欢喜，大家在门口等候着，迎接何琼出来。

何琼和孩子都安置完，天有些蒙蒙黑，任志成要大家回去休息。起初，白雪梅要留下，她怕任志成弄不好孩子，任志成说："妈，没关系的，南矿家里我通知到了，一会儿会来人的，真要有什么问题我会问护士的，爸刚到家，你们都回去吧！"

"那好吧！"白雪梅没有再坚持。

这时候，那丽蓉拎着一篮鸡蛋，腋下夹着一个小夹被进来了，胖胖的身子有些沉重地气喘着，白雪梅、何劲松打了个招呼，这才放心地走了。

何琼累了，一直沉睡着，孩子也在沉睡中。坐在床边的那丽蓉坐了一会儿就有些瞌睡了，身体不时晃动一下，眼睛旋即睁开，看看没什么情况，又慢慢合上了。任志成让母亲躺在床上睡会儿，那丽蓉坚持不肯。

那丽蓉是骑着自行车过来的，好的路段是骑行，不好的路段是推行的，为的是保护篮子里鸡蛋的安全，这一路下来挺辛苦的，况且白天她在家属站干了一天的活。孩子这时哭了起来，何琼睁开眼睛看了看，任志成急忙起身，用奶瓶调了一些温糖水，自己试了试，才喂给了孩子，孩子吸了几口就又睡去了，何琼也睡去了。

天刚蒙蒙亮，那丽蓉就匆匆地走了，说是要赶回去给任校长做饭，任志成留她吃早饭她也不吃。白雪梅来了，拎着保温饭盒，不见了那丽蓉，脸上明显有些不悦，任志成赔着笑脸，方才风轻云淡的。

何劲松这一次是受徐天亮之邀回来的。这当然不是直接的对话，是何聪去徐家拜见准岳父徐天亮夫妇时，徐天亮表达的意思。何聪在电话里向何劲松做了汇报，何劲松十分重视，便抽这个时间回来了。何劲松回来得很是时候，刚好赶上了何琼的生产，回来就看到外孙子也是一件很喜悦的事情，他立刻升格做姥爷了；何劲松回来得也有些不巧，徐天亮临时有安排去科尔沁一线陪同局领导去慰问，预计得一周才能回来。何劲松就放手做其他要做的事情，他首要的事情是看看石油指标这一块。下辽河这次的改革，成立了石油销售公司，计划外的石油做统一销售，采油厂也有一些指标可以出售，只是都开始运用公开竞拍的方式，有钱可赚才会买，何劲松找了些熟人，跑了几个采油厂看了看，吃饭喝酒有人招待，公开招标是不可撼动的，他感兴趣的只有一家采油厂，情况尚不明朗，只能等到招标会时再看了。他有些留恋曾经的日子，那时候拿到指标就是硬通货，这样的日子应该是一去不复返了！

初夏，天气非常晴朗，早晨明亮的阳光斜照在办公桌的边沿上。赵玉明翻看着新出版的市志，本市没有什么悠久的历史，虽说什么夏、商时属冀州，周时属幽州，汉时在境内设置了房县，治所在今天的古城子村，晋属平州玄菟郡，五代十国属显州奉先军，元、明属广宁府路，清属广宁左卫盘蛇驿官马牧场，1906年设厅，袭明末清初在广宁东设盘山驿，1908年厅治所迁"减河前横，铁路旁亘，交通便利，行止气蓄，天然巨镇"的双台子……

这时候有人敲门。"进!"赵玉明抬头见是何劲松，笑着说，"劲松，你这家伙回来得挺是时候哇!"

"那是自然了!"何劲松有些自得地说。

"回来这些天忙什么呢?"

"当然是工作了!"

"怎么样啊?"

"今非昔比，暂时没有什么收获!"

"有些难做呀?"

"什么东西一公开，神秘感一点都没有了，利润空间就小了!师兄，你这忙什么呀?"

"看点闲书!"

"师兄，你怎么对这个又有兴趣啦?"何劲松翻了一下桌上的新市志说。

"你还记得那个陶钧吗?"

"师兄，你说的是三岔沟划船的那位?"

"是呀!"

"他不是死了吗?"

"他当时也许就是义勇军的一员!"赵玉明便简略地讲了新了解本地义勇军的一些情况。

"师兄，听着挺复杂的呀!"

"是呀，我也没想到啊!"

"这可有些颠覆了传统的说教了!"

"可不是嘛，至少有一部分哪!"

"难怪你会有兴趣，金大夫这次提前退休啦?"

"积极响应组织上的号召，起了个带头作用!"

"这对医院来说可是个损失呀!"

"实践早已经证明了，地球离开了谁都照常转!"赵玉明笑着说。

"话是这么说的，不然怎么说呀?师兄，金大夫就没想着自己开个诊所呀?"

"劲松，这个还真让你给说着了，她刚退下来待了几天还挺好的，这时间一长，就有些腻歪了，又有人找上门看病问诊，家里没个地方也不太方便，就有了这个想法了，这不，一是要申请营业执照，二是得找个合适的地方啊！"

"这是好事啊，金大夫的诊所肯定会兴隆的！"

"我倒不希望她开什么诊所，都忙了大半辈子了，该休息就休息吧！"

"师兄，金大夫有这个能力，又有挣钱的机会，干什么不挣啊？"

"一些人也这样说，她就心动了！"

"我是举双手赞同啊！哎，师兄，'诗人'忙什么呢？"

"我也有些天没见他了，上班、开会，有时候也去以诗会友！"

"'诗人'还在写诗呀？"

"一直热度不减，又出了一本新诗集！"

"那玩意儿现在谁看哪？多少文人都开始下海赚钱了，现在物质是第一位的！"

"也不尽然吧？"

"师兄，南边这方面特别明显！"

"窗口嘛？"

这时候有人推门进来，是陆鸣，何劲松笑着说："'诗人'，你现在和曹操齐名了！"

"我还以为是谁？也只有你'大拿'能在这儿大声小气的吧！"陆鸣笑着说。

"师兄，你看这当领导了就是不一样啊，批评人都是和风细雨的，不应该呀，当领导的就可以不敲门吗？"

"'领导'还是那个'领导'，人家一直保持革命的本色，没什么忌讳！"陆鸣笑着说。

"'诗人'，本色是本色，和讲文明礼貌可不是一回事啊！师兄，我说得对吧？"

"你俩掐你俩的，千万别掐上我，这会让我很为难的呀！"赵玉明笑着说。

"'大拿'，你现在是越来越厉害了，我这里领教了！"

"'诗人'，就是开个玩笑嘛！你忙什么呢？"

"还能忙什么，开会、学习！"陆鸣说。

"开什么会，方便透露一下内幕吗？"何劲松说。

"有什么内幕哇，所有的内容明天就见报了，加强改革中干部的纪律和监督，杜绝各种经济问题的发生！"陆鸣说。

"'诗人'，出什么问题啦？"赵玉明说。

"这次会上说了几个例子，一个是某公司的一个财务人员和地方上的无业人员相勾结，以做买卖的名义，贪污了单位的资金上百万元；一个是某附企公司没有明确的经营思想，出现了隐瞒、截留、转移各种收入等问题，一年多就负债四千多万元，亏损二百余万元；还有一个附企单位负责人以'解冻资金'的名义，借用公款买外币，什么日元'金圆券'一亿元，'秘鲁币'十个亿，'玻利维亚币'四千万元，等

312

等，本想发笔横财，实际上买的是一堆废纸；还有一个是一个福利厂严重亏损，负责人却拿着钱随便花，虚列工资、成本，截留资金，私设小金库，对残疾人拖欠工资，是那些残疾人上访了才发现问题的。"陆鸣说。

"这么多乱事啊，怎么处理的?"赵玉明说。

"这就是初步放开出现的乱象，该查的查，该抓的抓，该移送检察机关的就移送，这次局里给各个二级单位划了时间线，先自检自查自纠，再出现问题严惩不贷!"陆鸣说:

"用处不会太大的!"何劲松笑着说。

"你怎么这样说?"赵玉明说。

"历史的经验值得注意，现在放开了，难免会有人追求物质的享受，有了机会就会不择手段了。"何劲松笑着说。

"哎，'大拿'，照你这样说这种事情就没办法整治啦?"陆鸣说。

"办法肯定会有的，可这不是咱们研究的问题，咱们还是研究研究午餐在哪里进行吧?"何劲松笑着说。

"你说的这个问题确实很重要，关系民生，我非常赞同!"陆鸣笑着说。

何劲松看向赵玉明，赵玉明笑着说:"我没问题，咱们还是去'独一处'吧!"

"别呀，'领导'，咱们换换样，我有个小地方，这次也该给我一个机会了!"陆鸣说。赵玉明看了看何劲松。

"看着'诗人'这样诚恳，那你就前边带路吧!"何劲松笑着说。

一栋新修缮的拱顶砖坯老房子，修旧如旧地抹了新泥，整栋房子前面用松木板皮围了一个院子，那些木板皮钉得有些随意。院子里的土地上生长着各种蔬菜，翠绿中有红似白的，正门用黄花松小圆木和木板皮钉了一个人字架顶的院门，上书"青年点"三个大字，红砖头铺就的一条甬路连接着房子双开的正门。见到有人来，一个三十出头的男人迎到门前，说:"几位，里边请!"这时候看清了陆鸣，笑着说，"陆老师，你好! 几位呀?"

"都在这呢!"陆鸣说。

"去'点长'屋吧!"男人笑着说。

"好，杨老师，听你安排!"陆鸣说。

被叫作杨老师的男人在前面引路，经过了几个房门，门都开着，全是一样的布局，"点长"屋在最顶头，大出来的走廊，也是火炕，火炕上铺着芦苇编织的新炕席，上边摆着炕桌，墙上贴着几张稿纸，在风中扇动。陆鸣脱鞋上炕，说:"你们也上来呀!"

"我一会儿再上去!"何劲松说着坐在炕边。

"是怕折了你的西裤哇!"陆鸣笑着说。

"盘腿坐着时间长了难受!"何劲松开脱说。

杨老师送上了一壶大麦茶、三个杯子,说:"各位,请喝茶!陆老师,用点什么呀?"

"家炖胖头鱼、红烧肉、小鸡炖蘑菇、驴肉饺子,烧酒三壶,剩下的你看着安排吧!"陆鸣说。

"好嘞!"杨老师唱和一声出去了。

过了一会儿,杨老师端着一个木托盘进来,将菜摆在炕桌上,点的菜外加了个蘸酱菜,里面是小葱、尖椒、水萝卜。三壶烫酒三只酒盅放好了,笑着说:"陆老师,还有什么需要吗?"

"杨老师,可以了!"陆鸣说。

"陆老师,有什么需要喊我呀!"杨老师说。

"好的,杨老师,今天客人还没到哇?"

"应该快了,各位老师,慢用啊!"杨老师说着,笑着退了出去。

"两位老师,还等什么呀?"陆鸣举起了酒盅笑着说。

"我们是借陆老师的光了,他们家的菜可真够快的,主食都一起上来了!"何劲松说。

"这符合时代的要求,叫与'食'俱进,主要是保护好你的胃!"陆鸣笑着说。

"'诗人',你这个观点好,有些创意呀!"何劲松笑着说。

"'大拿',这可不是我的创意,是党校教授的,我可不想背上剽窃之名。来呀,二位,咱们就别矜持了,先走一个吧!"陆鸣笑着说。

何劲松喝了一口,有些咂舌说:"这酒还真有点度数哇!"

"少见多怪了吧,你回来得还是少,这是本地的纯粮小烧,酒好不上头,你就放心大胆地喝吧!"陆鸣说。

这时候,杨老师在门口晃一下,随即就消失了,赵玉明说:"'诗人',这个杨老师是老板哪?"

"是,朋友的一个失意的朋友!"陆鸣笑着说。

"感觉怎么有些神神秘秘的?"何劲松说。

"你真想知道?让他过来?"陆鸣笑着说。

"我没那么好奇!"何劲松说。

"有故事呀?"赵玉明说。

"他叫杨阆,中专的老师,办过诗社,一个很有才气的青年诗人,领导劝阻也不听,弄得自己没了活路,现在只能自己找个活路了!"陆鸣说。

"他这又是何苦呢?"何劲松说。

"自诩热血青年，都有些执念，这也正常！"陆鸣说道。

这时，外面有些人声传来，一拨接着一拨，走廊里的声音有些杂乱、高亢，杨老师这时过来，点点头，把他们的房门带上了。

"'诗人'，这里的生意不错呀！"何劲松说。

"一是有些特色，一是诗友前来捧场，'落花踏尽游何处，笑入胡姬酒肆中'！"陆鸣说。

这时候有人敲门，进来两个人，笑着招呼着陆老师，前来敬酒，文绉绉地说了一篇雅词，喝了酒就出去了，接着又有人进来，往复几次。

"'诗人'，可以呀！"何劲松笑着说。

"应该是杨老师说的，大家都是朋友！"陆鸣笑着说。

"'诗人'，你和这个杨老师最初不认识呀？"赵玉明说。

"是，这里开业时，有朋友邀我来这儿才认识的，这位杨老师倒真是陆淼的老师！"陆鸣说。

"'诗人'，你家陆淼怎么样啊？"何劲松这时候说。

"看好你家何聪了，你家何聪又有了人，我们也不好再下手了！"陆鸣笑着说。

"开什么玩笑，'诗人'，你家陆淼多优秀哇！"何劲松说。

"怎么说也就是一个孩子王！"陆鸣说。

"'诗人'，可以了，你可以广泛选拔呀！"何劲松说。

"孩子的事谁能说得好哇！"陆鸣说。

"师兄，兴隆现在什么情况啊？"何劲松说。

"定下回来工作了，个人问题不清楚！"赵玉明说。

"都说在省城兴隆和盼盼走得挺近的！"陆鸣笑着说。

"盼盼现在什么情况啊？"何劲松说。

"说是考上研究生了！"陆鸣说。

"盼盼这样还能回来吗？"何劲松说。

"盼盼心气挺高的，天赋也不错，说是一直想向上考的！"陆鸣说。

"那就不能回来了！"何劲松说着看了看赵玉明。

"劲松，你和'博士'还有联系吗？"赵玉明转移话题说。

"有，有时候想起我会打个电话问候一下，有时间就聊一会儿，'博士'很忙，说是又出国考察了！"何劲松说。

"'博士'的身体不错呀！"赵玉明说。

"还可以，师兄，'博士'一直挺敬佩你的，说你之前技术工作做得就不错，身体养得也不错，编辑工作做得还不错，现在档案管理更是不错，还做了大学的客座教授，很值得大家学习呀！"

"听了这话我真的很高兴，实际上我做什么就是心无旁骛！"赵玉明说。

"师兄，这一点我也得好好向你学习呀！"何劲松说。

"劲松，你歇着吧！"赵玉明说。

"师兄，怎么啦？"何劲松说。

"我这个客座教授也是徒有虚名，统共就授了一个学期的课！"赵玉明笑着说。

"师兄，为什么呀？"

"我的教学时间和学校合不上拍，想想还是算了吧！"赵玉明说。

"不管怎么说，你站在过大学的讲台呀！"何劲松笑着说。

"这种事对'博士'来说早就已经司空见惯了！"赵玉明说。

"哎，你们说，'博士'这次是非走不可吗？"陆鸣说。

"傻呀，上边很多的事情谁说得清楚哇！"何劲松笑着说。

接着，三个人放低了声音，说一些新近热议的道听途说。

金鸿雁诊所的营业执照已经到手了，她在找开诊所合适的房子，围绕着西线医院周边临街的房子都炙手可热，专家门诊、营养品店、小吃店、鲜花礼品店、小百货店比比皆是，一时也没有出让的，这多少让人有些失望。

早晨，于小玲打来一个电话，说是看到一个出租的住宅，虽然不临街，看着还不错，不知道行不行？金鸿雁说那就看看吧！

住宅是临街第二排楼的一楼，三代户的住房，退而求其次，金鸿雁看着还行，于小玲笑着说："金大夫，酒好不怕巷子深哪！"

金鸿雁便下定决心打了窗玻璃上贴着的联系电话，说定了时间，一个老妇人跑过来开了门，金鸿雁进去看了看，屋里边挺整洁，里面有床、圈柜、衣柜、办公桌等几样家具，问了价格，低于心理，只是租住的时间不能少于一年，这也合了金鸿雁的想法，便下定了决心。说到签订租房协议，开门的老太婆只是个"拿钥匙的丫鬟"。

金鸿雁独自等了好一会儿，才见一个四十岁上下的男人匆匆赶来，金鸿雁看着有些面熟，一问姓氏，姓庄，金鸿雁猛然想起这人是庄雅娴的弟弟。听说相识，小庄说了姐姐在青岛那边的联系电话，屋里就有现成的电话，还有长途权。金鸿雁没有联系庄雅娴，她手里有庄雅娴的联系电话，庄雅娴之前还给她打过电话，小庄能代表签租房协议就先把房子租下来，小庄也乐于这样。房子里有现成的租房协议，签了字，一手交钱一手交钥匙，小庄乐呵呵地走了。

金鸿雁这时坐在客厅的单人沙发上，有梦一样的感觉，想想参加工作三十年了，从地方到油田，从下乡防疫到理疗，一直都为着党的卫生事业而奋斗，现在却早退了，还有机会成为一名个体户，不禁哑言失笑了，想起曾经做工商业者的老父亲，这个社会是怎么样变化的呀！

促成金鸿雁开诊所，和曾经的一些"遗尿症"患者介绍新患者有着某些关联，一些新患者或是慕名而来，她不能让人失望，没有个诊所肯定是不方便的。这些年里，她在内科、妇科、儿科都坐过诊，有些造诣。这下子好了，靓初之前说想读博士，兴隆也有意读研究生，苦于家庭条件不太宽裕，现在她可以给予他们经济上的支持了！庄雅娴多数时候是住在青岛的，那里的生活环境比王守起家威海的乡下要好得多，也很和庄雅娴的口味。王守起心里是有些别扭的，可是又没有办法，他要陪着自己的老父亲，这是不可避免的矛盾。

于小玲这时候走进来，四下里看看，笑着说："金大夫，真不错，我要是有机会我也早退，给你来打工！"

"玲子，我要是有事忙不过来，一时找不到人（护士），还真得你过来帮忙啊！"

"金大夫，你放心，那是一定的，你什么时候开业呀？"

"怎么也得刮一下大白，让屋里亮堂亮堂啊！"金鸿雁笑着说。

三十四

景誉拿到了一个较大的钻前工程，这是他的本事。

景誉是油二代，在油田里有三亲六故，这是很自然的事情。景誉要成长想进步，一定会使用这些关系的。崔长湖没有什么大惊小怪的，只是景誉让他出任这个工程的项目经理是他没有想到的，或是使用，或是不想让他总在眼前晃荡，管他呢？崔长湖也乐得规避，离开人家的视线范围了，眼不见，都不烦！这是他的感触。

沙石料材料供应商刘志是崔长湖遇上的。崔长湖和刘志原来有过一点点接触，收料、印证、签字，一站式的，没什么交集。那一天，为着这个新工程，崔长湖去石山一带的沙石料场看修路的沙石料。正是暮春时节，山上的桃花开得正旺，春风徐徐，草香流动，落英缤纷，崔长湖一伸手，粉白的落英就在手指间滑落，生长出一种愉悦的感觉，拓展了一天美好的心境。山丘路曲里拐弯，崔长湖是在第三个石料场看到刘志的。刘志当时正在仰头看头天晚上山上爆破的山皮石，这时回头，他们一照面，刘志马上想起了崔长湖，握手，问候，笑意写在脸上。说到目的，刘志眼里流露着渴望，忙着介绍自己料场的情况。日上中天，刘志忙引着崔长湖一行人下山，两辆车驶进了新开业的颇具规模的红河大酒店。

记忆中的刘志，最初是跟拖斗挂车抢板锹的装卸工，大约两年时间，刘志就开上自家的自卸车送沙石料了，好像又隔了二年，刘志就组合了一个六台车的货运车队，专给油田单位送各种沙石料，他则拎个包负责结算。这才二年的光景，竟成了这个石料场的大股东，这人真不能同日而语呀！崔长湖心里不由得有些感叹！

红河大酒店富丽堂皇，崔长湖和刘志闲谈时，项目部的十几个人已经被刘志的司机悉数接到。项目部今天初建，缺东少西，中午开伙有些困难。刘志想得周到，见过面没见过面的，菜吃得畅快，酒喝得尽兴，酒后，人们相扶着上了车，两台车把人送回了项目部驻地。

刘志邀崔长湖冲澡洗尘，顺便说说工程用料的事，崔长湖留了下来。

洗涤搓洗完去了包间，崔长湖喝着铁观音，神清气爽，刘志笑着说："崔大，知道你这几年没少辛苦哇！"

一句话碰到了崔长湖的软肋，崔长湖淡淡地说："什么都不说了，就那么回事吧！"

"崔大，现在这个时候，有钱啥都好使呀！"刘志笑着说。

"有钱？有什么钱哪？干我们这个的就是撑不着也饿不死！"崔长湖有些愤愤地说。

刘志哈哈哈大笑起来，说："崔大，我这个人是挣了钱大家花，有我的就有朋友的，没我的也有朋友的！"

"刘老板，这个我没想，钱这个东西够用就行！"

"崔大，你说什么叫够用啊？怎么才叫够用啊？"刘志笑着说。

崔长湖一时愣住了，是呀，刚刚就那么随口一说，这话在刘志的诘问下竟显得有些苍白干瘪了，便说："够生活呀！"

刘志这时笑着说："崔大，现在不是有句话嘛，说是'两手抓，两手都要硬'吗？"

崔长湖笑了，指指刘志，心说你一个土包子，这话让你这样给用了，还是说："刘老板很有见地呀！"

"崔大，咱们这次如果能够合作，我肯定会让你满意的！"刘志单刀直入地说道。

"好哇，那我就拭目以待了！"崔长湖说。

崔长湖接手的工程项目没有什么复杂性，一条新建的沙石路，宽度、厚度设计图纸上标得清清楚楚，收料检尺是工程的关键环节，崔长湖带的人齐全，完全可以做好，用不着他操太大的心。崔长湖关心的是工程的进度，提前完成工程任务是他一贯的工作作风，也是油田建设的要求。他对生产进度进行了倒排，每天早晚都到施工现场看一遍，用料和进度都在心里装着。

工程提前完工，景誉带着投资方前来验收，一次检验合格，景誉喜笑颜开。

工程结算，沙石料总量严重超额，这大大出乎崔长湖的预想，谁掰着脚指头算都不会是这个结果的。他把材料主管施伟叫来臭骂了一顿，施伟有些灰头土脸，支支吾吾地说："经理，或许哪里失误了，我再好好核查一遍吧！"

晚上，刘志约崔长湖吃饭，席间，就他们两个人了，刘志说起沙石料的事情，笑着说："崔大，施伟也不容易，你就不要责怪他了，沙石料超标主要是我的意思，我是想给你弄一些活动经费！"

"活动经费？我要活动经费干什么？"崔长湖看着刘志说。

"崔哥，靠实干进步的时代已经过去了，这年头没有钱能办成事吗？你要是想进步，想要往上走，不烧香肯定是不行的，景誉那么年轻，那么努力，肯定是要向上走的，难道你就不想坐上他现在的位子吗？"刘志盯着崔长湖说。

"刘老板，你许诺施伟什么啦？"

"崔哥，施伟你放心，他在你面前敢有什么胃口哇，也就是抽几盒烟的事！"

"刘老板，我这里你也不用考虑了，沙石料该多少就多少，不然，以后咱们就没有合作的机会了！"崔长湖沉着脸说。

"崔哥，我明白了，就按你的意思办，咱们已经是哥们了，有什么需要的地方，我会全力支持你的！"刘志信誓旦旦地说。

崔长湖在生产会上汇报项目经营情况时，从景誉的眼睛里看出一丝不满来，只是景誉没有动声色，这让崔长湖心生敬畏，那是一种被抓住小辫子的心照不宣。崔长湖把曾经的锋芒收敛了起来，景誉肯定是要走的，单位的经营业绩不错，而且还在积极地努力，景誉需要和谐的政治局面，自己该帮助创造，这于人于己都是有益的。

崔长湖踌躇了一些日子，那天终于下定决心拜见了高睿，包里装了两盒上好的咖啡。高睿从文件上抬起头，咖啡飘出浓郁的香气，见是崔长湖，舍下了文件，坐到沙发上说话。高睿的大背头梳理得一丝不苟，精神更加矍铄，崔长湖笑着说："高总的气色真好哇！"

"小崔，你现在怎么样啊？"高睿笑着说。

"马马虎虎！"

"这是什么话呀，好就是好，不好就是不好，你不是参加党校干训班学习了吗？"

"是，高总！"崔长湖说，然后把目前的情况说了一下。

"你们公司经理是辛茂吧？我们是大学校友，什么时候我给他打个电话，有什么事你可以直接去找他！"

"太谢谢高总了！"崔长湖有些惊喜地说。

"辛茂这人我知道，之前他是搞钻井的，能到你们公司坐上经理的位子也是经过多方面努力的！"高睿说得有些意味。

"高总，我明白！"崔长湖立刻说。

"小崔，你明白就好哇！"

崔长湖从高睿那里出来，一半欢喜一半愁，欢喜的是辛茂这个线头算是有人帮着接上了，愁的是自己怎么去见辛茂，总不能两手空空吧？一段时间里，他耳闻了辛茂到单位以后的种种，现在油田使用干部的原则说是"个人申请干，群众拥护干，组织批准干"了，有个科级单位拟聘用一名副科级干部，群众拥护的是一匹"黑马"，组织部门汇报到主要领导那里，被辛茂一票就给否决了，理由是群众的信任度没有超过百分之七十，可组织部文件的规定明明写着超过百分之六十就可以呀。崔长湖想如果要做就一不做二不休，事情就得一步到位，关于银两的缺乏他立刻想到了刘志。刘志认他这个潜力股，毫不犹豫地表示了大力支持。可崔长湖不想和刘志不清不白的，他坚持给刘志打了借条。

金鸿雁诊所开业后，只有最初一段时间的清静，接着就忙得有些不可开交了！

前几天，靓初和未婚夫郑和平回来，靓初说了两件事，一件是靓初研究生毕业，应招进部队的一个研究所工作；一件是靓初他们拟定了结婚的日期，想听听父母的意见。赵玉明、金鸿雁早就盼着这个日子，送上的是满满的祝福。靓初对母亲开诊所是持有不同意见的，她希望母亲早退后能好好地享受生活。金鸿雁笑着说，兴隆这就毕业工作了，工作了就要谈恋爱，谈恋爱就要结婚，结婚就要有房子，油田马上实行房屋产权改革了，家里购置了现有的住房，仅有的积蓄都用完了，兴隆结婚购房怎么办？靓初只能说："妈，我就是希望你和我爸不要太累了，有什么问题我们一起来解决！"

"乖女儿，放心吧，我最初也想为了你们能继续读书才做的，现在已经轻松很多了！"金鸿雁笑着说。

兴隆考研落榜，决定回来工作，一切都还顺利。尽管油田就业形势早就有些紧张了，为了矿区的稳定，油田还是通过地方政府以劳务用工方式接收一些油田子女就业，对于大学毕业生一直都是接收的。要不兴隆回油田就业也是没有问题的，金鸿雁的早退有一项优惠政策，家里一名子女是可以顶替入职的。

赵兴隆被分配在钻井公司动力大队做安全员。兴隆的业余爱好是摄影，摄影就要买胶卷和洗片，这是个有些烧钱的行当，兴隆知道节制，他想等到做关涉摄影工作时再大展拳脚，他开始向这方面努力。赵玉明有一天突然说："兴隆，你姐就要结婚了，你的女朋友怎么样啦？"

"爸，不急，等有了自然会带回来见你们的！"赵兴隆笑着说。

一位年轻有为刚刚声名鹊起的采油厂厂长因套现六百万被通报免职，集体违纪，连累了其他副职！诊所成为消息中心，来挂水的人闲着无事，不免会发布这样或那样的消息。是呀，从宣布油田改革开始，什么试采油招标，兴办第三产业，精简机关机构和人员，职工提前退岗，住房制度改革，医疗制度改革，改革措施办法一项接着一项，轰轰烈烈的，接着，就有问题出现，针对出现的问题，完善制度，加强监管！这时的国际油价开始有回升的趋势，以改革促增产，年产目标要上一千五百万吨，还要稳产十年，有人说不可能，有人说有目标就有追求。金鸿雁这一批早退了七八千人，少了这么多人，油田可以轻装上阵啦？听着议论，金鸿雁坐在诊桌前想着这些事情。

门开了，一个花白头颅从门帘中探进来，是周大叔，金鸿雁忙起身招呼着，周大叔手里提着一只白色编织条的篮子，里边装着鸡蛋和鸭蛋。金鸿雁笑着说："周大叔，好久不见了，您怎么找来的？"

"是小艾医生告诉我的！"周大叔笑着说。

"大叔，您快坐着歇会儿吧！"

周大叔坐在黑人造革面的条椅上，金鸿雁倒了一杯水，周大叔拿在手里，看看说："金大夫，好好的，怎么不在医院干啦？"

周大叔还是春节前送大米时来了医院一趟，他和油田人接触得不多，对油田风起云涌的改革知道得更少，所谓事不关己，高高挂起，金鸿雁就简要说明了一下自己的情况。

一个患者滴完了水，金鸿雁过去拔了针，回来坐下，周大叔的面部容貌变化不大，许是舒心的关系，金鸿雁说："大婶好吧！"

"好着呢！"

"周勇上学呢？"

"高一住校了！"

"这日子过得可真快呀！"

"可不是嘛！"

"周志国的原油运输搞得不错吧？"

"托好政策的福哇，好是挺好的，就是不消停，这不又开始折腾了嘛！"

"周志国又搞新项目啦？"

"可不是嘛，他在王家屯北边买了一块地，说是要建一个化工厂，这可真不够他折腾的了！"

"周志国还是有那个能力，您老就享您的清福吧！"

"金大夫，你说得是这个理，可我还是有些担心哪！"

"大叔，现在政策上允许，您就放心吧，您大孙子周闯干什么呢？"

"闯儿学的是工民建，毕业就分到了市规划设计院了，这几年也没见他怎么好好上班，和他爸一样，也是喜欢瞎折腾！"周大叔有些担忧地说。

"那就跟着他爸一块干呗，现在倡导大力建设民营企业！"

"金大夫，不会的，周闯有着自己的想法，他这一次想承揽志国这个新建化工厂的基建工程！"

"这也不错嘛！"

"志国还没有答应，说是还要再想一想！"周大叔说着，叹了一口气。

"大叔，你还有什么为难的事啊？"

周大叔看了一眼里面挂水的人，压低了声音说："周霓找来了！"

"周霓？大叔，谁是周霓呀？"

"志国和省城那个女人生的闺女!"金鸿雁点点头,周大叔说,"这闺女中专毕业,找个工作不理想,不想干就跑过来了!"

"她妈还一个人哪?"

"早就再婚了,又生了一个闺女!"

"周霓过来干什么呀?"

"想要志国给拿些钱,回省城自己开店,志国不同意,要她先工作,积累一定的工作经验再说,周霓就有些不太高兴了!"

"高四新呢?"

"她不参与意见,让志国自己决定,志国让周霓去运输公司学做财务!"

"周霓呢?"

"最初不想干,回了省城,没几天又回来了,现在住在农场里,去运输公司学记账了!"

"你喜欢吗?"

"自己的孙女,又就这一个!"周大叔笑着说。

这时,一个年轻女人领着一个五六岁的小男孩进来,拿着一张骶椎 X 光片,周大叔立刻起身笑着说:"金大夫,在你这半天了,我走了!"

"大叔,您慢走哇!"金鸿雁送到门外说。

周大叔摆了一下手,骑上自行车,身影消失在楼的拐角处。

金鸿雁看了 X 光片子,说:"骶椎没有问题,治疗需要一周!"

"金大夫,什么时候开始呀?"年轻女人说。

金鸿雁翻看了一下记录,说:"后天吧!"

"那好,金大夫,后天见!"年轻女人说。

不是特殊情况,金鸿雁尽量把患者治疗时间铺排开,保证时间的充裕和治疗的质量。

金鸿雁送走上午点水的最后一个患者,看了一眼墙上的石英钟,换了衣服,进了厨房,蒸锅点火把馒头馏上,洗那捆早晨买的小白菜。诊所开业以后,金鸿雁发现中午回家吃午饭总有些不方便的时候,最后和赵玉明商议,家里的午餐就在诊所里解决。

赵玉明进来,手里拎着一块豆腐,看看金鸿雁,说:"你歇着,我来吧!"

"不用了,这就好了!"

赵玉明出来,坐在条椅上,把带回来的旧报纸整理好,夹到报夹上。金鸿雁开始盛菜,赵玉明把靠墙的折叠方桌支起来,抬头看看墙上的石英钟,说:"兴隆怎么还没有回来?"

"许是有什么事耽误了,不回来吃饭他会打电话的!"金鸿雁放好菜碗说。

金鸿雁拿来碗筷，坐了下来，赵玉明说："兴隆对象的事情是什么情况啊?"

"谁知道哇，一说这个事情他就打哈哈!"金鸿雁说。

"我看着陆淼挺好的，何劲松给递了话，陆鸣也有这个意思，你和兴隆说说吧!"

"行啊!"金鸿雁说。

"我回来了!"随着声音，赵兴隆走了进来。

"兴隆，今天怎么这么晚哪?"赵玉明说。

"大队书记找着谈话，要调整我的工作岗位!"

"兴隆，洗手吃饭吧!"金鸿雁捡出馒头说。

"好的，妈!"赵兴隆洗了手坐下来。

动力大队的政工组组长退休了，大队重新设定岗位，大队书记想要兴隆做宣传和青年工作。之前，兴隆时常帮助政工组组长做一些政工口的工作，得到领导的充分肯定和一些好评。兴隆看看赵玉明，赵玉明说："工作还是要自己喜欢，你学的是理科，现在从事政工岗位肯定是有一些短板的，当然，你还年轻，通过学习完全可以弥补，工作岗位是人生的大事，这个事你还是自己决定吧!"

"爸，我知道了!"兴隆点头说。

"兴隆，有个事问你!"金鸿雁说。

"妈，你说!"

"你的个人问题到底怎么样啦?"

"暂时保密!"兴隆笑着说。

"你保密保到什么时候哇?你何叔给你提陆淼了，我们觉得挺好的，你觉得呢?"

"妈，开什么玩笑，陆淼看好的是何聪和何明!"兴隆笑着说。

"乱说，小时候在一块儿玩是一回事，恋爱结婚又是一回事，何聪已经恋爱了，马上就要结婚了!"金鸿雁说。

"还有何明呢!"

"何明现在在上海读研，根本不会回来就业的，也没听说他们现在有什么联系呀!"金鸿雁说。

"那就不知道了，反正陆淼没我什么事啊!"赵兴隆笑着说。

"怎么会，要不怎么会给你提?兴隆，你考虑一下呀，个人问题一定要抓紧!"金鸿雁将收拾的碗筷放进水池说。

"妈，知道了!你歇会儿，我来吧!"兴隆说。

"也好!"金鸿雁洗手说。

"我先回家睡会儿去了!"赵玉明起身说。

"别忘记盖上点啊!"金鸿雁叮嘱着。

"放心吧!"赵玉明说着走了出去。

流水冲洗着碗筷，兴隆想到陆淼不由得笑了。陆淼从小就和他们在一块儿玩，她更愿意跟何聪、何明在一块儿，何聪也乐于保护她，只是陆淼去读了小中专，大家的联系明显少了。兴隆和何明、盼盼一起读的高中，刘成功到来和他们分在一个班里，兴隆和盼盼的来往要多一些，特别是去省城读了大学，兴隆常常去音乐学院找盼盼，他们时常在省城的大街小巷里游走，那是一段非常美好的时光，兴隆很多底片上都有盼盼的影子。盼盼毕业读研了，他回了下辽河，这注定了他们的分别？兴隆有时候会给盼盼打个电话，说的是翻来覆去那几句干巴巴的话语。分配工作时，兴隆在油田人才交流中心遇到了刘成功，刘成功没有考研，被分配到西苇采油厂，说是去西苇西矿当了一名技术员，那个叫李慧琳的女生在西苇采油厂财务科工作，他们一定会结婚的！兴隆把洗好的碗筷放进了碗橱里，然后说："妈，没事我走了！"

　　"兴隆，你走得这么早哇？"

　　"下午工作要交接，我先过去收拾一下！"

　　和赵兴隆谈话的大队书记叫张力群，说是从114井队指导员岗位提拔上来的。张力群实际上是副书记，因为书记被大队长一肩挑了，张力群主管政工这一路工作，大家还是叫他书记，他刚坐上副书记，书记应该是早晚的事。新官上任，张力群要开拓政工工作的新局面，就要选贤任能，是政工组长推荐的赵兴隆。赵兴隆喜欢宣传和青年工作，他感觉这个工作比安全工作更有亲和力，他可以名正言顺地摄影，一些作品可以在报刊上登载，算上稿数量，优秀的作品还可以拿去参赛。当然，文字目前是他的短板，他得加强学习，努力补上这一课。

三十五

　　何聪在实习饭店见证了何劲松和徐天亮的见面会，这是目前西线最高规格就餐的地方。

　　从心里说，何劲松确实给人见过大世面的感觉，他的谈吐行云流水、自然得体，尊敬了曾经的老领导——未来的亲家，自己的身价也随之升高，这是在场的人都看得清清楚楚的。那天参加见面会的有徐岚的母亲，徐岚的两个哥哥、嫂子，这边是白雪梅和何琼、任志成。相比之下，白雪梅有些拘束，许是何劲松的自如制造了白雪梅的高冷，但一点也没有影响见面会热烈友好的气氛。何聪这时候从心里承认父亲何劲松的魅力，这是需要他好好学习的。见面会主要议题是商议何聪和徐岚的婚期和婚事，也谈论了其他一些事项。

　　何聪目前不得不面对一个极其现实的问题，他的"飞翔"地毯厂已经飞不动了！

　　刚刚两年的时间，"飞翔"地毯厂的合作单位收回了成本就不再回收产品了，说是对外销售渠道不畅！地毯厂生产的那么多的产品堆积在库房里，这可如何是好哇？按照公司经理辛茂最新指示，地毯厂的人员要走出去，自力更生跑市场，拓宽渠道搞销售，石油工人一声吼，地球都能抖三抖！石油工人雄心大，任何困难都不怕！没有这样一种工作精神还是石油工人吗？何聪得了令立刻带上几个人出去跑。

曾经在油田报纸上高调宣传的出口欧美，畅销中东，北京、上海、广州等大城市卖得火热的"飞翔"地毯这时候竟然无人问津，他们又跑了一些省会的城市，全都是无功而返。何聪这时候才知道销售是一门很大的学问，市场有着特别的魔力，受多种因素影响，不是你想一下子就可以插足进去的。跑过了市场才知道，他们的"飞翔"地毯在质量、价格上没有什么特殊的优势，他们最后只能寄希望于本地市场，特别是油田市场。油田一直在盖住宅楼，石油工人一直都在改变居住环境，那就应该改变生活质量啊，地毯在家庭生活质量上具有重要的象征意义！西线及周边的一些大小商场倒是同意将他们的产品摆在柜台上，或挂在墙面上展销，可真正问津的人却寥寥无几，眼见着鲜亮的地毯日益蒙了尘。

"飞翔"地毯厂彻底停止了飞翔，产品放在库房里会被鼠嗑虫咬，这样损失就大了！公司马上有精英人士建议说，从公司招待所、领导的办公室场所、会议室做起，铺在脚下也强于鼠嗑虫咬，还能提高公司招待场所和领导办公场所的档次，又能消灭地毯厂的赤字，何乐而不为呢？高！实在是高！

何聪向何处去？之前，何劲松就问过何聪这个问题，那时是有发展机遇的，何聪的地毯厂刚刚飞翔，他不能三心二意，他得往前走。现在他想到了父亲，他去广州交易会跑销售时在深圳落了一下脚，堂哥在父亲那里发展得还不错，虽然经历了一些磨难，也看到了商机和发展的希望。父亲说何聪可以先过来试试水！何聪回来和徐岚说，徐岚心里不愿意，只是没好意思说出来。何聪是从徐岚眼睛里看出来的，他还没有到了最危机的时刻，想想也就作罢了！

"都说'不听老人言，吃亏在眼前'，老兄，你忙叨了两年，白扯了吧？"郝国印仰在椅子上有些哂笑着说。

何聪吸溜了一口酒，瞄了郝国印一眼，说："话也不能这样说，起码我收获了一箩筐的经验，这也是不可多得的财富哇！"

"你说的都是看不见摸不着的东西，你就说说你现在怎么办吧？"

"我还没想好！"

"就知道你会这样说，想什么呀？有什么可想的？老丈人是现成的路子，趁他还在位子上，你还是抓紧调回西线，安排一个好些的岗位得了！"郝国印直言道。

何聪看了一眼徐岚，徐岚也是这个想法，和何聪说过何聪没有同意。何聪不喜欢这个路子，徐天亮如果想调他过来应该是没有什么大问题的，安排好一点的岗位也不会有太大的障碍，关键是徐天亮有些正统，何聪第一次见面就看出来了，这是徐天亮不太想办的事情，何聪不想当这个"二皮脸"，这有些太伤自尊。徐岚说这个你就不用管了！何聪不能不管，徐天亮如果不在岗位上了，那个时候一切不是还得靠自己吗？这时候便笑着说："哥们还没有到山穷水尽的地步！"

"别说没用的，你就说你到底是怎么想的吧？"郝国印直言。

"还在单位里干呗！"

"你干什么呀？就守着那个烂摊子？"

"这个嘛，天机不可泄露！"

"何聪，没事你就神道吧，没人稀得管你的破事！"

"谢了，喝酒！喝酒！"何聪举杯笑着说。

宋光坐在办公室里喝着茶，神情有些郁闷，他就是崔长湖听说的那匹"黑马"。竞聘结果出来，高光时刻的宋光欢天喜地的，可在最后的时候竟然跛了脚，这一切都来自公司经理辛茂，新干部使用原则不是"个人申请干，群众拥护干，组织批准干"吗？辛茂一个人就代表了组织，具有一票否决这个的权力。有消息灵通人士透露，人家要提拔的就不是你，是参与竞聘人之一，你有什么可抱怨的，怨也只能怨你自己，你有这个想法了，之前为什么不做好工作？辛茂认识你是谁呀，都不知道你是谁你就想上位？此风是万万不能长的，要不还不乱了"规矩"嘛！听了这个话，宋光有些懊悔，自己三十六拜都拜了，怎么也不差这关键的一哆嗦呀？他拍了一下脑袋，还是自己年轻见识浅哪！

"师傅！"何聪推门进来，两盒"大红袍"放在桌上。

"何聪，你最近忙什么呢？"宋光说。

"厂子的账目刚交接完，眼前没什么事了！"

"以后怎么办哪？"

"领导没说我也没有问！"

"你有什么打算哪？"

"暂时还没有！"

"要早做打算，不然就被动了，要不你回来，我跟中心老大说说，回来做个车间副主任吧？"

"谢谢师傅，能回来当然可以了！"何聪笑着说。

"当初你就不该去揭那个榜，白白忙乎了两年！"宋光有些埋怨的口吻说。

何聪笑了笑，说："师傅，你的事我听说了，现在怎么样啊？"

"还能这样，没戏了！"宋光一丝丝叹息说。

"师傅，怎么会这样？"

"要怪也只能怪咱自己，一切都在变，我把最关键的环节给忽略了！"宋光把消息灵通人士的话说了一遍。

"师傅，就没有什么补救的办法啦？"何聪瞪大眼睛看着宋光。

"那还补救什么，算了，我自认倒霉了，就当个教训吧！"

"师傅，你这可有点太亏了！"何聪有些凝神地说。

"这也是没办法的事，你中午没事吧，一起整点啊？"何聪一时没有反应，宋光继续说，"哎，何聪，想什么呢？"

何聪回过神儿来，笑着说："好哇，师傅，我来请！"

"不用你，走！"

何聪一直在思考，从来就没有什么救世主，也不靠神仙皇帝，一切都得靠咱自己！他揭榜"飞翔"地毯厂绝对没有错，不然他的身份能得以顺利转变吗？现在，按照相关规定要求，他得留在公司的附属企业单位里继续工作。他看了一下，公司所有的附属企业网点都是维持现状，都在靠主业的恩赐吃饭，他留在那里实在是没有多大的意义。按照宋光的说法，他能回原车间也可以，如果有更好的选择，他还是不想回去，好马不吃回头草！和宋光的谈话给他的眼前开了一扇窗，他应该去拜见一下公司经理辛茂，首先听听辛茂的意见，"飞翔"地毯厂开业时，辛茂可是兴高采烈地握着亮闪闪剪刀剪断大红彩球的人，还即兴讲了一番慷慨激昂的话语，宣传部带特写图片报道的那张报纸何聪还珍藏在办公桌里边！

何聪的工作一时还没有什么音讯。早晨，他从还在栖身的地毯厂厂长办公室里出来，去了东线街里一个新开的"于楼馅饼"小吃部吃了早餐，然后，溜溜达达不知不觉地就转到了宋光的办公室。宋光看到他笑着说："哎，我说你小子可以呀！"

"怎么啦，师傅？"何聪一头雾水地说。

"你还不知道哇？"

"知道什么呀，师傅？"

"我们老大去组干科商议调用你的事，组干科谌科长说你的工作已经安排了！"

"是吗？师傅，我真的不知道！"

"那你还不赶紧看看去，组干科说不定找你都找冒烟了！"

"好，师傅，谢谢呀，那我先走了！"何聪说了一声，匆匆地向外走，他的脚像踩在辛茂办公室的地毯上，有一种很柔的感觉。

"何聪，你这一大早晨跑哪去了，打办公室电话也没人接？"谌科长看到何聪就说。

"科长，实在不好意思，我去街里吃早饭顺便办了点事！"何聪谦恭地笑着说。

"何聪，给你介绍，这位是路基处的崔副大崔长湖！"谌科长指指旁边条椅上坐着的人说。

"崔大好，久仰！久仰！"何聪忙伸手笑着说。

崔长湖的手只是搭了搭，有些淡淡地说："你好！"

"何聪，你到路基二队任指导员，文马上能下去，崔副大专门接你过去的！"谌科长说。

"谢谢科长！谢谢崔大！"何聪立刻说。

"这是公司经理的指示，景誉大队长的安排，和我没有什么关系！"谌科长摆了一下手说。

何聪听出了谌科长的不满，人家是团政委出身，都说是出思路出材料的一把好手，便说："科长，那也得谢谢您！"

"何聪，到了好好工作呀！"谌科长笑着说。

"是，首长！"何聪行了一个军人标准的军礼。

"科长，没什么事我们走了！"崔长湖笑着说。

景誉在公司团委当书记时，何聪是有一些熟悉的。那时候何聪是车间团支部书记，曾被评选过公司年度新长征突击手，受过公司团委的表彰；景誉和徐岚的大哥还是中学同学，关于景誉下路基处任职是辛茂安排的，直接顶了崔长湖的位子，这一点何聪是有些耳闻的。景誉是油二代，父母只是一般干部，可还有亲戚朋友，这是崔长湖所不具备的。不过，崔长湖刚刚下文任命常务副大括号正科了，这也说明崔长湖和辛茂的关系在近期发生了一些质的变化。都说人怕见面树怕扒皮，一切的一切都说明何聪主动去拜见辛茂是完全正确的，这是何聪感到欣慰的地方。可上车以后，坐在副驾驶位子上的崔长湖的脸一直沉着。"是故作高深，还是崔长湖和景誉之间有什么？是崔长湖把我当景誉的人啦？这也是没办法的事，所谓路遥知马力，日久见人心，事在人为，我首先要先做好自己呀！"

应西苇采油厂的邀请，赵玉明去检查、指导这个厂档案升级管理工作。

赵玉明在西苇采油厂档案室办公楼前下了吉普车，档案室主任裴多思已经在楼门口迎候等待了，两人握了手，裴多思说："赵馆长，辛苦了，给我吧！"忙从赵玉明手里接过一捆石油档案管理的专著。

这时候，刘辉从办公楼的楼门里疾步蹿出来了，刚好和赵玉明碰了个照面，刘辉当时就是一愣，立刻回过身来，有些惊喜地拉住赵玉明的手，笑着说："'领导'，你怎么来啦？"

"看看你们厂档案升级管理工作，你这是急着出去呀？"赵玉明说。

"可不嘛，征地有个急件要办！"刘辉明显有些为难。

"忙你就赶紧走吧！"赵玉明说。

"'领导'，实在不好意思呀，约好了，我这个事真的有点急！"刘辉极力强调说。

"你快去吧，咱们没说的呀！"赵玉明说。

"'领导'，你可等着我呀！我尽快赶回来，晚上，晚上我请你喝酒哇！"刘辉拉开吉普车门，然后指向裴多思说："小裴子，你一定要把'领导'给我留下来，晚上你作陪呀！"

"好的，刘调，一定！"裴多思笑着说。

裴多思四十出头，中等个，略胖，笑呵呵的一张脸，这时说："赵馆长，里面请吧！"

赵玉明随着裴多思进了一楼的主任办公室。裴多思的办公室里挂着一幅裱好的字"难得糊涂"，字有些郑板桥的意思。赵玉明凑近看了一下落款，是裴多思的手书，不由得赞誉说："裴主任的字不错呀！"

"赵馆长过奖了，写着玩的！"裴多思立刻谦虚地说。

"我是实事求是！"

"谢谢！谢谢！"裴多思笑着说，这是基础，很快拉近了两人的距离，裴多思是学历史的，喜欢书法是家的传承，工作之余还喜欢鼓捣些文字，和西苇本地的一帮文友们唱和，组织了一个叫"春蕾"的文学社，声名近播，任个秘书长。裴多思之前在采油厂学校为人师表，因厂办需要秘书被选调出来，他目前的职位是一枪俩眼，厂办副主任兼档案室主任。

"赵馆长，实在不好意思呀，本来李敢李书记定的接待你的，今天局里临时召开厂处领导班子会议，厂领导都去了西线，李书记给你办公室打过电话，只能由我来接待你了！"裴多思笑着说。

局里临时召开厂处级领导班子会议赵玉明是知道的，他来时听小车司机说过，就笑着说："裴主任，这样多好哇，大家都轻松啊！"

"赵馆长，您的书款和课时费！"裴多思拿出一个信封说。

"谢谢了！"赵玉明说，"那咱们就开始吧！"

"好哇！"

赵玉明随着裴多思去了旁边的小会议室，会议室里坐着十几个人，裴多思把赵玉明带来的石油档案专著发给在场的人，然后做了隆重的介绍，赢得热烈的掌声。赵玉明可以了，能成为新北方大学的客座教授那就更可以的，时间有限，授课采取座谈的形式，在工作中有什么问题现场提出来，大家一起探讨，探讨在友好热烈的气氛中进行，时间就进行得很快。

中午，在招待所餐厅用餐，一位在家值班的刘副厂长从外边赶回来陪餐，说是按李敢李书记的指示办事。

餐后，裴多思送赵玉明去招待所休息，房间是二人间，赵玉明说："裴主任，你也在这里休息吧！"

"也好!"裴多思说,两个人便歪在床上说话,话题很快转到刘辉身上。裴多思在厂机关是小字辈,刘辉当值班调度时经常板着个脸,跟他报车你得赔着十二分的小心,很怕哪句话说错了就会挨他一顿剋,后来当上"土地老"就不一样了,坐上了专车,脸上也有笑模样,对人的态度也和蔼多了。刘辉是与地方和政府部门打交道的,征地付款,人家求着他,很是吃香喝辣的,挺令人艳慕;刘辉的媳妇贺桂文这几年弄得也不错,承包了家属站的服装厂,经营有道,效益不错,银子肯定也赚着了;刘辉的大儿子做采油工,在一个采油站当站长;刘辉的小儿子刘成功,那可真是个好孩子,要个头有个头,要模样有模样,稳稳当当的,不笑不说话,大学毕业本来能安排在厂机关工作,可人家偏偏申请到最偏远的西矿采油队上工作,参加工作时间不长就有非常突出的表现,被厂团委树为青年标兵!赵玉明听说李敢马上就要调局机关工作了,不知道今后刘成功没有了"泰山之力"会怎么样?裴多思笑着说:"吴厂长是李书记一手培养上来的!"

　　"这么说他们已经是儿女亲家啦?"赵玉明说。

　　"基本上吧,李书记的闺女李慧琳在厂财务科工作,刘成功从西矿回来了,他们就出双入对的,刘成功时间长不回来,李慧琳就会跑到西矿去看望,都说他们感情好着呢!"

　　按照工作安排,下午赵玉明继续授课座谈,档案管理的工作人员没有什么新问题,人就散去得早一些,赵玉明就去了裴多思办公室,两个人继续随便交流。刘辉这时候匆匆地推门进来了,看到赵玉明在,舒了一口酒气,笑着说:"'领导',我可是紧赶慢赶才赶回来的呀!"

　　"你急什么呀,有事你忙你的!"赵玉明笑着说。

　　"那行了,'领导'你可算来到我这一亩三分地上了,我怎么敢怠慢哪!"刘辉说得很仗义。

　　"行啊,刘辉,豪情万丈啊,又不是以后不见面了!"赵玉明说。

　　"以后是以后,'领导',刚刚那边一大桌子的人我可都给放下了!"刘辉说。

　　"谢谢了!"

　　"'领导',咱们客气什么呀!小裴子,你的工作先到这里呀,我请'领导'去我屋里坐一会儿,咱们下班的时间准时出发呀!"

　　"行,刘调。晚上我就不去了!"裴多思笑着说。

　　"你敢,看不到你,看我不追你家里才怪呢!"刘辉眼睛一瞪笑着说。

　　"好,刘调,那我就恭敬不如从命了!"裴多思笑着拱拱手说。

　　赵玉明随刘辉上到二楼的办公室,刘辉忙着泡茶,不知道是吃香的喝辣的使然,还是心宽体胖,刘辉更加富态了,脸上有光,腰身粗出一倍来,赵玉明说:"'疙瘩',你这家伙弄得可以呀!"

"还行吧，也就是混个吃喝！"

"我是说你们家呀！"

"还行吧！"刘辉露出满足的笑容。刘成乐和江艳菊恋爱后稳当多了，先是当了站长，后来考上了工人技师，说是还要考高级技师，江艳菊同意登记结婚，贺桂文的心才放了下来；说到刘成功，刘辉有些神采飞扬，这才刚参加工作就成为厂青年标兵，一定有着不可限量的意味啊！

"还是未来老丈人好哇！"赵玉明笑着说。

"'领导'，真的不是，成功个人很努力的，就说早春那一场大雪吧，他是临危受命，主动带着站里的工人在采油站上坚持了三天三夜，脸都有些冻秃噜皮了，把我和桂文心疼得呀！"刘辉强调说。

"'疙瘩'，跟你开玩笑呢！"赵玉明立刻说。

"'领导'，知道你是开玩笑的，哎，到点了，走，咱们下楼吧！"

"'疙瘩'，算了吧，简单点，咱们就在招待所吧！"赵玉明说。

"招待所有啥吃头哇，我都吃腻了，我已经安排好了，咱们去'小香港'，来点特色的！"刘辉有些眉飞色舞地说。

"什么'小香港'，在哪儿啊？"赵玉明说。

"'领导'孤陋寡闻了不是，到了你就知道了！"刘辉笑着说。

吉普车在西苇采油厂油田南北主干线上行驶着，路边闪过支线路蓝色指示牌，赵玉明看到指示牌上支线路的名称，想起了十几年前在西斜坡会战时的情形。那时候，这里是条新修的烂泥路，夏季里经常陷车。刚刚过去那个路口就是小道子，里边是最早的前线指挥部驻地，元旦那个晚上，幸好天然气接通了，他们才吃上了饺子；三支线这个路口是他受林胜平的委托，走进去找的106队，找到见习技术员冯喆，问SG古一井古潜山的钻探情况，冯喆当时紧张得要命，脸色有些惨白；刚刚过去的这个丁字路口，是进驻西苇前的前线指挥部的驻地，王志义曾到这个驻地的帐篷里看过他，不久之后就牺牲了！这些刘辉当然不知道，他没有经历就没有什么共鸣，只是哼哈地答应着，还不如开车的司机孙兴，对有些地方还能说出个一二三来，忆往昔峥嵘岁月稠！

"小香港"距西苇采油厂驻地有一些距离，是坐落在省级公路干道上西苇镇的别称。夜幕刚刚有些低垂，西苇镇道路两边二层小楼酒店的霓虹灯便迫不及待地闪烁了起来。吉普车开进一家叫"勿忘我"酒楼的后院，院子里一个灯杆上的灯光有些昏黄，院子底处有一排平房，几台大货车停在前面，有人影之间出入和晃动。

刘辉下了吉普车喊了声"走哇！"便晃着膀子在前边开路。

从三层酒店的后门进了厅堂，径直上了酒店的二楼，拐进一个包间，包间里灯光明亮，里面非常宽敞，几个人坐在东墙边的一组沙发上打扑克——"开八"，讲着刚刚有人被"翻抠"的事，见到刘辉进来，有人就说："大哥，你也太不够意思了，中午怎么没影了？"

"我不是跟你们说过我今天有贵客吗，我'领导'到我的地面上了，我敢怠慢吗？来，给你们介绍哇！"刘辉笑着嚷着，那几个人听了，忙扔了扑克，全都站起身来。

赵玉明和鱼王村的周书记、东皮分场的钱场长、土地办的孙助理、办公室的何主任依次握了手，然后被推上了主宾的位子。司机孙兴忙着张罗上茶，大家坐下说话，说话多的还是刘辉，他两边的人都熟，适合通吃。赵玉明看看眼前的餐桌，桌面显得有些空旷，这张桌子坐二十个人都没有问题。赵玉明看看裴多思，又看看刘辉，刘辉似乎明白，只是笑了笑，说："人都齐了，上菜吧！"

孙兴听了，忙到房门口喊了一嗓子。

一会儿，几个女服务员端着盘子次第上来，向桌上摆菜，刘辉立刻说："你们都哑巴了，怎么连个菜名都不报哇！"

一个女服务员笑了一下，指着菜肴，什么野鸭、野鸡、鹌鹑、海飞蟹、河蟹、虾爬子、踏板鱼、黑鱼……报了一通，菜肴摆了满满一大桌子。

赵玉明捅了刘辉一下，悄声说："这么多吃得完吗？"

"都是特色菜，'领导'来了就尝尝，反正也不用我消费！"刘辉笑着悄声说。

"那也太多了！"赵玉明说。

"'领导'，这个你就别管了！"

刘辉起身开杯："我的'领导'光临西苇，我不胜荣幸！"刘辉看来在这样的场合历练久了，酒桌上的话说得也挺溜，符合"士别三日，当刮目相看"之理，接着是何主任举杯致辞。酒过三巡，菜过五味，酒桌上的气氛明显高涨，刘辉立刻吆喝："来，来，来，起来呀！唱起来、跳起来呀！"

刘辉说："'领导'，唱歌还是跳舞哇？"

"我坐一会儿就行了！"赵玉明摆手说。

早晨，裴多思早早地过来陪着赵玉明去招待所餐厅吃早餐，赵玉明注意到裴多思的脸上有一道抓痕，裴多思摸了一下，笑着说："赵馆长，我昨天晚上喝得有点高了！"

"现在怎么样啊？"

"好多了，赵馆长的酒量真不错呀！"

"身体有病以后差多了！"

"你比我这没病的酒量还好！"

来到档案室，赵玉明在小会议室里查看了一些新修订的档案，档案做得还算规范，基本符合文件规范的要求，便予以了基本的肯定。这时候，贺桂文进来，说："赵哥好！"伸手和赵玉明握了手。

"贺桂文，你好，坐！"赵玉明说。

"嫂子，你坐呀，我出去有点事！"裴多思笑着说。

"裴主任，你忙你的！"贺桂文说。

"好的，嫂子！"裴多思出去了。

贺桂文还是那个样子，岁月没有在她的脸上留下多少痕迹，这让赵玉明有些奇怪。贺桂文笑着说："赵哥，我这个人就是心大，况且现在生活多好哇，我是怎么舒服就怎么生活呀！"

贺桂文承包的服装厂生产上已经程序化，固定的进料渠道，固定的生产样式和数量，固定的销售渠道，根本不用她操太多的心，还有钱赚；她最开心的是刘成乐不再用她操心了，江艳菊绝对是个称职的好媳妇，这让她做梦都能笑醒了，她这是什么样的造化呀？刘辉现在的工作应酬多一些，家里常常是她一个人，晚上没事时，她会去矿区的大众歌舞厅坐一坐，唱几首卡拉OK，跳几曲交际舞，然后回家美美地入睡。

赵玉明为贺桂文高兴而高兴，就是不知道她和刘辉现在以什么样的方式生活？和谐、稳定肯定是现在生活的大方向！

三十六

金鸿鹄默默地看着窗外，临街那一排垂柳的枝条在春风的摇曳下，由鹅黄柔柔地飘出了翠绿，窗前的那棵京桃在风中摇动着，像在对他致意问候。这棵京桃是去年初春不知从什么地方移栽过来的，在其他京桃落英缤纷的时候，它却稀稀落落长出几片的叶子，表示着一个生命的存在，是错过花期了吗？那么，今年呢？金鸿鹄看着不动声色，实际上内心一直不太平静。

年初，宗林去了局机关任专职副总师，院主要领导新上任。都说新官上任三把火，这是必要的，只是"烧火"的方式和时间各不相同罢了。新官很稳，一直在调查研究，直到近日里才确定了单位组织机构的调整方案，这是和勘探局今年的工作要求相适应的。实际上，单位的工作基本上还是那些工作，就是有些新的工作内容，机构不变的情况下，交给某个科室或研究所具体完成不是不行，而调整完的机构说起来似乎更趋于合理，实际上就是一些部门的业务、人员重新整合一下，倒是给人焕然一新的感觉，实质只是语言上的，这是许多新官工作的创意与变革，一直是屡试不爽的！

金鸿鹄还在原来的科室，室里有一个组的业务转移到别的科室，科室也改了名字叫南部勘探室，似乎更加名副其实。侯明济不再担任室主任，他的脑血栓前段时间突如其来地又来了一次，这一次新官商议决定了他做院里专职副总师。按照病床上侯明济的说法，他是力荐金鸿鹄接任的，如果在他那次病愈后新官上任前来做，这件事还是极有可能会促成的，可侯明济身体恢复后就没有再提这件事，以至于现在说起来有些悔之晚矣。

金鸿鹄这些年的工作一直尽心尽力，特别是近两年里，不仅积极协助侯明济的工作，还收获了不少的研究成果，这是有目共睹的。他做科室侯明济的接班人并不为过，这件事在一个科室里考虑完全具有可行性，也肯定能够通过，如果放在全院来考量就很难说了。金鸿鹄遇到的就是这样的问题，南部勘探室主任这次要在全院竞聘，金鸿鹄的胜算到底有多少就有些说不清了。

金鸿鹄去见过侯明济，侯明济这时有些苦笑，就"群众拥护干"这一点来说，群众的范围可以扩大，投票可以拥护多个候选人，群众可以放开手脚，相比较"组织批准干"就显得尤为重要了，金鸿鹄就没有了这个把握。侯明济劝慰说："组织批准你就接着，组织不批准你就多做些学术研究，多出些科研成果也不错，工作嘛！"金鸿鹄只能点头称是，他还是希望组织能够批准干，这样，以他现在的年龄，再努努力，奔个处级还是有些机会的。这也是他这批人的尴尬之处，相比之下，他的起步要晚一些。

金鸿鹄回到家里，翻出了一大堆论文、获奖荣誉证书之类的东西进行登记，做为撰写个人竞聘材料的基础资料。

冷艳回来看到摆在写字台上的那些东西，说："鸿鹄，你这又是干什么呀？你的副高不是已经聘完了吗？"

"这次要竞聘室主任！"金鸿鹄说。

"室主任？"冷艳有些不屑地说，"一个室主任还要这样大动干戈，不干又能怎么样啊？"

"工作这么多年了，努力付出了，不蒸馒头也得蒸口气呀！"金鸿鹄坚定自信地说道。

"让干就干，不让干就不干，千万别累到自己呀！"冷艳宽慰着。冷艳现在是高中重点班班主任，数学教学组组长，上次校领导欲给她新的领导岗位，她说什么都没有接，她喜欢做一名园丁，精心培育自己的花朵，看着学生们考进心仪的高等院校，她就心花怒放了，她一直感受着那种成就感给予的荣耀，官不官的能怎么的呀？

"放心吧，不会的！"金鸿鹄说着。他明白冷艳的意思，他已经是副高了，住房等享受副处级的待遇。他继续将所有的资料登录完成。

金鸿鹄抽空去了一趟姐姐家。院新官是"六四一"下辽河的，比赵玉明晚来一段时间，他们之前没在一个连队工作，就没有什么过深的交往，只能算是熟悉，赵玉明肯定说不上话。院里有的副职赵玉明是能说上话，但赵玉明不想去说，关系是很明了的事情，关键是认同不认同你金鸿鹄，这不是说句话就能解决的问题，赵玉明说："这里边的问题很复杂，新官表面上说得算，实际上他也受多方面的制约，特别是上边，谁都有个三亲两厚的，新制定'群众拥护干'的选举方式就说明了一些问题，你不要抱太大的期望了！"赵玉明这些年常到一些二级单位去，检查完档案工作，茶余饭后能听到一些这类的事情，有人想不到的，没有人做不到的，一些暗箱操作让你无话可说。赵玉明说得直接，金鸿鹄听得明白，可他不能半途而废，怎么样都得走完全程！

这次参加南部勘探室主任岗位竞聘的有六个人，包括金鸿鹄在内有四个人的票仓超过了百分之五十，最终的竞聘结果，金鸿鹄没有得到组织上的批准。金鸿鹄吃到了一枚青果，心里边有些酸涩。实事求是地讲，聘任上的人的资历、科研成果确实不如他，可那又怎么样？组织部门按惯例找金鸿鹄谈了话，通常是革命工作只有岗位不同，没有高低贵贱之分，他很优秀，可机会只有一个，以后还有机会，要增强继续做好工作的动力，要积极配合，要增强继续革命的自觉性！他得点头称是！显示他的大度和胸襟。

金鸿鹄这些天在家里时常会有些凝神，竞聘的失利他说是已经放下了，可他的嘴角怎么还会不断拱出小黄疱，还痒痒的出些白水。

冷艳这天晚上自习课回来，笑着说："鸿鹄，你如果非常在意这样的岗位，你可以选择离开嘛！"

金鸿鹄一时没有明白，有些疑惑地看着冷艳，说："艳儿，你说什么呀？"

"我听说勘探开发公司正在公开招聘部门经理，你要是有兴趣可以去试试呀！"冷艳说。

"在自己单位里干了十多年都没整明白，还敢去外边混哪？"金鸿鹄有些自嘲地说。

"此一时彼一时，不试试你怎么知道呢？"

"艳儿，这事你哪儿听来的？"

"一个学生家长，有想法你就去报名，概率或许会大一些！"冷艳鼓励地说。

金鸿鹄看了看冷艳，冷艳庄重地点点头，金鸿鹄说："那好，我了解一下情况再说吧！"

"鸿鹄，你如果考虑好了可要提前告诉我呀！"冷艳说。

"好！"金鸿鹄点头。

金鸿鹄了解了一下招聘单位的情况，勘探开发公司招聘的是项目管理岗，他最初有一些犹豫，回来见了侯明济，侯明济很坦诚地说："鸿鹄，关键你是怎么想的，你要是就想做科研工作就无所谓了，如果不讨厌行政管理，你的技术能力对你是个帮助，人挪活，我觉得能去上也是不错的！"

金鸿鹄认真权衡了一下，下定了决心，便向招聘单位走去。

上午，金鸿雁刚给一个患者拔完银针，见刘玉梅推门进来，她指指条椅，笑着说："玉梅，你先坐呀！"

刘玉梅坐下来，面有倦容，四下里看看说："金姐，你不忙啊？"

"今天还好！"金鸿雁将空药瓶放进了医疗垃圾袋，去水池洗了手，回来说，"玉梅，怎么啦？哪里不舒服哇？"

刘玉梅现在是西线第一初中副校长，工作一直很忙，她们虽然时常见面，基本上都是路遇，偶尔做一些简单的交流，就匆匆离开了。刘玉梅没有什么事情怎么会到她的诊所来？刘玉梅勉强笑了一下，说："金姐，前两天我去医院做了个体检！"

"有什么问题呀？"

"我这里长了一个肿块，西线的医生建议我尽快手术！"刘玉梅指了指左胸说。

"那就抓紧做了吧！"

"我心里还是有些犹豫？"

"这样啊，你进来，我来看看！"金鸿雁说。

"好！"刘玉梅说。

她们去了北边的小屋，金鸿雁按亮了管灯，拉上窗帘，仔细看了看，心中马上有一种不祥的预感，立刻说："玉梅，你这是什么时候发现的？"

"应该有两三个月了，那一段时间学校比较忙，我一直没有去医院！"

"大夫！大夫！"外面厅堂里有人喊话。

金鸿雁立刻出去，接过了一个患儿家长送上的骶椎 X 光片看看，说："骶椎没有问题，明天早晨来治疗吧！"

"大夫，需要多长时间哪？"

"一到两周吧！"

"谢谢金大夫！"患者家长走了。

金鸿雁这时坐下，握着刘玉梅的手说："玉梅，肿块这个东西不要留，能做就尽早做了，宜早不宜迟！"

"金姐，是不是很严重啊？"

"玉梅，什么病都有个万一，做掉了，你不就彻底放心了吗？"

"学校里一直都忙，我想等到假期可以吗？"

"我的意见你就不要等了，一般的外科手术时间又不长，很快就会痊愈的，这个事陆鸣知道吗？"

"我还没有告诉他呢！"

"玉梅，你得告诉他，你们是夫妻呀！"

"他的工作忙，我不想让他担心！"

"什么手术都需要家属签字的，你还是早些告诉陆鸣吧！"刘玉梅点点头。金鸿雁说："玉梅，你也不要有太大的压力呀！"

"谢谢你，金姐，那我走了！"

"玉梅，你慢走哇！"金鸿雁送走了刘玉梅，回来立刻给赵玉明打了电话，要他联系陆鸣，让陆鸣有时间尽快到她的诊所来一趟，她真为刘玉梅捏着一把汗。

傍晚时分，金鸿雁将诊所关门上了锁，才见陆鸣稳步走来了，金鸿雁笑着说："陆主席，你可真够稳当的呀！"

"金姐，你怎么还逗我呀！"陆鸣笑着说。

"我逗你什么呀，你忙得连关心关心刘玉梅的时间都没有吗？"

"金姐，玉梅怎么啦？"陆鸣一愣问。

"她乳房上长了肿块，医生要她住院做手术，她到我这里来了，以我的经验，情况不是太好哇！"

"金姐，你是说玉梅是恶性的？"陆鸣的脸立刻有些僵硬。

"从症状上看这个比例比较高，最终的结果还是要看病理的，我瞒着她，你要尽快劝她去手术，最好是去省城，那里的医疗资源好，她家里又有亲戚关系！"

"金姐，我知道了，谢谢你，我这就去落实！"陆鸣说完就往外走。

"陆鸣，关于病情一定先不要让玉梅知道哇！"金鸿雁叮嘱着。

"金姐，我知道了！"

天空拉上夜的薄纱，星星在头顶闪烁，陆鸣脚步有些沉重地往家里走。他刚刚去办公室里做了三件事，第一件是给大舅哥打了电话，说明了刘玉梅的病情，大舅哥要刘玉梅尽快去省城，他会安排好一切的；第二件是和西线医院工会季主席打了招呼，帮助办理刘玉梅去省城医院的转院手续；第三件是和刘玉梅中学校长通了电话，说明了刘玉梅的病情。金鸿雁说得对，他是该关心关心刘玉梅了，这些年都是刘玉梅无微不至地关心他，仿佛一切都是天经地义的，家里的大事小情也都是刘玉梅在操持。家里的灯亮着，刘玉梅已经回来了，肯定已经做好饭等着他！陆鸣稳定了一下心神，上楼开了门。

"回来了，洗手吃饭吧！"刘玉梅笑着说。

"淼淼呢？"陆鸣换好了拖鞋，进来说。

"淼淼晚上排练大合唱，吃完就去单位了！"

"噢！"陆鸣应了一声，去洗手间擦一把脸，坐到餐桌前，刘玉梅盛上了饭，他们一起吃着，说了几句闲话。

吃过饭，陆鸣坐在沙发上看新一期的《诗刊》，眼睛不时地看向厨房，好一会儿，刘玉梅终于过来了，端来了一杯茶，在沙发上坐下，陆鸣看看刘玉梅说："陆岩近来怎么样啊？"

陆岩在省城读大三，刘玉梅笑着说："岩儿今天来的电话，挺好的，说是要参加学校组织的一个外出实践活动，我给他卡里打了些钱过去！"

"玉梅，对陆岩要严格要求，花钱要适当控制，不能养成大手大脚的坏习惯！"陆鸣说。

"知道了，老陆，你最近工作怎么样啊？"

"还好！"陆鸣点点头，翻了一页《诗刊》看着，刘玉梅顿了一下，说："老陆，我有个事要跟你说！"

陆鸣放下了《诗刊》，看着刘玉梅说："什么事？你说吧！"

"老陆，我去医院检查，这里长个肿块，医生说让做手术！"

"什么时间哪？"

"医生只说了尽快！"

"尽快？很严重吗？"

"医生说不严重，就是个小手术！"

"玉梅，你的检查诊断呢？"刘玉梅从衣兜里拿出来诊断书，交给了陆鸣。陆鸣看了看，故作沉思状，然后说："玉梅，手术都不是小事情，毕竟是要动刀子，特别是这个地方，西线医院的医疗水平还在起步阶段，一直都在完善技术能力，我的意见咱们还是先去省城一趟，让大哥联系权威专家诊断一下，再确定相应的治疗方案，你看怎么样啊？"

"老陆，这点小病还要去省城啊？"

"当然了，治病和打仗是一样的，在战略上要藐视敌人，在战术上要重视敌人，我那次的治疗不是很好的例子吗？"

"老陆，学校里的事情太多了，去省城我得跟校长请假！"

"行啊，你现在就给他打电话！"

"老陆，这么晚了，不太好吧？"

"没什么不好的，医生都让你尽快手术了，你先请假，学校好有个安排，我也好和大哥他们联系，还得和西线医院联系办理转院手续！"陆鸣旗帜鲜明地说。

刘玉梅犹豫了一下，说："那好吧！"便拿起了电话。

从住进省城医院到做手术，整个过程像在梦境里一般，刘玉梅的感觉就是一只提线木偶，被人提拉着，按着别人的意愿行事。她先是来到省城就住进了医大医院，接着是住院的各项检查，继续的是术前的准备工作，她被推进了手术室麻醉，有人和她说了几句话，接着就什么都不知道了！刘玉梅躺在病床上，这时候还有些浑浑噩噩的，她努力睁开眼睛。

"醒了！醒了！"有人说。

病床周围站满了人，都是熟悉的面孔，最近前的是陆鸣，旁边是陆淼、陆岩，还有哥哥、侄子、侄女们。她的手被握着，陆鸣关切地说："玉梅，你感觉怎么样啊？"

刘玉梅点点头，她嗅到了鲜花和水果的芬芳，沁人心脾，细细品味着，她说："现在几点啦？"

"五点半！"陆鸣说。

刘玉梅计算着在手术室里的时间，她是早晨进的手术室，不是说就是一个小手术吗？一个小时就可以完成吗？她怎么经历这样长的时间哪？她说："我的手术怎么样？"

"很好，手术很成功！"陆鸣笑着说。

医生进来了，看了看她的情况，然后说："病房里不要留这么多人，病人需要静养！"

"好！"大哥说，屋里的人开始告别，逐渐散去了，刘玉梅还是感觉有些困顿，迷蒙中很快又睡去了！

窗外阳光灿烂，斜照在白墙上，窗台上两个大花篮在阳光里争奇斗艳，刘玉梅彻底醒来了，她想舒展一下身子，伤口牵拉得特别疼，床前站着陆淼，陆淼说："妈，你醒了，你要做什么呀？"

"我嘴有点干！"刘玉梅说。

"妈，我先给你润润吧！"陆淼拿了一个汤匙，舀着水，滴入她干渴的嘴里，一丝丝的清凉消除了焦渴，接着是一块温暖的手巾在脸上轻柔地抹擦，又擦了双手。陆淼真的长大了，学会照顾人了。刘玉梅四下里看了看，陆淼说："妈，爸爸去休息了，你想喝点鸡汤吗？"刘玉梅点点头。鸡汤的味道真好，含着人参、黄芪淡淡的味道，这是补气补血的，有助于身体恢复，她味蕾有些大开。

黄校长带着副校长、教导主任几个人进来了，他们是起大早赶往省城来的，眼里透着关切，黄校长说："看着真不错，要住多长时间医院哪？"

"十天半个月应该差不多吧？"刘玉梅看向陆淼，想得到答案，陆淼回避了这个问题。

"不急，不急，一定要养好身体才行啊！"黄校长说。刘玉梅关心学校的事，黄校长只简单地说了几句。

护士进来换水，说："患者需要静养！"

黄校长很知趣地告别，带着人离开了。

"淼淼，我麻醉睡了多长时间哪？"刘玉梅这时候想起自己的病情说。

"应该有八个小时吧！"

"我在手术室里多长时间哪?"

"三个多小时!"

"我还要在医院住多长时间?"

"妈,这得看你伤口愈合的情况!"

刘玉梅总感觉有什么地方不对劲,先是她来了就住进了医院,最初说是一个小时的小手术,她却在里边待了三个多小时,这里是著名的肿瘤医院,难道自己的肿块是恶性的? 她说:"淼淼,你跟妈妈说实话,妈这个肿瘤是不是不太好哇?"

"妈,你不要胡思乱想啊,肿瘤最终的病理要一个星期才能出来,不信舅舅来了你问他们,你还是好好休养吧!"陆淼笑着说。

"淼淼,你们不说妈也能猜得出来!"

"妈,你又来了,有什么情况爸爸肯定会告诉你的!"

"淼淼,妈不希望你们瞒着我的病情,一切我都能看得开的!"

"好,妈,我要是知道一定会最先告诉你的!"

"淼淼最乖了,妈妈还要看到淼淼穿上婚纱!"

"妈,一定会的!"陆淼笑着说。

陆鸣和两个舅哥在听主治医生介绍病情,刘玉梅是多发肿瘤,在里边发现了癌细胞,已经属于中期了,需要放化疗治疗,也可以中医治疗,存活率还是比较高的,关键是患者自身的状态。陆鸣和两个舅哥与主治医生进行了一些交流,主要是关于病情告不告诉患者的问题,主治医生还是倾向患者知情权的,在某种程度上,患者会积极配合治疗,两个舅哥也同意主治医生的意见。陆鸣感觉直接告诉刘玉梅似乎有些残酷,在许多人的观念里,患了癌症就等于宣判一个人的死刑,主治医生说这和我们的医疗方式和医疗观念有着很大的关系,首先是我们过去缺少预防、检查机制,大多数患者发现就已经是中晚期了,治愈的概率当然要小得多,所谓倡导早发现早治疗,就是这个道理! 陆鸣被上了一课,他也清楚,刘玉梅的病情是瞒不住的,一周之后要出病理结果,还要经过四个周期的放化疗,说出的谎话怎么圆哪? 弄不好还会适得其反,关键是做好刘玉梅的工作,让她积极配合治疗。

陆鸣进了门就发现刘玉梅一直探寻的目光,陆淼早就将妈妈说过的话跟陆鸣说过了,今天是出病理结果的日子,刘玉梅在等待着这个时刻。陆鸣坐在病床前握住刘玉梅的手说:"玉梅,今天怎么样啊?"

"挺好,我的病理结果出来啦?"

"出来了,你是不是已经猜到什么啦?"

"是,医生怎么说?"

"需要四个周期的放化疗治疗,还可以中医治疗!"陆鸣感觉刘玉梅的手颤抖了一下,她拢起浓密的长发说:"我的头发会掉光吗?"

"应该会掉的，还会长出来的，我想，等你做完放化疗，我们就去二叔那里住上一段时间，用中医巩固治疗一下!"

"这是个好主意，我们又有好长时间没有回去了!"

"可不是嘛，那好，咱们就这样说定了!"

"老陆，我一直还有一件最想做的事!"

"什么事? 玉梅，你说!"

"说了你可不许笑我呀!"

"怎么会?"

"我想照一次婚纱照!"刘玉梅脸上浮起了红晕。

陆鸣愣了一下，马上笑着说:"好哇，咱们在省城选一家最好的照相馆!"

"老陆，谢谢你呀!"刘玉梅眼里盈满了泪水。

"谢什么，我也有过这样想法，咱们过去都忙就给错过了!"陆鸣给刘玉梅擦去了泪滴说。

"这时间过得可真快呀!"刘玉梅说。

三十七

刘忠伟在公司调度室开完大生产会出来，上楼敲开了挂着宣传部部长牌子的门。安文海见是刘忠伟，笑着说:"兄弟，你怎么和我还整这事啊!"

"这是规矩!"刘忠伟笑着说。

"我说你小子整事你还不承认，坐!"安文海倒了一杯茶送上说。

"安兄，你怎么还没有消息呀?"刘忠伟喝了一口茶说。

"忠伟，你说什么呀?"

"不是说你出去交流吗?"

"你也听说了，事是有，就是还没动静!"

"没动静就是快了!"刘忠伟模仿电影里一句台词说。

"上边的事谁说得清楚哇，学习科学管理，加强企业建设，又要实现两个根本性转变，改革工作一波接着一波，这个事恐怕还没时间研究落实!"

油田干部制度改革里其中的一项就是处级干部交流选拔机制，安文海这次上报到局里，已经有一段时间了，却迟迟没有音信，刘忠伟笑着说:"安兄，好饭不怕晚!"

安文海笑了笑，说:"忠伟，你这些年工作一直都不错，这两年更是没说的，你没和经理、书记探讨一下个人问题呀?"

"安兄，没有，我的资历有些浅!"刘忠伟笑着说。

"忠伟，资历对你来说已经不是太大的问题了，适当的时候你得和经理、书记沟通啊！"安文海语重心长地说。

"安兄，这种事情还要自己去说呀？"

"当然了，'会哭的孩子有奶吃'，你要是不说，谁知道你有这样的愿望，放一放，结果可就不一样了！"

"我一直以为是工作的需要！"

"忠伟，你可别傻了，工作需要是肯定的，可需要谁都可以呀，你自己不主动就会被动的，此一时彼一时，现在是经理负责制了，一切都在与时俱进！"

"谢谢安兄的提醒！"

"忠伟，你好好想一想！"

"安兄，知道了！"

刘忠伟走在路上，想着安文海的话，这几年，油田从计划经济向市场经济转变，完善承包经济责任制，规范、培育油田内部市场，到实现两个根本性转变，加强科学管理，以经济效益为中心，他适应了油田形势发展的根本需要，带领队伍总是走在改革的前列，受到上级领导和同事的广泛好评。刘忠伟当然也想进步了，可是个人和领导说这个事情就是伸手，就有一种乞讨的味道，想到这就让人脸热心跳，他感觉自己有些做不来。

刘忠伟走进岳父的家。肖永利还住在平房里，按他自己的说法，住平房接地气，舒坦！平房不光接地气，平房有院子，宽敞，抬头就是蓝色的天空，这时候用蓝色钢化板一罩，遮了风挡了雨，屋子院子一体化，又宽敞了许多。今天是肖永利五十八岁生日，肖永利是不太主张过生日的，主要是年龄不大，儿女工作都忙，是老伴儿坚持要过的，肖永利有直肠癌这个病，谁知道过了这个生日还有没有下一个？后来择中一下，寿宴就在当日，在家做上几个菜，谁能回来就回来。肖雅之前跟刘忠伟说过，刚好他今天开的大生产会，中午有时间到家给岳父祝个寿。

肖雅帮着母亲在门房的厨房里做菜，见刘忠伟进来，笑着指指上屋，刘忠伟就去了上屋。屋里空无一人，刘忠伟在简易沙发上坐下，茶几上放着一张油田报纸，他拿起来看了看，报纸上登载着油田主要领导在处级干部会议上的讲话，讲话上用红铅笔画了几处重点，主要批评采油厂一个主要领导严重违反财经纪律，这是一个很知名的抢险英雄，一个很有发展前途年轻的正处级干部，在刚刚走向市场经济的时候，就在金钱面前摔了个大跟头，教训深刻，真的引人深思呀！肖雅这时端着一把茶壶进来，倒了一杯茶，笑着说："刘大，请喝茶！"

"有劳肖工了！"刘忠伟笑着说。

"刘大来了，肖家连个陪的人都没有，也不是那么回事啊！"肖雅笑着说。

"肖工这不是来了嘛，还亲自沏茶倒了水，可以了！"

"我都嫁出去多少年了，该算你们刘家的人吧？"

"我们刘家不是你的刘家吗？"

"看看，我这是怎么搞的，又让刘大钻了空子！"

"肖工不会是故意卖个破绽吧？"

"怎么会？还是麻烦刘大亲自喝茶吧！"

"要不还能怎么样？"刘忠伟端起茶杯示意，喝了一口说。肖雅也不说话，微笑着凝视着刘忠伟，刘忠伟立刻笑着用手遮住眼睛，说："肖工，你千万别这样，真让人有些受不了呀！"

"刘大不是一直说什么诱惑都能抗拒吗？"

"其他的可以，就肖工不行！"

"你少给我甜言蜜语呀！"

"是你的糖衣炮弹太厉害了！"

"我也没看你怎么样啊？"

刘忠伟还要接话，见肖永利推门进来，马上起身说："爸，回来了！"

肖永利点头，说："忠伟，你坐吧！"刚刚还绷着的脸露出了些许的笑容。

"爸，我们早都到了，你这个大寿星怎么才回来呀？"肖雅接过肖永利脱下的外衣笑着说。

"我不上班吗？"肖永利这时的话说得有些直。

"爸，你不是马上就要到站了嘛，还去班上干什么呀？"肖雅笑着说。

"当一天和尚就得撞一天钟！就这还管不住！"肖永利有些生气地说。

肖雅伸了一下舌头，看了看刘忠伟，使了一个眼色，说："我得去厨房看菜了，你们爷俩唠着吧！"

肖永利一直被公司领导，主要是徐天亮称为公司供应站的"铁大门"，只要是不符合规定要求的物资他是坚决不批准出门的，就是出了供应站大门的物资，如果发现有疑问的他都会去落实，真有问题就会想方设法地追回来，不知不觉中也得罪了一些人。特别是这两年，油田的房屋产权归了个人所有，很多的家庭都在搞装修，油田家大业大，一些有点"能力"的人就想着占些公家物资的便宜。

"忠伟，你不忙啊！"肖永利坐在沙发上说。

"爸，今天上午开的生产会！"刘忠伟说着，给肖永利倒了一杯茶。

肖永利拿起喝了一口，说："忠伟，公司今年的工作量怎么样啊？"

"石油开始进入卖方市场了，油价在不断提高，石油有些供不应求，局里加大了对钻、采工作量的投入，今年要向一千六百万吨目标迈进！"

"好地，有井打就好地！"肖永利有些感慨，仿佛是对一种压抑的释放。

"爸，今年着重提倡向以效益为中心的转变！"

"这就对了，企业就是要严格管理，大手大脚、铺张浪费怎么行，关键的问题还是要抓好落实呀！"

"爸，您说得是！"

"前几天，徐天亮来了供应站，到我屋里坐了一会儿，他对你的工作还是相当满意的！"肖永利说这话时有些自豪感。

"爸，我听说徐经理要去局里工作啦？"

"是呀，他比我小一岁，按规定也快到站了，去局里工作是局主要领导给他半格的待遇，这样他就可以干到正式退休了！"

"原来这样啊！"

"忠伟，你有什么事情啊？"肖永利问。

刘忠伟犹豫了一下，还是说了和安文海谈话的内容。

"忠伟呀，现在社会上是有一些不正之风，我觉得做人还得身子正，干好工作才是第一位的，人一旦追求那些东西很容易跑偏的，你说呢？"肖永利点了点茶几上的报纸，继续说，"像他，生死攸关的时候都能冲得上去，可在金钱面前却跌了大跟头，这么年轻，我都替他惋惜，难怪伟大领袖说一个人做点好事并不难，难的是一辈子只做好事不做坏事啊！"

刘忠伟听了深有感触地点点头，说："爸，您说得太对了！"

这时候，刘昊言背着大书包进来，看到肖永利就说："姥爷，祝您生日快乐！福如东海，寿比南山哪！"

肖永利笑着说："昊言也快乐！昊言放学啦？"

刘昊言"嗯"了一声，放下书包，从书包夹层里拿出一张纸板，送到肖永利面前，说："姥爷，这是我给你做的生日贺卡，你看好不好？"

"好！"肖永利接在手里，摩挲着刘昊言的头说，"还是我的大外孙子懂事啊！"

刘忠伟从心里感谢肖雅，是肖雅把儿子教育得这样好。

这时候，内弟肖刚进来，手里提着两瓶汾酒，看到刘忠伟，笑着说："姐夫！"

"肖刚来了！"刘忠伟说。

肖刚在动力大队做材料组长，工作轻闲自在，多少还有些物资上的小权力，不免有些张扬，情绪写在了脸上。

"肖刚，上次我说的那个事你办了吗？"肖永利这时沉着脸说。

"爸，办了，早就办完了！"肖刚有些不耐烦地说。

"你是怎么办的呀？"肖永利有些不太相信地说。

肖刚摸了一下上衣兜，马上从衣兜里掏出几张票据的东西，翻了翻，将其中的一张抖开，看了看，送到肖永利的面前，说："老爸，你看看，我交钱还不行吗？"

肖永利接过票据看了看，说："行，你有钱就这么花吧！"

"就没见过你这样当爸的，连自己儿子都看得像贼似的！"肖刚有些不满地说。

"肖刚，你说什么？你知不知道，我这是为你好！让你姐夫说说，你这事做得对吗？"肖永利嗓门有些提起来了！

"比我这事做得大的人多了去了，也没见人家怎么样啊？"肖刚低声嘀咕着。

"肖刚，你说什么？别人的事我不管，你是我的儿子，我不能让你在这上面跌跟头，你要管不住自己，我就找你们领导放你去井队干活去！"肖永利提高了嗓门说。肖刚还想说什么，刘忠伟立刻拉了他一下，肖刚才没有说出来，话憋在心里肯定有些憋气，脸色也不太好看了。肖永利继续说："物资是公家的，权力是领导相信才给你的，你要替单位负起责任来！"

事情的起因是肖刚大队的一个副大队长家里搞装修，副大队长老婆找到了肖刚，想用三分红松木料，说是供应站库房的红松木料进得时间长，已经干透了，装修家居不会变形，能不能先给领些用？肖刚碍于面子，不就三分红松，立刻去公司供应站领出送了过去，过了一段时间，这件事情不知道肖永利是怎么知道的，开始追问肖刚红松的去向，并坚持要肖刚给追回来！肖刚怎么追呀，红松都装到家居里了。副大队长好像并不知道这个事，副大队长的老婆见面再也不提交换木料的事，这边老爸又追得紧，想想就只好自己交钱买单了。为了这个事，肖刚媳妇老大的不高兴，今天不来祝寿，就是借故以示抗议！

小女儿肖莉这时候进来，手里拎了一个大蛋糕，肖雅见了立刻过来放了折叠桌，摆上蛋糕，插上蜡烛，张罗着开席祝寿了。

早晨，微风习习，阳光明媚，钻机轰鸣。刘忠伟到了114队的井场，黄达笑着从井台上跑下来，说："领导来了！"

"老黄，怎么样啊？"

"领导放心，一切正常！"

"我是说你的身体，你这已经是奔五的人了！"

"我身体没问题！"黄达拍拍胸脯说。

刘忠伟腰间的BP机振动了，刘忠伟掏出来看了看，是徐天亮办公室的电话号码，刘忠伟立刻去队部回了电话。徐天亮在电话里说："忠伟，你到公司来，立刻！"刘忠伟愣了一下，马上说："徐经理，好！"被这样直接召唤的方式，刘忠伟还是头一次遇到。

来到了徐天亮办公室的楼层，走廊里站着许多人，手里边都掐着一些单子，排着散队，一看就知道都是等着签字的，想必是徐天亮要走的消息召唤来的。办公室主任芈建的门开着，刘忠伟走了进去，芈建看到他说："刘大，你来得正好！"便给徐天亮打了电话，然后示意刘忠伟马上过去。

刘忠伟敲门进去，刚刚先他一步的人被"请"了出来。徐天亮挺了挺颈项，一只手卡着拿捏着，一只手指指老板台对面的椅子。刘忠伟坐下，徐天亮直截了当地说："忠伟，你难道没听说我要走吗？"

"经理，听人说起过！"刘忠伟说着笑了笑。

"忠伟，你是极少几个没有找我说想法、提要求的人！"刘忠伟想说点什么，又不知如何说好。徐天亮接着说："好了，忠伟，咱们长话短说吧，这么急找你来是上边给我一个机会，让我走之前把公司领导班子配齐了，要选一个副职，我和书记沟通了，把这个机会给了你！"

刘忠伟一愣，立刻说："谢谢经理！"

徐天亮手一摆，说："忠伟，你除了资历略浅外，其他的都没说的，更符合年轻化、知识化、专业化的要求，找你来就是要你和其他的常委做个沟通，免得明天上会时出现不必要的问题，你明白我的意思吗？"

"经理，明白了！"

"那好，忠伟，明白了你就抓紧去办吧！"

"谢谢经理！"刘忠伟这时有些激动，有些话又不知道怎么说好。

"忠伟，什么都不要说了，你别让我失望就行，快去吧！"徐天亮挥挥手说。

"好，经理！"刘忠伟从徐天亮屋里出来，一时有些腾云驾雾的感觉，这个好消息来得有些突然，仿佛是在梦里，有人和他打招呼，他有些机械地回应着。这个事的出现和安文海的说法刚好相反，看来岳父肖永利说得是对的？那还要他和其他常委们沟通什么？细细品味个中的滋味，自己的资历不是尚浅吗？还得说徐天亮站得高看得远！阳光灿烂，暖风习习，他怎么走到楼外边来了，不是要和其他常委沟通吗？他站在大楼外，仰头看看办公楼的窗户，沉思了一下，他该先去拜访哪一位常委？

韩玉香又提离婚的事了，崔长湖恳求地说："香儿，我知道是我错了，我已经努力在改正了！"

"你翻翻家里的电话，看看都是谁的电话，你让我怎么相信你呀？我是不会和你这种人一起生活的，看到你我都觉得恶心，你要是不怕不好看，我就去法院起诉！"

"香儿，请你想想雪儿好吗？"

"你不要提雪儿，你还有脸提雪儿啊？雪儿我会管好的！"韩玉香怒不可遏地说道。

"香儿，就算我求你了，你再给我一次机会吧！"

"我不想听！"韩玉香说着，躲进了卧室，那扇门砰的一声关死了！

韩玉香去法院提起诉讼是崔长湖完全没有想到的，开庭通知书送达，表明了韩玉香决绝的态度，崔长湖不能闹上法庭，他得给自己保留一些颜面，他还得在单位里混，他在离婚协议书上签了字，和韩玉香悄然办了离婚手续。韩玉香以休假的名义回了省城。

都说人走时气马走膘，景誉的时气简直太好了！景誉上任伊始，国际石油价格就要触底了，接着就开始逐步回升。油田的基础建设投资力度在不断加大，景誉拿到的油田建设工程也在不断增多，特别是向海发展的滩涂土石方工程，工程的利润相当可观，这为景誉的政绩取得奠定了非常好的基础，这也许就是人的命啊！

崔长湖这次任架岭路工程项目经理，配合的三位副经理是何聪等三个中队的干部，他们带着各自的队伍各司其职，盯在现场。架岭一路是之前完成的路基建设工程，这次项目工程重新启动，开始了沙石路的建设。沙石路建设要使用大量的山皮石，关于山皮石运输有刘志的车队。刘志这两年又在做大做强，光运输车辆就整合有二十几辆。运输山皮石还有其他的运输队伍，刘志不是独大就不能操纵什么，应该说刘志能送山皮石进场也算崔长湖有些面子，所有的材料小票都是工程处财务派专人在现场收取审核的。

架岭一路现场收料的主管是何聪，有关沙石料收取的规章制度是景誉制定的，只需要何聪带领材料员严格执行就是了。何聪是听说过刘志的，对他的送料车辆检尺相对更严格一些，尽管送料司机也会给现场的材料员带些沟帮子烧鸡、猪蹄、水煎包等吃食过来，还是不能例外的。刘志就找到了崔长湖诉苦，他要求的是一视同仁，不然自己的送料车的利润就太薄了！崔长湖对此也有些无奈，只好特意驻留在收料现场察看情况。有着崔长湖在场，材料员检尺更加严格了，现场起了几次争执。崔长湖便找到主管何聪，和何聪说了这件事情，何聪佯作不知，并且保证一定按崔长湖的指示办事，还特意从海边现场出来，找了一个像点样的饭店，请崔长湖喝酒。两个人推杯换盏，酒酣处，就多了些语言上的交流，崔长湖这时候才发现，何聪不是一般的战士呀！

滩涂的海风劲吹，吹在脸上像小刀子，苍茫的天空有些低沉，推土机、挖掘机不断轰鸣着，排气管吐出的浓烟瞬间就在风中消散了。滩涂的土在堆积，架岭二路的路基在一段段成型，在滩涂上延伸着，像一条伸展的卧龙，施工机械在和海潮抢时间。

崔长湖裹紧了军大衣，冷风还是能够钻进去。他站在成型的路端前眺望着，夕阳西下，亮红的海潮开始漫滩了，施工机械向回爬着，施工马上就要停止了。

不久，油田组织部来人对景誉进行民主测评，结果非常好。崔长湖马上想到要去找经理辛茂，一直以来他感觉有些喘不过气来，他要接替景誉的位子，这一想法得到了刘志的大力支持！

三十八

早晨，赵玉明在上班的路上看到了郝学仁。郝学仁这时一边走一边哼着一个什么曲子，似乎在琢磨着其中的韵味，赵玉明说："'大师'，你的心情不赖呀！"

郝学仁抬头看到了赵玉明，立刻有些不好意思地说："'领导'，真的没注意到你呀！"

"咱们就不讲这个了，你最近怎么样啊？"

"还不错！"

"在新建成的青少年宫里工作心情当然应该好了！"

"'领导'，一下子感觉有点忙了！"

"现在你忙什么呢？"

"五四青年节大合唱会演编排！"

"这不正好可以发挥你的才智嘛！对了，你家的三儿今年该高考了吧？"

"可不，我还犯愁呢，学习一般般，说是考艺术，就是考上也不会是什么像样的学校，就业都难哪！"

"孩子的路就让他们自己走吧！"

"'领导'，你说得也是，好在两个大的已经都有着落了！"

"可可的工作落实啦？"

"基本上吧，现在在油田电视台实习，领导和老师还是挺认可的！"郝学仁笑着说。

"那可太好了，'大师'，走了呀！"赵玉明走到了路口说，两个人分了手。

"哎，'领导'！"郝学仁突然站住说，"刘铁柱家乔迁新居你知道吗？"

"不知道，什么时间哪？"

"就今天，我家三儿昨天晚上说的！"

"刘大哥家搬哪儿啦？"

"幸福嘉苑3区12号楼，我一会儿没事了还想过去看看哪！"

"好，我知道了，班上如果没有什么特殊事，我一会儿也会过去看看的！"

"好，'领导'，咱们到时候见哪！"

幸福嘉苑是油田为了照顾已经离退休的老石油特别设计、建设的一个新型小区，生活功能比较齐全，旨在让艰苦创业的老石油过上幸福的晚年生活。嘉苑经过了两年的开工建设，去年秋季竣工，这在下辽河油田的报纸上进行了多次相关的宣传报道。

幸福嘉苑整体院落庞大，步梯楼林立，四周红砖墙合围，柏油路四通八达，中间的东西主街两边的商网悬挂着百货商店、粮油店、菜店、卫生所、药房、银行、饭店、小吃部、幼儿园、小学、家政服务等各式牌匾，尽显各自功能。街上大车小辆不停穿梭，多为乔迁新居住户的车辆，不时有鞭炮声爆响，张扬着喜庆的气氛，让人开颜。

赵玉明走进幸福嘉苑的西门，走走停停，寻向3区12号楼，刚看清了楼牌号，就撞见从另一边寻来的郝学仁。两个人确认了楼牌号，便转向了南面的楼门，见一台丰田吉普、一台五十铃客货车停在三单元的门前，地上散落着鞭炮殷红的纸屑，五十铃车厢里空空如也，一个蓄长发的年轻司机站在车门边茫然四顾吸着过滤嘴香烟。赵玉明上前问了年轻司机，司机指了指一楼的东门。新居要的一楼，想来是为了方便刘铁柱的。房门敞着，他们直接进入，但见一些人围在厨房门口，厨房里正在"燎锅底"，液化气灶上燃起蓝色火焰，炒勺受了热，那条红尾大鲤鱼在炒勺里猛地跳将起来，在人们的惊呼声中弹出了炒勺，落到地上，一个中年妇女急忙上前抓起，放进了炒勺。

"好了！好了！把火关了，意思一下就行了！来！来！来！大家坐着歇会儿，抽支烟、喝杯水！"刘铁柱这时说道，转头看到了赵玉明、郝学仁，笑着说，"玉明、学仁，你们也来了，来，快过来坐吧！"

"大哥，大嫂，恭喜呀！我们来晚了，一点忙都没帮上啊！"赵玉明抱拳拱手笑着说。

"玉明、学仁，咱们还客气什么呀，这里也没什么可忙的，之前全都弄好了，就是看了吉利的日子，挪个锅灶，搬几件行李，现在这家搬得可真够省事的！"刘铁柱笑着说。

赵玉明挨个门看了一下，新房是整体装修，衣柜、厨柜、酒柜都是直接镶在墙壁上的，笑着说："大哥，装修得不错呀！"

"都是忠伟帮着找人弄的，没用我管！"刘铁柱笑着说。

"大哥，你是该开始享福了！"赵玉明笑着说。

"兄弟，我还是喜欢农场，那里多敞亮啊，可孩子们不让住哇！"刘铁柱说。

"咱们都退休了，你还在农场干什么呀？"王桂花笑着说。

"有房子有院子的，种点菜，养个鸡鸭鹅的，不是挺好的吗？"刘铁柱说。

王桂花撇了一下嘴，笑着说："看你能的，好像你干了多少活似的，那里还是不方便，再说农场也不一定能存在多长时间了，孩子也是为咱们着想啊！"

"大嫂说得是，过来还是对的，诸多方便，起码孩子来家看望就方便多了！"赵玉明说。

刘铁柱笑了，四下看看说："哎，这忠伟哪去啦？"有人说好像出去打电话了！

这时候，刘忠伟刚好进来，看到赵玉明他们立刻说："赵叔，郝叔，你们好！"然后说，"爸，妈，我单位里有个急事，我得先走了，赵叔！郝叔！你们坐呀！"

"你不在家吃饭啦？"刘铁柱说。

"没时间了！"刘忠伟笑着说。

"看你这一天天忙的！"刘铁柱说。

"我走了！"刘忠伟笑着出去了。

"秀儿呢？"刘铁柱随即说。

"应该是在里屋归拢东西吧？"王桂花说着去了里屋。

肖雅先从里屋出来，笑着说："赵老师好！郝叔叔好！"肖雅看上去没有什么大变化，相反倒是少了青涩，谈吐多了落落大方。

"肖雅还搞地质吗？"赵玉明说。

"是，赵老师！"肖雅笑着说。

"你后来的论文我看过，有些见地呀！"

"谢谢赵老师的肯定！"

这时候，刘秀儿出来，拢了一下刘海儿，笑着说："赵叔好！郝叔好！"

"刘秀儿好！"赵玉明说。刘秀儿的脸上有些虚胖，肤色要差一些。

"走哇，时候不早了，人多，这里也不方便坐，咱们还是去饭店坐着说话吧！"刘铁柱这时候招呼道。

大家听了开始往外走，赵玉明说："刘大哥，我还有事，就不去了！"

"什么事还耽误吃饭哪？走，走，走，都去！都去！饭店之前就定好的，两张桌，坐得下！玉明，学仁，咱们可好长时间没在一起说话了，机会难得，走！"刘铁柱说。

"大哥，你过来以后就方便了！"赵玉明笑着说。

"以后是以后，我说的是今天！"刘铁柱笑着坚持说。

赵玉明看看郝学仁，郝学仁点点头，两个人就留了下来。

刘忠伟副经理的任命刚刚下的文，难怪坐上丰田吉普了，工作也忙碌了起来，肖雅相夫教子，在单位还做地质工程师的工作，今年可以竞聘副高了；刘秀儿患了风湿性关节炎，去年发作得挺厉害，夏季去职工疗养院疗养了两个周期，蜡疗、理疗都做了，病情有了一定缓解，一直服用含激素的药物，形体上难免发生一些变化，厂领导照顾，安排到厂安全监督站做站长（副科级），病在身上了，说是很难治愈的。刘秀儿连续六年的劳动模范，已经到石油系统特等劳动模范的级别，疾病使她不得不告别荣誉的岗位；刘忠明学习就是一般般，和郝三差不多少，难怪两个人好得一个人似的，郝三决心考艺术，刘忠明却想着去从军，怎么说都不听。前段时间里，曾经的老战友联系了刘铁柱，邀请他回老部队去看看，刘铁柱行动不便，没有去成；曾经班里的新兵已经是副师职，说是孩子想当兵可以到他们部队去，部队驻地内蒙古，那里人烟稀少，天寒地冻的，刘忠明还是坚持要去。去就去吧，我就不管了！这是刘铁柱的态度。

从饭店里出来，郝学仁说："刘忠明因为要去当兵和王桂花关系弄得有些僵，王桂花到现在都没松口！"

"这很正常，儿行千里母担忧嘛！"赵玉明说。

"'领导'，你说得也是！"

"哎，'大师'，你这平房还想住多久哇？"

"住不了多久了，说是今年秋冬要消灭这片棚户区嘛！"

"那你怎么还不抓紧找房子？"

"找过了，关键是没有找到合适的，尹小芸这样的情况怎么爬楼哇，还有就是房子不是要从成本价向标准价转变吗？"

"是，这样房屋的产权就归个人所有了！"

"那不还得交钱吗？"

"这是肯定的！"

"那我就更要找个合适的地方了！"

"你还想着开卖店哪？"

"能开当然好了，多少有些收入，孩子们都不在家里，谁也帮不上忙，主要还是要考虑尹小芸出入方便！"

"你没找陆鸣探讨一下呀？"

"去了，看着刘玉梅放化疗戴帽子的样子，我把要说的话就咽回去了！"

"陆鸣这一段时间是够闹心的，但愿刘玉梅能尽快好起来！"

"谁说不是，看来谁家都有本难念的经啊！"

"你怎么还有感触？"

"'领导'，你说不是吗？就说刘铁柱家里吧，刘忠伟年轻有为，前途无量，人前挺风光的，可刘秀儿患上了风湿性关节炎，这是个终身的病，他和王桂花能不忧心吗？"

"'大师'，你说得也是呀！"赵玉明也有了一些感慨。

走廊里坏掉的灯泡还没有换上。赵玉明走进有些暗淡的走廊，看到自己办公室门前站着一个人，走到近前，似曾相识，那人笑着说："赵馆长，您好！我是 W 县吴迪！"

赵玉明猛然想起，是过去和邱少山一起来过的县志吴编辑，忙开了门说："吴编辑，你请进！"

吴迪是来取这两年 W 县县志需要的油田发展建设内容资料的，这是过去就协商好的事情，赵玉明在卷柜里找到准备好的资料，交给吴迪，说："邱书记还好吧？"

"好，就是忙得很！"吴迪笑着说。

"邱书记忙什么呀？我记得他该退休啦？"

"发挥余热，组织调查、挖掘县域里沉积的历史遗存！"

"是关于义勇军方面的?"

"应该说更宽泛、更全面、更久远的,现在不是讲经济搭台、文化唱戏嘛!"

"有什么收获吗?"

"有,好多呢!比如说药王庙、甲午陆战、古城遗址、坠龙事件、烽火台、红山文化遗存等等,收集到不少线索和一些实物,有的很确切,有些还在落实中,有些还需要进一步发掘,像有一个叫大堡子的村子,曾有一段几百米的古城墙,直到1975年才最后消失的!"

"吴编辑,你说甲午陆战是在你们县域发生的?"

"赵馆长,千真万确,战斗就发生在古镇田庄台,那是一次很惨烈的战役,清军损失惨重,曾经繁华的古镇也毁于那一次的战火,一些战斗地点已经圈定,正在发掘中!"

"哦,吴编辑,你刚才说的坠龙事件是怎么回事啊?"

"坠龙事件发生在1934年的夏天,在距入海口不远的大辽河北岸,有一条巨大的如龙一样的生物搁浅在一片落潮的大苇塘里,发出了牛一般的巨吼声,有人闻声前去,发现后就奔走相告,说是有龙降临了!好奇的人们纷纷跑去膜拜并泼水救护,龙能降临这里是吉祥之兆哇!后来潮水涨起了,人们开始退去,待到潮水落下后,人们再一次前去观看,那条龙一样的生物已经不见了踪影。有人说,潮水涨起后他一直远远看着,那条龙忽地腾空而起,直入云霄了,想必是已经回它的东海龙宫去了!可是,相隔不长时间,有人发现在相距之前不太远的另外一处大苇塘里,躺着一条龙一样的巨大生物,生物的尸体已经腐烂,散发出奇臭的气味,这个龙一样的生物身上有很大的鳞片,头上长着一对犄角,巨大的身躯有十余米长。这个消息很快传开,引起相关人员的注意,据说市水产学校的一位专业人士说这个生物是蛟,还有《盛京时报》的记者特意赶来拍下照片,在报纸上做了专门报道,后来有人将'龙骨'分解,运到河南岸的市里,'龙鳞'装了两大筐,他们选择一个地方进行了展览,有人还专门制作了参观纪念照片出售,再以后'龙鳞'和'龙骨'就不知所终了,有人说被日本人运走也说不定啊!"

"吴编辑,你们有当时报道的报纸吗?"赵玉明有了兴趣。

"我们只有那份报纸的复印件!"

"有时间去你们那里我得看看!"

"赵馆长,恭候您哪!"

"吴编辑,给邱书记带好!"

"一定!"

何聪在公司会议室听了油田"大党建、大政工"的宣讲出来,刚好遇到了宋光,立刻笑着说："师傅，你好哇！"

"你小子指导员当得不错唄？"

"师傅，就那么回事吧！"

"怎么了，有什么不如意呀？"

"一言难尽哪！"

"走，找个地方说说去！"

前不久公司下了文，宋光已经变身维修中心副经理，完成了从黑马到白马的华丽转身，这是维修中心老大找公司经理辛茂做了工作的结果。

何聪和宋光两个人在饭店一个单间里坐定，宋光问何聪怎么回事。何聪说了自从景誉走后，崔长湖坐上一把手的椅子，何聪等几个景誉当时倚重的人都被搁置了，这可真应了"一朝君子一朝臣"的老话了。何聪被放在家里看堆，说是指导员就是要安心做好职工的思想政治工作嘛！可施工队伍都在生产一线上，队里就一个办事员、一个保管员，这个思想工作你跟谁做呀？今天到公司来听这个会算是个活了！

"何聪，你得罪崔长湖啦？"

"师傅，天地良心，绝对没有，这个事我还是明白的，景誉在位时，我还请崔长湖喝过好几次酒！"

"这样看来是狗皮粘不到猪身上，你还是外人哪！"

"师傅，说得就是呀！"

"我听说崔长湖离婚后又找了一个，还给他生了个儿子？"

"是，开始还遮遮掩掩的，那个叫丽丽的生下了孩子就开始抱着满街走了！"

"崔长湖到底为了什么这样对你们哪？"

"也许是怕我们了解他和刘志的一些事吧！"

"刘志是谁呀？"

"一个沙石料的供应商，听说这个丽丽就是刘志最初给介绍的，他们的关系一直很好！"

"他们是亲连襟也说不定啊。"宋光笑着说。

服务员敲门进来，布上了酒菜，何聪开瓶给宋光倒上白酒，两人举杯碰了一下，何聪说："师傅，先祝贺你呀！"

"谢谢！"

"师傅，你说我现在该怎么办哪？"

"你想怎么办哪？"

"师傅，我一直都想着去找景誉说说这个事！"

"何聪，千万别，县官不如现管，景誉不是辛茂，没什么用的！"

"师傅，那你说我该怎么办？就这么干熬着？这可什么时候是个头哇？"

"要不你还是想个办法离开吧！"

"师傅，这个我也想过，可我怎么才能离得开呢？"

"对了，公司前几天组建市场开发办，在招募人手，这个事是景誉具体负责的，你去问问他吧！"

"师傅，这个事我听说了，我去了能干啥，就没有往上想！"

"错，景誉函授中文，团干出身，不是照样上台阶吗？"

"师傅，你说得也是呀！"何聪有些讥讽口吻说，"做个小人物活得真的难哪！"

"何聪，你说谁活得不难哪？"

"起码得像辛茂那样，在公司里是个天哪！"

"你可拉倒吧，他在公司是天，在外边哪？他儿子刚刚被抓了，他想见到人都难，急得热锅蚂蚁似的！"宋光有些冷笑地说。

"是呀？因为什么事啊？"何聪有些好奇地说。

"应该是团伙盗卖原油吧！"

"他们家里还差钱吗？"

"谁知道，你不要出去乱讲啊，这事还没几个人知道！"宋光立刻叮嘱说。

"放心吧，师傅，我有数！"

"咱们聊聊吧！"

"好的，师傅！"

两个人喝完酒出来，刚好微醺，宋光笑着说："何聪，还有兴趣吗？"

"师傅，你说什么呀？"

"我们篮球场新维修了，打会儿篮球？"

"好哇！"何聪说。他有段时间没摸篮球了，这时候很想出一身透汗，洗刷一下心灵深处的沉积。

篮球架是新购置的，场地是新修建的，旁边建了水泥看台，刷了蓝油漆，看着就赏心悦目。何聪和宋光开始了一对一的对抗。最初，何聪感觉有些手凉，活动了一阵儿，找到了感觉，加上年轻，开始不输宋光了。休息的时候，两人说着话，何聪确却不时地想着景誉。

何聪从景誉的办公室出来，感觉有些失落，公司市场开发部的组建工作已经完成了，人员额满，完成了辛茂的最后圈阅。景誉有心无力，想要增加人员，只有辛茂首肯和授权。人要是倒霉，喝水都会塞牙的！何聪在办公楼前徘徊，犹豫着要不要上去找辛茂？他们不能说不熟悉，只是人家儿子刚刚被拘，情况不明，人都见不到，心焦如焚，你这个时候去添乱，不是自找没趣吗？哎，有了，何聪眼前突然一亮，他得马上回西线一趟。

何聪在"岚月"茶楼喝着明前龙井，不时向窗外张望一眼，一辆白色桑塔纳警车疾驰着停在了门前，一阵脚步声，郝国印推门进来，说："我说你这家伙什么事这么急呀？"

"郝副所，先喝杯茶，喘口气再说！"何聪笑着说。

"中午你这是喝了吧？"郝国印坐下抿了一口茶说。

"那是当然了！"

"我说的嘛，你有话快说，有屁快放，我这还有事！"

"这都当上所领导了，说话怎么这么不文明？还这样沉不住气！"

"文不文明的实际上就差个厕所，我说你到底有事没事啊，没事我可走了呀！"郝国印说着，立刻站起身。

"你急什么呀，哎，坐坐坐！真的有事，还是个难事！"何聪马上拽住郝国印衣袖说。

"太难的事我可办不了呀！"

"这事对别人来说肯定有难度，可对你郝所来说还不是小菜一碟嘛！"

"你少来这一套，别先给我戴高帽哇！"

"别呀，咱哥们谁和谁呀！"何聪就把辛茂儿子被拘的事情说了。

"这事真的很难，我可不想沾手，你管这事干什么呀？"郝国印马上说。

"老兄，帮帮忙吧！人家不是捏着我的命门嘛？"何聪恳求说。

"你说我怎么帮你吧？"郝国印听明白了缘由说。

"他家里就想见到人，你就给想想办法呗！"

"就是这个事？"

"你能帮多些当然更好了！"

"老兄，你是不是想砸了我的饭碗哪！"

"这个绝对不会的，我宁可不要自己的饭碗，也不会砸哥们的饭碗的！"

"我尽力吧，我还有事，先走了！"

"先谢了呀！"

"老兄，这也就是你吧！"

"明白，郝所，谁让咱们是铁哥们，我送你！"

"你还是免了吧！"

看着桑塔纳警车远去了，何聪回到屋里，跳了一个潇洒的投篮。然后坐下来，想着该怎么去见经理辛茂时，腰里的BP机叫了起来，何聪看了看，屏上显示的是崔长湖车载电话的号码，何聪没有去理会，继续喝着茶，BP机再一次响起了，他才拿起电话拨了过去。崔长湖在回单位的路上，要何聪去办公室见他。何聪有些疑惑，这是崔长湖上任以来第一次主动地联系他，这是什么情况啊？

崔长湖的身子陷在那个大老板椅里，这时指指大老板台对面的椅子，何聪坐下来，崔长湖直了直身子，摘下了帽子，头顶的左侧贴着一方白药布，上面洇着碘酒的颜色。何聪看着不禁一愣，崔长湖不自觉地摸了一下药布，有些僵硬地笑了一下，说："擦地不小心撞到窗户角上了！"

"崔大是有些大意了！"何聪笑笑说。何聪中队的办事员老聂和崔长湖的家在楼上住得背靠背，老聂说崔长湖自从上位后，晚上很晚回家的时候增多了，或是夜不归宿，要不家里就常常传出吵闹声。崔长湖一直是不戴帽子的，这突然戴了个帽子，给人怪怪的感觉！

崔长湖敲了一下桌面，说："何指导，单位又接了新的工程任务，咱们现场管理的干部不足，需要你来接管香稻路工程，你有什么意见吗？"

"没有，崔大，我服从领导的安排！"何聪说。

"那好，明天早晨六点施伟和你在现场交接，我让车队给你安排一台'130'跑现场！"

"好的，崔大！"

何聪接手的香稻路工程应该算作香稻路二期，一期工程在西线石油大街东段路南，配套的是幸福嘉苑的整体开发建设，二期是石油大街路北，交汇到兴隆街，两侧都有新住宅区开发的意向。

早晨六点，何聪如约赶到香稻路二期工程的中段，路西并排立着两顶泛白的帐篷。和何聪交接的是队长施伟，施伟已经等在现场，看到何聪到了，噘着猪嘴，牛皮哄哄地站在路的中央，两手左右一扬，说："何指导，这个工程的沙石料基本够了，就差平整碾压了，还有什么问题你问技术员罗小佑！"说完，坐上吉普车就走了。

何聪看了看远去的吉普车，走进了南边这顶帐篷里。帐篷里开着灯，里面还是有些昏暗，技术员罗小佑伏在唯一的一张办公桌上麻利地按着计算器，几个工人躺在通长地板铺上吸着烟说着话，看到何聪进来了，动都没有动。何聪心里有些生气，还是笑着说："罗技术员，工地今天没活呀？"

罗小佑抬抬头说："何指导，你稍等，我这马上就完！"说着，继续快速按着计算器。

"好，你先忙你的！"何聪说。帐篷里的气味有些浑浊，熏人的脑壳。何聪出了帐篷，走上了施工的路段上，看着凸凹不平的沙石路面，他有些冷笑，弄个收尾的工程让自己来管。

罗小佑这时出来了，手里拿着一个黑色笔记本，说："何指导，我给你介绍一下工程的整个情况吧！"

"好哇！"何聪说，跟上罗小佑，走在沙石路面上，罗小佑找到了一个桩点，按照二十米间隔的标记说明路面的标高。路段上的沙石料有不少粒径特别大的，许多地方超过了填方的标高，需要挖除或下卧，这是很浪费人力、物力的，何聪说："罗技术员，这里填料的质量怎么这样差呀?"

"料都是施队收的!"

"现场沙石料用量什么情况啊?"

"基本上刚刚达到标高，还有压实呢，实际还缺好多方，何指导，新上料的粒径必须小于150毫米，这样才能找好整个路面的平整度!"

"罗技术员，之前你没跟施队说过吗?"

"说过很多次了，我一说施队说就这样，我就没法再说了!"

"这个样子能行吗?"

"按照工程质量要求肯定是不行的，谁知道了，也许崔大能够摆平吧!"

"这怎么摆平啊?"

"去大酒店通融呗!"

"怎么没见到刘班长?"

"说是家里有点事，晚一会儿能过来，工地现在没有料，也没有什么可干的!"

"那么多超过标高的地方不处理呀?"

"是该处理，新沙石料进来一并处理也可以，工期还来得及!"

"好的，罗技术员，我出去打个电话，现场有什么工作你先安排一下吧!"

"好! 何指导，你怎么接了这个烂摊子?"罗小佑犹豫一下还是说了。

"怎么啦?"

"你没看到工人们的情绪嘛，都说人家把驴牵走了，你是来拔橛子，这不是傻嘛!"

"还有其他问题吗?"何聪笑着说。

"有，最大的问题是工地的伙食!"

"工地的伙食怎么啦?"

"上顿下顿菠菜豆腐汤的，工人们吃得脸都绿了!"

"为什么呀?"

"说是单位资金有限，伙食费结余出一部分用做招待费!"

"给谁做招待费呀?"

"说是留给处里呀!"

"工程处不是有专项招待费用吗?"

"这我就不知道了，工人们也都这样问的!"

"从工人伙食费里抠招待费，这不是胡闹嘛!"

"可不是嘛，工人们敢怒不敢言，只能在工作上消极怠工了!"

"送料车没给你们带过吃食吗?"

"什么吃食?"

"烧鸡什么的！"

"也许施队见过，我是从来没见过呀！"

"罗技术员，我知道了，从今天开始，工地按补助标准办伙，有什么问题你找我！"

"知道了，何指导！"罗小佑说着伸出手来示意着。

"你干什么？"

"何指导，今天中午的伙食费还没有着落！"罗小佑捻捻手指说。

"施队这个钱都没给你留哇？"

"伙食费一直是他握着的，今天说你来了就让找你要！"

"好吧！"何聪心里很气，立刻掏钱给了罗小佑，说，"你一定要按补助标准办伙呀！"

"好嘞！"罗小佑有些欢喜地接过钱说。

何聪坐车出去，找了个路边小卖店给崔长湖打了电话，说明了沙石料和伙食费的问题，崔长湖说沙石料他可以立刻落实，伙食费的事他不太清楚，等他落实了会告诉何聪的。何聪放了电话，看上班时间到了，便坐上"130"去了公司。

何聪在辛茂办公室门口的走廊上坐了很久的冷板凳，时近中午，才见到了经理辛茂。辛茂冷着脸，端着架子，何聪想，领导就是领导，什么时候都能端得住。何聪说明自己的来意，辛茂说："何聪，这事你是怎么知道的？"

"经理，不说不行吗？"

"我想知道！"辛茂说。

"经理，我是听我师傅宋光说的，我师傅听谁说的我就不知道了，反正我师傅是在积极地想办法，想着怎么为经理您分忧解愁，要不我师傅也不会问到我的，他知道我有战友的关系！"何聪真诚地说。

辛茂脸上的冰一下子就融化了，他老伴儿想尽快见到儿子，了解儿子的现状，至于其他事情弄清情况再做进一步商议。

"好，经理，我这就着手具体落实！"何聪马上说。

辛茂看何聪穿着工作服，说："何聪，你现在干什么呢？"

"经理，我今天接手的香稻路二期，负责这个工程的收尾！"

"我知道了，你去忙你的吧！"辛茂说。

"好，经理，我马上就去办！"何聪说着出了辛茂的门，刚走在楼梯上，腰间的BP机振动了，他掏出来看了看，是崔长湖的传呼，便下到公司一楼调度值班室回了电话。崔长湖略显不满地说："何指导，你不盯在施工现场，跑公司去干什么呀？"何聪立刻说："崔大，实在不好意思呀，是公司领导找我有事啊！"崔长湖这才缓和了口气，说："香稻路的沙石料我落实好了，你可以适当地添补一些，不必全部，能够操平就行了，伙食费还按原来的标准使用！"何聪说："崔大，沙石料谁上啊？"崔长湖说："刘志的车！"何聪说："崔处，这次上的沙石料粒径必须小于150毫米，大了我可让他拉回去呀！"崔长湖说："你管现场你决定吧！"何聪强调说："崔大，你还是和刘志那边说清楚了，免得到时候麻烦哪！"崔长湖有些不太耐烦地说："我知道了！"何聪说："还有哇，崔大，关于伙食费我已经让工地按补助标准办伙了，克扣工人的伙食费和喝兵血差不多，请你再考虑一下吧！"崔长湖无声地挂掉了电话。

何聪去工程处财务借支伙食费，关于伙食标准问题，财务主管给崔长湖打了电话，崔长湖坚持原来的标准借支，何聪也不去理论，他要先办好伙食，出现资金缺口再做理论，他在工地上还能待几天哪？

郝国印真够哥们啊，帮助了辛茂老婆顺利见到了辛茂的儿子，辛茂老婆出来后十二分感谢，对何聪问长问短的，最后说："何聪，我看你这小伙儿这样好，老辛应该好好使用才是呀！"

"谢谢阿姨！"何聪立刻笑着说。

香稻路二期工程收尾十分顺利，验收在即，何聪带着罗小佑先进行了自检，指标全部优良，罗小佑说："何指导，你要是不坚持按规定标准办伙，这活恐怕还早着！"

何聪听了非常高兴，自己掏钱买了四瓶大米酒和一些熟食，犒劳现场的施工人员，他和工人们在帐篷里把酒言欢。这时候，腰间的BP机振动了，他抽出来看了看，传呼电话是公司组织部谌部长的，何聪走出帐篷，掏出了徐岚借给他用的诺基亚手机回复。谌部长要何聪明天早晨到公司组织部报到，同时恭喜他晋升市场开发部副科级主管。

三十九

宾馆餐厅吃完午饭，王天伟和任志成回到宾馆三楼的豪华套间。在外间的沙发上坐定，王天伟轻轻叹了一口气，环视着豪华套间，说："老任哪，要不这房间你还是留着吧！"

"经理，不用了！"任志成笑着说。

"要不你在哪儿办公啊？"

"经理，看一看再说吧！"

"老任，那我就退了呀！"王天伟说。

"好，经理，我走了！"任志成说着站起身，和王天伟握了握手。

"老任，祝你好运哪！"

"彼此彼此，经理，再见哪！"任志成说着，拉起那个旅行箱，出了房间，旅行箱里是项目组的全部资料。

试采油项目运行了一年多，第一个年度核算，项目经营全部都有上好的表现，这是油田这次深化改革巨大的成果之一，项目组成员都得到可观的经济收益，王天伟项目组尤其好，项目组账面上还有很大一块儿盈余，这笔钱可以作为项目组成本上的支出，不可以个人分配。之后，王天伟就效仿有些项目组，开始了一些高消费，先是在内部宾馆开了这个豪华套房，作为项目组的办公地点，里间有大床，可以休息，外间有沙发、写字台，可以办公、会客，用餐可以去一楼餐厅，也可以送餐到房间，美哉！美哉！

项目组承包经营不久，油价开始触底反弹，且在不断向高位运行，项目组将会有更大的盈余，这刺激了一些人的眼球。前不久，局里下文，增加了关于试采油项目的一个补充规定，其中很重要的一条就是彻底分离项目组人员的人事关系，也就是如果人在项目组工作，工作关系必须离开局、公司的两级机关。王天伟的人事关系一直还在机关办公室放着，这会儿要做硬性切割，他权衡再三后，选择了回归，局机关工委批复同意。项目组的管理工作临时交由任志成负责，任志成能否享受副科级待遇，需要等待机关工委统一研究，请示上级组织部门才能确定。

任志成将旅行箱放在吉普的后备厢里，司机孙天成说："任经理，咱们去哪儿？"

"先去井场看一看！"任志成说。

吉普车在矿渣路上曲里拐弯跑了一阵儿，进了井场。方方正正的井场被田野的绿色包围着，井场内修整得非常平整，打扫得也相当整洁。两个采油工在对采油设备做巡回检查，看到任志成到来，打着招呼，任志成在井场转了一圈，说了一些注意事项，两个采油工点头应承着。

吉普离开了井场，孙天成看看任志成，任志成说："回家！"

吉普向机关家属区里驶去，任志成在机关家属区17号楼买了新住房。新住房是旧的，进行了简单的装修，原住户升职调整了新住房，旧房保持得很好，可以直接入住的那种。

"经理，宾馆的套间你怎么不用啊？"孙天成笑着说。

"没有必要！"

"经理，你是怕太扎眼了吧？"

"我只是临时负责，等领导回来再说吧？"

"你是这个呀！"孙天成竖了一下大拇指说。

"孙师傅，你什么意思？"

"人绝对不能太嘚瑟了！"孙天成笑着说。

任志成笑了笑。

车停在单元门前，孙天成开了后备厢，拿出拉杆箱交给任志成，说："任经理，有什么事联系我呀！"

"好的，辛苦你了！"任志成说着，拎着旅行箱上了三楼，开门进了家。

何琼正在床上逗着儿子泽平玩，看到他说："你这里装的什么呀？"

"项目组的全部家当！"

"你怎么把它拿回家啦？"

"我还没有办公地点。"

"人家能开豪华套房，你就不会先定个单间哪！"

"不好，等邝科长回来再说吧！"任志成说的邝科长是机关工委试采油项目的行政主管，出差了，说是明天回来。关于办公地点，项目组是有一定自主权的，任志成订个房间没有问题，主要是他没有留那个套房，不如等着请一下邝科长好，邝科长能安排就由他来安排，安排不了再做商议，怎么也不差这一两天哪！任志成这时候也过来逗着儿子，儿子胖胖的，大大的眼睛，肉肉的小手挓挲着，牙牙学语，很惹人喜欢。

"志成，你看孩子我做饭哪？"何琼说。

"你的厨艺先保留着，还是我来吧！"任志成笑着说。

"你就直接批评我做菜不好吃得了呗！"

"这话我可没说呀！"

"你实际上就是这个意思！"

"这是你的理解呀！"

"你老奸巨猾！"

"对此我对你提出强烈抗议呀！"

"抗议无效！"

"你这不是玩赖吗？"

"我愿意呀！"何琼笑着说。

入夜了，儿子泽平睡了，何琼坐在写字台前看资料，任志成洗漱完了，过来说："老婆，你忙什么呢？"

"看一下相关的基础资料！"

"这次的方向是哪一块啊？"

"西部凹陷天然气形成的条件和因素！"

"你不要太累了！"

"我也不想啊，可我的研究成果太少了！"

"已经不少了，你最大的成果就是生了我们的儿子泽平！"

"还不就是他给耽误的嘛！"

"你别急，饭要一口一口吃，事要一件一件做，你看你妈生养了你们姐弟三个，

361

不是也聘上副高了，什么都没怎么耽误哇！"

"志成，你这个马屁应该在我妈面前拍，她听了一准会高兴的！"

"何琼，你这个说法不准确，我是在说明你所面临的问题呢！"

"急也没用啊。"

早晨，阳光明媚，微风习习，任志成吃着早餐，看看窗外，说："老婆，今天咱们回南矿啊？"

"想回你回吧，说好的，我要去我妈那里的！"何琼立刻推托说。

"咱们吃完午饭就回来，我爸想看他大孙子了！"任志成笑着说。

"说你爸想大孙子还不如说你妈想大孙子了！"

"老婆，这不是一样吗？"

"不一样，这个问题咱们不争论，你想回去你就带儿子回去，你妈想怎么看就怎么看！"

"你这个'小刁'怎么一点面子都不给啊！"任志成有些无奈地笑着说。

"行了，你就别拿我当挡风的墙了！"

"那好吧，我可带儿子回去了！"任志成说着，立刻给司机孙天成打了传呼。

何琼从心里不想看到婆婆那丽蓉的那张脸，那张脸面对她时总是透着一种鄙视，让她感觉有些扎心。结婚以来，逢年过节她是不得不回去的，为的是任志成脸上好看。除了曾经和那丽蓉的"过节"，她们又添了新问题，最大的问题是何琼生了任泽平，那丽蓉一天"月子"都没有侍候，就是任泽平降生那天，那丽蓉傍晚匆匆地赶来，一大早又匆匆地离去了，之后根本就没有再照过面！那一次来连孩子性别都没有搞清楚，待到任校长问起时，那丽蓉才恍然大悟，说是感觉上生的是女孩儿，最终还是任校长打电话才最后明确的，这是个什么样的婆婆和奶奶呀？可任志成的大妹任志梅生了孩子，那丽蓉在任志梅家里侍候了整整一个月，这让任志成在何琼面前是无话可说的！

任家后继有人，任校长看到任泽平就高兴，隔辈亲溢于言表。高兴之外他还有自己的心事，这个心事他得和长子任志成交流。油田改革开放了，从向市场经济转变开始就一直都在说着消灭"大而全""小而全"，怎么消灭？说是消灭条块分割，抓大放小，试采油招标、市场化运行、职工内退，大的做得差不多了，便开始向小的方面转移——有次序的，先是成本价购房，接着是物业专业化管理试点，接着就轮到了文教卫生，那个大原则叫"区域化布局、专业化管理、社会化服务"，油田卫生系统以东线职工医院、西线职工医院、兴城职工疗养院为主体做了相应规范，文教要形成"小学就近、中学分片、高中集中"的办学新格局。对于任校长来说，南矿小学的历史使命马上就要完成了，目前的小学校有教职员工二十多人，而现有的学苗和教职员工的人数基本差不多少，几乎是一对一，还呈锐减的趋势。教育处派人下来走访调研，调研人员说得十分清楚，学校新学年肯定关闭，教职员工转到厂小学校，学生就近择校。任校长当不当这个校长无所谓，他是高级教师，还有几年就要退休了，可剩余的这几年他还是要工作的，他的工作关系原则上可以转到西线采油厂小学，这就关系到家的搬迁，搬迁就得买房，房子开始由成本价向标准价转变，向完全个人产权过渡，这是油田房屋改革的新政，如果异地购房，南矿这个平房退掉，肯定要补进一些钱的。当初，成本价购置这个平房，家里已经倾其所有了，再异地购房就是个奢望。当然，家不搬也可以，任校长就得跑通勤，十公里的路途，或乘坐交通车或是骑自行车，教书育人要守时，必须早出晚归，风雨无阻！

看着任校长鬓边增多的白发，任志成说："爸，我看您还是过去买房吧！"

"买房，你说得轻巧，家里的情况你不是不知道，我们拿什么买呀？"那丽蓉立刻接上说。

"大家想办法凑一凑呗！"任志成说。

"谁来凑哇，你大妹婆家的条件不好，她刚生了孩子，你二妹马上就要结婚，对象家的条件也就一般般，你小弟新处的对象，能指望得上吗？要说条件，也就数你好了，你岳父在深圳，听说钱挣得海了！"

"妈，我岳父是人家的，我会尽力的！"任志成打断母亲的话说。

"我就怕你有心无力呀！"那丽蓉总是想着把对何琼的某些不满以某种方式表达出来。

"老太婆，你住嘴吧，大成结婚我们给什么啦？谁都不宽裕，咱们走一步说一步，现在还没有到那一步，我和大成说这个是在探讨问题，没你什么事啊！"任校长说。

"我是实话实说！"那丽蓉瞪大眼睛说。

"你先给我歇会儿吧！"任校长说。

那丽蓉看看任校长没说话，任泽平这时哭了起来，任志成立刻烫了奶瓶，抱着儿子哄着，不时试一下奶瓶的温度。那丽蓉这时找到了话柄，说："何琼这个当妈的，心可真够大的，吃奶的孩子都舍得扔下呀！"

"妈，何琼的科研工作很忙的！"

"工作重要还是孩子重要哇？你们不都是我一个个奶大的吗？带好孩子才是做女人的本分！"

"你别老拿自己和媳妇比，你生来就是个做家务种田的，儿媳妇生产，你去了一趟，连生儿生女都没有搞清楚，还好意思说！"任校长扒开了那丽蓉的伤口说。

"我那不是忙得忘记问了嘛！"那丽蓉狡辩说。

"老太婆，你干什么去了？你忙什么了？你要是给孩子换一次尿布，什么看不明白呀？这一天天的，你净想什么呢？"任校长立刻反驳说。

"我这个小尾巴算是捏在你的手里了，你有事没事的就拿出抖搂抖搂哇！"那丽蓉有些自嘲地说。

"老太婆，我是在提醒你别没事老挑儿媳妇的毛病，人家不是吃你的奶长大的，你也多看看自己呀！"任校长说得一针见血，那丽蓉便不再说话了。

白雪梅坐在客厅的沙发上望着窗外，窗外阳光灿烂，这时不由得有些凝神。白雪梅马上就要退休了，她刚好完成了最后一个项目的科研论文，时间过得可真快呀！何琼、何聪都成家了，何琼已经有了泽平；徐岚也身怀六甲，徐岚的母亲有时间，说是能帮着带孩子；何明去何劲松那里找的工作，工作了两年，前几天突然说又想读书，以适应飞速发展的时代要求；父母回老家一切都好，何劲松出资，把房子彻底修缮一新，父亲非常满意，电话里父亲要她也回老家看看，她是有这个计划的。之前，她要不也会像金鸿雁一样早退了，因为参与了一个重大的合作研究项目，从院领导到下面十几个人，她又是主要的中坚力量之一，院领导没有同意，她也就没有再坚持。一晃儿马上又要闲下来了，回老家看看父母应该是一个重要的选项。

何琼开门进来，白雪梅说："琼儿，怎么你一个人哪？"

"志成带泽平回南矿了！"何琼说。

"你为什么不回去呀？"

"妈，咱们不是说好了嘛！"

"泽平还在吃奶，你跟着才对呀！"

"妈，任志成能行，泽平没事的！"

"我这又没什么急事，你以后千万不要这样啊！"

"知道了，妈，任志成有车，他们吃过午饭就会回来，说是爷爷想孙子了！"

"我也想我外孙了！"

"任志成回来会到家的！"

白雪梅点头，指指地上纸盒箱子说："琼儿，我过去的一些重要资料都在这里，以后对你或许有些用！"

"谢谢妈呀！"

"琼儿，搞地质研究是需要一种精神的，首先是科学的方法，然后就是锲而不舍地坚持，你手里的课题研究怎么样啦？"

"还在查资料，准备得差不多了！"

"好哇，希望寄托在你们身上！琼儿，中午想吃点什么？"

"妈，你想吃什么我来做吧！"

"你的厨艺有提高哇？"

"还在学习，蛋炒饭肯定没有问题！"

"就这个呀，你还真得提高哇！"

"任志成提高更快，有点无师自通的感觉！"

"你爸也是，做事关键得用心！"白雪梅说着去了厨房，何琼也跟了过来，帮着择菜。

"妈，退休了有什么打算哪？"

"帮着你们带孩子！"

"泽平不用您带，您最该先回老家去看看姥姥、姥爷，您不是一直念叨这个事情吗？"

"姥姥、姥爷我是一定要去看的，我离开老家的时间也挺长了，还真的有点想！"

"妈，那您就早点回去，等您在那里住够了，再去爸爸那里住一段时间！"

"你爸爸那里我就不去了！"

"妈，为什么呀？过去您是没时间，这会儿有时间您就去吧！"

"我怕会不习惯！"

"妈，您没去住怎么知道哇？您现在终于有时间了，正好可以陪陪爸爸！"

白雪梅看了看何琼，犹豫了一下，还是说："琼儿，也许你已经看出来了，我和你爸爸早就出现问题了！"

何琼对母亲说的这个问题早就有些疑惑，今天母亲明确说出来她还是有些吃惊，便说："妈，有什么问题你们可以解决，爸爸对咱们这个家的责任感还是很强的！"

"琼儿，这不是一两句话就能说清楚的，我们已经这个年龄了，有些事情还是顺其自然吧！"白雪梅看了一眼窗外说。

"妈！"何琼眼里盈满了泪水，握着白雪梅的手说。

"琼儿，没事，很多事情只有时间才能告诉你答案的，我没有太多的期盼，就是希望你们几个都好好的，那样我就放心了！"白雪梅抚摸着何琼的脸说，抹了一下眼角。

"妈，您放心吧！"何琼说，她想起了旅游结婚时在爸爸宴席上看到的王慧。

"何琼，咱们吃饭吧！"

"好的，妈！"

这时候有人敲门，白雪梅去开门，笑着说："是我大外孙回来了，来，姥姥抱抱，哎，我大外孙可真乖呀！"

何琼、任志成陪白雪梅吃过晚饭回到了家里。一天的劳顿，任泽平到家一会儿就香甜地睡去了。任志成打开了旅行箱，整理着里面的资料，何琼坐在旁边看着，任志成看看何琼笑着说："有事啊？"

"你说得真对呀！"

"你说的什么？"

"我爸妈的关系！"

"你妈跟你说啦？"何琼点点头，眼中盈满了泪。任志成立刻揽住何琼，说："好了，好了，幸好他们没有成为仇人！"

"是呀，他们一直顾忌着姥姥、姥爷和我们，你家里怎么样啊？"

"还是老样子，南矿小学就要关停了，下个学期我爸要到西线采油厂小学上班了！"任志成说了和父亲交流的事情。

"志成，你是家里的老大，你家里的事你看着办吧，你收拾你的，我得去看资料了！"

"好，谢谢老婆！"

早晨，陈立伟接到崔长湖的电话。崔长湖今天要到西苇南岗子海边的架岭三路工程建设工地看看，说是中午会来西矿看他，陈立伟立刻让调度长吴昌东定了饭店，自己及早处理着手里的一些事务，在办公室里等待着。

说起来，从党校大专班毕业分手六七年了，陈立伟和崔长湖电话联系不算少，阴错阳差地却极少见面。这主要是陈立伟工作的西苇西矿比较偏远，还有就是父亲陈宏江作为石油专家去外援一个小油田了，这几年里一直很少在家，陈立伟回西线的时候就很少。更重要的是这些年油田一直都在忙改革、忙上产，队里和矿上都是西苇厂上产的先进单位，先进单位就要有示范效应，他的采油八队脱颖而出后就一直花繁叶茂的，直到他坐上西矿矿长的位子，他一直都是忙忙碌碌的。昨天，厂部党组织对他进行了民主测评，他作为西苇厂主要后备干部上报备了案。陈立伟和崔长湖虽然有一段时间没有见过面了，可党校同学间的电话还是不间断的，崔长湖的情况他还是有所耳闻的，特别是崔长湖娶了个小姐做老婆也算是件挺罕见的事，许多人说起来都嗤之以鼻，按照他们老家的老话叫"野花进门，家破人亡"！之前的家破是肯定的了，不破不立，人亡指的是什么？听说他前妻韩玉香现在好好的，没打没闹的，离了就回省城陪女儿去了！从个人的情感上说，陈立伟对崔长湖这位老大哥还是十分敬重的，崔长湖最大的优点就是很讲哥们义气，这是一些人的公论，也许人都有软肋，就像他陈立伟的"拗"一样，崔长湖也许就该命犯桃花？

吴昌东敲门推开，让进了崔长湖，陈立伟马上起身，两人先是握了手，接着还抱了抱，这就是同窗三年，情谊深厚哇！崔长湖还是老样子，精神抖擞，这和人长得精干有些关系？吴昌东给崔长湖倒了水，看着陈立伟，陈立伟说："昌东，你忙你的吧，走的时候喊我们！"

"好的，矿长！"吴昌东应了一声，出去带上了门。

"兄弟，你可以呀！"崔长湖走到窗前看了看，转回笑着说。

"老大哥，你还逗我呀！"

"我逗你干吗，你是咱班年轻人里进步最快的一个，采油一线矿长，马上还会有进步吧？"

"老大哥说得我真高兴啊!"

"兄弟,我说的是实话,油田上产一千五百万吨,还要稳产十年,采油是关键的关键,产量就是业绩呀!"

崔长湖说的油田上产目标已经实现了,稳产十年的目标能不能实现陈立伟不清楚,那是全油田的大事。不过这些年里,不管是在中队还是到了矿里,他的单位都是稳产增产的,先进红旗年年扛,参观取经的人真不少。头几天,他曾经的老指导员尚玉杰作为副教导员还随团来西矿参观了,见了面还有点不好意思,解释过往的事情。陈立伟笑着说:"老大哥,采油这个活苦没少受,累也没挨,心也不少操哇!"

"兄弟,不管怎么样你还有个好结果呀,不像我们,一年忙到头了,搞不好还得背上一个亏损的帽子,都不好意思抬头见人,现在油田改革改什么?就是改我们,油田大规模的基础设施建设基本上都要完成了,是该卸磨杀驴!这样的话说着不好听,理就是这个理,我们公司人员多出了三分之一还要强,你说能不亏损吗?"崔长湖有些感触地说。

陈立伟笑了笑,这样的话不能再说下去了,便把话题转到党校同学的身上,最先说到的自然是刘秀儿。刘秀儿做了安全监督站站长,忍受着风湿性关节炎病痛的折磨还在工作,继续保持劳动模范的本色,让人唏嘘又钦佩,他们还说到其他的同学,大多数同学工作上都有了一定的建树,这对他们来说有一种海阔天空的感觉。

电话铃响起,是吴昌东,两人好久不见了,说起话来就忘了时间,想来是预定的饭店问询了。陈立伟拿起电话说:"昌东,我们这就下去!"

西矿地处偏僻,流动人口不多,毗邻小镇上的饭店简朴有加,河鲜海货还是比较齐全的,完全是自给自足,就餐的人少,又有准备,菜很快就上来了,以海鲜为主。吴昌东酒量好,频频举杯敬酒,帮助陈立伟尽地主之谊,还适时透露陈立伟有更上一层楼的信息。崔长湖不禁感慨良多,想当初自己抗洪抢险一战成名,去石油系统巡回宣讲月余,宾至如归,大小领导接见,一时间红得发紫,可沉寂下来以后多是坎坷,现在虽然和陈立伟同一级别,可陈立伟年纪小了半轮,又在采油主业工作,成长空间相对广阔,人哪,真是时也命也,光鲜只是一时,生活在日常,何以解忧?唯有杜康!

崔长湖裤袋里的手机唱响了,铃声很动听,崔长湖掏出,优雅地按了接听键,柔和地说你好!电话那边一个女生急促的声音说:"是崔长湖吗?"崔长湖说:"是我,您哪位?"电话里说:"我是韩玉莹,姐夫,你马上回省城来,崔雪儿出事了!"崔长湖立刻从座位上站起来,急切地说:"崔雪儿怎么啦?"韩玉莹说:"崔雪儿在放学路上被大挂车给轧了!"崔长湖急忙说:"崔雪儿怎么样啊?"韩玉莹有些哭腔地说:"在手术室里抢救,你快点回来吧!"崔长湖说了声好!愣了那么一刻,旋即回过神来说:"立伟,我有个急事,得马上走了!"

"老大哥,怎么这么急呀!"陈立伟说。

"崔雪儿放学路上出了个意外！"

"老大哥，那你快走吧，有什么需要给我打电话呀！"

"好！"崔长湖匆匆出门上了车，车疾速开走了，卷起一溜长长的烟尘。

陈立伟回到了办公室，饭店里两个人近在咫尺，崔长湖手机里的话语在他耳边回响着。事情突如其来，带着极强的紧迫性，这不是什么好征兆，他不愿意往太坏处想，他期盼崔长湖的女儿崔雪儿有惊无险，这也许是一个美好的希望，但愿它能够成真哪！

实际上，很多时候，每一个人展示给别人的多是光鲜亮丽的一面，而所有的不如意或是不堪都是羞于启齿的，只有让它们雪藏，自我默默承受着。陈立伟这时想起了儿子陈晨，陈晨是五岁时发现有听力障碍的，直到影响正常的语言交流才被他们注意。他们带着陈晨去医院检查，证明陈晨已经接近中度耳聋了，什么原因造成的他们也不能确定，陈晨曾经有过一次高烧，是高烧所致，还是用药？现在首要的问题是进行治疗和干预，他们去过北京，想让陈晨得到更好的诊疗，医药的治疗没有收到实质性的效果，那就必须进行人工干预——佩戴助听器，以保证陈晨所具有的语言功能的巩固和强化。虽然油田新建了聋哑儿学校，只要有希望就不能送到那里去。王珏为此调入了幼儿园工作，以保证陈晨习惯于助听器并能很好地使用，能够和同龄孩子进行正常的交流，在适龄时能够进入小学读书学习。陈晨的身体生长发育得非常好，身材比同龄的孩子要高一些，且聪明机灵，活泼好动，一玩起来什么都忘记了，尽兴时总是发出爽朗开怀的大笑！尽管医生说陈晨是后天听力障碍，不会遗传，不会影响到今后的生活，最重要的是借助助听器能保证他的听力，保证他的语言交流，有利于他融入正常的社会生活中。目前助听器有些大，佩戴有些不便，正在向小型化、隐秘型发展；还有，国内新引进了一种人工耳蜗技术，通过手术会完善后天耳聋患者的听力，只是有待于普及，价格也是不菲的。这些对陈晨来说都是个好消息。可缺陷就是缺陷，王珏有时候会悄悄抹眼泪，一方面是自责，一方面是忧虑，陈立伟的内心也是一样的，岳父王俭曾经建议他们就此再要一个孩子，被王珏断然拒绝了，她要一心一意培养好陈晨！

敲门声，进来的是刘成功。刘成功身材修长，五官端正，皮肤光洁，这里的阳光和海风似乎对刘成功的皮肤做不出什么太大的伤害，倒显得他更加地健康成熟。刘成功新就任的西矿地质组长，他来汇报上任以来地质工作情况。刘成功汇报得细致入微，他知道矿长陈立伟最想听到什么。地质组经研究发现Q4区块有一百万吨的新增储量，这让陈立伟非常欣喜，西苇西矿真是个大有可为的好地方啊！

陈立伟很欣赏刘成功，这是个较为成熟的年轻人，安心工作，工作责任心强，谦虚、谨慎，有主见，对整个矿区的地质情况十分明晰，有着很好的发展潜质。初春时节，西苇地区突降了一场极大的暴风雪，西矿尤大，那一天，作为技术员的刘成功刚好去3号站了解工作情况，强大的暴风雪倾泻下来，久久不愿停息。刘成功滞留在站上，积雪覆盖了荒野，封闭了道路，阻断了交通，电路跳闸断电，在站上没有领导的情况下，刘成功主动站出来组织站上的人员进行了四十八小时的抗灾生产自救，避免灾情造成的损失，表现出良好的领导素质。今天，陈立伟又一次口头表扬了刘成功，并要他做好储量发现的申报和储量发现奖励基金的申请工作。

四十

赵兴隆是这一次油田举行盛大的"庆七一"文艺会演时和陆淼开始正式交往的。

那天晚上，油田举行盛大的文艺会演，油田的一位资深摄影师临时缺席了，主管摄影事务的戴老师紧急喊来得意门生赵兴隆前来救场，赵兴隆就是这个时候在现场遇到了参加演出的陆淼的。穿着演出服装，淡妆浓抹总相宜的陆淼，在前往后台时，看到了穿着摄影马甲拎着相机的赵兴隆，立刻和赵兴隆打了招呼，并请赵兴隆帮助她和几位女伴拍了几张参加晚会的纪念照。赵兴隆和陆淼近些年里见面的机会有限，先是陆淼家搬离了那个老住宅，其次是兴隆的姐姐靓初从上高中到考入北京读书，在家的时候不多，陆淼也就不来兴隆家里玩了，再就是陆淼初中毕业，去读四年的幼师，之后就参加幼儿园的工作，生活圈子也发生了一些变化。记得父亲赵玉明说过，陆淼是一个诗歌爱好者，很小就有诗歌在油报上发表，这在赵兴隆做政工干事以后，在翻阅油报副刊时得到了印证，诗歌清新中有一些轻灵。陆淼看没看过赵兴隆的摄影作品就不得而知了，他们之间的空档期少说也有六七年了，这使他们由青葱少年一下变身为油田青年了。

火热的七月，油田报社举办了一期通讯员培训班，做政工工作不久的赵兴隆遇到了新做服务大队宣传干事的陆淼。赵兴隆那次拍摄的照片一直还没有给陆淼，这一次就给了陆淼。陆淼便坐在赵兴隆旁边，一边听课，一边翻看了那些照片，赵兴隆的摄影技术很不错，构图合理，用光讲究，很有一些艺术感，陆淼心里有一些崇敬。那一天，油田报纸副刊上刚好有陆淼的诗作，赵兴隆把报纸给了陆淼，并给予高度的赞赏，陆淼谦虚地应答着，心中有些小美，在翻看报纸其他版面时，看到了赵兴隆的摄影作品，便也称赞不已。两个人交流逐渐深入，共同语言颇多。陆淼做了两年多的幼师，年龄稍长，不觉对当初的选择感到幼稚，幸好琴棋书画都有学习，诗歌、舞蹈有些功底，单位新组建了服务大队，有了竞聘上岗的机会，便做了宣传、青年的两栖干事。青年干事工作还好做一些，宣传干事有一项重要的工作就是每年在油田报纸上发表作品这是有任务指标的，油田宣传部有时会在报纸上公示各二级单位上稿数量，这是很考验二级单位党委书记的工作。党委书记为了脸皮不热一定会找宣传部长，宣传部长就会检验宣传系统的工作能力，对此，各单位便会上下齐动员，任务分解，群策群力上稿忙。这也是检验每个宣传干事的时候，是骡子是马拉出来溜溜！对于赵兴隆、陆淼来说，每一根"咸菜条"，每一个"豆腐块"都很重要，这是宣传报道工作的主体意识，需要一定的洞察力和写作能力，更是工作能力的体现。为此，他们就需要两翼的扶助，赵兴隆用的是摄影作品增色，陆淼则以诗歌、小散文添彩，这些也是算作上稿量的。赵兴隆在一线生产单位，生产是重点，报道有力度，上稿相对容易，陆淼身在服务性单位，引人眼球的工作相对要弱一些，能上稿的版面也相对少些，诗歌、小散文又不能总给你发表，这时就更需要两翼强有力的支撑了，除去发表一下诗歌、小散文，便想到了摄影也是一个必要的补充。陆淼便主动请教了赵兴隆，赵兴隆没有推辞，就诲人不倦地当起了人师，他们的关系开始了持续发展。

人说"一白遮百丑"，何况陆淼生得不丑，白皙的肤色更是添了粉嫩，这是赵兴隆审视陆淼时的感觉。陆淼演出时穿着舞蹈服装，身材婀娜，给人以十二分柔美，这让赵兴隆怦然心动。他在拍摄的多张照片里选出了两张，加洗了一份，独自留下欣赏。

一个周日的清晨，陆淼和赵兴隆相约早早出发了，他们骑着自行车要去野外拍鸟。天空瓦蓝，田野翠绿，清风流逸，花草飘香。赵兴隆一路上哼着流行歌曲《飞天》，不时看一眼身后的陆淼，陆淼戴着白色的遮阳帽，穿着米色的长衣长裤，为的是防止野外蚊虫的叮咬。

一个多小时的骑行，下了省级公路，穿过已经开始抽穗的大片稻田，眼前是一大片白杨树和垂柳混杂的林子，里面传出了各种的鸟鸣，给人赏心的感觉。

赵兴隆将自行车上的折叠小帐篷解下来，将两台自行车推进林子的隐秘处锁好，折了几根树枝苫上，看看没有了问题，才扛起帐篷，率先向林子深处迈进。林子是自然林，树木的枝条随意生长，枝繁叶茂，遮蔽了强烈的日光，空地杂草丛生。林子里空气潮湿，脚下厚厚的落叶散发着腐朽的气味，蚊虫讨厌闯入者，哼哼唧唧地群起飞舞，以攻击强调着领地意识。陆淼不停挥动那条红纱巾轰赶着，赵兴隆折断树枝、踏倒芦苇和杂草，在树木间开辟着前进的道路，鸟鸣声越来越清晰。眼前猛然一亮，他们抵达了林子的边沿。

这里有一块椭圆形的水面，镶在这块林子的中间部位，周围生长着茂密的芦苇和蒲草，铺向远方蔚蓝的天际，他们贸然地出现刚刚惊起一些白色的大鸟在空中盘旋，或落到远处的枝头不停鸣叫，像是在呼朋唤友，又像是说危险解除。赵兴隆在水边一块空地支着帐篷，他的手法很娴熟，一会儿就完成了。这是个绿色迷彩小帐篷，一两个人在里面刚刚好，赵兴隆将食物和水放了进去，让陆淼一起进去，掀开正面那个小布帘，眼前是一片广角的区域，赵兴隆指指说："你就在这里等待吧，一会儿就会有鸟在你眼前舞蹈了!"

"兴隆,你去哪里呀?"

"我去那边转一转!"赵兴隆指指南边说。

"很远吗?"陆淼似乎有些担心。

"不远,很近的!"赵兴隆掏出了一枚金属哨子,交给陆淼说,"如果遇到什么特殊情况,你吹这个,我很快就会回来的!"

"好吧,你不要走太远,注意安全哪!"陆淼叮嘱说。

"知道了,你就放心吧!"

等待是很考验人的耐性的,幸亏陆淼的背包里带了一本汪国真的诗集。鸟儿在天空中飞翔,在远处树枝上鸣叫,风吹动着那片芦苇和蒲草,摇曳出许多曼妙,在轻柔地起舞,那沙沙沙声是它们的情话?鸟儿怎么还不降临这片水面,这个岸边?汪国真真好,引领她进入另一个世界:如果不曾相逢 / 也许 心绪永远不会沉重 / 如果真的失之交臂 / 恐怕一生也不得轻松 // 一个眼神……便足以憔悴了一颗 羸弱的心 / 每望一眼秋水微澜 / 便恨不得 泪水盈盈 // 死怎能不 从容不迫 / 爱又怎能 无动于衷 / 只要彼此爱过一次 / 就是无憾的人生……鸟儿鸣叫了,近在咫尺,沉思中的陆淼心中一喜,她从那个方孔看到了几只洁白的精灵——白鹭,高足、白羽、曲颈、长喙,在水边优雅漫步,不时停下来,用长喙梳理着洁白的羽衣或是啄食水中,陆淼开始按动着快门。有一只蓑羽鹤这时落了下来,羽毛暗淡,像个呆子般缩在岸边,难道它也在沉思?还是白鹭优雅,一直在岸边信步,长喙不时啄食几下浅水,寻寻觅觅;一只野鸭从芦苇丛中游出来,后面牵出一串鸭宝宝,在水面划出了长长快乐的涟漪;一只大苇莺落在眼前一簇芦苇上,快乐地鸣叫着,跳跃着,鸣叫着,跳跃着,不停地抒发着心中的快乐!

一块浓重的乌云从西南方压了过来,渐渐遮蔽了太阳的光芒,天开始黯淡了,赵兴隆怎么还不回来?"六月的天,孩子脸——说变就变?"凉风率先飘临了,接着是大颗零落的雨滴拍打着帐篷,噼!噼!噼!啪!啪!啪!赵兴隆像一只灵巧的豹子急速地蹦跳着窜了回来,他刚刚钻进帐篷里,急雨就追赶着他的喘息声噼里啪啦地落了下来。赵兴隆笑着,从摄影马甲里掏出了相机,说:"刚刚好,这天刚才还响晴呢!"

"谁说不是,你走出去多远?"

"不太远,两三里路吧!"

"我还担心你赶不回来!"

"外边都是荒野,一棵树都没有!"

"有树也不能去躲避,会被雷击的!"陆淼告诫着,拿出一块手帕,说,"快擦擦吧!"

"谢谢!"赵兴隆接过手帕,手帕上有淡淡的茉莉花香。

"别客气，你吃点东西吧！"陆淼从包里拿出了面包。

"好哇！"赵兴隆接过来咬了一口，说，"你刚才拍到什么啦？"

"白鹭、蓑羽鹤、野鸭、大苇莺！"

"感觉怎么样？"

"很好哇，特别是那些白鹭，仙子般，那样的轻灵，美极了！"

"是，有比白鹭还美的！"

"你说的是丹顶鹤吗？"

"真聪明！"

"在这里你见过丹顶鹤吗？"

"当然了，有两对儿，我刚才就是寻找它们去了！"

"你看到它们了吗？"

"哪那么容易呀，这也得靠机缘哪！"

"听你这样说，我第一次来就更没有机会了！"陆淼有些失落地说。

"那也不一定啊！"赵兴隆喝了一口水，讲起春天在这里见到那对丹顶鹤的经过。

那是早春的时候，他们几个人连续来了几天了，都没能等到丹顶鹤。之后的一天，天气有些阴沉，他是一个人来的，他刚刚支好帐篷，天上就飘起了细雪，天有些冷，他躲在帐篷里犹豫着，是不是该离开？仿佛感觉到了什么，再向外看时，它们真的来了！赵兴隆说到这里，手指挑了一下布帘，眼睛贴过去，兴奋地压低声音说："陆淼，它们真的来了呀！"

"你说谁？"陆淼的目光透过了方孔，两只大鸟落在芦苇的水边，红顶、黑尾，有些警觉地左顾右盼，迈着高足，沿着浅水边优雅地向帐篷的方向走来，陆淼马上拿起了相机，天有些阴暗，赵兴隆说："千万不要用闪光灯啊！"

"好！"陆淼有些兴奋地按动着快门！

丹顶鹤扬起点了丹红的头颅，象牙色的长喙指向天穹高声鸣叫着，那声音是在向九天传递什么信息，还是自行报幕？它们开始跃动着高足，舒展了双翅，摆动着黑色的尾羽优美地舞蹈着，两只丹顶鹤相依相随，一会儿急促，一会儿从容，一会儿分离，一会儿交集，用肢体尽情地倾述着柔美和爱……有泪从陆淼的眼中滴落，她读懂了什么？只要彼此爱过一次就是无憾的人生！

赵兴隆将手帕递过去，陆淼接过揩了一下眼角，有些羞涩地说："不好意思呀！"

"你读懂了它们！"

"我被它们感动了，真的太好太美了！"

"你比它们还美！"

"它们是真正的仙子！"陆淼看着赵兴隆，摇着头。

"你是我心中的仙子！"赵兴隆看着陆淼。

陆淼有些羞涩地看着赵兴隆，她感受有一簇火焰跳跃着燃烧着，她凝视着，被那熊熊的火焰点燃了，便情不自禁地赴汤蹈火了！

赵玉明坐在沙发上翻看着油报的重要新闻，油田增产一千六百万吨正轰轰烈烈地开展着，时间紧任务重，金鸿雁从厨房过来，坐下说："老赵，兴隆这段时间忙什么呢？"

"除了工作还不就是摄影吗！"

"兴隆不小了，他个人问题你没过问一下呀？"

"最近没有，我看他总是很忙！"

"再忙你也得催促他一下呀！"

"我知道了，婚姻是讲缘分的，就像你和我，我们不是比他还大一些才认识的吗？"

"真的说不过你呀！"

"我是实事求是，金大夫，你有什么发现哪？"

"我看兴隆这一段时间好像更忙了！"

"你说得还真是，今天晚上又没有回来吃饭！"

"是呀，我今天有些累，先去睡了呀！"

"好，你去睡吧，我再坐会儿！"

电视里开始播放晚间新闻了，赵玉明是被那激昂的前奏曲唤醒的，他似乎刚刚眯了那么一会儿？赵兴隆在开门锁，这时候拉门进来了，看到赵玉明说："爸，您怎么还没睡呀！"

"等你呀！"

赵兴隆把挎包送到自己房里，出来坐下说："爸，您有什么事啊？"

"看你最近挺忙的，都忙些什么呀？"

"爸，正常工作，也没有什么特别的事！"

"你个人的问题怎么样啦？"

"爸，您听到什么啦？"赵兴隆愣了一下，笑着说。

"非得我听到什么吗？是你的个人问题，又不是别人的！"

"爸，要不这几天我也想找个时间向您和我妈专门汇报，我有女朋友了！"

"是呀，好事啊！哪个单位的，叫什么名字呀？"

"爸，您认识的！"

"你说的是谁呀？"

"陆淼！"

"陆淼？记得有一次我跟你提起过，你还说陆淼和何家兄弟的关系不错！"

"我们好长时间都没有接触了，我也不是太清楚，这次有机会接触了一段时间，感觉很不错！"

"是呀，你们到什么程度啦？"

"我们正商量着怎么跟家里报告！"兴隆笑着说。

"你这个臭小子，我今天要是不问你，你什么时候能报告哇？"

"马上，最迟也就这一两天！"

"你们准备什么时候结婚？"

"就想听听你们的意见，再说了，陆淼的爸妈现在都不在家里呀！"

"好了，我知道了，等你陆叔叔回来，找时间我和他们商量，你也早点睡吧，明天还要上班！"

"好的，爸，您也早些休息吧！"兴隆说着，就去卫生间洗漱了。

赵玉明关了客厅的电视，进卧室上了床。兴隆的这件事情来得有些突然，他一时有些无法入睡，眼睛看着棚顶。刘玉梅刚刚化疗完，陆鸣一直陪着康复，他们说好的，说是回大山老家去吃中药，也不知道什么时候能回来？兴隆如果结婚，他们都需要做什么？房子是必须要买的，还要装修，还要做些什么？现在和他们那个时候不一样了，这样想着，身子不由得翻动了两下。金鸿雁蒙眬中说道："老赵，快睡吧，你这是怎么啦？"

"金大夫，你儿子谈女朋友了！"赵玉明一时没有憋住。

"老赵，你说什么？是真的吗？"金鸿雁一下子醒来说。

"可不是嘛，是陆淼！"

"兴隆这孩子可真是的，怎么不早些说？"

"他们也是刚刚确定下来的，你这么急干什么呀？"

"我一直想着要给兴隆的房子买下来，前几天还想订一户92-1呢，说是住户使用得很节制，知道有这个事当时就定下看了，买了房子还不得装修哇？"

"你说得也是，别急呀，咱们和陆鸣还没有见面，时间还来得及！"

"陆淼我可有些时间没见了，小时候长得文文静静的，现在不知道怎么样啦？"

"都说女大十八变，兴隆能够看得上你说会差吗？"

"现在都时兴'三金'了，我还一点都没准备，什么时候我得去西线大厦金店去看看了！"

"要我说这个心你就别操了，你知道陆淼喜欢什么样式的？还是让兴隆陪着陆淼去选的好！"

"你说得也是呀，对了，陆鸣他们什么时候回来呀？"

"不知道哇，好了，时间不早了，你早点睡吧！"

"我的觉都被你一下子给打过去了！"

"知道这样真不如明天早晨再告诉你了!"

"老赵,你也不是那种自私的人哪,你是想让我早些和你一起分享快乐!"

"金大夫,你这话说得倒是真的!"

刘玉梅完成了艰难的化疗过程,身体检查一切还好,头发也长出了一些,按照之前的商定,陆鸣陪着刘玉梅回到大山里的老家老宅。十几年没见了,二叔、二婶仍然精神矍铄;已为人妇的刘玉菡在乡镇卫生院坐堂,接诊慕名而来的患者,很是忙碌,玉菡的夫婿是位教师出身的乡党委副书记,喜欢书画,不求腾达,他们的生活十分惬意。

二哥刘玉河、二嫂甄妮这时候住在老家的老房子里,二哥工作的县木器厂已经濒临倒闭,工厂已经关了门,幸好二哥离着退休的日子已经很近,精力却仍然旺盛,听说老家这边有山林地可以承包,价格便宜,就跑回来看了看,经过一番了解和考察,决定承包一片山林地,说是投不了多少钱,除了山林还有林下经济,里边会有一些商机,何乐而不为?二哥家的孩子已经成家,不用他们牵挂,刘玉河又是个脑子比较活泛的人,做多说少,他说看着二叔二婶恬淡的生活,他也有些喜欢,就想长期住下来,反正房子是现成的,愿意的话就再好好修缮一下,住着也方便,甄妮夫唱妇随,认真收拾卫生、洗衣做饭。

二叔、刘玉菡分别给刘玉梅号的脉,他们商议了一个方子,陆鸣轻车熟路地煎药,甄妮见了则当仁不让,有她在还用小姑女婿来做这等事情吗?陆鸣闲下来,便陪着刘玉梅去大山里走走,多年的休养生息封山造林,大山更加葱郁,草木葳蕤,正是果实开始成熟的时节,空气里飘逸着浓郁的果香,沁人心脾。远处飞来悠扬的歌声,让人流连忘返。刘玉梅开怀地笑着,不时用相机记录一些美好的瞬间,她这时告别了曾经的操劳,这才是生活的本真哪!

傍晚,陆鸣和刘玉梅去街上散步,小镇开始有了夜生活。这时的中心广场已经锣鼓喧天,唢呐声声,一帮人拿着红绿大绸扇子舞动,迈开了欢快的脚步,扭着东北大秧歌,有两对丑角走在队伍的中间,对耍着,舞得更加欢实。随着欢快的锣鼓点响,刘玉梅不由得也扭了起来,脚步踩在了鼓点上,陆鸣笑着说:"玉梅,可以呀!"

"时间太久了,这是儿时里的记忆!"

"大秧歌这种娱乐形式挺好的,简明、欢快!"

"那时候小镇上只有逢年过节才有这样的活动!"

"社会发展得真快呀!"

"是呀!"刘玉梅说,"老陆,我看你还是早些回去吧,你有班,总这样经常请假不好,淼淼一个人在家我也不太放心!"

"淼淼已经长大了,没有问题,你就放心吧!"

"长大也是个女孩子呀!"

"你一个人在这里行吗?"

"我身体恢复得可以了,又有二哥、二嫂在这就更没有问题了,没事的时候我也来扭扭大秧歌!"

"那好,你一定要照顾好自己呀!"

"放心吧,老陆,淼淼对个人问题不太上心,你得催催她呀!"

"好的,我一定督促她抓紧落实!"

"兴隆有女朋友吗?"

"之前在省城和盼盼交往多一些,现在就不知道了,何劲松倒是给提过!"

"婚姻是讲缘分的,就是不知道他们有没有这个缘分!"

"是呀,我是挺期待的,好人家也很关键!"

"你说得非常对!"

陆鸣吃过晚饭,坐在沙发上翻阅着积下的刊物和信件,陆淼晚上没有回来吃饭。陆鸣下午到家就给陆淼发了文字传呼,说爸爸已经回来了!陆淼回传呼说之前约好的,晚上和朋友一起吃饭!刊物上有朋友的诗作,陆鸣认真读了两遍,写得不错。这半年多来,陆鸣一直没有动笔,他有些思考,缺乏激情,也没和诗友们联系,一些人是知道他家的情况的。

陆淼开门进来,高兴地说:"爸爸,我回来了!"换好鞋坐在沙发上。

陆鸣看看,笑着说:"淼淼和谁一起吃饭哪?"

"男朋友哇!"陆淼笑着说。

陆鸣一愣,看看陆淼,笑着说:"淼淼有男朋友啦?"

"是呀,爸爸!"陆淼脸上浮起红晕。

"爸爸认识吗?"

"认识,爸爸猜猜看!"

"这个可不好胡乱猜的!"

"赵兴隆!"

"是你金阿姨家的兴隆啊?"

"爸爸怎么不愿意呀?"

"怎么会呢,爸爸是有些没有想到,你们什么时候开始的?"

"已经三个月了!"

"你怎么一直都没有告诉我们哪?你妈一直很着急,回来前还跟我说!"

"之前不成熟,怕影响到你们的关系!"

"现在什么情况啊?"

"兴隆向我求婚了，我想听听爸爸、妈妈的意见！"

"淼淼，我和你妈妈早就盼着这一天哪，你妈妈知道一定会非常高兴的！你们想什么时候结婚哪？"

"兴隆说和家里已经报告了，兴隆爸爸说等您回来一定会找您商议的！"

"好哇，我明天先告诉你妈妈一声，我们得给你准备嫁妆啊！"

"爸呀，我不想妈妈太辛苦了！"

"怎么会，淼淼放心吧，你甄妮舅妈很能干的，她会过来帮助妈妈的！"

"能这样是最好的！"陆淼高兴地说。

给兴隆买房子的事情稍显麻烦。这个时候刚好是油田房屋由成本价向标准价过渡期间，油田房改试点先是成立了区域的房屋管理所，房屋还有些计划性审批的意味，赵玉明只好找个熟人找到房管所的主管领导说了一嘴，房子才算买下来了。拿到了房子钥匙，金鸿雁就想着张罗装修，在诊所里说起这件事，有一位滴水的老慢患者热情地推荐了一个装修木工，说是装修木工很年轻，新到西线来的，做了几家，口碑很好，约工不断。金鸿雁就和装修木工取得联系，装修木工说好今天来看房子，现场商议装修事宜，装修时间肯定要顺延的，他的手里还有一户预定。金鸿雁看中的是这个口碑，就定下了，便找了休班的于小玲到诊所帮忙，自己到新购的楼房等候装修木工。

金鸿雁在房子里四下看了看，心里十分欢喜，想象着兴隆婚礼美好时刻，这时候听到敲门声，立刻去开门，装修木工看到金鸿雁一下愣住了，马上笑着说："您是金大夫吧？"

金鸿雁看了看装修木工，有些似曾相识，一时又想不起，便说："你是？"

"金姨，我是严思礼，你不记得我啦？"

金鸿雁马上想起来了，是那个骶椎有骨裂的少年"遗尿症"患者，便说："你是小严哪，你的病现在怎么样啦？"

"金姨，我在滨海打工六年，前年在207做的手术，现在完全好了！"

"这可太好了！"

"金姨，我一直以来最想感谢的人就是您哪！"

"说什么感谢呀，都是我应该做的！"

"金姨，像您这样医者仁心的医生现在不是很多呀！"

"怎么会？做医生就是治病救人的！"

"金姨，这是您新买的房子呀？"

"是我儿子兴隆要结婚买的房子！"

"哦，这是要做新房啊，金姨，我先恭喜您哪！您这个房子装修有什么具体要求哇？"

"关于房子装修我们什么都不懂，就想弄得好一点！"

"金姨，您有装修图纸吗？"

"没有，找你来就想听听你的意见！"

"金姨，您放心，我一定会全力以赴的！"

"小严，你看这房子怎么装修好？你见多识广又有经验！"

"金姨，现在一般的家居时兴整体装修，主要是节省空间，要不您和弟弟商量一下，咱们有时间一起去看看几家我装修好的房子，你们有看好的房子，我也可以过去看看，然后，咱们再确定装修方案，您看这样行吗？"

"小严，这样是不是太耽误你的时间了！"

"金姨，您的事就是我自己的事，弟弟的新房我一定要让你们满意！"

"小严，那就辛苦你了！"

"金姨，您不用客气，咱们留个联系方式吧！"严思礼说着，给了金鸿雁一张名片，上边有一个BP机的号码。

严思礼是受人之邀来西线给人装修的，他来西线半年了，闲暇时曾去西线医院找过金鸿雁，有人告诉他说金鸿雁已经退休好几年了，他去过金鸿雁家之前住过的平房区，那里的房子已经拆除，正在建造新住宅楼。严思礼要讨生活，他和邻村一个刮大白的女孩儿已经订了婚，说好这个春节完婚。严思礼聪明，活计做得精当，为人谦和，很得用户的欢喜，活计就一家接一家地做下来，一直也没有停歇过，每当歇息的时候，他常常会想到金大夫，西线不是很大，他相信总有一天会遇到金大夫，仿佛这是天意，这一天还真的就降临了！

金鸿雁高兴地回到了诊所，马上进厨房做饭，于小玲进来帮忙，金鸿雁说："玲子，早晨我看着你不太高兴，没有来得及问，你怎么啦？"

"没什么！"于小玲淡淡地说。

"玲子，有什么事说出来，别憋出毛病来呀！"

"还不是因为吴亦真！"于小玲叹了口气。

"吴亦真又怎么啦？"

"昨天晚上，吴亦真看了吴妮儿的摸底考试成绩，说是不理想，吴妮儿没有说话，他上去就是一巴掌，说吴妮儿态度不端正，吴妮儿都是大姑娘了他还打，我不高兴了，就和他吵起来了！"于小玲有些愤愤地说道。

"就为了吴妮儿的摸底成绩？"

"可不是嘛，我看我们吴妮儿已经很努力了！"

"这个吴亦真可真是的，让我见到他非好好损他几句不可！"

"我就说他，你出去给人家孩子补课，咱们吴妮儿你是不是该好好补一补哇？他说我又不是没有补过，我说你该接着补才行，他说我哪有那么多时间，我说那你就别责怪妮儿，他才不说话了!"

"玲子，吴亦真怎么回事啊?"

"现在有些老师，课本上有些重点内容不在课堂上全讲完，有一些专门留在补习班上深入展开讲!"

"怎么这样啊?"

"还不是让学生参加课后补习班挣钱嘛!"

"老师这么做不是误人子弟吗?"

"谁说不是!"

"玲子，你可得跟吴亦真说，这种事咱可不能做呀!"

"我跟他说过了，他不但不听，还理直气壮地说很多老师都是这样做的，别人能做我为什么不能做呀? 我说你们这样做就不怕遭报应啊! 他还笑着说遭什么报应啊? 好人不长寿，坏人活千年! 你说气人不?"

"这个吴亦真怎么变成这个样子了!"金鸿雁有些无奈地摇摇头。

"金大夫，我看这个社会的人心都有些开始变坏了!"于小玲说。

"玲子，做人重要的是得管好自己呀!"金鸿雁说。

"我说的话吴亦真一点都不爱听，还说我什么都不懂，跟不上社会!"

"他不爱听你也得说呀!"

"这也是我们经常出现矛盾的地方，现在我都懒得说他了!"

"玲子，你们如果没有话说了可就危险了!"

"如果真走到那一步，也是没有办法的事啊!"

"玲子，能避免还是要避免哪!"

"金大夫，到时候就不是我能左右的了!"

"玲子，咱们吃饭吧!"

四十一

初秋的清晨，天高云淡，周大叔在稻田地里巡视了一大圈，这是他多年来的生活习惯。一望无际的水稻在初升的太阳下一片金黄，叶片上镶嵌的晶莹露珠滚动了一下跌落了。他捏起一棵稻穗看了看，粒数可观，揪了几粒放到嘴里嚼了嚼，颗粒饱满香甜，今年又是一个丰收年! 清凌凌的鱼塘里水波荡漾，一条大鲤鱼猛然跃出了水面，金鳞鳞的身子在空中不停地腾跃着，还挺括了一下身子，才俯身跃入塘水中，荡开一个大大的涟漪。周大叔拎了一下裤子，裤脚被露水打湿了，凉鞋里进了些泥土，他在一处水边涮了涮，这才向住处走去。经过养殖场的门口，雇工大古拎着一个塑料袋出来，笑着说："东家，你要的胖头鱼和小公鸡我都弄好了，放哪里呀？"

"古哇，辛苦你了，给我吧！"周大叔笑着接过了塑料袋，拎着回到了住宅前，挂在靠墙边的"永久28"自行车的车把上，开了房门，进了正房的厅堂。

"老头子，吃饭吧，一会儿粥都凉了！"周大婶看了一眼说。

"好！"周大叔说着，在脸盆架上拿起毛巾擦了擦脸，才坐在餐桌前，周大婶送上一碗大米粥，周大叔喝了一口，说："他们都走啦？"

"四新刚刚走！"周大婶说。

这时，周志国拿着棕色鳄鱼手包从走廊里出来，看到周大叔说："爸，我走了呀！"

"怎么，都不吃饭啦？"

"有事，不吃了！"

"霓儿的事你怎么想的呀？"

"爸，这有什么好想的呀！"

"怎么说她都是你闺女！"

"我知道，我是对她负责任，爸，您就别管了，我还有事要办哪！"周志国说罢，匆匆地出去了。

"都是你造的孽，我说说又怎么了！"周大叔从鼻孔里说。

周大婶端来一盘热包子，看看周大叔，说："老头子，你又生什么气呀？"

"自己的事没有整明白，我问问都不行啦？"

"老头子，志国是霓儿的亲爸，霓儿的事就让志国管，咱们别操这个心了，更用不着生气，手心手背都是肉哇！"

周大叔想了想也是，拿起一个包子，用劲咬了一口。

从这块土地承包开始，到现在也有小二十年了，不管是开发养殖，还是搞小炼油，办运输，周志国都顺风顺水的，钱肯定是赚到了，至于多少，只有周志国、高四新两个人心里清楚。周志国还是比较精明的，也算之前去过省城，是见过一些世面的人，前几年小炼油不让搞，他立刻收了手，转身升级去做化工厂，收益看着又不错。建设这座化工厂是周闯负责做的基础建设，化工厂不算大，可五脏俱全哪，周志国许是有意给周闯锻炼的机会，肥水不流外人田，何乐而不为？这个基础建设下来，周闯熟悉了工程建设的基本路数，就和人合作开始做房地产工程，不时还和周志国探讨投资买地开发的事宜，说得头头是道的，周志国一直绷着没有松口，他让周闯自己折腾去，周志国在看，也许他的资金被化工厂占用着？周志国应该还是有自己想法的，这些天又在和一些政府上的人接触，不知道又想做些什么？反正现在这个社会多接触些人是没有什么坏处的，都说朋友多了路好走，一旦有什么风吹草动的可以及时掉头！周大叔早就不同意周志国这样的折腾，够吃够用就行了，周志国却说赶上好时候了，给机会赚钱我为什么不赚？周大叔心里也明白，周志国理想的官路已经走不通了，赚钱这条路他会抓住不放的，人哪，就是这个样子，需要激情和梦想啊！

周霓之前在高四新管理的运输公司里学习做了半年的出纳工作，春节回省城和她亲妈过的年，过完元宵节回来，带来一个姓夏的男朋友，找周志国要投资，说是在省城看中了一处房子盘下来想要开个店，周志国不同意，说你还年轻，才进入社会，西线这有你的天地，你想施展就在这先试试吧！周霓不愿意，她就想着回省城去发展，周志国让她好好想想，事情一直搁置着。事情过去了三天，投资没有着落，周霓有些急，再次抓住周志国说起要投资的事，周霓说："哥哥周闯怎么可以拿钱做自己的事情，我是你的女儿，怎么就不行？"周志国看看周霓说："周闯干的是自己的专业，他在这个行业已经干了好几年了，也积累了一定的经验，你有什么专业知识呀？"周霓说："开个店练个摊还要什么专业，有资金就行，我不懂小夏懂啊，他在服装方面也做了好几年了！"周志国说："既然小夏懂就请小夏说说你们的想法吧！"周霓看看小夏，小夏说了服装的进货渠道和销售过程，周志国提出了一些问题，小夏说得模棱两可，他们就想兑一个店经营。周志国不断摇头。小夏有些尴尬，周霓就有些不高兴了，他们一起回了省城，高四新想留也没有留下。

一晃半年过去了。周霓昨天回来的，晚上和周志国谈借钱的事，周志国说："霓儿，你们的店开得怎么样啊？"周霓说："开得很好哇！"周志国说："开得很好还用回来拿钱哪？"周霓说："店里要进货，用做资金周转！"周志国说："霓儿，你就实话实说吧，是资金周转不灵了吧？"周霓才有些低眉顺眼地点点头，说："爸，你就帮帮我们吧！"周志国摇头说："霓儿，你听爸的话，那个店你还是放弃吧，回这里来，学习一下餐饮管理，我盘个酒楼，以后给你做，有盈余都是你的！"周霓说："不，爸，你还是给我些投资吧，我绝不会放弃这个店的！"周志国说："我没有钱给你去填那个无底洞！"周霓说："闯哥那么多投资都行，我用个零头怎么都不行，就因为我是女儿吗？"周志国非常严肃地说："霓儿，周闯的钱是这些年自己做起来赚到的，你呢？"周霓说："你也没给我投资呀？"周志国说："你们干的是多大的店哪？你高姨私下里给你拿了钱你以为我不知道吗？"周霓说："我拿的是我的工资，应该得的！"周志国说："你就一个出纳员，工作了才半年，该拿多少工资你自己没数吗？你这样没脑子能干什么呀？"周霓的脸就有些挂不住了，说："你看不上我你就直说好了！"说着哭着跑回房间了，周大姐进去劝了好一阵子！

周大叔就对周志国说："你这当爸的怎么这样对闺女说话？"周志国说："爸，我就是要霓儿醒醒，上次来的那个什么小夏除了油嘴滑舌的，能干点什么呀？就这样一个小生意还要周霓拿钱不说，关键是还做不好，买卖不是光靠嘴皮做的！"周大叔说："那你准备怎么办？"周志国说："等霓儿想清楚了再说吧！"周大叔说："她要是想不清楚呢？"周志国说："她是被那个小夏迷惑了，我也没有办法，只能再等等了!"周大叔说:"你该把道理讲清楚嘛!"周志国说:"周霓现在是听不进去的,爸,你也别操这个心了!"

周霓出来了,眼睛有些红肿,周大叔看看说:"霓儿,吃饭吧!"

周霓坐在那里,眼泪掉了下来,周大叔想说点什么,周大婶使了个眼色,说:"老头子,你不是还有事要去办嘛,早去早回呀!"

"好!霓儿,有什么话和你爸好好说呀!"周大叔看了周大婶一眼说。

"他根本也不让人说话呀!"周霓带着哭腔说。

"霓儿,你爸还是疼你的,你还年轻,你爸说的话还是有些道理的,你也该好好想想啊!"周大叔说。

"爷,这个店我是不会放弃的,我们只要挺过这一段时间就会好起来的!"周霓坚持说。

"爷相信你,事在人为!"

一阵摩托车响,停在了门口,周闯笑呵呵地进来了,手包放在餐桌上,说:"爷!奶!"

"闯儿来了,吃饭了吗?"周大婶说。

"奶,我吃过了,妹,你什么时候回来的?"

"昨天!"周霓抹了一下眼睛。

"店里不忙啊?"

"还行吧!"

"你们的生意怎么样啊?"

"还可以吧!"

"妹,你刚起步,生意一时不好也是在所难免的,做生意也是个学习的过程,你有什么事跟哥说呀!"

"谢谢哥,我没事!"

"妹,我这有点钱你先拿着用吧!"周闯从包里拿出一张银行卡,放在了周霓的面前。

"哥,我不用你的钱!"

"妹,什么你的我的,哥这两年的收益还可以,这个你拿着应个急,密码是六个八,妹,回来一回你多住几天,一会儿我有事先走了,晚上找个时间,哥请你出去烧烤哇!"

"谢谢哥!"

"爷、奶,我走了!"周闯笑着说。

"闯儿,你骑摩托当心着点啊!"周大叔说。

"爷,知道了!"

摩托车声远去了,周大叔想,应该是周志国让周闯来的,周志国是给自己留了个余地。

"爷、奶,我也得回省城了!"周霓拿起银行卡说。

"霓儿,这么急干什么呀,回来了你就多住两天呗!"周大婶挽留说。

"不了,奶,我的店里还有不少事!"

"把卡放好了,路上当心点啊!"周大婶叮嘱着。

"爷,奶,再见!"周霓进屋收拾好东西出来说,匆匆地走了。

"咳,这个周霓呀,就是回来找她爸要钱的!"周大叔说。

"这是志国现在有俩钱了,要是过去可怎么办哪?"周大婶说。

"那些年里她也没来过呀!"

"是呀,她要是不来,我都把这个孙女给忘记了!"

"人都说'穷在闹市无人问,富在深山有远亲',这个话一点都不假呀,老太婆,我得去金大夫那里了!"周大叔摇头起身说。

"老头子,路上看着点车。"

"知道了!"周大叔说着,推出自行车骑上去,向着西线市区里驶去。

进了诊所,周大叔见于小玲坐在诊桌前,于小玲看清了周大叔,忙起身说:"周大叔来了,您坐吧!"接了东西,送进厨房,回来倒了杯水。

"于护士长,金大夫呢?"周大叔接过水说。

"去看装修的房子了!"

"金大夫买新房子啦?"

"是给兴隆买的,准备做新房的!"

"兴隆要结婚了,这可是大喜呀!"

"是呀!"

"大叔,您来了!"金鸿雁这时进来说。

"金大夫,兴隆要结婚啦?"周大叔说。

"是呀,大叔,这不抓紧装修房子呢!"金鸿雁说。

"金大夫,房子装修你怎么回来啦?"周大叔说。

"那里没有什么事,我回来做饭,让木工自己干吧!"

"金大夫,装修房子是大事,自己家得有人盯着点,你要是没空,我去给你看着去!"周大叔说。

"大叔,不用了,都是熟人!"金鸿雁说。

"金大夫,有些个熟人更爱糊弄熟人!"周大叔说。

"大叔,这个木工是金大夫过去治疗的一个小患者,这次是来报答金大夫的!"

于小玲笑着说。

"这样啊，那就另当别论了！"周大叔笑着说。

金鸿雁去厨房里烧水，出来说："大叔，您怎么又拿这么多东西呀？"

"小公鸡是当年的，鱼也长成了，给你们尝尝鲜！"

"大叔，谢谢您，您再来千万不要再拿东西呀！"金鸿雁说

"金大夫，看你说的，咱们还用说这个呀！"周大叔喝了口水。

"大叔，周勇考警校怎么样啊？"金鸿雁说。

"考上了，小勇去了大连！"

"真好，大叔，你们这一下更省心了！"

"咳，省什么心哪，周闯光忙着搞工程，都小三十了，还一个人，周霓那个丫头又跑回来找她爸要钱了，这事也不知道什么时候是个头哇？"

"周闯是在干事业，是好事，周霓大一点就好了！"

"但愿吧！"

"大叔，您坐着啊，我得做饭了，木工一会儿过来吃饭，您就在这里吃吧！"

"不了，金大夫，你忙你的，兴隆结婚定在哪天了？到时候我得过来喝杯喜酒哇！"

"大叔，到时候我一定提前请您老和大婶！"

"那好哇，我走了！"

"大叔，您就在这里吃饭吧！"

"不了，我回去晚了，你大婶该着急了！"

"大叔，那您慢走哇！"金鸿雁送出来说。

"金大夫，你快回去忙你的吧！"

傍晚时分，郝学仁匆匆地穿过公路，走进振兴小区的6号门，转身拐进自家单元的楼门，开了一楼西的房门。进门按开客厅灯的开关，尹小芸坐在黑暗中，管灯的跳泡跳动了两下，晃亮了她蒙眬的眼睛。尹小芸揉揉眼睛，说："你回来了，饭我已经做上了！"

"我不是跟你说了嘛，不用你，回来我一起做就行了！"郝学仁换好拖鞋说。

"你一天天忙得什么似的，这点事我还能做！"尹小芸说。

"我正常上班没什么忙的，你沾了凉水，手又要疼，我去做菜了！"郝学仁说着，进了厨房，电饭锅刚好咔嚓一声，指示灯跳到黄色的一边。郝学仁拿起两个土豆，开始去皮。尹小芸的风湿性关节炎更加严重了，骨节明显肿大，每到秋凉发作得更加厉害，沾了凉水更加疼痛，只是她一直忍着。过去有那个小卖店，人来人往的，时常会有人说说话，尹小芸的日常还要好过一些，现在搬到了一个新环境，人生地不熟，整天圈在屋里，除了电视节目，难免有些孤寂。

楼房是郝学仁新近找到的，90-1二代户，面积有些小，好的是一楼，方便尹小芸的出入，这是最最重要的。住房离郝学仁上班的文化宫非常近，仅是一路之隔。如果说到不好，就是过个年节，盼盼、三儿都回来时，房子就显得拥挤一些，会有一些不便，这是容易克服的，就像老话说得"年节好过，日子不好过"一样，现在人们的日子比以前好过多了，更何况年节！

　　门响了一下，是郝可可回来了。郝可可参加工作没能进入油田电视台，倒是被西线采油厂宣传部看中了，安排在厂电视台。最初，郝可可是有些想法的，甚至有些情绪化，认为是"后门"堵了他的路。郝学仁就说是金子总会发光的，他现在就是块金子也是没有淬炼过的，纯度还是不够，你得多多淬炼，闯出一条路来证明你自己！郝可可这才不说话了。说到郝可可，还是有些特长的，拿起吉他能自弹自唱，很多乐器也都能弄出响来，做主持人也挥洒自如，电视节目可以自己编采，在大学就参与学校电视台的诸多活动，也报名参加省城电视台的一些竞赛活动，只是成绩不太靠前，就与机会失之交臂了，郝可可想要成就自我，还需要时间和努力。

　　郝学仁端上饭菜，三口人开始吃饭，郝可可说："我姐给我来电话了！"

　　"盼盼有什么事吗？"郝学仁说。

　　"姐主要是问一下我工作，还有就是市里要举行电视歌手大奖赛，问我报名没有？"

　　"你是怎么想的？"郝学仁说。

　　"最近单位的事情比较多，我还没有想好！"

　　"做事别优柔寡断的，想参加就报名，也是给自己一次机会！"郝学仁说。

　　"知道了，爸！"

　　"可可，你已经工作了，都说术业有专攻，你别到处用力，到时候什么也不精进！"郝学仁说。

　　"爸，我明白！"

　　"盼盼怎么样啊？"尹小芸问。

　　"妈，我姐挺好的，硕士毕业了，准备读博！"

　　"读什么博呀，都多大了，怎么还不结婚哪？"尹小芸说。

　　"妈，这个我姐没说！"

　　"盼盼没说什么时候回来呀？"尹小芸说。

　　"寒假应该差不多吧！"郝可可说。

　　"三儿干什么呢？"尹小芸说。

　　"没什么事，说是前几天还去了我姐那里！"郝可可说。

　　"这个三儿是真的不让人省心哪！"尹小芸说。

　　"妈，三儿挺好的！"

　　郝三儿喜欢表演，没有什么特别的天赋，上的是省城里一个大专的艺术班，看不到什么前途的那种，他个人却很执着，整天莺歌燕舞的，郝学仁都懒得说他了，看看石英钟，就说："我马上到点了，可可，你把桌子收拾了吧！"

"行，爸，你先走吧，晚上台里有点事，我还得去一趟！"

"好，我走了！"郝学仁说着出了门。

少年宫排练厅里，灯火通明，一些中、高年级的小学生已经到了。天性使然，几个学生在排练厅里追逐打闹着，看到郝学仁进来，立刻消停下来。这是些小民乐爱好者，有一部分打小就是郝学仁教授的学生，这次选拔这些小学生上来，是油田教育处组织的，要去参加省里的少儿民乐大奖赛。曲目是郝学仁按比赛要求编排的，每天晚上排演两个小时。小学生这时已经各就各位了，郝学仁的手臂一扬，丝竹声声，立刻悠扬起来。这是郝学仁极美好的时刻，丝竹有着天然的灵性，唤起郝学仁大脑里的画面感，山川、大地、湖光、山色、小桥、流水，他陶醉其中。

郝学仁出了排练厅的大门，脸色有些黑瘦的肖永利站在走廊边上说："郝学仁！"

"肖队好，你怎么来啦？"郝学仁握着肖永利的手笑着说。

肖永利拽了一下旁边的刘昊言，笑着说："肖雅晚上有工作，我帮着接一下孩子！"

"好久没见了，肖队，你该退休了吧？"

"刚办完的手续！"

"挺好哇，身体还好吧？"

"还行，新开了一小块荒地，有空我就去种种菜！"

"有点事干是好事，就是别累着哇！"

"是，闲着也是闲着，打发个时间，我这个外孙子怎么样啊？"

"刘昊言很不错的！"

"你还得多多指导哇！"

"我这没说的，要单说唢呐，还是昊言爷爷的功夫深哪！"

"对乐器我是一窍不通啊，郝学仁，有时间去我家坐呀，昊言，和老师再见！"肖永利笑着说。

"郝爷爷再见！"

"昊言，再见！"

郝学仁进了家门，说了声："我回来了！"没有得到回应，便紧走了几步，客厅的电视开着，尹小芸歪在床上睡着，郝学仁嘀咕着："怎么这样就睡了，枕头也不枕！"便拿了一个枕头，说："来，小芸，枕上枕头再睡呀！"尹小芸还是没有反应，郝学仁立刻提高嗓门说："小芸，你怎么啦？"尹小芸依然没有动，郝学仁吓了一跳，马上拍拍尹小芸的脸，还是没有什么反应，摸了一下，鼻孔里有些气息，便去按压尹小芸的人中。

好一会儿，尹小芸舒出了一口气，蒙眬着眼睛看着郝学仁，说："我怎么睡着啦?"

"小芸，你刚才怎么回事啊，你不记得啦?"郝学仁焦急地说道。

"我不知道，我记得刚刚歪倒在床上，迷迷糊糊地就睡去了!"

"你哪里不舒服吗?"

"没有什么感觉呀!"

"我叫了你好一会儿你才醒的!"

"是呀!"

"要不咱们去医院看看吧!"

"这半夜三更的，还是别去了!"

这时，郝可可刚好回来了，听了情况，说："妈，咱们还是去医院吧，这么近，我背着您去!"

经过一系列初步的检查，急诊医生诊断尹小芸或许是血糖引发的昏厥，医生推断尹小芸患糖尿病应该有一段时间了，只是自己没有发现，或是尹小芸一直被风湿性关节炎困扰着，感觉有些迟钝，她的血糖异常，需要住院观察治疗。

四十二

连续两年处于高价位的国际原油价格，从1997年12月份开始一路暴跌，进入1998年，英国布伦特原油从二十四美元一桶下跌到十四美元一桶，创下了1995年以来的新低。国际油价下降，使中国的石油市场和原油生产面临着严峻的形势，大庆石油出口价格已从二十三美元一桶下跌到十三点五美元，各种成品油价格也随着原油价格一路下滑着。

国际原油、成品油价暴跌，导致中国原油出口减少并出现亏损，国内成品油滞销，价格下滑，同时，石油进口猛增，走私严重。据国家海关的统计，1997年中国石油净进口三千三百八十万吨，比上年增长百分之一百四十，过量进口严重冲击了国内石油生产和市场。1998年1月份，石化行业原油加工量仅为去年同期的百分之九十八点六，汽油、煤油、柴油库存增长了七十六万吨。由于炼油厂加工量下降，库存上升，造成各油田原油销售困难，后路堵塞，仅1月份，油田库存比年初上升五十点五万吨，管道库存上升五十三点八万吨，全部达到近年来最大的库存，不少油田正常生产受到了威胁。大庆、吉林、辽河、青海、塔里木等油田被迫开始关井限产，截止到1998年2月中旬，多油田关井已经达一千四百余口，累计影响石油产量三十余万吨……

赵玉明坐在办公室里，戴着花镜，看着总部下发的形势教育宣传材料。这几个月来，油田的经济、生产形势越来越严峻，深化改革，必须全面建立市场经济新观念和以效益为中心的新机制；必须树立过紧日子的思想；必须全面贯彻实施限产增效的部署，向管理挖潜要效益；必须实施以结构调整，减员增效、"抓大放小"为重点的配套改革等口号喊得震天地响。细细想来，从进入市场经济开始的几年里，国家建设稳步加快，油价逐步向高位运行，油田还是卖方市场，经济形势一片大好，年前召开职代会时，油田预算了这一年的经济形势会更好，可转眼仅一个月的时间，说不好就过山车般地一样不行了，这是让人始料未及的，难道这就是市场经济？

门被敲响，随即就拉开了，赵玉明从花镜的上方看过去，张志远笑哈哈地走了进来。赵玉明摘下老花镜，放下手里的材料，起身迎上去，抓住张志远的手紧握，笑着说："哎，你这可真是稀客呀！"

赵玉明和张志远常联系，多是电话的问候，张志远笑着说："以后就是常客喽！"

赵玉明看着张志远，笑着说："你这是又有新进步啦？"

"我都什么年龄了，还进步，能站好这最后一班岗就算不错喽！"张志远笑着说。

"来，坐！坐！坐！"赵玉明说着，沏了一杯茶送上。

张志远喝了一口茶，看看桌子上堆着的材料，说："'领导'，总看到你不闲着，你还没有到站吗？"

"已经到站了，领导谈话希望能继续做些工作，我能说什么呀！"

"我说吗，关键'领导'一是有能力，二是有觉悟！"

"张经理过奖了，你这是什么情况啊？"

"深化改革，消灭亏损单位，运输公司首当其冲，你也知道，运输公司这两年一直在亏损中挣扎，仅去年一年就亏损了六千多万，现在经济危机了，金融风暴来了，局里推进改革，这次要公开招聘公司经理，想要扭转亏损局面！"

赵玉明对油田的时事一直是比较关心的，加之接触厂志材料，对一些单位的基本情况还是略知一二的。从进入市场经济开始，这些年里，油田都在不断推进内部改革，只是这几年原油价格不断上涨，油田以上产为中心，改革也是稳步推进的，因效益整体上不错，一时就没有太关注个别亏损单位的情况，现在关井限产了，关停并转成了中心议题，改革步子肯定要加大加快的，特别是运输公司这样的亏损单位一定是要想办法解决的，赵玉明笑着说："你常务了这么多年，又一直在这个单位工作，就一点想法都没有吗？"

"'领导'，我都什么岁数了！"

"老骥伏枥嘛！"

"你可拉倒吧，'领导'，我还能干几年哪，和领导打个申请，领导就让我先出来了！"

赵玉明实际上也就是那么一说，张志远常务副经理少说也有六七年了，上级一直也没给他机会，公司辉煌的时候过去了，他也不可能再上了，便说："安排你去哪儿啦？"

张志远的手向西边点点，说："信访办！"

"是呀，这下可真是常客了！"赵玉明笑着说，油田信访办公室就在局办公大楼的一楼，占据着西厢的一侧。实际上，"信访办"这两年的工作也不太好做，赵玉明没有去触碰，只是摇头说："这里的工作也不太好做呀！"

"听说了，咳，就这么几年，有个地方就行啊！"

赵玉明知道张志远有些灰心，好年龄段没能充分发挥，这个时候还有什么心情，好在他是乐观豁达的，就说："哎，你说句实话，运输公司招聘经理就能起死回生吗？"

"领导说能就能呗！"张志远笑着说。

"你这话说得可有点滑头哇！"赵玉明点点张志远笑着说。

"'领导'，你心里都有疑问，还要我说白了吗？"

赵玉明笑了笑，运输公司的基本情况他是知道一些的。运输公司现有各种车辆五百余台，新度系数很低，职工却有五千余人，而油田各主要二级生产单位都相续建立了运输大队，实际生产上能用到运输公司车辆的时候就越来越少了。就以钻井公司的运输大队为例，一个大队的车辆几乎和运输公司的车辆数基本相当了，而新度系数却高出很多，而人员也就千八百人，这样的设置本身就是有问题的，便说："你是运输公司的元老，没有人找你谈话呀？"

"开调研座谈时让我说过，许是我人微言轻吧！"

"谦虚了不是，是有的领导好大喜功，一厢情愿吧？"

"不是说实践是检验真理的唯一标准嘛！"

"你说得也是，那就让实践去检验吧！哎，你家那位还在客运站吗？"

"给年轻人让位了，基本不坐班了！"

"你那俩儿子呢？"

"老大在客运开大客车还行，老二在附企开一个汽车配件厂，现在的效益也不怎么样！"

"你这也算可以了！"

"是呀，知足者常乐嘛！"

"'领导'，听说你和"诗人"结亲家啦？"

"是呀！"

"可喜可贺啊！什么时候办喜事啊？"

"初步定的是这个'五一'！"

"时间马上就要到了，你怎么还没有发通知呀？"

"油田对领导干部有要求，我这边好说，按陆鸣的说法，事情要办得简单些！"

"事情可以简单，喜酒我可得喝呀！"

"这个好说，咱们可以先喝着！"赵玉明说着拿起电话，打给了陆鸣，陆鸣中午刚好没事，让他们稍等，定好地方就会回电话的。

进了实习饭店，迎宾员引导赵玉明、张志远来到206房间，门口坐着张国安。张国安穿着洗得有些发白沾了星星点点油彩的牛仔，蓄着长发，黑发中夹杂着些许白发，很有些大艺术家的范儿，张志远握着张国安的手，笑着说："'画家'，你可真的越来越有派了！"

张国安捋了一下鬓边的长发，笑着说："承蒙运输公司经理的夸奖，我是深感荣幸啊！"

"我夸不夸你不要紧，重要的是就你这个形象在大领导面前能过得了关吗？"张志远笑着说。

"我这人特别知趣，也不到人家面前讨人嫌哪！"张国安笑着说。

"'画家'这是真明白呀！"张志远说。

"你听'画家'说吧，他是马上要到站下车了，才敢放心大胆地武装自己，放松身心，回归自然，为的是创作更上一层楼！"陆鸣笑着说。

"我说你怎么这样有底气！"张志远拍了张国安肩膀一下说。

张国安是工会副处职部长，这些年的画作成果显著，有市有价，还有人提前求购收藏，在省美协挂了个副主席的头衔，那可是要凭实力说话的；晏宝霞还在市委宣传部任副职，兼着文化局局长和文联副主席，也有好些年了，说是一直有去省里的意向，成与不成就在今年；儿子张玉衡在税务局工作，女儿张玉洁在本市报社做记者。张国安笑着说："要不咋说呀，都怪陆书记太了解我了！"

"'诗人'，你这是又去哪儿高就啦？"张志远看向陆鸣说。

"高什么就哇，物业管理要继续深化改革，先筹建一个物业处进行试点，刚谈完话！"陆鸣说。

"什么物业处哇？"张志远说。

"在房管所的基础上，物业管理在西线先组建一个物业处，搞试点，然后全油田推开！"陆鸣说。

"搞试验田呢，你这个责任挺重大呀！"张志远说。

"行政上有处长，我敲好边鼓就行啊！"陆鸣说。

"大机关真锻炼人，一向正直的'诗人'都变得高深了！"张志远笑着说。

"实在是不敢当，我看你这个大主任倒是任重道远哪！"陆鸣说。

"前有车后有辙，这有什么呀！"张志远说。

这时，两个衣着紫红的服务员推着餐车进来，开始摆台，赵玉明抬腕看了一下表，又看向门口，郝学仁匆匆地进来，对着大家抱拳拱手笑着说："各位，迟到了，不好意思呀！"

"你是'大师'，谁能挑你呀？"张志远笑着说。

"谢谢！谢谢！"

服务员摆完台就要出去，赵玉明马上说："哎，你们稍等！'大师'，一会儿回去给尹小芸带些什么吃的？"

"不用了，'领导'，我刚刚都给她弄好了！"郝学仁立刻说。

"真的假的呀，'大师'，你千万别客气，尹小芸不吃饭可是要出问题的！"赵玉明说。

"'领导'，真的，这事我可不敢疏忽，上一次就老危险了！"郝学仁说。

"你们要是不说话，我差点忘记吃药了！"张志远笑着说。

"你什么时候还添了这毛病啊？"赵玉明说。

"两年了，说是遗传的！"

"你传点啥不好哇，咋非传个病！"张国安笑着说。

"你当我愿意呀！对了，'画家'，人家儿女都大喜了，你家什么情况啊？"张志远说。

"姑娘刚刚谈了一个，市设计院的，还没让我们看哪，你家什么情况啊？"张国安说。

"我们那两个刚成年，还没什么动静，'大师'家的姑娘该差不多了吧？"张志远说。

"人家说了不用我们操心，催也没用啊，我们只能等着了！"郝学仁笑着说。

"哎，'大拿'一直都没回来呀？"张志远说。

"他在忙着淘金，有时间还要回老家看看，回来的时候当然就少了！"陆鸣说。

"来，服务员，把酒都给启开吧，咱们开席！"赵玉明这时说。

齐头高的芦苇荡一望无际，陷落在狂风暴雨沉沉的夜色里。陈立伟只身在芦苇荡里穿行着，喘息急促，有些筋疲力尽，可是风狂雨骤，夜色更加深沉，层层叠叠的芦苇仿佛没有个尽头。他咬紧了牙关，拨开芦苇，努力跋涉，齐膝深的泥水一步一步绊勒着，猛的一脚踏空了，人坠入了一个黑洞中。身体在急速下降，耳边是呼呼的风声，降速越来越快，极度的惊恐使他不由得高声惊叫了起来，有些声嘶力竭。

"哎，你醒醒，怎么啦？"王珏推了陈立伟一把，说，"你做噩梦啦？"

"嗯！"陈立伟睁开了眼睛，定神想了想，那个梦还没有全部散去，他怎么会做一个这样的梦？

"你没事吧？"王珏关切地说。

"没事，你睡吧！"陈立伟说。

从厂部会议室里出来，陈立伟叹了口气。

一直以来的主业和非主业的划分终于尘埃落定了，陈立伟被划在了非主业这边。关于主业和非主业的区别，说白了，主业基本上是生产石油或与石油生产密切相关的单位，非主业是为石油生产服务或为矿区生活服务的！谁都希望留在主业，可主业只占油田人员总数的三分之一，陈立伟又是排名最后的一位厂领导，选择的空间自然是最小的，对于这样的决定他当然得笑对了！

陈立伟回到办公室里刚刚坐下，电话铃就急促地响起了。来电话的是王珏，王珏说："你妹妹陈立丽刚刚来电话了，你父亲在技术援助的那个小油田生病住院了，找你商量，看怎么去把老人家接回来！"陈立伟吃了一惊，忙说："我知道了！"回头便给妹妹陈立丽打电话。父亲陈宏江是脑血栓，根据母亲的记忆，父亲之前就有些头晕，只是一会儿工夫就过去了，没有引起特别的注意，这一次是父亲在小餐厅就餐，手里的筷子不自觉地落到了地上，且出现右侧肢体有些麻痹的症状。食堂管理员立刻帮助叫了120，送进当地的医院，先是做了CT，医生诊断是轻度中风，目前病情稳定，在住院治疗，需要儿女过去，商议治疗方案。陈立伟是长子，这个时候对妹妹陈立丽说："咱俩一起过去吧！"陈立丽说："咱爸妈也是这个意思！"

这个春节，陈宏江和老伴儿回来过的年，陈立伟看着有些苍老的父亲，就和父亲商议说过了春节不要再去支援小油田了！陈宏江不同意，说小油田的领导对自己很不错，事先都没跟人家说这个事情就不去了，感觉缺乏起码的诚信，有些对不起人家。陈立丽说："这有什么呀，你年龄有些大了，通过组织上说一声就完了，那里真的需要专家的话，由组织上协调，再派其他人过去，你去那里又不多给你多少钱！"陈宏江说："那是个小油田，经济条件一般般，这不是钱的问题！"陈立伟明白，父亲感受的主要是身份上的扬眉吐气，他是石油专家，这一次被高度重视了，这是他过去好多年里不曾有过的事情，也是有些人不能体味到的。

陈立伟去处长那里请假回来，见吴昌东在办公室门口站着，开了门让吴昌东进去。两个人坐下来，吴昌东有些欲言又止，陈立伟马上说："昌东，你的事情之前我在厂班子会上提起过，现在情况变化了，就看新班子怎么安排吧！"

吴昌东之前是西矿副矿长，陈立伟出来，他是矿长较为合适的人选，矿里还有副矿长，最具竞争力的当属主管技术工作的王成相，人家是地质专业出身，只是管人相对弱一些。吴昌东说："我说的不是这个，我想申请到非主业这边来工作！"

"昌东，为什么呀？"

"高兴跟你在一起工作！"

"别胡闹，说不定什么时候我又回去了！"

"真的吗？"

"跟你开玩笑的，这种事我自己说的算吗？这是大领导决定的事情！"

"你说话我就爱当真！"

"回去吧，别拿我当拐棍，学着做好自己的事，我这还有事！"

"一下子我还真有些不太习惯！"

"过段时间就好了！"

列车刚刚开动，小妹陈立丽就有些迫不及待地说出了自己的事情。陈立丽有一个同学的妹夫在陈立伟现在的非主业单位，想要进步，希望得到陈立伟的帮助。陈立伟笑了笑，陈立丽极认真地说："哥，我可是答应人家了，这个忙你可一定要帮啊！"

"能帮上我一定会帮的！"陈立伟说。陈立丽很高兴的样子，一个劲地说她和那个同学如何如何地好。陈立伟面对妹妹不好一下子把事情说破了，关于人的进步主要还是个人的努力，现在他陈立伟的位置有什么决定权哪？就是真有决定权的话，也应该按照组织上"三干法"的原则走程序。陈立丽就说了她们单位的一件事情，一个考核完的干部在最后的关口没有竞争过一个"有关系"的干部，这是不是突破了一种底线，它在人们的心理上将会形成一种什么样的影响？这也许就是陈立伟被找的原因，"朝里有人好做官"？谁都相信这样的复古，这就不奇怪了！

二次CT，陈宏江的脑干上已经没有了梗死病灶，陈立伟到达时，陈宏江的行动已经基本自如了，按照神经内科医生的解释，栓塞物质在脑干血管某处肯定停留过，是什么震动又让它消失了，这真是个好消息呀！陈宏江的血脂还是有些偏高，住院打两周溶栓药物还是很有必要的，陈立伟就陪伴父母回来了。

陈立伟安顿好父母回到了家里，王珏指着一兜物品说："这是一个自称陈立丽朋友两口子送来的，说了几句话放下东西就走了！"

"东西你先放好，什么时候我给陈立丽送过去，'神'是她请的，让她处理吧！"陈立伟说。

"知道了，立伟，明天我得回家一趟！"

"家里有什么事情啊？"

"我爸老是酗酒，一直不太消停，气得我妈直哭，说是要和我爸离婚哪！"

"要不我和你一起回去呀？"

"还是算了吧，你回去我爸就更理直气壮了，我妈要是说点什么你还尴尬！"

"我想过去劝劝你爸！"

"没用的，你去他会听你说，可他内心的结看来是永远都解不开了！"

"实际真没有必要哇！"

"可他就陷在其中了！"

四十三

崔长湖没人时就龇着牙捂着左边的半边脸，他左边一颗下槽牙异常肿胀，疼得他

393

有些坐卧不宁，恨不得脑袋撞墙，难怪人都说"牙疼不算病，疼起来真要命"！

崔雪儿九死一生，说是医生从死神那里给拽回来的一点也不为过。

崔雪儿放学骑车回家，走在一个十字路口的拐弯处，进入了后边刚刚上来的一辆转弯拖挂车的盲区，拖挂车有些急抢道，崔雪儿被挂进车下，碾轧加拖拉，崔雪儿的伤情十分严重，最早是顾着她的性命。崔雪儿的腿已经做过一次手术，身体恢复后还要进行几次手术还说不好，现在还躺在病床上。崔长湖每次去病房，崔雪儿都闭上眼睛不说话，他不知道韩玉香是怎么和崔雪儿说的。崔雪儿是不想看到他的，这是没有办法的事，崔长湖只有通过韩玉莹了解和沟通一些情况。

沙石料供应商刘志的手里有一根线头一直拉扯着崔长湖，崔长湖握着线的这一头，他要处理工作上的各方面关系。自从大力号召积极开拓社会市场以来，公司设定按合同工作量总额比例给予单位一定的招待费用，看着不算少的招待费，在众多的招待面前显得有些苍白无力。按规定要求，有些人和事是不在招待范围内的，可你说谁不该招待？谁的招待规格该低一些？到崔长湖这里来的不是公司里的领导就是一些哥们，崔长湖还是个义气之人，能不一视同仁吗？人过百，形形色色！一视同仁你都未必能抚平，更何况有差别对待了！还没到年根，全年的招待费已经告罄了，可招待还得继续，特别是年底这个阶段，结算工作多，接待检查量大，不招待怎么行啊？没钱就需要变通，变通就需要找靠得住的人。刘志知道崔长湖的需要，便对崔长湖形成了一种无形的操控。当然，崔长湖是有一定底线的，他不往自己兜里装，除去招待费，辛茂的关系他是一定要牢牢抓住的，这是他坐稳这个位子的关键哪！

东南亚金融危机，石油价格一路下滑，油田大量关井限产。降本增效，进一步深化改革，消灭亏损单位，运输公司率先公开招聘了经理，据《下辽河石油报》报道，运输公司新年出现了新气象，实现了首年开门红，还是可喜可贺！今年的油价还在低水平线上运行，国务院令，石油行业要和国际接轨，成立上市公司，主业和非主业分开，人员分流，减员增效，自己的日子自己过。矿建公司转眼也成为亏损单位，也面临公开招聘公司经理的情况。同时，全油田员工都有一个新选择——解除劳动合同，和企业脱离关系，拿钱走人。这两件事在矿建公司是齐头并进的，一时间人心惶惶，一些人写了申请，很多人举棋不定。上级指示，大力宣传，积极动员，开拓人员分流降本增效的新局面！

刚刚在工程处干部大会上做完宣传动员的崔长湖，回到办公室就听到了一个不太好的消息，景誉要报名参与这一次公司经理的竞聘。这个消息在崔长湖耳边不啻一记炸雷！崔长湖这几年里和景誉基本上属于没有关系，原因是多方面的，主要问题崔长湖清楚，景誉看不起他。"看不起就看不起，有什么了不起的，你景誉在公司排位最末尾，还年轻得很，论资排辈往上走还要等上一阵子，能不能上位到主要领导还未可知，我又何必用热脸去贴你的冷屁股？"谁会想到公司的公开竞聘会给景誉机会，人如果没有一定的实力谁会参与竞聘哪？据可靠人士透露，公司或许还有一个副职要参与竞聘，一直是神龙见首不见尾的，外边相关的单位说是还有一二个报名的，到底能有几个人参加竞聘还不清楚，谁能上位，更是一个未知数。

崔长湖感到了空前的压力。他自认为和组织部谌部长的关系还不错，公司召开动员大会时，他去谌部长那里坐了一会儿，想了解一下内部信息。谁知道，谌部长笑着说："崔，你也想报名啊？"崔长湖心里这个别扭，说："部长，你可真会开玩笑！"谌部长说："崔，那你什么意思呀？"崔长湖说："就是想听听谁有可能？"谌部长说："这种事情谁说得清啊！"崔长湖想想也是，谌部长要是能说清楚了这个事，就不会在组织部部长位置一坐就是十年一动都不动了！崔长湖想到了高睿。

高睿这时已经是强弩之末了，话语平淡无奇："竞聘人重点是要得到局党政一把手的首肯和支持，能够得到他们青睐的人，会稀罕矿建公司经理这样的位置吗？还有些关系就搞不清楚了，你也没必要搞明白，当好你的科级干部得了，景誉既然要报名，一定是有根基的！"崔长湖点头出来，要是能当好这个科级干部他还说什么呀？就怕这样的机会都没人肯给了！前有车，后有辙，运输公司不是没有这样的先例，高睿也不是他肚子里的蛔虫！

崔长湖从公司出来接到了刘志的电话，刘志急着找他签字，这是工程处之前最后一笔沙石料款，公司明确要求所属单位之前发生的对外业务必须在今天下班之前在公司财务科挂账。他们就近约了一个饭店，签完单子，菜也上来了。崔长湖想喝点酒，缓解一下情绪和牙疼，去除一些烦恼。

司机吃了饭就送刘志的女财务去公司挂账了，房间就他们两个人，崔长湖一声轻轻的叹息。刘志看看崔长湖，说："大哥怎么啦？"崔长湖看了看刘志，还是说出了自己的忧虑。刘志立刻笑着说："大哥，这有什么可愁的，就是退一万步讲，你可以来兄弟这儿呀，兄弟有干的，绝不会让大哥喝稀的！"

"兄弟，有你这句话，哥就知足了！"崔长湖有些感动，拿起酒杯和刘志碰了一下。

"大哥，没说的，咱们谁和谁呀！"刘志信誓旦旦地说道。

回家坐在客厅的沙发上，崔长湖托着肿胀的腮帮子有些凝神，丽丽从厨房里出来说："老崔，饭好了，吃饭哪！"

"你们吃吧！"

"你怎么啦？"丽丽来到近前说。

"牙疼！"崔长湖皱着眉头说。

丽丽立刻去厨房拿来几粒花椒粒让崔长湖咬上，一会儿工夫麻木替代了肿胀疼痛，丽丽说："怎么样啊？"

"好一点了！"

"老崔，这两天你的脸一直沉着，是有什么事吧？"

"单位的事，也是我个人的事！"崔长湖看了看丽丽，觉得应该和盘托出了，这些话他只能说给丽丽听。

"老崔，景誉就一定能坐上经理吗？"

"说不好，我觉得他还是有一定优势的！"

"老崔，你要是解除了劳动合同能给多少钱哪？"

"大概十二三万吧！"

"按说这些钱也不算少，今后你是怎么想的呀？"

"刘志邀我去他那里！"

"这样不太好吧！"

"咱们也不能坐吃山空啊！"

"你去刘志那里能干什么呀？开大车你行吗？"

"我去帮着管个事什么的！"

"刘志那里有你管的事吗？"

"这是刘志亲口说的！"

"老崔，刘志就是这么一说，你也信哪？过去是他求着你，巴结你的，你如果不在岗位上了，对他还有什么用啊？他那儿哪有你的位置呀，你好好想一想！"

"你说得也是，你有什么想法呀？"

"要我看，咱们还不如回省城！"

"回省城？"

"是呀，省城你不是还有一套房子吗？"

"房子的主意你不要打呀，崔雪儿和她妈住着呢！"崔长湖说得非常严肃。

"那行！咱们可以先租房再买房！"

"我买断的这点钱够干什么的呀？"

"我手里还有一些钱，咱们主要得为崔凯着想啊，回了省城，他可以受到好一些的教育，再说了，咱们打工的机会也能多一些！"

崔长湖点点头，他联系的同学有些混得还不错，帮他找份活干应该是不成问题的，崔长湖就说："你能干什么呀？"

"为了崔凯，我什么都能干，端盘子、洗碗、打扫卫生，都行！"丽丽说得很干脆。

崔长湖认真想了想，丽丽说得还是有些道理的，回到了省城，一切将重新开始，手里有钱心里就有些底气，他比省城里那些下岗工人强多了，真要是生活所迫，只要放下脸面和身段就行，总比看景誉的脸色要好，崔长湖说："那好，就按你说的办！"

主意拿定，崔长湖坐在写字台前开始写解除劳动合同的申请，面对着稿纸，他不由得浮想联翩了。苍茫的大苇塘，绿帐篷，挖土方，抬大筐，凿炮眼，放炮，王志义，大洪水，扛沙包，堵渗漏，宣讲团，巡回宣讲，党校学习，科尔沁，大草原，滩涂路，眼前的工作岗位……油田的一切马上就要和他割断了，二十几年的美好岁月就扔在这块土地上，说离开就要离开了，泪不由自主滴落下来，人生一共才有几个二十年哪？

何聪终于重重地舒出了一口气，这是他们最后一遍审定标书，标书马上就要封袋，送市环城路招标办公室，不知道这一次招标的结果会怎么样。何聪舒出的那口气没有吐尽，投标结果还是一个未知数，大家的心都在不上不下的位置上，神经绷得紧紧的。他们就是在这种情况下，等待开标时刻的到来。

"走哇，出去转一转，轻轻松松地吃一顿！"投标负责人余副总这时招呼着。大家响应得并不热烈，还是起身往外走了，心重脚步自然沉重，市场开发效果不佳，眼前一切未卜，食欲自然就差，又不是没心没肺！

城市的夜色火树银花，彩灯处处，宾馆的人说市里近期要搞一个大型庆祝活动，这会儿看着还真有那么点意思。他们肩负着挑战和压力，来了五天了，到这里就一头扎进了宾馆，埋头在标书上，吃的是方便面和盒饭。

何聪已经是第六次跟随余副总出来参与跨省份、跨行业招投标了。矿建公司在油田里工作量在逐年萎缩，特别是路桥建设，全年的工作量不足百分之五十，矿建公司要生存和发展，只能到社会市场上寻求一条生路，而在社会市场寻求出路又何谈容易，想闯过拿到工作量第一关——参与招投标就够让人挠头的。走向社会市场晚，社会市场竞争十分激烈，竞争对手日益强大，市场不规范，地方保护，一直都困扰着公司市场开发部的人。公司市场开发部分为两个组，一直都在外边南征北战，东拼西杀的。前五次，他们这个组就是这样成为投标中的"分母"的，这次呢？余副总面对失败还强颜欢笑说失败是成功他妈，没有失败怎么总结经验，怎么去取得成功？话是这么说，实际上余副总心里比别人一点都不轻松，他是这个组的负责人，每次投标都满怀希望而去，又总是空手而归，花出去的投标钱都让人心疼，能没有羞愧吗？幸好公司经理辛茂的决心是坚定的，态度是坚决的，他们才义无反顾地向前走，他们上一次已经只差一点了——二标，那是不是将要成功的前兆？这种事谁又说得清楚？

这一次，全组对标书进行了全面细致的审核，余副总总体感觉巨好，这种精神力量也传导给全组每一个人，大家一时心中仿佛已经上九天揽到月、下五洋捉到鳖了！余副总说："大家放松地吃一顿，没见谁放松得了，总感觉喝酒吃肉缺少点名堂，你说人家杨子荣'今日痛饮庆功酒'怎么就能唱得淋漓，喝得尽兴，看来不是一样的心境啊！"现在谁心里都有一个疑问：这一次真的能中吗？谁能不问，你问我我问谁去？那么多的竞争对手，谁都不是白吃饭的！余副总见大家兴趣有些索然，也就索性打住说："得啦，大家累了好几天了，那就早点回去睡个好觉，去迎接充满希望的美好明天吧！"

何聪躺在大床上，望着棚顶的装饰灯有些凝神，已经对标书熟悉的他，一时还无法从标书里走出来。开标前，也许每个投标者都会思考自己标书的内容，那是一条长长的胶片，实际是几组固定的数字，在不断跳跃闪回。他在告诫自己，标书已经交上了，结果明天才会有，一切思虑都是多余的，可他还是做不到，他是协助余副总工作的，他也有一份责任哪！自从进入了市场开发部，他就协助余副总工作，他能言善语，交际能力比其他人要强一些，他发挥着这个优势，成为余副总最好的补充；他肯学习，都说干一行爱一行，爱一行就要钻一行，他做事上手还是比较快的，这得益于少年时那段航模的制作，培养了他的耐力和自信，他相信只要努力，没有做不成的事情！他能在省航模竞赛获得银奖，那是经过许多磨砺的，仅仅把航模飞机制作好是远远不够的，还要有很多的知识应用，最简单直接的就是航模飞机和风的关系，风是怎么形成的？水平气压梯度力，地转偏向力，摩擦力，还有地表温度升高，形成的对流小环境，这些在航模竞赛时是需要综合判断和应用的，他和小伙伴在那个农用飞机场经过多少次的实验，花费多少时间才收获一点可贵经验的。如果他高中时把这些精力用于学习上，他会和大学失之交臂吗？他把这样的执着用于市场开发知识的学习，一样会有收获的。随着时间的推移，余副总越来越认同他了，组里的其他人也对他刮目相看了。怎么一点睡意都没有？这样躺着也太难受了，何聪按亮了电视机，电视里正在播放 NBA 集锦，乔丹在篮球场上富于挑战的身影在不断跃动着。何聪喜欢乔丹，那是一种人生极致的潇洒，人的命运注定和什么结缘，缘分也造就这个人。何聪这时候很想和宋光打一场篮球，舒展一下有些困顿的筋骨，出一身透汗。

手机响，是家里的电话，何聪立刻说："老婆！"徐岚说："你干什么呢？"何聪说："看会儿电视。"徐岚说："你好吗？"何聪说："我很好！好吗？我们的儿子好吗？"何聪听到了儿子咿咿呀呀的说话声，他的心里滚过了一股热流。徐岚说："你们的投标工作怎么样啦？"何聪说："标书已经交上了，明天上午开标！"徐岚说："听声音你好像感冒啦？"何聪说："没有，许是长途电话的事！"徐岚说："注意身体，别太累！"何聪说："你也一样！"徐岚说："你什么时候回来呀？"何聪说："还说不好，也许还得两三天吧，怎么，想我啦？"徐岚说："你说呢？"何聪说："好，咱们梦里见哪！"徐岚说："晚安！"

手机屏上显示一条未接电话，联系人是宋光。何聪立刻拨了过去，说："师傅，你好！"宋光说："怎么，你还在忙啊？"何聪说："没有，师傅，刚躺下，接个电话，等着明天开标！"宋光说："你什么时候回来呀？"何聪说："还不知道，师傅，有事啊？"宋光说："公司要公开招聘经理了！"何聪说："师傅，什么时间哪？"宋光说：

"明天上午公司开大会传达局里的文件精神，你能回来就早点回来吧！"何聪说："知道了，师傅，晚安！"

何聪这时候猛然醒悟，刚刚出去吃饭的时候，余副总接到一个电话，只说了一句话，看了大家一眼，起身移动到一边接听去了，回到座位时脸色有一点异样，还有些意味地看了何聪一眼，想来应该就是这个事情吧！这是件大事，无论是对矿建公司还是对矿建公司的每一个人。运输公司作为油田首个招聘公司经理的单位，为了扭亏，编制、干部、人员的变化都是很大的，这是动荡和令人忐忑的时期。

开标是激动人心的时刻，也是让投标人神经绷得最紧的时刻，何聪盯着评标台，暗暗握紧了拳头，抑制着紧张的心情，手心里捏满了汗。

一标，中了！何聪有些不敢相信，这是真的吗？他用力捏了一下自己的大腿，好疼！这不是在梦里。余副总眼里盈满了泪水，对着何聪笑了，双手搭在何聪的肩膀上摇晃着，说："何聪，这次是真的，我们终于成功了，我们这次可以扬眉吐气地回去了！"

一亿三千万，这真是一份大礼呀！他们有颜见江东父老了！屡败屡战，这次终于取得了成功，他们的辛劳收获了甘甜的果实，他们要喝酒，要举杯庆祝，也要像杨子荣一样潇洒地唱着"今日痛饮庆功酒……甘洒热血写春秋！"那个长长的拖腔真的很好听，激昂，豪迈！足以表达此时的心境。

"美酒飘香啊歌声飞，朋友啊请你干一杯！请你干一杯！"两鬓有些斑白的余副总端着酒杯，有些放浪形骸了，他勾住何聪的脖子说："何聪，我们这一次真的谁都对得起！谁都对得起了！来吧，咱们喝酒吧！"

举目四望，公司里的人见面都是相见一笑，除去简单的问候，然后就脚步匆匆了，仿佛到处都有一双窥视的眼睛。何聪去见经理辛茂，人家不是马上就要下台了吗？这时候去就更显得坦荡。何聪去是有话可说的，他们中标了，他是辛勤工作人员之一，这两年何聪一直都在努力，没有辜负辛茂的期望啊！辛茂不在，办公室主任南小方无所事事地坐在靠背椅里，轻松而有些嬉笑地说："大老板已经好几天没有露面了！"

辛茂不露面应该是对的，谁知道他有没有什么承诺没有兑现？

何聪出来，下了一层楼去见景誉，景誉屋里有一拨人，何聪进去后，一些人就陆陆续续地出去了。景誉精神状态很好，有些意气勃发的意味，站起和何聪握了手，嘴里说着"辛苦！辛苦！"一亿三千万对谁来说都是一份大礼，比公司全年产值工作量还高出一截，况且景誉是主管市场开发的副经理，又是公司高调要入主经理位置的竞聘人之一！何聪和景誉交谈得十分愉悦，何聪得到了景誉的充分肯定，心有些飞扬起来了，像驰骋在草原上的骏马，人生得一知己足矣！他要唯景誉的马首是瞻，道路是曲折的，前途肯定是光明的！又有人进来了，何聪立刻知趣地告辞了。

回到办公室刚刚坐下，宋光打来了电话，说："何聪，你在哪儿？"何聪说："师傅，我在公司，在办公室！"宋光说："你忙完了吗？"何聪说："师傅，现在没什么事了！"宋光说："没事你赶紧过来吧，老地方！"何聪说："好的，师傅，我马上就到！"

主要领导的空档期，适合下边的人轻歌曼舞。宋光邀了单位里的一帮人，喝完酒又去旁边一处熟人新开的一间小歌厅里去唱歌。许多人何聪都是熟悉的，大家没什么忌讳，美酒加咖啡，我只要来一杯，想起了过去，又喝了第二杯！啤酒吹瓶，喉咙放开："我站在，烈烈风中，恨不能，荡尽绵绵心痛……"何聪坐在宋光旁边，耳语着："师傅，你去景誉那里了吗？"

"干什么呀？"宋光显然有些不解。

"我看有不少人都去了他的办公室！"

"都什么眼神啊，他能有多大辣气呀！"

"师傅，你说谁有希望啊？"何聪有些惊讶。

"最有希望的人还在酝酿呢！"宋光耳语道。

"你说谁呀，他干什么呢？"

"他在确定能否得到上级主要领导支持的承诺！"

"师傅，你说的到底是谁呀？"何聪看着宋光。

"你急什么呀，真到时候了我会告诉你的，你也得出力呀！"宋光还是第一次这样讳莫如深的。

"师傅，那是肯定的！"何聪明确地表态。

"来，喝酒！"宋光拿着啤酒瓶碰了一下说。

郝国印又在战友面前夸官了，他这次坐上教导员的位置，是他老子郝建军离任前能为他做的最后一件事情，大家举杯祝贺。

郝国印笑着说："你们大家最应该关心的是何聪，他们公司在招聘新经理，他又面临着新考验了！"

"老兄，你不要转移目标哇！"何聪笑着说。

"何聪，我这可不是开玩笑哇，你这时候的站位可很重要哇！"郝国印说得极认真，这些年里，许是受父亲的影响，工作多年的郝国印也开始讲"政治"了！

"老郝这话说得不假，大何你还真应重视起来，到时候别弄得措手不及呀！"付玉良立刻说。

"玉良说得对，我们单位的头就遇到了这种事情，结果就很被动！"刘喜林接着说。

大家就开始说经验，讲教训，出主意，想办法，聚会的主题一下子变了，搞得何聪都有些哭笑不得了，他还得洗耳恭听着。

床头灯散发着淡粉色的柔光，电话铃突然响了起来，何聪拿起了电话，是宋光。何聪说："师傅！"宋光有些急切地说："何聪，你马上到西线医院急救室来，马上啊！"何聪说："好！"立刻起身，着急套着衣服。

"什么事这样急呀？"徐岚问。

"肯定是大事，师傅没说，你睡吧，我走了！"

"晚上注意安全哪！"

"知道了！"

到底发生什么事啦？何聪出门打车赶往西线医院，匆匆地进急诊室，立刻看到宋光和一些人环绕着一张病床，为首的是公司党委副书记金晔，神情肃穆地看着病床上躺着的人，他们在轻声交流着什么。宋光回头看到了何聪，立刻出来，他们来到了走廊的一个僻静处，何聪说："师傅，怎么啦？"

"刘会计出了点小意外！"宋光说。

公司党委副书记金晔就是宋光说的公司经理最强有力的竞聘者，今天得到局某位主要领导支持的承诺，决定高调参与竞聘。刘会计叫刘丽媛，在维修中心做财务主管，是金晔的妻子。刘丽媛得到金晔参与竞聘的消息后，连夜开始为金晔的竞聘奔走，以获得关系较好的基层干部和职工代表的大力支持，在一个老朋友家的住宅楼出来，经过一个小路口时，被一辆疾驶的摩托车冲过带倒，磕到马路牙子上，脸上擦伤有瘀肿，初步诊断是轻微脑震荡。金晔参与竞聘公司经理对何聪来说是完全出乎意料的，金晔是政工干部出身，一个态度随和，笑意写在脸上，极其沉稳的人。人们对他的赞誉是"金喇叭"，这个"喇叭"可不是随意吹的，起码说何聪就没有机会聆听过，这次肯定有幸了！这一次公司经理竞聘分两步走，公司"群众拥护干"的评分占百分之五十，局里的"领导批准干"占百分之五十，金晔感觉舍我其谁了！

"何聪，你在地毯厂、路基工程、市场开发干过，能挖掘到的选票一定要全部挖到，这是其一，还有就是你老丈人那里，他是副总师，这个事他有投票权，他能够拉到其他人那就更好了！"宋光说。

"师傅，徐岚那里早晨我就打电话，让她跟她爸说！"

"何聪，这事关系重大，你可一定要落实好哇，师傅可是给你投了名的，你可不能让师傅坐蜡呀！"

"你就放心吧，师傅！"何聪虽然这样说，他对老丈人徐天亮还是没有什么把握的。

"走了呀！"办公室主任南小方对着他们喊了一嗓子向外走了。宋光拽了何聪一下，他们也跟了过去，何聪经过急救室时看了一眼，里面剩了三个女人陪着刘丽媛。

一行人来到西线医院招待所的一个房间，何聪这才看清这些人的重要，这里边有公司半数生产大队的主要领导，他们掌握着公司半数单位的基层票仓，加上维修中心、公司机关，宋光所言果然不虚。南小方这时说："诸位，还有不到三十个小时就要投票了，在座所有的人都要全力以赴哇，在有限的时间里争取最多的选票！"

"我在这里有劳大家了！"金晔抱拳作揖说。

在场的人立刻表态将全力以赴，南小方立刻说："我和金书记还要敲定竞聘演讲稿，你们到其他房间落实各自的事情吧"

这是战前的动员令，接下来大家就分头行动了。

金晔真是很有命啊，三个竞聘人抓阄演讲的顺序，他抽到的是三号，这已经占据明显的地位优势了，加之他竞聘演讲基本上是脱稿，层次清晰，激情四射，感染着会场上所有的人，当他的演讲结束时，热烈的掌声立刻响彻了全场。在掌声将要落下的那一刻，何聪被宋光拉起来，中间是南小方，那一边是几位大队主要领导，一行人一齐站起身来，齐声热烈地鼓掌、齐声呐喊着，引发了全场又一轮热烈的掌声和欢呼声，这给主席台上的局有关领导留下了深刻的印象。

记票结束，金晔以高票胜出。

局里第二天就正式宣布了对金晔就任矿建公司经理的任命。

金晔很快就完成了对矿建公司领导班子和基层领导的组合工作。

何聪这一次担任公司市场开发部副主任（正科级），主要负责油田内部市场的开发工作，宋光做了经理助理，维修中心主任，宋光说："何聪，你还满意吧?"

"师傅，满意！"何聪说，实际上他一直在想，他从被宋光拉起来站台的那一刻起，在景誉眼里注定就是个小人了；再就是老丈人徐天亮对徐岚的请求只是说了声知道了，到底用没用力他并不知道，只是这时候都不重要了，重要的是他必须把眼前的工作做好，不辜负金晔的信任和重托呀！

何聪一直恪尽职守地联络油田公司和局机关相关处室的领导。这是第一个年底，何聪开始组织邀请油田机关一些处室相关领导聚会，以感谢他们一年里的支持，这一次邀请，有一位关键人物——副总师，处长孙毅非没有到位，何聪有些疑惑，他必须弄清其中的缘由，副处长高峻笑着说："何主任，没关系，孙处这个时间一般都在篮球馆里打篮球，一般要一个半小时，基本上是雷打不动的！"

何聪听到这一情况后，专门跑到文化宫篮球馆看台上去观摩。这是一伙儿篮球爱好者，二十几个人的规模，六点钟开始集中，自由活动一刻钟时间，然后抓阄，组成两个队对垒一场，有队长，有替补，有裁判，有记分，一帮人玩得还是颇为认真和正规的，尤其是孙毅非，满场跑，总是大汗淋漓的，难怪身材偏高仍然显得那样的轻盈。据说，孙毅非是个搞地质的"海归"，备受上级领导重视，进步得很快，人说有些不可限量的味道，因为喜欢篮球，身边聚拢了一些篮球爱好者，有几个人打得还是不错的。何聪这时候摸摸自己有些隆起的肚子，他要苦其心志，假以时日，也要进入这个行列。

何聪是从替补队员开始的，最初他就是跟着人家场前活动一阵，和人们熟悉一周以后才有机会上场，第三次上场才引起孙毅非的注意。那一次抓阄，何聪和孙毅非分在一个队，何聪替补打后卫，助攻时巧妙地将球传给前锋孙毅非，孙毅非投篮多次得手，还有一记成功的扣篮，收获了大家热烈的掌声，很是过瘾。休息时，孙毅非便和何聪聊天，对何聪的情况知道了一二。

有时候，篮球活动结束，大家有了心情，就会找个地方小聚，撸个串喝点啤酒什么的，何聪总是抢着埋单，孙毅非对何聪便了解得更多。何聪一次有段时间没去篮球馆了，有一天接到了裁判老林的电话，老林说："何聪，你最近忙什么呀？"何聪说："还能忙什么，跑市场呗！"老林说："何聪，不管怎么忙，隔三岔五地抽时间过来玩会儿啊，领导还是挺关注你的！"何聪立刻心领神会了，马上说："林老师说得是，一定！一定！"便就又出现在篮球馆了。

有一次篮球活动结束了，大家相约去露天广场看啤酒节的开幕式，孙毅非示意何聪坐过去，然后说："何聪，你对自己目前的工作满意吗？"

"还行吧，孙总，我就这个能力呀！"何聪笑着说。

"有没有兴趣来机关工委呀？"

"孙总，我学历低，函授工程大专刚毕业，大机关怕是没有我胜任的工作吧！"

"人都是在学习中成长的，你来机关工委协助做些行政管理方面的工作应该没有什么问题吧？"

"非常感谢孙总的赏识，如果能有这样的机会我是求之不得呀！"

"那好，这事先有着哇！"孙毅非笑着说。

"谢谢孙总，我敬您！"何聪举起扎啤杯说。

裁判老林说过，据内部消息，孙毅非马上就要出任副总经理了。何聪的心此刻有些飞扬，这是一个多么好的消息呀，比他期望的来得要早一些，而且不是自己张嘴求的。何聪在油田内部市场开发已经两年多了，他的敬业是大家看得见的，也是金晔认同的，他希望自己的努力能够有个回报，能给个公司副总师待遇也行啊！在这个问题上，金晔目前好像有些摆不平了，金晔一直倾向于一线生产干部，几个有资格的人一直在为一个公司副经理的岗位较劲；南小方一直想上位都没有机会，明显有些牢骚满腹的；刘丽媛开始扮演"组织部长"的角色，让很多人气愤和沮丧。公司经营头一年扭亏为赢了，令人欣喜不已；第二年吃了一些探头粮将将持平，让人有些迷惘；今年明显开始走下坡路，大家有些沮丧，公司向何处去？金晔很希望何聪能在油田市场拿到更多的工作量，矿建公司能向好发展，何聪已经尽力了，只能说继续努力。油田每年基建投资是有数的，他努力的结果又会是什么？金晔肯定是回天乏术了！何聪都有些怀疑自己，谁会想到这种时候，他的人生会柳暗花明！

四十四

　　赵玉明将收集到的本地抗日义勇军的资料认真整理，夹在一个资料本里保存，做好目录，贴上口取纸索引。据收集的资料显示，本地区的抗日时间极早，九一八事变没几天，这里的绿林好汉就举起义旗，向日伪政权发动了攻击，武装抗日规模不断扩大，很快就震动了沈阳日本关东军司令部，怎么会没有多大的影响力？据说，这些抗日武装后来接受北平抗日救国会的领导，属于民众抗日，抗日武装里也有共产党员，大都遭到了日伪军的迫害！赵玉明将资料收起来放好，去了一趟卫生间，回来时，见门口站着一个人，来到近前才看清是何劲松，忙解嘲地说："老眼昏花了，不好意思呀，快，进进进！"

　　两人坐在沙发上，何劲松笑着说："师兄，你可以呀！"

　　"你说什么呀？"

　　"沙发呀！"何劲松拍拍沙发扶手说。

　　"咳，这是人家张志远淘汰下来的！"

　　"张志远？"

　　"他来信访办公干，你还不知道哇？"

　　"是呀？我说的嘛！"

　　"你回来干什么？"

　　"想你们了，回来看看，信不信哪？"

　　"这话让你说的，起码我信！"

　　"师兄，谢谢呀！"

　　"南边现在怎么样？"

　　"还不错，发展很快，大家都在努力，日子都过得很不错！"

　　"你做些什么呀？"

　　"自己也做了点其他投资，比如住宅！"

　　"住宅行吗？"

　　"看涨，买几套放着，万一家要是过去，不也用得上吗？"

　　"你说得也是，回来住家里？"

　　"当然了！"

　　"死灰复燃啦？"

　　"让你说的，师兄，说实话，白雪梅对我的态度确实有了很大的转变！"

　　"我就说嘛！"

"师兄，你想哪儿去了，主要是她父母回老家我没有怠慢，比我父母那边还殷勤哪！"

"你这就对了嘛！哎，王慧怎么样啊？"

"还行吧！"

"看着情绪怎么不高哇！"

"她闺女扑她去了，生活、工作她得管哪，精力就有些不太够用了！"

"你们出问题啦？"

"王慧有工作又有了自己的房子，我们没有登记，好了，就在一块儿聚聚，感觉不行就分开看看！"

"你们挺前卫呀，这样也挺好的！"

"嘻，也不是事事都如意的！"

"出什么问题啦？"

"公司这一块正常运行，养活公司的人没有什么问题，我个人遇到了点麻烦！"何劲松说道。

两年前，何劲松应邀和一个医疗单位合作，通过相关的关系进口了一台国际上最先进的治疗脑瘤的医疗设备，用于临床，效益很好，何劲松按照约定得到相应的回报。今年年初，合作方的法人代表更换了，新法人代表拒绝继续执行合同的约定，曾经的联系人明示何劲松，要他和新法人代表私下里沟通一下，无非就是送些礼品，拉近一下感情。何劲松听了就有些生气，当初搞医疗合作是合作方一没有购买能力二没有资金情况下找他合作出资引进先进医疗设备的，时过境迁就过河拆桥，让他低三下四，真是是可忍孰不可忍，话不投机，新法人代表说他就这么定了，让何劲松爱哪儿告就哪儿告去！何劲松一气之下诉诸了法律，一审胜诉，可人家医疗单位上诉了，你得等法院的再审，法律是有程序和时限要求的，上诉、二审、上诉、终审、申诉、申请执行、强制执行。这么多司法的名目和程序，案子不定什么时候能够完结！经过了一审，何劲松这才发现打官司是个很熬人心力的事，就是胜诉了，对当事人来说也是一种痛苦的煎熬，何况对方是公家，无关法人代表的痛痒，何劲松是个人，被这件事牵绊着，很耗损精力。咳，早知道现在，又何必当初！

"事情已经到了这一步了，你就想开点吧！"赵玉明说着，给张志远拨了电话，张志远没接手机，想是忙或是人机分离了，两个人又说到了陆鸣、刘铁柱、郝学仁、张国安和孩子们的一些情况。

这时候，张志远推门进来，看到了何劲松，立刻笑着说："原来是'大拿'大驾光临了，我说'领导'怎么会给我打电话！"

"主任这是变相批评我！"赵玉明笑着说。

"'领导'，我一点这个意思都不敢有哇！"

"你这个大主任当得怎么样啊?"何劲松笑着说。

"一言难尽,这不刚和主管领导汇报完嘛!"张志远有些叹息地说道。

"你这不就是个闲差吗?能有什么事啊?"何劲松笑着说。

"有些工作以后会成为一件更大的事呢!"张志远深切感叹地说。

"兵来将挡,水来土掩,你急什么呀?"何劲松有些无所谓地说。

"你是站着说话不腰疼啊,那么容易就好喽!"张志远说。

"明年你不就到站了吗,不就是站好这最后一班岗吗?"何劲松笑着说。

"不然还能怎么样,我希望马上就到站下车呀!"张志远笑着说。

"哎,劲松,咱们先说吃饭的事,想找谁呀?"赵玉明说。

"师兄,实习饭店我定好了,都找着,人员就麻烦你通知了!"

"这个好说!"赵玉明说着,拿出一个小本子翻开了,开始拨打电话。

都是老熟人,大家知无不言。

贺桂文对着镜子照了照,圆润的脸上皮肤白皙,嘴唇红润,她笑了一下,眼角堆起了一些鱼尾纹,不由得轻轻叹了一口气,岁月真的不饶人哪!她穿上米白小西服外套,出了家门,向西苇矿区的大众舞厅走去。

大众舞厅里灯火通明,三边的条椅上坐满了人,或交头接耳,或三三两两立着说话,人声嘈杂。贺桂文进来,"慢四"的舞曲飘逸起来,球灯摇曳,灯光变幻,人们闻声开始起舞。贺桂文刚坐定,二江便过来笑脸相邀,贺桂文起身搭手,两人双双荡进了舞池。二江四十出头,中等身材,白刷刷的一张方脸,司机出身,心思却没全在开车上,前天还把一个骑自行车老头蹭到沟里,停职检查!二江的舞跳得轻盈、曼妙,给舞伴强烈的愉悦感,这人可真没地方说去!二江贴着贺桂文的耳边说:"姐,我工作的事让刘哥帮我跟我们小车队长说说呗!"二江说话的气息吹在贺桂文的耳朵上,痒痒的。

"你刘哥你不是不认识,你直接跟他说呗!"

"姐说话不是比我好使嘛!"二江笑着说,手在贺桂文的腰间用了一下劲。

"讨厌,你去说不是一样啊!"

"那我就说是姐让我找他的呀!"

"随便你!"

一支舞曲结束,贺桂文坐下歇息,扇动着手帕,二江跑去拿来两瓶八王寺汽水。旁边几个人在热议一件什么事情,声音逐渐高了起来,入了贺桂文的耳朵,贺桂文看向那几个人,想听明白一些。二江看明白了,立刻说:"姐,就是那个什么天禧酒厂扩建集资的事,今天刚好满一个月了,存钱的人真的拿到高额利息了!"

"这事是真的呀?"贺桂文有些惊讶。

"姐，是真的，有钱投到这上面可真是挺划算的！"

"没想到还真有这样的好事啊！"

"可不是嘛，我是没有钱，想也没有用啊，姐，手里有钱的话真该投在这上面哪！"

"就是不知道它把握不把握呀？"

"姐，没事的时候你就去集资点考察一下呗！"

"二江，你说得也是呀！"贺桂文点头说，这也是她心里边想的。这时候，"快四"鲜明地节奏响了起来，人们都起身兴奋地舞动起来，二江立刻起身张手邀请着贺桂文。

早晨，刘辉吃了饭就去了单位。贺桂文收拾了家里的卫生，坐在沙发上歇息了一会儿。家属站向社会化发展了，结束了下辽河油田存在的历史使命，清产核资，她承包的那个服装厂核资了，被一个年轻家属买下。贺桂文刚好到了退休年龄，索性回家等着办理退休手续。实际上，不管是刘辉，还是两个儿子，都不同意贺桂文继续再干服装厂了！李敢离开采油厂已经两年多了，个中关系谁都清楚，她再干下去就没有什么意思了，什么事见好就收，贺桂文就这样顺坡下了驴。刚开始她还有些不适应，可没几天就好了，享受生活还是件很愉悦的事，买菜、做饭、收拾卫生。刘成乐需要，就去帮助照顾一下大孙女刘畅，江艳菊是个自强的好媳妇，基本上是不需要她操心的，人家还有娘家妈！刘成功要孩子还得一些时日，就是真要了，贺桂文也不一定能受到累，儿媳妇李慧琳已经调到油田财务处工作，生活在西线，刘成功多数的时候是往西线跑通勤的。

关于天禧酒厂扩建集资的事是一个月前开始的，集资点设在紧邻西苇矿区一路之隔的对面农村供销社的三间平房里，开业那天说是门前彩旗飘飘，锣鼓喧天，大秧歌扭动，鞭炮齐鸣！随即，就有一些青年男女的业务人员开始深入西苇矿区的市场、商店、交通路口，人员密集流动的地方，散发着赤橙黄绿青蓝紫的彩色传单，宣传集资的相关事宜，引发了一定的关注度。那一天，贺桂文从封闭市场里买菜出来，被人叫着阿姨往手里塞了两张传单，她草草瞄了一眼，就扔到了经过的垃圾筒里。眼前的经济状况不好，各家银行都在提高储蓄利率，定期储蓄八年可以翻倍，谁会去投一个说不清楚的集资！但集资的高额利息还是极具诱惑力的，而且说是按月发放，要不也不会引起这一区域新一轮的热议，这可比银行利率高多了！别人得到了，自己没得到，仿佛自己已吃了很大亏似的，凭什么呀？闲着也是闲着，没有什么事真得过去看看，就当散心了！贺桂文这样想着，起身把自己从头到脚地收拾了一番，看了看镜子，还算满意，便出了家门。

今天的集资点有些人满为患，门外几张桌子排成一排，上面有咨询服务字样的小牌子，墙上贴着证明文件的东西，广播喇叭里反复播放着集资的宣传内容，几个年轻的女工作人员在做宣传解释工作。屋子开设了三个窗口，很多人排队办理业务，有来存款的，有来结算利息的，一个拿到利息的中年男人喜笑颜开，捏着一沓钱在空中拍打了一下，似在宣泄一种极度的喜悦。几个着藏蓝西服的小伙子善意提醒着人们排好队，友善地维持着现场秩序，保证现场的安全。

贺桂文站着看了一会儿，想了想，便来到了咨询服务处，一个精明的女孩子春风满面地说："阿姨，您有什么需要帮助的？"

"你们这个天禧酒厂在什么地方啊？"

"在J城！"

"在J城哪里呀？"

"在古塔的对面！"

贺桂文知道这个老酒厂，前段时间说是发现几百年前的藏酒几千斤，价值非常高，一些广播电视里做了大量的报道，便说："我能去你们酒厂看看吗？"

"阿姨，欢迎您前去考察和指导工作！"

"我什么时间能去呀？"

"明天上午九点在这里准时出发，我们统计去的人数，统一安排车辆和午餐，阿姨，您确定去吗？"

"确定！"

"阿姨，您是一个人去吗？"

"是呀！"

"那好，阿姨，我先给您登记做个预约，明天上午九点之前您到这里集合就可以了！"

"那好，谢谢你了！"贺桂文说着转身出来。她没想到集资方安排得很到位，她就可以考察了。这时，迎面走来了被服厂曾经的领班刘红英，刘红英笑着说："贺姐，你也过来看看哪！"

"听人说得热闹，就想过来看看，红英，你也过来啦？"贺桂文笑着说。

"贺姐，都说这里按月兑付高额利息，是真的呀！"

"是，红英，你想参加呀？"

"贺姐，我家那个'买断'了，家属站也没了，我家还有个孩子没有工作，家里就那点'买断'的钱，我也不敢乱投哇！"

"红英，你说得对，这种事还是慎重一点好哇！"

"贺姐，看到人家拿到了高利息，我这心里还真的有些痒痒！"刘红英这时有些不好意思地笑着说。

"红英，这种事情不能光看表面，要看实际呀！"贺桂文较为审慎。

"贺姐，你说得太对了，你来这里干什么呀？"

"我想明天去他们酒厂实地看一看，弄清楚情况再说!"

"贺姐，你怎么去呀?"

贺桂文指指咨询服务处，说："他们这里可以报名，你想去就报个名，他们统一安排车辆，免费接送!"

"是呀，这么好，贺姐，那我也报个名吧!"

一辆豪华的中客在102国道上行驶着，里面播放着悦耳的流行歌曲，车里刚好坐满二十人，贺桂文和刘红英坐在了一起。车窗外闪过绿色的丘陵，果树一望无际，郁郁葱葱，隐隐看见枝头的果实。家属站解体了，按照年龄规定，负责管理家属站的附企和保险公司协商，适龄的家属可以交一笔养老保险金，过了三年，如果到了退休年龄，就可以享受一定数额的退休金。刘红英在适龄范围之内，交了钱，过了三年就可以拿退休金了，可要交的钱对于她们家来讲也不是个小数目，要三年时间才能拿回来，里外里地要六年，总感觉有些不太合适，就一直犹豫着。刘红英的丈夫是个老实疙瘩，面对的是下岗的威胁，领导说得言之凿凿，不得不"买断"，"买断"了还有十年才能退休，个人还要交养老保险，这十年怎么办哪? 本想找个事情做做，西苇就这么大个地方，"买断"的人又这样多，他除了会看井，就空有些力气，一时就没了着落。幸好有个看管偏远井的年轻采油工家里有了个特殊情况，找人雇她丈夫去看井，一替半个月，有了这份工作，刘红英和丈夫心里才有了一些踏实感! 刘红英还有一个儿子在家里待业，油田待业子女据目前统计说是有万余人，这一下子怎么安排消化呀? 油田目前的大形势又不好，不然能搞"买断"吗? 待业子女家长们可不管那个，我为油田献青春，献了青春献终身，子女就业企业不能不管! 他们集体上访，油田"信访办"门前常常聚集着很多人，刘红英也跟着一起去过，"信访办"回复说，油田领导也在积极地想办法，说是和西线区政府的一个什么"桥"的劳务公司合作，以劳务工的形式解决部分油田子女的就业问题，目前还在商讨怎么操作，这事之前有过一次叫什么市场化就业，上班好几年，也挺好的，就是差着个身份，也差着一些待遇，可这样也总比在家里待着强啊!

"贺姐，你说我那个养老保险交不交哇? 这是最后一次机会了!"刘红英说。

"红英，你怎么还没交哇?"

"我不就是考虑还要六年才能拿回本钱嘛，钱存银行八年还翻番呢!"

"六年就六年，养老是长远的事，你还没到五十，没有退休金，以后怎么生活呀!"

"贺姐，你说我还是交了对呀?"

"红英，反正我是这样想的!"

"好，那我回去就交上吧!"

中客停在一个叫锦兴大酒店门前的停车场上，两个衣着得体的女迎宾迎候在车门处，车上的带队先下去接洽，一番交流，便引导着贺桂文一行人等进入金碧辉煌的锦兴大酒店。她们沿着步梯上了三楼，三楼西侧是集资办公区，进口处站着两个穿西装的年轻人，察看进入人员的情况。办公区的各个房间门上都有金字门牌，什么总经理、副总经理、经理部、财务部、公关部等一应俱全。迎宾引导贺桂文一行人等来到三楼的尽头，门边立着接待室的牌子，双扇门打开是一个中厅，中厅内按会议室规格摆放着桌椅，能容纳五六十人的样子，厅的两侧立着多幅展板，上面介绍天禧酒厂扩建的规模、经营、收益等情况。中厅前面是一个大落地窗，天禧酒厂老厂区历历在目，一幢办公大楼装饰一新，彩旗飘飘，一派兴旺的景象，相临的基建扩建厂区在紧张地建设中，一览无余，甚是壮观。

一个女声亲切地说："大家好，欢迎你们的光临！"一对俊男靓女走进中厅，贺桂文等一行人回头注目，靓女继续说："我是经理部经理白灵，欢迎大家的光临，请各位来宾到座位上坐好，下面有请我们副总经理吴已仁给大家介绍天禧酒厂经营和扩建的情况！"

迎宾和领队安排贺桂文等一行人集中坐在座位前排的位置上，身材高挑的吴已仁站在台前，笑容可掬地清理了一下嗓子，极富情感地详尽地介绍着天禧酒厂经营和扩建情况，和展板上介绍的情况基本上一样。天禧酒厂的资金困难是暂时的困难，大干快上是酒厂的目标，可国家经济政策不允许，酒厂也等不起，要克服这个困难只能寻求民间资本的注入，一年后我们酒厂就将会有美好的未来！我们将最先回馈给你们！大家有什么问题可以提呀！

"我们能去酒厂参观一下吗？"贺桂文这时举手说。

"这位阿姨，实在不好意思，酒厂生产任务非常繁重，基本不承担接待任务，除非是上边的重要贵宾，就是这样也是需要特别申请审批的，况且我们隶属两个部门，请示起来很麻烦，希望您能够理解！"吴已仁笑着说。

午餐在酒店的一个大包间里进行，两个大台，菜肴和饮品极为丰盛，给人以财力雄厚的气派，吴已仁、白灵就餐前进行热情洋溢的致辞，又在适当的时机出现敬酒，表现着他们的繁忙和敬业，又不失礼数。贺桂文等一行人享受着尊贵与高品质的服务，所有人眼里都透露出非常满意和高度信任的神情。离开餐厅时，全车来考察的人，每人收到一个大礼包——一条精美的拉舍尔毛毯。

上到了中客车，刘红英抚摸着拉舍尔毛毯，说："贺姐，我一直就想买一床这样的好毛毯，就是一直都没有舍得买呀！"

贺桂文心里有些鄙夷，只是笑了笑。

这一次考察之旅将贺桂文变成了一个义务宣传员，很多人向她询问天禧酒厂的集资情况时，她每每都是滔滔不绝的。

贺桂文将活期存款和手里的钱归拢一下，凑足两万元，投入了天禧酒厂的集资，满一个月后，她将本息又一并存入了。贺桂文手里还有八万元的定期存款，存在西苇农业银行分理处，那是五年的定期，已经存入一年多了，她一直犹豫是不是该把它取出来。天禧酒厂集资利息的收益是远远大于国家银行的，就是去掉这一年定期利息的损失还是绰绰有余的，这是很诱惑人的。

这一天，贺桂文从市场买菜出来遇到了刘红英，贺桂文说："红英，你干什么去？"

"贺姐，除了想给自己交养老保险，我想把家里所有的钱都投到天禧酒厂集资上！"

"红英，你真这样想的？"

"是，贺姐，有钱不挣不是笨蛋嘛！"

刘红英的这句话一下子激励了贺桂文。"刘红英什么条件哪？我贺桂文什么条件哪？胆小不得将军做！"贺桂文立刻去了西苇农行分理处去取那八万元的定期存款。

分理处的方副主任和贺桂文比较熟悉，这时候婉言劝说："贺姐，你还是谨慎些的好！"

贺桂文这会儿有些谨慎不下来了，她相信自己的判断力，这是个绝好的机会，机不可失，时不再来呀！

贺桂文今天已经跳完一支"慢四"舞曲坐下来歇息，二江才匆匆进来了，坐下抱怨说："开车这活不是人干的呀！"

"不愿意开你不开不就完了嘛！"贺桂文说。

"姐，不开我干什么去呀？"

"那你还抱怨什么呀？"

"姐，一出车总有回来晚的时候，过过嘴瘾呗！"二江笑着说。

"慢三"舞曲响起，两个人闻声起舞，二江说："姐，天禧酒厂的集资点撤了呀？"

"瞎扯，你听谁说的呀？"

"姐，我回来刚从那边过来，亲眼看到的，门前墙上贴着大幅告示！"

"你不是开玩笑吧！"贺桂文听了心里不由得一惊。

"姐，我开这种玩笑干什么呀！"

"告示上写的什么呀？"

"听说是租房到期了，为把集资工作进行到底，委托当地的几个代办人办理相关的集资业务了！"

"还有这事？"

"姐，千真万确呀！"

贺桂文一个晚上都没怎么睡好，早晨早早地就起来了，刘辉一出门，她就匆匆赶往了集资点。集资点果然人去房空了，许多人围着供销点的墙上看着那张告示，议论纷纷。贺桂文挤到跟前，告示上说明因房子租期已到，这个集资点取消，集资工作继续进行，成立新的集资点，西苇片区按区域划分，委托三个代办人，在三个区域开办代办业务，公布了委托代办人的住址和联系电话。按照区划，贺桂文联系了西苇矿区这片的委托代办人马二光。马二光是刚刚退休的科级干部，好酒，善于交际，语言能力强。他是参加最早一次天禧酒厂集资考察人之一，也是最早月息的收益者之一，马二光电话各位咨询人说各位请放心，他已经找好了办公地点，需要简单收拾一下，两天后开始办理业务！

两天后，西苇矿区集资点在一阵鞭炮声中开业，马二光聘请了一位家属站女会计记账，开始了集资代办点的业务工作，新集资点前排起了长队，人们在结算利息，投入集资款项，贺桂文看到这一幕才稍稍放宽了心。

这一天，贺桂文去菜市场买菜，在路上遇到了有些哭丧着脸的刘红英，刘红英看到贺桂文说："贺姐，你去买菜呀！"

"啊，红英，你干什么呢？"

"贺姐，我刚去了趟集资点，本想取些本金出来，可集资点只结算利息，就这么点钱也不好干什么的呀！"

"红英，你怎么想起取本金了，交你的养老保险哪？"

"养老保险我哪还顾得过来呀，有人介绍说有个人油田里上边的关系很硬，能给孩子办工作，需要意思意思，孩子工作是一辈子的大事，有这个机会咱不能不办哪？"

"红英，你说得是，孩子的工作是大事，你说怎么着？马二光那里不给你取本金？"

"是呀，马二光就是这样说的！"

"红英，咱们最初集资的时候他们可不是这样说的呀！"

"说得就是呀，我也是这么说的，可是马二光说他这个新设的代办点没有得到归还本金的授权，他也没有办法。贺姐，我先不跟你说了，我得抓紧张罗着把孩子办工作的钱凑齐了，赶紧给人家送过去，人家还等着呢！"刘红英有些焦急地说道。

"红英，你说办工作的那个人可靠吗？"贺桂文提醒说。

"贺姐，可靠，都是熟人介绍的，咱这片还有好几个！"刘红英说完，匆匆地走了。

"红英，这事你可得注意点啊！"贺桂文大声叮嘱着。

"知道了，贺姐！"

贺桂文看着刘红英远去的背影，心里有些疑惑，便拎着菜篮子向马二光的集资代办点走去。集资代办点在临街一栋北京平的一间房子里，中间临时加了钢筋栅栏的隔断，有几个人排着队，在结算到月的利息，有拿走的，也有继续存入的，挨到了贺桂文，贺桂文说："老马，我的本金过几天就到期了，我想着本金和利息一起取出来!"

"小贺，你取本金干什么呀，这里的利息这样高，你就存着吧!"马二光笑着说。

"我有点急用!"贺桂文说。

"小贺，你家的人都上班，在哪儿凑不上点急用的钱哪!"

"老马，我就是想取出本金，和我家人上不上班没什么关系吧?"

"那是！那是！小贺，实在不好意思，我这里只负责收集集资款和结算利息工作，没有归还本金的授权!"

"老马，那我要想取回本金该怎么办哪?"

"小贺，我在这设点还都没有涉及这个问题，说到这个事的你是第二个，这个我还真的不知道!"

"老马，你是这片集资的委托代办人，就麻烦你给问问呗?"

"那好，晚上我给西苇这片的负责人打个电话，你明天再来吧!"

"老马，打电话怎么还要等到晚上啊?"

"西苇片的负责人业务工作非常忙，说是在别的什么地方又在开展业务工作，白天联系不太方便!"

"那好吧!"贺桂文有些疑惑地去市场买菜了。

第二天早晨，贺桂文早早地来到了集资代办点，马二光看到她就笑着说："小贺，昨天晚上我给你联系了，西苇片的负责人说酒厂董事会正在研究制定归还本金的新条例，新条例更加有利于咱们集资人的利益，这不是大好事吗？只是目前制定这个条例的问题有些复杂，新董事会的意见不太统一，要过几天才能有结果的，就请你耐心地再等几天吧，有了结果，他会告诉我，我立刻就会通知你的!"

"老马，你勤追着点，我可急着用钱哪!"

"小贺，你要用多少钱哪，要不我帮你想办法一起凑凑哇?"马二光热情地说。

"那多不好意思呀，老马，那我就再等几天吧!"

"小贺，谢谢你的理解，有了消息我立刻告诉你呀!"

贺桂文很想相信马二光的解释，可她还是隐隐地感到一些不安。本金到了日子那天，马二光笑着说让她再等等！贺桂文就先把利息结算了，再等着拿本金。她有时间就去问马二光，马二光就说让她再等等再等等，弄得贺桂文自己都烦了，她向马二光要了西苇片负责人的联系电话，晚上自己打了过去，固定电话没人接，负责人接的是移动电话，先是说他在外边考察新地区集资，回去后才能落实，后来又说他接了一个紧急公务，在飞广州，如是有三，贺桂文有些怀疑这个负责人话的真实性了。贺桂文不能再等了，天禧酒厂又不远，她要了二江的皮卡车，一定去锦兴大酒店看个究竟。

锦兴大酒店的三楼西侧已经人去楼空，宾馆客房已经恢复了原貌。贺桂文去了大堂的服务台询问集资情况，服务人员一问三不知。贺桂文立刻跑到了对面的天禧酒厂办公楼去询问情况，接待人员说她说的简直是天方夜谭，天禧酒厂是在扩建，也在引入资金，可从来没有派人到西苇那边去搞集资！贺桂文这才知道上当受骗了，马上回来到西苇派出所报警，派出所向公安局报告，公安局的经济警察立刻来到了西苇厂，控制了马二光等三名委托代办人，开始集资案的调查工作，那个西苇负责人的电话这会儿已经打不通了，一个诈骗团伙全部消失。这一次西苇片集资情况很快统计清楚，集资资金总额高达一亿七千余万元，而马二光三个委托代办人的账户里的资金仅有区区五百万。

贺桂文躺在床上不吃不喝，那可是十万元哪！这些年的积攒和这几年的辛苦操劳一下子就付之东流了，这是她人生的又一个重要的节点。她来西苇也是她人生中一次重要的节点，刘辉当时是为了逃避他们的关系，而她是为了逃避当时的环境。石晓隆恋爱了，他们的关系结束了，她看见石晓隆出双入对的，心里十分酸楚，她来西苇就可以眼不见心不烦了，她达成所愿，一切都比她想象要好得多，谁会想到会有这样一劫？刘辉知道情况后骂她就是个傻子，不吃不喝钱就能回来吗？贺桂文也不回嘴，谁让咱错了！刘辉看着贺桂文一天天萎靡下去，心里不由得有些慌张，钱没有了可以赚，人出了毛病可不是闹着玩的呀！刘辉马上给刘成乐、刘成功打电话寻求办法，让他们立刻回来劝解和拯救贺桂文，不然就看不到他们的妈妈了！

刘成乐、刘成功哥俩是一起回来的，刘成功进屋把五万元钱放在桌子上，说："妈，我费了好大的劲，只能给你弄回一半的本金！"

"成功，你说的是真的吗？"贺桂文立刻坐了起来。

"妈，我骗你干吗！"刘成功说。

"成乐，你弟说的是真的吗？"

"妈，事是我弟办的，我怎么会知道！"刘成乐装着不知道。

"成功，你是骗妈的吧，能要回来，你怎么不全都要回来？"贺桂文说。

"妈，你儿子有多大本事啊，账户里一共就五百多万，还有那么多的人哪！这是人家给我老丈人最大的面子了，这事你可千万不能出去说呀，说出去就会出大事的！"刘成功立刻叮嘱说。

贺桂文半信半疑地点点头，刘辉说："桂文，难得两个儿子一起回来了，你咋还不赶紧做饭哪！"

"你看我这脑袋，这个事给我都弄傻了，你们等会儿啊！"贺桂文说着要去厨房下厨。

"妈，你就别忙乎了，一会儿咱们一起去外边吃吧！"刘成功立刻说。

"还是成功心疼他妈呀！"刘辉马上笑着说。

四十五

任校长的家搬到了世纪嘉苑。

世纪嘉苑是继幸福嘉苑之后，应广大离退休老石油的要求，油田建设的又一处同等规模的住宅小区，在幸福嘉苑路东，两个小区隔路相望。

任志成今天早晨说到了这个事情，何琼立刻抽空赶了过去。任校长新住宅要的是二层，具有一定的前瞻性，很适合任校长老两口这个年龄段的人群居住。房子进行了简单的装修，恰到好处。任校长南矿的家本来就没有什么家具，衣物、行李搬进，燎个锅底是搬进新家的必要程序。任志成因为项目组今天临时有重要的工作不能离开，才和何琼说的。任校长家的衣物、行李等一应东西全部进屋，开火燎了下锅底，算作完成了必要的程序。何琼看看没有什么事情了，便对任校长说："爸，要是没什么事情我就回去了！"

任校长看着继续归拢东西的那丽蓉没有什么反应，就说："那行吧！"

"爸，这是我们的一点意思！"何琼拿出一个红包送给任校长。

"何琼，不用了，你们给家里花得已经不少了！"任校长立刻推辞说。

何琼当时愣了一下，还是说："爸，大喜的日子，我们就这点意思呀！"

"何琼，真的不用了！"任校长坚持说。

那丽蓉闻声过来了，见状立刻接过红包，说："他爸，孩子们有这个意思，你客气什么呀！"

"哎！"任校长本想把红包拿回来的，可那丽蓉已经转身离开了，任校长看了看何琼，有些尴尬。

何琼出来向母亲家走去，心里有些不是滋味。进了母亲家门，儿子任泽平在桌上吃饭，看到她说："妈妈，吃饭吧！"

白雪梅从厨房里出来，说："琼儿，你吃饭了吗？"

"没有！"何琼勉强笑了一下。

"那就吃饭吧！"白雪梅说。

"我不想吃了！"何琼说。

"还是吃一点吧！"任泽平小大人地说。

"是呀，看我们平平多乖呀！"白雪梅笑着说，给何琼盛了饭。

"谢谢妈！"何琼的眼泪不由自主地滴了下来，怕儿子看到，立刻扭头抹了去。

吃了饭，何琼去厨房刷碗，白雪梅跟了进去，问清了缘由，便宽慰地说："琼儿，不怕有问题，重要的是怎么解决好问题呀！"这也许是白雪梅和何劲松生活到今天才收获的深切感悟，这时候叮嘱着女儿。

傍晚，何琼回到家里，在台灯下研究西线古潜山的地质资料，这是油田今年的重点区域油藏研究项目之一，上下都希望有个好的结果。何琼参加了这个课题组，她在研究中看到了希望之光。

任志成回来了，看上去有些疲惫，何琼说："志成，你吃饭了吗？"

"吃了！"任志成吐出的是酒气。

何琼扇着鼻前的气息，说："你快去洗洗，早些睡吧！"

"遵命，夫人！"任志成笑着说，去了洗手间。

何琼记录着研究要点，任志成在后边伏下身来，热哄哄的气息夹着酒气喷在了耳畔，何琼皱了皱眉头，说："你没刷牙呀？"

"刷过了！"

"刷了怎么还这么大的味啊，再刷刷吧！"

"是，夫人！"任志成笑着说。

"这次没味了吧？"任志成嚼着口香糖，坐在椅子上，又凑近了何琼。

"还可以吧！"何琼抬头看了一眼说。

"何琼，我爸家今天搬家你去了吗？"

"去了！"何琼这次头也没抬地说。

"我爸家搬家还顺利吧？"

"顺利，志成，你累一天了，早点睡吧，我这里还有点资料要看完哪！"

"我就问了两句我爸家搬家的事，能耽误你多少时间哪？"任志成有些不满地说道。

"好了，好了，志成，咱们不要说这个事情了！"何琼也有些不耐烦地说道。

"何琼，为什么不说了？说说又怎么啦？"

"志成，你累了一天了，又喝了酒，我不想这个时候说这个事！"

"你是说我喝多了吗？告诉你，何琼，我真没有喝多！"

"好，你没有喝多，你辛苦一天了，早点休息，总行了吧！"

"可我爸家搬家的事情你还没有告诉我呀？"

"你爸家搬家一切都顺利，这总行了吧！"

"何琼，你这是敷衍了事啊，你就不能具体点嘛！"

何琼一声叹息，转身坐直了身子，说："那好，任志成，我现在说得具体点。你们家搬家你妹妹都去了，所有的东西都搬进了家里，你妈用大勺燎的锅底，里面放的是一条白鲢，然后就急着归拢东西。我看看也插不上手就回来了，临走时给了你爸一个红包，你爸说不要，说你们花得已经不少了，你妈这时候听到了，急忙过来把红包拿了过去，把你爸弄得都不好意思了。然后，我就出来到我妈家吃的午饭，整个情况就是这样，你还想知道什么呀?"

"啊，顺利就好，那我先去睡了呀!"任志成有些尴尬地笑了笑说。

"慢着，任志成，咱们的话都说到这个份上了，咱们还是说清楚的好哇!"

"何琼，你说得很清楚了，你不是还有资料要看嘛，我还真的有些困了，有话咱们明天再说吧!"任志成说着，打了一个大大的哈欠。

"任志成，你等等，你爸说的那句话是什么意思呀?"

"哪句话?"

"就是你们花得已经不少了这句话呀!"

"那会有什么具体意思呀，我爸就是对你说的客气话，也是对我们的肯定!"

"任志成，你拿我当什么啦?"

"老婆呀，还是顶尖漂亮、冰雪聪明的老婆!"

"别拍马屁，你说说到底怎么回事啊?"

"什么怎么回事啊，真的没事!"

"任志成，你别怪我没给你机会呀，你记着，今天你要是不说，以后你永远都不要再说啊!"

"这说说咋还生气了，何琼，我累了，真的先去睡了呀!"任志成打着哈哈说。

"任志成，我可不是跟你说着玩的，你好自为之呀!"何琼的话追了过去，任志成没有接着。

早晨，任志成起来享用着早餐，何琼坐下来说:"任志成，昨天晚上我们说的话你还记得吗?"

"当然记得呀!"任志成笑着说。

"这样说来你是真的没什么要和我说的啦?"何琼说得很认真。

"没有，有什么可说的?"任志成继续打着哈哈。

"任志成，你可听好了，你要记住你说过的话呀!"

"这说说的咋还生气?"任志成继续打着哈哈。

"都离心离德了，有什么气好生的!"何琼冷笑了一声说。

"有这么严重吗?"任志成继续笑着说。

"你以为呢!"何琼脸子沉了下来，也不管任志成吃没吃好，将餐桌上的东西收了起来，一股脑倒进了垃圾桶。

任志成看到了事态的严重，他想说点什么，想想还是憋住了。

任志成坐在办公室里有些凝神，他完全没有想到，这个早晨的不作为会酿成这么严重的后果。何琼坚决不理他了，他试图以以往的方式哄一哄就过去了，可何琼异常坚决。他们进入了一种冷战状态，感觉十分不爽，这难道就是人们说的七年之痒吗？

任校长坚持了五年的通勤生涯，终于熬到了退休，那丽蓉所在的家属站解体社会化了，那丽蓉也刚好退休，子女一个都不在南矿工作，南矿还是他们的安身之所吗？任校长有时候会去那个废弃的小学校里站一站，教学楼前的院子四周长满了杂草，给人"城春草木深"的感觉，地处偏僻，生活不便，年龄渐高是任校长面临的实际。油田恰好盖了最后一批福利住房——世纪嘉苑，主要还是面向离退休老石油的，任校长完全符合所有的条件，机会难得，权衡一下，就咬牙购买了！按照任校长目前的经济条件，买下房子刚刚好，要简单装修资金都有缺口。那一天，任志成去看任校长才交钥匙的新房子，那丽蓉就对任志成念叨了房子装修上的困难，任志成手里刚好有2000元奖金，顺手就给了那丽蓉，那丽蓉欢天喜地。任校长在旁边提醒说："大成，钱的事何琼知道吗？"

"知道，这也是她的意思！"任志成顺嘴说道。

"不知道又能怎么的呀，一个大老爷们，这点家都当不了那还行了！"那丽蓉撇着嘴说。

"你说话我怎么这么不爱听，大成和何琼是两口子！"任校长说。

"怎么着，咱们大成让媳妇管得什么都不是你就高兴了！"

"我是说他们得沟通好了，要懂得彼此尊重，跟你说这个你也不懂，懒得和你说！"任校长说。

"我还不跟你说，养儿就是防老的！"那丽蓉将钱在手里拍打了一下说。

任志成想和父亲求证乔迁那天说话的事，可他不想母亲那丽蓉在场，他不愿意听到那丽蓉的讥笑，还有，他项目组工作忙，工作一忙就把这件事情错过去了。可何琼一直耿耿于怀，任志成注重起来已经为时已晚了。他不想这样继续下去，他去了岳母家，想得到白雪梅的帮助，可白雪梅说解铃还须系铃人！上一次，刚好何劲松回来了，他希望能够得到何劲松的帮助，何劲松答应了，之后好像也无能为力，是何琼坚持不肯原谅他！任志成被一种痛苦煎熬着，他这时候才知道，人有些错误是不能够犯的！

这天晚上，任志成下定了决心，说："何琼，我想和你好好谈谈！"

"有话你就说吧！"何琼冷着脸说。

"那件事确实是我的错！"

"如果你要说的是那件事你就不要再说了，我已给过你第二次机会了，人不能一而再再而三！"

"何琼，你就不能再给我一次机会吗？"

"不能！起码说目前不能，因为我已经给过你机会了，是你不想悔悟的！"

"这件事确实是我的错，什么时候你能让它过去？"

"我不知道!"

"你怎么会不知道?"

"我真的不知道,我一直都在迷茫中问我自己!"

"人都说一日夫妻百日恩,百日夫妻似海深,我们在一起生活已经七年了!"

"时间不是问题,是你突破了我的底线!"

"我已经知道错了,你就不能再给我一次机会吗?"

"你不觉得你这句话说得有些迟,也太轻松了吗?"

"那好吧,何琼,我想报名去国外,这也许是我最好的选择!"任志成下定决心说道。

"随你的便!"何琼愣了一下,还是强硬地说道。

任志成经过再三地思考,终于下定了决心。

那天早晨,任志成敲开了邝科长的办公室,邝科长正在抽烟喝茶看电脑,见到任志成进来,一时有些眼生,说:"你是?"

"邝科长,您好,我是试采二组的任志成,新接替王天伟的工作!"

"啊,任经理吧?来,来,来,你坐!我一直都想去你们项目组看看,回来就忙,一直都没有倒出空来!"邝科长热情地和任志成握了一下手,有些精明地笑着说。

"邝科长,那怎么好意思!"任志成立刻说。

"为项目服务是我的职责!"邝科长泡了一杯茶,说,"任经理,你喝水!"

"邝科长,谢谢!谢谢!"任志成有些受宠若惊。

"任经理,项目组工作怎么样啊?"

"生产正常运行,我新接手工作,就等着您的指导!"任志成谦恭地说。

"任经理,你客气了,有什么具体问题吗?"

"邝科长,我们组目前主要是办公场所问题!"

"你们项目组在宾馆不是定有套房吗?"

"邝科长,套房王经理退掉了,我才请示您的!"

"好好的,退了干什么呀?"

"是我没想留!"

"这样啊,关于办公场所的使用,项目组是有自主权的,任经理,你有什么想法呀?"

"邝科长,我想听听您的意见,您能给我们安排就更好了!"

"任经理,关于办公场所的问题我看还是你自己解决吧,如果你问我的意见,我看最好不要去宾馆,一个办公场所那么张扬干什么呀?西线这么多的二级单位,要想租用个办公场所还有问题吗?"

"邝科长，您说得是！"

"任经理，这只是我个人的意见，自主权还在你的手里！"

"邝科长，您说得非常对，我就按您的意见办！"

"那好，任经理，你还有其他事情吗？"

"邝科长……"任志成一时不知道如何开口。

"任经理，有什么不好说的，有什么话你就说！"

"邝科长，有点不好意思，关于我的待遇是怎么定的呀？"

"任经理，你说的这个确实是个实际问题，我跟机关工委请示一下，尽快帮你解决！"

"谢谢邝科长！"

"任经理，你别客气，我听说你的工作一向不错，项目二组一直都是你在挑大梁开展工作的！"

"谢谢邝科长的肯定！"

"任经理，希望你的工作更上一层楼哇！"

"邝科长，一定！"

任志成在西线跑了几个二级单位，最终在西线物业处租用了一处办公场所，环境很好，价格合理，还可以走关联交易。这样过去了一个多月，任志成任职问题一直没有什么动静，他心里开始有些嘀咕，可又不好去问邝科长，不免有些疑虑。司机孙天成看出了问题，有一天就说："经理，你的任职行文还没有下来呀？"

"不知道哇！"

"这事你和邝科长说了吗？"

"早就说过了！"

"经理，你在哪说的呀？"

"邝科长的办公室！"

"就在办公室里说的？"孙天成笑着问。

"是呀，孙师傅，怎么啦？"

"经理，你没听人说过'光跑不送，原地不动'吗？"

"孙师傅，你说的什么意思呀？"

"经理，你和邝科长得联络感情啊，项目组又不是没有钱，一起吃个饭，拿两条烟两瓶酒，唱个卡拉OK的，什么事解决不了哇！"孙天成笑着说。

"孙师傅，非得这样吗？"

"经理，你相信我，王天伟要是不请人吃饭喝酒，想回局办能那么顺利吗？"

"谢谢你，孙师傅！"任志成恍然大悟。

任志成在"鹤兴"酒店定了房间，然后邀请邝科长，邝科长只是推让了一下，就应允赴约了。

邝科长很喜欢两个人就餐气氛，说话随意自由，无拘无束。邝科长说任志成的职务应该没有什么大问题，只是还在走程序，具体走到哪一步他也不太清楚，他会立刻追踪的，相信很快就会有结果的。任志成听了非常高兴，餐后给邝科长带了两条烟、拿了两瓶酒。没过几天，任志成副科的行文就下来了，他又请了邝科长，邝科长这次根本没有推让，慨然赴约。酒到酣时，邝科长笑着说："任经理，现在办点事可真难哪，人都变得无利不起早了，你这个事是有我的老面子，今后可就不好说了！"

"邝科长，有什么需要的地方您就说话，我任志成一定义不容辞呀！"任志成立刻说。

"好哇，任经理，你这话说得得真爽快，我爱听！仔细想想你我，你还年轻，还要进步，还有机会；我马上就四十了，再不上恐怕就没有机会了，要上，免不了得请人吃饭喝酒，消费的地方肯定不会少的！"

"邝科长，有什么我能帮助解决的我一定会尽力的！"任志成立刻表态。

"任经理，我一直都在穷机关里，认识你是个缘分，肯定会给你添麻烦的，我要是能够上一步，你扶正就一定能有希望的！"

"谢谢邝科长！"任志成非常高兴地说。

邝科长最初只是和风细雨地报销一些餐饮费用，后来开始逐渐加码，倒也完成了他的使命，不久就升职机关工会主席。只是这次，邝主席拿了一张三万元的汽油发票要任志成处理，这让任志成十分为难。他赔着笑脸只能说尽量。他的项目组一共就两台小车，一年的用油量是有限的，突然增加这么多的油料费，明眼人一下子就能看出来。可任志成又不能不办，他的正科问题刚刚解决，这时汽油票的事只能变通，一时又找不到合适的渠道。任志成这时有些后悔，这样下去他等于走进了雷区，随时都有被炸翻的危险哪！

公司机关召开全体干部大会，宣布建立国外项目部的条件和办法。任志成感到这是他摆脱项目组环境的最好机会。况且他和何琼的关系一时有些难于弥合，这时候分开或许是一个最佳的选择？

"大成，你就非得去那个不安定的苏丹国吗？那件事我可以找何琼解释！"任校长说。

"爸，这个事你就不要管了，我出去是工作，也是一种历练！"任志成有些无奈地说。

"大成，哪儿不能工作呀，这么大个油田就放不下你了，非得出国吗？实在不行你们离了算了，你这个年纪还能找个大姑娘，她何琼还能找到小伙儿吗？"那丽蓉说。

"你闭嘴吧，成事不足，败事有余！"任校长瞪起了眼睛。

"哎，他爸，这可是何琼和咱们大成过不去的，有我什么事啊！"那丽蓉说。

"不该做的事你做得还少吗？"任校长有些厉声说。

"我做啥了呀？"那丽蓉感觉很无辜地说道。

"爸、妈，你们别吵了，我和何琼的事我自己会解决的，我出去可以增加一些收入，这也是件很不错的事！"

"大成，你出去能多开多少钱哪？"那丽蓉马上追问道。

"说是不错，具体多少我现在也不清楚！"任志成说。

"要是这样的话那还行！"那丽蓉说。

"你就认识钱！"任校长有些不满地说。

"钱有什么不好，我当妈的问一问怎么啦？"那丽蓉说得理直气壮。

"大成，你出去可一定要注意安全哪！"任校长殷殷叮嘱说。

"爸，外部项目是一个团队，有好多人哪！"任志成说。

"国情、地理环境都不同啊！"任校长说。

"爸、妈，你们就放心吧！"

"都说儿行千里母担忧，做父亲的就不担忧吗？"任校长说着，眼睛竟有些湿润。

四十六

金鸿鹄有些抑制不住内心的喜悦，公司在会议室刚刚召开会议，组织部对他进行了民主测评，不出意外，他很快就会上位公司副经理。金鸿鹄在肯定自己工作能力的同时，也不得不认同妻子冷艳是对自己有着莫大帮助的贵人。

冷艳恪守职业道德，努力为人师表，可有些家长很需要老师对他们的孩子偏爱一些，多些注重和培养。冷艳一直一视同仁，尽心尽力，把每个学生培养得更好是她的责任和义务，一张白纸没有负担，可以画最新最美的图画！

金鸿鹄上了公司老大的车，老大今天要回行路有些难的山区老家给母亲做大寿，便换乘了金鸿鹄跑现场的丰田大吉普。

"金经理，恭喜呀！"司机王平笑着说。

"谢谢，同喜！同喜！"

"金经理，咱们去哪儿？"

"西苇7-6-1！"

西苇7-6-1是公司南部项目部新布的一口重点勘探井，因位置在西苇采油厂境内，有关土地征用方面的事宜便委托西苇采油厂协助办理。昨天，114井队往井场搬家，傍晚时分，井队长黄达打来电话，说苇田有几个承包人来了井场，下了一道通牒——结清占地补偿款，否则明天就封路，请金鸿鹄明天早晨务必过来帮助协调一下！金鸿鹄接到电话立刻给刘辉打了电话，刘辉说："老弟，你就放心吧，明天一早我就去井场，一切都没有问题，绝对不会影响井队进场和生产运行的！"金鸿鹄相信刘辉说的话，但他还是要去现场看一看，掌握重点探井的整个生产运行情况，便于汇报和协调。

　　金鸿鹄到达井场时，刘辉和西苇苇场土地办孙助理、东皮分场钱场长等一行人已经在井场上等候了，见到金鸿鹄热情握手，表达着对他充分的敬意。给井队下通牒的是东皮分场这片苇田的四个承包人，他们要占地的芦苇补偿，孙助理当面鼓对面锣地给苇田承包人敲明白，油田用地是特事特办，油田补偿款已经办理了，只是还在来汇兑银行的路上，到了苇场土地办账户上就会发放给他们的！分场钱场长也做了保证，几个苇田承包人头一次经历这个事，看着自己的顶头上司，便骑上摩托车一溜烟没影了。问题很好地解决了，刘辉便邀请金鸿鹄去西苇共进午餐，金鸿鹄说还有事谢绝了，刘辉也不强求，就和孙助理、钱场长打道回了西苇厂。

　　金鸿鹄和井队长黄达交流了井场进驻和钻探运行安排，便回返了西线。不知道司机王平有什么急事，奥迪车上了小柏油路就有些疾驶，幸好柏油路上的车辆极少，不影响车的风驰电掣。行至一处S慢弯处，警示牌没有起到一点警示作用，待车转过第二个弯道处，路面上赫然横着一辆长厢大货车正在艰难地掉头，车身占据了整个路面，王平见状紧急制动，刹车声异常地气急败坏，奥迪车还是冲向了大货车。金鸿鹄觉着眼前一个巨物压来，只听到一声巨大的轰响，眼前一黑，就什么都不知道了！

　　冷艳、金鸿雁、赵玉明、陆鸣等人守在重症监护室门前，金鸿鹄头部受伤，腿部骨折，刚刚做完一个多小时的接骨手术。从核磁共振的检查结果和各科室会诊情况看，患者还是十分幸运的，头部、胸部尚未发现致命的伤害，但也不能排除潜在风险。奥迪车已经报废。金鸿鹄仍在昏迷中，护士还在密切地监控，只有过了七十二小时才敢说结果。

　　冷艳坐在门口的条椅上凄凄切切抹着眼泪，金鸿雁握着冷艳的手轻声安抚着。

　　"老陆，没什么事你先回去吧，刘玉梅就不要来了！"赵玉明说。

　　"那好吧！"陆鸣起身说。

　　"兴隆，你去我们家里做饭，等着金鑫放学回去吃饭！"赵玉明说。

　　"好！"兴隆说着，和陆淼一起走了。

　　"姐夫，你也回去吧！"冷艳说。

　　"不急，我等一等再说！"赵玉明说着去了卫生间。

　　这时，一个女人风风火火跑过来，敞着嗓门说："姐，我姐夫怎么样啦？"来的女人是冷静，冷艳的小妹妹，是冷艳托人介绍来油田的，嫁了一个老实的采油工。

"在观察!"冷艳说。

"还昏迷着吗?"冷静到门口看了看说。

"嗯!"冷艳说。

这时，一个护士出来了，斥责说:"患者家属注意点啊，这里是医院，你们说话就不能小点声吗?"

"患者醒来了，我去叫医生!"一个护士出来说。

冷艳来到门前看了看，护士在和金鸿鹄交流着什么，冷艳的眼泪不由自主地滴落下来，冷静立刻说:"姐，我就说姐夫没事吧。"

"患者的病情基本稳定了，家属可以进去看一看，时间不要太长，还是让患者好好休养吧!"医生出来说。

"谢谢大夫!"冷艳连连点头说。

金鸿鹄感觉浑身疼痛，腿仿佛不是自己的，冷艳握着他的手，这才安定下来。

金鸿鹄第三天上午转到了普通病房，这是个双人间，窗台上摆着两个大花篮，鲜花浮出淡淡的幽香。病床前全是笑脸，认识和不认识的，冷艳迎进送出，表达着真挚的谢意。一个健硕的中年男护工进来，笑容可掬地自我介绍他姓呼，患者有什么需要直接吩咐就行了。冷艳要不也想找个护工协助护理，赵玉明年龄大，身体不好，冷静的丈夫有班，总是串班也不是办法。"伤筋动骨一百天"，金鸿鹄在床上要躺一段时间，吃、喝没有问题，拉、撒绝对是需要别人帮助的，冷艳一个人不行，请个护工是必须的，这个呼师傅真挺会看时候的。冷艳说:"呼师傅，你护理的费用多少钱哪?"

"我是劳务公司委派的，有人和公司谈完了，我们公司收费是绝对公道的，已经给了预付!"

"谁和你们公司谈的?"冷艳有些奇怪。

"好像是一个姓李的老板!"呼师傅说，掏出了一个小本子，说了电话号码。

冷艳记下了电话，去走廊的僻静处将电话打过去。对方是一个学生家长，是班级"家长委员会"积极组织者之一，冷艳知道，他来看过金鸿鹄了，十分了解冷艳目前的状况，希望能帮助冷艳排忧解难。冷艳对此人表达了谢意! 冷艳明白，学生家长有些费心了，她这班的学生是高二，处在关键时期，她是班主任，又是数学老师，这个时期不能有丝毫的松懈，家长都希望她早日回到教学岗位上，以保证学生的教学。她和金鸿鹄私下里沟通了这个问题，金鸿鹄完全理解学生家长的心情，也积极支持冷艳尽快回到工作岗位上去……

早晨，金鸿鹄吃着早餐，冷艳看看石英钟说:"鸿鹄，我得走了，吃完你就放着吧!"

"你走你的！"金鸿鹄笑着说。

"不用你收拾，你在家里注意点啊！"

"冷老师，放心吧！"

时间过得真快，都说"伤筋动骨一百天"，金鸿鹄才两个月就能借助拐杖行动了，是遵医嘱，金鸿鹄的行动比较注意，不过，像收拾碗筷这种事他还是能做的。冷艳不想让金鸿鹄做，怕出现个万一，这样她就要忙碌点，忙碌点她也高兴，金鸿鹄的副经理已经下文了，也算是走马上任了，金鑫的学习成绩不错，进入重点高中一点问题都没有，辛苦对冷艳来说也是甜的。进了学校大门，马上有学生和她打着招呼，她笑着回应着，学校新的一天就这样开始了。

周六早晨，陆鸣在厨房收拾好出来，站在刘玉梅身后，俯身看着电脑屏幕说："玉梅，你别太累了呀！"

"不会的，老陆，辛苦你了！"刘玉梅回眸一笑。

"你不要太急了，还有时间！"陆鸣按了一下刘玉梅的肩头。

"知道，这就完了！"刘玉梅按着鼠标说。

早晨，刘玉梅从辽河广场做完五禽戏回来，吃过了早餐，就坐在电脑前校对她的书稿——《居山记事》。说到《居山记事》，这是刘玉梅回老家大山里休养期间写下的一些生活感悟。五十多岁了，突然患了这个病，这是她无论如何也没有想到的，手术、化疗，一段时间激烈地挣扎和斗争让她身心俱疲。回到了大山里，置身于另外一个环境，仿佛有了一种归属。夜，万籁俱寂，一轮明月透过窗棂照在炕上，童年，下乡，到油田，进厂锻炼，代课老师，恋爱，结婚，生陆淼，陆鸣入狱，离婚，陆鸣归来，陆鸣生病，函授学习，优秀教师，教导处任职，学校领导，癌症患者，人的这一生啊，真不知道能遇到什么样的事啊！她的生命还能有多久？她将怎么面对今后的生活？二叔和玉菡帮她把脉，开了药方，煎药、喝药，二嫂甄妮生活上无微不至的照顾，陆鸣和两个孩子都在等待着她，她有什么理由不好好生活？二叔坦然地说："玉梅呀，你就是积虑太久太深了，工作又辛苦，免疫力出了问题，你现在一定要放下，病三分治七分养，说得就是这个道理！"刘玉梅点头。她早晨跟着二叔做五禽戏，熬药服药，或在房前的园子里侍弄蔬菜，或去大山里走走。大山里真好，空气清新，景色宜人，一花一世界，一树一菩提，涓涓细流绵延，节拍徐缓，劳作的人们，恬静的生活，简单的交流……晚上，她在灯下写下一天生活的点滴和生命的感悟，谁会想到这样的记事成为她在大山生活不可或缺的一部分。玉菡有一天看了几页记事就说好，说姐的文字不输报刊上的专栏作家！还特别吟出一些好句子品味，说是特别感人，一定要写下去！刘玉梅也认同，这是她真情实感认识的结晶啊。

有一天，《健康报》一位叫吴茵的女记者来采访中医世家的二叔和玉菡，吴茵来家里吃饭和刘玉梅见了面，玉菡把刘玉梅介绍给了吴茵。吴茵听说刘玉梅是个中晚期乳腺癌患者，恢复得这样好，就和刘玉梅进行了深入的交流，还看了她的日记，当即圈定了两篇，让刘玉梅润色后寄给她。稿子寄出没有多久，刘玉梅的文章就在《健康报》副刊上发表了，吴茵还特意把报纸寄过来，要她再选几篇日记寄过去。

又一天，刘玉梅从大山里回来，手里捧着一束灿烂的野花，玉菡陪着一个叫祖篙的青年男子在院子的葡萄架下坐着等她。祖篙自我介绍是记者吴茵介绍来的，提到了吴茵，刘玉梅自然亲近了几分。祖篙说今天是专程来看刘玉梅的那本记事的。祖篙是一个书商，他不知道从哪方面嗅到什么样的商机，他要出版刘玉梅的书稿。祖篙之前做了细致的规划，对记事提出了一些修改意见，要求文字十万，再配一些大山生活的各类照片，说定付给稿酬一万元。刘玉梅本来是写着玩，自娱自乐的，谁想会有人给她出版，还付她稿酬。过去常听陆鸣说，陆鸣在报刊上发表一些诗作会有十几或几十元的稿酬，和陆鸣一起的很多诗歌爱好者出版诗集多数都是自费的，十个人申请一个丛书号，费用低，印个千八百册的，也得万八千元，要想收回成本，还得找有能力的朋友帮忙购书，不然就得堆在家里，实在堆着碍事了，只好卖给收废品的，这不是一种莫大的悲哀吗？刘玉梅当即表示同意，祖篙也不含糊，立刻写了协议，放下五千元的定金，约定两个月内完稿，刘玉梅在协议上庄重地签上了自己的大名。她也该回西线了，陆淼已经确定结婚日期了！

刘玉梅敲完最后一个字符，保存了文档，打开邮箱，将文件上传给祖篙，随着传输成功字样的出现，她舒了一口气，脸上露出轻松的笑容。她现在知足了，尽管之前经历一些坎坷，她和陆鸣的关系已经修复得很好了，她办理了病退手续，陆鸣在工作岗位上还能干一段时间；陆淼嫁了兴隆，生活幸福美满，最近说是调了公司工会工作；陆岩大学毕业，参加工作一年了，之前在基层大队做劳资员，刚刚调到公司办公室做秘书，处了一个叫卢秀妍的女朋友，说是谈得还不错，可就是不张罗往家里领，总说还不够成熟，刘玉梅希望陆岩赶紧带卢秀妍到家来，抓紧见面订婚，结婚生子，完成使命，陆岩一直说不急不急！也不知道他是怎么想的。

坐在沙发上的陆鸣放下了《词刊》，他最近开始偏爱歌词了。刘玉梅说："老陆，你说陆岩到底怎么回事啊？"

"你说的是什么呀？"

"那个叫卢秀妍的女朋友哇！"

"我也不清楚！"

"你没问问他呀？"

"他不想说，问也是白问，你也别操这个心了，养好身体是第一位的！"

"我知道！"刘玉梅笑了笑，没有再说话，回头把电脑关闭了。

陆岩对在分公司做劳资员一直不算太满意，这个问题他很早就跟父亲陆鸣提起过。陆鸣的意思是一个刚出校门的大学生，社会阅历还没有，会有什么样的能力？你得靠工作的积累，像他在萨尔图参加工作时一样，从基层做起，一步一个脚印地往前走，在工作中不断提高你的悟性，积累你的才能。陆岩不是这样想的，他想起点高，进步就自然快，要陆鸣找人说话，直接进集输公司机关。陆鸣没有同意，陆岩就有些不太高兴，说陆鸣对他太不关心了！陆鸣也不做过多的解释，说多了无益，可能还会逆反。

陆鸣是上次在油田职代会上遇到了集输公司书记马峰的。马峰是新履职的党委书记，之前做工会主席和陆鸣就熟悉，见面时陆鸣恭贺了马峰，马峰欣然领受。两个人说了一阵子话，说到家庭和孩子，自然说到了陆岩，马峰笑了，表示一定会关照的。这是场面话，陆鸣只当是听听而已，谁想陆岩不久前被集输公司组织部找去谈话，了解情况，挖掘发现特长，调到了办公室，这是陆鸣没有想到的。陆鸣最初去西线物业处任职组建队伍时，马峰曾找过陆鸣，马峰的一个当清洁队长的小舅子想晋升科级干部，陆鸣认真了解了一下情况，马峰这个小舅子工作能力还可以，就是男女关系上有些沸沸扬扬的，这样的人怎么敢用？陆鸣只能实言相告，爱莫能助！马峰还是说了谢谢！

去办公室工作了一段时间，陆岩常常晚归甚至夜不归宿。陆鸣最初以为是办公室有工作任务或是在热恋，就和陆岩说赶快带女朋友回家，双方家长该见面就见面，抓紧结婚，免得干柴烈火生出事端。追迫之下，陆岩才道出最近一段时间主要是和主任、副主任等办公室的几个人一起吃饭聚会，之后还要搓阵麻将，这样的情况越来越多。陆鸣提醒陆岩什么东西都要适可而止，切不可过于沉迷，况且打麻将动钱就是赌博，人切不可玩物丧志。说过谈过，陆岩仍然故我，陆鸣大为不满，前些天发了一通脾气，陆岩好了几天，昨天晚上电话说有个材料要赶出来，又是一夜未归。陆鸣有些生气，全油田是一盘棋，有什么样紧急材料他会不知道吗？这事又不能对刘玉梅说，免得刘玉梅跟着着急上火。

陆鸣早晨到办公室就给陆岩打了电话，陆岩敷衍说写材料写晚了没有回去。陆鸣说："你写没写材料我一问便知，半个小时后我会跟你们马书记核实的！"便把电话挂了！

集输公司和西线物业处办公楼都在石油大街上，没一会儿工夫，眼睛有些血丝的陆岩就来到陆鸣的办公室。陆鸣看到了陆岩有些怒不可遏地说："陆岩，你真是不可救药哇，不但参与赌博，居然实话都不愿说了！"

"我这样也是被你逼出来的。"陆岩嗫嚅地说。

"你说什么？"陆鸣眼里有些冒火。

"主任他们都想玩，为了搞好关系，我怎么好说不玩啊？"

"玩什么都要有时有晌，何况是打麻将赌博！"

"爸，这东西一旦玩上了，我说得算吗？"陆岩低声下气地说。

"黄、赌、毒三把刀，麻将这个东西不玩也罢了！"

"爸，你以为我真的愿意玩啊，这是桥梁和纽带，遇上了你就得迎合，不然，我在办公室怎么混哪？"陆岩高调强调。

"陆岩，你这样还有理啦？一个人要想站得住脚，靠的是实干和能力！"

"爸，你是真不知道哇，现在不是过去了，光靠实干和能力行吗？"

"怎么不行了？要干好工作靠的就是能力和水平！"

"爸，何聪你不是不认识，他高中毕业，就是个退伍兵，他要不是陪着那个孙副总打篮球，孙副总认识他是谁呀，他有调进机关工委的机会和可能吗？"

"你这是听谁胡诌八扯的，你这是在为自己的行为辩解和开脱！"

"爸，你没有那个爱好，你这里也没有人跟你说这种事情，现在陪着领导打篮球、打羽毛球、打桥牌、打麻将、玩摩托车的人多了去了，凡是有领导喜欢的就会有人去陪，不会还积极地学，这已经成为一种趋势了！"

"打篮球、羽毛球也比你们打麻将强啊！那能锻炼身体，增强体质，你们是赌博，还伤害身体！"

"爸，你这样定性是不全面的，被陪着的人高兴才是这件事情的本质，我说一句不该说的话，爸，如果有个诗歌爱好者认识您，能力也可以，还老找您请教和交流，您不高兴吗？会不会喜欢、提拔和重用？"这是个非常实际的问题，陆鸣一时有些的语塞。陆岩立刻说："爸，要是您没有其他事我就回去了，我手里真有个材料马上要赶出来！"

"你去吧，中午抽空睡会儿啊！"陆鸣叮嘱着。

"爸，知道了！"

看着陆岩出去的背影，陆鸣有所思，自己该怎么样要求陆岩？是社会悄然中发展得太快了，还是自己真的该退休啦？

四十七

"鹤兴"大酒店剪彩圆满成功！周志国脸上露出满意的笑容。

"鹤兴"大酒店之前也是酒店，已经三易其主，每次经营者开业时都搞得大张旗鼓，轰轰烈烈，之后就急转直下，不甚理想，甚至赔本赚吆喝，不堪重负，关门歇业，张贴告示，出租出售。

周志国看到张贴的告示，看着酒店的地理位置还不错，便把酒店盘下来，还做酒店经营，只是在楼内的格局上做了一些变动。

酒店装修还是由周闯来操盘。这时的周闯已经从市规划设计院停薪留职，正式成立了自己的"未来"建筑安装有限公司。酒店的装修设计由周闯亲自操刀。

周志国盘下这个酒店时，只和高四新说了一嘴，等到真正签订买卖合同，周志国也只是知会了一声。高四新有些不明白，这个楼盘位置可以，人家经营酒店不行，周志国盘下要干什么？关于这一点，周志国没有说，高四新也没有问，这是他们的约定，这和商业秘密是有一定关联的，更为蹊跷的是，周志国没有从高四新的运输公司财务上调用一分钱，许是怕和她商议？周志国的化工厂是有一些流动资金的，可他还要维持正常生产经营啊，盘下这个酒店是需要不少银两的，还要装修，周志国的资金是怎么运作的？

人是十分好奇的高级动物，特别是女人，高四新掩饰不住自己的好奇，逮着机会问了周闯，周闯说："妈，我也不清楚哇！"

"闯儿，那装修的费用是你垫付吗？"

"妈，也不全是，按照合同约定，依施工进度正常结算！"

高四新有些困惑了，说："你爸哪来的钱？他在银行贷款啦？"

"有这种可能，还有一个最大的可能是我爸用的是筹资款，高利息分红！"周闯说。

"闯儿，你听到什么啦？"

"妈，没有，我也只是猜测，现在有一些有钱人，特别是一些小官，很乐于参与这样的投资，隐蔽，利润丰厚，稳赚不赔！这个酒店设计是有高档专区的，谁来消费呀？我爸过去在外边消费每年都要花费一些，如果在自己酒店里，肉烂在锅里，有些人还能拿到分红，何乐而不为？"

高四新这时有些顿悟，她觉得周闯说得还是有些道理的，便说："这么大的酒店谁来管理呀？"

"我爸肯定会请有经验的专业人士打理的！"

"西线有这样的人吗？"

"不知道！"

"人家开过的都不行，咱们开能行吗？"周四新不无担忧地说。

"我爸是谁呀，既然要开就有他开的道理，妈，你就别操这个心了！"

"你说得也是呀！"

有经验的专业人士是"鹤兴"大酒店装修工程验收时浮出水面的。这是一位女子，姓曹名芳，四十岁的样子，身材高挑，步履轻盈，充满自信的鸭蛋脸光洁鉴人，溢着训练有素的职业微笑。曹芳是学旅游和酒店管理的，这之前在邻市的"天兴"大酒店任副总经理多年，因为周志国的邀请，曹芳辞职，出任了"鹤兴"大酒店的总经理。

曹芳是周志国去"天兴"消费时认识的，那时候，曹芳还是一位刚出道的大堂经理，人精明强干，周志国照顾了她的部分业绩，她也很快跻身"天兴"酒店的高层。周闯之前是见过曹芳的，那是他受父亲之托带着一些比较重要的年轻客人光顾"天兴"的时候。曹芳是个单身女人，有人说她是周志国的"铁子"，周闯不置可否，也没有什么真凭实据，他认为他们更多的是利益关系，各取所需。

高四新听说来了个美女曹芳，特意去了"鹤兴"。高四新闯进曹芳办公室时，曹芳正对酒店几个高管部署酒店工作，高四新说了自己身份，酒店几个高管立刻退了出去，曹芳让座敬茶，一副听凭高四新差遣的意思，弄得高四新没有一丁点脾气，就是有些醋意也没有办法散发出来。实际上她也不敢乱来，人是周志国请来的，说白了是帮着周志国来赚钱的，和人家过不去就是和钱过不去，更是和周志国过不去，酒店实际控制权掌握在董事长周志国手里的，高四新乱来就是自找没趣，也是周志国绝对不会允许的！看看曹芳，自己已经满脸的皱纹，同样的衣着，穿在人家身上就是不一样，气质这个东西是长在人的骨头里的，高四新真的有些泄气，只好接纳曹芳一口一个大姐甜蜜蜜的呼唤了。

如果说高四新一下子消除了心中的醋意那是不可能的，高四新心里的酸楚和苦水是需要倾倒的，这个对象只能是周大叔和周大婶。周志国这时候在市区一个新建高档小区——"锦绣"买了一套新住宅，四室两厅两卫，里面有周大叔老两口的房间。周大叔不愿意去住，说钢筋水泥的楼房悬在空中不接地气，住着不舒服，再者说了，自家这么大个农场连个看管的人都没有怎么行？就一直住在农场里。周大叔听了高四新的话，也去"鹤兴"看了看，曹芳热情周到地款待，周大叔回来就和高四新说这个小曹不太像那样的女人，志国有什么说法吗？高四新说没有！周大叔就说："四新哪，你就想开点吧，现在这世道变得什么事都有了，有些话我也不好和志国说得太明了，但是有一条，他要敢对你有其他的想法，我是第一个不答应的！"高四新只能点头说："谢谢爸！"

周霓是"鹤兴"开业不久，一声不响地从省城跑回来的，跑回来就在农场里猫着，一副郁郁寡欢的样子。周志国来过农场，周霓什么话也不说，吃过饭就回自己屋里窝着或在农田的机耕道上独自走走。周大叔就问周志国："霓儿这丫头是不是出什么事情啦？"周志国说："或许是失恋了吧！"周大叔有些焦急地说："霓儿不会出什么事情吧？"周志国说："爸，要是真出事情早就出了，她能一个人从省城跑到这里就不会有什么事情！"周大叔说："霓儿这一天天像个闷葫芦似的，我看着就有些担心哪！"周志国说："爸，没有事，她是在自我疗伤呢，等她慢慢地想清楚想明白了，过些日子就会好的！"周大叔说："但愿吧！"周志国说："爸，你就放心吧！"周大叔心里说："不放心我还能怎么样啊？"

过了一些日子，周霓开始随着农场的几个雇工一起干活，割草，种菜，喂鱼，捡蛋，脸上渐渐有了些笑容，不时还会有些爽朗的笑声，周大叔这时候才有些宽慰。

　　周志国不时就会来农场看一看，这天吃饭时说："霓儿，你来了也有些日子了，年纪轻轻的，总在农场里待着也不是长久之计呀，你对今后是怎么计划的?"

　　"爸，我想听听你的想法!"周霓十分乖巧地说。

　　"你不回省城啦?"

　　"不想回了!"

　　"你去'鹤兴'做出纳怎么样啊?"

　　"行，爸!"

　　"你一边工作还要一边学习呀!"

　　"爸，我学什么呀?"

　　"看你喜欢，这方面的事你还是请教一下总经理曹芳吧，她比较专业!"

　　"爸，我知道了!"

　　周霓学的是旅游与酒店管理的函授，不久，便和酒店的保安经理林涛谈了恋爱。许是要确定关系的缘故，周霓的母亲刘赛飞特意从省城跑过来，说是把把关。刘赛飞再婚离异，这时候已经退休在家，在省城没有什么牵挂，加上住宅小区动迁改造，还要租房居住，周霓就一再挽留，便在酒店里多住了些日子。其间，周志国和刘赛飞在酒店里时常见面，还一起吃饭聊天，关系正常得也过得去，周霓看着挺高兴的。

　　高四新听说就不高兴了，特别是周志国有时会住在酒店，她就会胡思乱想，还会莫名其妙地发脾气，这让运输公司的下属敬而远之。刘赛飞一直在酒店里住着，高四新给曹芳打过电话，表现了对刘赛飞长期驻留酒店的不满，曹芳说这件事她和董事长汇报过，董事长同意的，她曹芳就没有办法了!高四新听了更没有什么办法了，只能心里头憋气，又没有地方发泄。

　　一天晚上，高四新十点多钟坐桑塔纳轿车回的自家住宅小区，通往自家住宅楼的路上坏了一台厢货车，桑塔纳司机见状倒车掉头，想从前面路口转一圈。高四新没有让，前后楼就几十米的距离，她便下车朝自家的楼门口走去。高四新刚刚走到楼门前，黑暗里冲出一个人抢夺她的挎包，高四新惊恐中呼喊着争夺，一把尖刀连续刺进了她的胸腔，她哼了一声就跌倒了。

　　一、二楼的住户有人听到了尖厉的惊呼声，马上有人开灯开窗，接着有人跑了出来，看到倒在血泊中的高四新，立刻有人报了警，接警的警察赶到现场进行了勘察，高四新胸部中了三刀，刀刀致命，她的手提包和身上贵重物品全都不见了，警察认定为抢劫杀人!近期坊间一直流传，本市有几伙流窜作案的，说是从北边过来的，市区里也确有盗窃案件发生，抢劫致人死亡的却是头一例。

　　周勇不太相信这个结论。周勇警校刚刚毕业，分配在鹤吉派出所做治安警，他认为现场不是伪造的，但出发点不一样，极有可能是雇凶杀人，凶手是有一定职业性的，抢劫只是雇凶杀人的一种掩盖手法，没抓到凶手之前，一切皆有可能。从利益关系上讲，刘赛飞、周霓、曹芳、周志国都不能排除嫌疑。"我妈不能这样不明不白地死，我一定要调查清楚，还我妈一个公道！"周勇对周大叔是这样说的，他看到周志国都有一些仇视感，周大叔怎么劝说也没有用。

何琼一直参与"油田老区勘探目标优选项目"的研究，这是油田目前发展战略一个重要举措，经过近一年的油气成藏条件整体研究，她的项目组对西线古潜山的研究有了新发现，提出了首先部署西古七井，积极加快这块老区勘探的建议。经过井队两个多月的钻探，西古七井在太古宇4105～4180米的井段获得高产油气流，这是西线古潜山油藏研究的一个巨大突破，它证实了西线古潜山含油的特性，也在油田老区找到了新的石油储量。这是油田当年石油勘探十大发现之首，项目课题获得油田重大发现一等奖，这个发现为油田今年上产一千三百万吨和明年的稳产工作做出重大贡献。何琼作为项目的带头人，当年被推选为油田劳动模范。

任何成绩的取得都是要付出辛勤努力和汗水的。何琼在选定西线古潜山项目后就和项目组成员全身心地投入项目的研究中，面对那么多的地质资料，他们走不了捷径，一天天下来，谁的脑袋都大大的。幸好何琼有母亲白雪梅，白雪梅能帮助她照看儿子任泽平。实际上，自从任志成出国以后，何琼很自然就住到母亲的家里，父亲何劲松又回深圳了，或是有时会在老家逗留一段时间，陪陪两家的老人。何劲松还被那个官司牵拉着，诉讼时效弄得那个案子没有什么进展，也不得脱身。白雪梅基本上是一个人生活，何聪基本上用不到母亲，徐岚是个能干的媳妇。何聪有时候会回家里看上一眼，坐下和母亲说上一会儿话就得走。他已经进了油田机关工委工作，机关工委大事没有，零碎事也不少，可他做得游刃有余，这需要眼力和勤勉，何聪恰恰有着这种特质。白雪梅成了何琼的好后勤，她也乐于做好何琼的好后勤，她是内行，清楚何琼的甘苦。何琼是幸运的，同事们都羡慕她，白雪梅非常清楚怎么给予何琼精神上的鼓励和生活上的支持。何琼在不断研究中难免会有疲惫的时候，也会有茫然四顾，路在何方的迷惘，科学研究本身就是枯燥和孤独的。每每这个时候，白雪梅就会坐在何琼的身边，讲诉自己和同事曾经工作研究的往事，那里有一种十分相通相融的东西，给予何琼以力量，让她振奋精神，不断继续努力前行。

任志成出国一年了，和任志成一起出去的同事回来看过何琼，捎回任志成的礼物。任志成很忙，他是在给自己加担子，外边和国内的工作机制是不同的，那里严格执行劳动制度，工作环境就是工作环境，休假就要离开工作环境，任志成这个时候就会回到基地上轮休。他休息时也在工作，有些是领导需要的，比如翻译一些外文资料，或是做简单的翻译交流，任志成的外语能力有了很大的提高。你在他乡还好吗？何琼有一些谅解任志成的想法，她甚至有些淡忘了任志成的过错，这也许是时间的力量。

任校长时常会来看望孙子任泽平，任泽平和爷爷的亲近是天然的，血缘真是一种奇妙和割舍不断的东西。任校长看到何琼时欲言又止，何琼知道任校长这时候想说什么，可又不太好说出口，时间或许会冲淡一切的，她和任志成的问题总是要解决的。

院宣传部祁部长打来电话，要何琼立刻到办公楼302小会议室，一位大报记者对她有一篇专访，需要她的配合。何琼不太喜欢这种采访，有些耗时伤神，可祁部长说这是一项政治任务，必须配合完成！她便认真地收拾了一下，去了办公楼小会议室。

敲开门，何琼进去不由得一愣，与祁部长说话的大报记者竟然是王天伟，王天伟什么时候变身大报记者啦？祁部长做了介绍，王天伟和何琼握了一下手，坦诚地笑着说："祁部长，我和何琼早就认识，刚参加工作时，我们都在西线南矿来着！"

"熟人好办事，王记者，既然这样你们就谈吧，我还有其他事情就不奉陪了！"祁部长笑着说。

"好的，祁部长！"王天伟起身送走祁部长，回来拿起一份何琼的事迹材料，那应该是院党委宣传部提供的，王天伟显然已经看过了，做了几个提问，何琼简要地回答了，要再详细些的，材料里面有，王天伟还可以想象发挥，作为具有优秀诗人和小说家潜质的王天伟是不乏想象力的，这使他们的采访工作很快就结束了，两个人便进入了闲聊的程序。作为中年男人的王天伟保养得很好，更显腹有诗书气自华的气派了。

大报新在西线设立了下辽河记者站，在油田范围内招聘记者，有着油田生产一线工作经验的人员优先，已经是科级干部的王天伟立刻报了名。王天伟报名主要目标是奔着记者站站长那个副处级职位去的。真正录用后才知道，那个职位组织上已经安排人了，王天伟和副处级无缘，鉴于他的身份和才干先给个首席记者干干。不过，王天伟还是有机会的，现任站长说他在这里就是一个过渡，不久的将来就会有其他任用，信誓旦旦的。也不知道这个不久还要多久？王天伟只能认同。王天伟在记者站工作还是有些收获的，他因公跑了多次北京，有机会见到一些在北京发展的作家班同学，许多人如新星般冉冉升起，或出版社或杂志社或报社编辑部任职，开始出人头地，有人向他约稿，也有人向他递出了橄榄枝，王天伟一直犹豫着，要不要砸碎自己的铁饭碗？关于这一点，高美娟是一直持反对意见的，意思很明显，王天伟在西线，还是可控状态的，松了缰绳，野去了北京可就真的很难说了！说到孩子，王天伟有个女儿，竟然比任泽平小，这让何琼有些疑惑，在她的记忆里，高美娟说她当时已经怀孕了,王天伟说他就这么一个女儿,婚后来得迟一些,难道说高美娟那个时候出现什么意外啦?

何琼是第二天早晨上班见到高美娟的,高美娟早早地出现在办公室门口让何琼十分惊讶。高美娟文文弱弱的,说话有些有气无力,高美娟直言昨天晚上看王天伟的采访笔记知道王天伟采访了何琼,她不知道他们之间都谈了什么,她怕他们以后会谈起过往,扯出一丝丝隐秘来,那样,她和王天伟的关系一定会终结的。王天伟本来就有去北京的想法,这样就会下定决心的,这会儿肯定还没有出现意外,高美娟要防患于未然哪!何琼笑了,她知道自己不应该笑,这是在嘲笑一个弱者吗?何琼完全没有这个意思,她就是想宽慰一下高美娟,让高美娟放松些。何琼不会那样龌龊的,她感到高美娟真的有些可怜,高美娟还在坚守着打字员那份工作,还要守住王天伟这个人,她要守住的是她的家,女儿的父亲,至于其他她已经不太在意了,这也许就是高美娟人生的全部?何琼有些不能理解高美娟的这种忘我,看来每个人的生活形态都是不同的,也包括自己。

几天后的一个下午,何琼接到了王天伟的电话,约何琼共进晚餐,何琼犹豫一下,还是答应了。王天伟是一个有着别样魅力的男人,他很会讲故事,他有他的生活世界,他们曾有过一段美好的过去,现在见一见又有何妨?

何琼去了西典西餐厅,找到预定的位置,王天伟已经候在那里,何琼笑着说:"不好意思,让你久等了!"

"别客气,你并没有迟到哇!"王天伟优雅地笑着说。

服务员过来点餐,王天伟示意何琼,何琼点了个罗宋汤,王天伟点完餐,服务员微笑着说:"二位稍等!"

"可以呀!"王天伟笑着说。

"你指的什么?"

"罗宋汤!"

"实在不好意思,我是在电视里看到的,有些美好的记忆,刚好有这个机会!"

"你也给了我一个机会!"

"谢谢!"

王天伟拿出一份大报报纸放在了何琼的面前,点点版面说:"你看看!"

何琼拿起报纸浏览了一下,这是对劳动模范何琼的一篇专访,篇幅不小,一些文字写得很动人,何琼笑着说:"你们做记者的可真行啊!"

"你还满意吧?"

"你这样写,我今后的工作都不知道该怎么做了。"

"有压力了?还是一如既往吧!"

"压力非常大呀!"

"我就是想帮帮你，有机会往上推一推!"

"谢谢!"

"咱们就别客气了!"

服务员送上了菜品。

"现在你可以放松了!"王天伟笑着举起红酒杯子，两个人碰了一下，何琼呷了一口，玫瑰红的液体艰涩中有一些甘甜的回味。王天伟又在讲述着北京作家班里的人发生的引人入胜的故事，还特别讲了萨特和波伏娃的爱情传奇对那些人的影响，这真是爱情生活的一个特例，人们心底里是怎么看待他们的呢?

从西餐厅出来，华灯初上，街面上的霓虹开始殷勤地闪烁。王天伟看向不远处说:"咱们去那个舞厅坐一会儿啊?"

何琼本想说不来着，可面对王天伟有些期待的神情，便有些不好意思拂了人的面子，便说:"你还一直跳舞啊?"

"跳舞对我来说已经是十分遥远的美好了!"王天伟笑着说。

"那咱们走吧!"

这是一个大众舞厅，两边是卡座，球灯摇曳，彩灯迷离，人头攒动。何琼是"慢三"响起时被王天伟邀请上场的，何琼最初有些生疏，只一会儿就找到曾经的感觉，尽管那个感觉离开她有十年之久了，他们的舞步很快找到那种和谐，给人一种久违的美妙，让她享受着一种温馨的美好。突如其来的黑灯时刻，把何琼吓了一跳，那似乎是一种约定，黑暗似乎将一切都掩盖了，随之而来的是身边那么多私密的声响，让何琼感觉有些羞愧和尴尬，王天伟这时候开始轻语着萨特和波伏娃，接着试图找到何琼的嘴唇，何琼刻意避开了。黑暗是一种致命的漫长，有如陷入了一种绝望，你不能贸然离开，只能等待!灯光终于回归了，四周的人们全都若无其事，舞曲重新响起，舞步开始移动，舞场又开始了旋转，他们跳了一曲"慢四"。何琼说:"时间不早了，我该回去了!"

"那好吧!"王天伟眼中流露着一种遗憾。

走在人行道上，何琼迎面遇到了任志成的小妹任志莉，任志莉说:"嫂子!"立刻转头审视着旁边的王天伟。

"小莉，你逛街呀!"何琼笑着说。

"嫂子，我去西线大厦，想去看看包，你这是?"任志莉不时看一眼王天伟。

"您好，我是××报记者，我约何组长有个劳模专访，您是?"王天伟笑着说。

"我是任志莉，是她小姑子!"任志莉笑了一下说。

"是呀，亲的吗?"王天伟有些调侃地笑着说。

"如假包换!"任志莉说。

"这可太好了，真是幸会，您知道何组长有什么特别的事迹可以提供给我的吗?"

王天伟十分热情地说。

"这……这有点太突然了，我……我一点准备都没有，一时还真想不起来！"任志莉有些紧张地看向何琼。

"没关系的，这一两天里如果您能想起来什么，随时可以打电话找我呀！"王天伟笑着说。

"好的，记者，嫂子，再见哪！"任志莉说。

"再见！"王天伟说着和任志莉又握了一下手。

"你真聪明！"看着任志莉远去了，何琼说。

"我怕给你惹出不必要的麻烦来！"

"谢谢呀！"

何琼坐在办公室里，望着窗外天空上的云朵有些凝神。王天伟是个还不错的男人，他们已经错过了，还要有什么纠结吗？萨特和波伏娃是个爱情的特例，如果昨天晚上他们接了吻，那之后呢？她能坦然地面对任志成吗？还能够面对高美娟吗？过去的已经成为过去，所领导给她的项目组下达了新的科研任务——火山岩油气成藏的特征，这个新任务对她来说是不是更具魅力和挑战呢？领导和同事们可都看着呢，那是一种期待，更是一种责任，她绝不能停下石油探寻的脚步哇！

四十八

苏凤枝最初是极少见到尹小芸的。

苏凤枝和尹小芸是邻居。苏凤枝是一位七十出头，中等身材，梳着齐耳花白短发，精气神十足的老妇人，住的是一楼的靠山面——三代户，和尹小芸家门对门。苏凤枝家住三代户不是因为家里人口多，而是因为她丈夫司马青山是设计院的高级工程师，这是石油工程设计专家享受的生活待遇，可惜的是司马青山刚退休不久就脑出血去世了。为了照顾苏凤枝，小儿子司马伦一家人搬来和她一起住。司马伦夫妻都有工作，司马伦的女儿司马楠楠上初中，天天背着书包上学堂。苏凤枝每天基本上都是最后一个出门，她有一个银灰色礼服绸布兜，里面装着一本挺厚重的书，或拎或挎在肩头。苏凤枝腰杆挺直着，脚步轻盈地走过尹小芸家的阳台窗前，这让尹小芸羡慕不已。

尹小芸是怕凉怕风的，直到过了这一年的谷雨，住宅楼前花坛里的丁香树飘出浓郁的花香，尹小芸才拿着一个棉坐垫，慢慢蹭出楼门口，坐在阳光明媚的水泥花坛边上，看着外边美丽的风景。今天的阳光可真好，暖到了她的心里，繁茂的丁香花溢出了浓郁的香气，沁人心脾，甚至有些让人眩晕。在这样美好的天气里她自然会想到盼盼的，盼盼在教课吗？都说女儿是父母的"小棉袄"，盼盼每一次回来，她都有这样深切的感受，不知道这个"五一"盼盼还能不能回来？

苏凤枝这会儿回来了，四目相对，苏凤枝看了看尹小芸又看了看单元门，微笑着说："您好哇！"

尹小芸左右看了看，确定苏凤枝是在和自己说话，有些尴尬地说："您好！您好！"

"您住这里呀？"苏凤枝问。

"是！"尹小芸指指自家阳台的窗户。

"你们家搬来有些日子了，我从来都没有看到过您哪！"

"是呀，我身体不太好，怕凉，天冷时一直都在家里猫着！"

"我说呢，您怎么称呼哇？"

"我叫尹小芸！"

"我姓苏，苏凤枝，尹小芸，您什么病，方便说吗？"

"先是风湿性关节炎，后来又添了糖尿病！"

"这两种都是慢性病，尤其是风湿性关节炎，特别折磨人！"

"可不是嘛，我病了好些年了，一直都在打针吃药，就是不见好哇！"

"那也要坚持呀！"苏凤枝鼓励着说。

"时间有些太长了，弄得我都有些麻木啦！"

"坚持，病情如果不发展就是好事啊，尹小芸，你常常一个人在家呀？"

"是呀，那爷儿俩白天都上班，这边的人我一个都不认识，我的行动又不太方便！"

"尹小芸，下午一般我都在家里，也没什么事，有时间你可以来我家里坐一坐，咱们可以说说话！"

"大姐，谢谢您，怎么好意思麻烦您哪？"

"人都说远亲不如近邻，近邻不如对门，这没什么好麻烦的！"苏凤枝笑着说。这时候，苏凤枝的儿媳妇回来了，亲切地喊了一声妈，对着尹小芸点点头，就开门进屋了，苏凤枝笑着回应着，然后说："尹小芸，那我先进了，欢迎你来家里坐呀！"

"好的，大姐，谢谢您！"

"你别客气！"

尹小芸是在苏凤枝发出多次邀请后，才去敲苏凤枝家门的。苏凤枝的家里简单整洁，客厅里一对人造革沙发，电视柜上放着一台14寸熊猫彩色电视机，墙上裱着一幅墨宝，那是用隶书书写的"天道酬勤"四个大字，说是司马青山的遗作。

在两个人的交流中，尹小芸知道，司马青山是从省"五七"干校来油田工作的，苏凤枝也从省城来到了西线，苏凤枝是搞绘图的。按照政策，他们后来是有机会回到省城的，可油田设计院领导极力挽留了司马青山，说油田的大开发需要建设人才，盛情之下司马青山就放弃了回省城的机会。尹小芸也简单地说了自家的情况。

立夏到了，盼盼应邀回到西线参加一场本地大型民俗音乐活动，她有机会回家看看。尹小芸看到了盼盼，有些百感交集，盼盼评聘了副教授，这是件大好事，教授是个让人羡慕的头衔，它是身份的象征！盼盼还没有怀孕，这是一件不大好的事情。盼盼说她看过医生了，医生让她吃中药调理一下，盼盼一直都没有好好地调理，也就没能怀孕。尹小芸对这件事情是有些忧虑的。盼盼笑着说："妈，现在都什么年代了，时代不同了，现在还有不少'丁克'家庭，他们不要孩子，就两个人生活，也无所谓呀！"

尹小芸对盼盼丈夫的印象很好，盼盼的丈夫是个音乐编导，待人谦逊温和，这也许就是盼盼的福分。

"三儿怎么样啦？"尹小芸说。

"三儿在实习！"盼盼看了郝学仁一眼。

"你还是劝他回来找个工作得了！"尹小芸说。

"妈，这的工作他不喜欢！"盼盼说。

"那该怎么办哪？"尹小芸有些忧虑地说。

"妈，我正在找人帮忙想办法呢！"盼盼安慰说。

"三儿不小了，我想他赶紧找个工作成个家得了！"尹小芸说。

"妈，我也是这样跟他说的，可他不想啊！"盼盼说。

"他想干什么呀？"尹小芸说。

"小芸，有盼盼替你管着，你就别操这个心啦！"郝学仁这样说，尹小芸这才没有再说什么。

盼盼这一次回来还有一件重要的事情，就是帮助大弟可可解决结婚住房的问题。可可谈了一个叫王丽的女朋友，已经到了谈婚论嫁的时候，却在房子问题上犯卡了。可可十分清楚父亲郝学仁没有能力给他购买房子，母亲的身体又不好，自己刚刚参加工作，经济能力又极其有限。王丽不肯住进家里两代户的小房子，小房子一厅一室，四口人住着怎么都有些尴尬，实在是有些太挤巴了。可是王丽已经有了身孕，十万火急，总不能不要这个孩子吧，这可怎么好？可可给姐姐打电话商议对策，盼盼让可可先看房子，她会尽快回来帮助解决这个问题的。

可可是在西线一工地看的油田最早的楼房——"八二·一"筒子楼，价格是最便宜的，王丽没有意见，只要住着方便就行，可可已经心满意足了，可他还是买不起。盼盼这次拿出自己的积蓄给了可可，房子买下了，解决了大问题，可可开心，十万分感谢姐姐的援手。

郝学仁送盼盼去了西线客运站，郝学仁说："盼盼，三儿到底怎么回事啊？"

"爸，他和几个同学一起去北京了！"

"三儿去北京干什么呀?"

"去看看,看有什么机会没有!"

"他这样能行吗?"

"现在'北漂'的人多了去了,特别是群演,他去也是一种历练,碰了壁,自然就回头了!"

"三儿是这样的孩子吗?"

"爸,他不是还没有碰壁吗?"

"我是怕他这样要两耽误哇!"

"爸,每个人的路都是不一样的,油田现在不是还没有招工吗?"

"那倒是,大学毕业生也只是招对口的,油田领导也在探讨油田子女新的就业方式,说不好哪天就会有新政策了!"

"爸,这边有什么情况您及早给我打电话,我好联系三儿啊!"

"好的,盼盼!"郝学仁说。检票员开始检票了,盼盼的身影消失在检票口处。

刘忠伟从火车下来,转头看到了不远处站着的肖雅。肖雅奔过来,刘忠伟立刻张开臂膀热情拥抱着,还在肖雅的背上轻轻拍了拍,说:"爸怎么样啊?"

"不太好!"肖雅有些呜咽地说。

"走,路上说吧!"刘忠伟说。肖雅应了一声,揩了一下眼角的泪滴,要拉刘忠伟手里的旅行箱,刘忠伟说:"不用,还是我来吧!"便紧紧揽住了肖雅的肩膀,向站台外走去。

入世以后,石油系统改革开放的力度加大了,不管是国内还是国际,石油市场放开了,下辽河市场有外部队伍进入,下辽河队伍也在向外边拓展,开辟国内和国际两个市场。这几年,在国际石油市场的苏丹、伊朗、委内瑞拉、哈萨克斯坦等一些国家,下辽河开拓了一些市场份额,仅钻井队就从最初的两个发展到了十个,这是一个不小的业绩。刘忠伟作为钻井公司最年轻的副经理,负责海外市场的开发和生产管理工作,他不负期望,工作做得风生水起。按说,两个月前刘忠伟就该回来休假了,可一直乱哄哄的苏丹这时候又有了一个钻探新项目,刘忠伟熟悉情况,油田副总兼海外部总经理曹力行提议他留下来,刘忠伟组织完成了这个新项目的招投标工作。

司机蔡和平接过刘忠伟的旅行箱,放进了后备厢,4500开出了火车站。肖雅的眉头一直微微地锁着,父亲肖永利发生了癌转移——肝癌,扩散不仅仅在肝脏上了,这是谁都没有想到的,刘忠伟握住肖雅的手安慰着。

肖永利退休后,本想种那块"小开荒"菜园的,却被公司党委聘任到"关工委"(关心下一代工作委员会)工作,这是一份义务性工作,却肩负着一定的责任,孩子是祖国的未来，你能不尽心吗？肖永利是在小学校一次"爱祖国，做小主人"演讲竞赛活动时发病的，他当时肝区十分疼痛，大汗淋漓的，就是这样，他还是用肘顶住了肝区，坚持完成了这次活动。肖永利去医院做了检查，医生留他住院观察，他还以为医生小题大做。肖雅是最早知道肖永利病情的人，片子已经经过远程会诊，科主任说得非常确切，肖永利这种情况最多只能有六个月的存活期，甚至更短，好好休养，想吃点啥就买点啥吃吧！肖雅当时就泪水奔流了，哭过后，她开始奔走，期望能找到一线希望，希望会有奇迹发生，可所有的回答都是否定的。刘忠伟从苏丹打来电话，肖雅说了父亲肖永利的身体情况，刘忠伟说他会尽快赶回来的。

刘忠伟直接在西线医院下的车，肖雅将行李箱送回家，然后还要去班上，地质分公司有两件紧急公务需要她马上处理，她现在是主管技术的副经理。

肖永利躺在病床上滴水，有些凝神，床头柜上放着一束康乃馨。看到刘忠伟进来，他笑着说："忠伟回来了！"

"爸，您还好吧？"

"我挺好的！"肖永利向上挪了挪身子，刘忠伟坐在床前的陪护椅上，剥开一个橘子，掰了一瓣，要送到肖永利嘴里。肖永利伸手拿过橘子，说："我自己来吧，忠伟，广播电视里总在说苏丹的局势不太稳定啊？"

"是呀，爸，他们国内石油生产建设都要有武装人员保卫才能进行！"

"这样说来还是咱们国家的建设环境好哇！"

"爸，您说得是！"

肖永利一段时间里就出现食欲减退、腹胀、恶心等症状，只是轻微，加之这一段时间"关工委"的活动比较多，工作上一忙碌，没有引起太大的注意。一个在井队辛勤工作多年的老钻井人，对身体偶尔出现一些小症状总是有些淡然的，住院前一段时间，他感到这些症状有些加重，身体开始出现了低烧，还有一些疲劳感，直至那天发病住进医院。肖永利这时候知道自己有些不妙了，每个人的表情摆在那里，虽然看着是笑脸，可皮下肉里是凝结的，一说到病情就说是肝炎，症状不能说不对，可是挂了半个月的水根本不见好转，昨天还出现腹水了。肖永利这时候说："忠伟，你跟我说实话，我的病是不是不太好哇？"

"爸，怎么会，有病就得治，您可不能胡思乱想啊！"刘忠伟笑着说。

"知道你也不会告诉我的，忠伟，我早有这个思想准备了，我不怕死！"

"爸，真的没事，许是您这段时间太过劳累了，有病咱就好好治慢慢养啊！"看到滴水瓶里药水快滴完了，刘忠伟开门喊了护士，护士进来，将针拔下。肖永利想要起来，刘忠伟说："爸，您要干什么？"

"我去一下卫生间！"

"爸，这里有便盆！"

"不用，我还行！"肖永利坚持着，刘忠伟只好扶他起来，肖永利下了床，慢慢地蹭到卫生间门里，说："行了！"

刘忠伟带上卫生间的门，守在外边。

"姐夫，你回来了！"肖刚拎着保温饭盒进来。

"嗯，肖刚，你还好吧！"

"还行吧！"

"肖刚，今天晚上我陪爸呀！"刘忠伟说。

"不用了，姐夫，你刚回来，一路奔波挺辛苦的，还是先回家休息吧！"

"我没事，这些日子你们大家辛苦了！"刘忠伟说。

"姐夫，看你说的，我们都是应该的！"

肖永利这时从卫生间出来，刘忠伟立刻扶住上了病床，肖永利躺好说："忠伟，你先回去吧，一会儿我让肖刚也回去，我这里没有事，谁都不用陪！"

"姐夫，你先回去吧，我在这里！"

"也好，爸，那我明天再来看您！"

"忠伟，你有工作就忙你的，你不像肖刚！"

"知道了，爸，那我走了！"刘忠伟说完往外走。走廊里这时候光线有些暗淡，还有些许逆光，迎面一个高大暗影移过来，面部有些模糊，暗影说："哥，你回来了！"

"何聪吧？"刘忠伟凑近看看说。

"哥，是我，你要出去呀？"

"我回家，你干什么呀？"

"哥，听说你回来了，才知道肖大大病重，我抽空过来看看，还真遇到你了！"

"何聪，你要去病房吗？"

"不，不，不！哪有傍晚时候看病人的，我过来就是想看看哥你在不在！"

"何聪，你有事啊？"

"哥，曹总来的电话，说你有什么需要，要我全力以赴！"

"何聪，谢谢呀！"刘忠伟拍了拍何聪的肩膀说。

"哥，看你说的，咱们这个关系，没有曹总说话我也会尽心尽力的，之前我是一直都不知道哇！"

"走，何聪，咱们那边说去吧！"

"好，哥！"

刘忠伟和何聪来到电梯等待区旁边，墙边有一排椅子，他们坐下来。在刘忠伟的记忆里，都说何聪是打篮球进入孙毅非视野，由孙毅非调进机关工委的，不久后做的副职，这是许多人都知道的事情。孙毅非是"海归"，曹力行是"本土"，今后都有做老大的机会，只是机会只有一个，最终谁能坐上还未可知。有人说曹力行的

441

机会应该更大一些，曹力行资历比孙毅非稍老一些，也符合油田"本土"占多数的想法，可"海归"在上边的势头比较强劲，油田老大的位置当然得由上面批准干了！说这么多都不重要，最重要的是何聪竟然会和曹力行关系弄得也不错，足见其处理关系的能力十分了得呀！过去只听说何聪篮球打得不错，很得孙毅非的欢心，现在看来很多人只知其一不知其二啊！刘忠伟和何聪交流了一下肖永利的病情，何聪说："哥，我和滨海的一个医药研究所有一些联系，他们一直在研究抗癌药物，只是还在试验阶段，有人拿过来试用，有说效果一般的，也有说效果不错的！"

"是吗？你现在还能联系到他们吗？"

"能，哥，就是不知道你们的想法！"

"何聪，这样吧，我回家和肖雅说一下，听听他们家里人的想法，需要的话我找你！"

"行！哥，要不明天上午我也会来看肖大大的！"何聪说着和刘忠伟交换了手机号码，他们就一起下了楼。

刘忠伟回到家里和肖雅说了抗癌药物的事，肖雅一时有些拿不定主意，刘忠伟说："要不咱们咨询一下科主任再说吧！"

"这样最好了！"肖雅说。

早晨，刘忠伟、肖雅一起来到医院，何聪已经在病房里了，病房里新添了两个大花篮，增加了浓厚的温馨气氛，何聪和肖永利笑着说着话。

科主任过来查房，敲了敲肖永利的肚子，对值班医生说："继续点滴，抽掉腹水！"

刘忠伟、肖雅跟科主任去了办公室，科主任说："病人的病情在继续恶化，腹水量在增加，在哪里都是这个治法呀！"意思说得很明了，谁都无力回天了。刘忠伟询问医药研究所抗癌药物的事，科主任嘴角掠过一丝笑意，说："患者家属如果有这个意愿，你们买来我们可以协助注射！"意思很明了，药品价格不菲，家属别留下遗憾就行！

从科主任办公室出来，刘忠伟看着肖雅，肖雅点点头，刘忠伟便给何聪打电话，何聪从病房里出来，来到刘忠伟跟前说："哥，什么事啊？"

"你帮忙联系一下那个药吧！"

"好的，哥，我马上就联系，药如果不能马上配送过来，我就派车去取一趟！"

"谢谢，何聪，辛苦你了！"肖雅说。

"嫂子，你这样说可就见外了！"何聪笑着说。

抽去腹水和注射抗癌药物是一同进行的。处置室里，肖永利倒坐在一把人造革靠背椅上，双手交叉抱着椅背，下巴枕在椅背上，大号的针头从后背插入吸出腹水，之后注射器又推进了抗癌药物，护士边推边问肖永利有什么不适没有，肖永利说：

"没有，凉凉的，感觉挺好的！"

家人都在注意肖永利用药后的反应，肖永利精神状态看着不错，中午和晚饭都有些食欲，有点令人欣喜的苗头，大家都祈盼着会有奇迹发生。

傍晚，肖永利要刘忠伟留下陪护，他想和刘忠伟说说话。

肖永利是贫苦家庭出身，新中国给他的人生开了一扇门，由于机灵、勤快，他十三岁就在村里给土改工作队当了通信员，也开始学习认字、读书，明白了一些革命道理，他先是参加了中国人民解放军，之后集体转入石油队伍，参加了石油大会战。肖永利唯一的遗憾，是他努力工作，组织上给了他一次深造学习的机会，可在组织需要他的时候，他毅然放弃了学习的机会。人生的路就是这样改变的，有时候这种改变就是一辈子，也没有办法回头。能和肖雅的母亲结缘是肖永利的荣幸，肖雅能读大学是他最大的欣慰，能为祖国打井找油是他人生的慰藉。肖永利最放心不下的就是儿子肖刚，肖刚没有提拔到大队领导岗位有些心灰意冷，看到了一个机遇，索性承包了单位附企的一个网点——小铸钢件厂，为本单位和油田其他单位铸造一些急需的钢铸件，效益还是挺可观的。肖刚讲究哥们义气，挣到了钱就和一些关系人吃吃喝喝，也去一些新兴的风月场所，一段时间下来，家庭关系就有些紧张。肖永利批评教育肖刚好多次了，肖刚理直气壮地说他是正常经营，又没有违法乱纪，和客户搞好关系是时代的需要，他们是上帝，肖刚得恭敬他们，没有了客户他就得喝西北风。父子就有些不睦。肖永利要刘忠伟帮助看管着点肖刚，什么事都要适可而止，更不能出问题，这是最重要的！刘忠伟点头答应。

第二天上午，肖永利注射了第二针抗癌药物，回到病房就上床躺下了，肖雅说："爸，你现在感觉怎么样啊？"

"雅儿，我想睡一会儿！"肖永利略显困顿地说。

"爸，那你就睡吧！"肖雅说着给父亲盖好了被子。

肖永利睡的时间有些长，到了午饭时间，肖刚送饭过来了，肖雅轻声招呼说："爸，吃饭了！"叫了几遍，肖永利都没有回应，肖雅摇了一下，肖永利还是没有反应，肖雅立刻叫了医生。

值班医生过来照了照瞳孔，说："患者已经进入浅昏迷状态，许是癌细胞转移到大脑上了，你们要有一定的思想准备呀！"

肖雅立刻打电话给妹妹肖莉，要她接母亲过来。母亲刚刚走到病房门口，肖永利心跳那条线就拉长了，母亲上前合上了肖永利的眼睛，在他的眉心轻轻地吻了一下，说："老肖，你走好哇！"

追悼会结束，赵玉明心情沉重地走出了告别厅，肖永利的遗体被推进焚化炉那扇门，跟随的是亲人们呼天抢地的哭喊声……

殡仪馆那根高耸的大烟囱冒出了一阵浓重的黑烟，在空中慢慢飘散着。赵玉明回放着和肖永利在一起时的过往，他是驾鹤西游还是归于尘土啦？不由得心生感慨地说："肖永利的一生就这样完结了，死得其所呀！"

"是呀，这就是人生啊！"陆鸣说。

刘铁柱、张国安也看向高大烟囱顶那缕缕慢慢飘散的黑烟，心中也不由得感慨，人的一生真的很短暂，转瞬即逝，什么东西是你的呀？你还有什么放不下的？这是去过殡仪馆给人送行的人收获的一个重要的启示，只是这个启示有多少人会时刻铭记呢？

四十九

傍晚，送走了最后一个患者，于小玲从金鸿雁诊所回到家里，简单洗漱了一下，便坐在沙发上追了一阵电视剧，眼见晚间新闻都播放完了，吴亦真还没见到人影，这个吴亦真怎么回事啊，补课怎么补得没完没了呢？于小玲打了个电话，一个甜美的女生说您拨打的电话已关机！接着是英文什么的。于小玲想想觉得有些不太对劲，闭了电视，锁了门，下了楼，直奔了吴亦真的补课点。

春天的夜有些深沉，多云的空中几只星星眨巴着有些神秘莫测的眼睛，过堂风在小区楼宇间穿梭，不知在什么地方卷起了一个空白塑料袋子，如丢了烛光的孔明灯般悬浮在空中，忽闪飘荡着从头顶猛地掠过，让人不由得头皮发麻"激灵"一下。吴亦真从补课开始，到自己办课后补习班，有些收不住了，尽管学校明令规定，禁止教师在课外开办任何形式的补习班，可还是有很多老师我行我素，许多家长都不想孩子输在起跑线上，宁愿投入，一些老师就理所当然地扮演着"救世主"的角色，况且还有那么好的收入，何乐而不为？吴亦真是在他们家前面小区物业队上租了一个闲置大库房做的教室，开了一个物理补习班，这一开已经三年了。有收益不必说了，具体多少于小玲并没有查问，反正他们就一个吴妮儿，吴妮儿大学就要毕业了，又是个女孩子，他们又没有什么经济负担。吴亦真多收入的钱怎么用由他去吧，吴亦真的父母是吴亦真重点帮扶的对象。吴亦真最初开补习班时于小玲就提醒过他："学校有要求你别顶着干哪！"吴亦真无所谓地说："那么多人都在做，大家全都心照不宣，我怕什么呀，胆小不得将军做！"

于小玲来到前面小区的补课点，教室窗子黑黑的，于小玲拍了拍房门，没有回应，又过去敲了敲里间玻璃窗子，还是没有回应。于小玲在两个大玻璃窗子上扒着看了看，窗帘挂得溜严，黑咕隆咚的什么也看不到。于小玲想，吴亦真也许从另外的路上回家了吧？

于小玲回到住宅楼下，四楼家的窗户还是黑洞洞的，这个吴亦真会去哪儿？她想不出来，就从另外一条路向补课点寻去。迎面走过了一个女人，女人过去时留下清新的茉莉花香，于小玲回头看了一眼女人，女人恰好这个时候也回头看了她，见于小玲回头，女人立刻回避了。

于小玲来到补课点，补课教室还是黑着灯，仍然没有吴亦真的影子，这可真是怪了事啦？是睡得太沉了？于小玲又去拍打教室的门，这时有些带着气的，门就被拍得山响，可里面仍旧没有任何回应，却引来一道强烈的手电光盖到于小玲的脸上，于小玲急忙遮避手电光，说："谁呀，乱照什么呀？"

一个烟酒嗓高声喊道："单位打更的！你谁呀？使劲拍门干什么？"

"我找吴亦真吴老师！"

"找吴老师呀，灯都没有了，吴老师早走了吧！"打更的声音平和了许多。

"他什么时候走的呀？"

"好像有一会儿了吧，没注意，我也说不好！"走近了的烟酒嗓说。

"谢谢呀！"于小玲说着转身离开了，她隐约地听到烟酒嗓有些冷笑着说想不到这个吴老师还挺有女人缘的！于小玲的心里就有些不太舒服，急急地往家里走。来到了住宅楼前，见四楼家的窗户亮着灯，便匆匆地上了楼。进了家门，于小玲隐隐地嗅到了茉莉花香，她想努力确认一下，花香好像又消失了。卫生间里水声潺潺，吴亦真在冲澡，于小玲坐在沙发上有些气闷，哗哗的流水声激发着她的质疑和冲动。

吴亦真穿着短裤，用浴巾擦着头发出来了，坦然地坐在沙发上，看了于小玲一眼，若无其事带着责怪的意味说："你怎么才回来呀？"

"你问我，我还想问你呢？"于小玲有些没好气地说。

"问我什么呀？我怎么啦？"

"你怎么回来得这样晚哪？"

"明明是你刚刚回来的，怎么问我呢？"

"我去补课点都找你两个来回了，打电话，你的手机还关机了！"

"是吗？我的手机没电了，自动关的机，回到家里才发现的！"吴亦真指着充电的手机说。

"刚才你去哪里了？"

"没去哪儿，上完课就回来啦！"

"你的课不是十点钟就结束了吗？"

"有些学生问问题，有些家长了解学生的情况，人家是上帝，哪一个你能不搭理呀？"

"才几分钟的路，十点半你还到不了家吗？"

"说话这种事情，一个人多说几句就会长一点，谁能计算得那么清楚哇！"

"问题是我去了两趟补课点，都没有看到你呀！"

"许是我们走的线路不一样吧!"

"两条线路我都走过了!"

"时间差,也许刚好错过了!"

"是吗,这么巧哇?"于小玲起身去卫生间看了一眼,吴亦真的衣服都洗了,挂在那里淋着水。

"于小玲,你到底什么意思呀?"吴亦真声音变得有些高亢。

"我就是不明白我去补课点怎么会没有遇到你呢!"

"一时半会儿地岔过去了也是稀松平常的事,于小玲,你今天较什么劲啊,犯病啦?"

"我是不明白,就是想弄清楚嘛!"

"我已经说得很清楚了,于小玲,你不要胡搅蛮缠哪!"

"谁胡搅蛮缠啦?"

"你这不是胡搅蛮缠是干什么呀?"

"我不是没有弄明白嘛,要不这样吧,吴老师,你把最后一个和你说话的学生或家长告诉我,我明天落实一下就清楚了,行吗?"

"好你个于小玲,你这分明是怀疑我嘛?"吴亦真瞪起了眼睛。

"吴老师,我就是想把事情捋捋清楚,怎么啦?"

"你捋个屁清楚哇!"吴亦真气急败坏,一个巴掌抡过去,声音极其响亮。

"姓吴的!我告诉你呀,你要是再敢动我一个手指头,你就活不过今天晚上!"于小玲立刻站起来,指着吴亦真的鼻子说。

吴亦真见状,刚刚举起的手一下停在了空中,说:"于小玲,告诉你,我是不乐意搭理你,我早就受够你了!"

"那好哇,吴亦真,咱们离婚!"

"离就离,有什么了不起的!"吴亦真毫不退让地说。

"吴亦真,你别后悔呀!"于小玲说着,冲进卧室,一下子将门锁上了。她伏在床上痛哭着,吴亦真就是个衣冠禽兽或禽兽都不如,这些年自己怎么跟他过的呀?于小玲从和吴亦真认识开始,生活的一幕幕清晰地展现在她的面前,从生下吴妮儿开始,他们的生活就开始发生着变化。别的不说,就是因为吴亦真,于小玲和父母都有一些距离感了,吴亦真一直没有再去过蓝河湾,而吴亦真的条件好了,却不断跑回家乡那个小山村。吴亦真对于小玲生下吴妮儿一直是有些不满的,嫌弃吴妮儿是个女孩儿,因此,他对吴妮儿的要求就十分苛刻,即使吴妮儿考上了省石油学院,吴亦真还是大骂了吴妮儿一顿,以至于吴妮儿都怀疑自己的身世了。吴妮儿哭着问于小玲说:"妈,我难道不是吴亦真亲生的吗?"于小玲说:"怎么会?"吴妮儿说:"妈,从小到大我做错什么啦?他怎么就是看不上我?"于小玲无言以对,只能说:

"你是妈的好闺女!"吴妮儿说:"妈,我一定会成为值得你骄傲的好闺女的!"

于小玲一大清早就来到了诊所,买了一份早点坐着吃。

金鸿雁进来,看了于小玲一眼,笑着说:"玲子,这么早哇?"

"一宿都没睡,真的气死人了!"

"玲子,怎么啦?"

于小玲看着金鸿雁,把昨天晚上的事情说了一遍。

"这个吴亦真真的有点太不像话了,见到他我一定跟他好好说道说道!"

"金大夫,不必了!"

"玲子,难道你们真的要分开吗?"

"我已经受够他了,过去是因为妮儿小,现在妮儿大学都要毕业了,我还跟他将就个什么劲啊,我给他自由!"

"玲子,不是万不得已不要轻易地走出这一步,你们已经生活这么些年了!"

"这样的男人没有什么可留恋的,吴亦真或许早就盼着这一天!"于小玲冷笑着说。

"玲子,有件事我想和你说!"金鸿雁知道多劝无意,便转换了话题。

"金大夫,什么事啊?"

"诊所我不想做了,要不你就接手吧!"

"金大夫,你怎么啦?"

"陆淼有了身孕,刘玉梅身体又不好,我得帮助照顾孩子呀!"

"陆淼怀孕了,这可太好了,她生产不是还得一段时间吗?"

"那还不快,不是一晃儿的事啊!"

"金大夫,咱们先推着往前走,妮儿要是不结婚我就接手接着做!"

"吴妮儿什么时候结婚哪?"

"男朋友家的房子已经买好了,男朋友工作也没有问题,想着毕业就结婚,妮儿坚持一定要考研,说是要考到北京去,到底什么情况还说不好!"

"吴妮儿真有志气呀!"

"咳,北京是她想考就能考进去的吗?"

"都说世上无难事,我相信吴妮儿!"

"所以,我才确定不了!"

"那好,玲子,咱们就先推着往前走吧!"

这时,一位患者进来了,于小玲便开始兑药挂水了。

刘辉在办公室电脑上有些无聊地点着"空心接龙"。刘辉过完春节就"具体"了,再混几年就可以退休回家了,谁想厂里机构变革和干部调整,西矿副矿长王成相任新组建的土地环保中心主任，刘辉所在调度室的土地征用业务划归土地环保中心管辖。刘辉本想把工作交了，稀里糊涂地上班，或是干脆在家里眯着，等到了年龄办理退休关系，可王成相一时还不想放过他。土地征用这一块工作说起来容易，做起来还是有一些复杂的，不仅仅是征地的数量、地类，主要是地方关系的协调。都说人熟为宝，这是需要有序衔接的，王成相手里一批新人，就和主管厂领导请示，坚持把刘辉留下来一段时间，在岗位上做好传帮带的工作，带着环保中心的新人有序进入。王成相看问题还是比较全面的，这不刚接手工作不久，油田土地处就组织一个土地管理干部学习班出外交流培训考察，说是交流培训考察，其实就是公费旅游，有钱谁不会花呀，什么大连、蓬莱岛、威海开心转一圈。家里有了刘辉，王成相就可以放心"考察"了。

门被敲响，刘辉喊了一声："进！"

门开处，两个年轻人探头探脑向里边张望，其中一个粗重的嗓子喊了声："舅！"

刘辉这时候看清楚是大姐家的老二铁蛋，便说："铁蛋哪，快进来呀！"

铁蛋进来了，粗壮的身体，有些憨憨地笑着，一同进来的年轻人也喊了声："舅！"

刘辉认出是在老家种地的二姐家的大小子拴柱，精壮的拴柱手里拎着两瓶"凌塔"放了在桌子上，刘辉看看他们说："你们哥俩怎么会一块儿来啦？"

铁蛋过去是个货物搬运工，在锦州城里早就下了岗，身上没有啥技术，倒是有一把好力气，生活就讨得有些艰辛。过春节回农村老家看望姥爷、姥姥时，听表弟拴柱说老家种地还可以，就和拴柱商议租了一块地来种。谁想今年老家旱情严重，眼见得玉米、高粱长了不到三尺高，烈日炎炎下叶子都晒卷曲了，打火机一点都能烧着了，村干部还在大广播喇叭里喊着打井抗旱，保证生产！打井不要钱哪？看着这架势，钱投进去也不一定会有什么好果子吃！哥儿俩一咬牙，干脆放弃算了。今年大年初二时，这哥儿俩在姥姥家里见过舅舅，舅舅在油田是个小官，说话倒挺有底气的，说是油田挺好混的，就是干活脏了点累了点！脏点累点算不了什么，农村人啥脏活累活没干过呀，关键是有钱赚就行！哥儿俩一合计，买了车票就跑来找舅舅了！

刘辉当然记着自己在老父亲家炕头桌上喝酒时说过的一些话，那是酒后，主要还是有些炫耀的意味，吹牛也不用交税。铁蛋、拴柱冷不丁地跑来打了他一个措手不及，他现在已经"具体"了，怎么安顿两个外甥？要说刘辉这些年干土地混得也算见过些世面，这时就说："你们哥儿俩来之前怎么也不打个电话？"

铁蛋、拴柱一时有些尴尬，拴柱马上笑着说："舅，我们哥儿俩也是实在想你了，心急，说着就跑来了！"

刘辉听了高兴，立刻说："活不活的咱先不说了，走，咱们先填饱肚子去！"

刘辉下了楼，带着铁蛋、拴柱跨过那条油地分界的主干公路，来到西苇苇场边的"四海"饭店。这里是西苇苇场土地办的对口饭店，老板娘喜鹊认得刘辉，见到刘辉进来热情打着招呼。刘辉要了一个单间，让喜鹊给安排六个菜，叫铁蛋、拴柱在屋里喝茶，自己蹽到外边给贺桂文打电话告了假，之后分别给刘成乐、刘成功打了电话，让他们有空立马过来和两个表哥见个面。刘成乐、刘成功还真给面子，说是一会儿都能到！刘辉高兴，转身进屋时，在厅堂刚好遇到西苇苇场土地办孙助理陪着一伙儿客人进来。孙助理和刘辉打了招呼，给客人做了介绍，邀请刘辉一起共进午餐，刘辉说自己这边有客人，孙助理马上告诉喜鹊，刘调的消费全都记在他的账上。刘辉表达了谢意，他清楚羊毛不会出在狗身上的。

刘成乐小时候对表哥铁蛋还是有些好印象的，他早晨下的夜班，正在家里挠觉，刘辉的电话打断了他的好梦。刘成功刚好在厂部开完一个干部会，上车正要回西矿，刘辉电话打进来，他便要司机转向了"四海"饭店。刘成功在这一次厂内干部调整中击败了王成相，成功坐上了西矿矿长的位置，成为厂里最年轻的矿长，可谓是春风得意。来到"四海"饭店，下了"213"吉普车，刚好看见刘成乐骑着自行车进院，他亲热地喊了一声哥，等着刘成乐锁好自行车，两个人一起进的包间。

大家见过面了，五个人开始喝酒，刘辉打开话头，说起铁蛋、拴柱来找活干的事，他们来得匆忙，自己一时也没想起厂里有什么可干的活，让两个儿子帮着想想提个醒，刘成乐说："爸，油田这两年的日子刚刚好过了一点点，一直还在喊着减人增效，我们站上又减了一个人，我是真的不知道什么地方有活干哪！"

屋子里的气氛一时有些凝滞，拴柱看看铁蛋，笑着说："大表弟，我们哥儿俩主要是有点想舅舅了，说着话就跑过来了，也是顺便看一看你们，能找到活就干点，没有就回去，无所谓的！"

"成功，你两个表哥都来了，你看看你那有什么活没有哇？"刘辉说。

"爸，我哥都说得挺明白了，你这不是让我为难嘛！"刘成功笑着说。

"成乐和你能比吗？他就是个站长，你好歹现在也是个一矿之长啊！"刘辉笑着说。

"二表弟这么年轻就当矿长了，一把手，恭喜恭喜呀！"拴柱立刻笑着说。

"二表弟可真行，前途无量啊！"铁蛋笑着说。

刘成功笑了笑，看了一眼刘辉，看看两个表哥，说："两位表哥，你们会开拖拉机吗？"

"拖拉机，会呀，不会开拖拉机在农村这些年不是白混了嘛！"拴柱立刻说。

"两位表哥，我们矿里有一台小四轮拖拉机，是牵引炮车的那种，干的是倒运井管的一些零杂活，活倒是不怎么累，就是脏了点，你们两个刚好一盘架，你们看怎么样啊？如果能行的话，我想办法找人给你们安排一下吧！"

"行啊，表弟，有活干就行啊！"铁蛋有些迫不及待地说道。

拴柱在下边拽了铁蛋衣襟一下，笑着说："表弟，干这个活一天多少工钱哪？"

刘成功看在眼里，笑着说："表哥，你们要是想干就先去试试手，能干了再说工钱的事！"

"拴柱，有二表弟介绍还能亏了咱哥儿俩吗！"铁蛋立刻直言道。

拴柱看看铁蛋，笑着说："二表弟，那行吧，我们就先去试试吧！"

酒足饭饱，铁蛋、拴柱坐上刘成功的"213"来到了西矿。刘成功本意是想先安排铁蛋、拴柱去职工公寓休息的，可酒后的拴柱执意要先去看看小四轮和炮车，刘成功就带着他们过去了。来到停放拖拉机的现场，拴柱围着小四轮拖拉机转了一圈，看了一下油、水，拿起摇把，插进摇把孔，捏开离合，用劲摇了几圈，拖拉机就欢快地轰鸣了起来。

"表哥，可以呀！"刘成功笑着说。

"这台拖拉机和我家那台一模一样的，就是新一些，是不，铁蛋？"拴柱笑着说。

"嗯，新多了！"铁蛋点头说。

这时候，西矿附企经理谭兴河从前面平房里过来了，看到了刘成功立刻笑着说："刘矿，找到人啦？"

"谭经理，这两位是我表哥，从我们老家过来的，他们想试试这个活，这个事就交给你了呀！"刘成功说着把谭兴河介绍给拴柱和铁蛋，关于工作事宜全听谭兴河的安排。

"刘矿，你就放心吧！"谭兴河笑着说。

"那好，谭经理，那就麻烦你了！"刘成功说完就坐上"213"车走了。

自从葛前进进去厂里当了厂领导，谭兴河就不再想开值班车了，葛前进就协调他进了西矿附企。经过了这些年，谭兴河现在任西苇南翔总公司副总经理兼西矿公司经理，西矿与南翔总公司的业务全权由他负责，拴柱、铁蛋开的拖拉机拉运活也是由他安排、管理和结算的。

拴柱、铁蛋干了一段时间，这拖拉机倒运井管的活计并不多，牵引炮车倒是个技术活，这个技术和开车一样，就是个熟练过程，还有装卸井管确实有些埋汰，手套和工作服常常粘得油腻腻的，工资给得还是不错的，他们便在西矿干下来了。

拴柱来自农村，本身就是个比较精细的人，把工作程序捋得很清楚，拖拉机燃油是单独加的，工单是单独签的，拖拉机的单价是走定额的，工作量不大，可工时签的不算少。拴柱发现这台小小拖拉机的收益真的很不错，就很有心地去刨根问底。他家也有一台一模一样的拖拉机闲置着，做个这样的炮车也花不了几个钱，要是能干上这样的活计那可真是太美了！他们开的这台拖拉机肯定不是谭兴河附企单位的，谭兴河一直说得模棱两可的，难道说是刘成功的不成？拴柱一时有些不能确定，如果是，他们岂不是在给刘成功扛活吗？想到这里，拴柱就觉得有些委屈，相比之下，他们哥儿俩得到的收入真的有些有限哪！拴柱有一天晚上喝酒时，就跟铁蛋把这个话掰开说了，铁蛋开始有些疑惑地说："拴柱，不会吧，二表弟是矿长，他能做这个吗？"

"怎么不能啊，很多方面都摆明了这台拖拉机就是他的！"拴住喝了口酒，抹了一下嘴角肯定地说。

"拴柱，是他的又怎么样啊？你管这些干什么，咱们哥儿俩的工钱一分不少就行了，去别地方你能挣到这么高的工资吗？"

"铁蛋，活是咱哥们干的，力是咱哥儿俩出的，刘成功得了那么多，怎么的也该多劈给咱哥儿俩两个吧！"

"拴柱，你还是算了吧，多少是多呀，这样多不好哇！"

"铁蛋，这有什么不好的，多拿些钱是真格的，这钱又不咬手哇！"

"拴柱，事还没弄清楚，这话你怎么跟二表弟说呀？"

"你说得也是呀！"拴柱挠了挠脑袋，说，"要不咱们先跟舅舅去说去？"

"拴柱，这样就更不好了，你这不是给舅舅找麻烦吗？"

"有什么不好的，铁蛋，张嘴三分利，不赚也够本，万一要是行了……"拴柱笑着说。

"拴柱，我看真的不好！"

"铁蛋，你是真怕钱咬了你的手哇！行了，到时候多给钱了你别拿呀！"

刘成功在厂里开完大生产会，急匆匆地回到了家里。刘辉见刘成功进来，指了指沙发，刘成功没有坐，说："爸，有什么事你就快说吧，我回矿里还要开班子会，落实上级的会议精神！"

"回矿里开会还差这么一会儿啊？开不开会，什么时候开会还不是你说得算嘛！"刘辉笑着说。

"爸，到底有什么事你就说吧！"刘成功这才坐下说。

"成功，拴柱他们开的那台拖拉机怎么回事啊？"

"爸，拖拉机怎么啦？什么怎么回事啊？"

"拴柱怎么说这台拖拉机是你的名下？"

"爸，他们到底是来找活干的，还是来查看我的呀？工资没有少给他们，拖拉机是谁的关他们什么事啊？"刘成功马上有些不满地说道。

"拴柱他们还不是嫌自己赚得有点少嘛！"

"爸，多少是多呀？人心不足蛇吞象，真是的，怎么一点规矩都不懂啊！"刘成功明显不满了。

"成功，这么说这台拖拉机真是你的啦？"刘辉眼睛瞪大了说。

"爸，这是别人留下来的，说是我的也不是我的！"

"成功，我怎么有些听不明白？"

"爸，你不用太明白！"

"成功，我是有些为你担心哪！"

"爸，个人挣的那点钱什么都不是，再说了谁家不生活呀，一年那么多的应酬，还有那么多的人情往来，我只能靠这台拖拉机变些钱了！"

"成功，你这样弄不会出事吧？"刘辉不无担忧地说。

"爸，你就放心吧，话到此为止，我又没有揣进自己的腰包！"

"那拴柱、铁蛋他们怎么办哪？"

"之前我就根本不想用他们，是他们刚好找来了，你又说了话，想想又是实在亲戚，用谁都是用，没想到会是这样的结果！"刘成功明显有些埋怨了。

"这种事我也没想到哇！"刘辉有些自责地说。

"爸，这事你就别管了，我找拴柱他们说吧！"

"成功，你怎么说呀？你得让我心里有点数，不然我不还是被动嘛！"

刘成功想想说："爸，我跟他们说拖拉机是上级一个有关系的领导放在矿里委托我的，人家自己找到人手了，我打发他们走了算了！"

"他们要是不愿意走呢？"

"那就看情况再说吧！"

"好，我知道了！"刘辉听了默默地点点头。

一个傍晚，美丽的夕阳将灿烂的晚霞贴在地平线上，刘成功走向西矿边镇子上的一个川味饭店请铁蛋、拴柱喝酒。单间里，就他们三个人，刘成功先敬了一杯酒，笑着说："两位表哥，实在不好意思呀，我一直为上产忙碌，真的有些照顾不周哇！"刘成功说的是实话，西矿到三季度末已经完成全年工作计划的百分之八十多，照这个态势，全年超额完成百分之十的工作量都不是问题，这是资本，刘成功是一定要抓牢这个的。

"表弟真是个干大事的人，不像我们只能出苦力！"铁蛋笑着说。

"二表哥，实际上干什么都是干活吃饭，我也是一样的！"刘成功笑着说。

"表弟，这怎么能一样，自古都是'劳心者治人，劳力者治于人'！"拴柱笑着说。

"三表哥，那你说我是劳心还是劳力呀？"刘成功笑着说。

"那还用说嘛，表弟当然是劳心者了！"拴柱笑着说。

"两位表哥，你们来西矿也有段时间了，你们多少也看到了，每天早晨一起来，我就坐上吉普车满矿区地跑，下队了解情况，解决问题，上厂里开会，回来落实，有时间还得研究地质情况，回西线的时间都很少，你们说我这样算是劳心吗？"刘成功笑着说。

"可不，表弟说得真是呀，你最多算一半一半吧！"铁蛋马上笑着说。

"表弟，你今天是有什么话要和我们哥儿俩说吧？"拴柱笑着说。

"实际也没有什么，有些话不说也行，说了不一定好，不说也不一定不好！"刘成功说得模棱两可的。

"表弟，咱们都是自家的兄弟，话说出来走不了的！"拴柱笑着说。

"那好吧，两位表哥，那我可就实话实说了，你哥儿俩开的这台拖拉机是上边一个领导亲戚的，放在我这里让我帮着管着，人家的意思很明白就是想多挣点钱，当然了，现在社会上的事你们也明白，这件事关系到我的进步，我不可能不管，领导亲戚当时一时没有找到人手，你们刚好来了，我就和人家说了，人家就同意用你们了，人家挣钱是肯定的，但用人也很关键，得靠得住，挣钱出问题还不如不干，你们说是不是呀？"刘成功说。

"你看看，拴柱，我就说嘛！"铁蛋有些迫不及待地表态说。

"表弟，原来是这样啊，我们也不知道哇！"拴柱多少有些尴尬地说。

"话就说到这里，咱们哪说哪了哇！"刘成功认真地说。

"表弟，明白！"铁蛋立刻说。

"二位表哥，那个领导今天还问到这台拖拉机的事，他说他家的亲戚好像是找到人手了！"刘成功说。

"表弟，那我们哥儿俩怎么办哪？"铁蛋立刻有些焦急地说。

"铁蛋，有二表弟在这里咱们怕什么呀，是吧，表弟？"拴柱笑着说。

"二位表哥，我跟领导说了，你们一直都干着，活干得也不错，用工单位也比较满意，我现在就想听听你们的想法！"

"表弟，我们当然想继续干下去了，是不拴柱哇？"铁蛋马上说。

"铁蛋，这事得看那位领导和表弟了，表弟，这个事你说得算！"拴柱笑着说。

"那我也得知道两位表哥真实的想法呀，俗话说强扭的瓜不甜哪！"刘成功笑着说，看着拴柱。

"拴柱，你倒是说句痛快话呀！"铁蛋有些焦急地说。

"铁蛋，我从来也没有说过不干哪！"拴柱只得表态说。

"那你就跟表弟说句痛快话呀！表弟，我们想接着干！"铁蛋笑着说。

"两位表哥，你们既然是这个想法，那我就跟领导再说说，如果他们的人手确实已经定妥了，等他们的人来了，我再尽量给你们想办法找别的工作吧！"刘成功说。

"这事让表弟费心了！"铁蛋真诚地说。

"谢谢表弟，给你添麻烦了！"拴柱说，嘴角浮出似是而非的笑意。

"不都说姑舅亲，辈辈亲，打断骨头连着筋嘛，两位表哥，来，咱们喝酒，干杯！"刘成功笑着说。

五十

傍晚，赵兴隆急匆匆地进了家门，见到赵玉明坐在客厅的沙发上看电视，笑着说："爸，您也在呀！"

"兴隆，你怎么才回来呀？"赵玉明说。

"下去核实一个问题线索耽误了些时间！"

"你们现在案子多呀？"

"说起来也不算少哇！"

"难怪现在职工群众的反应这样大，看来是无风不起浪啊！"赵玉明摇头说。赵兴隆只是笑了笑。

金鸿雁从卧室出来，说："兴隆回来了，饭菜在蒸锅里温着，我给你端出来吧！"

"不用了，妈！一会儿我自己来，陆淼还好吧？"

"没事，挺好的！"金鸿雁笑着说。

"爸！妈！没什么事你们就早点回去休息吧！"

"那好，那我们就先走了！"金鸿雁看了一眼赵玉明说。

"爸、妈，你们慢走哇！"赵兴隆说着，关上了房门，转身进了卧室。陆淼睁开眼睛，笑着说："兴隆，你回来了！"

"嗯！"赵兴隆应了一声，来到床前，握住陆淼的手，在陆淼的唇上吻了一下，说，"老婆辛苦了，怎么样啊？"

"我挺好的！"

"吃点什么呀？"

"都是好东西，简直腻死了！"

"你可以跟妈说嘛！"

陆淼抚摸一下隆起的肚子说："才不，妈也是为了咱们孩子好哇！"陆淼身孕已经九个多月了，马上就要分娩了。

"乖，真是个好媳妇！"

"兴隆，你还没有吃饭吧？"

"我一会儿再吃！"

"都这样晚了，你早点去吃吧！"

"那好，你先休息吧！"

"好的。"

赵兴隆去卫生间洗了脸，坐在餐桌前吃饭，想着自己的工作。

赵兴隆之前在大队政工干事的岗位已经做得如鱼得水了，单位领导的大部分材料都出自他手，油报上又屡屡上稿，第二年就被评个最佳通讯员，很快处于公司一些科室长看好的环境中。宣传部、两办、工会的一些领导都青睐他并有意使用，谁会想到公司纪检委廖书记先声夺人，赵兴隆便被公司纪检办实名化了。人都说纪检办这个部门是个"好人"不愿意干，"孬人"干不来的工作，现在又是以经济建设为中心，赵兴隆本意是不想去的，大队书记张力群私下里也说："兴隆，你在大队里已经打下良好群众基础了，民主测评呼声很高，一有机会就会有'步'的，你不应该走哇！"可是公司党委组织部的调令已经下来了，赵兴隆就这件事问了一嘴父亲赵玉明，赵玉明说是个人服从组织，他就无条件服从了！

纪检委副书记兼纪检办主任叫林海，是位和父亲同时代的石油前辈，是从安全监督站长岗位上调来扶正的，再有两三年也该"具体"了。林海工作还是比较负责任的，赵兴隆一到位，林海就带着他下基层落实加强党风廉政建设责任制工作，签订两级党风廉洁保证书，从厂务公开、民主管理出发，召开各种形式的座谈会，进行廉洁的查摆工作，务必做到纵向到底，横向到边，忙得有些不亦乐乎。有个生产大队非常熟悉的总支书记就笑着说："老林哪，看你这么折腾，也没见你查出一个人来！"林海笑着说："刘书记，这样就对了，说明我们纪检工作真正做到防患于未然了！"刘书记说："你可拉倒吧，全是花拳绣腿！"林海笑着说："刘书记，这话你说得就不对了，你就说公司哪个人有问题吧，你说出一个来，我是绝不会姑息的！"刘书记被将了一军，只能尴尬地笑了笑，说："林主任，你行！"

近段时间以来，反腐倡廉呈高压态势，从上向下，纪检办先是组织党员干部收看《××清案件警示录》《××新、××东案件警示录》，接着又去市反腐倡廉警示教育基地听本地曾在领导干部岗位上的案犯现身说法，面对面，有的人真的很年轻，很有政治前途的，只是一念之差，就沦为阶下囚了，究其原因，大多是放松了思想改造，贪欲占了上风。此时此刻，相信每个参观者的心灵肯定都受到不同程度震撼，确实起到一定的警示作用，至于离开教育基地以后，能记多久能记多少那就不太好说了！赵兴隆之后一直思考一个问题，人都说"纸是包不住火的"，可这火是怎么点燃的？这些人又是怎么被烧到的呢？

平日里，公司纪检办也会收到一些群众来信或上边转下来的举报信，这些信件一般都是主任林海过目的，再拿着信去找纪委廖书记，落实信件里的内容，一些事很快就烟消云散了！事关违纪行为，赵兴隆直接处置的有过两次，都是关于子女上学摆升学宴的，一个是公司审计科贾副科长，一个就是曾经的大队书记张力群。上级对党员领导干部摆升学宴是有明确规定的，公司领导在党员干部大会上也进行了宣传，绝不允许党员干部借机敛财。而实际上，社会上摆办升学宴的多得是，一到升学季，许多大饭店门前彩虹门挺起，考生名字显赫！谁是借机敛财，谁会去查，又该怎么来界定？赵兴隆处理的这两次，升学宴席已经定好，宾客已经盈门，举报电话打到了纪检办，举报人说得很明确，你们要是不管，电话马上就会打到上一级纪检委去，意思是先警示，不管，你们就"吃不了兜着走"吧！林海要赵兴隆立刻给当事人打电话或是去现场，要主办人立刻取消升学宴！

张力群摆升学宴，赵兴隆是受邀的嘉宾，因为赵兴隆结婚时张立群是代表单位上台讲话的嘉宾。赵兴隆那天刚好没有什么事情，就提前到了宴会厅，看能不能帮着张力群做点什么，或是和老同事见面说说话。没想到刚刚写了礼金，林海的电话就打过来了，要他通知张力群立刻停止办升学宴！赵兴隆不敢怠慢，马上找到张力群说明了情况，张力群的脸这时候一阵儿红一阵儿白的。当主持人拿着麦克风婉转地说明着情况，面对离去来宾们疑惑的眼神，面对空落落的宴会厅，这对主办人来说是一种何等的尴尬呀！

赵兴隆继承了赵玉明、金鸿雁的作风的，工作扎实，什么工作都能找到一定的方向。他喜欢摄影和读书，这拓宽了他的工作梦想。

前不久，油田纪检委案件中心"调训"基层纪检人员。"调训"就是在实际案件办理中，提升纪检工作人员的工作能力和办案水平。赵兴隆也轮到了"调训"的机会，带赵兴隆的是中心副主任章铨。章铨身材偏高，略略显黑的国字脸，不苟言笑，眼中透着几分威严，他是审计干部出身，专业能力造就了他纪检工作的能力和水平。

赵兴隆接触的第一个案件是"拔起萝卜带出的泥"，"泥"是一个法人代表，附企厂点小公司经理汪静。汪静是被一个案件人牵涉出来的。案件人叫陈学明，一个采油厂的副厂长，是在和地方一个企业业务往来中出现经济问题被拔出的萝卜。陈学明在交代问题时牵涉到了汪静，汪静为了附企小公司的生存一直找采油厂领导要些工作量，什么原油运输、井场修建、井站维修等等，保证了小公司的生存和发展。为了保证工作量的长久，汪静逢年过节就会给陈学明"意思意思"，陈学明也就笑纳了。陈学明被调查牵扯出了汪静，汪静成为赵兴隆办案调查的对象。从一些迹象看，汪静之前应该是关注了陈学明案情的，她对逢年过节给陈学明"意思意思"供认不讳，一是事实确凿，二是数额不大，三是企业行为，这对于汪静不会有多大影响！况且汪静就是一个集体工，无党籍无公职。章铨当然不会仅限于此，他十分清楚，汪静既然有此也会有彼，肯定还会有其他问题。可汪静牙关紧咬，十二分坚守，甚至嬉皮笑脸、耍赖放泼。赵兴隆跟着章铨跑了三天也没有什么突破。今天拿了一些账目回来，希望能找到一些蛛丝马迹，突破汪静的侥幸。

赵兴隆吃完饭在厨房里刷碗，哗哗哗的流水声影响了他的听觉，陆淼这时候从卧室挪出来说："兴隆，有人敲门哪！"

赵兴隆立刻从厨房出来说："陆淼，你别动啊，我来开！我来开！"赵兴隆来到门前，从猫眼里看清敲门的是妻弟陆岩，马上开了门，陆岩拎着一个水果篮进来，里面装满时令水果。

"弟，这么晚你怎么来啦?"陆淼见了笑着说。

"姐！这还晚哪？对我来说这都是早的，好长时间没见姐了，过来看看你！"陆岩打趣地说。

"亏你还记着我这个姐姐！"陆淼笑着说。

"姐，天地良心哪，我这不是一直都忙着嘛！"

"知道你忙，大秘书！"陆淼笑着说。

"姐，你可别笑话我了！"

"怎么会，你不是刚刚进步了嘛！"

"我这才刚刚迈了一小步哇！"

赵兴隆端着茶壶过来，放在餐桌上，倒了茶，说："陆岩，过来坐，喝茶！"

"好，姐夫。姐，你还好吧?"

"挺好的！"

"姐，你进去歇着吧，我和姐夫说会儿话就走！"陆岩说着坐下来，喝了一口茶。

"那好，姐就不陪你了！"陆淼笑着进了卧室，关上了门。

"陆岩，你最近忙什么呀?"赵兴隆续着茶说。

"还不是老样子，听领导吆喝，姐夫，你借调案件中心查案子去啦?"

"准确地说是'调训'！"

"现在你们查汪静那个案子吗?"

"你怎么知道的?"

"听人家说的，汪静现在什么情况啊?"

"陆岩，我们对案情是有纪律要求的！"

"就咱哥儿俩，出了你的嘴，入了我的耳！"陆岩笑着说。

赵兴隆笑着摇摇头，心想这才是陆岩今天晚上来的真实目的，就说："你和采油厂那边有什么关系吗?"

"没有，我们主任的亲戚有在那边当中层干部的！"陆岩十分坦诚地说道。

原来如此，是有些相关人坐不住了，赵兴隆笑着说："陆岩，这事你就别问了！"

"姐夫，一点都不能透露吗?"

"当然，这是有严格纪律要求的！"

"这么严格呀?"

"这种事不是儿戏！"

"明白了，姐夫，走了呀！"

"你慢走，有时间过来呀！"

"好的，姐夫！"

早晨，赵兴隆走进油田机关办公大楼，在大厅里刚好遇到了何聪，何聪笑着说："兴隆，你过来'调训'了!"

"是，聪哥早哇!"

"有空到我屋坐会儿啊!"何聪指指二楼的办公室说。

"好哇，聪哥!"兴隆看了一眼时间，随着何聪进了办公室。

"兴隆，这次'调训'的机会不错呀!"何聪倒了一杯茶说。

"聪哥，有什么指教!"

"当然是要抓住这次绝好机会了!"何聪笑着说。

"这么容易吗?"

"事在人为，汪静的案子没什么进展吧?"何聪放低声音笑着说。

赵兴隆笑了笑，没有说话，何聪眼睛里表现出询问的神情，没有等到应有的反应，笑了笑，赵兴隆说："聪哥，没什么事我就上去了!"

"那好，兴隆，我刚才说的话你一定要当点真哪!"何聪笑着点头说。

"谢谢聪哥!"赵兴隆说着上了楼。刚进到办公室，手机就响起了，屏幕上是张力群的名字，赵兴隆按了接听键说："老领导好! 有什么指示?"张力群直言不讳地说："指示没有，就是想问点情况!"赵兴隆说："老领导，你稍等啊!"忙从屋子里出来，来到走廊的尽头说，"老领导，你说!"张力群说："你在查汪静案子呀?"赵兴隆说："领导，没有!"张力群说："什么没有，我都听说了!"赵兴隆只好说："领导，这个事你就别问了!"张力群说："兄弟，就给透点风呗!"赵兴隆说："我现在什么都不知道哇!"张力群说："怎么会?"赵兴隆说："老领导，这边要开会了，就这样啊!"张力群说："那好吧!"

收了电话，赵兴隆想，从账目上看，汪静没有什么问题，可陆岩、何聪、张力群的探寻恰恰说明汪静的一些关系人有些坐不住了，这是一张什么样的网啊，一个小小的汪静就能引起这么多人的关注吗? 难怪老百姓说，让所有领导干部站成排，按照党纪国法规定，全部处理肯定有被冤枉的，如果间隔一个处理一个都会有漏网的。这话虽然失之偏颇，但也足以说明领导干部腐败的程度和广大职工群众对领导干部的严重不信任哪!

门开了，案件中心的人在往外走，章铨看见赵兴隆说："兴隆，你干什么呢? 开会了!"

这是案件中心的正常例会，各办案组汇报案件办理的进展情况，与会人员研究、讨论案件。章铨汇报了汪静案件的进展情况，稳定压倒一切，事出有因，就事论事，汪静案件就此了结了!

赵兴隆有些不得其解，坐在办公室里沉思，章铨走过来说："兴隆，你想什么呢?"赵兴隆看看章铨，章铨马上说："算了! 算了! 咱们还有新案子!"赵兴隆把要说的话咽了回去。

上午，赵玉明从西线医院体检中心检查完这边的所有项目出来，向放射科走去，去做最后一项检查——肺CT，刚走进放射科的楼门口，迎面看到了走出来的贺桂文。贺桂文笑着说："'领导'，怎么这么巧哇？"

贺桂文还是原来的模样，只是笑起来眼角上多了些鱼尾纹，赵玉明说："贺桂文，我来照CT。"

"这人年龄一大了，病就找来了，'领导'，你怎么啦？"贺桂文快言快语。

"我是健康体检，肺CT这一项检查在这里！"

"我说的嘛，'领导'，你吓了我一跳！"贺桂文笑着说。

"贺桂文，你怎么回事啊？"

贺桂文扬了一下手里的大白塑料袋，笑着说："'领导'，我来取个CT片子！"

"你也健康体检哪？"

"不是我，是刘辉！"

"刘辉怎么啦？"

"脑梗，轻微的，没有什么大事，要住半个月医院，说是需要挂水通一通！"贺桂文说得很轻松。

赵玉明问清了刘辉住院的科室楼层门牌号，便说："贺桂文，我先去照CT，完事了就去看刘辉！"

"'领导'，不用了，你忙你的吧，再见哪！"

"再见！"

赵玉明拎着果篮进了神经内科病房，贺桂文看见立刻接过去，说："'领导'，你来就来呗，还破费什么呀，我们这里什么都不缺！"贺桂文说得没有错，两张病床的屋子里花篮、果篮在窗台上、地下摆了好多，都有些碍脚了。

刘辉躺在病床上滴水，看到赵玉明进来，马上坐起来，说："'领导'，你怎么还来啦？"

"刘辉，躺下，快躺下，你打针哪！"赵玉明举手示意说。

"'领导'，不好意思了！"刘辉说着就躺了回去。

贺桂文推来一个护理椅，赵玉明坐在了床前，说："刘辉，感觉怎么样啊？"

"'领导'，跟你说吧，什么事都没有！"刘辉笑着说。

"'领导'，事还是有的，就是发现得挺及时！"贺桂文笑着补充。

昨天早晨，刘辉在家里吃饭，筷子没拿住掉到了地上，捡时费了些周折，感觉上有些不太对劲，便去西苇厂的职工医院看了看。院长见是刘辉，立刻说："刘调，咱们医院的条件您是知道的，您还是去西线医院好好查一下吧，从症状上看您应该是脑梗的先兆，千万不要耽搁了。"刘辉听从了院长的建议，立刻要车去了西线医院，到了医院一检查，轻度脑梗，"三高"，特别是血脂高，这是脑梗的重要诱因。降脂溶栓是住院治疗的必要环节，而且成为今后人生中长期的年度战略任务，说是作为干预预防的有效手段，每年春、秋两季打半个月的点滴最佳。现在既然已经住院了，索性全面检查一把吧，这一检查不得了了，身体各个部位多多少少都有些毛病，不是肝、肾有囊肿，就是胆、肾有结石，甲状腺、肺部还有小结节，前列腺增生钙化，烦死了。贺桂文说："刘辉管土地这些年真是放开了，一直都是胡吃海喝的，身体就像气吹的，这回看到恶果了吧！"

刘辉马上笑着反击道："你这是一派胡言，你是没胡吃海喝，怎么倒了都不知道扶哪头哇！"

"我这是胎带的，实在没办法呀！"贺桂文笑着说。

"刘辉，医院这边有什么需要吗？"赵玉明说。

"不用了，'领导'，成功媳妇李慧琳全都给安排妥妥的了！"贺桂文有些自豪地说。

"那就好！"赵玉明说。

李慧琳这时候在财务处做科级干部，和西线医院财务科联系紧密，刘成功虽然已经新做了副厂，刘辉住院的事宜根本不用刘成功操心，刘成功要想操心，也得另辟途径。尽管这样，刘辉还是非常欣赏二儿子刘成功，一个劲说李慧琳真是太有眼力了，刘成功年轻，还会有很大的进步空间。刘辉这样说不是没有道理的，很多刊登在报纸上公示高级干部的履历赵玉明都仔细阅读过，那些人二三十岁起步时也不过如此，什么技术员、工程师、副科长、科长、副处长、处长，都是一步一个脚印走上去的，只是你要走得快才行！正说话时，李慧琳昂然走了进来。李慧琳身材中等，略显丰满，有些李敢的相貌，却有些面无表情的样子。贺桂文做了介绍，李慧琳对赵玉明只是微微点头，说："您坐呀！"便退到一边和贺桂文说话了。

"'领导'，你和裴多思还有联系吗？"刘辉这时笑着说。

"裴多思？就是你们厂档案室主任，没有，我们好长时间都没有联系了，现在怎么样啊？"

"不怎么样，裴多思一个人经常去洗头房，和一个叫杏花的女人打得火热。去胡混被他老婆发现了，两人闹了起来，裴多思老婆就告到了厂里，厂里找裴多思谈话，对他进行严肃批评教育，裴多思一来气，干脆家都不回了。裴多思想要离婚，可他老婆就是不离，两个人弄得乌烟瘴气的，再这样下去，裴多思的官怕是保不住了！"刘辉说。

"裴多思的字写得还是挺不错的，人看着也挺老实！"赵玉明说。

"谁说不是，大家也都这样说！"

赵玉明只能说："可惜裴多思这个人了！"

这时候，有一拨人进来，有拎着果篮，捧着花篮的，纷纷问候刘辉，接着，又一拨人进来，听说话都是从西苇厂过来的，有些是刘辉认识的，有些自我介绍的，应该是刘成功的下属。赵玉明见有些人满为患，马上起身说："刘辉，你好好休养，有时间我再来看你呀！"

"谢谢'领导'哇！"刘辉起身说。

"刘辉，你别动了！"赵玉明说。

"'领导'，我送你，你慢走哇！"贺桂文送赵玉明到了电梯处。

五十一

赵玉明来到了办公室，继续归拢着东西，他把一些个人的资料装进一个纸盒箱里。

赵玉明之前已经办理了退休手续，档案馆刚刚开过欢送会，他现在真的自由了。正式退休一直是他的祈盼，真正到了这个日子，心里竟生出些异样来，似有几分不舍，嘴角不由得流露一丝笑意，仿佛在嘲讽自己。一段时间里，他大多的时间都是在做自己喜欢的事情，现在只是换了个地方，回到家里自由度不是更高吗？

门开了，张志远进来，一屁股坐在沙发上，说："我的亲娘啊，这都是什么呀！"

"张大主任，你至于吗？"赵玉明笑着说。

"'领导'，你不是没看到，一直这样下去谁受得了哇！"

"坚持，不是说坚持就是胜利嘛！"

"'领导'，你说得倒轻巧哇！"

"不然还能怎么样啊？"

"看着你真的令人羡慕哇！"

"你不是已经'到站'了吗？"

"领导也不说话呀！"

"非常时期，你就再坚持几天吧！"

"没办法，不坚持也得坚持呀！"张志远有些无奈地说。

张志远已经到了"具体"的时间表，他一直盼望着马上"具体"了，信访办目前的工作压力实在是太大了。张志远刚上任时，就在赵玉明的办公室预言了这个问题，也说过自己的忧患，没有想到这个问题说来还真的就来了。

张志远的手机铃响起了，他接完电话，啪的一声合上手机盖，说："这不又来事了嘛，'领导'，走了呀！"便匆匆出去了！

赵玉明看着张志远出去的背影想，这信访工作真够忙乎人的，前所未有，面对油田单位的那么多根线，就这么一个针眼怎么穿得下去呀？

早晨，赵玉明去了油田机关离退休管理活动中心，这里将是他今后退休生活的起点。活动中心是一栋新装修的四层大楼，一楼进去是一个门厅，门厅北侧是一个宽大的步梯，门厅里面是一个空旷的大厅，大厅内有六根大理石圆柱，尽头处有一个主席台，里面摆上椅子就可以做会堂使用，有使用过的会标还悬挂在主席台上。这时候，随着一阵音乐响起，几十个衣着鲜亮的离退休人员跳起了韵律操，节奏鲜明，队列整齐，精神饱满，情绪高昂，里面以老年妇女居多。

　　二楼是乒乓球场、台球和棋牌室活动区，打乒乓球的以男人居多，一律背心短裤，挥拍大开大合，许是运动时间稍长的关系，一些人已经大汗淋漓，拿着手巾不时地擦汗或喝水；台球桌上有人对抗，棋牌桌上坐满了人，或麻将或扑克牌游乐着，不时笑语朗朗。

　　三楼是阅览室和办公区，阅览室是新开辟的，铝合金围成，一门洞开，里边是一方天地，四周特制的木书架上排满了期刊图书，中间一个阅读台，四周摆着折叠椅，坐着三五个人翻看着《参考消息》，交流着昨晚央视新闻里的要闻和报纸上的区别，现在读书的人真是少之又少哇！赵玉明拿起一本《人物》期刊，翻看了一下，放回原处，浏览了一圈，期刊有几十甚至上百种，还是很齐全的。赵玉明略做踌躇，还是出来了。刚出门来，从侧面卫生间里出来了一人，说了一声："赵玉明吧？"

　　赵玉明回转头来，见是徐天亮，笑着说："徐队！徐处！徐经理！徐总！哈，还真不知该怎么称呼你了！"

　　徐天亮大手一挥，笑哈哈地说："那都是过眼云烟，叫老徐不就完了吗，多省事啊！"

　　"这也不是那么回事啊！"赵玉明打着哈哈笑着说。

　　"赵玉明，这样说你的思想还是有些僵化呀，都说'铁打的营盘流水的兵'！"

　　"老徐，主要还是你开明啊！"

　　"赵玉明，你现在忙什么呢？"

　　"退休了，来这里随便转一转。"

　　"是呀，这可真快呀，你要是没有什么事到我屋里坐一会儿啊？"

　　赵玉明心里有些疑惑，还是说："好哇！"

　　三楼北侧是一排办公区，办公区的尽头，有一间较大的办公室，门口墙上挂着一块不锈钢金属方牌，红漆字样"关心下一代工作委员会"，办公室里拼在一起两组办公桌椅摆在南窗下，东墙下一套组合沙发，茶几上放着一套紫色茶具，古色古香。

　　"玉明，坐吧！"徐天亮拿起一个竹镊子从消毒罐里夹出一只蓝白瓷盏，放在赵玉明面前，注入茶水，说："来，喝茶！"

　　"谢谢，老徐，你这里可以呀！"赵玉明四下看看说。

"马马虎虎!"徐天亮笑着说。

徐天亮到总部机关做了三年副总师,退休已经一年多了,按说他还有一个选择,就是去开发区一个什么试采油公司去做顾问,那里环境好,很多都是他这个级别以上的退休老领导,顾问美其名,顾而不问,薪酬补贴很不错,说是李敢就在那边猫着。徐天亮没有去,那是变着相地拿企业的钱。现任的党委书记建议他到油田"关工委"做点事情,他领受了,和离退休人员在一起,这里设有办公室,反正他家里也没什么事,能发挥点余热有什么不好?前几天,和他对桌的原组织部甘部长骨质疏松,走路时不小心摔了个屁股蹲儿,裂了骨盆,打的钢板,说是得好好休养一段时间。实际上甘部长在医院的病床上就向组织上口头做了请辞报告,说是不可能再发挥余热了,要组织上另选贤能。徐天亮这时笑着说:"赵玉明,我知道你是个人才,干啥像啥,你要是没有什么事,过来陪我坐一坐怎么样啊?"

"老徐,这样的位置岂是我辈能坐得了的?"赵玉明笑着说。

"书记授权给我了,我看你行,咱们就一起坐两年,有年轻的人来了,咱们就一起撤,你看怎么样啊?"

"老徐,你要是开心,我就过来,你要是不开心了,我随时都可以走哇!"

"玉明,看你说的,那咱们就一言为定了!"

周六早晨,刘忠伟到公司调度室看了一眼,见没有什么事情,就去了幸福嘉苑父亲家。穿着一身军装的刘忠明开的门,见到他亲热地喊了一声:"哥!"

刘忠伟拉住刘忠明的手,拍了拍刘忠明的肩膀,更像拍自己亲密的下属,笑着说:"忠明,回来了!"

"回来了,哥!"刘忠明挺胸抬头地说,完全是一副军人的作风。

"回到了家了,随便点啊!"刘忠伟笑着说。

"是!"刘忠明说着,感觉有些不对劲,不由得笑了。

刘忠伟拉刘忠明在沙发上坐下,刘忠明长高了些,已经和自己一样的个头了,就是稍显得有些黑瘦,北疆边防线上五年军旅生活就是这样的结果。

王桂花过来往茶壶里续了开水,说:"你爸可真是的,一瓶醋也会买这么长的时间!"

"妈,我去看看吧!"刘忠明立刻起身说。

"不用!不用!你爸许是遇见谁了多说了几句话,你不要管他,你们哥儿俩说你们的话!"王桂花立刻说。

刘忠明这次是有机会保送军校学习才回家转的。刘忠明参军入伍是带了"安置卡"的,也就是说刘忠明完成兵役回来,油田就会正常安排工作,而刘忠明却偏偏选择留在了军营,而且是草原北疆的军营,那里有半年甚至更长的时候是寒冷的季节，最低气温在零下三四十摄氏度，这是很多人不能理解的。按照刘铁柱的战友吴上校的说法，刘忠明就是为部队生的，他想留下。"班长！你就放手吧，我拿他当儿子待！"刘铁柱当班长时是为救吴上校才伤的这条腿的。这时候刘铁柱有什么好说的，吴上校有三个女儿，可他就是喜欢刘忠明。

门铃儿响叮当！刘忠明立刻起身去开门。刘铁柱回来了，刘忠明接过山西老陈醋送进厨房，刚回过身来又有门铃响起，开了门，来的是肖雅和刘昊言。刘忠明喊了声嫂子，刘昊言看到小叔一蹦得老高，亲热得不行，打着连发问问题。肖雅进来就去厨房帮忙，看着刘昊言和刘忠明腻乎着。刘铁柱示意了刘忠伟一下，刘忠伟就随刘铁柱去了卧室里。

"忠伟，你那里什么情况啊？"刘铁柱关切地说。

"爸，具体的我还不知道！"

"我刚刚怎么听说上层有些变故呢？"

"爸，一切皆有可能啊！"刘忠伟眼里暗淡了一下说。

"忠伟，干什么都是革命工作，咱千万别有想法呀！"刘铁柱看在眼里，马上强调说。

"爸，我知道！"

"'铁打的营盘流水的兵'，你知道就好哇！"刘铁柱说。刘忠伟默默地点点头。

刘铁柱刚刚去超市买醋时遇到秧歌队敲大鼓的乐金城。之前两人闲暇时，说起在东线的过往就一见如故了，关系一下子拉得很近。乐金城这时候就拉住刘铁柱说，刚刚听到人家说到的油田要换老大的传闻，免不了一些猜测和是非。

刘忠伟之前本来是想回海外项目基地的，他和公司经理谈话时，公司赵经理说："我这马上就要到站了，听说曹力行曹副总马上就回来了，上边要落实新一届老大的事，你就先别急着出去了，等到油田老大的事尘埃落定再说吧！"刘忠伟和曹力行也通了电话，就这样留了下来。之前，上边对曹、孙两位副总进行了民主测评，结果都超过组织上的标准要求，曹力行还高于孙毅非几个百分点，这是下边的呼声，从某种程度上说，也反映了一定的民意。测评后，曹力行去了海外项目继续工作。刘忠伟是在海外项目与曹力行开始深入接触的，一段时间的工作，刘忠伟很得曹力行的赏识，如果说曹力行上位了，刘忠伟基本上是会出任钻井公司经理的，这之前，他已经出任了常务副经理。前两天，突然从上边传来消息，说是不出意外孙毅非基本上会上位老大，这样，刘忠伟出任公司经理的可能就会有变数了。刘忠伟听到这个消息后给曹力行拨了一个电话，电话里一个女人甜美的声音说您拨打的电话已关机！刘忠伟有些疑惑，从心里说，刘忠伟被"闪"了一下，这源于内心深处的舍我其谁？"实践早已经证明了地球离开谁都照样转，你没有必要自作多情。或许人家做得比你还要好，你的好也是有些局限的。"刘忠伟这时候一下子释然了，一切行动听指挥吧!

刘秀儿这时候进来了,走路有些蹒跚,显然是风湿性关节炎又复发了。面有倦容的费立新搀扶着刘秀儿坐到沙发上,刘忠伟说:"妹夫,你昨晚夜班啊?"

"是,哥!"费立新笑着说。

"妹夫,要不你先去里屋睡一会儿吧!"刘忠伟关切地说。

"哥,不用了,我没事!"费立新笑着说,还是捂着嘴打了一个哈欠。

"立新,你还是过去躺一会儿吧!"刘铁柱也说。

"好的,爸!"费立新说,起身去了卧室。

"姐,你的关节炎又犯啦?"刘忠明关切地说。

"嗯,小弟,有那么一点点,不碍事的!"刘秀儿笑着说。

"姐,我给你带了一种贴膏,你用着试试吧,好用的话我到时候再寄给你!"刘忠明说着拿出了几袋贴膏药给了刘秀儿。

"谢谢小弟!世超,快叫小舅哇!"刘秀儿说。

"小舅!"已经上初二的费世超立刻喊了声,然后坐下,一起听小舅回答刘昊言提出的诸多问题。

刘秀儿由于风湿性关节炎的困扰,不能将劳动模范的岗位进行到底。实际上,她还是很喜欢那个岗位的,也想坚持下去,可风湿症病痛的困扰不给她一点回旋的余地,这和她最初面对的劳累和艰苦是完全不一样的,劳累和艰苦在休养生息中是可以消解的,而病痛的发作则完全不同,发病的疼痛十分难忍,甚至有些痛不欲生,还没有什么时间的约定。厂领导关心爱护曾经的奉献者,选择让她离开,给她安排新的岗位。刘秀儿最初是在安全监督站做站长的,领导看重的是她的责任心,安全工作无小事,她对工作确实有着强烈的责任感,可病痛还是时常作祟,影响到她的工作,领导了解到这种情况就安排她去离退休办做书记了。

费立新是组织上号召解除劳动合同那年离开油田工作岗位的。按理说,费立新是不应该解除劳动合同的,费立新本人也没有解除劳动合同的意愿,他是国家正式干部,工程师的岗位,正是年富力强的时候。油田开始了减员增效,发出解除劳动合同的号召,厂子里一时间很多人都在观望,厂领导开大会要求各基层单位务必要做好宣传教育动员工作,党员干部要起先锋模范作用。亚洲金融危机,油价低得可怜,油田的日子也不好过了,一下子许多人心里压力重重,解除劳动合同可以拿到一笔钱,不解除劳动合同,等到真正下岗就不一定是什么情况啦?当时就是这样一种状况,油田今后怎么样谁也说不清楚,和地方上许多倒闭的企业相比较,油田解除劳动合同职工的经济待遇一个在地下,一个在天上。刘秀儿是曾经石油系统的劳动模范,现在身体不好了,对单位的生产建设也做不了什么贡献了,这时候,她解除劳动合同是最好的宣传和动员,也是为油田做最后一次贡献!费立新听到刘秀儿这样说马上不干了，他说秀儿，这一次还是我来替你起模范带头作用吧！我解除了劳动合同，出去还能干点啥，你回家了能干啥呀？你慢性病的医疗费怎么保障？刘秀儿说我就是啥也不能干了，才不好意思在单位再待下去了！费立新说还是我来解除劳动合同吧，咱俩有一个申请了也算是积极响应油田党组织的号召了，你的面子也过得去了吧？费立新把话都说到这个份上，刘秀儿也就不好再说什么了，费立新就是这样解除劳动合同的。费立新解除劳动合同后，就去了地方的一家私营化工厂应聘打工了，因为有相关的化工专业知识，又曾在县化工厂工作过，费立新进厂就做了带班技术员，今后的生活应该是没有问题了，就是工作要辛苦一些，这比那些解除劳动合同找不到工作的人要好很多呀！因为这件事，刘铁柱曾私下里严肃批评了刘秀儿，刘秀儿心里也是有些过意不去的，费立新是工程师，还自考了本科文凭，不说能坐上什么领导岗位吧，在油田起码还有竞聘高级工程师的机会，现在却在私人企业里打工倒班，这个差距是不是有些太大啦？

刘忠明知道上高一的刘昊言学习很好，刘昊言的目标是航空航天专业。刘忠明说："小超，你的学习怎么样啊？"

"一般般吧！"说到了学习，费世超明显有些不好意思，他的文史、地理还可以，数理化也真就一般般。

"一说到学习可真愁人，数理化就是上不去！"刘秀儿有些感叹地说。

"姐，小超像我，现在的就业形势不好，实在不行小超就去当兵吧！"刘忠伟宽慰着说。

"我也是这样想的，小超有些内向，要是当兵能行吗？"刘秀儿不无担忧地说。目前，这还是油田子女想回油田就业的一条重要的途径。

"姐，部队很锻炼人的！"刘忠明安慰说。

"小超，你去当兵能行吗？"刘秀儿说。

"有什么不行的！"费世超说。

"姐，你就放心吧！"刘忠明说。

"饭好了，大家吃饭吧！"王桂花进来说。

刘忠明立刻放着餐桌。一家人能够聚齐是十二分快乐的，刘铁柱心中万分地欢喜。不说别人，就说刘忠明，之前五年在部队，此后一去军校，什么时候还能回转谁说得好哇？刘铁柱让每个人都倒上酒，他期待着这样的日子能长长久久！人到了一定年龄就是这个样子，王桂花掉头还揩了一把泪。

席中，刘忠伟接到了油田组织部的一个电话，下午相关领导要找他工作谈话，他没想到自己的工作安排会这样快，这有些出乎他的意料，但这绝对符合孙毅非行事的风格。刘铁柱看着刘忠伟，刘忠伟说了电话的内容，刘铁柱立刻叮嘱说："忠伟，什么样的工作都是人做的呀！"

"爸，你放心吧，我明白！"刘忠伟笑着说。

"你明白就好哇！"刘铁柱有些语重心长。

刘忠伟步入油田机关大楼前的广场时接到了一个电话，他看了一眼是何聪，不由得抬头向大楼看了看，然后说："何聪，有事啊？"何聪说："哥，还有一些时间，你到我屋里坐会儿啊？"刘忠伟说："行吧！"进了大楼，从步梯上的二楼，进了何聪在西厢楼的办公室。

"哥，你坐！"何聪笑着说，送上一杯香茶。

"双休日你怎么还上班啊？"刘忠伟说。

"哥，今天我值班，要不没什么事我也会过来看看的！"何聪笑着说。

"难怪大家都这样看好你！"刘忠伟知道何聪的勤勉。

"谢谢哥，我不像你，我没有专业，更没什么专长！"

"兄弟，你这样就可以了！"刘忠伟肯定地说。

"谢谢哥的鼓励！"刘忠伟笑了笑。何聪专门叫他上来不会只说这些闲话，便说："哥，上边的领导昨天下午到的西线，曹副总和上级领导谈话时发生了一些争执，赌气辞职了！"

"兄弟，你这话哪儿听来的？"刘忠伟一愣说。

"哥，千真万确！"何聪笃定地说。

"是吗？"刘忠伟想，难怪曹力行关了手机，这是什么情况啊？便看向何聪。

"哥，目前我知道的就这些！"何聪说。

"知道了，走了呀！"刘忠伟点头说。

"哥，你慢走哇！"

"好！"

和刘忠伟谈话的是组织部谭部长，谭部长笑着说："忠伟同志，组织上这次拟任你出任机关钻探处处长，想听听你的意见？"

"部长，我绝对服从组织上的安排！"刘忠伟心里有些意外。

"忠伟同志，现在你有什么意见可以坦率地讲！"谭部长似乎有些稍显意外，立刻强调说。

"部长，真的没有！"刘忠伟笑笑说。

"忠伟是个好同志，识大局，顾整体！"谭部长有些意味地说。

"能够来大机关工作是我的荣幸，以后还请部长多多指教哇！"刘忠伟说。

"都说忠伟同志谦虚谨慎，此言果然不虚呀！"谭部长笑着说。

"谢谢部长的肯定，我一定会继续努力的！"

"那好，忠伟同志，今天咱们就这样吧！"

"好的，再见，部长！"

"再见!"

刘忠伟从谭部长屋子里出来,立刻有人进去了。刘忠伟这时不禁在想,这个孙毅非还真是了得呀,干部大会之前,一些人事关系安排已经着手了,看来早就成竹在胸了。

五十二

赵玉明早晨上班时间就来到了油田"关工委"办公室,他先是拖地抹桌子,然后拿起暖瓶去水房打开水,出来时刚好看到了上楼来的柳力强,赵玉明不由得一愣。柳力强立刻笑着说:"老领导,您好哇!"

"小柳,你好,你好,幸会呀!"赵玉明笑着说。

"幸会什么呀,老领导,想见以后咱们天天都能见!"

"小柳,你这是什么意思呀?"

"老领导,我就是你们的勤务员哪!"

"勤务员? 什么勤务员?"

"哦,这是主管我们系统的大领导说的,从他的副局级到下边的普通工作人员都是你们离退休人员的勤务员哪!"柳力强笑着说。

"是呀? 小柳,你怎么过这边来啦?"

"我先是到的单位离退休办,上一次归口管理,也算是工作需要就到这边了!"

"小柳,你这是当领导了呀?"

"什么领导哇,就一个科级干部!"

"小柳,你可以呀,进步了,恭喜你呀!"

"还算过得去吧,听说老领导过来了,就想看看你有什么需要!"柳力强说着跟随赵玉明来到了办公室。

"眼前没什么需要,有需要我会找你的,来,小柳,坐会儿吧!"赵玉明说。

柳力强坐下来,环顾了一下说:"老领导,屋地今后你不用拖,有人会拖的!"

"没关系,习惯了,就当锻炼身体了!"

"老领导,在这里就得按这里的规矩办,不然服务员是要挨批评的!"

"这样啊,那好,就按你们的规矩办! 小柳,你可富态多了呀!"

"心宽体胖,可毛病也添了不少哇!"

"你这里的条件这么好,你可以适当做些运动啊!"

"老领导说得是,我坚持得不好!"

正说话间,一个女服务员挥动着拖把来到门口,看看里面说:"这屋子里拖过了!"看到柳力强在,还是进来草草地拖了几下出去了!

"老领导,孙总上任知道了吧?"柳力强看了看门外,压低声音说。

"昨天油田报纸一版刊载了!"赵玉明指指桌上的报纸说。

"还有报纸上没登载的事情!"柳力强继续压低着声音说。

"小柳,你指的什么呀?"

"曹副总曹力行啊!"

"曹力行怎么啦?"

"老领导,这么大的事你都没有听说呀?"柳力强笑着说,卖了一个关子。

"小柳,你说的到底是什么事啊?"

"曹力行'三退'了!"柳力强继续压低着声音说。

"'三退'?什么'三退'呀?"

"退党、退岗、退公职呀!"

"胡诌八扯吧,怎么会?你哪儿听来的呀?"

"老领导,好多人都这样说的!"

"不会的,你说的这个我可不信!"

"老领导,人都说曹力行对上级的这次任用非常不满意,为了表明态度就写了申请,说得有鼻子有眼的!"柳力强坚持说,赵玉明还是摇头。

这时候,徐天亮走了进来,柳力强马上起身,恭恭敬敬地说:"徐主任好!"

"小柳,你坐吧!"徐天亮说。

"不了,徐主任,老领导,我还有点事,有什么需要您就招呼我呀!"柳力强马上说。

"好的,小柳,有事你就去忙吧!"赵玉明说,目送着柳力强出去了。

"玉明,柳力强之前你认识呀?"徐天亮说。

"认识,他最早是在研究院办公室做通讯员的!"

"他这个人工作还可以,就是嘴碎了点!"

"徐主任,今天有什么工作呀?"赵玉明明确了徐天亮的职务,这时笑着说。

"玉明,你怎么又来了,咱们是老同志,老相识了,你叫我老徐不是挺好嘛!"

"我是实事求是,现在也时兴这样啊!"

"时不时兴我不管,那是别人的事,咱们在一起工作,你就叫我老徐吧!"

"那好,老徐,咱们有些什么工作要做呀?"

徐天亮在桌子上摞着的文件里翻了翻,拿出一份文件,递给赵玉明,说:"今年的主要工作都在这上面,你先看看吧!"

"好!"赵玉明接过文件看了看,是油字"关工委"发的2号文件,文件发布了"关工委"今年工作四个方面的内容,一是"与时俱进学雷锋,争做新时代小雷锋"

活动（3月5日前）；二是开展向解放军学习活动，利用"学、看、查、访、写、演、讲"等多种形式，开展学军史活动，包括红军，八路军、新四军，解放战争，抗美援朝等（8月1日前）；三是开展"迎奥运，强身健体从小做起"活动（全年）；四是开展"小发明、小创造"活动（全年）。

赵玉明看着文件说："老徐，咱'关工委'的工作安排得还是挺详尽的呀！"

"可不是嘛，孩子是油田的未来嘛！"徐天亮笑着说。

赵玉明笑了，他有些不太同意徐天亮的这个说法，油田孩子已经不再仅仅是油田的未来了，他们有些人想回也不能回来工作了，这主要是油田用工制度改革的结果。油田现在每年接收就业的只有二百名大学毕业生，里面还有一些地方的配置，再就是一些退伍军人，就业社会化已经是油田子女就业的大趋势了。赵玉明说："老徐，需要我做些什么呀？"

"玉明，这个文件已经下发了，过两天会有个汇报会，学校具体安排上来了，咱们再做总体规划和安排落实！"

"那好！"赵玉明记下徐天亮说的工作要点，抬头时，见徐天亮正看他，不由得笑了笑。

"这两天有点乱，说什么的都有哇！"徐天亮有些感慨地说。

"可不是嘛！"

"玉明，你听到什么啦？"

"有人传说曹力行'三退'啦？"

"玉明，你说这个可能吗？怎么说他也受过党的教育多年了，起码的党性原则还是应该有的吧？"

"是呀，我也不太相信会有这种事情！"

"真实的情况谁能说得清楚哇，都在传，越传就越离奇了，曹力行不在油田继续任职是肯定的，他随同上级领导一起进京了！"

"老徐，这是什么情况啊？"

"曹力行不认同目前的政治生态，他认为这次职务上的任用有问题，有些想法！"

"有什么根据呀？"

"有又怎么样啊？有些东西是不能拿出来示人的，所以他才在职位上请退的！"

"退一步海阔天空？"

"怎么说？退是独善其身，也是一种宣示，这样的退也是具有一定慑力的！"

"老徐，你是说让曹力行进京也是有意而为之了？"

"玉明，你对曹力行的离开有什么看法呀？"

"上级对他会另有任用吧！"

"就是嘛，这样，一切问题就迎刃而解了，一切传言也就不攻自破了！"

"老徐，有道理，高！实在是高哇！"赵玉明伸出大拇指说。

徐天亮笑着摇摇头，翻看手边的文件。

"哎，老徐，你的眼力不错呀？"

"玉明，你指什么呀？"

"你的好女婿何聪啊！"

"这是徐岚自己选的！"徐天亮说得淡淡的。

"何聪工作很努力，进步得很快呀！"

"玉明，实事求是地讲，何聪这个孩子是不错，挺聪明的，就是有点用错了地方，弄不好会出问题的！"徐天亮说。

"老徐，怎么会，你要求得有点太高了吧！"

"不，玉明，这是社会的要求，也是人心的要求，你说不是吗？"徐天亮说得很认真。

赵玉明笑了笑，心想，陪着领导打篮球的又不是何聪一个，只是何聪光鲜了一些，或为人妒也说不定，人和社会认同了这种形态，何聪能把握住自己吗？

有人敲门，赵玉明看了徐天亮一眼，徐天亮说："进！"

进来的是何劲松，徐天亮立刻笑着说："亲家，你什么时候回来的？"

"昨天！"何劲松笑着说，转头看向赵玉明说："师兄，你怎么又转这里来啦？"

"是徐主任邀我协助他工作，我也不好意思推托呀！"赵玉明笑着说。

"哎！哎！哎！玉明，你怎么回事啊，咱之前可是说好的呀！"徐天亮马上提示说。

"对，对，对，我是受到了老徐同志热情邀请和他一起工作的！"赵玉明笑着更正说。

"玉明，你这样说才像话嘛！"徐天亮笑着说。

"亲家，你可真是慧眼识珠哇，我师兄的工作能力绝对没说的呀！"

"我知道，油田'关工委'的工作今后还能再上新台阶呀！"

"老徐，咱不带这样的呀，你这不是变着相地给我压力吗？"赵玉明说。

"有什么压力呀，这里的工作对你来说还不就是小菜一碟嘛！"徐天亮笑着说，"亲家，中午你有什么安排吗？"

"没有，我这不是来找你来了嘛！"何劲松笑着说。

"没问题，反正都是徐岚消费！"徐天亮笑着说。

"这个我就不管了！"何劲松也笑着说。

"亲家，咱们几个人哪？"徐天亮拿起电话说。

"这不我师兄正好在嘛！"何劲松说。

"劲松，你和老徐活动你们的，我就不和你们掺和了！"赵玉明马上笑着说。

"师兄，要不我也得找你呀，选日子不如撞日子，今天就是个好日子，看看'诗人''画家''大师'他们都干什么呢，电话号码给我，这次我来联系他们！"何劲松说。

"那好，我也看看李敢这个老家伙在干什么！"徐天亮说。

白敬良前段时间患了肾结石，需要手术治疗，何劲松先赶回的老家，住院手术的事确定了通知的白雪梅。一个月的治疗，白敬良痊愈回到家里休养，白雪梅就劝父母留在下辽河，她照顾起来也方便。白敬良坚持不从，说他们还能动，也习惯老家的生活，就想落叶归根，白雪梅只好回家转了。何劲松手上的官司终审判决已经胜诉，只是院方拒不履行法院判决，官司进入了执行程序。执行难是现在社会中存在的一种现象，何劲松急也没有用，只有等待法院执行或申请强制执行，想完成还是路漫漫的。王慧新参与一家文化公司建设，一时间事情比较多，他们的关系就变得若即若离，甚至有些渐行渐远的味道。公司的事务何劲松是有心全权委托给何明的，何明有自己的专业特长，还在寻找自己的机会，只承诺代管，对这个公司的兴趣不大，幸好有大哥的儿子何琦可以协助管理，何劲松就可以放开手脚，也想看看何琼、何聪、外孙和孙子。何劲松回来之前照例先回老家看了看，去看白敬良时，却发现白雪梅母亲有些异样。白敬良说他也发现老太婆记忆力有些不好，总是丢三落四的。何劲松就带着白雪梅母亲去了当地市医院看看，神经内科专家说有些阿尔茨海默病前期的临床表现，随着病情的发展，会越来越严重，记忆都会全部丧失，甚至会失去自主生活能力，这种病还没有什么治疗的办法。何劲松听了这个结果有些不敢相信，目前老太太还什么都能做，白敬良嘱咐何劲松回去先不要告诉雪梅，等看看以后的情况再说吧！

陆鸣已经"具体"，这时候全身心地潜心歌词的创作，许是这些年歌曲的传唱更具影响力，让一些人顿悟到什么，或是近年来一些地方、单位盛行"短平快"的表现自我，找人写歌赞誉，陆鸣被邀请多有参与，有些歌词也在本地唱响，便以积极的姿态进入了这个领域，喜欢得不得了。歌词确实有着特殊的魅力，经久永流传的歌曲不少，像"十五的月亮升上天空啊！""天上一顶星星亮，草原一片篝火红"等等都已经跨世纪了！可实际上，从歌词写就到演唱需要好多程序和环节，更何况传唱开来！首先是歌词谱上了曲子才能叫歌曲，歌曲还要有人来演唱，演唱也不是什么人都能唱的，唱得"好"的也分三六九等。演唱还要有乐队的伴奏；谱曲、歌手、乐队都是需要费用的，档次决定价格。陆鸣入了这行就下定了决心，将歌词创作进行到底！弄了一段时间，小有收获，这次就带了个人的第一张 VCD 专辑，里边有一多半曲子是郝学仁的心血，送给大家来鉴赏。

郝学仁退休了，在文化宫里租了一个活动室教授民乐，组织起一个小学生民乐队，这是上得厅堂的，具有一定的品牌效应，墙上的奖状、台上的奖杯和放大的照片说明着一切，生源不是问题，郝学仁择优录取，力求高档。郝学仁也常常受邀去一些单位帮助排演文艺节目或策划大型的会演，文艺娱乐是人们最为喜闻乐见的，每年有那么多需要庆贺的节日，还有满足人们需要的时尚活动。陆鸣在岗位时就搞了物业第一届"和谐杯"消夏晚会，是郝学仁帮助策划的，在那个夏季获得极大的成功，受到业主的广泛好评，这让很多单位争相效仿，郝学仁也就更加得到认可了。

张国安"具体"后回到了市里负有盛名的"三〇一"大院，那里有晏宝霞的生活待遇。张国安在别墅里开辟了一间画室，就想在家里潜心作画，继续研修一下版画和篆刻。谁想这兴趣被大院里闲下来有这方面爱好的老干部发现了，非要请他到新建成的老干部活动中心书画室去做艺术指导。张国安本意是不想去的，他的画作有人欣赏也有人求购，他之前给陆鸣的一张画作不足二尺见方，现在竟有人要用四万元求购。是那些老干部的代表——晏宝霞的"伯乐"找到了做市文联副主席的晏宝霞，晏宝霞就不好不说话了，张国安也就不太好拒绝了。去做艺术指导也是有一定时间的，张国安主要也注重了一下社会效益，有很多的事情都是相辅相成的，弄太清楚了反而不好。

张志远不在下辽河，陪着老婆孙秀英回钢都照顾风烛残年有些生病的老丈母娘了！

李敢这会正在桃园机场办理登机手续，说是下一刻就意气风发地飞向我们伟大祖国的宝岛——台湾，去考察那里的风土人情。

餐桌上所有人的面前都摆着一张VCD碟，这是陆鸣的处女作，自然成为大家的焦点。立刻有人争相问询："找人唱歌、乐队伴奏、录音、制作，这可是个烧钱的行当啊！"陆鸣笑着说："咱就是喜欢，玩一玩，图个乐呵！"

"陆书记还是有实力，不然谁玩得了哇！"何劲松笑着说。

"'大拿'，你可别笑话我了，有'大师'的无私帮助，我心里才有底的！"陆鸣说。

"'诗人'，你这样玩一玩我还将就，你要是真想上水平，还真得找高端人才做呀！"郝学仁笑着说。

"高端人才我请不起，能这样就挺好的！"陆鸣说。

"歌词写好了，先去发表，有人看好了找你合作，情况可就不一样了！"张国安建议说。

"'画家'这个建议不错，值得'诗人'借鉴哪！"何劲松说。

"我又不是没有发表过，国家级词刊上一组十首，还真有人找我，谱曲的人没有什么太大的名气，要价还不低！"陆鸣笑着说。

"'诗人'，看来还是市场的问题呀！"张国安说。

"那是，'画家'现在谁比得了哇，弄些油彩，随随便便地抹那么几下，就有人给钱啦！"陆鸣笑着说。

"'诗人'，话可不能这样说呀，好像我对艺术多不严肃似的！"张国安立刻笑着声明。

"管他呢，画有人要才是硬道理呀！"郝学仁笑着说。

"'大师'说得没错。哎，对了，我才想起来呀，咱们一起这么多年了，'画家'还什么都没给我画过，什么时候给我也画点什么，做个纪念哪！"何劲松笑着说。

"我画室里有的，你随便拿！"张国安说。

"'大拿'，这你可得早点下手，这家伙比抢银行都快，还一点风险都没有哇！"郝学仁笑着说。

"我就怕去了什么都没有哇！"何劲松说。

"那是绝对不会的！"张国安说。

"对了，'画家'，你老在大院那边眯着，你家孩子怎么样啦？"何劲松说。

"闺女玉洁在市报社做记者，儿子玉衡在税务所上班！"张国安说。

"你们看看人家呀，全是公务员，你家晏宝霞可以呀！"郝学仁说。

"你可拉倒吧，'大师'，一辈子待在清水衙门里，倒是让人放心，不会出经济问题！"张国安笑着说。

"我是说你家孩子的婚姻情况？"何劲松说。

"闺女嫁给了一个搞房地产的青年才俊，儿子处了一个单位的同事！"张国安说。

"你家这两个怎么一点动静都没有哇？"何劲松说着看向大家，大家也都摇头。

"这是晏宝霞同志严格按组织上要求办的，范围缩得非常小，领导画了圈，我也不好逾越呀！"张国安笑着说。

"'画家'，什么时候你和你家领导请示一下，给我们小范围的圈阅一把呗！"何劲松说。

"行啊，何总的指示我是一定得照办的！"张国安说。

"'画家'，你可拉倒吧！"何劲松说。

大家一齐哄笑起来，之后的话题自然要转向最敏感的曹力行的事情上，大家的版本不一。陆鸣最后说据可靠人士透露，曹力行留在北京工作了，职位是个虚职的正厅局，实际上这样的结果倒是孙毅非想要的，他的家人早就在北京生活了！大家都有些唏嘘人生的途径和走向。

五十三

项目所在国的局势开始变得不那么稳定了，这一期项目完成，项目人员开始撤离，任志成是最后一批回撤的人员。回来的途中，任志成考虑再三，还是给何劲松打了一个电话。何劲松有些疑惑任志成的用意，深究才知道何琼和任志成的关系出现了比较严重的状况，他感到责无旁贷。这也是任志成这一次回来的一个重要的原因。

何琼去卫生间用冷水洗了一把脸，贴着镜子照了照，皮肤白皙，眼圈有些发暗，她笑了一下，不由自主地叹了一口气，岁月真是一把无情的刀，把曾经的美好刻画得有些体无完肤了。从卫生间里出来，她敲了一下儿子房间的门，写作业的任泽平头也不抬地说："妈，我还要等一会儿，累了你先休息吧！"

"好儿子，妈还有工作！"何琼抚摸了一下任泽平的头顶说，出来坐在了写字台前。任泽平读初三了，马上面临中考，按照目前年级的成绩排名，考上重点高中一点问题都没有，这是让何琼特别欣慰的。能就读重点高中将意味着能上好一些的大学，上好一些的大学就意味着好的就业，这是那些年长有经历的同事早就谈论过的话题。何琼又在从事古潜山的研究工作，上一次西线古潜山研究有了新的突破，根据项目组的研究成果部署的探井在太古宇钻遇高产油气流，预测这一区域的石油地质储量高达六千多万吨，这个新发现是令人欢欣鼓舞的，这个意义是非常重大的。这次新领导上任就提出了下辽河工作目标稳产千万吨十年，对于一个老油田来说，这样的目标是要靠新的储量不断发现维系的，这就注定了地质科研人员工作任重道远哪！这一次，她选定的是大古潜山的研究，那么多的地质资料，诠释着他们的辛劳。

何琼在年初职代会的表彰会上遇到了乐俊峰。乐俊峰也是油田的特等劳动模范，他们是在表彰会颁奖仪式彩排时站到一处的。何琼看到乐俊峰时，那种高中时叫作初恋的情感在心底的残留似乎还跃动了一下，随着叫出乐俊峰的名字，马上就随之飘散了。乐俊峰曾经偏高修长的身材这时变得十分壮实，黝黑的面孔，密密的胡楂多的是成熟老练。乐俊峰坦荡荡地笑着说："何琼，你好哇！"何琼也笑着说："你好！"乐俊峰的大手宽厚而有力。彩排完他们坐在一处，乐俊峰是个施工队长，高级焊工，具有国际认证资格的那种，现在做第一座储气库的地面建设。他是经过风雨见过世面的，语气淡定而诙谐，二十年后的相见诠释了什么？如果真正做了乐俊峰的妻子，她将会是什么样子？只有天知道！

任志成来电话了，说是没有什么特殊情况明天就能到家，何琼说知道了！母亲白雪梅因为姥爷白敬良生病回老家了，本来何琼也想和母亲一起回去的，她关心姥爷也想念姥姥，只是任泽平学习处在这样的关键期，她不敢放任，怕成为千古恨，就带着一种遗憾和任泽平回到自己家居住了。母亲回来了，他们也没有再住过去。父亲这次回来和她谈了任志成的问题，谁会不犯错误？能够认识和改正就是一个好同志，希望她好好考虑考虑，她答应父亲一定会好好考虑的。

何琼走进家门，屋子里有淡淡温馨的菜肴味，这是任志成回来了。何琼看到任志成时有一种陌生感，任志成却立刻过来拥抱了她，何琼接受了拥抱，任志成要亲吻时，何琼却刻意避开了，他们是亲近的人，不是亲爱的人！他们坐下来，交流着各自的情况，任志成一直试图提升他们的关系，何琼表现出视而不见听而不闻的态度，这让任志成多少有些失望，他没有想到他们的这个芥蒂就像枣木楔子一样打得这样坚硬而牢固。

任泽平见到父亲有说不完的话，无奈他还有那么多的作业，第二天还要上学，任志成看着任泽平睡下，出来对仍然坐在写字台前看资料的何琼说："何琼，早些睡吧！"

"你先睡吧，我这里还要等一会儿！"何琼说。

"你不要太累了！"

"我知道！"

任志成独自进了卧室。何琼想了想，起身去了卫生间，洗漱完，犹豫再三还是进卧室上了床。她看着睡在身边的任志成，竟然感到特别不习惯，这让她有些茫然。

晚间新闻开播了，白雪梅坐在沙发上，看着何劲松说："老何，明天你有什么安排吗？"

"暂时没有，白委员有什么提案哪？"何劲松有些调侃的意味说。

"我想一家人一起吃个饭！"

"好哇，要不后天吧？明天我怕饭店定不到！"

"算了吧，咱们还是在家吧！"

"在家多麻烦，你也辛苦！"

"家里气氛好，口味合适还节俭！"

"不差这一点钱，你也没必要那么辛苦！"

"谢谢，你是在那边习惯了！"

"多少有一点吧！"

"还是在家里，就这么定了！"白雪梅最后说。

"好吧，你说了算！"

"我发现你现在真的不一样了！"

"是吗？许是过了耳顺之年了吧！"

"时间过得可真快呀！"白雪梅不由得感叹。

"是呀，孩子们都长大了。"

"何明怎么还没有女朋友哇？"

"应该是没遇到合适的吧！"

"你那边不是有不少熟人吗？"

"我跟何明说过的，他说不需要！"

"这孩子怎么这样？"

"谁知道！"何劲松说，"哎，对了！"

"什么呀？"白雪梅立刻回应说。

"啊，没什么，看我这脑子，忘记我要说什么了！"何劲松想说白雪梅母亲的病，想到白敬良的叮嘱还是打住了，这时拍拍头顶说。

周日，任志成带着任泽平回到任校长的家里，那丽蓉看看门外说："大成，你媳妇这是又没有工夫呗？"

"何琼古潜山项目研究特别忙，总是成宿半夜的！"任志成直接开脱说。

"自从她进了任家的门，我就没见她不忙过的！"那丽蓉撇了一下嘴说。

"油田的科技人员忙是正常的，你以为谁都像你！"任校长说。

"我说你个老头子，你的胳膊肘子怎么总是往外拐！"那丽蓉说。

"老太婆，我说的是道理，咱家的儿媳妇是外人吗？大成，中午叫何琼过来吃饭哪！"

"爸，何琼不是特别忙，应该能过来的！"任志成说得模棱两可。

"哼！"那丽蓉的鼻子里出了声，说，"大成，我要是不给你打电话，恐怕你今天都不会回来吧？"

"妈，你这可是冤枉我呀！"任志成笑着说。

"我怎么冤枉你了，我以为你昨天就能过来，小莉昨天都过来了，你怎么没有回来呀？"

"妈，何琼她爸回来了，她妈提前安排好的，要一家人一起吃的饭！"任志成解释说。

"我就说嘛，大灰狼，尾巴长，有了媳妇忘了娘！"那丽蓉叨叨着说。

任志成笑了笑没有说话，从包里拿出礼物送给了父母。

"我这是什么命啊！"那丽蓉拿着礼物，还是有些抱怨地说。

"你还想怎么样啊？快去做饭吧！"任校长说。

"好，做饭！"那丽蓉起了身，有些懒懒地说。

"妈，我来帮你吧！"任志成说。

"不用了，回到家里你就歇歇吧！"那丽蓉说着，便去厨房准备午饭了。

任泽平在看电视。任校长便和任志成说了些家里的事。大妹任志梅单位这两年一直亏损，奖金很少，为了扭亏，单位里开始减员增效，广开门路，任志梅等一些女工被安排到油田机关大楼出劳务做保安做保洁，收入才相对稳定了，今天值班不能过来；小妹任志莉在西线采油厂一个小附企工作，有事没事就喜欢和同学一起玩，不是吃饭就是唱歌的，之前，说是有个挺讲究的男同学生病在省城住了医院，四个女同学开一辆车去的省城，开车的那个女同学是个新手，胆子倒挺大，车子在高速公路上肇了事，重伤不治死亡，坐在副驾驶上的任志莉逃过了一劫，颈椎受到损伤，做了手术，在床上躺了三个多月才下的地，任志莉的丈夫为此很不高兴，和任志莉的关系变得都有些紧张；小弟任志民在前进采油，结婚孩子小，路途又远，行动不便，也很少回来，深究其原因，任志民结婚，任校长也没有给什么钱，倒是媳妇家里条件好，贴补得多，任志民说话就不那么硬气。任校长说到这里不禁一声叹息。

这时候，小妹任志莉进来了，脖子上围着白色的护颈，手里拉着上学前班的女儿佳美，佳美喊了一声大舅，任志成拿出一张二十元给了佳美，佳美看了看，然后有些不太情愿地给了任志莉，任志莉接过来，说："佳美，还不谢谢大舅哇！"立刻收进了坤包。

"谢谢大舅！"佳美说。

"佳美真乖！"任志成说。

"哥，你看着真挺好的！"任志莉笑着说。

"小莉，你这里现在怎么样啊？"任志成指指任志莉的脖颈说。

"基本上没什么事了！"任志莉说着，抹了一下眼睛，许是想起那个死去的女同学了。

"小莉，哥也没什么给你买的，这个给你！"任志成拿出五张二十元的美钞说。

"谢谢哥！"任志莉笑着说。

"大难不死，必有后福哇！"那丽蓉过来说，不知道被谁下了药，那丽蓉这些年一直偏袒小妹任志莉，许是和任志莉的伶俐有些关系？

吃饭时，那丽蓉一直围绕任志成出国这个事提问题，最主要的是经济收入这一块，任志成尽量回避，那丽蓉还是说："大成，都说出去的人都挣到钱了，每年至少这个数！"还伸出了手指示意着，任志成看了笑了笑，没有回答。那丽蓉接着说："大成啊，小莉想在幸福嘉苑买个学区房，你这个当大哥的先帮她一下吧！"

任志成看向了任志莉，任志莉笑着说："哥，我家佳美想在幸福嘉苑小区上学，不是这个小区的住户是不允许的，你如果能借我二十万最好了，没有十万也行，学区房肯定亏不着，最迟佳美上完小学，我把房子处理了就还你，还有，我住在这边，离着爸妈近了，照顾他们也方便些！"

任志成看向任校长，任校长似乎有些摇头，任志成就说："小莉，关于钱的事情我得和你嫂子商量一下呀！"

"哥，谁都知道我嫂子家里有钱，你们还差这两个钱哪！"任志莉笑着说。

"你嫂子家有钱是何家的，我从来没想过要用何家的钱！"任志成立刻说。

"大成，钱是你出国挣来的，你亲妹妹借几天都不行啊，好歹你们也是一奶同胞哇!"那丽蓉的脸有些沉着说。

"老太婆,你说的几天是几天吗?那要六七年哪!"任校长这时候说道。

"六七年怎么了?他们不是亲兄妹吗?"那丽蓉说得理直气壮的。

"妈,我和何琼是夫妻,用钱的事我得征求一下何琼的意见,还有,任泽平过几年上大学也是要用钱的!"任志成说。

"大成这话说得没有错呀!"任校长说。

"那好,那你就和你媳妇好好商量吧,小莉这边可等着你的答复呢!"那丽蓉有些不高兴地说,屋子里的气氛有些凝重。

"小莉,哥能帮到你的一定会尽量帮你的!"任志成笑着说,气氛化解了一些。

"哥,我知道!"

任志成晚上和何琼说起任志莉借钱要买学区房的事,何琼笑着说:"任志成,我手里可没有那么多钱哪!"

"何琼,我不是给你一张银联卡嘛,那是为儿子准备的,泽平要上大学,或许还要出国读书!"

"那张卡我根本没有动,在抽屉里,钱是你挣的,你自己看着处理吧!"何琼立刻说。

"咱们是一家人,我的就是我们的,我们也是为了儿子呀!"任志成强调说。

"我可没有心情卷入你们家的是是非非里边去,这个事你还是自己看着办吧!"何琼说。

"那好,小妹真有需要,也算是件正事,我这个当哥的怎么也得帮她一把呀!"任志成强调说。

"任志成,我已经说过了,我真的什么意见都没有!"何琼继续强调说。

"何琼,谢谢你的理解和大度!"任志成笑着说。

"你说的一切都不存在!"何琼淡淡地说。

任志成在银联卡里提出十万元,送到母亲手里,那丽蓉有些不悦地说:"大成,你这当大哥的就不能给你妹妹多拿一点啊?"

"老太婆,大成这个当大哥的做得就已经够样了,你还要他怎么样啊?"任校长立刻说。

"她爸,小莉的情况你不是不知道,她那个小附企单位工资常常拖欠,手里又没有什么钱,这点钱怎么够买房啊!"那丽蓉说。

"买不了就别买,自家的日子还得靠别人过吗?"任校长说。

"老头子,这话让你说的,你还是小莉她爸吗?"那丽蓉说。

"老太婆,你还是大成他妈吗?你还是泽平的奶奶吗?小莉用的这个钱至少要用六七年,我问你,要是泽平上大学或是恋爱结婚买房需要钱了,你能给他们拿吗?"

任校长说。

"何琼她们家里有钱，还能难到大成他们吗？"

"妈，你儿子不是没有志气的人，我可从来没有想过要用何琼她们家的钱哪！"任志成说得十分认真。

那丽蓉看了看任志成，这才不再说话了。

任志成回来还在家里休假，这一天，曾经的海外部副经理吕清明召唤了他。任志成在国外项目后期一直跟随吕清明工作，包括撤离，特别是最后那段动荡有些加剧的日子里，那里面有着生死与共的意味，是能够让人铭记一生的。吕清明这一次回来，进入油田公司副总师岗位，他召唤任志成就是征求任志成对新工作岗位的意见，吕清明手里有两个可供选择的副处级岗位推荐名额。任志成听从了吕清明的建议，去×新区开发部做了一个副主任，这应该是一个美好的开始。

赵玉明在"关工委"办公室里翻阅自己纸箱里一个资料本，一张剪报飘落在地上，他拾起来看了看，标题是《扑朔迷离的房县?》。这张剪报已经泛黄，看着就有些久远，一定是当时看报时有些新奇，随手剪下的，之后有什么事情就忘记了。他看了一下边角标注的日期，是20世纪80年代初的，这时阅读了一下，上面说的房县旧址大概位置是小清河边的小盐滩附近，那一年全国开展了考古工作大普查，市考古队在这个地方发现了大量的夹沙黑陶、粗细绳纹的泥质灰陶，混有上部堆积的瓷碗、布纹瓦及炼铁废渣，这里就是房县，秦汉时三十六郡的辽东郡下置的县，到了晋之后有个历史空窗期，怀疑是海侵让它消失了，海退又将它吐出了，辽之后又有的历史记载就是比较有力的证明。

五十四

赵玉明回家做好饭，金鸿雁也从兴隆家里回来了。陆淼生了一个男孩儿，取了名字叫嘉铭，因为孩子还在哺乳期，现在的幼儿园孩子太小是不收的，这需要金鸿雁和刘玉梅协助照管，当然，这个事情主要还是以金鸿雁为主的。

这时，金鸿雁的手机响起来，屏上显示的是一个陌生的电话号码，金鸿雁看一眼，立刻按了，现在骚扰或诈骗电话挺多的，浪费情感都有些犯不上。一会儿，手机又顽强地响起来了，还是那个号码，金鸿雁犹豫了一下，还是接听了。电话是周勇打来的，周勇说："姑姑，爷爷病了，想见你，明天你有时间吗？"金鸿雁立刻说："有，爷爷什么病啊？"周勇带着哭腔说："爷爷是胰腺癌，他剩下的日子不多了！"金鸿雁心里一阵难过，她知道胰腺癌的致死率是极高的，连忙说："小勇，我知道了，我明天一早就过去！"金鸿雁按了电话，有点发呆。

"鸿雁，怎么啦?"赵玉明说。

"周大叔病了，胰腺癌，想要见我！"金鸿雁难过地说。

"是呀，明天我和你一起去吧?"赵玉明握着金鸿雁的手说。

"好！"

早晨，金鸿雁、赵玉明打出租车去了新建成的市中心医院，周勇已经在住院部大楼门前等待着，见到金鸿雁说："姑，他在上面哪！"

"啊！"金鸿雁明白周勇说的是周志国，就说，"没关系，咱们上去吧！"

金鸿雁、赵玉明进了单间病房，空气中散发着鲜花和水果淡淡的芬芳，周大叔躺在病床上点水，周志国坐在病床前，周志国笑着说："金大夫，你好哇！"

"周代表好！"金鸿雁笑着说。

周志国愣了一下，有些解嘲地说："都这么久的事情了，金大夫还记得呀?"

"不是，我是不知道该怎么称呼你好哇！"金鸿雁笑着说。

周志国这时候有好多个身份，除去董事长还有什么政协委员、商会副会长、企业家联谊会副秘书长等等，都有一些含金量，这时笑着说："金大夫，那些都是虚的，给人看的，我们都不年轻了，你就叫我老周吧！"

"那好哇，老周！"金鸿雁说，周志国笑着点点头，金鸿雁把赵玉明介绍给了周志国，赵玉明和周志国握了握手。

金鸿雁来到周大叔面前，周大叔的精神状态还好，就是稍显消瘦一些，金鸿雁说："周大叔，您好哇！"

"好，你夫婿也来了！"周大叔笑着说。

"大叔，我和鸿雁一起来看看你！"赵玉明上前拉着周大叔的手笑着说。

"谢谢你！"周大叔说着，将身体向上挪了挪。

"大叔，不客气！"赵玉明说。

周勇见状立刻将床头摇起一些，说："爷，怎么样啊?"

"行了！"周大叔说，"闺女，你们坐呀！"

"好，大叔！"金鸿雁、赵玉明坐了下来。

"志国，你和周勇先出去吧！"周志国犹豫了一下，周大叔便摆手说，"你们都去吧，我和金大夫有些话要说！"

周志国和周勇相互看了一眼，便一起出去了。

"闺女，你坐过来些！"周大叔摸索着拉住金鸿雁的手说，"闺女，我的日子不多了，有些话想跟你说说！"

"大叔，不会的，您的好日子还在后面哪！"金鸿雁笑着说。

"闺女，我的身子骨什么样我知道，阎王叫我四更死，我撑不到五更天！大叔有一段过去的事一直埋在心底，现在就想跟你说一说！"

金鸿雁心里一阵儿难过，还是笑着说："大叔，有什么话您就说吧！"

"闺女，这个事已经很久远了，现在说起来我自己都有些不太相信了，我现在的名字叫周洪元，我真实的名字叫古月喜！"

"您是古月喜？"赵玉明惊讶地看着周大叔说。

"怎么，你听说过这个名字呀？"周大叔有些意外地说。

"是呀，大叔！"赵玉明肯定地说。

九一八事变前，古月喜随着县里一个叫陶钧的督察来到了下辽河这块土地上，他是陶钧的随从。古月喜之前是个流浪的孤儿，一直在奉天的街头流浪，那一次因为患病奄奄一息，被训练班的伙夫老田救了，并且收留了他，古月喜就是从那时候起跟着伙夫老田在训练班里做些杂役，算是有了一口饭吃。人和人是有缘分的，那一年，刚好陶钧来训练班学习见到古月喜，陶钧很喜欢古月喜的老实和勤快，陶钧学业完成后就把古月喜带回了下辽河。陶钧回来租了房子，开始筹备和兰静怡的婚事，兰静怡的父亲叫兰良辰，古月喜见过两次。九一八事变，一下子打破了陶钧的梦想，东北军撤往了锦州，陶钧带着古月喜等一些人退到三岔沟一带，他在召集人手，扩大自己的队伍，观望着形势发展和变化，等候上边的指示。一段时间里，这片土地上的绺子纷纷举起抗日的义旗，像"老北风"、项青山、盖中华等人，气势高涨，声势浩大，他们打海城，攻田庄台，袭扰营口，抓捕枪决日本人和大汉奸凌印清，取得不少胜利，老北风等人还带领一部分精锐队伍去外地抗战。陶钧也带领队伍在本地参与了攻打日本关东军和伪政权的一些活动，他一直在三岔沟一带。抗日义勇军的活动惹恼了日本关东军，日本关东军后来纠集了大批的日伪军进行疯狂的"围剿"和残酷的镇压，受挫的抗日义勇军队伍被迫向医巫闾山转移，半路上遭到日伪军的伏击，队伍被打散了，下辽河一带的抗日活动一下子就陷入了低潮。为了彻底"剿灭"这个地区的抗日武装，日本人邀请兰良辰出头，开始招安抗日武装人员和绺子的土匪，说是不计前嫌，既往不咎。陶钧一直隐藏在三岔沟一带，还是被兰良辰派出的探子通过线人找到了，兰良辰对陶钧采取威逼利诱的方式，为了不连累家族的人，陶钧答应了兰良辰的要求。陶钧当时对古月喜说："小喜子，我是迫不得已的，你无亲无故，还是远走他乡另寻出路吧，不要背上汉奸的骂名！"古月喜认定了陶钧，就说："督察，我认准你了，我就一个人，'生死有命，富贵在天'，你去哪里我就跟着你去哪里！"陶钧拍了拍他的肩膀说："那好吧，小喜子，到时候你可机灵点啊！"

那是一个秋天的早晨，陶钧带着队伍早早地从三岔沟出发了，所有被招抚的队伍都到了县城的西校场集合。缴枪和归降的队伍到达后，兰良辰骑在战马上，指示着几个骨干属下指挥前来缴枪的人登记、点名、排队、架枪、重新编队。古月喜总感觉这次行动有什么地方不对头，心里有种怪怪的感觉，可一时又有些说不清楚。一会儿，天上传来轰鸣声，出现了一架盘旋的日本关东军飞机，让人有些惊恐，兰良辰立刻安抚说是日本关东军的大官在视察！古月喜一直四下里察看着，陶钧突然说肚子不舒服出去方便了，古月喜就不时地回头张望，陶钧一直没有回来。古月喜心里开始有些焦躁，他从队伍前面悄然地退到队伍后面，然后，矮下身子，向陶钧去的潮沟方向溜去，就在这个时候，几辆铁甲车轰隆隆地开出来，一队日本关东军扇子面似的包围过来，兰良辰指挥队伍整理好了队列，正准备接受日本人的检阅，突然枪炮声大作，兰良辰一头从战马上栽了下来。古月喜见势不妙，拼着命地奔向了潮沟，子弹在头顶上嗖嗖嗖地飞过，有人惊呼和惨叫着，人们四下奔逃。古月喜奔到潮沟前，一个就地十八滚，一骨碌滚进了潮沟，他站起来看了看，不见陶钧的影子，便借着芦苇的掩护，顺着潮沟，向下游方向飞奔而去，耳畔是呼呼的风声，身边是密实的芦苇，枪声渐渐稀疏了。古月喜脚下被什么东西绊了一下，一下子跌倒了，他趴在地上急促喘息着，一时间没能爬起来，眼前是密密的芦苇和飞扬的芦花，世界一下子安静了。古月喜喘息还没均匀，就急忙爬起来，攀到潮沟的边沿，探头望过去，满目都是荒野，远处的西校场上空的那架日本关东军飞机在天空盘旋最后一圈飞走了，一切都归于静穆。古月喜刚刚舒了一口气，耳边似乎有窸窣声传来，他立刻警觉起来，矮下身子顺着芦苇的缝隙探寻着声音的由来。一个中等身材，农民打扮的年轻人从他来的方向奔过来，脚步有些跌跌撞撞，喘息急促，看到古月喜时不由得一愣，或许是被什么东西绊倒了，身体直挺挺地栽倒了。古月喜看了一会儿，那个人躺在那里一动不动，周围没有什么动静，他才慢慢地走过去，看了看，不由得一愣，这个人的面庞和自己怎么有些相像！他轻轻拍拍那个人的面颊，那个人稍有反应，古月喜试了一下鼻息，气息还有，古月喜急忙用水壶去潮沟里舀了些凉水，洒在那个人的脸上。那人激灵一下，深深地舒出了一口气，缓缓地睁开眼睛，看到古月喜有些发愣地说："我这是在梦里吗？"古月喜说："不是，你怎么啦？"那个人摇摇头，指指后背说："我挨枪子了！"古月喜将他正过了身子，那人的后背有一个枪眼，血洇在衣服上，湿了一片，还有鲜血从里边慢慢洇出来。古月喜马上撕下一块布，叠好垫在枪伤处，帮着系紧了衣服，说："你能起来吗？我们一起走吧！"那人看到了希望，点点头，说："好吧！"便挣扎着爬起来。古月喜搀扶着那个人，一起向下游走去。他们走了好久，才在一个干涸的地方跨过退了潮的潮沟，穿过一大片芦苇地，来到荒野上的一个三岔路口处。那人有些艰难地喘息着，说："我累了！"古月喜放下了那个人，他们坐在路边歇息着，每人喝了一些水。古月喜看着这处三岔路口，路上连个鬼影都没有，天色渐渐沉下来，夜的帷幕开始拉起。那个人掏出一块玉米饼子递给古月喜，古月喜接过来咬了一口用力咀嚼着，再看看那个人，那个人闭着眼睛。古月喜说："你怎么不吃呀？"那个人摇摇头。古月喜掰了一半的饼子给那个人，那个人还是摇头，微弱的气息说："我怕是不行了，老哥，你帮我回家吧！"古月喜本想从这个路口直接奔向三岔沟的，他知道陶钧一定活着，应该回了三岔沟，他得找到陶钧，不然连个落脚的地方都没有。按照绺子的规矩，这种情况下的陌生人是不能相互打听对方底细的，那个人既然说了，古月喜就说："你家住哪儿啊？"那人说："三家子！"古月喜说："三家子在哪儿啊？"那个人指指说："这条路一直走下去，有个十多里地吧！"古月喜说："还有人等我！"那个人说："我老婆也在等我，她大着肚子就要生了，一身两命啊！"古月喜说："你是哪个绺子的？"那个人苦笑着说："我就是个庄户人，我叫周洪元，我老婆要生了，我们需要钱，有人雇我顶名替他去缴枪，我就去了，谁想会是这个结果呀！"古月喜想想说："那好吧，我先送你回家！"周洪元说："老哥，谢谢你了！"古月喜起身扶起周洪元说："咱们走吧！"便向三家子方向走去。越走，古月喜越感觉周洪元的身体重，古月喜看到前面有隐隐几处土坯房，就说："前面就是三家子吧？"周洪元勉强抬起头说："是！"话音未落就一下摔倒在地上了。古月喜用力摇晃着周洪元，说："你再坚持一下，你这就到家了！"周洪元摸索着抓住古月喜的手说："我真的不行了，你要帮着我照顾好我老婆呀！"古月喜急忙说："不行，不行，有人还等我呢！"了无声息的周洪元这时死死钳住古月喜的手，力道越来越大。古月喜说："周洪元，你松开手哇，我真的还有要紧的事情！"那只手就握得更加紧了，疼得古月喜都有些冒冷汗了。古月喜只好说："好吧，我答应你！"那只手才慢慢地松开了！古月喜再呼唤周洪元时，周洪元一点气息都没有了！

三家子名副其实，并排立着三家土坯草顶房，这会儿只有一户人家的窗户纸有微弱的光亮。古月喜背着周洪元来到这座两间矮土坯房的门前大声招呼着："有人吗？有人吗？"两个女人和大着肚子的周洪元媳妇一齐出来了，周洪元媳妇看见周洪元的尸体，哭着说："我说这个钱不好赚你们偏偏不信，这下把命都搭上了吧！"那两个女人急切地询问古月喜发生了什么事情，古月喜就把缴枪发生的事情说了。两个女人立刻哭叫了起来，他们男人也是替人缴枪去的，看来肯定是回不来了，弄不好还得连累到家人，两个女人抹了一把眼泪，立刻回家收拾一下，带着孩子出来，说是投亲靠友去了！周洪元媳妇还在哭哭啼啼，古月喜说："大妹子，你先别哭了，你现在怎么办哪？"周洪元媳妇说："我家这边没有亲戚，我没有什么地方可去的，只好明天早晨再做打算了。人死为大，入土为安，他这样死了也不敢声张，就麻烦你帮着把周洪元给埋了吧！"古月喜应了一声，拿起家什到房子北不远处的荒野里挖了一个坑，给周洪元卷了张席子，草草安葬了。

古月喜吃了些东西，稍做歇息，本想马上起身奔三岔沟的，谁想这个时候周洪元媳妇肚子一阵一阵疼了起来，开始大呼小叫的，古月喜有些不知所措又不能走掉，只能按照周洪元媳妇的指引跑了一趟小堡子，找来一个接生婆。周洪元媳妇生产不太顺利，接生婆折腾了好半天，好容易才接生了一个女婴。周洪元媳妇失血过多有些昏迷，身体非常虚弱，女婴不停哭叫着，接生婆接生完就走了，古月喜一时走不了，只能留下照顾周洪元媳妇。之后，他就叫了周洪元，开始新的生活。周洪元媳妇的身体刚刚有些起色，那个女婴却因天花夭折了，这给周洪元媳妇致命一击，周洪元媳妇又病倒了，休养好几年才逐渐恢复。周志国是他们后来才有的。

　　金鸿雁一时愣在那里，看了看赵玉明，赵玉明说："大叔，您后来一直没有去三岔沟哇？"

　　"没有，我是想去又不敢去呀！"周大叔说。

　　"大叔，您说的陶钧我见过，他就是三岔沟撑船的胡老伯，他已经故去好些年了，他曾说起过你——古月喜，也说到了兰静怡和兰良辰！"

　　"我就知道他一定还活着，就是不知道他在不在三岔沟了，更不敢去找他，这下也算是了却我的一桩心事了！"周大叔叹息说着，呆呆地望向窗外。

　　"大叔！"金鸿雁说。

　　"闺女！"周大叔立刻回过神来，说，"大叔叫你来还有一件重要的事交代给你，我们这个家现在看着还不错，周志国这些年弄得也行了，周闯、周霓都有了自己的事业，我唯一放不下的就是小勇啊！"

　　"大叔，小勇已经工作了，还是个警察，这不是挺好吗？"金鸿雁说。

　　"闺女，你是不知道哇，四新的死在小勇心里系了一个很大的结，这孩子一直都是有些猜忌的，虽然法医是有结论，我也一直在劝解他，可效果都不太好，除了我和他奶奶外，这孩子只会信你，以后你得想办法帮帮他，遇事了多多开导他呀！"

　　"大叔，您放心吧，我一定会尽力的！"金鸿雁点头说。

　　"闺女，这个事大叔就拜托你了，你叫小勇进来吧！"

　　金鸿雁开门叫周勇进来，周大叔拉住周勇的手说："小勇啊，爷爷跟不了你一辈子，你以后有什么想不开的事就去找姑姑说，姑姑会帮你的，啊！"周勇看了看金鸿雁，金鸿雁微笑着点点头，周勇对着爷爷点点头，眼泪不由自主地流下来，头扭到了一边，又抹去了。

　　金鸿雁、赵玉明回到家里，赵玉明说："真的没有想到哇，一直以来的周大叔竟会是古月喜，这下辽河还隐藏着多少秘密呀？"

　　"可不是嘛，这可真的让人没有想到哇，不过这也正常，之前社会动荡复杂才会这样！"金鸿雁也有些感慨。

　　"你说得也是，周大婶现在怎么样啊？"

　　"周大婶时而混沌，时而清醒，衣服常常反着穿，人都有些认不太清楚了！"

　　"要说人这一辈子呀，真不知道会怎么样啊！"赵玉明有些叹息地说。

　　"谁说不是！"

五十五

　　早晨，天空有些阴沉。天气预报说，今天有暴风雪！刘成乐看了看有些阴沉的天空，不太像。刘成乐就是怀着这样的心情登上交通班车的。刘成乐一上交通班车，里边座位上就有人站起来，扬着手喊道："师傅！"

　　刘成乐看清楚是徒弟魏嘉，"哎！"地回应了一声，举手示意一下，便走过去坐下来。

　　"师傅，你们这次参加油田公司技能大赛的成绩又不错呀！"魏嘉笑着说。

　　"还可以吧，那我让你去你怎么就是不去？"

　　"师傅，我怎么能跟你比，我的成绩上不去，拖了咱厂团体的后腿，这个责任我可担待不起呀！"

　　"怎么会，以你现在的能力不试你怎么知道，对自己要有信心，下次你一定要去呀！"

　　"好的，师傅，下一次我一定努力争取！"魏嘉笑着说。

　　刘成乐刚刚参加了油田公司举办的职工技能大赛，西苇厂代表队夺得了采油团体的金牌，刘成乐个人排名第七，又一次荣获了个人的金奖。这一次去油田公司参赛前，西苇厂先进行了职工技能选拔赛，刘成乐个人排名第二，徒弟魏嘉排名第四，刘成乐的本意是自己退出，让魏嘉进入厂代表队的三人组去参加油田公司大赛，主要是锻炼和培养魏嘉。魏嘉工作积极努力，去年已经聘上了厂级高级技师，如果有油田公司大赛金牌的成绩，就有机会聘上油田公司的高级技师，这不光是技术职称的问题，经济上也是有着一定待遇的。刘成乐私下里就和魏嘉说了这个事，魏嘉摇头坚决不同意，魏嘉说："师傅，我不能让咱厂的集体荣誉砸在我的手里呀！"

　　班车停在采油站门口的路边上，刘成乐下了车。大苇塘里一片苍黄，旷野里一览无余，采油站、采油机、动力线网散落在茫茫旷野里，收割后的大苇塘显得光秃秃的，一撮撮稀疏、孤寂、苍黄的芦苇在风中摇曳，身后两个女工轻声细语地说着家长里短，不时发出会心的笑声。走进采油站的大门，刘成乐径直走向自己的工作室，魏嘉说："师傅！"

　　刘成乐回头看看魏嘉，说："我这没什么事，工作你就正常安排吧！"

　　"好的，师傅！"魏嘉说着进了值班室。

　　在井站，刘成乐是名誉站长，魏嘉是执行站长，这是由刘成乐油田公司高级技师的特殊身份决定的。刘成乐走进高级技师工作室，准备打扫一下室内卫生。室内卫生有人打扫过，经过了一夜，微尘还是罩满了桌面，这是大苇塘荒原特质决定的。

尘埃无孔不入，刘成乐脱了棉工服挂好，拿起抹布，将办公桌椅抹了一遍，然后坐下，从写字台抽屉里拿出一本打印的资料，翻到折页处，认真审读着。这是油田公司组织编撰的采油工实用技能教程，是人事处牵头组织编撰的，厂教培中心接到部分编撰任务后给刘成乐分了三章的命题任务，他已经完成了，打出了纸质稿再审核一遍就可以交稿了。手机响了，是江艳菊，刘成乐说："老婆！"江艳菊说："老公，你伤风现在怎么样啦？"刘成乐说："既不烧也不热，没什么问题了！"江艳菊说："你别忘记吃药哇！"刘成乐说："老婆，你就放心吧，肯定不会的！"江艳菊说："你还是注意点！"刘成乐说："一定！一定！"江艳菊是位贤妻良母，从贤妻来说，和江艳菊相爱是刘成乐的幸运，江艳菊最初就给他指明了人生的方向，而且一路陪伴着他，江艳菊是他最初技能提升的指导者和主考官，他才能走到现在，想想都是幸运的。想想同在技校学习时的闫小虎，毕业之后在东线那一片混得很有名号，东线社会上没有他看得起的人，在后来一次的"严打"中，被判了死刑。有一些人就说闫小虎罪不至死，可也有人说闫小虎当时真的太狂妄了。江艳菊是良母，为了照顾好上学的女儿，她一直在站和家之间辛劳奔波，直到前不久调入职工培训中心任培训教师才有所改观。江艳菊这时说："晚饭你想吃什么呀？"刘成乐笑着说："老婆，你就看着弄吧！"江艳菊笑着说："看着弄可真就没法弄啊！"江艳菊还要说点什么，刘成乐马上说："老婆，不好意思，我这里有电话进来了，咱们先这样啊！"江艳菊说："那好吧！"刘成乐按了电话，翻看来电显示，未接电话是母亲家的座机，这多半是母亲贺桂文打来的。刘成乐立刻拨了过去，贺桂文马上笑着说："儿子，你在哪儿啊？"刘成乐说："妈，我在站上，上班哪！"贺桂文有些埋怨的口吻说："成乐，我之前不是跟你说过让你来家一趟吗，你怎么又没有过来？"刘成乐立刻说："妈，不好意思，我一时事多忘记了！"贺桂文说："你看你这脑袋，那好，要不晚上下班后你过来一下吧！"刘成乐说："好的，妈，要是没什么事的话我一定过去呀！"贺桂文说："成乐，你可想着点，别老让我给你打电话呀！"刘成乐笑着说："好的，妈，没事你就挂了吧！"贺桂文说："好，知道你忙！"

电话放下，刘成乐长长舒出一口气。贺桂文拿起电话就不爱放下，来电话就要他去家里，这可能是退休老人的共同状态。刘辉和贺桂文都挺好的，也没有什么特别的事，他回去也没有太大的必要。实际上，刘成乐不太想回那个家，这里主要原因有两个：一是贺桂文总是给他拿东西，从米面油到鸡鸭鱼肉，他只要进门绝不会让他空手出来的，不时还会给张"兴隆卡"，说是对儿子对她那次集资亏空帮助的一点补偿，你要是不拿都不行，说是给江艳菊的；二是刘辉有些炫耀般的念叨，说刘成功上位副厂，熟悉的一些人自然都高看他们一眼，也有巴结他们的意味，这是社会上很自然的事情，溜须就是比骂人强嘛！刘成乐听起来就有些轻蔑的意味，刘辉实际上倒未必真有这一层意思，可人的感受是不同的，从小到大刘辉总是这个样子，刘成乐深有体会，他现在更看重的凭劳动吃饭，这碗饭吃得踏实！

魏嘉这时推门进来，摘下棉工服的头帽，拍了几下棉工服，说："师傅，这雪说下还真就下起来了！"

刘成乐这才注意到窗外，北风有些渐起，雪花斜飘在旷野的地上，洒银铺玉般的，天空有些混混沌沌，就说："看来这天气预报还是有点准哪！"

"是呀！"魏嘉看看桌上的资料，说，"师傅，你的教材弄得差不多了吧？"

"这就完成了！"

"师傅，你可真行啊！"

"让你做你也行，都是一些书本里的知识，我就是萃取和整合了一下！"

"那我也不行，这还需要丰富的工作经验！"

"要相信自己！"

"是，师傅！"魏嘉顿了一下说，"我听说刘厂要调走啦？"

"应该是吧？"

"刘厂去哪儿啦？"

"说是去油田公司机关吧！"

"又提拔啦？"

"哪这么快的，平调，还是副职！"

"那有啥意思呀，人都说'宁当鸡头，不当牛尾'，在厂里不是挺好的嘛！"

"组织上的安排，谁能不服从啊！"

"师傅，你说得也是，刘厂还年轻，来日方长！"

刘成乐笑了笑，没说话。魏嘉接着说："师傅，听说又要调你去队上啊？"

"有这个事，我是不想去呀！"

"师傅，以你的能力和水平，当个矿领导都绰绰有余，先走一步也行啊！"

"你小子可真敢高抬我，我对当干部一点想法都没有，还是好好干点活心里边踏实！"

"师傅，你看你，现在有些人挖空心思地都想当个官哪！"

"魏嘉，当官是需要德行的，我是真没有那个德行啊！"

"师傅，让你说的吧，你是不想干哪！"

"魏嘉，我说的是实话呀，没德行的人是当不好官的，你没看人们怎么说他们的嘛！"刘成乐说这话是有些道理的，现在不管是队上或矿上的有些干部总是围绕着原油、材料、奖金做点小文章，去弄些芝麻大点的好处，难免会闹出些是是非非来的，只不过是"民没举官不究"罢了！

"师傅，这雪还真的有点加劲了，我得出去看看！"魏嘉看着窗外说。

"魏嘉，有什么事想着喊我呀！"

"好的，师傅！"

窗外的风有些强劲，雪飘得棉絮一样稠密了，开始有些暴风雪的意思。弟弟刘成功调油田公司机关的事刘成乐之前就知道了，说是组织调动，一定程度上也有刘成功自己运作的成分。在西苇厂领导这个群体里，刘成功是个新人，排名在最后，论资排辈往前走，还要一段好时光，刘成功怕这样下去会把自己大把的头发全都熬白了；还有，他想读在职博士，这是个非常时兴的金牌牌；到大机关里做副职也许更加便利些，以后工作岗位回旋的余地也许会更宽广一些，这里边应该还有李慧琳父亲李敢的想法，这是只有在家里才能说出口的话；还有就是李慧琳在"广厦新天地"买了楼中楼，刚刚装修好放着味，他们也该结束聚少离多的生活了！刘成乐从心里头对刘成功的有些事是看不惯的，更主要的还是有些担心，只是不好说得太明了。就像在西矿时弄拖拉机那个事，按照老百姓的说法，现在很多当官的都太急功近利了，这样是要出大问题的，他不想弟弟出问题，可他就是个小工人，对当前社会的事能明白几个问题呀？人微言轻！他和母亲贺桂文就这个事曾说过一嘴，贺桂文或是没有听懂，或是听懂了，不过也认同社会上的一些现实，就没有引起足够的重视，也就没有说出个所以然来。他们都是工人，没有什么长远的战略眼光。不过，有些事他们还是看得清楚的。去年秋天，爷爷故去了，他们回老家小山村去奔丧，那个小山村的沙石路上停了几十辆小车，小山村的人都有些咋舌这阵势，那些小车大多都是冲着刘成功去的。李慧琳手里拎的一个大皮兜，信封塞得鼓鼓囊囊的，这样的事情正常吗？他和江艳菊都有些说不清楚。

刘成乐继续翻阅着那本资料，认真校对剩余的内容，这里是他的世界，他体味着其中的乐趣。

刘成乐扔下了笔，仰头向后，举手向上抻了一下身体，转动几下颈椎，看向窗外，这才注意风旋的积雪已经攀满一格窗玻璃了，这一次风雪还真够大的，算是好些年都少有的。刘成乐将资料放进抽屉，起身穿上棉工装，推开门，狂风挟着雪粒直扑他的脸上，有些雪粒窜进了脖颈，他不由得打了一个寒战。堵在门口的积雪没膝深，刘成乐一脚踏进去，快步地拔起，紧跑几步进了值班室。进了门，他跺跺脚，地上留下一些雪迹，马上化成一些水渍。值班女工王丹丹在察看油井的变化，李佩红在记录各个泵的运行情况。看到一切正常，刘成乐转回来，问王丹丹："魏嘉呢？"

"站长，魏站长去给配电设备保温、燃气管线加药去了！"王丹丹笑着说。

刘成乐点点头，这时，站上座机响了，刘成乐拿起听筒说："我是刘成乐！"里边传来队长孙彦急促的话语："你们站的情况怎么样？"刘成乐说："目前一切正常！"孙彦说："最新灾情通报说，这一次是五十年一遇的暴风雪，机场已经停飞，高速开始封闭，你们要有充分的思想准备，一定要保证站上生产和人身安全哪！"刘成乐说："明白了！"

五十年一遇，自己人生中应该是头一次遇到！放下电话，刘成乐跑到了采油站大门口，没有遮挡的外面风更大，看样子都能推着人走了，门前那条进井小柏油路上落满了积雪，波浪起伏着，不远处就有两道齐腰高的雪梁子，这是一般车辆根本无法通行的。

　　"师傅！"魏嘉在值班房门口喊。刘成乐俯着身子跑了回来，说："魏嘉，怎么样啊？"

　　"师傅，配电设备和气管线都处置完了！"魏嘉说。

　　"好，队长来电话了，这次暴风雪是五十年一遇的，要密切观察油井上的一切变化呀！"

　　"师傅，你就放心吧！"

　　回到值班室里，大队调度室来了电话，王丹丹在汇报站上油井情况，刘成乐说："魏嘉，这样特殊的天气，一会儿咱们得提前巡井啊！"

　　"好，师傅，我们这就去！"魏嘉看看墙上的石英钟说，便喊了巡井工赵小林。赵小林懒沓沓地答应着，表现得有些勉强。

　　刘成乐明白个中原因。赵小林和自己是一年参加工作的，却还是一般采油工，一样时间上班，比魏嘉的收入还有一些差距。可这又能怪谁，谁让岗位技术职称这一块他不努力，人的机会是均等的，单位又不是没有给他机会？刘成乐说："魏嘉，你们俩巡东边的井，我巡西边的井，咱们在南边的西苇9-3-7井碰头，不见不散哪！"

　　"不用了，师傅，你在站上坐镇就行了！"魏嘉说。

　　"不行，这样的天气，巡井的难度大，时间会长，你就按我说的办吧！"刘成乐说得很坚决，他挎上工具袋，拎起管钳子。

　　"师傅，这样的恶劣天气，你一个人怎么行？"魏嘉说。

　　"没有事，我有数，你就放心吧！"刘成乐说。

　　"站长，要不我和你一起去吧！"王丹丹拿起棉工作服穿上说。

　　"你打住哇，不用了！"刘成乐对王丹丹说，言外之意，弄不好我还得照顾你。

　　"站长，你一个人巡井是违反安全操作规定的，况且又是这样恶劣的天气呀！"王丹丹笑着说。

　　"就是嘛，师傅，你还是留在站上吧，我们很快的！"魏嘉说。

　　"那好吧，王丹丹，咱们走！"刘成乐妥协地说。

　　"好嘞！"王丹丹说着穿上了棉工装，武装好自己。

　　北风狂野地呼啸着，风雪迷蒙着人的眼睛，雪粒打在脸上针刺般地痛，雪无孔不入地钻进脖颈里，凉得人不得不缩紧脖颈。巡井小路被积雪厚厚地覆盖了，刘成乐凭着记忆前行着，雪灌进鞋壳里冰心地凉。积雪时常没到膝盖，迈步都有些吃力，他们猫着腰，迎着大风雪艰难地前行着，只有这种时候你才能真实地体味到什么叫作跋涉。一道齐胸高的雪梁子横在了面前，刘成乐反复试了好几次，匍匐着连扒带爬地冲出一条路，为王丹丹开出了通道。要是平常，刘成乐对站上的每一口井还是很有信心的，可这样的天气可就不太好说了！连续走的三口井真挺给面子的，他们只需要把井场水套炉望火口处的积雪清理掉就行了！刘成乐心里有些窃喜，站上这些油井真的挺争气，这样关键时候不掉链子。

这是他们巡视的第四口井——西苇9-3-5，一进井场刘成乐就发现抽油机的皮带有些打滑，这是必须紧固的。放在日常的维修，这是一个再简单不过的工作了，停机，松开固定螺栓，拉紧电机，紧固螺丝，开井，完活！可这样的暴风雪增加了工作的难度，风狂雪骤，刘成乐是迎着暴风雪作业的，狂躁的暴风雪打得人睁不开眼睛，操作起来非常吃力，扳手手柄的冰冷透过了棉手套，直抵心尖。王丹丹看出了问题，她倒站在上风口处，试图用身体挡住暴风雪的直扑，为刘成乐操作创造一些有利的条件。就是这个样子，平时只需要十分八分钟就能做完的工作，刘成乐这一次鼓捣了足有半个多小时，手冻得像猫咬了一样疼。

刘成乐来到最南端的西苇9-3-7井场，魏嘉他们也刚好到达了，所有的油井都正常，刘成乐很欣慰，他们的油井经受住了五十年一遇暴风雪的第一轮考验。

让人不能欣慰的是交通班车停运了！按照调度室的说法，油区所有的道路都被巨大暴风雪覆盖了，油田没有这样大的道路除雪能力，除雪设备清除积雪的能力非常有限，现在都在清理油区主干道和生活区的积雪。暴风雪还在下着，井站只能克服困难，坚守岗位，进行生产自救了！

傍晚，暴风雪还在肆虐。江艳菊打来电话，询问站上的情况，刘成乐轻描淡写地说了说，江艳菊做了那么多年的采油工，清楚站上的情况，叮嘱他一定注意安全，特别是雪夜里巡井时的安全。刘成乐笑着说："老婆，你就放心吧！"

夜里十点，刘成乐和魏嘉开始巡井，他们让赵小林后备。夜黑雪急，气温下降到历史新低，他们来到西苇10-1-6井场，最初没有了循环泵的声音，呼的一下又响起了，是偷停，应该是循环管线有些冻结了，需要立刻解冻！魏嘉从水套炉里放出热水浇在可能冻堵处，魏嘉一边浇水，刘成乐一边排空，直到听着循环泵发出正常运转的声音。天寒地冻，仅仅这一个地方，他们就处理了一个多小时。解冻工作完成了，他们坐在井场的一处高一些的矮墙下歇息，监听循环泵的工作状态，循环泵运转一切正常！刘成乐腰里的手机振动了，电话是王丹丹打来的，西苇10-2-2温度开始下降，没有了出油，可能是抽油机停转了！刘成乐大声说："明白了！"油井出现这种情况，一般有两种原因：一种是井上的电路出了问题，应该是电路开关，再有一种就是抽油机皮带发生了断裂。结合白天巡井情况综合分析，抽油机皮带断裂的可能性不是很大，可是有备无患，万一真是呢，他们就要再跑一个往返到站上取皮带，最关键的是这样冷的天气停井时间一长，原油凝结了就可能造成彻底停井，那样损失可就大了。事不宜迟，他们立刻先回到站上，叫上了赵小林，抬上抽油机皮带，一起向西苇10-2-2出发。

这样的天气里，一个人挎着巡井工具走起路来都有些吃力，况且还要抬着几十斤的抽油机皮带！他们深一脚浅一脚地在迷蒙的雪夜里艰难地前行着，一道道雪梁子横在他们的面前，深一脚，魏嘉一下匍匐在雪地上，皮带压在他的后背上；他们起来前行，浅一脚，赵小林仰面摔倒了，皮带堆在赵小林的胸前；他们再起来继续前行，刘成乐背着维修的工具，扶着皮带平衡着。他们翻过了一道道雪梁子，终于到达了10-2-2井场。刘成乐握着手电巡回检查，发现是一处闸刀开关出现了一个小故障，刘成乐立刻进行了维修。启动按钮一按，电动机欢快地运转起来，他们就地察看了一阵，油井运行良好。皮带，他们还要抬回站上去。

远路没轻载，何况又是这样的天气，马上就要到达井站了，那是上站的最后一道沟渠，刘成乐抬着皮带上了坡，感觉有些疲惫，他咬紧牙关使了一把劲，隐隐感到了腰椎发出一声清脆的声响，疼痛传过来，刘成乐咬牙坚持上了坡，回到站上。

进了值班室，刘成乐的头上开始沁汗，身子有些不太敢动，他试着感觉腰上的情况，魏嘉看出些端倪，悄声说："师傅，你怎么啦？"

"腰刚刚扭了一下！"刘成乐皱着眉头说。

"怎么样啊？"

"有些不太敢动，一动就疼！"

"师傅，我送你回工作室歇着吧！"

"不用，我自己还行，你让大家盯紧点，轮换着休息，绝对不能出现停井情况啊！"

"师傅，你就放心吧！"

凌晨，刘成乐猛的一下醒来了，天才蒙蒙亮，听声音暴风雪似乎小了一些。刘成乐起身摸了一下腰间，感觉好了许多。他简单洗漱了一下，向值班室走去，赵小林、李佩红坐在椅子上打着瞌睡，魏嘉、王丹丹在查看设备的运行情况，刘成乐说："魏嘉，怎么样？"

"师傅，一切正常！"魏嘉有些疲惫地说。

"那好，你们俩也眯一会儿吧，这里我盯着！"刘成乐说。

"站长，咱们的早饭怎么办哪？"王丹丹这时候说。

"小厨房还有什么呀？"刘成乐说。

"米、面、油有一些，除去一些调料只有一点点咸菜，应该放了好几天了！"王丹丹说。

采油站按上级"五小"统一要求设立了小伙房，正常都是每个班次采买本班人员的菜品，王丹丹是本班次的炊事员，她准备的就是昨天中午一顿饭的菜品，昨天将就着已经吃了两顿。如果是夏季里还好说，站里有一块小菜园，豆角、茄子、辣椒、西红柿等各类蔬菜都有，摘一些就够做顿菜的，可现在是冬季呀。刘成乐说："早餐你就熬点粥对付一顿吧，一会儿我问一下交通值班车的情况！"

"好的，站长！"王丹丹说着，就去了小厨房。

"魏嘉，你去工作室里抓紧眯一会儿吧！"刘成乐说。

"好的，师傅！"魏嘉明白师傅的意思，如果没有交通值班车，他们一会儿还要去巡井，他应了一声，就出去了。

刘成乐这时候给队长孙彦打了电话，询问交通班车的情况，孙彦说："刘成乐，要不我还要下通知，油区道路还堵塞着，今天早晨交通值班车肯定是不会发的，晚上的可能性都不会太大，你要有这个思想准备，要克服困难，继续坚持生产哪！"刘成乐说："知道了！"坚持生产刘成乐不怕，关键是他们一点蔬菜都没有，这可怎么办哪？

王丹丹这时在小厨房里喊："饭好了，大家吃饭了！"

几个人去了小厨房。餐桌上放着半锅白粥，一个盘子里有些芥菜咸菜条，上面似长了些白醭，还有的就是半瓶"海天"酱油。赵小林看看说："这都连轴转了，就给我们吃这个呀？"

"赵师傅，巧妇都难为无米之炊，什么都没有我怎么做呀？"王丹丹马上回应道。

"怎么就不知道备些食物？咱们又不是没有冰箱？"赵小林沉着脸。

"谁不想准备呀？还不是大家思想一直都不统一吗？"魏嘉说话了。

"这是你们领导的事，当领导干什么的呀？"赵小林马上说。

"你？"魏嘉说。

"我怎么啦？我说得不对吗？"赵小林说。

"好了好了，你们都别说了，这个事主要是我考虑不周，暴风雪来得突然，灾害大，时间也长，咱们只能正确面对了！"刘成乐说。

"人是铁，饭是钢，一顿不吃饿得慌，饭都吃不饱怎么干活呀？"赵小林继续发难。

"早餐大家将就一下吧，中午咱们再想想办法！"刘成乐说。

"我是没有问题呀！"赵小林拉长了声调说着，盛了一碗白粥，倒了些"海天"酱油拌了拌，将那碗粥喝下去，将碗放在餐桌上，走了。

刘成乐心里有些不太高兴，可这个时候他不好再说什么。油田公司从关心一线职工的文化生活出发，开展了"五小"建设活动，在采油站设立了小伙房，配备了电冰箱等一些硬件设施，本来这是一件大好事，可是小伙房在运行中还是遇到了一些具体问题。小伙房的花销来自每位员工的误餐费补贴，站上最初运行时做了个预算，选了个采买员，米面油按时购进，或过三或过五地买一次肉、鱼、蛋等菜品，发挥了冰箱的功用，基本上保证了站上员工的需要。他们站上的采买工作一直都是魏嘉经办的，账目也是按时公布的。可是有一天，有的班次人员不满意了，说是冰箱里的菜质量不好，好的有人先吃了，一样的误餐费怎么两样待遇？有人开了头，接下来意见就逐渐多了起来，要么是有的班上的菜量不足，要么是准备的菜品不合口味，总之，就是不能保证大家的需求了！刘成乐作为一站之长遇到问题就要解决，怎么办？发扬民主，群策群力，确定新的运行方式，最后商议决定，划小单位，采买分解，每个班次选定兼职采买炊事员，准备自己班次的菜品。他们这个班次的兼职采买炊事员是王丹丹，王丹丹每一次都会征求大家的意见，刘成乐、魏嘉没有意见，那就征求赵小林和李佩红的意见，赵小林、李佩红开始还有些热情，后来也都懒得开口了，就中午一顿饭的事，可口了就多吃点，一时间相安无事。实际上，刘成乐心里很清楚的，这种办法就是一种临时性的，冰箱里什么都没有，夏季里小菜园有生长的蔬菜还要好一些，冬季里怎么办哪？这种情况只有等到大家再提出意见才能继续讨论。这一场暴风雪成了一个契机，这是以后的事情，中午菜的问题该怎么解决呀？

天空还是灰蒙蒙的，风明显弱了一些，空中仍然飘着飞雪。刘成乐在小伙房里找到了两个旧购物袋揣在棉工服兜里，便去消防箱里拿出了一把十字镐和一把铁锹。魏嘉这时跑过来说："师傅，你干什么呀？"

"我去路边沟里去看看，碰一碰运气！"刘成乐说。

"师傅，我和你一起去吧！"

"不用了，一会儿你们正常巡井吧！"

"师傅，知道了，你的腰行吗？"

"没事，现在好多了！"刘成乐按了一下腰部说。

"师傅，你可当心点啊！"

"放心吧！"刘成乐说着，扛起了锹镐，出了井站。

井站前是井站路，两边都是茫茫的苇塘，井站路连接的是油区支线路——西苇三支，西苇三支路两边有最初修筑路基取土留下的老沟渠，已经有四十多年了。从入秋开始，苇塘里的水开始干涸，这条沟渠的水一直挺旺的，一直到冬季冻结成冰。刘成乐乘车上班的时候，时常能看见有人在沟渠冰面上戳着冰窟窿，有人说那应该是在弄鱼吧！

刘成乐走了两百多步，来到西苇三支线路沟渠的冰面上，看到了有人在沟渠冰面上凿的一个个冰窟窿，冰窟窿里面已经冻结了。刘成乐对人家的捕鱼方式并不太清楚，因为他从来没有研究过这种事情，他所有的只是一种想象，是"逼上梁山"的。他拿起十字镐在一个冰窟窿里开始刨冰，许是捕鱼人有几天没来了，或是昨天的暴风雪天气太过于寒冷，新冰层冻得非常厚实。刘成乐挥动十字镐刨了一阵子，冰窟窿里面很快积满了冰屑，刘成乐拿起铁锹开始清理，冰屑很快清理干净了，他又挥起了十字镐，又是一阵用力地刨，十字镐这时一下子透进了冰层，有些滞滞地拔出来，一股冰水跟着透了上来，很快积满了冰窟窿。刘成乐看了看，拿起铁锹清除了冰块，又挥动十字镐刨了一阵，再用铁锹清除冰块，一个冰窟窿完整地呈现了。刘成乐眼前是泱泱的冰水，根本就没有鱼的影子，刘成乐有些疑惑，人家是怎么弄到鱼的？是不是还有其他工具？带着这样的思想刘成乐又刨开了第二个冰窟窿，眼前还是泱泱的冰水，这是怎么回事？看来肯定还得有其他捕捞的工具！刘成乐刨开了第三个冰窟窿，里面还是泱泱的冰水，他在清理冰块的时候，一锹扬出去，一个稍大的冰块上带着一条鱼，这是一条闪着淡金色鳞光的鲫鱼，足有一拃多长，少说也有半斤的模样。刘成乐有些大喜过望，急忙用方便袋装好了。他精神抖擞地又刨了几个冰窟窿，却没有期待的收获。

刘成乐回到了站里，来到小伙房，王丹丹正在炉灶前忙碌着，刘成乐嗅到了一股干菜的气味，说："王丹丹，你弄的什么呀？"

"焯一些干白菜！"

"你哪弄的干白菜呀？"

"秋天收拾小菜园秋菜时，我把一些散棵的小白菜堆在院边的墙角了，刚才去看看已经干透了。"

"王丹丹，真有你的，我这还有一条鱼，你也做了吧！"

"站长，那我就熬个鱼汤！"王丹丹笑着说。

"好哇！"

中午，吃完午饭了，那条鲫鱼完整地躺在汤碗里。

晚上，吃完了晚饭，那条鲫鱼还是完整地躺在汤碗里。

五十六

刘忠伟刚从油田机关小会议室里出来，他的手机就欢快地振动起来了。一向说话脆生生的黄永德这时候有些黏稠地说："叔，我爸想见你！"按理说黄达想要见刘忠伟自己会打电话过来的，刘忠伟连忙问："永德，你爸呢？"黄永德说："叔，我爸在医院，他现在的情况不太好！"刘忠伟吓了一跳，立刻说："我这就过去呀！"黄永德说："叔，我爸还不知道自己的病情，我们只说他是肺内感染！"刘忠伟说："永德，我知道了！"

以黄达现在的年龄，他还是身体倍棒，吃吗吗香的时候。他刚满六十六，退休后，不管是见面或在电话里多说的是"锄禾日当午"的事，他在供应处老铁道的支线边开了块"小开荒"菜园子，灌溉的是农家肥，蔬菜侍弄得老好了，时常邀刘忠伟过去看看，采摘一次，刘忠伟如果不去，黄达就摘上一篮子给送过去。老话说得好"六十六掉块肉"，为这，今年大年初六，黄大嫂为黄达捏了六十六个饺子，黄达给刘忠伟打电话邀他去把的酒言的欢，这才刚刚过了小半年，怎么就出了状况啦？

刘忠伟握着一束鲜花，拎着一个果篮上到住院部楼上。走廊里，黄永德正在和几个同龄人说着什么，见到刘忠伟过来，立刻趋步向前，把鲜花、果篮接了，说："叔，你来了！"

"永德，你爸到底什么情况啊？"

"叔，肺癌晚期！"黄永德眼睛有些湿润。

"怎么治疗哇？"

"片子传给了省城医院，专家们会了诊，说是位置不好，不可能动手术了！"

刘忠伟拍了拍黄永德的肩膀，表示安抚。黄永德是黄达的儿子，年轻的井队长。刘忠伟进了病房，黄达躺在床上点水，闺女黄永萍在旁边守护，黄永萍看到刘忠伟叫了一声叔。黄达的脸色有些苍白，看到了刘忠伟，嘴角显出一些笑意，说："兄弟，不好意思，知道你忙还叨扰你！"

"老大哥，看你说的，咱们就不要客气了！"刘忠伟笑着说。

黄达笑了笑，立刻说："永德呀，你们出去吧，我和你叔有话要说！"

"妹，咱们出去吧！"黄永德招呼黄永萍，黄永萍撇了一下嘴，整理了一下被子，才出去的。

"兄弟，这次我怕是熬不过去了！"黄达直言说。

"老大哥，说什么呢，不就是个肺内感染嘛！"刘忠伟立刻说。

"兄弟，病在我身上，我会不知道吗？要不我也不会让永德喊你过来的！"

"老大哥，你不要胡思乱想啊，还是好好养病吧！"

黄达立刻摇着头说："我的病我有数。"

何聪打了出租车，拐弯抹角地来到了"红烂漫"大酒店，酒店隐在市区边缘的一片老旧住宅区对面，一个大院落，一栋普通三层楼的老建筑，外表没有什么特殊之处，相比较还有些质朴，不显张扬。

何聪想请郝国印吃饭，郝国印笑着说："算了！算了！咱哥们用不着这个，您老兄也挺忙的，该干啥就干啥吧！"何聪坚持说："这次绝对不行，要是咱哥们你说算了就算了，我这是受人之托的，不然没法交代呀！"郝国印笑着说："你受托之人不怕我祸害他呀？"何聪说："他巴不得呢！"郝国印说："既然你这样说了，那咱们就去'红烂漫'，叫上所有的战友，咱们也有段时间没聚了，说清楚了，这一次都不带家属哇！"何聪说："好，好，好，就按郝所的意思办！"

郝国印在110室里坐着，一位面容光洁的丽人陪着说话，见何聪进来，丽人上下打量了一下，微笑着点点头，郝国印马上介绍说："我战友何聪，这位是酒店的副总黄俪！"

"黄总好！"何聪的手和黄俪的手握了一下说。

"您好，您坐呀，我就告辞啦！"黄俪说着。

"不是说你马上就要有'步'了吗？"

"像你说得那么容易就好了！"郝国印说着，脸上表现出一些无奈来。

何聪一愣，郝国印有老子之前的基础，个人努力得也不错，听说这次有晋升分局长的希望，便说："出什么意外啦？"

"真是人算不如天算哪，外围所出了个二级英模，你说我能争过人家吗？"郝国印有些恨恨地说。

"这事你之前不知道哇？"

"才听说的，还是平时一挺好的哥们。"郝国印慨叹着。

"都说大意失荆州，就没有什么补救的办法啦？"

"该想的都想过了，嘻，我只能认了！"

"这就缴械投降了，这也不是我们郝所的风格呀！"

"我是真没有什么办法了！"郝国印无奈地说。

"要不要我帮你看一看？"

"你有什么好办法呀？"郝国印眼前一亮说。

"我只能说尽力而为，谁让咱们是哥们，成了你得，不成你也可别埋怨哪！"

"'同过窗的，扛过枪的'就是不一样啊！"郝国印马上和何聪击了一下掌说，"得了，今天我做东吧！"

"老兄，今天说好的，有心情你就等以后吧！"何聪笑着说。

"好，那就依你！"

"老兄，你怎么想来这里啦？"

"我的辖区，一个同行亲戚开的，找到我了，捧个人场呗！"

"我说呢！"

"对了，吴丽梅的'雅园'不是还开着吗？"

"那就是个小买卖，都是些哥们捧个人场，还不错，可和这里没法比呀！"

"徐岚的'岚月'怎么样啊？"

"马马虎虎，还过得去，现在开店，没有特色，没哥们捧场，还能开得下去吗？"

"何聪，你进机关也有些年了，怎么一点想法都没有哇？"郝国印转换了话题。

"老兄，我何德何能啊，在公司机关里能混下去已经很不错了，有多少人想混到退休都不能如愿哪！"

"你要是真这样想的就不是你何聪了！"

"老兄，我还能怎么样啊？"

"老谋深算，养精蓄锐，你是在找合适的机会吧？"

何聪笑了笑，指了指郝国印。郝国印说得没错，这些年里，何聪先是拿到了党校本科文凭，接着又读了党校在职研究生，去年破格晋升了高级政工师。他已经把自己武装了起来，也想找个合适的时机迈出去，年龄一年大一年了，可这话得孙毅非说了才管用啊。这里边还有个阴错阳差，谁都清楚个中的关系，其他人是不好说话的，何聪只有耐心等待。前几天，孙毅非刚好闲暇时去了一次篮球馆，裁判老林看到就给他打了电话，何聪立马赶了过去。活动间歇时，他们聊了几句，孙毅非还真问到了这个问题，意思表露得很清楚，是该给他扶正了，只是机关工委暂时没有这个机会，要么先括号正处再外放？何聪竭力表现无所谓的姿态，孙毅非真正的想法是什么他并不清楚，他也不好说什么，事情就不知道朝哪个方向发展了！何聪有时候想想有些后悔，他完全可以直截了当地表达自己的意愿，干吗那么虚伪？这样错过了多少好机会呀？退一步想想，还是稳妥些的好！新的一年，大调整的机会就要来了，如果这次再不行，他就真得找个机会直接表达自己诉求了！何聪的顶头上司昨天和他透露了一嘴，关于他的民主测评马上就会进行，让他有所准备，这让他有些欣欣鼓舞，该铺垫的他早都铺垫好了，欠的就是这个"东风"，他对自己还是充满信心的！

"你俩来得可真早哇！这里这么好吗，喝个小酒还用整这么大的地方啊？"三个战友鱼贯进来，走在前面的刘喜林进了门就开始饶舌。

"好不好只有你自己知道！"郝国印笑着说。

"哎，老郝，这里都有什么好玩的呀？"付玉良说。

"保龄球、台球、棋牌室、洗浴、按摩、KTV，够你玩的了吧！"郝国印说。

"玉良，一会儿打会儿保龄球哇？"卞庆久立刻说。

"行，我陪着你！"付玉良说。

"东风吹，战鼓擂，哥们喝酒怕过谁，整呗！"刘喜林豪气地说。

"好！"郝国印说着按了一下桌上的按钮，一会儿，两个服务员推着一辆餐车进来，开始布菜、筛酒。

"老郝，你说这酒怎么喝呀？"刘喜林握着酒杯说。

"我说小喜子，你干什么这么猴急呀，今天的老板还没说话！"郝国印说。

"老何，不好意思呀，你来！你来！"刘喜林挥手示意说。

"喜林哪，我一看你这个同学会的秘书长干得就不错，喜欢话语权，来吧，今天咱们是战友聚会，就是两件事，一是开心，二是喝酒，走一个！"何聪笑着说。

"好！"大家立刻拍案响应。

五十七

一段时间里，尹小芸出现头昏、头痛、疲乏无力、厌食、眼睑浮肿等情况，她去了小区的诊所，诊所的医生说她的这些症状应该是早期尿毒症的表现，要她尽早去医院检查清楚。尹小芸听了吓了一大跳，尿毒症是要透析，要换肾的，那是一个无底洞，是要用很多钱往里边填的，这该怎么办哪？

郝学仁是个好男人。郝学仁退休就在少年宫租赁一间大教室继续教授小学生民乐。郝学仁有着一定的知名度，他启蒙的学生不少都有不俗的表现，牛皮不是吹的，大山不是堆的！郝学仁培训班里学习的学生不少，收入当然可以了。再就是在某些重大节日之前，油田都要举行各种形式的庆祝活动，喜庆与音乐相关的活动是必不可少的，一定会有一些单位专门来请郝学仁，每个单位都想在竞赛中取得好成绩，郝学仁只能掂量后才会决定。郝学仁除去在少年宫里授课，每天都会准时回家洗衣、做饭，尹小芸什么都不需要做，郝学仁的脸上是平和的，甚至说脸上有些喜色，家里的经济形势彻底好转了！郝学仁一天的安排是井然有序的，他做好一切后，看着尹小芸吃过药后才去上课，这是日复一日的日子，感觉好长好长啊！

盼盼是市里举行"插秧节"受邀回来的。"插秧节"是在那个叫"疙瘩楼"水库旁的一块场地上举行的。盼盼是本土出去的，有了些名气，和本地文联等相关部门有一些联系，本地的组织者还是挺认同她的，她回来也就当实践采风了。盼盼这次一个人回来，活动有很多内容，盼盼忙得饭都没有在家里吃一顿。举行演出活动的那天早晨，盼盼带回来一辆旅行车，特意来接的尹小芸。活动现场摩肩接踵，人山人海的，尹小芸来到演出现场，那里是新铺就的一片活动场地，地面是黄花松木板材铺成的，亮油让黄花松的纹色更加清晰亮丽。尹小芸的轮椅被推在主场的第一排旁边的一个位置上，这里视线很好。以尹小芸的想法，"插秧节"能有什么节目？可从活动开始起，尹小芸就被惊艳到了，一切都是她熟悉的，可被人为地连缀在一块，犁田、备黑土、做苗床、泡种、播种、育苗、挑秧、插秧，中间还穿插着古老祭祀的祈盼，孩童们的游戏，打口袋、跳格子、老鹰捉小鸡，那些镶着硕大葫芦的唢呐吹出的《蛤蟆调》低沉而悠远，却又十分新奇。插秧是机械化的，机械手神奇地留下四行秧苗，亮汪汪的水田在绿色的点染中生动了起来。演出场地旁一条通道路边有一个商贸区，临时设立的固定台案上出售着本地特色的各式小吃，让人有些眼花缭乱。可惜甜口的东西太多，尹小芸什么都吃不了，心情却十分愉悦，她很久没有出来走走了，外面的世界果然很精彩！

尹小芸有些兴奋地回到家里，她一直埋怨盼盼不把大外孙女带回来！盼盼说：

"你外孙女上学怎么回来呀？下次吧！"尹小芸说："我都不知道我有没有下次啦？"盼盼看了尹小芸一眼，说："妈，看你说的！"还是不由自主地抹了一下眼睛。盼盼要走时，尹小芸把一个银行卡交给盼盼，盼盼说："妈，这是什么呀？"尹小芸说："是之前可可买房时用了你的钱，你爸说让还给你！"盼盼笑着说："妈，你们留着用吧，看看什么时候你和我爸也把房子换一下吧！"尹小芸说："换什么呀？我和你爸住在这里挺好的！"盼盼说："还是换个大一点的，到时候我们回来住着也方便些！"尹小芸说："丫头，你说得也是呀！"

郝可可每个星期都会回来一次，孙子郝光景很是让尹小芸喜欢，不但长相帅气，学习成绩也不错。马上就要上初中了，新购学区房是目前的重中之重，郝学仁表示大力支持，不但给了一定的现金充作首付，还有承诺，今后还会给予还贷的支持！尹小芸心疼郝学仁，可又不好说什么，媳妇王丽自然高兴，爷爷是给孙子在造血，为的是老郝家的传承！尹小芸本想和郝可可说点什么的，郝学仁不让她说。郝可可目前也有些难事，一个困扰接着一个困扰，学区房的问题刚刚有了着落，又面临着升迁的困扰，上次科级干部"组织批准干"上出了问题，苦闷得不行。郝学仁安抚说："我给你问问吧！"郝学仁的问问也不了了之，他们这一拨的，关系好的最有实力的陆鸣刚刚离岗回家了，他教授的学生都是低端的小儿科，学钢琴的才是"一对一"的高大上，学民乐会有大用吗？郝学仁就没有再和郝可可说这个事，郝可可也没再说，也算是父子心有灵犀吧！倒是陆鸣提示了何聪上升势头挺强劲，有机会让可可去找找何聪。郝学仁说可可和陆岩不一样，不是从小一块玩大的。陆鸣说不行就找何劲松给打个透眼，事情或许就顺理成章了！郝学仁觉得有机会的时候也行，见到了找何劲松说话不迟。

郝三儿这个春节回来了，最初说好了过完元宵节才返京的，可刚刚初六那天，突然接到一个电话就匆匆地走了，说是回去为应聘一个电视剧的什么角色做准备。郝三儿长着父亲的身高和母亲的脸庞，完全称得上美男，三十出头的人就像二十五六一般，却还孤家寡人。郝可可问他怎么回事，郝三儿笑着说："我现在还在通州合租房，将将能养活了自己，怎么好意思拖累别人？北京房子的价格眼见得往上涨，作为一个普通的群演，连个杆棍儿的地方都没有，用什么东西成家呀？还是先立业吧！"尹小芸说："三儿啊，要不你就回来吧，好歹成个家，过个安生的日子，别在外边漂着了，像个浮萍似的，这个样子什么时候是个头哇！"郝三儿说："妈，我已经耗了这么多年了，万一有一个'傻根'的机会，就一炮走红了，一切问题就都不是问题了！"尹小芸说："三儿，我能看到这个时候吗？"郝三儿信心满满地说："妈，你放心吧，一定会的！"郝可可立刻泼了一盆凉水过去，说："做你个春秋大梦去吧！"郝三儿说："哥，有梦想才能有未来，我好歹已经出演一些配角啦！"郝可可说："有几个镜头几句台词的呀？"郝三儿说："你去电影里找找，那个人物还是很知名的!"郝可可还真在影片里找到了三儿,三儿扮演的人物确实大名鼎鼎,就是出场的次数不多,台词也很有限,只能算是个小配角吧!作为业外人士的郝可可就不知道这样的配角,离已经成名的"傻根",到底还有多远的路要走哇?

尹小芸最近一段时间老是梦见她的婆婆。尹小芸现在一想,婆婆这一走已经十几年了,婆婆故去时,她给婆婆擦净了身子,买了中意的寿衣,一切都做得妥妥当当的,这源于她和婆婆日常的交流,事情虽然有些突然,却也没有什么遗漏的。

一天中午,郝学仁开门进来了,说了一声:"我回来了!"没有得到应有的回应,便换了鞋,进了大屋,看到轮椅上空着,探头看到尹小芸倒在落地窗的窗帘下了,急忙上前呼唤,得不到回应,立刻拨打了120,又给郝可可打了电话。120很快就到了,医生做了一番检查,有些遗憾地摇头说人故去有一段时间了,看状况应该死于心肌梗死!

郝学仁立刻联系殡葬人员送寿衣过来,殡葬人员联系了殡仪馆,办理殡葬事宜,一会儿就有一辆殡葬车开进来了!

赵玉明在殡仪馆帮忙招呼前来追思的人们,陈宏江来了,行完礼,出来和赵玉明说话,陈宏江说:"赵馆长,这人的生命真的太脆弱了,前些天我来过一次殡仪馆,是来为王俭送行的!"

"王俭故去啦?"赵玉明有些惊讶。

"可不,他一直都在酗酒,是死于脑出血!"

"他不应该呀!"赵玉明摇头为王俭惋惜,一个挺聪明的人怎么就让酒取了性命?

"立伟说王俭对过去一直耿耿于怀呀!"

王桂花抱着小孙女,在粉嫩的小脸上亲了一下,说:"佳琪,什么时间再回来看奶奶呀?"

"奶奶想我了我就回来了!"佳琪说。

"奶奶现在就想佳琪了,佳琪还是别走了!"

佳琪看向刘忠明说:"爸爸、妈妈不走,佳琪就不走!"

少校刘忠明对媳妇高秋月使了个眼色,高秋月立刻说:"妈,还是我来抱吧!"

"好!"王桂花交出了佳琪,不由得抹了一下眼睛。

高秋月立刻拉住王桂花的手,说:"妈,有时间我们就会回来看您和我爸的,现在高速路都贯通了,多方便哪,起个早贪点晚,当天就能到家!"

"月儿,天冷,快上车吧!"王桂花说。

"爸、妈、哥、嫂、姐、昊言、世超,走了呀!"刘忠明落下车窗笑着说。

"路上注意安全,累了就找个地方住下歇着啊!"刘铁柱叮嘱说。

"爸,知道了!"刘忠明笑着说。

"忠明，一路顺风啊！"刘忠伟说。

"哥，放心吧！"刘忠明说。

"小叔、小婶、再见！"刘昊言说。

"小舅、小舅妈、再见！"费世超说。

刘忠明打了个喇叭，丰田吉普开动了，一家人恋恋不舍地送到了楼栋头，看着吉普车在前边的十字路口拐弯了，刘忠伟说："爸！妈！回屋吧！"

一家人回到屋里，一时间没有话。刘忠明是正月初八回来的，在这里过的元宵节，大团圆的一家人其乐融融了一周时间，还是有些没有待够。六年前，刘忠明结婚，旅游回来，在家里只住了两天，就匆匆回了部队，这一晃，佳琪五岁才回来，下一次，还不知道什么时候回来呢？刘忠明是副参谋长，边防工作既忙碌又辛苦，还有就是漫长寒冷的冬季。

"忠明到家得多长时间哪？"刘铁柱这时说。

"快的话也得十三四个小时！"刘忠伟说。

"这样的时间有点长！"刘铁柱说。

"他们今要到锡盟秋月的同学家，那边刚才还打电话问了！"王桂花说。

"到锡盟要多长时间？"刘铁柱说。

"十个小时肯定没问题！"刘忠伟说。

"这样还好些！"刘铁柱说。

"肖雅、秀儿，你们在家，我班上还有事！"刘忠伟说。

"好的，哥，你去吧！"刘秀儿说。

"爸！妈！我去班上了！"刘忠伟说。

"中午回来吃饭哪？"王桂花说。

"妈，说不好，没什么事我就回来！"刘忠伟说。

"不回来打个电话呀！"王桂花说。

"好的，妈！"

刘忠伟走进机关办公大楼，一些办公人员在向外流动，这是一种强烈的信号，波及的面也越来越广，油田又有变动了！这是继七年前上市和非上市的又一次重组，目的还是适应石油企业国际化的要求，说是要成立新型国际化石油钻探公司。刘忠伟刚刚在办公室坐下来，副处长邱会钣就敲门进来，一屁股坐在沙发上，一张面包脸笑吟吟地看着刘忠伟说："头，你在呀，看来这事是真的了！"

"应该是吧！"刘忠伟淡淡地说。

"头，你怎么想的？"

"一切行动听指挥！"

"你就没有个人的想法呀?"

刘忠伟笑了,这个副局长的小舅子一直快言快语,便说:"也没人征求我的意见哪!"

"咱们处会归钻探公司吗?"

"不清楚,从专业对口的角度看有这种可能!"

"钻探公司我是不去了,头,走了呀!"

刘忠伟点头笑了笑,看着邱会钣的背影,离开姐夫的庇护,这主儿很可能什么都不是。

深化改革,兼并重组的事私下里传了有些天了,各种版本的。实际情况就是把石油系统所有的钻探业务整合在一起,对下辽河来说,油公司还是油公司,说是这次还要兼管非上市业务。刘忠伟之前对归属问题没有太多的想法,几年的工作,他已经升任副总师;新的整合,到底怎么安排还是个未知数,他有的就是年龄的优势。从孝道上来讲,他想留在西线,看着刚刚送走刘忠明的情景,父母眼里流露着依恋,他们的身边是应该有人的。父母正在老去,要的是天伦之乐,这里有刘秀儿,可刘秀儿的身体不是太好,病痛的时候自理都有一定的困难。费世超偏科读的是文科三本,想回油田就业都有一定的难度,如果大学期间去服兵役,还有获得油田"安置卡"的机会,这算是一份较稳定的工作,回来也只能在工程技术处做一名作业工,费世超对此倒无所谓,到哪里不打一份工啊!刘昊言在读航天航空大学,正在备战考研,说是没有什么问题,目标是读博,想让理想遨游于浩瀚的太空,他和肖雅是不是该向北京靠拢? 这次重组是一次非常难得的机会!

肖雅听说有去北京的机会很欣喜,她主张刘忠伟去钻探公司,不关乎北京,关乎儿子,很多人有条件上,没有条件创造条件还要上!肖雅再有两年也要离开科级岗位"具体"了,那时候儿子硕士毕业,也该谈婚论嫁了。钻探公司的总部说是设在北京,员工的住房肯定是要统一帮助解决的,他们何乐而不为? 刘忠伟这会儿想起一件事情,他拿起一份单子向楼上走去,他要找老大签个字,把手里的事了了。

刘忠伟来到主要领导楼层的楼梯口,遇到了要下去的办公室主任王弼,王弼拿着一份材料笑着说:"刘副总,上边的人马上就要到了,老大和副职都去宾馆候着,让我把材料送过去!"

"这么快?"刘忠伟说。

"说是先和主要领导见面谈话,明天上午开大会,刘副总,走了,再见哪!"王弼说。

"再见!"刘忠伟回到了办公室,刚刚坐下,手机就响起来了,是肖刚。肖刚说:"姐夫,我的事你帮我说了吗?"刘忠伟说:"你说的什么事啊?"肖刚说:"就是小铸钢件厂赔偿增项的事啊!"刘忠伟说:"没有!"肖刚立刻有些急切地说:"姐夫,你抓紧给我说说呀，你一句话就好使呀！"刘忠伟说："肖刚，你说这件事可行吗？难道非要我说话吗？"肖刚说："人家说了就认你，你只要说句话就行！"刘忠伟说："好了，好了，我知道了，我看看吧！"肖刚还是说："姐夫，你可抓点紧哪，过了这个村我可就没有这个店了！"刘忠伟没有说话，立刻按了手机。

　　肖刚说的事是小铸钢件厂动迁的事。肖刚升职失意，有些赌气地承包了单位的小铸钢件厂，最初挣到一些钱。钱真是个好东西，肖刚也是个比较"讲究"的人，就和一些客户吃吃喝喝，莺歌燕舞的有些飞扬，自然和媳妇闹得不可开交。肖雅怎么劝说都没有用，直到劳燕分飞。亚洲金融危机，油田停井限产，钻井市场萎缩，小铸钢件厂的业务猛然锐减，一下子处于半停产状态，有些苦苦挣扎的意味。经过两年的休养生息，国家的经济形势逐步好转，石油生产开始恢复，可油田开始规范劳务市场，所有劳务业务公开竞标，实行市场准入制度，肖刚资质有欠缺，无力竞争市场准入，只得挂靠一个有资质的附属企业，接些急需的活计苟活。肖刚守着小铸钢件厂过着有些寡淡的日子，先上高中后大学的儿子时常讨要生活费，肖刚每每手中拮据的时候，就会电话肖雅，肖雅责无旁贷地救弟弟于水火。肖刚的企业刚刚有些了光亮，却又因为小铸钢件厂是耗电大户被拉闸断电，心中有些叫苦不迭，本来想着上个新项目，一直没有搞成，陷在愁苦之中。去年年初，市里颁布了统一城市规划的方案，中心城区的很多区域开始建设商业住宅小区，对油田在中心城区使用的工业用地实行置换，小铸钢件厂就在这样的地段里，眼见得迎来了勃勃商机。按照市里动迁的有关规定，肖刚能得到相应补偿，而且是很可观的。这主要是肖刚之前听从了刘忠伟的建议，很有前瞻性地把小铸钢件厂的土地使用权和房屋的产权纳入了自己的名下。房地产开发是以油兴城，城市建设是一项方兴未艾的伟大事业，动迁是房地产开发前期重要的工作，肖刚有事没事就和有些相关人等讨论这个问题，很怕亏到了自己，这涉及自己的切身利益，竖起耳朵打听的就更加翔实，也收获了诸多重要的信息，以利于动迁谈判，譬如说：某某活鱼馆动迁赔偿了上千万，还在某处给了二十亩土地；某某人在外环路边立了几栋破板房，围了几个破院子，就得到几套楼房的补偿。反正拿的都是国家和政府的钱，怎么操作下来的只有天知道，动迁弄得人眼睛发红，都恨自己当初怎么会近视无脑呢？肖刚则喜气洋洋，他这个厂子补偿是有标准的，算下来是很可观的，要商品楼或门市或补偿金均可。相邻的是老单位的土地和资产，单位是置换迁移的，肖刚想在小铸钢件厂的基础上，将相邻的土地和资产划进自己范围里一些，那样收益会更多。肖刚就开始琢磨和研究这个事情，得到的结果就是刘忠伟如果能跟单位相关领导打个招呼，重新补签个合同文本，就能瞒天过海，肖刚个人动迁就会多一些利益转移。这是心照不宣的一件事，肖刚就是想要刘忠伟说这个话！刘忠伟一开始就没有准备说这个话，这是原则问题，就一直推托着，以为肖刚能够明白，可人心不足蛇吞象，肖刚一直抓耳挠腮，很想做成这件事。刘忠伟如果做了这件事，很有可能就会陷落进去，被人抓住把柄。过去他也曾遇到过类似的事情，比如劳务招投标、市场准入了，他一概都是按规矩办事，他也知道有的人会对他不满，那又怎么样？他可不想没什么事时晚上睡着不踏实呀！

手机响，是肖雅，肖雅笑着说："刘副总，亲妈问你回来吃饭吗？"

"回，我这就回去！"刘忠伟看了一下时间说。

"等你呀！"肖雅说。

刘铁柱坐在沙发上看着电视，见刘忠伟进来，说："单位里没事啦？"

"没什么事了！"

"油田又要重组啦？"

"适应国际化的需要，马上就要进行！"

"你能去北京吗？"

"还不知道，有这种可能，爸，不管怎样，我们的房子都要留着，我们还要回来的！"

"忠伟，你说的意思爸明白，能有这样的机会你们还是过去吧，机会难得，昊然刚好也在那边！"

"哥，爸说得对，这里还有我们！"刘秀儿笑着说。

"秀儿，世超当兵的事你们怎么想的呀？"刘忠伟说。

"问过世超了，世超说怎么的都行！"刘秀儿说。

"秀儿，事情不能这样做，要确定下来，能有个'安置卡'也不错！"刘忠伟说。

"秀儿，你哥说得对呀！"刘铁柱说。

"那好，这事一会儿就跟世超说明白了！"刘秀儿说。

"忠伟，你工作的事也是一样的，能争取也要争取呀！"刘铁柱说。

"爸，工作是没有办法的事，再说吧！"刘忠伟笑着说。

"你千万不要考虑我们！"刘铁柱强调说。

"爸，那怎么行！"刘忠伟说。

"以后的事情以后再说，我们现在还都走得动啊！"刘铁柱坚持说。

"爸，我知道，我会尽量安排好的！"刘忠伟说。

"忠伟，我们这里你就放心吧！"刘铁柱说。

"饭好了，先吃饭吧！"王桂花进来说。

五十八

高铁悄无声息地开动了，车厢迎面顶上的那块荧光屏的车速计数表在不断攀升着，很快就跃到时速三百千米。金鸿鹄感受着一种隐形的风驰电掣，上海很快就会要到了。

车窗外的景物在高速转动中消逝着，手机里不时有微信提示音响起，金鸿鹄掏出手机，划亮了屏幕，点开了密码，微信栏有好多条信息，首先看到的是冷艳的：上车了吗？要金鑫接站吗？金鸿鹄立刻回复：高铁在运行中，一切顺利，不用接站，放心，有什么特殊情况再联系吧！冷艳回复：好的！

冷艳是一年前去的上海。那时候，冷艳刚从教学一线岗位上退下来，离退休还有一年多的时间，没有什么重要的教学任务，刚好金鑫媳妇关欣月待产，冷艳就向校领导打了请假报告，赶过去陪伴，开始尽做中国婆婆的义务。金鑫结婚以后住进了媳妇关欣月家购置的那套住房，一是住宅位置相对好些，二是媳妇上班方便，三是距离关欣月娘家近，往来非常便利。之前，冷艳给金鑫购置了一套住房，住房面积要大一些，只是地理位置偏远一些，好在邻近地铁站，出行还是比较方便的，这时候空置，他们来沪就有了栖身之所。关欣月生了小公主以后，冷艳带着一直都喊累，说是比上班教学都累，这话也就在微信里和金鸿鹄说说，朋友圈都不能发。金鸿鹄来沪令冷艳欢喜不已，如果有个人能搭把手买个菜做个饭什么的，那她可就轻松多了，听金鸿鹄说能够提前退岗赴沪，她立刻举双手赞同。

下一个微信是姐姐金鸿雁的，姐姐一家人昨天晚上给他钱的行，很多话已经说得清楚明白了，姐姐这时候就是祝他一路顺风！他立刻做了回复。

金鸿鹄那一次车祸后，经过近百天的休养，终于可以上班了，他很珍惜这一次的机会，工作上也十分敬业，他计算了一下年龄，如果顺利的话，按照组织上的规定，三年后他还是有机会的。谁会想到学习成绩一直优异的儿子金鑫上了高中不久，性格上就有很大变化，和冷艳的冲突不断，而且愈演愈烈，甚至有些水火不容，到了有些让人不能理解的程度，金鸿鹄和金鑫交流还好，没有起到实质性的作用，直到有一天傍晚，金鑫和冷艳吵了一架，金鑫一赌气跑出了家门，冷艳当时气得要命，金鸿鹄一个劲安抚。本以为金鑫跑出去冷静一下就会回来的，可直到午夜也没有回来，两人正在焦急之际，接到的是西线医院的电话，金鑫让一辆送外卖的电动车给挂倒，摔了一跤，左手轻度骨折。他们急忙赶到了医院，面对躺在床上打着夹板挂水的金鑫，他们都有些后怕。特别是冷艳，在不停流泪，开始反思自己。她搞不明白金鑫怎么会这样和她敌对，她到底做错什么啦？一直以来，她并没有对金鑫有多么严格的要求，她懂教育。金鸿鹄在和冷艳的交流中，对冷艳的做法也是积极肯定的，冷艳没有超过正常家长的要求，可这消除不了冷艳心中的疑虑和恐惧。

金鑫读大学时，一个假期回来，金鸿鹄突然想起来，便问金鑫说："你那个时候为什么和你母亲那个样子？"金鑫想想说："我在班级里有几个要好的同学，在一起的时候，他们时常讥讽某某老师既重视学生成绩又要学生家长恭敬，我感觉他们是在暗喻我妈妈，不然他们为什么非在我的面前说这个事？而以后他们为什么就不再说了？"关于这件事，金鸿鹄没有和冷艳进行交流。

中秋节那天，金鸿鹄应邀去姐姐家吃的午饭，姐姐金鸿雁和他交流了一阵家事，主要是母亲和二姐金鸿霞。母亲的身体很好，生活完全能够自理，二姐家的生活却有些拮据，拿着小县城倒闭纺织厂的退休工资，还要帮助离异的女儿，幸好母亲需要照顾，金鸿霞的手上还能宽裕一些。

这个春节，金鸿鹄是在上海滩度过的，这样省去了冷艳和孩子的颠簸和不便。金鑫的事业正在稳定上升期，媳妇关欣月的工作也挺忙，是很需要他们的，虽然亲家那边没有完全放手，只是因为还在工作岗位上而有些有心无力，四个人做当然要比一个人轻松愉快得多呀！大年三十时，金鑫定了饭店，家人们在一起吃的团圆饭，大家坐在一起说过这个话题，可金鸿鹄距离"离岗"还要两年时间哪！

清明节那天，金鸿鹄和姐姐、姐夫一起去湿地公园去踏青，他们在那一大丛盛开的黄灿灿的迎春花前合影。

过完"五一"小长假上班，公司新书记方铭约金鸿鹄谈话，方铭从金鸿鹄的工作经历到现在的家庭状况绕了一个很大的圈子，最后说老金，我觉得申请提前"离岗"是你最好的选择呀！

金鸿鹄回到了办公室，仔细地回味着和方铭的谈话，金鸿鹄致电冷艳说明了情况，得到冷艳的热烈赞同，他立刻写下了离岗申请。

五十九

上午，金鸿雁去了艾灸馆做艾疗。赵玉明在家里浏览之前收集的一些有关义勇军的剪报和材料，整合手里掌握的资料。一段时间以来，赵玉明就一直想做这个事情，因为柳力强讲述的故事，突然冒出编写人生理想教育这本书的念头，这个课题就不得不先行搁置了。这本书一弄就弄了一年多，书编写完成，徐天亮看了大样，说是非常好！建议定名《人生启示录》，接着就是出版、关工委牵头发行，最初印刷了一万册，很快售罄。徐天亮说还有一些学校想要，就按照订数又加印七千册，算是完成了使命。

前些天，赵玉明接到一个电话，是县志编辑吴迪打来的。吴迪说县里抗日义勇军研究会要召开一个关于庆祝反法西斯胜利××年的抗日义勇军研究的座谈会，名誉会长邱少山发出了邀请，有兴趣可以来参加一下，正好也见下面。赵玉明的《人生启示录》完成了发行，这时他正在休息和调整，便去参加了这个会议。与会的几十个本地专家和研究学者侃侃而谈，下辽河地域抗日义勇军研究真是一件大事。用史实说话，九一八事变的第五天，这里的民间武装在老北风等人的号召下组织起来，最早攻击了营口日本关东军的水源地和日伪政权，这是什么精神，应该是民族主义和爱国主义吧！还有一个女学者提出了《义勇军进行曲》的起源说，这是个新颖的也是令人激动的课题，下辽河真正打响了民间抗战第一枪吗？聂耳又是怎样在下辽河获得《义勇军进行曲》歌词创作灵感的？赵玉明一时被激发出空前的兴趣，他想到了胡老伯（陶钧），回来就开始翻阅过去收集的资料，力图找到一些有价值的东西。这一次的座谈，赵玉明明确了要搞这个课题研究，还需要进一步收集资料，与会人员的发言给他开了一扇窗，也增加了他的兴趣，就是不知道能不能找到新的更有价值的史料。

电话铃响起，赵玉明看了一眼，手机号十分生疏，便没有去理会。只过了一小会儿，这个电话号码又一次顽强地呼叫着，赵玉明才拿起电话说："您好！"电话那一头说："您好！是赵玉明赵大哥吗？"赵玉明说："是我，您哪位呀？"电话里一个有些悲催的声调说："赵大哥，我是吴亦真哪！"赵玉明一时有些愣神，记忆里自己和吴亦真已经很久没有什么联系了，这时还是说："吴老师，好久没见了，你还好吧？"吴亦真说："赵大哥，您在哪里？"赵玉明说："我在西线的家里！"吴亦真说："这可太好了，赵大哥，我有点急事，很想见到您，您有时间吗？"赵玉明犹豫一下说："什么时间哪？"吴亦真说："赵大哥，当然是越快越好了，最好是现在！"赵玉明说："吴老师，你在哪儿啊？"吴亦真说："赵大哥，我在家里！"赵玉明说："吴老师，咱们在哪见面哪？"吴亦真说："赵大哥，现在咱们去文化公园大门口怎么样？"赵玉明看看墙上的石英钟说："那好吧，吴老师，一会儿见哪！"

春天的时节，阳光明媚，柳枝鹅黄，京桃花初放。文化公园是毗邻油田文化宫的一个开放性小公园，里边种植着一些绿植，曲折的小径绿草茵茵，通往一些小空地，空地上设置着一些健身器材和散落的条椅，公园四周的铁栅栏已经拆除，只有大门口商用房屋建筑还保留使用着一部分。赵玉明一路上一直有些疑惑，听金鸿雁说吴亦真退休后继续开办课外补习班，收入不错，和于小玲离异后，基本上就断了消息，吴亦真怎么会突然想到自己的？赵玉明站在文化公园的大门前，看到了匆匆走来的吴亦真。

吴亦真衣着得体，身材仍然保持得很好，脸上多了些岁月的痕迹，面皮略显晦暗，发际线有些后移，头发染过，时间有些长了，露出过多花白的茬口，手里拎着一个暗旧的褐色手提公文包，两人握了手，赵玉明说："吴老师，你这么急着找我什么事啊？"

"赵大哥，说来话长啊，咱们还是找个地方说吧！"吴亦真四下看看说。

"也好！"赵玉明说。他们走进了公园的大门，拣了条小径向公园深处走去，几株京桃，一阵风过，落英缤纷，落在下边的一个双人木条椅上，赵玉明说："吴老师，你看这里怎么样？"

"行！"吴亦真说着，立刻上前掸了几下椅面上的落英，两个人坐了下来。

"吴老师，你现在不忙啊？"赵玉明找了个话头说。

"还行，赵大哥，这么急着找您来实在不好意思呀！"

"吴老师，你什么事啊？"

"赵大哥，我遇到一件非常棘手的事，不怕您笑话，我认真地想了又想，也只能找您商量了！"

"吴老师，你说吧！"

吴亦真和于小玲离异后，经人介绍，先后与好几位女性一起生活过，都无果而终，原因各异，其中最主要的原因还是经济问题。吴亦真的经济条件相对来说还是不错的，有住房，手里握着几十万存款，这边领着退休工资，那边还有补课的收入，俨然是个"金老头"，女方也看中了这一点，乐于和他生活，很想得到一些"实惠"。只是吴亦真把钱袋子捏得紧紧的，别人是不能轻易得手的，一段时间后，给人更多的是失望，女方跟你生活图什么呀？吴亦真这一次经夕阳红婚介所介绍，认识了一个叫冉颜的女人，冉颜比吴亦真小个六七岁，天生丽质，"徐娘半老，风韵犹存"，很得吴亦真的欢心，两个人一见倾心，谈起今后的生活，很是美好。冉颜的丈夫病亡，女儿在澳洲生活，女婿是个外国人，冉颜在澳洲生活得很不习惯，就回来一个人生活。冉颜有一套住房，比吴亦真的房子略大一些，就是装修得太过简单，时间也有些久远。两个人既然要开启美好的新生活，便商量着装修冉颜的这套住房。房子既然是冉颜的，装修费由吴亦真出也算公平合理，吴亦真对这个条件也欣然接受，他要享受"第二春"美好的生活，就该付出。生活要美好，窝就要造得好一些，装修就选了一家较好的装修公司。房屋装修好了，家具和家用电器当然也不能凑合了，这样一来二去就花去吴亦真小三十万，吴亦真是真的有些心疼啊。可是看看心仪的冉颜，想想今后美好的生活，吴亦真还是咬了咬后槽牙，那首歌怎么唱来着，该出手时就出手，风风火火闯九州哇！还有一句话怎么说的，"钱是王八蛋，花完了再赚"！他吴亦真目前还有这个能力和条件，他挣那么多钱干什么？不就是享受的嘛！况且冉颜非常可人，小鸟依人，给予他美好的憧憬。可刚刚搬进新居两个月，吴亦真和冉颜开始有了摩擦，最初都是一些鸡毛蒜皮的小事情，比如，炒菜盐放多了，面条煮过劲了，而实质性的起因主要还是因为钱。两个人开始拌嘴，心里都有些气，有第一次就会有第二次，有小摩擦就会演变成大冲突，这一次升级到不可开交，冉颜不能忍受，要吴亦真离开，吴亦真坚持不离开，冉颜一气之下离家出走，到了晚上也没有回来，吴亦真打电话也不接，发微信也不回，气从心头起又无处发泄。吴亦真好几天多次拨打冉颜的电话，冉颜这一次接听了电话，吴亦真有些欣喜，冉颜却说："吴老师，经过这些天认真的考虑，我想我们还是分开吧！"吴亦真说：

"为什么呀?"冉颜说:"我真的受不了你,咱们在一起不太合适!"吴亦真说:"冉颜,我觉得咱们还是好的,有什么问题咱们可以当面谈谈嘛!"冉颜说:"已经没有这个必要了,我会把离婚协议寄给你的!"吴亦真立刻说:"有些事情我们也得说清楚哇!"冉颜说:"我和你没什么好说的了!"电话就给挂断了,吴亦真再把电话打过去,冉颜的手机里一直说"您拨打的电话无法接通",想必是被冉颜拉黑了。吴亦真有些气不打一处来,可又没有办法,像拳头打在棉花包上。这一天,吴亦真收到了一个同城快递,里面是一份离婚协议书,还有一纸便条,要求他一周内搬出居住的房子,吴亦真冷笑一声,心说凭什么呀!离婚协议他没有签,更别说搬离那套房子了,吴亦真想,自己既然住在这个房子里,那主动权就在自己手里边了。

前天中午,吴亦真上完补课班回来,住宅的房门怎么也打不开了,吴亦真拿着钥匙捅了好一阵子,弄得脑门都冒了细汗,还是一样的结果。想一想,便拨打楼道上张贴的开锁服务热线,本小区开锁的小林子一会儿就跑上来了。吴亦真要小林子帮忙开锁,小林子要吴亦真出示居民身份证和房产证。吴亦真的脸就是居民身份证,但他没有房产证,就说:"小林子,咱们又不是不认识,这里是我和冉颜的共同财产,我们的婚姻是受法律保护的,我人在这里,又不会跑的,让你开个门怎么这样麻烦?"小林子笑着说:"吴老师,干我们这行的只认证件不认人,不瞒您说,这个门的锁芯就是我上午换上去的,房主也不是什么冉颜,人家叫贺铁刚!"吴亦真一下子蒙圈了,这是一个晴天霹雳,一下子震得他有些眩晕,险些栽倒在地,是他及时抓牢了楼梯的铁栏杆,才稳定住了身体和心神。他有些愣愣地说:"小林子,你说什么?"小林子有些紧张地说:"吴老师,您老人家没事吧?"吴亦真挺了挺腰杆,摆摆手说:"小林子,我没事,你把刚才的话再说一遍!"小林子就又说了一遍,吴亦真说:"小林子,你把那个贺铁刚的电话给我!"小林子拿出了手机,犹豫一下还是说:"吴老师,没有当事人的允许,委托人的个人信息我是不能透露的!"说完,立刻走掉了。

吴亦真在门口呆愣了一阵,狠狠地踹了房门一脚,龇了一下牙,有些摇摇晃晃地下了楼,回到了自己的老房子。老房子有些破旧,又没有交取暖费,屋里有些阴冷阴冷的,吴亦真插上电热毯,和衣躺在床上,想着这几个月发生的事情,问题的重点还得归结到冉颜房子的房主怎么会是什么贺铁刚?谁是贺铁刚啊?冉颜的亡夫姓夏呀!吴亦真猛然想起来,冉倪的丈夫好像姓贺,叫不叫贺铁刚就不清楚了!吴亦真马上给冉颜拨打电话,冉颜的电话还是无法接通,吴亦真的衣物和生活用品都在那个住宅里,他要生活总得先把日常生活用品拿出来呀!看来只有想办法先找到贺铁刚啦!吴亦真想到了110,立刻打电话寻求帮助,吴亦真说明了情况,110警官说马上就到!吴亦真来到了住宅,两个民警和开锁的小林子已经在门口等待了,房主贺铁刚根本没有露面。在民警的监督下,吴亦真收拾着自己的物品,他试图赖在屋里不走，民警立刻表达了鲜明的态度说："吴亦真，我们只支持你刚才寻求帮助的主张！你有新的主张可以另行申请！"吴亦真无奈，出门时还问小林子："你和贺铁刚什么关系呀？"小林子只是微微一笑就走掉了，把吴亦真晒在那里。吴亦真身心有些疲惫地回到老房子，心里乱成一锅粥，窝着好大的一团火在胸中熊熊燃烧着，小三十万花出去了，竟是水中月镜中花，他想发泄又没有对象，只能吼上几声骂了几句娘！定下心神想一想，从于小玲到冉颜，中间的女人都没有什么印象了，想想都无趣，现在又没了方向和目标。正所谓当局者迷，他得找一个人好好商量商量，寻求一个解决与冉颜的问题的办法呀！想了好大一阵子，能够商量的人竟然是赵玉明，吴亦真自己都不禁有些摇头了。

赵玉明看看吴亦真，心里说你这是自作自受，还是说："吴老师，这事你是怎么想的？"

"赵大哥，人家这是彻底不想跟我过了，我想也没有用，那个住宅的装修和家居可都是我花的钱，小三十万哪！"吴亦真苦着脸说。

"吴老师，这个事你还得找冉颜哪！"

"关键是我联系不上也找不到她呀！"

"这房子既然在贺铁刚的名下，这里边肯定是有些问题的，吴老师，要不你还是去派出所寻求帮助吧！"

"赵大哥，我找派出所干什么呀？"

"通过派出所找到冉颜哪！"

"我和派出所怎么说呀？"

"你刚才跟我说得不是挺清楚的嘛！"

"赵大哥，我脑子现在都乱成一锅粥了，你看能怎么办就怎么办吧！"吴亦真可怜巴巴地说。

"吴老师，你就这么相信我呀？"赵玉明有些揶揄地说。

"赵大哥，我只认识你也相信你，你就帮帮忙吧！"

"那好，吴老师，咱们就先去派出所看看吧！"

"行吧！"

赵玉明、吴亦真去了鹤吉派出所，副所长周勇接待的他们。周勇看到赵玉明笑着说："姑父，您怎么来啦？有什么事啊？"

"不是我，是一个老熟人有个事要咨询一下！"赵玉明指指吴亦真，简要说了一下吴亦真的情况，说，"周勇，你看这个事该怎么办哪？"

"姑父，你们稍等啊！"周勇看过吴亦真的身份证件，立刻上电脑查看了户籍登记，然后拨打了冉颜的联系电话，电话立刻接通了，周勇和冉颜说明了相关的情况，然后对赵玉明说："姑父，你们先回去，冉颜说好了她有时间会联系吴亦真的，有什么问题你们先协商解决，解决不了再找我们，实在不行还有法院哪！"

"好的，周勇，谢谢呀！"

"不用，姑姑好吧？"

"挺好的，周勇，走了呀！"

"姑父，您慢走哇！"

"周勇，再见哪！"赵玉明碰了吴亦真一下，说，"吴老师，你先回去等着吧！"

"赵大哥，还是你有办法呀！"吴亦真出来时说。

"吴老师，你是当局者迷了！"

"可不是嘛，这些天我这脑袋老大老大的！"

中午，金鸿雁等着赵玉明吃饭，见赵玉明回来，说："老赵，你忙什么去啦？"

"金大夫，实在不好意思呀！"赵玉明就把吴亦真的事说了一下。

"这个吴亦真可真是的，放着好好的日子不过，活该他有这个磨难！"金鸿雁有些生气地说。

说起于小玲，于小玲接手金鸿雁的诊所做了三年，然后关闭了。现在在北京给吴妮儿带孩子，微信里经常发照片，满满的幸福感！关键是吴妮儿真的可以，不但研究生考入了北京，在学校就被石油总公司北京的一家单位看好录用了。吴妮儿一直秉持着勤能补拙的原则，表现出"后发制人"的优势，一直在平稳向上走，这是难能可贵的。正说到这的时候，吴亦真的电话打进来，带着点小兴奋说："赵大哥，冉颜来电话了，约好下午两点钟在'岚月'茶楼一〇六见面，说是当面谈谈！"

"好哇，吴老师，那你们就谈吧！"赵玉明说。

"赵大哥，帮人帮到底，你还得陪我过去呀！"吴亦真说。

"吴老师，你们在一起已经生活这么长时间了，有什么话不好说的？"

"赵大哥，如果是和冉颜说话我倒是没有问题，要是那个冉倪一起过来我就不知道该怎么办好了，那个女人太厉害了，麻烦您还是过来走一趟吧，求您了！"吴亦真非常恳求地说道。

"那好吧！"赵玉明只好勉强地说。

赵玉明和吴亦真来到了"岚月"茶楼。茶楼新近装修的，紫色，添加古色古香的韵味，赵玉明同徐天亮来过一次，知道是徐岚开的。

一〇六房间的门洞开着，里面坐着两个壮实的中年男人，吴亦真看看误以为走错了房间，又看了看门牌号，里面的人看到了他们，其中一个豪横的声音说："没错，进来吧！"

吴亦真有些迟疑，赵玉明说："我们应约是见冉颜冉女士的！"

"没错，我们就是代表她来的，有什么事情你们进来说吧！"挺豪横的声音继续说。

赵玉明、吴亦真走进去，两个壮实的男人坐在里面的双人沙发上，其中一个一只脚蹬在沙发上抱着，有些横眉立目的神情，面前放着一个茶壶和两个茶杯。吴亦真的神情立刻有些怯懦，看了赵玉明一眼，赵玉明拽了吴亦真一下，说："吴老师，坐呀！"他们在对面的沙发上坐下来。

"你就是吴亦真哪，你可真行啊，还找到派出所去了！"蹬着沙发的男人目光犀利，有些嘲讽的意味说。

"不是！"吴亦真有些萎靡的神情，想要解释什么，又不知道该怎么说好。

"吴老师去找派出所很正常，他找不到冉颜，只能寻求公安部门的帮助！"赵玉明立刻说。

"你谁呀？我跟吴亦真说话有你什么事啊？"脚蹬沙发的男人豪横地说道，眼神有些凶恶。

"就是，你谁呀？"一边的男人也豪横地说，还拍了一下茶几。

"我是吴老师的朋友，是吴老师请我的，你们是谁呀？"赵玉明立刻回击道。

"我们是替冉颜来摆事的，怎的？"脚蹬沙发的男人说。

"摆事？摆什么事啊，你们找错人了吧？"赵玉明说。

"没错呀，他不是那个什么吴亦真吗？"脚蹬沙发的男人手指点着吴亦真说。

"没错，他是吴亦真，可摆事好像不是今天这个场合该说的话吧？"赵玉明说。

"哼，我就是想看看他吴亦真到底有多牛！"脚蹬沙发的男人说。

"这话让你说的，吴亦真进来什么都没说，就听你们说了，你们要是不想谈，我们还不奉陪，走，吴老师！"赵玉明说着，拽了吴亦真一下，站起来就走。

"你们等一下，谁说不谈啦？"脚蹬沙发的男人说。

"你真想谈吗？"赵玉明说。

"你这不是废话吗？要不我们来干什么呀！"脚蹬沙发的男人说。

"就是嘛！"另一个男人跟着说。

"你们要是想谈就拿出点诚意来，吹胡子瞪眼的干什么？给谁看哪？"赵玉明说。

"谁吹胡子瞪眼了，我说话就这个习惯！"脚蹬沙发的男人说。

"你这个习惯不适合这样的场合！"赵玉明说。

"那我们应该怎么说话呀？"一边的男人说。

"不要大声小气的，要有点修养！"赵玉明说。

"行了，废话咱们就不说了，吴亦真，你就说说你和我大姨姐的事想怎么办吧？"脚蹬沙发的男人说。

吴亦真看看赵玉明，赵玉明说："既然你们想谈，我问一句呀，你们有冉颜的委托吗？"

"委托，什么委托呀？"脚蹬沙发的男人愣了一下说。

"你看看，你们连这个都不知道，怎么能代表冉颜哪？事是吴亦真和冉颜之间的事，你们代表冉颜就该拿出起码的诚意来，你们来这里到底是什么意思呀？"赵玉明说。

"就想和吴亦真谈谈，把事了了！"脚蹬沙发的男人说。

"有你这样谈的吗？"赵玉明说。

"我怎么啦？"脚蹬沙发的男人眼睛立刻瞪了起来。

"吴亦真和冉颜的事情是一两句话就能说清楚的吗？"赵玉明说。

"有什么说不清楚的，我大姨姐就是不想和吴亦真过了，我来就是明确地告诉他的，这件事到此为止了，吴亦真，你明白嘛！"脚蹬沙发的男人豪横地说。

"不想过可以，那也得好聚好散吧！"赵玉明说。

"不合就散，吴亦真，你还有什么说的呀！"脚蹬沙发的男人气势很足。

"就是嘛！"一边的男人也大声说。

"两位先生，你们这样说话真不像是来解决问题的！"赵玉明说。

"那又怎么样啊，在社会上混了这么多年了，谁还不认识几个人呀！"脚蹬沙发的男人有些傲慢地说道。

"这么说你是认识何聪了！"赵玉明笑着说。

"岂止是认识呀！"脚蹬沙发的男人说。

一边的男人似乎明白了什么，拽了脚蹬沙发的男人一下，贴近耳语了什么，脚蹬沙发的男人看了看赵玉明，说："好了，吴亦真，你还有什么话你就说吧！"

赵玉明笑了笑，按了一下茶几边上的一个红色按钮，一个服务生进来说："先生，您有什么需要哇？"

"来两杯明前龙井！"赵玉明说。

"好嘞，您稍等啊！"服务员说。

"这位先生，请问你怎么称呼哇？"赵玉明看着脚蹬沙发的男人说。

"贺兰山！"

吴亦真这时候有些开悟了，立刻伏在赵玉明耳边耳语说贺兰山就是冉倪的丈夫，小车队的司机，曾给机关某个大领导开过车，现在兼任下边的一个什么车队长，他们一直没有见过面。赵玉明心里笑了，给大领导开过车的怎么还这副德行？还出来摆事了，耳濡目染也应该见过些世面呀。便笑着说："这位是吴亦真，冉颜现在的丈夫，我是吴亦真的朋友，我叫赵玉明，请问贺先生，你能代表冉颜吗？"

"你这不废话吗，要不我来干什么呀！"贺兰山依旧豪横地说。

"贺先生，既然你这样说了，请你把冉颜的委托书给我们看看吧！"赵玉明笑着说。

"委托书，什么委托书哇？"贺兰山一脸诧异地说。

"贺先生，你没有委托书怎么证明你能够代表冉颜哪?"看着贺兰山一脸的不知所措，赵玉明说，"贺先生，要不你给冉颜冉女士打个电话，让我们确认一下也行啊!"

"我说过了用不着!"贺兰山坚持说。

"贺先生，这样可不行，按照法律规定，这是我们谈这件事的起点!"赵玉明坚持说。

"什么起点啊，你怎么这么多事，我又不是假冒的!"贺兰山不满地说道。

"我知道，你肯定是贺兰山贺先生，可这是应有的法律程序，你不明白呀?"赵玉明笑着说。

"我觉得没有这个必要!"贺兰山坚持说道。

"贺先生，这是完全必要的，而且是必须的!"赵玉明说。

"那好吧!"贺兰山拿出手机，有些无奈地开始按键，接通了电话说，"让姐听电话!"电话里一个尖厉的女声说："你们怎么还没有完事?"贺兰山说："你就别废话了!"

尖厉的女声应该是把电话给了冉颜，贺兰山说："姐，有人跟你说话!"就将手机递给赵玉明，赵玉明马上转给了吴亦真，吴亦真说："冉颜哪，你怎么连个面都不想见我? 都说一日夫妻百日恩，咱们毕竟在一起……"电话里冉颜说我不想听你说话! 吴亦真便无奈地把电话递给赵玉明，说："赵大哥，还是你来说吧!"

赵玉明接过电话，跟冉颜进行了说明和确认，电话里的冉颜有些唯唯诺诺，怎么听也不像能拿定主意找人换锁芯的人，倒是旁边尖厉的女声一直吵吵嚷嚷的，有着一种天老大地老二她老三的劲头! 赵玉明确认后把电话还给贺兰山，说："贺先生，现在可以了，据我所知吴亦真住的这套房子房主是冉颜，怎么变成贺铁刚的啦?"

"这个问题我没必要回答!"贺兰山说。

"贺先生，这恐怕不行，你很清楚的，因为这个房子之前是冉颜的，吴亦真才对房子投入资金进行装修的，还购置了生活家具和家用电器，花去很大一笔钱，所以，他有居住这个房子的权利，却被贺铁刚以换锁芯的方式赶出来，这是什么性质的问题呀?"

"吴亦真就是个老流氓，是我大姨子不想和他过了!"贺兰山立刻强调说。

"贺先生，冉颜不想和吴亦真过是冉颜个人的事，冉颜可以协议离婚或起诉离婚，贺铁刚凭什么找人换锁芯，阻止吴亦真进那个家门哪? 我们就是想知道贺铁刚到底是谁呀?"赵玉明说。

"贺铁刚是我儿子!"贺兰山说。

"你儿子? 贺先生，冉颜的房子怎么会到你儿子名下的?"赵玉明说。

贺兰山脸赤红了一下，说："我孙女贺馨想上这个住宅区的小学，房子改在我儿子的名下，我孙女就可以在这个小区的小学上学!"

赵玉明听说过这个小区的小学教学质量挺不错的，为了能让适龄儿童上这所小学，很多家长都想尽了办法，有些人是托关系的，还有人是不惜花费高价购房入住入学的，赵玉明说："贺先生，这是什么时候的事啊？"

"刚刚，也就一个月吧！"贺兰山说。

"吴老师，这事你知道吗？"赵玉明说。

"赵大哥，这个事我一点都不知道哇！"吴亦真说。

"贺先生，这件事就这么简单吗？"赵玉明看着贺兰山说。

"当然了，你以为呢？"贺兰山表现出了明显的不悦说。

"贺先生，我不想随意地揣度别人，也没有这个必要，房子更名时吴亦真和冉颜已经登记结婚了，房子也装修了，吴亦真是有权利知道房屋更名这件事的，冉颜却故意隐瞒了这件事情，既然现在冉颜不想和吴亦真一起生活，关于房子装修费用和购置家具、家电的花销应该有个说法吧？"赵玉明说。

"这些都是吴亦真自愿的！"贺兰山说得理直气壮。

"贺先生，吴亦真的自愿是在他与冉颜婚姻生活基础上的，可结婚仅仅几个月，就花费了小三十万，你说谁会这样大方啊？这个花销是不是该有个说法？"赵玉明笑着说。

"那还有啥可说的，话我已经说过了，就这样了，爱咋咋的！"贺兰山蛮横地说道。

"贺先生，我觉得你对这些问题好像不十分清楚哇，冉颜是在吴亦真不知情的情况下私下里变更了房主的，现在又以这个理由将吴亦真赶了出来，这是什么性质的问题我就不说了。我建议你回去跟冉颜说一下，最好找个律师咨询一下，把整个事情和律师说清楚了，你们听听律师怎么说，相信你们会拿出一个妥善解决问题的办法的！西线的地方就这么大一点点，吴亦真不想把事情闹得满城风雨的，这样对谁都不好看，特别是私下变更房主这个事，贺先生，人的脸面很重要哇！当然了，吴亦真肯定是要维护自己正当权益的，你们如果不怕不好看，吴亦真也无所谓，是派出所建议我们先和你们协商解决的，他们说了也会出面调解，实在不行还有法院，这件事你们看着办吧！"赵玉明说。

贺兰山看了看一边的男人，那个男人似乎点了点头，贺兰山才缓和了语气说："那好吧，吴亦真，今天便宜你了！"

"贺先生，我希望冉颜能尽早给吴亦真一个明确答复哇！"赵玉明说。

"我只能说我们尽快呀。"贺兰山冷着面孔说。

"那好吧，贺先生，如果没什么事，咱们今天就这样吧！"赵玉明说。

"好的，赵先生，你认识何聪啊？"贺兰山这时说。

"他算是个晚辈！"赵玉明笑了笑说，"吴老师，咱们走吧！"

他们出来，吴亦真去吧台结账说："两杯龙井多少钱？"

"一百！"

"一杯茶水五十元，你们这是抢钱哪！"吴亦真立刻瞪起眼睛说。

赵玉明的脸有些热了，马上掏钱，吴亦真拦住这才把账付了，还说："小心我到消协告你们！"

"欢迎您投诉！"

出了茶楼，吴亦真说："赵大哥，幸亏我坚持叫您来了，要不今天还不定怎么样，他们不会要赖吧？"

"应该不会，西线就这么大一点点地方，谁都不会不顾及个人脸面的！"赵玉明说。

"赵大哥，你懂得真多，这件事真的多亏你了！"

赵玉明看了吴亦真一眼，笑了笑没有说话，吴亦真和冉颜分了也好，不然，以后有关这个房子的归属也许会是个问题的。

几天后的一个晚上，赵玉明在家里翻阅新借到的市志，吴亦真打来了电话。吴亦真有些兴奋地说："赵大哥，冉颜跟我协商了，她想给我十二万装修款，新购置的家具和家用电器可以全部拆走，你说这样行不行啊？"赵玉明立刻说："吴老师，这个事你自己看吧！"吴亦真说："赵大哥，我觉得装修款给得有点少，装修时我可花了十八万！"赵玉明说："吴老师，多少你们商量，我这边还有事，就这样吧！"

六十

早晨，陈立伟从父亲家里出来，他是本想和王珏一起送儿子陈晨去信息公司报到的，这时接到厂党委书记葛前进的电话，陈立伟和王珏说了一声，便驱车赶回了西苇采油厂。

儿子陈晨患中度耳聋，是王珏一直的坚持，陈晨习惯了助听器的帮助，比较顺利地完成大学学业。陈晨喜欢电脑编程，这次油田入职考试，信息公司招聘专业技术人员，陈晨成功应聘。实际上，陈晨对这次应聘的热情并不是很高，主要的想法是他觉得自己完全可以自主创业。之前，读大学的每个假期，陈晨都会去一些实体店打工实习，对行业内的许多情况已经基本熟悉，他相信自己有一定的生存能力。是王珏坚持要陈晨参加油田招工考试的，并要陈立伟站出来说话。陈立伟明白王珏的用心良苦，更想解除王珏这些年心头上的一个重压，就和陈晨谈了话，说明了信息公司的情况，陈晨言听计从。听说陈晨被信息公司录用，王珏比谁都高兴，她又开始关注西线的房子，也想为陈晨准备一套。近段时间里，王珏开始跑健达，跑华府，跑蓝色康桥，有些乐此不疲。

陈立伟敲开了葛前进办公室的门，笑着说："书记！"

"来，立伟，坐吧！"葛前进笑着指指椅子，拿起香烟示意说。

"老领导，有什么指示？"陈立伟坐下摆手说。

"立伟，你最近忙什么呢？"葛前进点着香烟吸了一口吐出烟雾说。

"陈晨就业！"

"怎么样啊？"

"信息公司录用了。"

"可以呀，孩子就业是件大事，这下你可以省心了，立伟，我跟你说话就不绕弯子了！"

"书记，您说！"

"你在厂里为别人承揽过劳务工程吗？"葛前进收拢了笑容说。

"劳务工程？没有哇！"陈立伟摇头说。

"你再好好想一想！"

"啊，老领导，我想起来了，有个党校大专班的同学找过我，经济上遇到了困难，我通过附企公司，给他找了个采油站刷外墙涂料的活！"

"你呀你，做事也太不谨慎了！"

"老领导，怎么啦？"

"纪检收到一封检举信，举报了你的这个问题！"

"我那个同学遇到了困难，这个时候找到我了，我就帮了他，这里面没有一丁点的利益关系呀！"

"立伟，从个人的角度说，我绝对是相信你的，可是，这种事情要是到了上级领导那里你怎么说得清楚哇！"

"书记，实事求是，组织上可以调查呀！"陈立伟心里跃动起那种的拗劲。

"立伟，你是不是把事情想得太简单啦？"

"老领导，这个事情本来就没什么复杂的呀？"

"立伟，人家既然写了举报，而且信件留在厂里，这说明什么呀？"

"书记，我不太明白！"

"这个人也不想把事情搞大了，让事情在可控范围内！"

"老领导，您的意思呢？"

"立伟，你离开西苇厂，我觉得这是你最好的选择！"

"我……为什么？如果我不呢？"

"就是证明了你的清白，受伤的还是你呀！"

"书记，你说我该怎么办哪？"

"我知道现在有一个机会，西部项目新立需要领导，你要是同意，我到上边去说，你可以想想再做决定，我等着你的回话，能做正职也说不定啊！"葛前进显然已经深思熟虑了。

"谢谢，那就麻烦书记了！"陈立伟迟疑一下说。

"这是我应该做的！"

回到了办公室，陈立伟坐在那里有些凝神，怎么好端端生出这种事情？他和谁也没有什么利害冲突哇！

三年前油田系统又一次重新整合，陈立伟回到西苇厂做了副厂兼安全总监。

去年初春的一个早晨，芦苇刚刚萌芽，大地还一片苍黄，海上吹来的风刮着苇塘枯黄的苇叶在空中翻着筋头，天空上飘着浮尘。陈立伟正带人在西苇第二联合站进行安全巡检，这时候接到崔长湖的电话。崔长湖说是要到西苇厂看看他，一同前来的还有刘秀儿，是刘秀儿带车送崔长湖过来的。陈立伟说："大哥，欢迎啊！"便让安全副总监、土地环保部主任何昌东继续安全巡检工作，自己则立刻回到了厂里。

多年不见，崔长湖有些消瘦，人一瘦就显得有些苍老，崔长湖中气倒是挺足，挺有精气神的。陈立伟中午在西苇大酒店招待的崔长湖，三个人说了各自的情况。崔长湖在省城买了房子，他儿子已经上了二年级，她老婆丽丽在一个快捷酒店里做领班，生活一切还是可以的。喝完了酒，陈立伟邀崔长湖多住几天，崔长湖也没有客气，就在大酒店要了个房间住下，刘秀儿则带着值班车回了西线。

陈立伟下午处理完手里的事，回到酒店来陪崔长湖。屋里没有其他人，崔长湖就直言不讳地说："兄弟，我遇到难处了，这次来就是找活干的！"

崔长湖说的难处还是因为女儿崔雪儿。崔雪儿还要进行一次矫正手术才能站起来正常行走，可手术费是个大问题。肇事车辆押在交警队里，车主就有一个强制险，宁愿坐牢也拿不出钱来。那台肇事车辆交警队想拍卖就拍卖吧，拍卖最多也就值个五七八万的，这离手术费还有很大的距离，韩玉莹出面找崔长湖想办法，崔长湖不能不答应为崔雪儿找钱，这钱可怎么找哇！丽丽在快捷酒店做领班，收入还可以，丽丽想让儿子接受好一点的教育，参加一些特长班，崔长湖在家里肯定是拿不出钱的；崔长湖在省城的能力实在是有限了，过去的两次手术费用，他的信用基本上已经透支了，现在找谁借钱都是个问题，你一个打工的能有多少信誉度哇！万般无奈，崔长湖只好回油田来找老哥们、老朋友来想些办法了！

陈立伟就说："老大哥，你要用多少钱？我尽量帮你想办法！"崔长湖立刻说："兄弟，我不是来借钱的！"陈立伟说："老大哥，那你怎么想的？"崔长湖："兄弟，我还有把力气，你就想办法给我找点活干吧！"陈立伟说："行，老大哥，这个应该不是什么大问题，你想干什么呀？"崔长湖说："我会刷外墙涂料，质量上绝对没有问题！"陈立伟说："那好，老大哥，我这就给你问问哪！"陈立伟拿出手机按着号码，崔长湖马上说："兄弟，你先等等，我说的是承包整个井站的刷涂料工程啊！"陈立伟说："这活谁干哪？"崔长湖说："我自己干哪！"陈立伟说："老大哥，就你一个人？"崔长湖说："是呀，兄弟，不瞒你说，去年我在前进厂刘国英那里就干了两个站，辛苦是辛苦了点，收益还是不错的！"陈立伟说："老大哥，这种事我没有做过，我先给你问问吧！"崔长湖说："兄弟，你连这个都不知道哇？"陈立伟说："老大哥，我平时也不注意这些事情啊！"崔长湖说："兄弟，你当领导这么多年了，这一点你可有些落伍了，现在谁不找机会抓点钱哪？"陈立伟说："是吗？也许吧！"

陈立伟给何昌东打电话说明了情况，何昌东马上说："领导，我知道了，晚上我宴请你同学崔大哥，再喊上附企的谭兴河！"陈立伟立刻说："你叫上谭兴河干什么？"何昌东说："领导，厂里所有井站刷涂料都是基建科的工程，正常情况下都发包给附企公司做了，谭兴河具体负责这一块的业务，这个活只能在他手里能拿到哇！"陈立伟说："好吧，我知道了！"

晚宴是在热烈友好的气氛中进行的，何昌东给谭兴河介绍了崔长湖，崔长湖说了自己的想法，谭兴河立刻满口答应了，还和崔长湖留了联系电话。崔长湖第二天早晨匆匆离开了西苇厂，电话里说是回家准备一下，回来就开工！

事情过去了几天，稍有闲暇，陈立伟猛然想到了崔长湖，自责自己有些疏忽大意，便给崔长湖打了一个电话。铃声响了好一阵子，崔长湖才接的电话。陈立伟问："老大哥，你在哪里呀？"崔长湖说："兄弟，我在西苇呀，在采油站上干活！"陈立伟说："老大哥，你什么时候过来的？"崔长湖说："兄弟，我过来已经两天了！"陈立伟说："老大哥，你过来怎么不告诉我一声啊？"崔长湖说："兄弟，你工作挺忙的，我想就不打扰你了！"陈立伟说："老大哥，这话让你说的，那你现在过来吃饭哪？"崔长湖说："兄弟，饭我就不吃了，我在西苇八号站忙着，没有工夫哇！"陈立伟说："老大哥，再忙你也得吃饭哪！"崔长湖说："兄弟，谢谢了，我真的没工夫，你忙你的，我挂了呀！"

陈立伟捏着电话凝了一下神儿，收了电话想了想，坐上车就奔了西苇八号站。

陈立伟下车就看见了反戴着米色旧棒球帽的崔长湖，穿着沾着星星点点黄白涂料的石油红工作服，举着长杆滚刷，在采油站房子的外墙上不停地滚动着，动作非常娴熟。陈立伟喊了一声老大哥！崔长湖没有停下来，回了一下头说："兄弟，你怎么还跑来了！"陈立伟走到近前说："走哇，吃饭去！"崔长湖说："不去了，兄弟，这个活挺急的，我得抓紧时间做完！"陈立伟说："再急也不能不吃饭吧！"崔长湖说："你放心，我饿不着！"陈立伟说："那你怎么吃饭哪？"崔长湖指指采油站门旁边停着的一辆旧农用三轮车说："那里边什么东西都有！"陈立伟走过去，农用三轮车的车厢用塑料薄膜扣了一个棚子，拉开后门，里边堆着行李、液化气罐、大勺、电饭锅、米、挂面、泡面什么的，便说："你干活就吃住在这里呀！"崔长湖笑着说：

"还不是为了干活方便嘛!"陈立伟说:"这样你身体受得了吗?"崔长湖笑着说:"这不比我刚入厂冬季在大苇塘里住帐篷强多了!"陈立伟说:"此一时彼一时,你现在已经不年轻了,一个人干完活还要自己做饭哪!"崔长湖笑着说:"也不全是,很多站上的工人都挺好,他们做饭时也会给我带份,那样我就省事多了!"陈立伟说:"身体可是第一位的呀!"崔长湖说:"我知道,我的身体还可以,兄弟,有事你就忙你的去吧,你在这里还耽误我干活,走吧!走吧!"陈立伟说:"我跟站上说一声,让他们照顾你一下!"崔长湖立刻说:"不用!不用!我和他们已经联系好了,一说到你,他们都很给面子的,我在这里挺好的,你快忙你的去吧!"关于如何搞好人际关系,陈立伟毫不怀疑崔长湖是具有一定优势和能力的。这时候,站上的值班人员出来喊崔长湖吃饭,看到了陈立伟一时竟有些不知所措了。陈立伟只好笑着说:"老大哥,那我就走了呀!"崔长湖说:"兄弟,走吧!走吧!"

陈立伟去油田党校轮训一个月。有一天,他接到崔长湖的电话说是要开劳务工程发票,陈立伟就要崔长湖去找何昌东,何昌东因为土地环保工作的关系,和地方上有一些业务往来的。之后,崔长湖电话里说何昌东帮助他很好地解决了发票的问题!

陈立伟学习回来,何昌东全面汇报了这个月里的工作情况,不知怎么就拐到了崔长湖的身上。何昌东笑着说谭兴河对崔长湖一直以来都有些抱怨,崔长湖当时说好工程完成结算了会有所"表示"的,现在工程款全都转走了,却一点动静都没有了,发票的税款都没有留,这是何昌东给垫的!陈立伟听到这话感到有些脸热,在他嘴里一直很仗义的老大哥怎么会做出这样的事情?

何昌东出去,陈立伟立刻给党校同学,前进厂的副厂刘国英打了电话,说了一些日常,便说到崔长湖干工程的事情上了,刘国英说了一样的事情,刘国英上一次也让崔长湖弄得脸挺热的。刘国英在省城浑南买的房子,他同一单元里有一个崔长湖的同学叫侯军凯,侯军凯有一次闲聊说到了崔长湖,崔长湖的姑娘崔雪儿在家里刷单被人骗了几十万,那些钱不是借的,就是银行卡透支的,手术做不了不说,不还钱将面临牢狱之灾,把崔长湖急得不行不行的,到处找钱堵窟窿,很快地,还真把问题给解决了!想想崔长湖是为了女儿崔雪儿,陈立伟倒是有几分理解了!看来崔长湖是真的难到了,难怪有人说脸面对于陷入困窘的人是讲不得的。

陈立伟有些想不明白的是谁会拿这件事情对他说事。现在厂里生产形势很好,完成油田下达的任务指标不是问题,是谁把这件事弄到葛前进那里的?其目的究竟是什么?是有人忌惮自己是新厂最有力的竞争者,还是自己不经意间动了别人的蛋糕?他一时看不明白。面子上看他们厂的领导班子还是一团和气的,看不清楚就不看了,也用不着烦这个心了,想想最初来西苇的时候,为的就是不压抑自己。最大的风暴已经经历,我没有眼泪,只有呼喊,来吧,勇敢的战士!一个声音在心中说。葛前进说得对,去西部项目或许是一个好的选择,他还是比较喜欢新环境的,他走了，一切都安稳了，又有一个副厂的空缺，或许何昌东有机会上一步也未可知呀，那又何乐而不为呢？

何聪在北站将父亲何劲松送上南下的高铁。

何劲松此去是想亲眼见证那个官司最终的执行判决，实际上这件事真的用不着何劲松亲历亲往，何明完全可以做好的。何明收到法院的公函，第一时间通知了何劲松，何劲松觉得自己还是回去一趟的好，这口恶气一直在他心里窝着，这下终于可以扬眉吐气了！国家司法形势逐渐向好发展，开始限制"老赖"，法院要求结案率，这个官司终于不用一拖再拖。实际上，何劲松到了法庭也未必能见到那个法人代表的嘴脸。还有就是前几天，王慧打来电话，说是女儿刘琳和何明最近交往甚密，问他有什么意见没有。何劲松能有什么意见哪，年轻人谈恋爱是很正常的事情，再说何明都三十大几了，如果是真的，也算是婚姻有了着落，怕就怕白雪梅会有一些想法，这件事等见到何明再说，这话还不是何明亲口说的，白雪梅暂时也不知道。还有就是回去看看公司的运转情况，他怕何明报喜不报忧，把自己的心血毁于一旦。现在的高铁真好，朝发夕至，一份午餐，一个小憩，晚上他就可以和何明共进晚餐了！

何聪从火车站里出来，接到油田办公室主任陶之器的电话，问他在哪里高就，老大孙毅非要见他。何聪说在外边有点事情要处理，一小时后能回到单位！陶之器让他就直接来见老大吧！

何聪去高铁停车场上了丰田吉普，对司机赵廷宾说回油田机关！丰田吉普开出了北站停车场。市里这个火车北站的设置确实有点偏北，离西线市区足有四十分钟的车程，再努力一点点就跑到邻市的地界了，真不知道当初是怎么选的址？主干公路两边粗壮葱郁的柳树在车窗外不停地闪过，何聪脑子里蹦出了那个著名诗句："春风杨柳万千条，六亿神州尽舜尧。"重修的305国道宽阔平坦，可这时还是显得有些拥挤，主要是这一段是两市间的交通要道，去邻市运载沙石料的大型自卸车很多，满载着沙石料还开得挺猛，不时就有一阵阵急切刺耳的电喇叭声。孙毅非今天找自己会有什么事？是需要钱，还是有特殊的人事安排？何聪现在如愿了，他外放做了锦兴实业总公司党委书记，还兼任着鑫华股份有限公司总经理（法人代表），鑫华是领导的"钱袋子"，也是特殊人事安排的缓冲地。

何聪进了陶之器的办公室，陶之器笑着说："何书记，你来得正好，这会儿刚好没人，你自己过去吧！"

"好的，再见哪！"何聪说。

何聪回到了鑫华公司的办公室，拿出孙毅非给的条子看了看，上面是汇款账号、地址和金额，他签了字，便打电话给总会计师李宝江。李宝江就在隔壁，立刻过来了，条子推过去，心照不宣，李宝江笑了笑，拿着条子就出去了！这样的钱，何聪第一次签字时还是有些忐忑，关键是白条，想想有孙毅非，心里就坦然了许多。据他的了解，孙毅非不是个糊涂的人，可他也得应对当今的社会现实呀！特别是今年年初，孙毅非当选了新一届的人大代表，更加精神焕发了，也就更有政治需要了！有人敲门，进来的是办公室主任郝可可，郝可可送上一个浅蓝色塑料袋，里面是煎制好的中药制剂，何聪说："谢谢呀！"

"何总，您太客气了，要不要我送到家里去？"郝可可笑着说。

"不用了，在这里感觉怎么样啊？"何聪说。

"何总，挺好的！"

"有什么事你就说话，别客气呀！"

"好的，何总，没什么事我先出去了！"郝可可笑着说。

"好吧！"何聪说。中药制剂是给母亲白雪梅开的，白雪梅最近夜里有些盗汗、失眠，郝可可小舅子的姨丈是本地有些名气的中医师，在中医院坐诊，给白雪梅号的脉，说是人进入老年的正常现象，需要做些调理，祛邪扶正。

郝可可是父亲何劲松介绍的，说到郝学仁何聪是认识的，是和父亲一起下辽河的老人，在他家里吃过饭，音乐人，乐器玩得好，被人叫作"大师"，郝可可他不熟，不像赵兴隆和陆岩。父亲之前就和他说到过郝可可，是想让他有可能帮着在西线采油厂熟悉的领导面前给说句话，帮郝可可谋个一官半职的，何聪没有答应。何聪不愿意做这种事情，一是在西线厂领导面前会有狐假虎威之嫌，二是在他的认知里，郝可可许是有一定特长或能力，但肯定也有短板，不然不会这样的。何聪下派到锦兴做书记，他可以名正言顺地调郝可可到党办来做个副主任，引进个人才，锦兴过去宣传方面不行，单位里主要缺少郝可可这样的人。郝可可来了真下了力气，一段时间里弄得锦兴风生水起的。何聪看着不错，就调郝可可到鑫华兼任办公室主任了。

中午，何聪下班直接去了母亲家，姐姐何琼刚刚进的门，白雪梅接过中药制剂，说："何聪，在这里吃饭吧！"

"好的，妈！"何聪说。

"妈，我去做吧！"何琼起身说。

"不用了，我已经做好了！"白雪梅说。

何琼的身材、气质还是那样好，只是不饶人的岁月在脸上留下些许抹不去的刻痕，何聪笑着说："姐，你还那样忙啊？"

"干我们这行的就没有闲着的时候！"何琼笑着说。

"差不多少就行了！"

"话是这样说，油田领导和院领导老是储量储量的，千万吨要稳产十年，孙总不时就会到研究院走访和慰问，你说谁能停得下来呀？本来总公司这个技术交流表彰会我是不想去的，可院领导还非让去不可！"

"去北京啊？"

"不，是去桂林！"

"'桂林山水甲天下'，姐，出去开这样的会也挺好的，放松放松自我，给心灵放个假！"

"院领导也是这样说的！"何琼说。这些年里她一直致力于古潜山油藏的研究工作，辛苦付出没白费，取得一些较为重大的成果，也得到了多方面的认可，这一次会议就是上次大古潜山研究重大成果表彰的内容。

"这也是一种奖励方式呀！"

"回来还不是得干活呀！"

"这可不一样啊，你去了就是一松，这一松一弛，不就劳逸结合了吗？"

"难怪我大弟能当书记，这话说得听着就舒服！"

"你还夸我呀？"

"我是实事求是呀！"

"你什么时候走，我让车送你吧！"

"下午，谢谢大弟，单位都安排好了！"

这时候有人按门铃，何琼起身开门，进来的是任泽平，看到何聪叫了大舅，白雪梅从厨房出来笑着说："我大外孙回来得正好，大家洗手吃饭吧！"

"泽平学习怎么样啊？"何聪说。

"还可以吧！"任泽平说

"怎么一点都不谦虚？"何琼笑着说。

"妈，这不谦虚怎么还叫谦虚呀？"

"泽平准备报考什么专业？"何聪说。

"石油地质！"任泽平说着看了一眼何琼。

"你喜欢？"何聪说。

"还行吧！"任泽平又看了一眼何琼说。

"这是我的建议，搞石油搞得就认识这个专业了！"何琼笑着说。

"泽平，好好努力，要青出于蓝胜于蓝！"何聪笑着说。

"舅舅，我就是这么想！"任泽平说。

"好，有志气！"何聪说。

"翔宇现在怎么样啊？"何琼说。

"还可以，和泽平肯定不能比！"何聪笑着说。

"你们认真抓一下，男孩儿有潜力，还来得及的！"白雪梅这时候说。

"翔宇没有太大的想法，说是能考到大连生活在大连就行，我也没什么办法了！"

何聪笑着说。

"逆水行舟，不进则退，人也是一样的！"白雪梅说。

"妈说得是，我一定把您的指示传达到。您这些天的感觉怎么样啊？"何聪笑着说。

"还是老样子，我是忧虑你姥姥哇！"白雪梅说。

"妈，姥姥的病也是没有办法的事，您还是放宽些心吧，我开完会，方便的话，先到爸爸那里，然后和爸爸一起回去看看姥姥姥爷！"

"你姥姥现在连我都不认识了！"白雪梅有些哀叹。

"你和我爸能做的都做了，没有遗憾就行了！"何聪宽慰着说。

"是呀！"白雪梅说。白雪梅接到父亲的电话回了老家一趟，母亲那时的身体状态还是可以的，生活能够自理，就是失忆在逐渐加重，走出家门就找不回来，还特别喜欢走动，搞得父亲很疲惫，母亲却什么事都没有似的，现在只能雇个年轻的女亲戚陪伴着，白雪梅想要父母下辽河，她来照看母亲，父亲就想着落叶归根，白雪梅也只好作罢了。

下午，何聪来到了鑫华的办公室，郝可可例行汇报了下午的工作情况和晚上的一些事宜，除去一些事务性工作，还有几个无关紧要的饭局，何聪一概都给回绝了。

何聪不参加饭局是有件要紧的事情要办，这是他近些天的想法，却一直未能如愿。前些天，何聪应邀去国贸大厦参加一个晚宴，从大门出来，偶然看到任志成在门外盆栽绿植的阴影里，面对着一个年轻的女人。都是男人，看着行为举止就不是一般关系，何聪用手机拍了几下，之后做了了解。女人叫叶华清，是任志成公司的一个工会干部，离异，家是外地的，没有什么背景，想是"背靠大树好乘凉"？何聪心里有些恨恨的，姐姐好像还蒙在鼓里，还是除了石油地质储量，心里什么都没有哇？好你个任志成，你竟敢背叛我姐姐，看我不收拾你的！

何聪给任志成打了电话，说："姐夫，晚上有空吗？"任志成似乎愣了一下，想是平时这样的交流不多，说："何聪啊，我晚上有个安排！"何聪说："不是很重要的安排你就推掉吧！"任志成迟疑了一下，说："何聪，你有什么重要的事情吗？我已经答应人家了！"何聪说："这个人真的这样重要？"任志成立刻转了话风说："那我看看吧！"何聪说："那好，我等你电话呀！"过了好一会儿，任志成电话过来说："何聪，我把那个饭局推掉了，你有什么事啊？"何聪不由得冷笑，心里说你就扯吧，还是说："请你吃饭！"任志成说："什么节目哇？"何聪说："来了你就知道了！"

何聪定的是"桃花源"顶楼的包间，任志成进来，菜肴已经摆上了，任志成见包间里就何聪一个人，有些疑惑，笑着说："何聪，怎么就咱俩呀？"

"你还想有谁呀？"

"你这是有事啊？"

"找你喝酒非得有事吗?"

"那倒也是!"任志成有些狐疑地说。

"那就请坐吧!"何聪说着,把酒倒上,杯子转了过去。

"谢谢呀!"任志成接住了酒杯,在手里把弄着。

"来,我敬你!"何聪说。

"何聪,你的酒量我跟不上啊!"任志成抿了一口说。

"你就别自谦了,我还不知道你吗?咱们随意!"

"何聪,这样最好了!"

"你现在很忙吗?"

"还行,就那么回事吧!"

"你现在可以了!"

"什么呀,一个副职,还不就是听人吆喝嘛!"

"你和我姐现在怎么样啊!"

"挺好的!"

"是吗?今天她出去开会,你怎么没送送她?"

"我跟你姐说过的,你姐说不用,说是单位里都安排好了!"

"那是另外一回事,你们是不是出什么问题啦?"

"没有,何聪,你怎么这样说?"任志成愣了一下说。

何聪拿起手机,按了几下,说:"看一下你的手机!"

任志成拿出手机看了一眼,脸色一下子变了,说:"何聪,你听我说呀!"

"其他的我都不想听,我就想知道你到底是怎么想的!"

"何聪,我发誓,我一直是爱你姐的,我们之前是出了点问题,你姐对我一直都很冷漠。当然,我也是一时糊涂,没有经得住诱惑!"

"你就别那么多废话了,我是不想我姐和泽平受到伤害!"

"何聪,我知道,我也不想,一切都是我的错!"

"你想怎么办?"

"我保证不再和她往来了!"

"你能做得到吗?"

"能!肯定能!"

"你们在一个单位里,这可能吗?"

"何聪,那你说我该怎么办哪?"

"你能坐到现在的位子也不容易,想要保住你的职位,申请调离是你最好的选择!"

"何聪,我怎么申请啊?我也没有什么正当理由哇?"

"吕清明不能帮你吗?"

"可我怎么和他说呀?"

"行了,为了我姐和泽平,我来想想办法,你可好自为之呀!"

"何聪,我知道!"

"那你就等消息吧!"

六十一

周勇看到了钢都公安局发来的协查通告,抢劫杀人嫌疑人范×明在本市落网,据该犯罪嫌疑人供述,曾在下辽河西线区××小区×楼门口实施抢劫,用弹簧刀致一名高姓中年妇女死亡(听该市广播电台报道的),周勇接到通告后立刻拨打了那边的联系电话,一块压在心头上多年的石头终于落了地。同时,周勇心里也涌起了几分愧疚,这些年里,他一直用怀疑的目光看待父亲周志国和姐姐周霓的。

周勇开着红色北京吉普驶进农场,农田里的水稻已经开始抽穗,长势喜人,两个拎着镰刀的雇工在稻田坝埂上打草,同时巡视着田里和水塘里的情况。清凌凌的池塘不时会有鱼跃起,落入水中激起一个大大的涟漪,溶溶荡荡的,鱼塘边有垂钓者在稻草苫顶的蘑菇伞型亭子下悠闲地抛着钓竿。

周大婶坐在那栋住宅门前拉着黑色遮阳网下的沙发上小憩,周勇吉普车的到来搅扰了她的梦境,她睁开有些惺忪的眼睛,看到周勇笑着说:"小勇,你来啦?"

"奶奶,我过来看看您,这是您爱吃的糕点!"周勇拿出两盒刘家馃子铺的"老八件"清真糕点,放在茶几上说。

"还是闯儿好哇!"周大婶摸着糕点说。

"奶奶,我是小勇!"

"我说的就是小勇啊!"

周勇看看奶奶,奶奶笑着说:"你吃饭了吗?"

"妈,你说的是早饭还是午饭哪?"周志国这时候从屋里出来说,脸上带着几分宿醉。

"让你说的,我连早饭、午饭都分不清啦?"周大婶看了周志国一眼说。

"那你说说到底是早饭还是午饭哪?"周志国继续笑着说。

"肯定不是晚饭得了!"周大婶仰头看了看天空的太阳说。

"奶奶的失忆症又有些严重了!"周勇说。

"神经内科专家说是不可逆转的!"周志国说。

"爸,要不你们还是上楼住吧!"

"你奶奶不干哪,这都折腾多少个来回了!"

"总是住在这里也不是办法呀!"

"哎,走到哪儿说到哪儿吧!"周志国说。

实际上,农场这片土地已经纳入市里新城区建设的整体规划了,征收的意向已经达成,日期从明年1月1日起正式执行。整体规划说是要在这片土地上建设一个很有规模的文化游乐中心,那个大牌子蓝图勾勒得非常漂亮,就立在不远处重要路口交会处,很有创意地吸引着大众的眼球,表现着这个城市现任领导者的雄心壮志。由此,周大婶之前已经搬到市里楼房居住了一段时间,还请了个专职保姆照料。开始说得好好的,有一天突然就不干了,哭着闹着说是周大叔在农场房子那边找不到她了,坐在屋门口号啕大哭! 大家怎么劝都没有用,只好送她回来,这才安定了下来。本想着过几天哄着上了楼,可没过几天又闹着回来,如是有三,实在没有办法,连同那个保姆一起过来,就先住在农场里。周大婶每天起来后就坐在门前的沙发上发呆,有时候还会指指点点,说是周大叔来了,他们面对面唠得可好了,说得让人有些心惊胆战的。

"小勇,你们所里不忙啊?"周志国说。

"爸,闲不着哇!"

"前两天听说二十里拆迁警察伤人啦?"

"是,是一个酒醉的拆迁户发飙了,发生了冲突,我们所长调那边协助工作了!"

"伤的人怎么样啦?"

"听说不是太好!"

"警察真有必要这样吗?"

"说是不得已吗? 爸,我们刚刚接到一个通知,杀害我妈的凶手在钢都落网了!"周勇说到了正题。

"嘻,这就是早晚的事啊!"周志国说,这个事已经有些遥远了。

"爸,没什么事我先走了呀!"

"用啥你就拿点啥吧!"

"不用了,爸,家里都有,奶奶,我走了!"

"闯,你不在这里吃饭啦?"

"不了,奶奶,我是小勇!"

"我就是说小勇!"

周勇在"鹤兴"酒店前面停车场停了车,仰头看了看酒店,整个楼宇还是清爽洁净的,不说能力,周霓接手酒店以来还是用了心的,开辟了两个大厅,开始大型婚宴的接待业务,有些忙碌,效益还是可以的。

周勇进了酒店大厅,一个年轻新保安行了一个举手礼,有些狐疑的眼神看着他,迎上说:"警官,您有什么需要吗?"

528

休息区一个衣着鲜亮的老妇人过来，冲着新保安摆摆手，笑着说："周勇来了！"

年轻新保安立刻敬礼退了回去，周勇说："姨，您在这里呀！"

老妇人是周霓的母亲刘赛飞，刘赛飞说："我没什么事，就在这里坐一会儿！"刘赛飞一直在给周霓照看孩子，孩子在酒店旁边的小学校上学，她就到酒店里坐一坐，也算是替周霓照看一下前台。

"姨，我姐在吗？"

"没见她出去，应该在吧！"

"姨，那我上去了！"

"你去吧！"

看到周勇进来，周霓有些打趣笑着说："呦，周所长今天怎么这么闲着啊？"

"周总，是周副所长啊！"

"有什么关系？你不还得进步嘛！"

"那是另外一回事，让人听到以为我急着'抢班夺权'哪！"

"有这么严重吗？"

"你以为是你们酒店，除了你周总，一水全都是经理呀！"

"小勇，坐吧！"周霓倒了一杯茶，说，"过来有事啊？"

"跟你说一声，杀害我妈的犯罪嫌疑人在钢都落网了！"周勇抿了一口茶说。

"是呀，这人也真是的，谋财你就谋财，干吗非要害命！"周霓过去从不曾谈论这个事情。

"咳，也是我妈有点惜财了，不然也不会的！"

"那边这样说的？"

"是，那是一个初犯，一听到叫喊声立刻慌神了，拔刀就刺！"

"年纪轻轻干点什么不好，这真是害人害己呀！"

"是呀，姐，我走了！"

"坐会儿呗，一会儿在这吃饭吧！"

"不了，姐，你也挺忙的，我就不打扰你了！"

"好，那我就不送了！"

"送送呗！"周勇笑着说。

"好，那就送送周所长！"周霓站起身来笑着说。

"姐，开玩笑的，你留步吧！"

"你慢走哇！"

周勇来到派出所，按了密码门，上了二楼，见办公桌上放着一封邮政公函，是西线区法院寄来的，剪开，是一份出庭应诉通知书，他的心里不由得有些别扭。他知道，这一天是迟早的事，却没有想到会来得这样快。

那是省天气预报发布暴雨黄色预警的第一天早晨，西线的天空刚刚有些阴沉，周勇带着三名下属照例巡查防区的治安情况。这时候，西线区公安分局治安副局长吴威打来电话，要他带人火速赶往西线南外环路边支援，说是有一伙儿人在聚众闹事，妨碍市政单位挖掘泄洪渠工程。周勇对开车的警员李玉林说立刻掉头，急速赶往南外环路泄洪渠挖掘现场。

警车很快驶入了南外环路上，由东向西一路巡视，过了一个丁字路口，周勇看到了那处泄洪渠挖掘现场，路基下，一台停驶的挖掘机旁边围拢一伙人吵吵嚷嚷的。周勇下了警车，来到了近前，见围着的是一些中年妇女，便先声夺人地高声喊叫：你们在这里干什么！谁妨碍泄洪渠施工啊？围观的人闻声回头看向了周勇，周勇又重复一遍，一个身穿红运动服的中年妇女看看他，有些直愣愣地说道："谁妨碍施工了，没人哪！"周勇说："那怎么会有人报警？你们围在这里干什么？赶快散了吧！"红运动服妇女指着一个有些肥胖的年轻挖掘机操作手说："他把我们单位的监控闭路线给挖断了，他得给我们接上啊！"周勇看看挖掘机操作手说："是这样吗？"操作手马上说："是呀，警官，我们'头'已经去找接线的人了，一会儿就会回来的！"

周勇立刻无语了，有些疑惑地回到警车里，向吴威报告了现场的情况，吴威立刻说："周勇，你们就留在现场待命，我马上就到了呀！"周勇回答："是！"

周勇接受了命令，一时闲着无事，便下了警车，站在外环路路肩上四下张望。这处外环路沿线向西下去，有好多台挖掘机正在施工作业，下边的泄洪渠基本上都挖掘通畅了，只有眼前这一段刚刚开挖，这里是这段泄洪渠的最上端，没有看出有多大紧急开挖的意义，或是对应着泄洪渠的整体效果美观。周勇眼前的泄洪渠里面是一处挺大的沙石料场，红砖围墙的大院子里堆积着好些大堆的沙子、山皮石、矿渣等路基材料，料场前还套着一个红砖围墙的小院，围墙有些老旧，上边的砖沿上有些豁口，院子里是一栋面南背北的老北京平房，平房前的院落里有二三十个妇女散乱地站着，三三两两地交头接耳，不时有人从院子正面铁栅栏大门进进出出的。老北京平房顶上站着三个妇女，对着挖掘机这边指指点点，其中那个叫任志莉（做询问笔录时知道的）的中年妇女手里拿着掌中宝松下摄像机，转换着角度不时地环拍着。

这时，一队车辆开过来，停在了南环路边，最前面的别克商务车下来的是穿白半袖衬衫的西线区副区长萧显，身穿黑色小白点T恤的西线公安分局治安副局长吴威紧跟在萧显的身旁，他们站在路肩上，身边围拢着一伙人，特别突出的是那个一头浓密长鬈发的动迁办女主任侯美丽。从周勇媳妇付爽那面讲，周勇得叫侯美丽表姐的。萧显这会儿对着沙石料场指指点点说着什么，边上人附和着。这时候，两辆带着特警字样的黑专用中客停在了路边，一队特警下了车，进入下边的泄洪渠施工现场，对现场人员进行清场，有三五个拿着摄像机的人穿梭跟拍着。找去接线的施工领导没有回来，红运动服等要求接监控闭路线的几个妇女被勒令离开挖掘机，回到老北京平房的院子里，铁大门被关闭了，开着上边的小便门。特警们一字排开守在铁大门前，不准人随便出入，铁大门里的妇女不时举起手里的手机或拍照或录像。路边的车辆开始不断增加着，什么行政执法、公证处、交通运输等好多的部门，一会儿就聚集有几十辆，两列纵队排在环路的一侧。周勇这时候有些迷惑了，不就是挖掘一条泄洪渠嘛，用得着这样大阵势吗？

"周勇！周勇！你马上带人去把摄像的那个女的给我弄下来！"对讲机里，吴威在下达指令。周勇这时候才注意到那个刚刚在屋顶拿着掌中宝摄像机，穿一身蓝牛仔服的妇女，不知什么时候爬到院墙外铁门旁的那台装载机的棚顶上录像了。那里真是个好地方，现场的一切都尽收镜头里。

周勇一招手，李玉林和两个辅警立刻跟随来到装载机前，周勇仰头对那个叫任志莉的中年妇女喊："喂，你马上从上面下来呀！"任志莉看了周勇一眼，继续举着掌中宝拍摄着。李玉林立刻厉声喊叫："喂，跟你说话呢！叫你下来你没有听到吗？"任志莉仿佛没听到，依然没有理会他们。李玉林接着喊叫："喂，叫你呢！你快下来，还要我们动手哇！"周勇喊叫："你快下来，你可不要妨碍公务哇！"任志莉依然故我，继续环拍着。吴威这时候在对讲机里喊着："周勇，周勇，你们还在等什么，立刻上去把她给我弄下来！"周勇这时候向环路路肩上看了看，见吴威还伴在萧显的身旁，眼睛看着他们这边。周勇立刻向任志莉发出最后通牒说："你马上给我下来，不然我们就不客气了！"任志莉看都不看他们，根本没有下来的意思。吴威继续在对讲机里喊："周勇，你们还在等什么！我的话你没有听到吗？"周勇只能一挥手，李玉林率先攀上了装载机，任志莉看到警察真的上来了，这时候有些慌乱，立刻蹲在驾驶室的棚顶，将掌中宝摄像机抱在了胸前，一动不动地蹲在那里。周勇站在铁梯磴上说你还是自己下来吧！任志莉蹲在那里没有动也不说话，吴威又在催促着，周勇看向李玉林，李玉林立刻蹬上了棚顶，去拉任志莉，任志莉抵抗着，努力摆脱李玉林的拉扯，装载机上到处都是钢铁，周勇他们四个人勉强站得住脚，被拉扯的任志莉尖叫着不断反抗，在李玉林的手臂上留下了抓痕，周勇见状立刻伸出援手，任志莉还在抵抗，两个辅警也不甘人后，任志莉被拉倒了，摔在棚顶前凸凹不平的钢铁上，发出了一声声惨叫和呼喊。

院子里的妇女们看到了这一幕，一下子沸腾了，有的人在举手机拍照、录像，有的人挥拳呼喊"你们也太没有人性了！"许多人冲出了小门，试图上前帮助任志莉，门前的一些特警立刻上前阻拦，特警和妇女们混在了一处，任志莉被四个特警抢先接住，抓住了四肢，扯起来就跑，扔进不远处的一台中巴特警车里。

有人在喊着不许拍照！一些特警在示意那些妇女收起手机或用手遮蔽着手机的镜头，驱赶着试图让妇女们回到院子里。这时候，一处人群里发生了激烈的冲突，是亲临一线的副局长吴威被一个小个子中年妇女牢牢抓住了T恤的领口，小个子妇女不断喊叫着："你把手机还我！你把手机还我！"吴威狠狠地抓住小个子妇女的头发，试图要小个子妇女放手，小个子妇女却死死地抓住吴威的领口不放，仍然在不断讨要着手机，吴威一时无法脱身，两个人僵持不下时，两个特警冲上来帮忙，用力拉扯小个子妇女，吴威的T恤发出一声清脆的裂帛声，吴威这才摆脱了小个子妇女的顽强纠缠。吴威气急败坏地发出了命令说你竟敢袭警，把她给我抓起来！小个子妇女被两个特警按押着送往了警车。

吴威抖了一下扯坏的T恤，有些气急败坏地对着对讲机喊道："周勇！周勇！你立刻回到所里，把这两个妨碍公务的人给我拘留了！"周勇听了就是一愣，这里不是他们派出所的辖区，怎么把人送到他们所处理？这样想着还是说："吴局，怎么拘呀？"吴威说："按治安管理处罚法，绝对不能少于十五天哪！"周勇回答说："明白！"立刻上了警车，李玉林驾车驶向了鹤吉派出所。

周勇耳边这时回响着任志莉的惨叫声和那个妇女讨要手机的呼喊声，这让他猛地想起了自己的母亲高四新，仿佛是母亲高四新被抢劫时的惊呼及中刀时的惨叫，这些似乎有些遥远。阴沉的天空这时开始飘雨了，警车的雨刷在不停地刷动着挡风玻璃，玻璃还是被雨滴不断覆盖着，雨刷不断进行着一下又一下的挂刷，仿佛进行着一次次的轮回。

任志莉和那个撕坏吴威T恤的叫于秀莲的小个子妇女进了派出所很老实，她们的眼神里充满了无助和惊恐，她们对派出所是陌生的，不知道自己将面临着什么？周勇十分熟悉这种眼神，她们就是普通的百姓。周勇执行了吴威的命令，按照治安管理处罚法找到相关的法条对应她们的行为，对她们进行了宣讲，告知她们妨碍了警察的公务。"叫你下来你为什么不下来呀？不叫你拍照，你为什么还拍照？我们已经对你警告过了，还有你，那是我们的副局长，你怎么敢拽住他不放，还拽坏他的衣服？"于秀莲强调说："是他先抢我手机的，我的手机三千元新买的，他给拿走了我找谁去？"尽管如此，两个妇女还是机械地有些懵懵懂懂地认同了周勇的说法，乖乖地在询问笔录上签上了大名，完全符合"坦白"的政策，但绝不能"从宽"！周勇将她们送进了拘留所，执行行政拘留十五日的处罚，满足了副局长吴威的要求。吴威听到了这个报告似乎仍然不解气，亲自把扯坏的T恤送到了派出所，作为被拘留人袭警证据留存，还不无惋惜地对周勇说："这是你嫂子刚在西线大厦给我新买的，大品牌，刚上身的！"

周勇手臂上有几条抓挠的痕迹，那是任志莉留下的。关于对这两个妇女的处理他心里明镜似的，只是说不出口，也不能问，下级服从上级，这是铁律！

这时候，教导员李俊山进来了，看看他说周勇："怎么了？看你怎么不太高兴？有事啊？"周勇就把刚刚发生的事情说了一遍。李俊山听了皱了一下眉，说："周勇啊，你觉得你这样做合适吗？弄不好你要摊事的！"周勇说："师傅，会吗？"李俊山说："周勇，你可是案件经办人哪！从另一个角度说，那个任志莉在装载机顶上摄像怎么违法啦？吴威干什么要抢夺于秀莲的手机呀？还是着便服执法，出示证件了吗？处理这个案件你没有认真想一想吗？"周勇说："师傅，吴局下了命令，我还能怎么办哪？"李俊山说："发生案情的地点不是咱们所管辖，你完全有理由拒绝呀！"周勇说："我最初也是这样想的，可我也说不出口哇！"李俊山说："我知道你是有些顾虑的，事情已经走到这一步了，如果当事人律师要求取保候审，你可一定及时办理呀！"周勇说："吴局说了，她们在本市请不到律师的！"李俊山说："糊涂！这是什么话，中华人民共和国就西线这么大吗？你要记住了，在正义面前，有些'道德'是不道德的，何况你们今天做的事！"周勇认真品味了一下李俊山的话，不由得点点头。师傅李俊山是有些业务能力的，就是为人太过耿直，在一些案件上不会转弯，这些年一直就窝在所里，况且现在他已经办理了退休手续，就等着再过些天就回家颐养天年了。周勇说："师傅，我知道了！"李俊山说："你可千万记着我说的话呀！"周勇说："好的，师傅，我记下了！"

　　暴风雨如期而至了，一阵阵电闪雷鸣，天空像开了闸门，雨从阴沉混沌中下到天空有了一些亮色，仍然不肯停歇。周勇耳边回响着李俊山的话，心里一直有些忐忑，看着窗玻璃流淌的雨水在凝神。李玉林这时候走进来，将手机放在他面前说："周所，你看看！"李玉林手机微信朋友圈里出现了刚刚现场执法的短视频和一些照片，其中有几张任志莉被拉下装载机时的照片，有一张画面是任志莉面部的特写，那张脸上的眼睛里是惊恐，在极度的痛楚中张大了嘴，拼命地呼喊着。这让周勇又一次想到了母亲周四新，母亲当时是不是就是这个样子？自己和杀害母亲的凶手有什么区别？周勇又划了几张，幸好照片里他们都是低头或侧脸的影像，他轻轻地舒了一口气。现在网络传播速度简直太快了，想隐藏都没有可能，"要想人不知，除非己莫为"。李玉林说："周所，听说现场的其他妇女也都被特警带走了！"周勇有些惊异地说："为什么呀？"李玉林说："说是协助调查！"周勇说："调查什么？"李玉林说："不知道！"周勇说："那些人都被带到哪儿去啦？"李玉林说："说是分到西线区各个派出所了，该不会是想要删除她们手机里的信息吧？"周勇指着李玉林手机里的图片有些冷笑地说："那这些东西是怎么出来的呀？"李玉林说："应该是一些外围人拍摄的吧，或是人家单位早就有准备也说不定啊？像这个叫任志莉的早就拿着摄像机了！"周勇说："你说得没错！"李玉林说："听说那个院子和房子也全都扒掉了！"说着划出一张照片，里面是几台挖掘机高举着大铁铲，正在指向那栋老北京平房，有一台装满办公用品的皮卡车停在那里，旁站着萧显、吴威、侯美丽等人。周勇似在自语又似在问李玉林说："怎么会这样？今天的一切到底是为了什么呀？"李玉林说："谁知道哇！"眼睛里满满的疑惑，拿起手机就出去了。

简直是见鬼了！周勇在心里骂道。外面的雨还是一阵紧似一阵地下着，周勇来到派出所门口，他紧跑了几步，上了自家的"北京"吉普，插上车钥匙，启动了车，打开快挡刮刷，车窗一下接一下地明暗着。似有什么东西召唤，周勇的吉普车驶向了南外环路那个泄洪渠挖掘施工现场。

风雨中，几台挖掘机挤在了一处，停在那栋老北京平房废墟旁，开挖的泄洪渠还是早晨那个样子，挖掘机的漆面在风雨的洗涤下呈显出一些亮黄，那个小院子和里面的老北京平房已经夷为了平地，风雨中的断壁残垣，新茬的旧红砖流出的是暗红色液体，周勇惊诧不已，看来扒掉这座房子才是今天的目的，难怪侯美丽会出现在这个现场啊！

周闯赶上了好时机，下辽河踩上了"五点一线"的规划，西线新城市建设，他合作的房地产开发项目做得越来越好。这时候，周闯坐在办公室根雕茶几前，和两个下属悠然地喝着普洱，还以老板的派头说这样的天气就该喝普洱！看到周勇进来，周闯的两个下属和周勇打了声招呼，识趣地起身离开了。周闯看了看周勇，在茶罐里夹出一个新茶盏，注满了茶水说："小勇，坐呀，你今天怎么这么闲着？"周勇坐下来，抿了一口茶，说了上午发生的事、刚才的所见和心中的疑惑。周闯冷笑一声说："这一帮狗娘养的，谁都坑啊。也是，这也是没有办法的事，你明白就行了！"周勇说："哥，关键是我不明白呀！"周闯笑了笑，说："也是，你不在这个圈子里嘛！"

沙石料场这块地是油田西线一家小附企单位的，早就是西线区动迁办的眼中钉了，它和旁边的房地产开发有着十分紧密的关系，这里是市里统一规划的。这一片土地确定开发房地产以后，区动迁办和使用这个院落的附企单位就进行了动迁磋商，也多次去看动迁的地点，不知道是这家小附企单位嘴张得太大，还是有其他什么特殊原因，动迁的事就迟迟没有得到很好落实，这一晃好几年就过去了。去年年底，市里开始争创国家卫生和文明城市验收工作，从省里空降来的市委书记十分重视，这是他任上政绩工程的延续，关涉着他的光明未来。这一天，市委书记乘车在市区道路上巡视，行驶到这个地方时发现了问题，立刻召唤西线区领导到达现场："这是西线城区建设头上的一个癞疮，难道你们都没有看到吗？"西线区主管领导做了汇报，说明了原因。市委书记目光十分犀利，只淡淡地说了一句："就这么点事你们都解决不了哇！"在场的区领导听到了弦外之音，全都面面相觑，立刻进行了强势表态，特别是主管这项工作的副区长萧显。现在看来，他们是借着暴风雨黄色预警把这件事给做了！

周闯说的这件事一是来自他们业内的坊传，另一个渠道也许是来自嫂子张玉洁。张玉洁现在是市报要闻部主任记者，一直亲临一线，报道市里的一些重点工作，自然也能收获一些秘闻。周勇说："哥，这么说他们是事先就计划好的啦？"周闯笑着说："小勇，你说那么多部门临时调集，搁你你信吗？"周勇说："哥，这样说只有我是被蒙在鼓里的啦？"周闯说："这也没什么不正常的！"周勇心里实在是有些别扭，说："哥，走了呀！"周闯宽慰着说小勇："你就想开点吧！"

周勇回到家里，媳妇付爽笑着说："周所，这样的天气，你怎么才回来呀？"周勇说："付老师，我的工作你是知道的！"付爽说："吃饭吧，一会儿菜都凉了！"周勇说："好，做了什么好吃的呀？"付爽说："家炖鲫鱼！"周勇说："这个我喜欢！"付爽说："周所是属猫的嘛！"周勇说："说得完全正确。苗苗呢？"付爽说："她去姥姥家了。对了，今天南外环路发生什么事情了，有人在朋友圈发了视频！"周勇勒住有些紧张的心情说："什么内容啊？"付爽说："不清楚，就看到路上排了一溜儿大车小车，占了小半个路面，少说也有几十台，有交警、路政、行政执法，还有特警！"周勇有些放松地说："没听说有什么事情啊！"周勇工作上的事尽量都不让付爽知道，免得她担心。付爽说："那就好，咱们吃饭吧！"周勇说："好！"坐在了餐桌上，周勇夹菜时露出胳膊上的几条抓痕，付爽马上抓住胳膊说："哎，你的胳膊怎么弄的呀？"周勇轻描淡写地说："啊，不小心让一个树枝给划了一下！"付爽说："你都多大的人了，以后做事当心点，别老毛毛愣愣的呀！"周勇笑着说："付老师批评得对，我一定谨记呀！"

付爽和吴威的媳妇赵小琳是一个小学校的，赵小琳是教导处主任。赵小琳家和付爽家有些拐着弯的亲戚关系，两家的大人走得很近，赵小琳就有了照顾付爽的责任。是吴威、赵小琳为周勇和付爽搭桥牵的线，他们才有机会喜结连理的。

早晨，形成这次暴雨黄色预警的九号台风还在下辽河的头顶上盘旋，雨一阵紧一阵松不停地下着。周勇上班直接去的西线公安分局，完善了任志莉、于秀莲行政拘留的相关手续，正准备回所时，接到了师傅李俊山的电话。李俊山说："任志莉、于秀莲的律师已经到派出所了，你赶快回来接待一下吧！"周勇说："好的，师傅，我这就回去！"收了手机，周勇想了想，还是去了吴威的办公室。

吴威听了报告，沉着脸看着周勇说："律师有什么了不起的，我就一个原则，人就是不能放，实在不行你就推到我这里来！"周勇皱起了眉头，说："可是，吴局……"吴威立刻十分坚定地说："周勇，没有什么可是的，就这么办了，绝对不能便宜了她们，你去吧！"周勇便有些无奈地退了出来。

任志莉、于秀莲聘请的律师叫邝银，六十出头的年纪，看着一个老农民的模样，可语出惊人："任志莉在自己单位的装载机棚顶上摄像招谁惹谁啦？怎么就妨碍你们公务啦？你们的副局长就可以随便抢夺我的当事人于秀莲的手机吗？他穿着便装执法，对我的当事人出示执法证件了吗？我申请对我的当事人取保候审！"法条一个个摆出来，周勇立刻理屈词穷了，但还是强撑着借个因由出去打电话请示了吴威。吴威有些不耐烦地说："周勇，我不是说过了吗？不行！你拖着他们，不行就找个理由

535

躲了，不搭理他们，有能耐让他们去使去，咱们也有律师，不行咱们就法庭上见!"吴威的意思很明确，人就是不能取保候审暂缓执行! 周勇有些话说不出口，自己坐到现在的位置，除了师傅李俊山的举荐，吴威也是帮过忙敲过边鼓的。周勇回来对邝银说:"邝律师，取保候审你得找我们分局主管领导审批了才行!"邝银说:"那好!"便信心十足地立刻去了西线区公安分局。

邝银他们一出来，周勇立刻把情况报告了吴威，邝银去西线公安分局扑了个空。

据人说，律师邝银在这半个月的时间里先后跑了市公安局、市区两级人大、政法委、信访办、纪检办等多个部门反映情况，没有得到一个相关部门的支持。无奈，最后便去西线区人民法院提起了诉讼，有消息传来，邝银当事人诉讼理由充分，西线区人民法院立刻给予立案。

陪同周勇对簿公堂的是西线分局法制办主任刘睿和区政府"御用"律师王友勇。王友勇生着藏狐般有些神秘微笑的脸，他对这个案子一点都不用心。当然，这也是有原因的:一是王友勇马上要飞上海，机票握在手里，说是那里有区里一个十分重要的案子等着他去诉讼;二是打官司就是打证据，这个案子目前他没有什么有力的证据，律师也不好做"无米之炊"。周勇立刻提示说:"当时现场咱们不是有三五个扛着摄像机在现场拍摄的人吗?"王友勇笑得更加具有神秘色彩了，那意思分明在说:"那些都是做给外人看的，咱们的摄像里面找不出一条对你有利的证据!"周勇一下子就蒙圈了，官司如果输掉了，一切责任都要他周勇承担! 王友勇临走时还有些神秘地笑着说:"周副所长，你别急呀，还早，咱们有的是时间哪!"

周勇多少是明白王友勇的意思的，司法诉讼还有二审，上诉、终审，庭外和解等好多个程序，真受折磨的是对方当事人，咱们是国家行为，大不了走国家赔偿! 可周勇心理上受不了这样的折磨，他是一名人民警察，却要在人民法院的法庭上屡屡去面对无辜的当事人，而且公然撒谎，掌中宝摄像机就在派出所，于秀莲手机就在吴威手里，他得说没见到不清楚，这是他应该面对的吗? 可不面对又有什么办法? 谁让自己当时那样办理案件? 自己当时执行这个命令的时候难道就没有私心吗? 付爽曾经说过吴威这次或许又有机会了，说是和新空降的市公安局长有了什么特别的关系，吴威如果有机会，周勇一定也能有机会，那你就怪不得别人了! 周勇不能想象他不好好工作，包括执行上级命令，他会坐在现在这个位置上吗? 当然，这些年里他有李俊山的引领，有最高意义的道德戒律和自我牺牲精神，不知道从什么时候开始，荣誉和纪律取代了良知和道德责任，"内部规则"被当作正当性的源泉和保证，而成为最高的美德，从而否定了个人良知和法律的权威性。

"兄弟，算了吧，你替人扛锅也不是白扛的，都说责任自负，谁会自负? 领导有领导的想法，上级有上级的做法，也许他们早就沟通好了，不然谁会给他们出力卖命啊！你就放心吧，就是退一万步讲，让你脱了这身衣服，你们领导肯定也会给你一个交代的！就是真没有交代也没有关系，咱爸那里有实业，哥这里有公司，你干什么不能生活？或许会生活得更好！你当个治安警多危险哪，总是冲锋在前的，我倒是希望你能过来帮我，兄弟同心，其利断金，钱和你没有仇吧？人活着为什么呀？你就想开点吧！"周闯这时劝慰说。

道不同不相为谋。周勇从周闯办公室里出来，心里沉甸甸的，当警察是他从小的志愿，他想起爷爷，想到金鸿雁，他就想跟人好好说说这件事，痛痛快快地哭一场，或许他曾经的理想就这样破灭啦？他这时看到路边灯杆上的宣传牌，上边书着"公平、正义"四个大字，他的嘴角不由得有些讥讽地翘起来，咱们要真正迈上这个目标，究竟还有多远的路要走？他真的不知道哇！

六十二

任志成近来一直都在回避叶华清，叶华清却不急不燥的。任志成在微信里说的任何一个理由叶华清都是认同的，还温柔地说："你忙你的吧！"几次之后，任志成自己都感觉不好意思，有些脸热心跳，都有些不相信自己了。

叶华清是公司工会专职干事，主管女工、福利这一块。任志成在公司工作和叶华清没什么交集，日常见面的时候都很少。他们的相识，缘自蓝河湾的那一次游览。

之前，任志成对蓝河湾这个名字是十分陌生的，做了公司副主任后，是关系开始向好的公司工会副主席蓝玉跟他说起的。蓝玉的老家在蓝河湾，蓝玉的哥哥蓝金在蓝河湾开办了一处旅游景区。许是旅游兴市理念的号召和影响，下辽河区域里如雨后春笋般大大小小开办了许多的旅游景区，最著名的当属红海滩，那是享誉全国，走向世界的大品牌，央视广告常常出现，其他的就有些平平了，属于平淡无奇的那种，蓝河湾就是其中的一个。蓝玉说蓝河湾有生态稻田，有蔬果采摘园，有大片的荷花池，有特色民宿，有篝火晚会，这些其他景区也都有，有些景区的单项特色在本地还非常突出，像七彩园的采摘季、安鑫园的荷花节、鸟乐园的观鸟台什么的。蓝玉就说蓝河湾也有自己的突出特色，因景区毗邻着大辽河，有大国工匠新建造的非遗木制游船。蓝河湾连着大辽河，大辽河通往渤海湾，游人乘游船可以观光大辽河两岸绮丽风光，途中还有一个河中滩——蚬子滩，潮水落下时，游人可以在蚬子滩上逗留个几小时的光景，或戏水或挖蚬子，挖到的蚬子游客是可以带走的。应该说大国工匠建造的非遗木制游船观光和登蚬子滩是蓝河湾景区独有的两个亮点。蓝玉发出邀请说："老兄，抽空全家一起去玩玩啊？"任志成说："进伏了，天气太热了。"蓝玉说："那就选个多云的天。"任志成说："也好。"蓝玉笑着说："那就这样定了呀!"

周六,凌晨下了一阵轰轰烈烈的雷阵雨,早晨天空还散布着片片阴云。蓝玉打来电话说:"老兄,今天的天可以,去蓝河湾哪!"任志成说:"这样的天气不会下雨吧?"蓝玉说:"下点雨怕什么,阵雨,一会儿就过去了!"任志成说:"那好吧!"

蓝玉在单位要了一台面包车,看到了任志成就说:"老兄,你怎么一个人?"任志成说:"老婆的科研工作任重而道远,儿子高中总复习在冲刺冲锋!"蓝玉一摊手说:"这扯不扯呀!"

面包车向蓝河湾驶去,车上有八个人;任志成、蓝玉、叶华清、宣传部副部长朱铭两口子,还有司机老婆和女儿。去蓝河湾的车程不到一小时,临近景区了,车还淋了一阵雷阵雨。面包车驶进了蓝河湾景区大门,停靠在停车场。这时候,天空上开了一条缝,立刻滤出了几缕阳光,一会儿又隐没了。蓝玉说景区里基本都是单行线,不宜进车!便率队沿路向里面走去。沿途绿荫葱郁,葡萄棚接着的是葫芦架,两边的桃、杏、李、梨、苹果等水果挂满了枝头。任志成看着有些心悦。

来到景区接待区,这是一座木制结构的大四合院建筑,黄花松原木和板材,刷着亮油,木纹清晰。正门是廊道,两边是餐厅,门上贴着红色不干胶机制的序号,院内有二百余平米的露天空地,中间一处小桥流水,旁边一口压水井,周边种有绿植,最为惹眼的是西北角一丛过人高的密密的箭竹,稠密青翠,招人牵枝弄影。东南角上有一畦花草,核桃大的各色花朵很是艳丽,惹得好些女人捏花弄草地合影。

有人送茶去了01号餐厅,喝了杯花茶,蓝玉看了下时间,便招呼大家向码头出发。走过一段粉红、金黄倭瓜悬挂的廊道,眼前横来大辽河国堤,沿着斜坡路向国堤上攀行,路边的堤角处有一棵高大的白杨树让人仰视。白杨树枝繁叶茂,树干粗壮,树高四五十米,完全是鹤立鸡群的感觉,树干上系一条大红带子,上面拴着大大小小的红布条,在风中款款飘动,一块长方红布上书神树两字,它是怎么生长的?过往的人不禁驻足留影。宣传部副部长朱铭此时主动承担起拍照的任务。

登临大辽河国堤,堤内景色一览无余,河水宛如一条亮练蜿蜒而来,亮丽而去,面前的河滩地上有一大片池塘,里面挤满了大片的荷,荷叶茂盛,荷花初放,白色的莲藕、粉红的花朵和翠绿的荷叶相映成趣,赏心悦目;池塘中有一条木制的栈道,穿荷塘而过,举步的堤坝下就是蓝河湾游船码头。游船码头上聚了不少人,有一队高年级小学生,由几个青年男女组织,高声唱着歌曲,然后整理好队列,一位矮个女生用电喇叭开始宣讲乘坐游船的注意事项,声声悦耳。

这时,一个身材中等,面色吸足了紫外线的黝黑的男人来到了他们面前,蓝玉立刻介绍说:"我哥蓝金!"任志成立刻和蓝金握手说:"大哥,您好!"蓝金一笑,说:"幸会,幸会,欢迎你们光临蓝河湾!"任志成说:"给你添麻烦了!"蓝金爽朗地笑着说:"一家人不说两家话!"蓝玉说:"老兄,我就不陪你们上船了,我得回家看看老妈，中午陪着老人家吃顿饭，你们尽兴啊！"任志成说："你请便吧！"

　　游船码头并排泊着三艘游船，游船全木结构，十五六米长、五六米宽的样子，敦实而厚重，保留着木材本色，感觉都能嗅到新木的香气。船上有木条制的遮阳棚，遮阳棚下是双排木制本色的条桌条凳。按照蓝金的指引，任志成他们上了01号游船，船老大招呼游客入座，然后开始宣讲乘船注意事项，首要的是必须穿戴救生衣，还拿着橘色救生衣做了示范。这时候，蓝金组织一些人往各艘游船送饭，每艘船上端了三只大盆，一大铁盆米饭两中盆菜，都用塑料薄膜罩着，还有两方便袋的方便饭盒，一同放在了船尾甲板处，想来是游船今天的午餐了。蓝金这时候登上了01船，船老大得到了手势，立刻启动了柴油机，柴油机欢快地轰鸣了起来，这样的轰鸣立刻得到了另外两艘游船热烈地响应。

　　蓝河湾最早应该是一条连接大辽河的潮沟，之后被人工疏浚了，变身为大型提水站供水前端的河湾，在游船上能清晰地看到不远处提水站的轮廓。蓝河湾的水这时候很旺，两岸是密匝匝的芦苇，兼或有些蒲草，游船犁开微波荡漾的水面，在船尾留下八字的涟漪，拖在长长水面上荡到岸边，被后面驶来的游船冲上轧开了！

　　任志成和朱铭坐在一个条凳上，他们的年龄相仿，桌对面是叶华清和朱铭的妻子。朱铭妻子小鸟依人，不时寻求朱铭的帮助，叶华清不时微笑地看着她。朱铭妻子这时想要喝水，朱铭立刻从包里拿出一瓶矿泉水，拧开瓶盖递过去，朱铭妻子惬意地喝着。叶华清这时也从挎包里拿出一个塑料袋放在桌上，里面有两瓶矿泉水和几个鲜桃。叶华清笑着说："你们大家吃吧！"见没有人动，叶华清说："主任，部长，你们来一个，'十四号'，洗好的！"说着，将鲜桃送到任志成、朱铭的手里。任志成说了声谢谢，接在了手里。朱铭拿着桃示意妻子，朱铭妻子说："我吃不了那么多！"朱铭就将桃子掰开，两个人分享。

　　叶华清团脸粉白微胖，生得端庄，整理得明净，戴着一顶淡粉色棒球帽，穿一件白色防晒服，三十出头的样子。叶华清看看任志成，看看鲜桃，眼里几分询问的神情："你怎么不吃？"哇！有人这时惊呼，游船进入了大辽河。大辽河的水清凌凌的，许是多云的天气，有水汽升腾，河面有些烟波浩渺的空阔。

　　蓝金这时站在船头甲板上，迎风而立，像是享受一种特别的风韵。任志成这时放下了鲜桃，起身来到船头，迎风而立的感觉真爽，有一种灵魂跃出的冲动。蓝金扭头看了任志成一眼，笑了笑。任志成说："大哥，乘游船的感觉真不错呀！"蓝金说："还行啊？"任志成说："当然！大哥，造这样一艘游船要多少钱哪？"蓝金说："三十多个！"任志成说："这得多长时间能收回成本哪？"蓝金笑着说："这就不好说了，得看游客量啊，我这个游船项目刚起步，知道的人有限，游客不多，做了广告效果也不太好，还得靠口口相传。咱们这艘船上的基本都是亲戚朋友介绍来的，那两艘船上的才是游客！"任志成说："大哥，你这样做是不是有些冒险哪？"蓝金说：

"过一段时间或许会好的！"任志成想蓝金用的是荷花效应，说："大哥，你能肯定吗？"蓝金笑着说："我从小在大辽河边长大，主要是喜欢！我这里还有生态种植和养殖，收入还是不错的！"蓝金说着，回头对船老大做了个手势，游船开始斜着向河右边岸行驶了，离着右岸渐近时，船渐慢了，船头掉向了左边。蓝金这时走向了船尾，一个小伙子从船舱里拽出一个大白编织袋，从里边抽出了一片白丝线的鱼挂子，站在船的右舷上，随着船向左岸斜向行进，将鱼挂子放入河水中，船后的河面上留下一溜白色泡沫浮漂。鱼挂子放完，游船从左岸缓缓地驶回了右岸边，小伙子从左舷捞起鱼挂子的第一个浮漂，开始收网，出水的白丝网寄托着所有游客的期盼。许是下网时间太短的缘故，白丝网上间或摘到一条一拃长的被叫作狗鱼的鱼，蓝金摘下就扔回河水中了。小伙子收了鱼挂子，又从船舱里拽出一个钢筋铁三角架，架子上缝着一个绿尼龙线细眼袖子网，铁三角每个角上系着一根尼龙绳，三根尼龙绳系在一根更粗的棕麻绳上。铁三角网具下放到河水中，立刻沉入了河底，被那根棕麻绳拖曳着，游船继续前行着。

乌云这时拉开一道缝隙，太阳从缝隙挤出来，人渐渐有些炙热的感觉，游客纷纷回到了遮阳棚下躲避，浏览大辽河两岸的风光。"开饭了！"蓝金说。小伙子开始分发一次性饭盒，游客自己盛饭舀菜。菜是五花肉土豆炖豆角和辣炒蚬子，蚬子大拇指指甲大小，泛白色，壳有些厚，蚬子肉有花生米大小，和市场卖的白蚬子略有不同，农家大锅饭菜还是别有风味的。

游船缓速了，小伙子开始拉动那根棕麻绳，三角架露出了水面，蓝金上前帮了一把，将网具拉上来，放在船尾甲板上，网具的尾部鼓涨着，显然是有些收获。小伙子麻利地解开网具尾部的绳子，网具里的收获堆在甲板上，大多是刚刚吃过的那种白蚬子，足能装满两水桶。这时候，蚬子堆里有东西拱了拱，爬出的是几只半大的河蟹，面包车司机率先抓了一只，拿给了女儿玩。蓝金说："蚬子谁想要谁就拿吧！"司机妻子闻言立刻从挎包里拿出一个方便带，装了大半袋子。

游船在一座跨河铁路大桥前掉的头，然后溯流而上。人们这时才发现这时的河水流速有些急促，河水也降了许多。游船行驶了一阵，前面的河面上赫然出现一片青灰色的沙滩，占据着半边的河床，显然是河水落潮露出的，想来这就是蚬子滩了！游船泊在一处浅滩处，船上顺下一架短木梯，人们纷纷赤脚下到了蚬子滩上。蚬子滩有足球场大小，随着河水的落下，面积还在不断增大。蚬子滩全是一样的青沙，和1975年地震时冒出的青沙很相似。青沙细硬，脚踏过没有任何痕迹，只有不停地拍打，才会有水润的软糯。那队小学生们开始了嬉戏，蚬子滩上回荡着一阵阵爽朗的笑声。

乌云飘来了，开始不断聚集，很快就将太阳遮蔽了。任志成独自环蚬子滩游走，走到河边处，他试图攀到河岸上，看看岸上的风光。蚬子滩和河岸间有一条泥沼，宽五六米的样子，只是每进一步都要深一些，有些下陷，及至膝盖深时，任志成回头看看蚬子滩上游玩的人们，有些知趣地退了回来。他环完整个蚬子滩，这时驻足看了看，这块沙滩怎么会生长在河床上，难道是来自1975年的那次地震？任志成这样想着，便低头寻找着蚬子。他看到一块沙滩上有一些豆粒大小的沙痕，手指就从一个沙痕处挖下去，手指深入一节，指尖触到异于细沙的东西，挑开来，真是一个小蚬子，他这样挑了好多次，都没有落空。只是这个蚬子只有花生米大小，想来还在生长期里，他一直想寻找到大一些的，却都没能成功。这会儿抬头时，见叶华清正端着手机对着他，任志成愣了一下，叶华清笑说："主任，继续！继续！"任志成站起身说："太小了！"叶华清笑着说："我一只都没有找到呢！"任志成指指那些沙痕说："很好找的！"叶华清说："我这个人笨！"就走到近前。任志成指着一个沙痕，手指挖下去，一个蚬子出现了，任志成说："你试试！"叶华清试了一下，有些夸张地笑着说："真的有哇！"接连挖了好几个，拿在手里把玩，说："主任，麻烦你帮我照个相好吗？"任志成说："好！"接过叶华清的手机，开始拍照，叶华清便摆出各种姿态，表现着青春的靓丽。

一记震人心魄的雷声惊动了蚬子滩上的人，人们惊愕地举目寻去，东北方的天空密布着一片巨大的黑云，那记炸雷在黑云上划出一道十分耀眼的金色闪电，随之而来的是一阵凉风，像是狂风的拉扯，那片浓重的黑云急速地向蚬子滩方向滚动着，开始覆盖更大的天空，天空阴沉着，给人黑云压城城欲摧的感觉。

"快！快！快！快都回到船上来！"蓝金站在01船头，手拢成喇叭状高声呼喊着。

蚬子滩上的游人们急速奔向各自的游船，有序地攀登着木梯。

任志成是最后一个蹬上01船的，蓝金这时候去了有小学生的02船。小伙子收起木梯那一刻，游船就开动了，船老大提示大家全都穿好救生衣，在座位上坐好哇！小伙子开始逐人检查着。

浓重黑云的边缘已经抵近游船的上空，强劲的凉风携着大颗的雨滴敲打在游船的甲板上，噼噼啪啪地作响。游船是迎着黑云逆行的，东北风在不断增强，斜风里的雨滴变得稠密，直接扑打在人们的身上，衣服很快就湿透了。朱铭这时候试图用遮阳伞为娇柔的妻子遮挡风雨，一股强风袭来，遮阳伞一下子掀翻撸杆了，伞骨险些划到旁边人的眼睛，朱铭扔了遮阳伞，用衣服将妻子遮住。雨水有些冰冷，冰冷的雨水里夹杂着冰雹，最初花生米大小，落在桌面上弹跳着，接着生长成玻璃球大小，打在人身上有些疼痛，朱铭妻子哎呀了几声，朱铭立刻用手护住妻子的头，随即将妻子按到桌子底下了，妻子随即也将朱铭拉了下去。其他人见状也纷纷钻到桌子下面躲避。叶华清这时用手遮着头，侧脸看着任志成，任志成说："叶华清，你也下去躲躲吧！"桌子下面很小，将将还能容得下叶华清，叶华清有些犹豫。任志成说："你快下去，我去别处看看！"

任志成想在桌子之外找到一处避雨之地，结果是徒劳的。他这时候看到了那只装米饭的大铁盆，拿起顶在了头顶，盆底传来叮叮当当的敲击声。任志成顶着大饭盆回来，扣在露在桌子外面叶华清的脊背上，叶华清回过头看看说："谢谢！你怎么办哪？"任志成说："你不要管我！"便站在遮阳棚的一根方柱旁，那里只能遮挡半个脸的斜风暴雨。

黑云盘旋在游船顶上的天空，周围一片烟雨茫茫，迷蒙人眼。风更狂了，雨更骤了，河水搅动起巨大的波涛，一阵紧似一阵，浊浪滔天，游船在波谷浪间剧烈颠簸和摇晃，像一片树叶，随时有被倾覆的危险，有人发现了这种危机，不由得发出惊呼和私语。任志成这时想起《辽宁青年》刊尾登载的油画欣赏《九级浪》的画面，何曾相似。船老大高声叫大家待在原地不要动。朱铭妻子这时嘤嘤嘤地哭出声来，朱铭在不停地安抚着，效果不佳。叶华清这时候站起来，来到任志成面前，脸色惨白带着哭腔说："主任，我害怕！"任志成说："别害怕，不会有事的！"叶华清说："我真的很害怕！"说着，泪水合着雨水流下来，她猛地扑进了任志成的怀里，紧紧钳住了任志成的腰身。任志成感受到那个身体的战栗，他抱住了叶华清，轻轻地拍着叶华清的后背安抚说："没事的，你放心吧，这个船很结实，真的不会有事的！"叶华清仍旧哭着说："我不会游泳，我不想死，到时候你不会丢下我不管吧？"任志成说："主任肯定不会，我保证！你还是先回到桌子底下去吧！"叶华清抱紧任志成说："不，我就想和你在一起！"任志成说："你相信我，你在那里很安全的，快去吧！"还用劲力按了按叶华清的肩膀。叶华清犹豫了一下，抹了一把泪水，眼中满是期待地说："那好吧，我相信你！"

船老大雕塑般钉在驾驶台上，双手紧握着舵盘，任凭狂风骤雨扑打和游船的颠簸，眼睛始终盯着汹涌的河面。游船迎风破浪前行着，船老大航行的应该是他一直以来固定的航道——河道中偏左一点，他的目标就是尽快回到蓝河湾。任志成这时从游船中间有些跌跌撞撞地来到船老大的身旁，说："师傅，怎么样啊？"船老大头也没回地说："不好，这样极端的天气我还是头一次遇到！"任志成说："你为什么不靠近岸边一些航行？"船老大看了任志成一眼，很是明白地说："你说得也对呀！"便开始转动舵盘，游船开始偏离固定的航线，距离左岸近了许多，游船的颠簸也略显小了，任志成看了一眼河岸，心中放松了一些。他盯着诡异河面上的风雨，期盼着它的尽早停息。

经过半个多小时紧张的航行，黑云中心开始偏离游船的上空，风雨开始消减了，河浪渐渐地平息，游船开始平稳了，一直窝在桌子底下的人们醒悟般地出来了，看着逐渐平静的河面和变得明净的天空，全都重重地舒出一口气，甚至有些怀疑刚刚经历的惊悚一刻，只有湿漉漉的头发和贴在身上的衣服在证明着一切。

蓝玉等待在蓝河湾码头，见面就说刚才的暴风雨。经过那棵高大"神树"时，地上散落了许多断枝残叶，表明着"神树"刚刚也遭受了极端天气的摧残。任志成有些不敢相信他会在蓝河湾遭受他人生里这样的极端天气，朱铭主张说咱们大家留个影吧，这个日子太值得纪念了！

　　一天，任志成收到叶华清发给他一组在蚬子滩上的照片，那是他挖蚬子时的几个瞬间，后面有一张是他帮助叶华清拍摄的，青春、端庄、靓丽。之后，他收到了叶华清诚挚的邀请，请他去家里做客就餐，感谢他的真诚承诺，任志成婉然谢绝了。可叶华清一直都没有放弃，不时在某个节假日就会发出一份温馨诚挚的邀请。

　　任志成一直都在努力修复和何琼的关系。那一天是何琼的生日，任志成说想在外边定个地方，征求何琼意见时，何琼淡淡地说没有那个必要，她也没有时间！何琼那段时间一直很忙，任志成那天晚上就在家里做了精心的准备，可等到的是夜半拖着疲惫身体回来的何琼，何琼看到餐桌上的蛋糕有些歉意地说了句对不起，简单洗了洗就独自睡了。这让任志成的内心很受伤，他拿着一副红珊瑚耳钉凝视着，感觉到他们关系彻底无望了！第二天上午，叶华清又发来了一份诚挚邀请，任志成很想享受一份轻松愉快，他立刻爽快赴约了。叶华清在家里制造的温馨气氛让任志成非常愉悦，葡萄美酒夜光杯，这时候他才知道，叶华清丈夫不但从油田离职了，他们的婚姻已经名存实亡了，只是没有几个人知道罢了。

　　任志成感受着和叶华清在一起的轻松愉快，这是一份久违的浪漫，让他有些沉迷。只是有一次任志成从叶华清家出来，在楼梯上遇到一个中年女人，女人用有些探寻的目光看着他，她或许是叶华清家的对门，这让任志成停止了进叶华清的家门，他一直怀疑叶华清家对门猫眼后有一双窥探的眼睛，和他在楼梯上遇到的那个女人的目光是一样的，这让他很心虚，他不得不转移阵地。何聪那一次看到了他们，是他们从"国贸"酒店出来，之前已经离开的叶华清这时回来有件紧要的东西要交给他。任志成和何琼的关系已经名存实亡了，和叶华清的关系比，他和何琼夫妻关系就是一种屈辱，他每一次努力的修复都是在自取其辱，他一直都在考虑是不是该放手了。这里有对何琼的影响，更重要的是对任泽平的影响，任泽平马上就将面临高考了，或许何琼也是这样想的？

　　电话铃吓了任志成一跳，任志成稳定了一下心神，开启了电话，电话是任校长打来的，任校长说："大成，小莉被派出所行政拘留了，说是送进'三所'了，你马上回来一下，看看怎么办吧？"任志成说："我马上就回去！"

　　任志成匆匆地回到父母家，说："爸，小莉怎么回事啊？"

　　"说是因为她们单位料场拆迁的事被警察带走拘留了，我这里有她单位一个领导的电话！"任校长说。

　　"大成，你可抓紧时间把你妹妹弄出来，拘留所里可不是好待的，佳美也得有人管哪！"那丽蓉十分焦急地说。

"妈，我知道，你和我爸都别着急，我这就去看看！"任志成说。

"大成，遇到这样的事我们能不急嘛？我们可都一把年纪了！"那丽蓉说。

"妈，我知道了，咱们先这样，爸，有事电话联系我呀！"任志成说着，从父母家出来，立刻给任志莉丈夫李超打了电话。李超在电话里说："哥，我也是刚刚接到小莉单位同事的电话，没有接到公安部门的通知，我现在在采油站上班呢，这个时候一时半会儿也没办法找到人替班，就是找到替班的人也没有用，小莉单位同事说了，现在除了律师，其他人没办法见到小莉，本市律师都不接涉及房屋拆迁的案子，单位是在外市聘请的律师，说是律师着手办理小莉取保候审的事宜，我回去还得管佳美呢！"任志成欲言又止，放了电话，从李超的态度上看，李超对小莉的事情有些淡然，这也验证了母亲平时的抱怨，足见夫妻关系早就有些不睦了。任志成拨了小莉单位领导的电话，接电话的是个孙姓的女人，孙女士这时候正陪着律师奔走，说律师已经在"三所"见过了当事人任志莉和于秀莲，取得了一些相关的有利证据，意在先对拘留暂缓执行，办理取保候审，他们在派出所见过办案警官副所长周勇，这时候正前往西线公安分局找主管副局长吴威审批！有望很快达成目标。任志成立刻从单位出来，打了辆出租车去了西线公安分局。

任志成在分局门前见到了略显苍老的孙女士和律师邝银，律师邝银对这个案子信心满满。首先是他刚刚已经攻破了案件经办人周勇的防线，只是现在主管副局长吴威不在，打手机也不接，邝银想想就去了分局的纪检办和法制办反映情况，试图增加一些压力，可这两个部门的接待人员一脸的漠然，说着事不关己高高挂起的话语让人有些气愤，邝银转了一圈，再去敲吴威办公室房门，依旧没有人，继续打电话，还是无人接听，这时候才明白不会有什么好结果，便决定去西线区政法委，任志成也随车一同前往了。

在区政府办公大楼大门口，他们被两名特警拦下了，一个身材有些瘦小的中年男人问明情况，查看了邝银的证件，便让条桌后坐着的工作人员做了相关的登记，其中年轻的女值班人员拿起电话联系了政法委办公室，政法委办公室回复说他们书记正在开区委会！邝银坚持等，区政府的大门口还有不少人也都在等待。

因为等待，任志成这时和律师邝银开始交流。邝银谈吐自如，掷地有声，信心十足，他目前已经打败了周勇，副局长吴威明显是在躲避，政法委书记是不是真开会也不好说，这个程序他一定要走，他要对他的当事人负责！邝银还说起他办理过的案子，那是过五关斩六将的，听着就振奋人心。邝银年轻时当兵入伍，因为军事过硬，学习积极，得到过部队"五好战士"的荣誉称号，回乡在乡政府做司法助理，国家律师资格统一考试一发布他就参加了，是第一批获得国家律师资格的人之一，辞职做了律师，接受的委托不少，特别乐于接受富于挑战的委托，收获满满。这时候，区政府大楼里有一些人往门外流动，邝银立刻去了接待处，那个负责管理接待的中年男人说："中午下班时间了，该去餐厅吃饭了！"

"领导，政法委书记的会开完了吗?"邝银说。

"这个我就不清楚了，或许还在开会或许已经去小餐厅吃饭了，已经是下班时间了，说不好的！"负责管理接待的男人笑着说。

"孙经理，咱们去市人大吧！"邝银想想对孙女士说。

"也行！"孙经理有些疑惑还是答应了。

任志成也跟着邝银一同去了。来到市人大门口，一位保安从门房里迎出来说："各位，单位已经下班了，有事你们下午再来吧！"

"我想找个人！"邝银说了那个人的名字。

"不清楚，今天我还真没有看见他！"保安摇头说。

邝银用手机拨了一个电话，一听说话的语气邝银联系的就是一个十分相熟的人，熟人说他出差在外地！邝银按了电话，说："这扯不扯，怎么这样不凑巧，本想在他这里找些头绪，这事也不能在电话里说呀！"

"邝律师，时间不早了，要不咱们先去吃饭吧！"孙经理笑着说。

"也好，孙经理！"邝银说

"任领导，一起吃个便饭吧?"孙经理说。

"不了，谢谢孙经理，我单位还有些事情，有什么事咱们再联系！"任志成立刻说。

"好的，任领导！"孙经理说。

任志成打出租车去了任校长家，那丽蓉看到任志成立刻说："大成，小莉的事情怎么样啦?"

"小莉单位聘请的律师一直都在跑！"任志成说。

"现在一点结果都没有啦?"那丽蓉说。

"也可以这样说。"

"大成，我可听人说你妹妹如果有了这个案底，今后会影响到你外甥女的，也会影响到你儿子的！"那丽蓉说。

"妈，这个我知道，我和小莉单位聘请的律师刚刚还在一起，我和律师进行了一些交流，小莉的事情肯定能办好的，就是时间问题！"

"大成，出什么问题啦?"任校长说。

"一些相关的单位和人都在回避，我感觉取保候审暂缓执行没有太大的可能！"

"官官相护，那可怎么办哪?"任校长有些忧虑地说。

"很可能只有走诉讼程序了！"

"大成，你那个小舅子何聪不是挺有本事嘛，你找他帮帮忙不行啊?"那丽蓉说。

"何聪在油田还行，在地方我就不知道了！"任志成说。

任校长点点头，那丽蓉立刻说："大成，那你就问问呗，万一能行呢？小莉可是你亲妹妹呀！"

"妈，我知道了！"任志成嘴上这样说，心里十分清楚，他不可能问何聪，这种事情何聪肯定是不会管的，他只能自己时时追踪了！

第二天中午，任志成联系了孙经理，一天多了，取保候审没有一丁点进展，邝银转身开始一些取证工作，他们找到了挖掘机操作手和他的领班，写下了当时的事情经过，这是个对任志莉很有利的证据。谁想西线区土地局土地监察大队这时候插进来搅局，发来土地处罚通知书，想来是上级授意的，律师邝银立刻开始了紧急应对。任志成挂断了电话，看到了叶华清发来的微信：你忙什么呢？任志成这次回应得坦坦荡荡：任志莉的事是真实存在的，解决得一直都不好。叶华清微信回复：你忙你的吧！之后发了一张拍照的纸质图片，是妇婴医院化验单之类的东西，任志成看不懂上边的符号，微信问：这是什么呀？叶华清说：这是我化验的结果。任志成马上说：你哪里不舒服啦？叶华清：我很好，还很幸福，我就要做妈妈了！这话把任志成吓了一大跳，任志成立刻说：你不是开玩笑吧？叶华清说：绝对没有！任志成问：你在哪里？叶华清说：我在家呀！任志成：我一会儿过去！叶华清说：你还是抓紧忙你妹妹的事情吧！任志成说：你等着我呀！

任志成一进叶华清的家门，叶华清就扑上来，紧紧搂住任志成的脖子说："你都想死我了！"立刻黏住任志成嘴唇好一会儿，说，"你妹妹的事情怎么样啦？"

"律师一直都在跑，取保候审没有什么进展！"任志成有些皱着眉头说。

"事情这么难办吗？"

"涉及西线区政府，事情有些复杂，很难办的！"

"那你就不要想了！"叶华清的嘴唇又黏了上来，呢喃着说，"你就不想我呀？"

"想啊！"任志成应付着说。

任志成说："华清，你怀孕多长时间了！"

"六周！"

"你想什么时候做了呀？"

"我要把这个孩子留下来！"

"华清，为什么呀！"任志成这时候有些紧张。

"我就想要这个孩子，我离婚和结婚五年一直没有怀孕是有一定关系的，他们家非常重视子嗣，以为是我的问题，想要我做试管，我听说做试管很遭罪的，一直没有同意，我这次让他们家知道我是没有问题的！"

"华清，可我还没有离婚哪！"

"我就是想要这个孩子，我绝对不会给你添麻烦的，你放心好了！"

"华清，谢谢你，我目前真的什么都给不了你！"

"你给我的已经很多了，特别是在最危险的时刻你给予我生命之托，之后又给了我爱和孩子，我现在已经很满足了，经过游船的那次危险，我当我已经死过一次了，现在的我想得很清楚，人要求得不要太多，那样会很累的，我今后就想轻松愉快地生活，带好这个孩子！"

"华清，一个人带着孩子会很辛苦的！"

"我已经准备好了，我想我会幸福的！"

"华清，你是我今生见过最好的女人！"

"谢谢，我就是一个普通女人，如果方便的话，希望你能来看看我们！"

"我知道了！"

届满十五天的早晨，任志成到"三所"去接任志莉，任志莉单位的孙经理带领二三十个女员工已经在大黑铁门前等待了，员工里有人捧着两大束鲜花。任志成看到了律师邝银，邝银精神饱满，斗志昂扬，对委托充满信心。任志莉、于秀莲已经分别对西线区公安分局提起诉讼，西线区人民法院已经受理，就等着开庭了。西线区土地局土地监察大队对该附企单位的处罚决定，经省土地厅最终裁决予以撤销！关于这一点对任志莉、于秀莲案件的获胜是十分有利的，这场诉讼胜利在望，只是需要诉讼时间。另外，根据任志莉、于秀莲事件发生、发展的过程，特别是取保候审没能成功办理，公安机关以不知道没看见拒绝归还掌中宝摄像机和于秀莲的手机，足以说明我们的司法管理还存在着一些问题，邝银为此将这一段经历写了一篇《肆虐的公权力》的文章，准备在网络平台上发表，以引发社会的特别关注，一份纸质材料已经先行交给区纪检部门了。

"邝律师，你说这样有用吗？"任志成说。

"没用也会吓得他们半死的，你看看！"邝银从大挎包里拿出一份材料说。

任志成接在手里，认真阅读着，邝银的写作能力非常不错，用语精到，用词犀利，便说："邝律师，你就不怕有人报复你吗？"

"我要是真有什么事，马上就会有人找他们的！"邝银有些冷笑着说，有些隐秘的意味，据说邝银在西线承办动迁官司这是第二起了，第一起他取得了完胜。

"三所"大黑铁门上的镀锌小门洞开了，任志莉、于秀莲走出来，女员工一窝蜂地拥上去，送上了鲜花和热情的拥抱，像迎接凯旋的英雄。

任志莉脸上有些消瘦和苍白，人都说拘留所的伙食很朴素却很贵，最适合减肥人群和"三高"患者。任志成给予任志莉父母的问候和挂念。孙经理这时候招呼任志莉上车，说是先去昆仑洗浴洗除晦气，然后就地设宴给她俩接风，孙经理邀请任志成前往，任志成婉言谢绝了！

任志成刚刚回到单位，想想任志莉的官司，律师邝银怎么都是任重道远的。电话响，是何聪。何聪说："老任，你很快会接到去西部项目部任职的通知的！"任志成说："知道了，谢谢呀！"心中不由得感叹，何聪这小子可以呀！

六十三

傍晚，宽敞的"祥和"厅水晶吊灯灯光璀璨，游走了一天的人们按照性别分坐在两处欧式沙发的休息区，惬意地喝着绿茶，品尝着水果，欣赏着这间餐厅的格局和气派，趣味盎然地交流着。墙角上一块大屏幕上放送着流行歌曲，两个休息区的人都能领略和欣赏到。刘辉这时候从沙发上坐直了肥胖的身体，笑着说："'大拿'，这饭店在外边看着也就一般般，没想到这里面这么有档次呀！"

"你以为呢，'疙瘩'，这也就是现在吧，咱们才有机会开开眼，这要在过去你进来的机会都没有哇！"何劲松笑着说。

"'大拿'，这开饭店不就是让人消费的吗？"刘辉说。

"'疙瘩'，谁家饭店餐厅会这样布局，一个餐厅光休息的地方就有两处哇？"何劲松说。

"'大拿'，你说吃个饭喝个酒有必要这样奢华吗？"刘辉说。

"吃饭就是工作，工作就是吃饭，不信你问问去！"何劲松笑着说。

"这我问谁呀？"刘辉说。

"'画家'肯定知道！"何劲松说。

"这个我还真的不知道，我们家的那位一直在清水衙门里，哪能见过这场面哪！"张国安立刻摇头说。

"'画家'是谦虚呢，还是你家领导没有跟你汇报哇？"何劲松说。

"领导怎么会跟我汇报？"张国安说。

"'画家'，这就对呀！"何劲松说。

"这里的环境真不错，下次我过生日，一定让成功在这里安排一把！"刘辉笑着说。

"'疙瘩'，你过生日安排这里当然好了，关键是你得过来，这样咱们聚起来也方便哪！"何劲松说。

"'大拿'，你这话说得太对了，这一回快了，成功的新房子已经装修完了，现在放味呢，等他们搬过去了，我们就搬到他们现在的房子里了！"刘辉笑着说。

"成功新换房子了，可以呀？"何劲松说。

"是李慧琳要换的，这次换的是别墅，独门独院的！"刘辉笑着说。

"行啊！成功还在油田机关哪？"何劲松说。

"不了，刚刚下去，去当一把厂长了！"刘辉一副扬眉吐气的神情说。

"成功真行，可喜可贺呀!"何劲松说。

"哎，'疙瘩'，这你可得请客呀?"张国安立刻说。

"'画家'，没说的，你只要说话，什么地方什么时候都行!"刘辉毫不含糊地说道。

"'疙瘩'现在的腰杆子是真的硬起来了!"何劲松笑着说。

"'大拿'，让你说的，你家何琼、何聪、何明哪一个都不差呀，特别是何聪，我们家成功没少说起过，成功现在也可以了，还新拿到在职博士的学位!"刘辉越发自豪地说道。

"这博士学位可不得了，这可不容易拿呀!"陈宏江立刻说。

"要说最了不得的还得说刘大哥的孙子刘昊言，人家是航天航空博士，参与神舟飞船发射工作了!"郝学仁立刻说。

"郝老师说的这个更是了不得呀，航天工程，大国重器呀!"陈宏江说着看向了刘铁柱。

"昊言就是一个新兵，刚刚入列的!"刘铁柱笑着说。

"没有新哪来的老哇? 都是这样过来的!"郝学仁说。

"这话倒是不错!"赵玉明说。

"对了，'领导'，金鸿鹄现在干什么呢?"郝学仁说。

"提前离岗了，两口子都在上海!"赵玉明说。

"现在北上广的房价是越来越高了!"郝学仁说。

"金鸿鹄还好，冷艳之前有些预见，金鑫上大学就把房子买下了，那时候的价格相对还可以，现在肯定是赚着了!"赵玉明说。

"要是这样还好些!"郝学仁说。

这时候，一位年轻漂亮的女服务员敲门进来，对着何劲松说："先生，您这里什么时间走菜呀?"

何劲松看了一下时间，说："师兄，咱们再等会儿啊?"

"行，那就再等会儿吧!"赵玉明点头说。

"先生，什么时间走菜请您提前告诉我，今天客人有些多!"女服务员说。

"好的!"何劲松轻松地说。

何劲松这一次从深圳回来，心情大好。第二天的上午就电话联系赵玉明，赵玉明当时没在家，他和金鸿雁去华府验收新房去了。

靓初去年春节回家过年，看到父母的房子有些老旧，主要是考虑父母年龄在逐渐增长，步梯楼上下有些不便，主动出资给他们订购一套精装修公寓楼。赵玉明本来是不同意的，他们现在居住的这个楼高四层，房子里边并不破旧，他们的身体还可以，住户又多是老邻居，人熟为宝，完全没有必要去花这个冤枉钱啊！赵靓初却直接去售楼处交首付了，还说西线的房子才几个钱哪，放在北京买个单间都不够！还有就是老年人绝对不能跌跟头，万一上下楼有个不慎，弄个骨折，不但遭罪，恢复起来都是个问题，把这个账算清楚了，赵玉明、金鸿雁就十分高兴地领受了，才有今天看房验收的事。接到何劲松的电话，赵玉明立刻打车回来了，验收房子有的是时间哪！

　　一见面，何劲松一副意气风发的模样，一看就知道何劲松那个官司肯定成功执行了。成功执行，何劲松得到了一大笔补偿，一块石头也终于落了地，能不高兴？还有何明和刘琳已经成婚，婚礼只是个形式，何明、刘琳自己搞了一个婚礼派对，算是就地对外发布了！至于什么时候回下辽河走这边的形式还说不准哪！白雪梅对这个婚姻是有一些想法的，可生米已经煮成了熟饭，她鞭长莫及，这会儿还能怎么样？赵玉明笑着说：“恭喜！恭喜呀！”何劲松说：“同喜！同喜！师兄，我突然有个想法，咱们组织一个聚会吧？”赵玉明说：“只要你回来，咱们哪次没有聚会呀？”何劲松说：“你我说的不是一回事！”赵玉明说：“那你就说具体点！”何劲松说：“我想召集曾经一起工作的，关系比较近的一些老同事来个下辽河一日游，你看怎么样啊？”赵玉明说：“你怎么会有这个想法？”何劲松说：“这一次回去，才知道戚乐天突然去世了，我连给他送行的机会都没有。我就一直在想，咱们都不年轻了，也走上见一面少一面的路途了，趁着现在还走得动，大家聚一聚应该是件很美好的事情，以往咱们每一次聚会，大家就是坐一会儿，吃那么一顿饭，匆匆忙忙地说些话，都有些意犹未尽的感觉！”赵玉明说：“劲松，你说得很对，这个事我赞同，咱们碰一下，看看都找谁，费用就平摊吧！”何劲松立刻说：“不，不，不，师兄，这一次费用你不用考虑了，全部都我出，你就帮着我策划、召集人员就行了！”赵玉明说：“这怎么行？不好！不好！”何劲松说：“没关系，我这次官司执行了，我那边的房子一直在升值，我真的非常开心，就这一次咱们才能花几个钱哪，这次费用的事就这么定了！”赵玉明说：“那好，我就代表大家谢谢你了！”何劲松说：“咱们就别客气了！”赵玉明拿出了纸笔，笑着说：“那咱们就确定一下人员吧！”何劲松说：“好，师兄，你、我、刘大哥、‘诗人’、‘画家’、‘大师’、‘疙瘩’、张志远这些人是必须的！”赵玉明记录完了说：“你还想找谁呀？”何劲松说：“金鸿鹄？”赵玉明说：“金鸿鹄两口子在上海回不来！”何劲松说：“咱们想见的，你也想想还有谁呀？”赵玉明说：“吴卫东找不找？”何劲松说：“找，老领导哇，师兄，你想到谁你就联系吧。对了，宗林在不在呀？”赵玉明说：“这我得打电话问一问，陈宏江、方敏、于小玲怎么样啊？”何劲松说：“行啊，都写上！”赵玉明点了一下人名，笑着说：“劲松，这就二十出头了！”何劲松说：“不怕人多，要的就是一个热闹，你看看还有谁？通知时想起谁来可以一并邀请！”赵玉明说：“招呼徐天亮了吗？”何劲松说：“徐天亮膝关节不行，说是住院正准备做置换手术！"赵玉明说："那就先这样吧，我来通知！"何劲松说："那就辛苦你了！"

宗林偕夫人去了呼伦贝尔大草原；张志远老岳母病危，一直守在鞍山；于小玲在北京脱不开身；吴卫东股骨头有点问题，行动不便，说晚宴一定会来参加；方敏联系上了秦月辉。这样一统计，一日游一行会有十六人。何劲松租了一台豪华金龙中巴，白雪梅说："中巴车何聪他们单位有哇！"何劲松说："还是算了吧，我可不想为了这区区几百块钱，在何聪单位里弄得沸沸扬扬的！"

九月，秋高气爽，金龙中巴沿着中华路向南行驶，道路平坦开阔，两边葱郁的绿化带外是金色的田野，不时闪过红顶白墙的村庄。旅游线路是赵玉明仔细规划过的，他还带了一杆三角小红旗和一只电喇叭，这时他在电喇叭里说："我们现在经过的就是20世纪70年代初钻探的M区域，这里当时曾钻探过两口超千吨井和一口双千吨井，这口双千吨井当时震动了全国，人民日报都有报道，还专门发了号外！"多数人对走过的地方都有些依稀的记忆，记忆最清晰的当算林海，他当时在井队，每一口井都给林海一段深刻的记忆，他指点着双千吨井大概的位置，讲述着当年的逸事。

赵玉明接着说："大家都看我们的右手边吧！这一片田野里曾经有着这片土地上最古老的县城旧址——房县，它出现在秦汉三十六郡时期，属辽东郡下管辖……"

芦苇，路左，浩浩荡荡的芦苇荡替代了金黄的稻田，苍翠的芦苇已经扬出紫色、灰色的盔缨，在西北风抚弄下摇摇曳曳，荡出一种磅礴的浩瀚，采油机、巨型储油罐隐藏其中；右边是大海，远处有一叶白帆在亮色中飘过。人们正在犹疑间，芦苇突然消失了，一大片火红撞进了人们的瞳仁，鲜艳如火，啊，红海滩，我们来了！这是由一种叫碱翅蓬植物构建的，那看似单个的弱小，竟会构成一种壮阔和宏大，不由得让人肃然起敬。

晏宝霞负责女生的管理，她对红海滩十分熟悉，开发伊始，她曾来过这里多次，那时候的红海滩她有些视而不见！这时，晏宝霞还是有些惊诧红海滩这些年的开发与建设，她说着最初开发的逸事，这里的人文景观还是有着很大变化的，特别是和红海滩相对应的稻作画等，给景观增添了很大的亮色，让人叹为观止。白雪梅的双肩包里藏着好多条纱巾，鲜艳飘扬的纱巾在红海滩廊桥上留下色彩的永恒，在许多景观处秀出了多姿多彩，张国安指导着她们摆出多姿多彩的姿势，镜头里定格着美不胜收的动感画面。

午餐时间到了，景区餐厅给何劲松打了多次的电话，何劲松这时不得不招呼所有人立刻去餐厅就餐。这里的餐厅有特色餐饮，海鲜、河鲜是必不可少的。除去鲜美的河蟹豆腐，还有一款特色主食——碱蓬菜饺子，曾经这片土地上最常见的植物，入口有咸涩的味道，喂猪都要焯水，这时会变身饺子的馅料，着实让人感到十二分的新奇。

小憩，大家坐在餐厅门前遮阳棚下的塑料靠背椅上，不时看着前边的红海滩和后面的稻田画作，心里充满了美妙，也有着生活中的一些无奈。

晏宝霞和刘玉梅在交流着读书心得和体会。

方敏对秦月辉述说"金毛"的灵性。

王桂花倾听白雪梅有关母亲患阿尔茨海默病的无奈。

贺桂文说："金姐，你现在不忙了吧？"金鸿雁说："孩子大了，都上学了，贺桂文，你还是那样年轻啊！"贺桂文看了刘辉那边一眼，压低声音说："是吗？金姐，不瞒你说，我一直在吃保健品哪！"金鸿雁说："那东西管用吗？"贺桂文说："大家都说好，我觉着还行！"金鸿雁说："电视上可都披露了，好多保健品都是诱骗咱们中老年人的啊！"贺桂文说："保健品因人而异，吃不好肯定吃不坏，总比让人骗去强啊！"金鸿雁说："你们那里还有被骗的呀？"贺桂文说："可不是嘛，那一次天禧酒厂西苇集资案和给孩子办工作的诈骗案，我们服装厂的那个领班刘红英一下子就被人骗去十几万，那是他丈夫买断工龄的钱！"金鸿雁说："被骗这种事情还是一些人有些贪欲呀！"贺桂文深有感慨地说："谁说不是呢！"

"走了，大家上车吧！"赵玉明这时在电喇叭里招呼着。

金龙中巴向东线方向驶去。他们沿线最先瞻仰的是中日甲午陆战纪念馆，之后驻足了油田第一井——辽一井，最后落脚在沙岗子。这块最初曾经记载着辽河石油第一批勘探者青春岁月的土地早就已经荒芜了，乡镇的一所新学校已经在这里开始建设。走上这块土地，曾经的泥土房早已了无踪迹，大家指点着记忆中住宿和办公室的位置，说着曾经发生的往事。场院角落上的那个蓄水池改建的爱情公寓还剩下一截残垣断壁，陷落在浓密的杂草中，拨开杂草，墙身上竖写的"爱情公寓"几个字隐隐还在，赵玉明、金鸿雁在那里驻足好一会儿，那个已经久远的日子一下子拉到了眼前。赵玉明握紧了金鸿雁的手，他们记起那个激情澎湃的新婚之夜。

何劲松跑了一趟那个曾经供气的气井场，那里新增了一口侧钻井，一个看管井场的中年采油工说井场边角的那个坟墓早就不在了，什么时候没有的怎么没有的，他也说不清楚了！

刘铁柱家曾经的住宅，现在是一处稻谷加工厂，锦秀大米的牌子十分响亮，想是乡镇的龙头企业，村落里的房子都变身白墙红瓦，看着很是赏心悦目。

"您请！"一个银铃般的声音，门开处，一位女服务员笑着伸手礼让着，吴卫东站在门口，左手挂着一根褐色藤条手杖，脚步明显有些迟缓。赵玉明、何劲松立刻起身迎上前说："老领导，您里边请！"

大家也纷纷起身，簇拥吴卫东落座。

弹指一挥间，五十年岁月里，还能有多少记忆？每个人开始自报家门，熟悉的，记忆里的，吴卫东笑着指点着找寻着曾经的记忆，还评说几句，亲切的让人有些泪目。吴卫东是一直看报纸的，他对刘忠伟、刘秀儿、陈立伟、何琼、刘成功是有一些特别印象的，特别是一些人熠熠生辉的时候，尽管也有放错位的地方，这也在所难免。

吴卫东的书法、篆刻又有精进，在刚刚结束的省"金秋"书法大赛中摘得了金奖，作品被省城一家美术馆收藏，难能可贵，实在是可喜可贺呀！吴卫东也喜欢这些，最美不过夕阳红，老年人闲暇时就该有所为，这才是人生嘛！

赵玉明开始介绍，"诗人"陆鸣出了八本诗文集以后，开始转向歌词创作，刚刚策划完成第十二张VCD歌曲制作，一会儿就该发给大家；刘玉梅的散文集《山中散记》已经被书商出版，又对《红楼梦》研究产生极大的兴趣，且取得阶段性研究成果；郝学仁一直从事音乐教学工作，桃李不少，也为不少词作者谱曲，人称"老脸"，和陆鸣的合作最多；张国安的画作进入一个新境界，早已名声在外，被称"北安"，许多画作被人求购收藏；何劲松近期完成三十万字的回忆录《人生逐浪》，里面有对下辽河生活独特视角的记述，对深入了解下辽河那一段油田历史有一定的借鉴意义，该书已经交出版社排版印刷，大家就等着欣赏吧！大家又一次响起热烈的掌声。何劲松这时站起来说："师兄赵玉明和金大夫的创作成果也很丰富哇！"

赵玉明立刻笑着说："我所知道的情况介绍暂告一段落，美酒佳肴已齐，先请老领导开杯，大家共同畅饮，音响已经打开，随后娱乐活动相伴进行，有演唱歌曲可以报给服务员做好相应的准备呀！"

"好！"大家掌声十分热烈。

吴卫东起身开杯，忆往昔峥嵘岁月稠……为往事干杯！

曾经的生活勾起人们诸多的记忆，人们不禁频频举杯，酒助人兴，人得酒威，气氛变得异常火热。

服务员收集大家点唱歌曲的时候，郝学仁率先给大家清唱了他和陆鸣新合作的歌曲《我们和石油在一起》：

像白云追逐着蓝天，像绿草亲吻着大地，
我们石油人热爱石油，就像绿叶对根的情谊，
青春岁月不会忘记，多少梦想多少风雨，
我们和石油在一起，苦乐年华不离不弃……

大家热烈鼓掌。
接着贺桂文演唱着《青天一顶星星亮》。

方敏偕林海来吴卫东跟前敬酒，敬完酒，赵玉明搂了一下方敏，低声说："哎，秦月辉现在什么情况啊？"

　　"秦月辉丈夫退休后，她就和丈夫回省城生活了，她丈夫一年前病故了，目前一个人生活！"方敏说。

　　"她有什么想法没有哇？"赵玉明说。

　　"怎么，你有想法啦？"方敏说完不禁捂着嘴笑了。

　　"我说你怎么还那样！"赵玉明也不由得笑着说。

　　"都说秉性难移吗，你到底什么意思呀？"方敏依旧笑着说。

　　"郝学仁现在不是一个人嘛！"赵玉明说。

　　"明白了，我找个时间问问她呀！"方敏说。

　　"那就拜托你了！"

　　"应该的！"

　　这时候，郝学仁邀请秦月辉一起演唱《敖包相会》，秦月辉立刻起身，优美的前奏曲响起来，他们开始演唱，声情并茂，引人入胜。

　　金鸿雁去外边的洗手间一趟，出来时，刚好看到步梯上走下来的蔡大姐，立刻笑着说："您好哇，蔡大姐！"

　　"呦，金大夫呀，您好！您好！"

　　"蔡大姐，您也过来用餐哪？"

　　蔡大姐走到近前，拉住金鸿雁的手，笑着说："不是，金大夫，这个店是我家的，现在交给婷婷打理了，婷婷这两天有事出门了，我就过来照看一下！"

　　"蔡大姐，你们这个店开得不错呀！"

　　"主要还是老田有一些老关系，以前这里更好，也是帮助老田的人面子大，我们也没有昧良心哪！"

　　"看得出，蔡大姐，老田怎么样啊？"

　　"老田身体挺好的，金大夫，你这是？"

　　"赵玉明曾经的老同事在这里聚会！"

　　"是'祥和厅'吧？"

　　"是的，蔡大姐！"

　　"我一会儿告诉吧台给你们免单！"

　　"蔡大姐，谢谢您，不用了，这是一位老同事主办的！"

　　"金大夫，你别客气，没事的时候你们过来，咱们也聚一聚，我家老田常常提到你！"

　　"好的，蔡大姐，给老田带好哇！"

　　"好的，再见！"

"再见！"

音响这时候播放慢四舞曲，何劲松、白雪梅、陆鸣、刘玉梅、张国安、晏宝霞、刘辉、贺桂文等在场上滑动着。

吴卫东接了一个电话，搭住赵玉明肩膀，放低声音笑着说："玉明，你们继续活动着，孩子开车来接我了，我就先走一步了！"

"老领导，您稍等啊！"赵玉明立刻向何劲松招招手。

"师兄！"何劲松立刻过来说。

"劲松，老领导要走，时间也不早了，咱们今天就到这吧？"

"那好，师兄，老领导开杯你收后吧！"

"不，劲松，还是你来收吧！"赵玉明说。

"那好吧！"何劲松站起来说，"各位老同事！老朋友！没有不散的筵席，今天是个美好的开始，为了今后大家联系方便，咱们建一个微信群，以便大家今后多多联络，最后祝福每个人身体健康，万事如意！"

大家齐声说："好哇！"

六十四

刘秀儿坐在客厅沙发上喘息了一会儿，她刚刚从小区旁边的小市场回来，买回了一个胖头鱼头和一些果蔬。今天周六，儿子费世超一家人说是过来，如果回来仅仅吃顿饭也就无所谓了，费世超说还有一件大事要和他们商议，这让刘秀儿心里不免有些忐忑。

按照油田干部管理相关的规定，刘秀儿年初离开了科级干部岗位，这让刘秀儿长长地舒出一口气。刘秀儿的身体一直时好时坏，要不她也不会从一线挪到机关，最后落在退休办的。就是到了退休办，她也不能很如意地工作，往往是过年过节有些忙碌的那些天里，身体也会跟她较劲，这让她有"喝酒洒一身"的无奈。

费世超大二时服的兵役，拿到了油田"安置卡"，完成学业回到了西线，统一分到了工程技术处做了一名作业工。经过人民解放军这所大学校的培养，很多方面都有了提升。费世超学习上一直偏文，在部队里有所表现，在连队做了一名业余报道员，又下了些力气，写作能力有了很大提高，人生观的格局也有些变化，虽然回来做的是作业工，不久，先是被基层领导发现，做了队上的团支部书记，之后又调分公司做"以工带干"的政工干事，常常参加油田宣传部、工会等单位发起的各项竞赛活动，时常获奖，报纸上也常有作品发表，还被推荐去省文学院短训了两次，眼看着有些苗壮成长的势头，洗去了曾经偏科的阴霾。刘秀儿还是很喜欢文字好的人的，妙笔可以生花，同样的一件事情，有文字能力的人就会表达出不一样的效果，不但造就了他人，也成就了自己，王慧就是一个明显的范例，说是因故离开了油田，人家现在不是在深圳一家出版公司工作得很好吗？

费世超遇到王珺应该是一个偶然，仿佛又是一种必然。刘秀儿刚要为费世超的个人问题操心时，费世超和王珺就在工会组织的一次微视频竞赛拍摄活动相识了，费世超微视频拍摄地点被安排在王珺他们采油队，王珺是队里的技术员，被队领导安排负责接待和配合费世超的拍摄工作，这让他们有幸相识，就开始了相识、相知到相爱的过程，顺理成章地迈进婚姻的殿堂，还有了女儿丫丫。

人生的路不是一帆风顺的。费世超也是一样，他现在面临着一些普通年轻人普通而非常实际的问题。首要是他"以工带干"的身份，这个身份没有机会参加干部职称评定，也不知道这种情况将要持续多久？更不要说提干了！其次是工资待遇，分公司机关的小干事，又是工人身份，岗位工资基本是最低的，每月应发工资看着数目还可以，可经过七扣八扣的一番洗礼，到工资卡里只有一千多块钱，还不够随两个大一点的"份子"钱，赶上"份子"多的时候，就得向母亲刘秀儿伸出羞涩的手。特别是有了丫丫，这样的情况就愈演愈烈了，孩子是不断成长的，社会环境对物质条件的要求也愈来愈高，没有对比就没有区别，周围有那么多参照的人，谁会看不清楚？刘秀儿是很想帮助儿子的，可她的能力也是有限的，她家的积蓄已经在费世超买房和结婚过程中消耗殆尽。费立新还在化工厂里打工，刘秀儿和费立新每月的工资除去固定补贴一些给费世超外，想存下一些也是非常有限的，这一点费世超是清楚的。王珺是采油队技术干部，工资待遇比费世超能好一些，可女孩子爱美，日常的消费也不少，王珺的父母是油田普通的单职工家庭，能够帮助王珺的也十分有限。

人都说穷则思变，费世超这时候从文字梦里幡然醒悟，感到了一丝悲凉，这是现实生活的力量。费世超开始在网上找寻兼职渠道，想求些收入，开夜班出租车肯定不行，费世超有驾驶证，可还是个新手；要加入外卖大军，风驰电掣的摩托、电动车还是有些风险的，要不怎么抢单哪？经过寻寻觅觅，费世超发现了"意达"教育，"意达"教育正在招聘作文教师，费世超有发表文学作品的招牌，又有省级作协会员的证书，立刻应聘成功，他每天晚上有两节作文课，有了一些收入，心里稍安；一段时间后，费世超又开拓了双休日白天的时间，进入一家"精进"教育补习高中地理、历史，又有了一份收入，手头逐渐宽松。费世超在"意达"授课，和"意达"老板王洪祥熟悉起来，闲暇时交流的颇多颇深。王洪祥是位油二代，最初也是工人出身，年轻时意气风发地做过很强的文学梦，出了三部作品集，一样"以工代干"地做了宣传干事，贫穷的尴尬让他有一天梦醒，遂解除劳动合同，开始做实业，两年不成，开辟新途径，开班教授小学生作文，逐渐建立了"意达"教育，聘请教师十余人，经营十年有余了，收益稳定、可观。费世超看得清楚，"意达"教育有两个基础要件，一是固定教学场所，一是生源，有了这些，就成功一半了！关于这些问题，费世超和刘秀儿零打碎敲地有过一些交流，有跃跃欲试的苗头。

"秀儿，你买菜了吗？"费立新从卧室出来，打了个哈欠说。

"买了，老费，你睡好啦？"刘秀儿说。

"睡好了！"费立新说着，进了卫生间里去洗漱。

费立新还要八年才能正式退休，这些年也真难为他了，一直在化工厂打工，如果不是刘秀儿当年的坚持，费立新说不定早就聘上了"高工"，早八晚五地坐在办公室里喝茶看手机！

"超儿他们今天过来吗？"费立新从卫生间出来说。

"说是过来！"

"怎么还没来？"

"许是超儿没有上完课吧！"

"那我可就做饭了！"

"我来做吧！"

"你还是算了吧！"费立新说这个话有两层意思，一是刘秀儿做饭质量一般，一是刘秀儿又有些犯病，让她休息。刘秀儿笑了笑。

这时，门锁响，费世超开了门，王珺抱着丫丫进来了，刘秀儿立刻起身说："丫丫来了，让奶奶看看乖不乖！"说着，接过端详着，哄逗着。

"妈，我爸呢？"费世超说。

"厨房做饭哪！"刘秀儿说。

"我去帮帮老爸！"费世超进去就回来笑着说，"老爸不用我！"

"那你就歇会儿，上午有课呀？"刘秀儿说。

"有，刚刚上完！"费世超说。

"超儿，你说有什么重要事啊？"刘秀儿说。

"妈，我想开办个教育机构！"费世超看了王珺一眼说。

"教育机构？怎么办哪？能行吗？"刘秀儿看了看王珺说。

"世超说他已经考察一段时间了，有了一个十分成熟的计划，他要是真想做我没有意见！"王珺笑着说。

"超儿，你都计划好啦？"刘秀儿说。

"嗯！"费世超说了自己的计划，思路清晰，这个东西看样子在他心里酝酿很久了。

"饭好了，吃饭哪！"费立新过来说。

"好，老费，超儿有个计划，你听听，说说你的看法！"刘秀儿说，费世超就把开办教育机构的计划又说了一遍。

"超儿，你的计划听着倒是挺成熟的，你工作怎么办哪?"费立新说。

"油田现在有新政策，鼓励员工休育儿假或停薪留职!"费世超说。

"那你培训机构的场所呢?"费立新说。

"租赁，最好在学校周边，不少于一百三十平米，还得装修!"费世超说。

"房屋租赁和装修需要不少钱吧?"费立新说。

"是呀，我做了预算，所以想听听你们的意见!"费世超说。

"办教育培训机构是有一定风险的，生源保证是最大的问题，还有师资力量，再有就是广播电视里总在说要取消课外教育培训机构，万一真的叫停了，你的投资可就打水漂了!"费立新提醒说。

"你爸说得对呀!"刘秀儿看向费世超说。

"爸，生源不是太大的问题，我这两年授课取得一些经验，知道怎么经营，师资可以择优招聘，人倒是不缺，优秀的相对要缺点，真有缺口的时候，王珺也可以临时顶上去，关于取消教育培训机构这个话题这些年一直都在讲，就是一种呼吁，讲了好多年了，大家都做得好好的，我是不想失去这样的机会，不然，别说二胎，就是培养丫丫都是个问题呀!"费世超很有感慨地说道。

"超儿，你要是真要做，我们是大力支持的，家里的积蓄全部都给你，再有缺口，你就得自己想办法了!"刘秀儿说，看了费立新一眼。

"谢谢爸妈，我知道，我一定不会让你们失望的!"费世超笑着说。

"吃饭吧，一会儿菜都凉了!"费立新说。

"好，吃饭!"刘秀儿说。

吃过饭，丫丫有些困了，费世超下午还有课，就和王珺回家了。

"老费，你说超儿这个事有把握吗?"刘秀儿送走费世超他们进门就说。

"有什么把握呀?办教育机构租房和装修就要不少钱，这一块成本需要半年才能收回，之后才有利润，要说把握，还是现在做的兼职!"

"那你怎么不说话?"

"干什么没有风险哪?你不是表示大力支持吗?"费立新笑着说。

"这话让你说的，老费，超儿不是说到二胎了吗，这不是你最大心愿吗?"

"你说得也是呀!"

"超儿什么时间能开办哪?"

"找到了场所还要装修，怎么不得两三个月以后哇!"

"好了，老费，不和你说了，我得去做理疗了!"

"秀儿，你要是觉得那个理疗仪好用，就买一个在家做，省得老往那个店里跑!"

"买理疗仪不得花钱，那得一万块!"

"只要能治疗你的病这钱该花就得花呀！"

"老费，我原来还真有这个想法来着，有了超儿这个事我就不想了，好钢用在刀刃上，走了！"刘秀儿穿上外衣说。

电话铃响起了，刘秀儿拿起电话，是她的母亲。听了一会儿，说："妈，我知道了！"回头说："老费，哥回来了，晚上说到我妈家吃饭，要我们也过去！"

"好哇，刚好我是明天的白班！"费立新说。

刘忠伟就任钻探公司副总经理四年了，这次回西线是宣讲公司工作会议精神和考察四个分公司工作情况的，所有工作都完成了，才有时间回家里看看。刘昊言媳妇生了个儿子，肖雅在帮助照看，忙得不亦乐乎！刘铁柱、王桂花的身体都好，生活完全能够自理，这让刘忠伟很安心。刘忠明在北疆已经做到了上校，主官责任重大，一年也不一定能回来一趟，西线这边亏得有刘秀儿和费立新日常照应，特别是费立新。刘忠伟心存感激的同时也有些愧疚，费世超工作的事情他没有去"尽力"，如果"尽力"了，或许不是这样的结果，这时候就说："秀儿，世超需要多少钱你告诉我，我回头给你打过来！"

"哥，不用了！"刘秀儿看了费立新一眼说。

"秀儿，跟哥你就别客气了！"刘忠伟坚持说。

"哥，小超儿说他能解决就让他自己解决，真要是解决不了的时候再说吧！"费立新说。

"是呀，哥，我们要是真有困难了，肯定会跟你说的！"刘秀儿笑着说。

"那好吧！"刘忠伟说，不由得心生感慨，人和人就是不一样啊！肖刚上一次拆迁时，见姐夫刘忠伟没给他说话，心里非常不满，私下里还跟肖雅发了一通牢骚，然后，自行做了一些手脚，结果被人发现了，幸好数额不大，非法所得没收还被做了行政处罚，这一次肖刚才承认，人是不能自作聪明的。

赵兴隆去案件中心"调训"后，就被留在了案件中心"帮办"了，这是师傅章铨推荐的。之后不久，油田机关有个统一调入的机会，他就正式入了油田机关的编。案件中心是个忙人的活，很多时候没白没夜的，有时候还得驻外工作，赵兴隆经过几年的历练，成为科级副主任。人就是这样，被领导信任，工作就少不得做，章铨安排赵兴隆的工作就多一些，也重要一些，赵兴隆就有了一些成长。当然，如果和何聪、刘成功站在一起，他还是逊色许多，人家都是正处了。

国庆这天，赵兴隆、陆淼带着儿子赵嘉诚来了赵玉明家。赵玉明搬上精装修的新楼，心情好得不得了，就是多多少少有一些孤寂。靓初远在北京，已经退出现役，在一家公司做高管，日常忙得很，加之孩子在读高中，一年里也回来不了一两次，幸好现在有了微信，有时间晚上可以视频那么一会儿，了却思念之情。赵兴隆倒是在身边，有空也会常回家看看，却总是来去匆匆，有时候好长时间都不见人影，倒是陆淼有时间就会带着赵嘉诚回来吃顿饭。

金鸿雁拉着赵嘉诚的手有些看不够，那是隔辈亲。赵嘉诚读高一，学习成绩不错，以现在的成绩看，"211"应该是没有问题的，要上"985"尚需努力。哪个家长不希望孩子更上一层楼，对孩子要求就紧一些，孩子也就更辛苦一些，谁都不想输在起跑线上。现在的孩子起跑线真多，消蚀了孩子的快乐！金鸿雁就常常和赵玉明说起他们读书时没有这么累呀！赵玉明说靓初、兴隆那时候也没有现在的孩子累呀！

"大孙子，奶奶做了好吃的，给你好好补补哇！"金鸿雁笑着说。

"现在孩子缺的是睡眠和快乐！"赵兴隆说。

"还有健康，这一天天的也不锻炼哪！"陆淼说。

"妈，你不是没看见，我现在学习多紧张啊！"赵嘉诚说。

"都说磨刀不误砍柴工，每天抽出一定时间就够了！"陆淼说。

"妈，你那时候怎么不读高中啊！"

"我那时候就想早点上班！"

"那你又读函授干什么呀？"

"工作需要哇！"

"妈，你可真能辩解，当我不知道，姥姥可什么都说了呀！"赵嘉诚笑着说。

"你个小破孩儿，还翻你妈的底啊！"陆淼笑着说。

"妈，你要是没有这样的底子，我想翻也没有地方找哇！"

"嘉诚，奶奶问你，你最想考什么学校？"

"二外！"

"为什么呀？"

"做个外交官，在国际舞台上叱咤风云！"

"理想很不错，那你还真得好好努力呀！"

"奶奶，我一直都在努力！"

"这样才对呀，有目标才会有希望！"

"奶奶说得真好！"赵嘉诚说。

"还要嘉诚做得好哇！"金鸿雁说。

"嘉诚，奶奶说的你明白吗？"陆淼说。

"当然明白了！"赵嘉诚说。

"你明白就好！"陆淼说。

"淼淼，你爸妈回大山干什么去啦？"金鸿雁这时说。

"这次是玉菡小姨家的小女儿出阁！"陆淼笑着说。

"你看我这记性，你妈跟我说过的，我一时怎么就想不起来了！"金鸿雁笑着说。

"妈，这很正常！"赵兴隆说着，拿起父亲新编纂的义勇军研究资料的大样翻看着，"父亲在家也不闲着，总爱弄些文字，给自己找些事做，这是件好事情，都说文字有益于老年人大脑健康。"

赵玉明这时候从外面回来，他上午总是准时在小区里转悠个把小时，这时坐下说："兴隆，看到有错别字的地方给我标上啊！"

"爸，你这已经完稿啦？"

"是，做个大样，你们有时间给我看看，要是有什么意见和建议就提出来！"赵玉明说。

"陆副主席，你又有任务了！"赵兴隆笑着说。

"没关系，只要爸相信我就行，这样的活之前我也没少干，主要是为陆书记做的！"陆淼笑着说，陆淼现在是单位工会副主席。

"爸，你这书稿怎么出哇？"赵兴隆说。

"我还没有想好呢，县抗日义勇军研究会之前开了个研讨会，说是能给出来着，现在又说今年经费有些紧张，想先印个内部材料交流，我还是想有书号的，丛书号也行，现在内部销售是不是有些问题呀？"赵玉明说。

"那是肯定的，企业现在对这一块管理严格了，还有书的内容和油田没有多少关系，爸，你要是真想出，就找个一般出版社，费用也不是很高，印数可以少一些！"赵兴隆笑着说。

"我听诗友说在出版社出书也不容易！"陆淼说。

"那就看看再说吧，县研究会明年也许会有安排的，兴隆，你最近的事多吗？"赵玉明说。

"不少，现在反腐倡廉的力度越来越大了，有举报就核实线索，给予反馈！"赵兴隆说。

"孙毅非的事情怎么样啦？"赵玉明说。

赵兴隆心里想这种事情传得可真快，父亲都听说了，就说："事肯定有，现在'留置'，到底怎么样还不知道！"

"这种事他个人还要承担责任吗？"

"违反了党纪国法，影响很坏，处理的方式也是多样的！"

"新领导还没有到位呀？"

"这也是让人猜忌的地方！"

"有人说曹力行或许会回来？"

"没听说，许是有些人的期望吧！"

"也是，都说一朝君子一朝臣，孙毅非这个事出得可真不值当啊！"

"谁说不是，谁让他赶上了，这种高层集体贿选还是少的！"

"人都说他这个人脑子很清楚，做事也很审慎！"

"好些人也这样说，许是聪明反被聪明误或是不得已而为之吧！"

"人的欲望不能太强，谁都不知道什么地方会翻船，看来人哪还得走正路哇！"

"兴隆，小严找过你吗？"金鸿雁这时候说。

"妈，你说的是严思礼吧？"

"是，他打电话问了你的工作，还要了你的电话号码，我一直觉得这孩子挺好的，就把电话给了他，他找你什么事？"金鸿雁说。

"他现在在一家和油田有关联的房地产公司做副总，找我就是了解一个案情，想给人说个情！"赵兴隆说。

"看看，要是知道是这个事我就不给他电话了！"金鸿雁有些后悔地说。

"妈，没关系，严思礼要是真想找我，总会想办法找到我的，重要的是我怎么对待他的问题！"

"兴隆，你这话说得对！"赵玉明说。

"那时候的严思礼多可怜哪，有学上不了，有病没钱治，好好的一个大学苗子只能辍学打工，能走到今天确实不容易呀！"金鸿雁感慨地说道。

"妈，严思礼跟我说，有什么需要尽管找他，别说我没有什么需要，就是真有需要能随随便便找他吗？"赵兴隆笑着说。

"兴隆，你这样想就对了，那句话怎么说的，世上没有无缘无故的爱，也没有无缘无故的恨，人一定要谦虚谨慎哪！"赵玉明说。

"你爸说得对，人就是要防微杜渐！"金鸿雁说。

"爸！妈！你们放心吧！"

六十五

何明来电话说刘琳要临产，何劲松和白雪梅讲了，白雪梅下定决心要和何劲松走一趟。白雪梅实际上是不太想见王慧的，可刘琳是何明的妻子，又是高龄产妇，她得尽一下做婆婆的责任。从深圳回来，她计划回老家看看母亲，母亲除了不认识人，身体还是挺硬朗的，就是需要专人的看管。

何聪过来送机票，淡季的机票真便宜，胜过高铁，何劲松说："何聪，你们的老大还没有动静啊？"

"没有，多数应该是不行了！"何聪有些失望地说。

"人都说他这个人还可以呀！"

"我觉得他还是干净的！"

"那你忧心什么呀?"

"他也经办了一些不合规的事!"

"你自己没有什么问题吧?"

"绝对没有!"

"那就好!"

"我还是有些担心哪!"

"能说清楚就好,有什么可担心的?是放不下吗?"

"不知道,也许有些吧,爸,我走了呀!"

"何聪,什么都是身外之物,你要想开些呀!"

"知道了,爸,走的时候我送你们去机场吧!"

"不用了,去机场的快客很方便的!"何劲松说。

何聪一直被眼前的事情困扰着,孙毅非约谈后就被"留置"了,目前还没有一个明确的说法,这两年用的一些钱都是在他的笔下划走的,虽然经过了财务渠道正常化,花这样的钱他是要负责任的。负什么样的责任?是违纪还是违法?他会怎么样?这些问题一直在他的内心搅起一层层波澜,从某种程度上说他是干净的,父亲手里有点小钱,徐岚的茶店经营了这么多年也挣了一些钱,他在生活上没有太高的奢望,出行有车,没有在北京、上海购房的欲望,儿子何翔宇在大连读书,就想就地就业,已经达成所愿。他们之前还投资买下一套百平米住房,剩下的就是吃喝常态,人生还有什么呀?就是这个岗位是他这些年里努力拼搏出来的,真的有些放不下,这就是人前的面子呀!

何聪在办公室里刚刚坐定,郝国印打来电话说:"老兄,我说,你干什么呢?"何聪说:"没什么事,有些'五脊六兽'的!"郝国印说:"没事出来整点啊?"何聪说:"正合我意,我今天刚好没什么安排!"实事求是讲,何聪这话说出来有点亏心!实际上,孙毅非被约谈一段时间后,他的活动安排就开始日渐萎缩,直到目前已经出现一段时间的空档期。孙毅非应该是回不来了,这是许多人的第一反应,有些人开始切割,那个篮球队听说已经不怎么活动啦,还有一些人在观望。这些都不是他的重点,重点是那么多钱花出去了,如果真要有人追究起来,他该怎么说呢?关于人际上,这些年里何聪一直都是努力处理好各方面关系的,老话说得好"你知道哪块云彩有雨?"在这一点,何聪一直是有所准备的!不然他怎么能坐上书记的位置?郝国印说:"今天你来安排呀!"何聪说:"没问题,'异想天开'怎么样啊?"郝国印说:"真是心有灵犀呀,要是吃中餐去我家就行了!"何聪说:"行!便打电话定了房间。"

"异想天开"是西线这片档次较高的一家火锅店,是公司一位副总的最爱。之前,何聪让郝可可办了一张会员卡,也陪着副总享用了两次,感觉很不错。这时候,郝可可敲门进来，拿了些单子签字。何聪签过了，遂让郝可可开车送他去了"异想天开"。

何聪去了预定的房间，没想到郝国印比他到得还早，何聪笑着说："老兄，头次发现你吃饭这样啊！"

"吃饭肯定积极呀！"郝国印笑着说。

郝国印这次又有些闹心了。上一次的那个机会，何聪虽然助上了些力，郝国印还是没能拼过那个二级英模所长，可让人没有想到的是二级英模所长也有问题，上位没多长时间，就接受了组织调查，还没有最后结论，二级英模所长急火攻心，突发脑梗暴毙身亡，这样子，郝国印算是又有了个机会，可这时候的郝国印倒有些迟疑。

"老兄，你的积极性看着可不是很高哇！"何聪笑着说。

"此一时彼一时嘛！"郝国印有些心照不宣地说道。

"你说得也是，平安是福哇！"

"说得没错！哎，你说，咱们这些人里有多少是干干净净的？"

"那得看怎么说了，水至清则无鱼！"

"是呀，这话没错！"

何聪还要说话，门开了，另外三个战友一同走进来。

服务员过来点了锅底，两个清水三个微辣，一人一瓶泸州老窖。

酒杯端起，大家说话还是在社会的发展上，对与不对，好与不好，认真缅怀。付玉良这时候说："我记得最清楚的是我上小学时，语文课本上有一篇课文，说是'楼上楼下，电灯电话'，这就是当时全国人民都憧憬的共产主义，当时还以为老远了，没想到这才几十年的时间咱们都见到了，还电话变手机，通话变微信，'有图有真相'，还有了私家车，完全超越了。"

大家不由得爆笑起来，转头说到"拍蝇打虎"，都什么形势下了，怎么还有人不收手？是惯性太大，刹不住车了吧？

"我刚听说市税务系统新出了一个案子，是一个企业申请退税骗税的，申报时，被省局监察系统发现的，涉案额巨大，有几个人被查，跟着的是牢狱之灾，你说犯上犯不上啊？"刘喜林说，他姑爷在市税务部门工作。

"是呀，这就是金钱的魅力，叫什么不收手！实际上这才多大的事啊，现在手机上每天爆料这样的信息还少吗？没什么稀奇的，主要是不应该，是认不清形势，来，喝酒！喝酒！"付玉良说。

"哎，这杯中酒怎么喝呀！"郝国印端着酒杯说。

"就这点酒，别留着养鱼了，了了吧，还是进行下一轮吧！"何聪高调说。

"行啊，何书记的手笔是越来越大了！"刘喜林笑着说。

之前，何聪一直不太喜欢啤酒，那玩意涨肚，一瓶白酒下去，内部规定是每人两瓶啤酒"盖个帽"，何聪不玩赖，拿个"二两半"手雷顶上，公平！何聪今天没有，他要与战友们同进退，不，他要冲锋在前！

两瓶啤酒很快下去，何聪对服务员说："来，每人再来两瓶！"

"还整啊？"刘喜林这时候说。

"怎么，怂了！"何聪笑着说。

"没有的事，东风吹，战鼓擂，哥们喝酒怕过谁！"刘喜林挺直了腰杆子说。

"那你怎么还不倒上啊！"何聪说。

"算了，老何，见好就收，咱们谁不知道谁呀，来日方长，就这两瓶，大家匀了吧！"郝国印说。

"好！"其他人异口同声地说。

"行，少数服从多数！"何聪说。

"干杯！"刘喜林说。

何聪在吧台签单划了卡，这时候有些内急，转身奔了洗手间。方便完，系好裤子，开门下台阶，脚下一滑，一下子仰面跌倒了，头磕在台阶上，人窝在了那里，想要起来没能得逞，外边擦地的保洁听到异响，忙进门察看，发现情况不妙，立即高声喊人。郝国印几个人闻声冲了进去，见状立刻拨打了120。

何聪头部有一处伤口，先缝合处置，人在昏迷中，经过了一系列的检查，CT显示，颅内有少量出血，送进重症监护室，插上各种管子，急诊召集各科室医生会诊，还连线了省城医大的远程诊疗系统。

赵玉明、何劲松之前应张国安之约，说定今天中午去舅哥晏宝贵家去吃炖大鱼的。晏宝贵是在农场党委书记位置上退下的，本来是可以进西线城区居住的，可他喜欢乡土气息，家就一直没有动地方。晏宝贵的住宅就在新扩建的快速干道边上，新农村建设，"气化辽宁"清洁能源进农户，还有政策补贴，这会儿把房子院落重新翻盖，五间大北京平房加装红彩钢屋顶，前面是青砖围墙院套，后边有果树、菜园，进出十分便利，倒是城里人羡慕的生活环境了！

张国安早晨从家里驾车出来就给赵玉明打了电话，赵玉明立刻联系何劲松，这才知道何聪昨天晚上出了事故，便和金鸿雁赶往了医院。

何聪躺在病床上，身上插着管子，人还在昏睡中，一家人等待着，十分焦虑。都说西线医院医疗设备一流，医疗技术却一般，好在医院昨天晚上已经与省城对口合作医院专家远程会了诊，说是问题不算特别严重，需要密切观察，控制脑出血！第二次CT片显示，脑出血没有增加，这是个好消息。早晨，省城对口医院的专家已经赶到，正在评估治疗方案，患者这个情况是不能乱动的，何聪这种情况还是保守治疗为上。

金鸿雁拉住白雪梅的手安抚着，以金鸿雁的经验，何聪应该没有生命之忧了，病在脑子里，人在昏迷中，谁也说不好什么时候能够醒来。

郝国印、刘喜林几个人一直在走廊里坐着守候，吴梅莉进来先是损了郝国印几句，回头过来安抚着徐岚。徐岚凄凄切切，何翔宇处了一个女朋友，说好了过些天回来认门的，谁想何聪会出这种事情！

何劲松对郝国印和战友表达了谢意，昨天晚上的前期工作都是他们做的。郝国印十分愧疚，对何劲松述说了昨天晚上的经过，何劲松听了，明白了一二，对郝国印说："贤侄，这事怪不得你们，你们也忙一个晚上了，还是早些回去歇息吧，不要都熬倒了！"

郝国印便让刘喜林他们先回去了。

七十二个小时过去了，何聪的生命体征基本稳定，只是人还在昏迷中，什么时候能够醒来还真说不好！经过商议，何劲松、白雪梅决定还是飞深圳，临走时委托赵玉明、金鸿雁，有时间去医院看看，有什么事情帮着徐岚拿个主意！

赵玉明这天来到医院，刚好遇到了徐天亮。徐天亮做了膝盖置换术，说是手术很成功，目前还需借助着一根拐杖辅助行动。看着何聪，徐天亮摇头说："人真不知道会遇到什么事情啊！"

"主要是这个社会病了！"赵玉明说。

"那么多人怎么都没有病啊？"

"每一个人的体质不一样，生活的环境不一样，表现的方式也就不一样啊！"

"人要定期体检，有病就得治，日常锻炼也很重要哇！"

"老徐，你说得很对呀！"

何聪头部外伤处愈合了，可里面出现炎症发生了水肿，持续高烧，引发了一次危机，医生在脑壳上钻了一个洞，将积液抽出，继续点水，一些指标很快恢复了正常，就是人还在昏迷中。主治医生也没有更好的办法，脑出血后遗症谁又说得清？那块不大的积血在那里压迫着，要慢慢吸收了才行啊！单位里请了一个男护工帮助护理，多数时间里还是徐岚在医院看护，家人期待着何聪的醒来。

赵玉明、金鸿雁这天从医院出来，赵玉明说："已经这么长时间了，何聪怎么还不醒啊，这样下去不成植物人啦？"

"应该不会的！"金鸿雁微笑着说。

"希望吧！"

徐岚今天上午有事，何琼来医院陪护何聪。

任志成昨天从西部项目回来休假了，今天早晨似有什么话要说，知道何琼急着去医院，就把要说的话咽了回去。一段时间里，何琼新参与"百亿方"储气库研究，主要是储气库的建设。储气库是个大课题，之前取得了一些重大成果，现在又成为了大课题，要解决的科研项目很多，研究工作就更加紧张和忙碌。何琼感觉到与任志成之间的变化，这时仔细想一想，是从那次生日之后开始的，具体日子不甚清楚了。她看到那个红珊瑚耳钉，心里还是有些暖暖的，可任志成却渐行渐远了，特别是去了西部项目部以后，他们很少联系，她会从任泽平那里听到一些信息，哀莫大于心死，该来的一定会来的，那就昂头挺胸面对吧！

何琼坐在何聪的病床前，凝视着何聪有些清瘦的面庞，握住何聪有些消瘦的大手，泪不由自主地滴下来，她用心再一次呼唤："何聪，你快些醒来吧！咱们一家人都盼着呢，小弟何明得了一个小公主，何明和爸妈一同回来看过你的，他那边有工作，还有妻女，只能回去了！看着你现在这个样子，爸妈心里很疼的，他们的头发又白了许多；我这边工作很好，地质研究又有一个新突破，获得了集团公司的二等奖；泽平已经回来工作了，现在参加了东北最大的百亿方储气库的建设工作；你儿子翔宇毕业在大连就业了，有一个叫灵儿的女孩儿看好他了，他们说好过些天就会回来看你的；何聪，你不要再这样躺下去了，也不应该这样躺下去，徐岚的心已经碎了，你不能让她继续碎下去了！何聪，你听到姐说的话了吗？姐知道你是坚强的，记得那一次你为了在省里航模竞赛上取得好成绩，把那个航模机做得更好，你耗费了好多心血，最终你不是成功了吗？何聪，你还是早些醒来吧！你为什么还不醒来？人生都不容易，可还是要努力向前走，每个人都一样，那样才会有希望啊……"何琼继续说着，医生说这样或许会对病患有些刺激，促进他醒来。何琼最初是不习惯这样诉说的，生活的记忆催化了她的情感，她有些不由自主了，泪滴在何聪的手上，何琼轻轻地抹去了，滴上了，又抹去了，何聪的手指似乎动了一下。"何聪，是你动了吗？"何聪的手指又动了一下，眼角有泪水流下来，何琼有些惊喜地说："何聪，我的好弟弟！"立刻按响了呼叫铃。

赵玉明在书房电脑桌上移动鼠标，仔细地校对着一篇短文稿。

门铃唱起欢快的乐曲《铃儿响叮当》，金鸿雁开的门，这时候敲敲书房门说："老赵，贺桂文来了！"

赵玉明关闭了文档，从书房里出来，贺桂文见了，一下子跪倒在地，声泪俱下地说："赵哥，你快救救我们家成功吧！"

赵玉明一愣，马上说："贺桂文，你快起来，你这是干什么呀，有话起来说，快起来！"

去倒茶的金鸿雁闻声急忙过来扶起贺桂文，说："桂文，怎么啦？有什么事你坐下来慢慢说呀！"

"金姐，我们家成功出事了！"贺桂文抹着不断涌出的泪水说。

刘成功这个事是之前他在油田机关处室担任副职时发生的。那是一个石油设备材料采购招投标项目，市场准入的一个企业为了能够中标，企业的公关经理通过亲戚关系找到了李慧琳。这个亲戚和李慧琳是同学加闺蜜，三十几年的关系好得没说的，李慧琳就跟刘成功说了话，刘成功就给企业帮了忙，企业公关经理也兑现了最初的承诺，谁会想到企业公关经理在本单位那边出了经济问题，当地检察院介入调查，企业公关经理坦白从宽，把所有经济往来的关系人全都供了出来，刘成功也未能幸免，那个企业的地方检察院来油田检察院联系带人，油田检察院没有交人，刘成功、李慧琳被就地拘留审查了。刘辉一听到这个事情，急火攻心，又一次发生了脑梗，瘫在医院的病床上。贺桂文抹着眼泪说："赵哥，你说我们该怎么办呀？你帮帮我们吧！"

"贺桂文，这种事我怎么帮你们哪？"赵玉明十分为难地说。

"赵哥，刘辉一直都说你认识的人多，懂得也多，一定会有办法的！"

"贺桂文，这可不是小事情，成功进的是检察院，我现在就是一个退休老头，从来也没有和检察院打过交道哇！"赵玉明说。

"我们家成功一直是个好孩子，他不会有问题的，事是李慧琳接的，钱一定也是李慧琳收的！"贺桂文说。

"贺桂文，这种事情是要检察院认定的，成功如果能够说清楚当然好了！"赵玉明说。

"成功不能出问题，我们家全靠他了，他多年轻啊，成乐的姑娘刘畅的工作这次就是他帮助解决的，赵哥，我这里还有一些钱，你家兴隆在纪检委工作，肯定认识检察院的人，让兴隆帮忙找找人吧，钱不够的话我们再想办法，只要能把成功救出来，花多少钱都行啊！"贺桂文说着掏出一张银联卡放在茶几上。

"贺桂文，这个你快收起来，这不是钱的问题，你这不是让兴隆去犯错误吗？兴隆就是犯了错误，也解决不了成功的问题，要我说你们还是抓紧请个律师吧，这种情况下只有律师能够帮得上成功啊！"赵玉明说。

"是呀，桂文！"金鸿雁说。

"赵哥，金姐，不瞒你们说呀，律师我们已经请下了，律师也去见过成功了，可我看到律师那个样子真的有些不托底呀，他总是这个钱那个钱的，每一次都不是小数目的，我们是怕他把钱全都拿去了，事情如果办不成那可怎么办哪？"贺桂文抹着眼泪说。

"贺桂文，这个时候只有律师能够见到成功，人家是专业人士，见多识广，你们也只能相信他了，至于律师拿了钱办不办事，怎么办的事，能办成多大的事，只有凭他的良心和能力了！"赵玉明劝解说。

"赵哥，刘辉最相信的是你，我才跑来找你的，你还是帮着我们想想办法吧！"贺桂文抹着眼泪说。

"贺桂文，实在对不起呀，这个事我真的有心无力呀，对了，你家亲家李敢哪？"赵玉明说。

"李敢也找人咨询了，说是也没有什么太好的办法，说这个事也只有靠律师了！"

"贺桂文，我和刘辉一起这么多年，能帮的我一定会尽力的，我这就去看看刘辉去！"赵玉明说。

神经外科12病房的四张病床住满了病号，门窗大开着，空气里还是有些浑浊的气味。刘成乐、江艳菊守在病床前，刘成乐在给刘辉喂水，看到赵玉明、金鸿雁进来，刘成乐说："赵大大，金姨！"

"你们都在呀！"赵玉明说。

"赵大大，您坐，喝点水吧！"刘成乐推过了一个陪护椅，递过一瓶矿泉水说。

刘辉看到了赵玉明，两行浊泪流下来，一只能动的手颤颤巍巍地抓住赵玉明的手，嘴里呜哩哇啦说个不停，也不知道说了些什么，赵玉明安抚地说："刘辉，你好好养病啊，我们大家都会尽力的！"

刘辉点点头，眼睛里透出一丝丝光亮，那是一种深切的期盼！

赵玉明心里很清楚，如果说刘成功仅仅就是这件事，李慧琳的供词很重要，关键是李慧琳这个时候肯不肯哪？正所谓"夫妻本是同林鸟，大难临头各自飞"，说的就是这个理，如果还有其他事情，这时候一同勾连起来了，那可就要两说了！

清晨，天空明净如洗，赵玉明在石油广场走了十圈，坐在梧桐树荫下的木条椅上歇息，刚好看到何劲松走过来，赵玉明招呼一声，何劲松径直来到近前说："师兄早，你什么时候回来的？"

"昨天！"

"去北京还好吧？"

"好，送嘉铭入了学，顺便在北京转了转，那天去故宫，碰巧遇见'博士'两口子了！"

"是呀，'博士'还好吧？"

"好，我手机里有照片，你看看！"赵玉明拿出手机。

"真不错，精神矍铄，'博士'有好多年没见了，就是有时候通个电话！"何劲松看着照片说。

"是呀，我这次算是个偶遇，刚好他闲下来想到处走走！"

"时间过得可真快呀！"

"是呀，对了，何聪现在怎么样啊？"赵玉明关切地说。

"师兄，何聪已经醒来了，可他谁都不认识，过去的记忆全都没有了，也不知道能不能恢复啦？"何劲松高兴中有些忧虑地说。

"劲松，何聪能醒来就是大好事，其他的可以慢慢来，记忆不恢复又能怎么样啊？或许更好哇！"赵玉明说。

"师兄，你说得也对！"

"何聪行动怎么样啊？"

"不行，现在开始康复训练了，那么大的人就像个蹒跚学步的孩子！"何劲松摇头说。

"躺了这么长时间了，身体恢复也需要一个过程，特别是大脑。"

"师兄，你说得太对了，医生也是这样说的！"

"劲松，你每天都去看看何聪啊？"

"是，师兄，我这就过去！"

"走，我和你一起看看去！"

何聪在康复中心进行着体能训练，他的手臂架在双杠上，脚步有些跌跌撞撞迈着步子，额头沁出大颗的汗珠，徐岚在身边搀扶鼓励着，不时给他擦去脸上的汗水。

"师兄，今天看着何聪又有一些进步哇！"何劲松说。

"是呀，希望就是这样开始的！"赵玉明说。

六十六

清朗的早晨，明亮的阳光铺在石油广场上，微风徐徐，拂动着周围高大梧桐树的阔叶，鼓起一阵阵沙啦啦的回响。一群鸽子在广场的上空掠过，留下一阵清脆的哨声，悠悠久远地回响着，两个红白条状氢气球腾在广场正中上空，悬挂着"伟大的中华人民共和国万岁"和"伟大的中国共产党万岁"两条巨幅标语。

石油广场的东南角处，徐天亮、陈宏江等一些老石油人已经聚集在那里，赵玉明和熟悉的人打着招呼，来到徐天亮面前笑着说："老徐，你的腿好利索啦？"

"现在彻底好利索了！"徐天亮活动了一下膝关节示意说。

"好哇，老徐，这下你生活质量又恢复了！"

"是呀！玉明，你最近忙什么呢？"

"和金鸿雁着手写了回忆录！"

"玉明，你们写得是不是有点早哇？"徐天亮笑着说。

"老徐，不早了，我们的新中国马上七十华诞了，我们在这里已经生活五十年了，都是奔耄耋之年的人了，有些事情记得都不那么清楚，还得翻日记、书或找知

570

情人核对呀！"赵玉明笑着说。

"玉明，你说得也是，你们真是老有所为呀！"徐天亮说。

"闲着也是闲着，主要是想留下点真实的东西，看看我们曾经都做了些什么，经历了什么，我总感觉厂志里的那些文字和数字多少有些干瘪！"

"你说得对，咱们下辽河一晃就五十年了，社会在发展，人生在变化，有着那么多令人难忘的人和事，是该好好记录一下呀！"

"是呀，老徐，初稿我们基本完成了，等初稿大样出来送给你，我想找个时间开个座谈会，广泛听取一下老同志的意见，等定好了日子，你一定过来参加呀！"

"好哇，玉明，期望早日读到你们的大作呀！"

"谢谢！谢谢！"

这时候，任泽平、陈晨等一些年轻人各自捧着一束小国旗过来，向在场的每个人分发着，国旗挥舞，一片耀眼的火红马上灵动了起来。

王天伟这时候拿着麦克风，来到老石油人的队伍前，郝可可扛着摄像机跟拍着，麦克风送到徐天亮面前，镜头对准了徐天亮和老石油人的代表，徐天亮侃侃而谈……

广场的西南角，吴大力、何劲松、陆鸣等一些老劳动模范聚在一起，何劲松和吴大力谈起当年HN5抢险时的情形，记忆依然那样清晰，情绪依然那样饱满激昂。

刘秀儿看到走过来的陈立伟，马上笑着说："师傅，你好哇！"

"这都多少年前的事了，我才带你几天哪！"陈立伟笑着说。

"一日为师，终身为师！"

"刘秀儿，你这可有点太讲究了，退休了吧？"

"刚办理完手续！"

"身体看着还可以呀！"

"慢性病，去不了根，时常还得做些理疗，你还在塔里木吗？"

"没有，回来了！"

"这次回来干什么？"

"参加储气库建设！"

"是呀，这可是个大工程！"

"这你都知道？"

"央视都报道了，说是政治工程、生态工程、效益工程，真的羡慕你呀！"

"真正值得羡慕的人来了！"陈立伟看着走来的何琼说。

"秀儿姐、陈副总，你们好哇！"何琼来到近前笑着说。

"何主任，恭喜你们在储气库研究又有新发现哪！"陈立伟说。

"谢谢！陈副总，发现是地质研究团队的任务，研究成果转化还要靠你们，靠下辽河石油人来实现，秀儿姐，我说得对吧！"何琼笑着说。

"当然了，石油你我他，下辽河建设靠大家！"刘秀儿笑着说。

"不愧是老劳模，说得真好！"陈立伟说。

"我说得好不如你们干得好哇！"刘秀儿说。

"是呀，只有干得好才有下辽河美好的未来呀！"何琼笑着说。

任泽平、陈晨的小国旗分发到这一边了，人们的手里挥动着红色。

王天伟刚刚采访完吴大力，这时走向何琼说："何主任，你好哇！"

"王站长，你怎么又做这个啦？"何琼笑着说。

"我这个人一直喜欢新东西，何主任，讲几句，支持一下吧！"王天伟笑着说。

"没问题，我该说点什么呀？"何琼笑着说。

"你就说说储气库建设对当下我们社会发展的重大意义吧！"王天伟说。

"那好吧，我说不到位的地方由陈副总补充啊！"何琼笑着说。

广场的正南，一架钢琴打开了，一位衣着红裙的钢琴师娴熟地弹奏《我和我的祖国》。

广场的东北角，一队年轻的女生穿着霓裳，开始优美的舞蹈，陆淼领舞，跟随着《我和我的祖国》。

广场的西北角，小学生民乐队激情澎湃，弹奏着《我和我的祖国》。

广场的正北，马凤霞引吭高歌，歌唱着《我和我的祖国》。

广场的正中，金鸿雁、刘玉梅、白雪梅、秦月辉等人的夕阳红合唱团，在郝学仁的指挥下，开始讴歌《我和我的祖国》。

每个单元拍摄完成，陈晨升起了无人机，王天伟向老石油代表队伍开始招手，徐天亮、赵玉明引领着老石油挥动着国旗向广场中央走来；接下去走来的是吴大力、何琼等劳动模范代表的队伍；再下来的是许许多多穿着石油红，挥动着国旗的石油人，他们纷纷向石油广场中央聚集，石油红和国旗很快汇成一片红色的海洋，人们在引吭高歌：我和我的祖国……

2016年开始创作

2021年9月20日一稿

2023年7月15日定稿